BILLY STRAIGHT

JONATHAN
KELLERMAN

BILLY STRAIGHT

POEMA
POCKET

Vijfde druk
© 1998 Jonathan Kellerman
All rights reserved
Published by agreement with Lennart Sane Agency AB
© 1999, 2009 Nederlandse vertaling
Uitgeverij Luitingh ~ Sijthoff B.V., Amsterdam
Alle rechten voorbehouden
Oorspronkelijke titel: *Billy Straight*
Vertaling: Bob Snoijink
Omslagontwerp: Edd, Amsterdam
Omslagbeeld: Image Store

ISBN 978 90 210 0813 4

www.boekenwereld.com & www.poemapocket.com

Aan Faye. Voor Faye. In mijn hart gaat het altijd om Faye.

'Maar enig is zij, mijn duif, mijn volmaakte.'
HOOGLIED 6:9

I

In het park zie je van alles.
Maar niet wat ik er vannacht heb gezien.
Mijn god...
Ik wilde dat ik droomde, maar ik was klaarwakker en rook een geur van chiliburger en dennenbomen.
Eerst reed die auto naar de rand van het parkeerterrein. Ze stapten uit, praatten wat, en daarna pakte hij haar beet alsof hij haar omhelsde. Ik dacht dat ze elkaar misschien gingen zoenen en dat wilde ik niet missen.
Daarna maakte ze plotseling een raar geluid, een verrast gilletje als een kat of een hond waar je per ongeluk op gaat staan.
Hij liet haar los en ze viel. Daarna hurkte hij naast haar en zijn arm begon heel snel op en neer te gaan. Ik dacht dat hij haar stompte. Dat was al erg genoeg en ik vroeg me af of ik iets moest doen. Maar daarna hoorde ik een ander geluid: een snel, klef geluid zoals bij de slager bij Stater Brothers in Watson als hij vlees hakt, tsjak tsjak tsjak.
Zijn arm bleef maar op en neer gaan.
Ik hield m'n adem in. Mijn hart bonkte in mijn keel. Mijn benen waren koud. Daarna werden ze warm en nat.
Ik piste in mijn broek als een stomme baby!
Het tsjak-tsjak hield op. Hij richtte zich in zijn volle lengte op en veegde zijn handen aan zijn broek af. Hij had iets in zijn hand en hield het ver van zijn lichaam.
Hij keek om zich heen. Ook mijn kant op.
Kon hij me zien, horen of ruiken?
Hij bleef staan kijken. Ik wilde ervandoor maar dan zou hij me horen. Maar als ik bleef, zat ik misschien in de val. Hoe kon hij me achter deze stenen zien? Het was net een grot zonder dak en er zaten alleen maar spleten in waar je door kon kijken. Daarom had ik dit tot een van mijn plekjes uitgekozen.
Mijn maag draaide zich om en ik wilde er zo graag vandoor dat mijn beenspieren onderhuids trilden.
Er woei een briesje door de bomen en daarmee kwam de geur van dennennaalden en urine.
Zou het zakje van die chiliburger weggeblazen worden en me met zijn geritsel verraden? Zou hij me ruiken?

7

Hij keek nog een poosje om zich heen. Mijn maag deed zo'n zeer.
Opeens sprong hij terug naar de auto, stapte in en reed weg.
Ik wilde niet kijken toen hij door het licht van de straatlantaarn op de hoek van het parkeerterrein reed, ik wilde het nummerbord niet zien.
PLYR 1.
De letters brandden zich in mijn hersens.
Waarom had ik gekeken?
Waarom?

Ik zit hier nog steeds. Mijn horloge wijst 1.12 uur.
Ik moet hier weg, maar stel dat hij rondjes rijdt en terugkomt? Nee, dat zou stom zijn, waarom zou hij dat doen?
Ik houd het niet meer uit. Zij ligt daar en ik ruik naar pis en uien en chiliburger. Een afhaalmaaltijd uit de Oki-Rama op de Boulevard, die Chinees die nooit lacht of je aankijkt. Ik had er $2,38 voor betaald en nu wilde ik hem uitkotsen.
Mijn spijkerbroek begint kleverig te worden en het jeukt. Het is te riskant om naar de openbare wc aan de overkant van het parkeerterrein te gaan... Die arm die maar op en neer bleef gaan. Alsof hij gewoon een karweitje deed. Hij was niet zo groot als Moron, maar ook geen kleine jongen. Zij vertrouwde hem, liet zich door hem omhelzen... Wat had ze op haar geweten dat hem zo kwaad had gemaakt? Leefde ze misschien nog?
Nee. Geen schijn van kans.
Ik luister met gespitste oren om te horen of ze nog geluid maakt. Ik hoor niets anders dan het geraas van het verkeer op de snelweg aan de oostkant van het park en op de Boulevard. Niet druk vanavond. Soms, als de wind uit het zuiden komt, kun je sirenes van ambulances, het geronk van motorfietsen en het lawaai van claxons horen. De stad heeft het hele park omsingeld. Het lijkt op het platteland, maar ik weet wel beter.
Wie is zij? Laat maar, ik wil het niet weten.
Wat ík wil is deze avond overnieuw beginnen.
Dat piepje... Alsof hij haar in één klap de adem afsneed. Natuurlijk is ze... dood. Maar stel je eens voor dat ze dat niet is!
En al is ze het niet, dan zal ze het weldra zijn. Al dat gehak. En wat zou ik trouwens voor haar kunnen doen? Mond-op-mondbeademing met mijn lippen in al dat bloed?
En als hij terugkomt als ik bezig ben?
Zóú hij terugkomen? Dat zou stom zijn, maar je wist maar nooit. Daar kon zij van meepraten.
Ik kan niets voor haar doen. Dit moet ik allemaal vergeten.

Ik blijf hier nog tien minuten zitten. Nee, een kwartier. Twintig minuten. Dan raap ik mijn Plek Twee-spullen bij elkaar en smeer 'm.

Waarheen? Plek Een bij het observatorium is te ver weg en dat geldt ook voor Drie en Vier, ook al zou Drie wel goed zijn omdat daar een beekje loopt waarin ik me zou kunnen wassen. Blijft over Vijf in het oerwoud van varens tussen al die bomen achter de dierentuin. Iets dichterbij, maar in het donker toch nog een fikse wandeling.

Maar ook het moeilijkst te vinden.

Oké, ik ga naar Vijf. Ik en de dieren. De manier waarop ze tekeergaan en brullen en tegen de tralies springen maakt het niet makkelijk om de slaap te vatten, maar vannacht doe ik waarschijnlijk toch geen oog dicht.

Ondertussen blijf ik hier wachten.

En bidden.

Onze Vader die in de hemelen zijt, alstublieft geen verrassingen meer...

Niet dat bidden me ooit iets heeft opgeleverd en soms vraag ik me af of er daarboven wel iemand is om tegen te bidden, of zijn daar alleen maar sterren, gigantische gasbellen in een leeg, zwart heelal?

Nu ben ik bang dat ik iets godslasterlijks denk.

Misschien zít daarboven wel een soort God; misschien heeft Hij me al heel vaak gered en ben ik gewoon te dom om het te beseffen. Of niet goed genoeg om Hem te waarderen.

Misschien heeft God me vanavond wel gered door me achter die stenen te verstoppen in plaats van op een plek waar iedereen me kon zien.

Maar als hij me had gezien toen hij aan kwam rijden, was hij waarschijnlijk van gedachten veranderd en had hij haar níet vermoord.

Dus wílde God dan dat zij...

Nee, dan zou hij gewoon ergens anders heen zijn gereden om het te doen... hoe dan ook.

Als U mij hebt gered, dank U wel, God.

Als U echt daarboven zit, hebt U dan iets met mij voor?

2

Maandag, 5.00 uur.

Toen bureau Hollywood werd gebeld, klokte Petra Connor allang overtijd, maar ze had wel zin in nog wat actie.

Zondag had ze ongewoon vreedzaam van acht uur 's morgens tot vier

9

uur 's middags geslapen zonder akelige dromen, zonder gedachten over aan flarden geschoten hersenweefsel, lege baarmoeders en dingen die nooit werkelijkheid zouden worden. Het was lekker warm toen ze wakker werd, en ze maakte gebruik van het licht door nog een uurtje aan haar schildersezel te zitten. Daarna nuttigde ze een half broodje pastrami en Coca-Cola, nam ze een warme douche en ging ze naar het bureau voor de laatste voorbereidingen voor het posten.

Zij en Stu Bishop reden net na het invallen van de duisternis weg. Ze doorkruisten steegjes zonder acht op kruimelmisdrijven te slaan, want ze hadden belangrijkere dingen aan hun hoofd. Ze kozen een plek uit om het appartementencomplex in Cherokee in de gaten te houden en spraken geen woord.

Doorgaans praatten ze wel en lukte het hun om de verveling tot iets te transformeren dat min of meer leuk was. Maar Stu had zich de laatste tijd nogal vreemd gedragen. Hij was afstandelijk en zwijgzaam alsof z'n werk hem niet meer interesseerde.

Misschien kwam het wel van die vijf dagen nachtdienst.

Het was een raadsel voor Petra, maar wat kon ze doen? Hij was haar meerdere. Ze zette het van zich af en dacht aan de Vlaamse meesters in het Getty-museum. Onthutsend van kleur, superieur gebruik van licht.

Twee uur wachten en bijna een houten kont. Even na 2.00 uur werd hun geduld beloond en hadden ze weer zo'n moordlustige maar ongrijpbare gek gepakt.

Nu zat ze aan een haveloos metalen bureau tegenover Stu voor het papierwerk en overwoog ze naar haar appartement terug te gaan om wat te tekenen. Die vijf dagen hadden haar juist opgepept. Stu, die zijn vrouw aan de telefoon had, zag er meer dood dan levend uit.

Het was een warme juninacht, nog lang voor het eerste licht, en het feit dat zij tweeën hier aan het eind van een ernstig onderbemande nachtdienst bij elkaar zaten was puur toeval.

Petra was op de kop af drie jaar rechercheur. De eerste achtentwintig maanden had ze bij autodiefstallen gezeten en de laatste acht met Stu bij moordzaken, in de dagdienst.

Haar partner was een veteraan die al negen jaar bij de politie zat en een gezin had. Dagdienst hoorde bij zijn levensstijl en bioritme. Petra was al vanaf haar vroegste jeugd een nachtdier geweest, al voor de donkerblauwe nachten van haar schilderschap, toen 's nachts wakker liggen haar inspireerde.

Al ver voor haar huwelijk, toen ze in slaap sukkelde van de regelmatige ademhaling van Nick.

Nu woonde ze alleen en was ze meer dan ooit verknocht aan het duister van de nacht. Zwart was haar lievelingskleur; als tiener had ze alleen maar zwarte kleren gedragen. Was het dan niet merkwaardig dat ze sinds haar afstuderen aan de politieacademie nooit naar nachtdienst had gesolliciteerd?

Het feit dat ze nu tijdelijk was omgeschakeld kwam gewoon door plichtsbetrachting.

Wayne Carlos Freshwater kroop 's nachts uit zijn hol om wiet, crack en pillen in achterafstraatjes van Hollywood te verkopen en prostituees te vermoorden. Die vent zou je overdag nooit vinden.

In een periode van zes maanden had hij – voor zover Petra en Stu wisten – vier tippelaars gewurgd. De laatste was een meisje van zestien dat van huis in Idaho was weggelopen en dat hij in de buurt van Selma en Franklin in een vuilniscontainer had gegooid. Ze had geen steekwonden, maar vingerafdrukken op een zakmes dat er in de buurt lag, wezen in de richting van Freshwater.

Vreselijk dom om zo'n mes te laten slingeren, maar daar keek niemand van op. Volgens Freshwaters dossier was hem twee keer een IQ-test afgenomen met respectievelijk 83 en 91 als uitkomst. Dat belette hem overigens niet om uit handen van de politie te blijven.

Een zwarte man van zesendertig, een meter achtenzestig, vierenzestig kilo en een lang strafblad dat de afgelopen twintig jaar besloeg; de laatste keer was hij gearresteerd op grond van zware mishandeling c.q. poging tot verkrachting. Dat had hem tien jaar Soledad opgeleverd, die natuurlijk tot vier jaar waren teruggebracht.

De gewone politiefoto van een chagrijnig, verveeld gezicht.

Zelfs bij zijn aanhouding had hij verveeld gekeken. Geen plotselinge bewegingen, geen poging om ervandoor te gaan. Hij had met zijn verwijde pupillen daar in die stinkende gang maar wat cool staan doen. Maar nadat hij in de boeien was geslagen sperde hij zijn ogen wijd open en schakelde hij over op verbazing.

Wat heb ik misdaan, agent?

Het rare was dat hij er inderdaad onschuldig uitzag. Petra wist hoe groot hij was, dus had ze een soort Napoleon vol testosteron verwacht, maar hier had je een bekakt knakkertje met een bekakte Michael Jackson-stem. Keurig in de kleren nog wel. Flitsend nieuw spul van Gap, waarschijnlijk gejat. Later vertelde de cipier dat hij onder zijn geperste kaki broek vrouwenondergoed droeg.

Het vonnis van tien jaar Soledad was omdat hij een zestigjarige oma in Watts had gewurgd. Toen Freshwater op vrije voeten kwam, was hij kwaaier dan ooit en het kostte hem een week om zijn oude stiel weer op te vatten en het geweldsniveau op te voeren.

Wat een systeem. Petra kon een glimlach niet onderdrukken toen ze aan het eind van haar proces-verbaal aan Freshwaters uitdrukking van stompzinnige verrassing moest denken.

Wat heb ik gedaan?

Je bent heel erg stout geweest.

Stu zat nog met Kathy te bellen: kom zo thuis, schat, geef de kinderen een kusje van me.

Zes kinderen. Een boel gezoen. Petra had ze weleens in de rij voor Stu zien staan voordat ze aan tafel mochten: platinablond, brandschone handen en nagels.

Het had haar heel wat tijd gekost voordat ze andermans kinderen kon bekijken zonder aan haar eigen nutteloze eierstokken te denken.

Stu trok zijn das los. Ze keek hem vragend aan, maar hij wendde zijn blik af. In de dagdienst zou hij wel weer opkikkeren.

Hij was zevenendertig, acht jaar ouder dan Petra. Maar hij zag er meer uit als dertig: een slanke, knappe man met golvend blond haar en lichtbruine ogen. Samen hadden ze algauw de bijnaam Ken en Barbie gekregen, ondanks Petra's donkere haar. Stu had een voorliefde voor dure, traditionele pakken met overhemden met brede manchetten, bretels van gevlochten leer en gestreepte zijden dassen. In zijn holster stak de best geoliede 9mm van het korps en hij had een bewijs van de vakbond van tv-acteurs omdat hij rolletjes in politiefilms speelde. Vorig jaar was hij inspecteur geworden.

Hij was een intelligente, eerzuchtige en toegewijde mormoon, die met de aantrekkelijke Kathy en de zes deugnieten in een huis met een halve hectare grond in La Crescenta woonde. Petra had veel van hem geleerd. Hij was geen seksist, kampte niet met persoonlijke shit en kon goed luisteren. Net als Petra was hij een workaholic en had hij een grote arrestatiedrang. Een ideaal koppel. Tot vorige week. Wat scheelde eraan?

Was het iets politieks? Op de eerste dag van hun partnerschap had hij haar verteld dat hij erover dacht om uiteindelijk achter een bureau te belanden, dat hij hoofdinspecteur wilde worden.

Hij wilde haar kennelijk op het afscheid voorbereiden, maar sindsdien had hij er met geen woord meer over gerept.

Petra vroeg zich af of hij soms nog hoger mikte. Zijn vader was een geslaagd oogspecialist en Stu was opgegroeid in een groot huis in Flintridge, had in Hawaï gesurft en in Utah geskied. Hij was gewend aan het goede leven.

Hoofdinspecteur Bishop, plaatsvervangend hoofdcommissaris Bishop. Ze kon zich voorstellen hoe hij over een paar jaar met grijze bakkebaarden en Cary Grant-rimpeltjes de pers voor zich innam en het hele spel speelde. Maar hij zou het goed doen, want hij had zowel ruggengraat als stijl.

Freshwater was een flinke slag. Waarom leek het dan of het hem niets kon schelen?

Vooral omdat hijzelf degene was die de zaak in feite had opgelost. Op de ouderwetse manier. Ondanks zijn chemisch gereinigde voorkomen was hij in negen jaar een deskundige op het gebied van de straatmisdaad geworden en had hij een heel netwerk van informanten in de onderwereld opgebouwd.

Over Freshwater hadden twee verklikkers zich onafhankelijk van elkaar gemeld om te vertellen dat de vermoorde hoer zwaar aan de crack had gezeten, 's nachts gestolen spullen op de Boulevard had verkocht en coke scoorde in een kraakpand in Cherokee. Twee cadeautjes: nauwkeurige adressen tot en met het nummer van het appartement en de precieze lokatie van de uitkijkposten van de dealer.

Stu en Petra moesten drie avonden achtereen posten. De derde avond grepen ze Freshwater in zijn kraag toen hij het gebouw aan de achterkant binnenging en Petra hem de handboeien aan kon doen.

Dunne polsen. Wat heb ik misdaan, agent? Ze moest hardop grinniken en vulde de te kleine ruimten op het arrestatieformulier met haar elegante tekenaarshandschrift.

Net toen Stu ophing, ging die van Petra over. Ze nam op en de wachtcommandant beneden zei: 'Je raadt het nooit, Barbie. We kregen een telefoontje van de parkwachters in Griffith. Er ligt een vrouw op een parkeerterrein, waarschijnlijk een één-acht-zeven. Tikkie, jij bent 'm.'

'Welk parkeerterrein in Griffith?'

'Aan de oostkant, achter een van de picknickplaatsen. Er hoort een ketting omheen te hangen maar je weet hoe dat gaat. Neem Los Feliz alsof je naar de dierentuin gaat, en niet doorrijden naar de snelweg maar afslaan. Er staan al patrouillewagens en die van de parkwacht. Doe maar code twee.'

'Oké, maar waarom wij?'

'Waarom jullie?' lachte de brigadier. 'Kijk maar om je heen. Zie je soms iemand anders dan jezelf en Kenny? Geef de gemeente maar de schuld.'

Ze legde neer.

'Wat?' zei Stu. Zijn das van Carroll & Company was weer keurig en er zat geen haartje scheef. Maar hij zag er moe, zonder meer moe uit. Petra zei het.

Hij stond op en knoopte zijn jasje dicht. 'Kom op.'

Geen woord van protest. Stu klaagde nooit.

3

Ik stop mijn spullen van Plek Twee in drie lagen stomerijplastic, loop de heuvel achter de stenen op en verdwijn tussen de bomen. Ik val en struikel wat af, want ik durf mijn zaklantaarn niet aan te doen voordat ik diep in het bos ben, maar het kan me niets schelen, ik moet daar gewoon weg.

De dierentuin is een gruwelijk eind; dat zal wel een poosje duren.

Ik loop door als een apparaat zonder gevoel en moet denken aan wat hij met haar heeft gedaan. Daar schiet ik niets mee op. Ik moet het van me afzetten.

Als ik in Watson moeilijkheden met Moron had gehad of zomaar een slechte dag had, maakte ik weleens lijstjes om mijn gedachten af te leiden. Dat hielp soms.

Dat gaat zo: presidenten in volgorde van verkiezing. Washington, Adams, Jefferson, Madison, Monroe, Quincy Adams, Jackson, Martin Van Buren... de kleinste president die we ooit hebben gehad.

Shit, daar ga ik weer. Ik lig op mijn knieën. Ik sta op en loop verder. In Watson had ik een boek over de presidenten, uitgegeven door de Library of Congress, met dik papier, uitstekende foto's en het officiële presidentiële zegel voorop. Ik kreeg het in de vierde klas omdat ik de President Bee had gewonnen, las het ongeveer vijfhonderd keer en probeerde me terug in de tijd te verplaatsen en me voor te stellen hoe het was om George Washington te zijn, die de scepter over een gloednieuw land zwaaide, of Thomas Jefferson een groot genie die dingen uitvond en met vijf pennen tegelijk schreef.

Zelfs hoe het was om Martin Van Buren te zijn, die wel klein was, maar toch de baas over iedereen.

Boeken werden een probleem toen Moron bij me introk. Hij had er een hekel aan als ik las, vooral als zijn chopper stuk was of mam geen geld voor hem had.

Dat opneukertje met zijn godvergeten boeken denkt zeker dat hij de slimste thuis is.

Toen hij bij ons was komen wonen moest ik in de keuken zitten terwijl hij en mam mijn slaapbank in beslag namen om tv te kijken. Op een dag kwam hij blut de stacaravan in terwijl ik probeerde mijn huiswerk te doen. Ik zag het aan zijn ogen en de manier waarop hij gewoon bleef ijsberen en zijn handen steeds maar tot vuisten balde en dat grommende geluid maakte. Het huiswerk was voorbereidende algebra, doodsimpel. Juffrouw Annison geloofde me die ene keer niet, toen ik haar vertelde dat ik het al kende en bleef me hetzelfde huiswerk geven als de rest van de klas. Ik maakte de sommen als een haas en was bijna klaar toen Moron een bakje bonendip uit de ijskast haalde en er met zijn handen uit begon te eten. Ik keek hem heel even aan. Hij stak zijn hand uit, rukte aan mijn haar en sloeg het wiskundeboek hard op mijn vingers. Daarna greep hij een stel schriften en andere boeken inclusief het wiskundeboek *Denken in getallen* en scheurde ze in tweeën.

Hij zei: 'Weg met die rotzooi!' en gooide ze in de vuilnisbak. 'Kom eens van je reet godverdomme en doe iets nuttigs, mietje.'

Mijn haar rook naar bonen en de volgende dag was mijn hand zo opgezwollen dat ik mijn vingers niet kon bewegen dus hield ik hem in mijn zak toen ik juffrouw Annison vertelde dat ik het boek was kwijtgeraakt. Zij zat aan haar bureau popcorn te eten en proefwerken na te kijken en zei zonder op te kijken: 'Nou, Billy, dan zul je een nieuwe moeten kopen, denk ik.'

Ik kon mam geen geld vragen, dus dat nieuwe boek is er nooit gekomen. Ik kon mijn huiswerk niet meer doen en mijn cijfers voor wiskunde begonnen te kelderen. Ik bleef denken dat juffrouw Annison of iemand anders misschien wel nieuwsgierig zou worden, maar nee hoor. Een andere keer verscheurde Moron mijn tijdschriftenverzameling die ik had samengesteld uit de rommel van andere mensen en het grootste deel van mijn persoonlijke boeken, inclusief het exemplaar over de presidenten. Een van de eerste dingen die ik zocht toen ik de bibliotheek op Hillhurst Avenue eindelijk had ontdekt, was een ander exemplaar. Dat vond ik wel, maar het zag er anders uit. Het papier was minder dik, de foto's waren alleen zwart-wit, maar het was toch interessant. Ik las dat William Henry Harrison meteen na zijn verkiezing kou vatte en stierf.

Pech voor de eerste president die William heette.

Dit is hard werken. Mijn hoofd is wel helder, maar mijn hart en maag voelen alsof ze in brand staan. Nog meer dan: Taylor, Fillmore, Pierce... James Buchanan, de enige president die nooit getrouwd is. Hij moet wel eenzaam zijn geweest in het Witte Huis, hoewel hij het waarschijnlijk behoorlijk druk zal hebben gehad. Misschien vond hij het wel prettig om alleen te zijn. Daar kan ik wel inkomen.

Lincoln, Johnson, Grant, McKinley.

Weer een William als president. Zou iemand hem ooit Billy hebben genoemd? Zo aan zijn foto te zien – kaal, turende ogen, boos gezicht – denk ik van niet.

Niemand heeft mij ooit William genoemd behalve onderwijzers op de eerste dag van het schooljaar, en die schakelden dan ook gauw over op Billy omdat alle kinderen om William moesten lachen.

Billy Goat, Billy the Goat.

William Bradley Straight.

Het is een gewone naam, niks bijzonders, maar beter dan de namen die ik ook weleens naar mijn hoofd heb gekregen.

Tsjak-tsjak...

Oeps... Ik struikel maar blijf overeind. Plek Vijf is nog een heel eind. Het is een warme nacht. Ik wilde dat ik mijn piskleren uit kon trekken en naakt tussen de bomen door kon rennen als een wild, sterk dier dat weet waar hij loopt... Ik zal tien keer diep ademhalen om wat af te koelen.

Dit gaat al beter. Nog meer lijstjes. Tropische vissen: platy's, zwaarddragers, neontetra's, guppies, maanvissen, pauwoogcichliden, meervallen, messingbarbelen, arowana's. Ik heb nooit een aquarium gehad, maar tussen mijn tijdschriftenverzameling zaten oude exemplaren van de *Tropical Fish Hobbyist* en de plaatjes vulden mijn hoofd met kleur. Iets waarop die artikelen de nadruk legden, was dat je voorzichtig moest zijn met de samenstelling van je bak; je moest weten waarmee je te maken had. Cichliden en aronawa's eten als ze groot genoeg zijn alle andere vis op en als de aronawa's echt groot zijn, zullen ze ook de cichliden proberen op te eten. Goudvissen zijn het vreedzaamst, maar ze zijn ook het traagst en worden altijd opgegeten.

Mijn maag brandt nog steeds alsof er iemand in zit die aan me knaagt... diep ademhalen... dieren die je in het park ziet: vogels, hagedissen, eekhoorns en soms slangen. Ik sla er geen acht op.

Dat geldt ook voor mensen.

's Nachts zie je soms dakloze gekken met winkelwagentjes vol troep, maar die blijven nooit lang. Ook Mexicanen in lage auto's die harde muziek spelen. Als ze stoppen, is dat bij de treinen. Junkies natuurlijk, want dit is Hollywood. Ik heb ze aan zien komen. Dan gingen ze aan de picknicktafels zitten alsof ze gingen eten, bonden hun arm af, staken er een naald in en bleven vervolgens zitten met de blik op oneindig.

Als de dope echt in hun bloed zit, zuchten ze knikkend en vallen ze in slaap en zien ze er gewoon uit als mensen die een tukje doen.

Soms parkeren er stelletjes aan de rand van het parkeerterrein, ook homo's. Ze praten, vrijen en roken. Uit de verte zie je hun sigaretten als oranje sterretjes opgloeien.

Iedereen heeft plezier.

Ik dacht dat zíj dat ook van plan waren, daarnet.

De ketting wordt constant doorgeknipt en het duurt weken voordat de parkwachters de zaak weer hebben gerepareerd. De politie patrouilleert er weinig omdat het parkwachtdomein is. Het park is gigantisch groot. In de bibliotheek heb ik een boek gevonden waarin staat dat het zo'n tweeduizend hectare is. Er staat ook in dat het park op een rare manier begonnen is: een gestoorde die kolonel Griffith heette had geprobeerd zijn vrouw te vermoorden en om celstraf te voorkomen moest hij zijn land aan de gemeente afstaan.

Dus daarom is het misschien geen gunstige plek voor vrouwen...

Er zitten honderd hectare in een vierkante kilometer, dus je kunt met die tweeduizend hectare wel van kolossaal spreken. Ik kan het weten want ik ken het bijna als mijn broekzak.

Soms stoppen de parkwachters ook om een sigaret te roken en te praten. Een paar weken geleden stapten er een mannelijke en een vrouwelijke parkwacht even na middernacht op de picknickplaats uit de auto en gingen op de motorkap zitten. Ze praatten en lachten en daarna kusten ze elkaar. Ik hoorde hun ademhaling sneller gaan, ik hoorde haar 'Mm' zeggen en had de indruk dat ze het wel gauw zouden gaan doen. Daarna trok de vrouw haar hoofd weg en zei: 'Kom mee, Burt. Zo meteen ziet iemand ons.'

Eerst zweeg Burt. Toen zei hij: 'Hè, flauwerd.' Maar hij lachte en zij moest ook lachen. Ze kusten en betastten elkaar nog een beetje. Daarna stapten ze weer in en reden weg. Volgens mij zouden ze die vrijpartij alleen maar even uitstellen. Waarschijnlijk zouden ze na hun dienst ergens anders heen gaan om het te doen. Misschien naar het huis van een van tweeën, of naar een van die motels aan de Boulevard waar je kamers per uur kunt huren en de hoeren je voor de deur opwachten.

Ik ga er nu niet meer heen, maar toen ik er voor het eerst was, probeerde zo'n hoer – een dikke negerin in een felgekleurd short en een topje van zwarte kant waaronder ze niets aan had – zich aan me te verkopen.

Ze bleef maar herhalen: 'Kom eens hier, boy-child.' Het klonk als: 'Kommesie botsja, botsja, botsja.' Daarna hees ze haar topje op om me een enorme zwarte tiet te laten zien. Haar tepel was bobbelig, groot en zo paars als een verse pruim. Ik holde weg en haar gelach achtervolgde me als een hond een kip.

Vreemd genoeg had ze me een prettig gevoel gegeven, omdat ze dacht dat ik het wel kon. Ook al wist ik dat ze waarschijnlijk een geintje maakte. Ik kan me die tepel nog wel herinneren, zoals hij mijn kant op wees alsof ze zeggen wilde: Hier, pak maar, zuig maar even. Haar mond stond wijd open en haar tanden waren groot en wit.

Waarschijnlijk haalde ze maar een geintje met me uit, of zat ze op zwart zaad en was ze bereid het met iedereen te doen. De meeste hoeren zijn junkies of crackgebruikers.

De manier waarop die twee parkwachters hadden gelachen had iets weg van dat gelach van die hoer.

Bestaat er zoiets als een sexlach?

Als een kind behandeld worden heeft zijn voor- en nadelen. Als je in een winkel voor in een rij volwassenen staat, worden zij eerst geholpen, al heb je geld bij je. De Boulevard en al die zijstraatjes zijn een groter probleem, want daar wemelt het van de griezels en viespeuken die eropuit zijn om kinderen te verkrachten. Een keer heb ik in een steegje een tijdschrift gevonden met plaatjes van viespeuken die het met kinderen doen en die hun lul in hun mond of achterwerk steken. Een paar kinderen huilden, andere keken slaperig uit hun ogen. Het gezicht van die viespeuken zie je niet, alleen die harige benen en hun lul. Ik kreeg een hele poos nachtmerries van die kinderen en hoe ze uit hun ogen keken. Maar het heeft me ook voorzichtig gemaakt.

Ik heb het weleens gehad dat er gasten met hun auto naast me stopten als ik op straat liep. Ook al was het op klaarlichte dag, ze zwaaiden met geld of chocoladerepen of zelfs met hun lul. Ik doe net of ik ze niet zie en als ze niet ophouden, zet ik het op een lopen. Als ik een slechte bui had omdat ik niet had gegeten of een hele nacht akelig had gedroomd, stak ik mijn middenvinger weleens naar ze op. Maar vorige maand probeerde een van die gasten me te overrijden. Ik wist wel te ontkomen, maar voortaan hou ik mijn vinger thuis.

Je weet nooit uit welke hoek de problemen komen. Vorige week kregen twee gasten een auto-ongeluk in Gower. Het was maar een deukje, maar die ene vent stapt uit met een honkbalknuppel en slaat zo de voorruit van die andere in. Daarna wilde hij de andere chauffeur te lijf gaan en die zette het op een lopen.

Er zijn maniakken bij die tegen iedereen en niets lopen te schreeuwen en 's nachts hoor je altijd schoten. Ik heb zelfs overdag wel gasten zien rondlopen met een bobbel in hun zak die veel weg had van een pistool.

De enige dode die ik heb gezien was zo'n oude zwerver met een winkelwagentje. Hij lag met open mond in een steegje alsof hij sliep. Maar zijn huid was asgrauw en de vliegen vlogen zijn mond in en uit. Vlakbij was een vuilniscontainer die ik wilde plunderen, maar ik ben 'm maar gesmeerd want mijn eetlust was over. 's Nachts werd ik wakker met een maag die knorde van de honger en toen kon ik mezelf wel voor mijn kop slaan omdat ik me zo had laten beïnvloeden. Hij was toch al oud.

Als ik genoeg heb gegeten, barst ik van de energie. Ik word supersnel. Als ik hardloop heb ik het gevoel alsof ik straalaandrijving heb zonder last van zwaartekracht of andere beperkingen.

Soms zit ik in zo'n hardloopritme dat ik het in mijn hoofd voel als het gedreun van muziek: ba-boem, ba-boem, niets houdt me tegen. Als dat gebeurt, moet ik mezelf dwingen om vaart te minderen want het is riskant om jezelf te vergeten.

Ik minder ook altijd vaart als ik op het punt sta het park in te gaan. Lang van tevoren. Ik kijk altijd om me heen om me ervan te vergewissen dat er niemand naar me staat te kijken. Daarna loop ik ontspannen het park in alsof ik in een van de enorme villa's aan het eind woon.

Een van de boeken die Moron had verscheurd was van een Franse geleerde die Cousteau heette. Het ging over inktvissen. Eén hoofdstuk beschreef hoe een octopus zijn kleur kan aanpassen aan zijn achtergrond. Ik ben dan wel geen octopus, maar ik kan heel goed in de achtergrond verdwijnen.

Ik neem weleens dingen weg, maar daarom ben ik nog geen dief.

Ik vond hetzelfde boek over octopussen in de bibliotheek, leende het en bracht het weer terug.

Ik nam het boek over de presidenten mee en hield het.

Maar volgens het kaartje achterin was het toch al in negen maanden niet uitgeleend.

In Watson was ook een bibliotheek, maar die stelde niets voor. Het was gewoon een opslagplaats naast de veteranensoos waar je nooit een mens zag en hij was meestal dicht. De dame achter de balie keek me altijd aan alsof ze dacht dat ik iets wilde pikken, maar het rare was dat ik dat nooit deed.

In de Hillhurst-bibliotheek zit ook zo'n oud mens, maar die zit meestal in haar kantoortje en de dame die de boeken afstempelt is een jonge, knappe Mexicaanse met heel lang haar. Ze heeft een keer naar me geglimlacht, maar ik deed net of ik het niet zag en de glimlach viel van haar gezicht alsof ik hem eraf had getrokken.

Ik kan geen bibliotheekkaart krijgen omdat ik geen adres heb. Mijn tactiek is dat ik naar binnen ga met de air van een leerling van de King Middle School die zijn huiswerk komt maken. Ik zoek een tafel waar niemand aan zit om een poosje te lezen en te schrijven. Doorgaans werk ik aan wiskundesommen. Daarna ga ik weer naar de schappen. Dat presidentenboek breng ik weleens terug.

En al houd ik het, dan zal niemand het missen. Denk ik.

Als je het uiterlijk van een onschuldig jongetje hebt, heeft dat het voordeel dat je af en toe dingen kunt pikken in een winkel zonder gesnapt te worden. Ik weet dat het een zonde is, maar zonder eten ga je dood en zelfmoord is ook zonde.

Ook zijn mensen niet bang van kinderen, althans niet van blanke. Dus als je iemand wat kleingeld vraagt, sturen ze je hooguit weg. Ik bedoel, wat moeten ze tegen me zeggen? Neem maar een baantje, jochie? Eén ding heb ik wel in Watson geleerd: als je mensen zenuwachtig maakt, ben jij de klos.

Dus heeft God me misschien wel geholpen door me klein voor mijn leeftijd te maken. Maar uiteindelijk wil ik wel wat groter worden.

Voordat mam depressief werd, pakte ze me weleens bij de kin en zei ze: 'Moet je toch eens kijken. Net een engel. Verdomd, net een cherubijntje.'

Ik vond dat vreselijk; het klonk zo truttig.

Een paar kinderen die in dat tijdschrift werden verkracht, zagen er ook als engeltjes uit.

Je weet nooit of iets veilig is of niet. Ik mijd iedereen en daar leent dat park zich prima voor. Tweeduizend hectare waar het bijna overal rustig en stil is.

Dank u wel, gekke meneer Griffith.

Hij had geprobeerd zijn vrouw te vermoorden door haar in haar oog te schieten.

4

In acht maanden had Petra eenentwintig andere moorden afgewerkt en een aantal daarvan vrij oppervlakkig. Maar zoiets als dit had ze nog nooit gezien. Zelfs de trouwerij van Hernandez viel hierbij in het niet. Deze vrouw zag eruit alsof ze door de vleesmolen was gehaald. Een en al bloed. Alsof ze erin verdronk, als vruchten in de chocoladesaus. De voorkant van haar jurk was één weerzinwekkende massa met glanzende grijze slangen van ingewanden die naar buiten stulpten door de opengesneden stof. Zijdeachtig materiaal, niet geweldig als je naar vingerafdrukken zocht. Het bloed was ook een goede dekmantel; probeer maar eens een vingerafduk van de huid te lichten. Misschien de sieraden, als de moordenaar die tenminste had aangeraakt.

Zij en Stu waren in het donker gearriveerd temidden van grimmige gezichten, sputterende politieradio's en een blinkende symfonie van rode zwaailichten. Ze noteerden de verklaringen van de parkwachters die het lijk hadden gevonden en wachtten het eerste licht af om het slachtoffer te kunnen onderzoeken.

Het bloed was roodbruin gestold en zat in strepen op haar huid en op het omringende asfalt, en liep in stroompjes het parkeerterrein op; sommige spatten waren nog kleverig.

Petra stond bij het lijk, maakte een tekening van het omringende gebied en het lichaam, en noteerde de verwondingen die ze kon zien. Minstens zeventien steekwonden en dan nog alleen aan de voorkant. Ze boog zich zo dicht mogelijk naar het lijk toe zonder het aan te raken om het gescheurde vlees te bekijken; de onderlip was er bijna helemaal af en het linkeroog was gereduceerd tot robijnkleurige pap. Alle schade zat links.

U moest uw kleinzerige dochter nu eens zien, papa.

Ondanks eenentwintig voorgaande lijken werd ze onpasselijk toen ze dit exemplaar bij daglicht zag. Daarna voelde ze iets ergers: de pijn van het medelijden.

Arme meid. Arme, arme meid, hoe heeft het zover kunnen komen?

Uiterlijk gaf ze geen krimp. Toeschouwers zouden louter kordate efficiëntie hebben gezien. Nick had haar weleens naar het hoofd gegooid dat competentie niet sexy was. Los van alle andere verwijten die hij haar had gemaakt. Waarom had ze niet begrepen wat er mis was?

Ze vond het prettig om zakelijk gevonden te worden. Ze had een broodwinning gevonden waar ze van hield.

Een maand geleden was ze naar de kapper in Melrose gegaan, had de tegenstribbelende coiffeuse opdracht gegeven vijftien centimeter van haar zwarte haar af te knippen en was naar huis gegaan met een korte zwarte rattenkop die weinig aandacht vroeg.

Stu zag het meteen. 'Staat je goed.'

Zij vond dat het mooi bij haar bleke, magere gezicht paste.

Ze kocht haar kleren tegenwoordig uitsluitend met een praktisch oog. In de uitverkoop bij Loehmann en Robinsons-May kocht ze broekpakken die ze thuis vermaakte zodat ze perfect om haar lange gestalte vielen. De meeste waren zwart, zoals het exemplaar dat ze vandaag aanhad. Een paar marineblauwe en een donkergrijze.

Ze droeg lippenstift van MAC, donkerrood met een bruine glans, een tikje oogschaduw en mascara. Geen crème; haar huid was even blank en zacht als schrijfpapier. Geen sieraden. Niets waar een arrestant een ruk aan kon geven.

Het slachtoffer had wel crème op haar gezicht.

Petra zag het duidelijk op plekken waar geen bloed zat. Spoortje rouge, poeder en mascara op het intacte oog die wat dikker was aangebracht dan bij Petra.

Het beschadigde oog was een donkerpaars gat en de oogbal was gereduceerd tot plat cellofaan waaruit iets van de geleiachtige substantie op de neus lekte.

Mooie neus, afgezien van die jaap.

Het rechteroog stond wijd open. Het was blauw en er lag een waas overheen. Die doffe, dode blik. Die kon je niet spelen. Die was uniek. Was de ziel gevlogen? En wat had hij achtergelaten? Een omhulsel dat net zomin leefde als de afgeworpen huid van een slang?

Ze bleef het lijk met artistieke precisie onderzoeken en zag een kleine, diepe snee in de linkerwang die ze over het hoofd had gezien. Achttien. Ze kon het lijk niet omdraaien voordat de politiefotograaf klaar was met zijn werk en de patholoog-anatoom zijn fiat gaf. De definitieve telling zou hij doen als het lijk uitgestrekt op zijn roestvrijstalen tafel lag.

Ze bracht de wangwond op haar tekening aan. Je kon niet voorzichtig genoeg zijn; het kantoor van de lijkschouwer was een chaos en artsen maakten fouten.

Stu stond nu bij de patholoog-anatoom, een vrij oude man die Leavitt heette. Ze waren allebei ernstig maar ontspannen. Niets van die smakeloze grappen die je wel in politiefilms hoorde. De echte rechercheurs die ze kende waren meestal gewone jongens, redelijk intelligent, geduldig, vasthoudend, en hadden weinig gemeen met de speurneuzen van het witte doek.

Ze probeerde het bloed weg te denken om een indruk te krijgen van de persoon achter die slachting.

De vrouw leek jong en Petra wist vrij zeker dat ze knap was geweest. Zelfs nu ze zo was toegetakeld en als afval op het parkeerterrein was gedumpt, kon je zien dat ze fraaie trekken had. Ze was niet groot maar had lange, welgevormde benen die tot halverwege de dijen bloot waren en een smalle taille onder dat korte jurkje van zwarte zijde. Grote borsten, misschien met siliconen. Slanke vrouwen met grote borsten deden Petra tegenwoordig altijd aan plastische chirurgie denken.

Er was geen spoor van een rare substantie op haar romp maar wie weet, met al dat bloed. Wat gebeurde er eigenlijk als je in siliconenborsten jaapte? Hoe zag silicon er trouwens uit? In haar acht maanden bij moordzaken was het onderwerp nooit ter sprake gekomen.

Panty gescheurd, maar dat zag eruit alsof het van het asfalt kwam. Geen duidelijke tekenen van aanranding of een seksuele houding, geen zichtbaar sperma om de kapotte mond of op haar benen.

Veel haar. Lichtblond, goed geverfd. Je zag wel een paar donkere haarwortels doorkomen, maar het was mooi en vakkundig gedaan. De jurk was van met de hand gestikte jacquard, en omdat hij was opgehesen en in een prop om haar schouders zat, kon ze het etiket lezen. ARMANI EXCHANGE.

De glimmende sieraden waarvan Petra hoopte dat er vingerafdrukken op zaten, waren een tennisarmband met forse diamanten aan haar linkerpols, een cocktailring met een saffier en een diamant, een gouden dames-Rolex en oorbellen met diamantjes.

Geen trouwring.

Ook geen tasje, dus een snelle identificatie konden ze wel vergeten. Hoe was ze hier beland? Had ze een afspraakje? Veel haar, mini-jurk. Was ze een callgirl die de straat op was gelokt met het vooruitzicht van een bonus?

Het tasje was weg, maar de sieraden waren niet gepikt. Alleen dat horloge moest al drieduizend dollar kosten. Dus geen roofoverval. Tenzij de overvaller nog stommer was dan andere straatrovers en 'm in paniek gesmeerd was.

Nee, dat was onlogisch. Al die wonden wezen niet op paniek of roofzucht. Deze schoft had het op zijn dooie akkertje gedaan.

Had hij het tasje meegenomen om het op een roofoverval te laten lijken en was hij de sieraden vergeten?

Ze stelde zich iemand voor die in een aanval van razernij op haar in had gehakt. Diepe wonden, geen verdedigingswonden – die waren nu eenmaal zeldzamer dan mensen wel dachten – en een forsgebouwde man zou weinig moeite hebben met een vrouw die zo slank was als deze.

Toch kon het betekenen dat het iemand was die ze kende.

Dat gold zeker voor de overdaad aan steekwonden.

Was de blonde vrouw bij verrassing vermoord?

Petra's brein werd overspoeld met beelden van snelle bewegingen. Ze onderdrukte ze. Het was nog te vroeg voor theorieën.

God, wat zag dit er barbaars uit. Alsof ze door een roofdier was aangevallen. Ze gokte erop dat de wonden aan de voorkant waar de ingewanden uit kwamen fataal waren geweest, maar de razernij was grotendeels op het gezicht geconcentreerd.

Had hij de vrouw eerst opengereten en vervolgens geprobeerd haar schoonheid uit te wissen? Wat een vreselijke haat; een explosie van haat.

Iets persoonlijks. Hoe meer Petra erover nadacht, hoe logischer dat leek. Wat voor relatie had hiertoe geleid? Haar man? Vriend? Een of andere knappe imitatie van een minnaar?

Een losgelaten beest.

Petra ontspande haar vuisten en stak ze in de zakken van haar broekpak. DKNY, overcompleet bij Saks, lichtgewicht crêpe, gitzwart. Comfortabel, dus had ze het aangetrokken toen ze voor Freshwater gingen posten.

De jurk van de blonde vrouw had een tikje blauw. Blauwzwart en gespoeld in roestig water.

Twee vrouwen in het zwart. De rouw was al begonnen.

Stu bleef met Leavitt praten en Petra bleef bij het lijk als een vrijwillige bewaakster.

Bewaakte ze een afgeworpen huid?

Als klein meisje in Arizona had ze bij uitstapjes met haar vader en broer Dick vaak afgeworpen huiden gevonden, ragfijne donaties van slangen en hagedissen. Ze had ze verzameld en getracht er koordjes van te vlechten. Ze waren in haar handen tot stof vergaan en zo was ze reptielen ook als tere wezens gaan beschouwen die op de een of andere manier minder bedreigend waren.

Maar ze bleven haar dromen toch jarenlang vergiftigen. Net als schorpioenen, wilde katten, uilen, gehoornde padden, vliegende kevers, zwarte weduwen: de schijnbaar eindeloze stroom schepsels die met de snelweg meekwamen.

Arme paps, veroordeeld tot urenlang nachtelijk waken met verhalen en grapjes en dwangmatige controlerituelen, allemaal bedoeld om zijn jongste kind te laten slapen zodat hij iets van de rust van een alleenstaande ouder kon genieten.

Wat deed hij eigenlijk met die zuurverdiende rust?

Pa kennende, besteedde hij al zijn vrije tijd aan tentamens nakijken, of aan zijn studieboek dat nooit afkwam. Met een groot glas Chivas ter versterking. Ze wist dat hij één fles in zijn nachtkastje had en dat die vaak leeg was, hoewel ze hem nooit echt dronken had gezien.

Professor Kenneth Connor, fysisch antropoloog met een doorsnee reputatie, inmiddels gefossiliseerd door Alzheimer, twintig maanden geleden voortijdig gestorven. Ze kon zich die dag nog goed herinneren. Ze had een gestolen Mercedes helemaal tot de Mexicaanse grens achternagezeten en het bureau had het telefoontje doorverbonden. Cerebraal accident. Mooi woord voor beroerte. De neuroloog liet doorschemeren dat paps hersens door aderverkalking waren aangetast.

Hij had zich gespecialiseerd in ongewervelde genetica, maar verzamelde schelpen, huiden, schedels, brokstukken en andere overblijfselen uit de organische oudheid. Hun huisje aan de snelweg buiten Phoenix was tot de nok toe gevuld met rommel en stoffelijke resten en het rook er als in een verwaarloosd museum. Een lieve man en zorgzame vader. Petra's moeder was gestorven toen ze van haar beviel, maar paps had nooit iets van wrok laten blijken, al wist ze zeker dat hij iets dergelijks moest hebben gevoeld. Zij had zichzelf in elk geval wel gestraft toen ze in een wilde, kwaaie tiener veranderde en het net zo lang op confrontaties aan liet komen tot pa zich gedwongen zag haar op kostschool te doen en zij zich in haar slachtofferrol kon wentelen.

In zijn testament stond dat hij gecremeerd wilde worden. Zij en haar broers hadden die wens gerespecteerd en zijn as in het holst van de nacht over een plateau uitgestrooid.

Stuk voor stuk hadden ze gewacht tot een ander iets zou zeggen.

Uiteindelijk had Bruce de stilte verbroken. 'Het is voorbij; hij heeft rust. Laten we er als de sodemieter vandoor gaan.'

Paps, de weefselverzamelaar, tot grijze stofdeeltjes teruggebracht. Misschien zou de een of andere archeoloog over een miljoen jaar een molecuul van Kenneth Connor vinden en hypotheses opstellen over hoe het leven er in de twintigste eeuw had uitgezien.

En nu was er déze klomp dood vlees, vlak naast haar, pas dood en meelijwekkend.

Petra schatte de leeftijd van de vrouw tussen de vijfentwintig en dertig. De strakke kaaklijn verried dat ze niet veel ouder kon zijn. Achter de oren zaten geen zichtbare sporen van een facelift.

Sterke jukbeenderen, te oordelen naar de rechterkant. De hele linkerkant was scharlaken pulp. Waarschijnlijk was de moordenaar rechtshandig en was het hoofd naar rechts gerold toen hij haar bewerkte.

Behalve in het geval van Freshwater waren haar eenentwintig voorgaande gevallen doorsneemoorden geweest: schietpartijen in kroegen, messentrekkerij en zware mishandeling. Hersenloze mannen die andere hersenlozen afmaakten.

Het akeligst was de trouwerij van Hernandez geweest, een toestand op zaterdag in een veteranensoos op de grens van Rampart Division. De bruidegom had de vader van de bruid op de receptie vermoord met een splinternieuw taartmes met een greep van namaakparelmoer, waarmee hij de oude heer van zijn ribbenkast tot zijn kruis opensneed. Hij had hem gewoon gefileerd terwijl zijn achttienjarige bruid en honderd andere mensen met afgrijzen toekeken.

Lekkere bruidsdagen.

Petra en Stu vonden de bruidegom in Baldwin Park waar hij zich schuilhield, lieten het arrestatiebevel zien en namen hem mee naar het bureau. Hij was een negentienjarige leerling-hovenier en de stommeling had het mes notabene in een zak kunstmest achter in de vrachtwagen van zijn baas verstopt.

Kijk dan paps, heb ik opgelost, en zonder de griezelgruwels.

Ze stelde zich voor hoe haar vader verrast zou glimlachen om de carrière van zijn sidderende, fobische kleine meid.

Efficiënt.

Ze zoog de frisse ochtendlucht op. Die was zoet; je rook de dennen.

Opeens was ze het wachten beu en haar handen jeukten om iets te doen en iets uit te zoeken.

Uiteindelijk liet Stu dokter Leavitt met rust en verdween hij achter het lint naar de andere kant van het parkeerterrein waar de auto's van de politie en de lijkschouwer bij elkaar stonden. Systematisch als altijd vertelde hij de technische collega's wat ze moesten doen en laten en wat ze mee moesten nemen voor analyse. De patholoog-anatoom reed weg en de mortuariumassistenten bleven achter en luisterden in hun busje naar rapmuziek met een zware bas.

Het wachten was op de fotograaf en de hondenbrigade zodat het lijk kon worden verwijderd en de speurhonden het beboste gebied boven het parkeerterrein konden afsnuffelen.

Stu praatte met een uniformagent. Zijn lippen bewogen amper en zijn profiel zag er in het zonlicht nobel uit.

Commissaris Bishop. Als hij niet eerst een grote filmrol kreeg, tenminste.

Toen ze twee weken partners waren, had hij zijn portefeuille te voorschijn gehaald om de lunch bij Musso and Frank te betalen en toen had ze die vakbondskaart naast een Visapasje gezien.

'Ben jij acteur?'

Zijn Keltische gezicht was rood geworden en hij had zijn portefeuille dichtgedaan. 'Puur toeval. Een paar jaar geleden zijn ze op het bureau geweest om op de Boulevard opnamen voor 'Murder Street' te maken en ze hadden figuranten in uniform nodig. Ze hebben net zo lang gezeurd tot ik door de knieën ging.'

Petra kon de verleiding niet weerstaan. 'En wanneer gaan je hand- en voetafdrukken in het cement?'

Stu's lichtblauwe ogen gingen zachter staan. 'Het is een vreselijk stompzinnig wereldje, Petra. Ongelooflijk egocentrisch. Weet je hoe ze dat wereldje zelf noemen? De industrie. Alsof ze staal produceren.' Hij schudde zijn hoofd.

'Wat voor rollen heb je zoal gedaan?'

'Kleine figurantenrolletjes. Mijn werk heeft er niet eens onder te lijden. Er wordt veel 's avonds gefilmd en als ik dan nog in de stad ben betekent later naar huis gaan dat de rit over de snelweg korter is. Dus veel tijd ben ik er eigenlijk niet mee kwijt.'

Hij grijnsde. Hij had zich genoeg verontschuldigd en ze beseften het allebei.

Petra glimlachte boosaardig. 'Heb je al een impresario?'

Stu werd rood tot achter zijn oren.

'Echt?'

'Als je dat soort werk doet, moet je er wel een hebben, Petra. Het zijn haaien, en het is me die tien procent wel waard om een ander zaken met ze te laten doen.'

'Heb je ooit een tekstrol gehad?' Petra was echt geïnteresseerd, maar moest ook haar lachen bedwingen.

'Als je "Verroer je niet, klootzak, anders schiet ik" een tekstrol kunt noemen.'

Petra nam een laatste slok koffie en Stu dronk zijn mineraalwater op. Ze zei: 'En wanneer schrijf je je scenario?'

'Maak hem nou,' zei hij, terwijl hij zijn portefeuille weer opende om er wat geld uit te halen.

Maar de week daarop kreeg hij een rol als figurant in Pacoima. Iedereen in L.A., inclusief keurige lui als Stu, wilde iets anders zijn. Behalve zij. Na een jaar op de staatsuniversiteit in Tucson was ze naar Californië gekomen om zich in te schrijven op de Pacific Art Institute, haalde een graad in de beeldende kunst met als hoofdvak schilderen en ging aan het werk met een man die haar bed deelde. Nick had een geweldige baan als auto-ontwerper in het toekomstlaboratorium van General Motors. Zij verdiende het kleingeld met het illustreren van krantenadvertenties en verkocht een paar schilderijen tegen kostprijs via een coöperatieve galerie in Santa Monica. Op een dag drong het tot haar door: meer dan dat zou het niet worden. Het zag er niet naar uit dat de zaken ooit een grote wending zouden nemen. Maar ze had altijd Nick nog.

Vervolgens had haar lichaam haar in de steek gelaten en liet Nick zijn ware gezicht zien, wat haar verbijsterd, gebroken en eenzaam maakte. Een week nadat hij was weggelopen werd er bij haar ingebroken en werden de paar waardevolle dingen die ze bezat gestolen, inclusief haar ezel en penselen.

Ze viel ten prooi aan een depressie die twee maanden duurde en uiteindelijk sleepte ze zichzelf op een avond in november uit bed om wat rond te rijden. Ze voelde zich slap, levenloos, weerloos en bedacht dat ze iets moest eten. Haar huid zag er niet uit en haar haar begon al uit te vallen, maar ze had niet echt honger; de gedachte aan eten maakte haar misselijk. Toen ze op Wiltshire reed en een u-bocht maakte om weer naar huis te gaan, zag ze in de buurt van Crescent Hights een wervingsposter van de politie van L.A. Ze keek er zelf van op dat ze het gratis informatienummer opschreef.

Het duurde nog twee weken voordat ze belde. Volgens de politiecommissie moest er actief aan vrouwenwerving worden gedaan, dus ze was van harte welkom.

In een impuls ging ze naar de politieacademie in de overtuiging dat het een stompzinnige, onbegrijpelijke vergissing was, maar tot haar

verbazing vond ze het leuk en vervolgens zelfs heerlijk. Zelfs de atletische uitdagingen toen ze bijvoorbeeld leerde haar souplesse in plaats
van haar kracht te gebruiken om over de muur te komen. Ze hoorde
niet bij de slakken, kwam erachter dat ze goede reflexen had en had
een aangeboren aanleg om de kracht van de tegenstander te gebruiken om hem bij een ongewapend gevecht uit te schakelen.

Ze hield zelfs van haar uniform.

Niet dat tuttige, lichtblauwe overhemd en de donkerblauwe broek van
de aspirant, maar het echte werk: een en al donkerblauwe zakelijkheid.
Zij die zoveel fascisten op kostschool had aangevallen wegens groeps-
gedrag raakte uiteindelijk zelf aan een uniform gehecht.

Veel mannelijke klasgenoten op de academie waren fanatieke atleten
die hun uniform zo lieten tailleren dat het wel een tweede huid leek
waardoor biceps, deltaspieren en rugspieren goed uitkwamen.

De jongensversie van de push-upbeha.

Op een avond had ze haar eigen uniform aangepast op de oude, ge-
butste Singer die ze uit Tucson had meegenomen, een van de weinige
dingen die de inbrekers met rust hadden gelaten.

Zij was een meter achtenzestig, woog zestig kilo, had slanke benen,
jongensheupen, brede schouders, een achterwerk dat ze zelf te plat
vond en kleine, maar échte borsten die ze uiteindelijk was gaan waarderen. Ze was opgegroeid met een vader en vier broers, dus leren naai-
en was geen overbodige luxe geweest.

Het overhemd kostte het meeste werk omdat het om haar middel lubberde en met die heupen van haar kon ze wel íets van vorm hebben.
Het resultaat deed haar figuur goed uitkomen zonder dat ze ermee te
koop liep.

Bij de diploma-uitreiking was ze helemaal in de wolken, hoewel ze niemand op de plechtigheid vroeg omdat ze nog altijd bang was voor wat
haar vader en broers zouden denken.

Toen ze een maand op proef was, vertelde ze het en ze waren allemaal
verbaasd, maar niemand stak er de draak mee. Toen was ze er inmiddels helemaal bovenop.

Alles wat met het politiewerk te maken had voelde goed. Fitnesstraining,
patrouilleren, appel en schietoefeningen. Zelfs bureauwerk, want als er
iets was dat ze op kostschool had geleerd, was het wel regelmatig studeren en correct Engels, en dat gaf haar een voorsprong op de meeste
fanatieke atleten die erg over syntaxis en interpunctie zaten te tobben.
Binnen anderhalf jaar was ze rechercheur.

En daarmee had ze het recht verdiend om een afgeworpen huid te bewaken.

Er voegde zich een nieuwe wagen bij de andere op het parkeerterrein. Een klein autootje met het politielogo op het portier. Er stapte een politiefotografe uit die met een professionele polaroidcamera sjouwde. Ze was jong, ongeveer van dezelfde leeftijd als het slachtoffer en droeg slobberige kleren en lang haar dat te zwart was. Vier gaatjes in het ene en twee in het andere oor, maar geen oorringetjes. Onopvallend gezicht, twee ingevallen wangen met een acnevlekje. De strijdlustige blik van de generatie-x.

Terwijl ze naar het lijk liep, bedacht Petra een hypothetische identiteit voor haar: net als zijzelf een kunstzinnig type dat een praktische weg was ingeslagen. 's Avonds hulde ze zich waarschijnlijk in zwarte lompen, rookte ze dope, dronk ze stingers in striptenten aan Sunset Boulevard en ging ze om met mislukte popmusici die haar op de koop toe namen.

Ze klapte haar toestel open, keek omlaag en zei: 'Mijn god, die ken ik!'

'Wie dan?' zei Petra en ze wenkte Stu.

'Ik weet niet hoe ze heet, maar wel wie ze is. De vrouw van Cart Ramsey. Of misschien zijn ex inmiddels. Ik heb haar een jaar geleden op tv gezien. Hij had haar een oplawaai gegeven. Het was zo'n roddelprogramma om de showbiz te ontmaskeren. Ze schold Ramsey voor klerelijer uit.'

'Weet je zeker dat zij het is?'

'Absoluut,' zei de vrouw nijdig. Op haar fotobadge stond SUSAN ROSE, FOTOG. 'Ze is het, neem dat maar van mij aan. Ze zeggen dat ze schoonheidskoningin is geweest en dat Ramsey haar op een missverkiezing heeft ontmoet. Godallemachtig, wat ziet ze eruit; wat een psychopaat!' De hand aan de camera verstrakte en het zwarte geval trilde.

Stu kwam erbij en Petra herhaalde wat Susan had gezegd.

'Zeker weten?' vroeg hij.

'Jezus, ja. Heel zeker.' Susan begon in snel tempo foto's te schieten, waarbij ze het toestel naar voren stak alsof het een vuurwapen was. 'Op tv had ze een blauw oog en blauwe plekken. Wat een godvergeten klootzak!'

'Wie?' vroeg Petra.

'Ramsey natuurlijk. Dit zal híj toch wel op zijn geweten hebben?'

'Cart Ramsey,' zei Stu toonloos en Petra vroeg zich af of Stu ooit iets voor Ramsey had gedaan. Hoe heette die show ook weer? 'The Adjustor', de een of andere held van een privédetective die de problemen van de underdog oploste.

Zou dat even mooi zijn?

Susan haalde het rolletje eruit en gooide het in haar fototas. Petra zei: 'Bedankt, dat zullen we natrekken. Doe ondertussen je werk maar.' 'Ze is het hoor, geloof me maar,' zei Susan Rose geërgerd. 'Mag ik haar omdraaien? Ik heb de hele voorkant.'

5

Twee uur gelopen. Ik struikel niet zoveel meer.
Zoals hij op haar inhakte.
PLYR I. Op de Boulevard is een stamkroeg van pooiers die Players heet. Misschien noemen ze zich wel zo omdat ze maar wat uitvreten en geen echte baan hebben.
Wat hij met haar deed doet me denken aan iets wat ik in Watson heb gezien, in een van die uitgedroogde akkers achter de sinaasappelplantages.
Twee honden passeerden elkaar. De ene was wit met bruine vlekken en een en al spieren, een soort pitbul maar niet helemaal. De andere was een grote, zwarte straathond die mank liep. De witte hond zag er ontspannen en goedgeluimd uit. Er lag bijna een glimlach op zijn kop. Misschien was dat de reden dat de zwarte hond aanvankelijk niet bang voor hem leek. Vervolgens draaide de witte hond zich gewoon zonder te blaffen om, besprong hij de zwarte hond, klemde zijn kaken om zijn nek, schudde een paar keer en de zwarte hond was dood. Het was in een wip voorbij. De witte hond at de zwarte niet en likte ook niet aan zijn bloed of zoiets. Hij schopte gewoon met zijn achterpoten wat zand naar achteren en liep door alsof zijn werk erop zat.
Hij wíst dat hij die macht had.
Ik zat ernaast. Ik ben er nog lang niet. Mijn voeten zijn loodzwaar en ik begin er spijt van te krijgen dat ik in het park woon. Geen verstandig besluit, houd ik mezelf voor.
Maar wat moet ik anders? Iets als de Melodie Anne? Dat is een uitgebrand gebouw met dichtgetimmerde vensters in Selma, vlak bij de Boulevard. Daar slapen een boel jongelui en 's avonds laat zie je ze weleens oudere mannen mee naar binnen nemen. Af en toe kun je ze die oudere kerels gewoon buiten in de steeg zien pijpen, jongens en meisjes.
Ik zou me nog liever van kant maken. Zelfmoord is zondig, maar dat geldt ook voor slechtheid.
Ik kijk op mijn horloge: 4.04 uur. Ik moet er bijna zijn. Het maakt

niet uit hoeveel lijstjes ik maak, mijn hoofd zit vol met vreselijke beelden. Mannen die vrouwen mishandelen, honden die honden doodmaken, vliegtuigen die exploderen, kinderen die uit hun slaapkamer worden ontvoerd, schietpartijen vanuit rijdende auto's, bloed alom.

Ik moet aan mam denken maar in plaats van haar zie ik Moron. En nu herinner ik me weer dat hij mam voor hoer uitschold en zij daar maar zitten en dat pikken.

Op kwaaie dagen sloeg hij haar. Dan deed ik mijn ogen dicht, klemde m'n tanden op elkaar en probeerde mezelf ergens anders heen te zappen. Heel lang kon ik maar niet begrijpen waarom ze hem in huis genomen had. Daarna kwam ik erachter dat ze dacht dat ze niks waard was omdat ze geen opleiding had en daarom niemand anders kon krijgen. Ze had hem in de Sunnyside ontmoet. Daar vindt ze al die mislukkelingen die ze mee naar huis neemt. Ze werkte er niet meer, maar ging er nog wel regelmatig naartoe om wat te drinken, tv te kijken en geintjes te maken met de poolspelers.

Die andere mislukkelingen bleven nooit lang en sloegen geen acht op mij. De eerste avond dat ze Moron meebracht, kwam hij stinkend naar zweet en smeerolie de stacaravan in. Ze gingen blowen. Ik lag op de slaapbank en rook de joints die ze aanstaken. Ik hoorde ze lachen en vervolgens het gepiep van het bedspiraal. Ik stopte mijn vingers in mijn oren en kroop helemaal onder de dekens.

De volgende morgen kwam hij naakt de huiskamer in, met in zijn ene hand zijn short, en getatoeëerde vetkwabben over zijn hele lijf. Ik deed alsof ik nog sliep. Hij deed de deur open, gromde, trok zijn short aan en ging naar buiten om te plassen. Toen hij klaar was, zei hij: 'Jewel.' Hij schraapte zijn keel en rochelde.

Op de terugweg naar mams bed struikelde hij en belandde hij met zijn knieën op mijn rug. Ik had het gevoel alsof ik door een olifant werd verpletterd; ik kreeg geen lucht. Hij richtte zich weer op, ging naar de keuken, greep een pak Honeypuffs, schepte het graanproduct in zijn mond en liet een heleboel op de grond vallen.

Ik deed alsof ik wakker werd. Hij zei: 'Jezus, je hebt ongedierte. Getver, Sharla, je had me niet verteld dat je een rat had.'

Mam lachte in de slaapkamer. 'We hebben dan ook niet veel gepraat hè, cowboy?'

Moron moest ook lachen en toen stak hij zijn hand uit om hem tegen de mijne te kletsen. Zijn nagels hadden rouwranden en zijn vingers hadden de kleur en afmeting van een hotdog.

'Motor Moran. Hoe heet jij?' Hij had een hoge stem voor zo'n kolos.

'Billy.'

'Billy hoe?'

'Billy Straight.'

'Ha! Net als zij. Dus je hebt geen pappie hè, neukongeluk?' Ik liet mijn hand weer zakken maar hij greep hem en schudde hem flink terwijl hij me kneep en keek of ik het liet merken. Ik gaf geen krimp.

'Is dit jouw ontbijt, jong?'

'Min of meer.'

'Nou, dan heb je allejezus pech gehad.' Daar moest hij echt hard om lachen.

Mam kwam binnen en giechelde mee. Maar in haar ogen lag die droevige blik die ik er al zo vaak in had gezien.

Sorry lieverd, maar ik kan er niks aan doen.

Ik neem haar ook niet in bescherming, dus zullen we wel quitte staan.

Hij gaf me een harde stomp tegen mijn arm. 'Motor Moran, jochie. Maak het godverdomme niet op.' Hij gooide me het pak toe en ging zelf naar de koelkast om bier en salsasaus te pakken. 'Heb je nog chips, meid?'

'Ja hoor, cowboy.'

'Kom dan eens van je luie reet, want ik wil wat dipsaus.'

'Komt eraan, cowboy.'

Ze noemt alle mislukkelingen die ze mee naar huis neemt 'cowboy'. Moran dacht dat het allemaal voor hem was. 'Hup, in het zadel schat, we gaan eens even lekker galopperen!'

Motor Moron. Zijn echte naam is Buell Erville Moran, dus je snapt wel waarom hij een bijnaam wilde, al was het maar een lullige. Ik las het op zijn rijbewijs, dat verlopen was en vol met leugens stond. Zoals dat hij een meter vijfennegentig lang was terwijl hij de een vijfentachtig niet haalt. En dat hij negentig kilo woog terwijl hij minstens honderddertig kilo woog. Op de foto had hij een enorme rode baard. Toen mam met hem thuiskwam, had hij de haren op zijn kin en zijn snor afgeschoren, maar gigantische stomme bakkebaarden laten zitten die echt opvallen.

Hij draagt elke dag hetzelfde: een vettige spijkerbroek, stinkende, zwarte Harley T-shirts en laarzen. Hij doet net of hij een Hell's Angel of de een of andere beruchte motorbandiet is, maar hij zit niet in een bende en zijn chopper is een roestig stuk schroot dat voornamelijk kapot is. Het enige dat hij doet is eraan knutselen voor de stacaravan, stoned worden, tv kijken en eten, eten en nogeens eten.

En het geld van de kinderbijslag en de WAO erdoorheen jagen. Die kinderbijslag is eigenlijk van mij. Steun aan gezinnen met afhankelijke kinderen. Mijn geld dus.

Nu ben ik tenminste niet afhankelijk meer.

Mam veranderde toen ik een jaar of vijf was. Ze was niet erg ontwikkeld, maar vroeger was ze wel gelukkiger. Toen had ze meer aandacht voor haar uiterlijk, zette ze krulspelden, maakte ze zich op en trok ze regelmatig iets anders aan. Tegenwoordig draagt ze alleen maar T-shirts en shorts. Ze is weliswaar niet dik, maar ze heeft een soort afgezakt figuur en een bleke, ruwe huid.

Vroeger werkte ze door de week in Sunnyside en dronk en blowde ze alleen tijdens het weekeinde. Ik verwijt haar niks, ze heeft geen makkelijk leven gehad. Ze is op haar veertiende met de fruitpluk begonnen en op haar zestiende kreeg ze mij. Nu is ze achtentwintig en al een paar van haar tanden kwijt omdat ze geen geld voor een goede tandarts heeft.

Ze was maar een paar jaar naar school geweest omdat haar ouders ook fruitplukkers waren en het hele land door reisden op het ritme van de verschillende oogsten. Bovendien waren het alcoholisten die niet in school geloofden. Ze kan nauwelijks lezen en schrijven en haar grammatica is verschrikkelijk. Maar daar heb ik nooit iets van gezegd want ik vond het niet erg.

Mij kreeg ze negen maanden nadat haar ouders bij een auto-ongeluk om het leven waren gekomen. Op de terugweg van een avondje naar de film in Bolsa Chica was haar vader met zijn dronken kop van Route 5 recht tegen een lantaarnpaal gevlogen.

Mam en ik zijn heel vaak met de bus langs die plek gekomen. Elke keer zei ze weer: 'Daar staat die verrekte paal,' en dan wreef ze zich in de ogen.

Zij bleef leven omdat zij die avond feestvierde met een stel plukkers en niet met haar ouders naar de film was gegaan.

Vroeger bleef ze me dat hele verhaal maar vertellen, vooral als ze dronken of stoned was. Daarna begon ze er dingen bij te verzinnen: 'Dat feest was in een heel duur restaurant met hoge pieten van de landarbeidersbond.' Daarna veranderde het van een feest in een afspraakje met de een of andere rijke vakbondsman en had ze de mooiste kleren aan: 'Ik zag er piekfijn uit.' Daarna maakte ze het helemaal bont. 'Die rijke vent was een knappe, intelligente, nee geniale advocaat.'

Op een avond toen ze knetterstoned was, deed ze een belangrijke bekentenis: die rijke vent was zogenaamd mijn vader.

Het was haar eigen assepoesterverhaal, alleen was zij nooit welkom geweest in het paleis.

Het zou best cool zijn om een rijke, intelligente, knappe vader te hebben, maar het was natuurlijk gelul. Als hij geld had, waarom zat zij er dan niet achteraan?

Als ze zo'n bui had, haalde ze weleens oude foto's van haar te voorschijn om me te laten zien hoe slank en knap ze was, met lang donker haar tot onder haar middel.

Ze had geen foto van die bijzondere rijke vent. Keek ik daar even van op.

Toen ze dat verhaal aan Moron vertelde, zei hij: 'Lul niet, Sharla. Je hebt wel honderdduizend gozers genaaid en je kunt je er niet een van herinneren.'

Mam zei niets en Morons gezicht bewolkte toen hij mijn kant op keek, en even dacht ik dat hij mij ook de volle laag zou geven. Maar hij zei alleen maar lachend: 'Hoe kun je nou in godsnaam weten welke glimoogjes dit ettertje hebben opgeleverd?'

Mam wond glimlachend een lok om haar vingers. 'Ik weet het gewoon, Buell. Een vrouw wéét zulke dingen.'

Toen gaf hij haar een pets met de rug van zijn hand. Ze viel tegen de koelkast en haar hoofd knakte naar achteren alsof het los zou laten.

Ik zat aan tafel het kwakje bonen op te eten dat hij van een reuzenblik had overgelaten en plotseling werd ik overvallen door angst en razernij. Ik keek om me heen of ik iets kon grijpen, maar de messen lagen veel te ver, aan de andere kant van de keuken en zijn pistool lag onder het bed, maar hij zat in de weg.

Mam richtte zich op en barstte in tranen uit.

'Ophouden met dat gelul en bek dicht,' zei hij en hij hief zijn hand weer op. Deze keer stond ik op. Hij zag het en zijn ogen werden heel klein. Hij werd zo rood als ketchup, begon zwaar te ademen en maakte aanstalten om mijn kant op te komen. Misschien probeerde mam mij of zichzelf te helpen, maar opeens zat ze bij hem op schoot, sloeg ze haar armen om hem heen en zei: 'Ja, je hebt gelijk, schat. Het is gelul, allemaal lulkoek. Ik weet er geen zak van. Het spijt me, ik zal nooit meer flauwekul verkopen, cowboy.'

Hij wilde haar van zich afschudden, maar bedacht zich en zei: 'Geen lulverhalen meer.'

Mam zei: 'Oké. Kom op schat, dan gaan we de stad in om lol te maken.'

Hij gaf geen antwoord. Uiteindelijk zei hij: 'Godverdomme.' Hij keek naar mij, likte haar wang en stak zijn hand onder haar blouse.

Hij maakte langzame draaibewegingen.

'Laten we hier maar wat lol gaan maken, meid,' zei hij en hij begon haar blouse uit te trekken.

Ik rende de stacaravan uit en hoorde hem lachend zeggen: 'Volgens mij is dat rijkeluisjochie apegeil geworden.'

Hij kneep me wel vaker in mijn hand en arm en liet me struikelen.

Toen hij merkte dat hem niets in de weg werd gelegd, ging hij me om idiote redenen slaan, bijvoorbeeld als ik niet gauw genoeg een gemarineerd ei voor hem haalde. Ik suizebolde ervan en dan kon ik urenlang niet goed horen.

Het was het ergst als ik uit school kwam. Dan zat hij voor de stacaravan aan zijn motor te sleutelen. 'Hé, kom hier godverdomme, rijkeluiskwak.'

De caravan had maar één deur en daar zat hij voor, dus ik kon niet anders.

Soms schold hij me uit en soms niet en dat was bijna nog erger, want dan wachtte ik tot het ging gebeuren.

Rijkeluisjochie, gore kutkever, kleine snotaap, je denkt zeker dat je de slimste thuis bent.

Daarna begon hij met zijn gereedschap. Dan stak hij een beitel onder mijn kin of stak hij mijn duim in een Engelse sleutel en draaide die tot op het bot aan terwijl hij naar mijn ogen keek om te zien wat er zou gebeuren.

Ik deed mijn best om niets met mijn ogen of een ander lichaamsdeel te laten blijken. De sleutel gaf me het gevoel alsof mijn hand per ongeluk in een la klem zat, maar dat duurt tenminste niet zo lang. Dit bleef maar bonken en zeer doen. Ik stelde me voor dat mijn bot het zou begeven en nooit meer zou genezen.

Dat ik met gebroken handen en de bijnaam Clawboy door het leven moest.

De volgende keer was het een schroevendraaier. Hij kietelde ermee in mijn oor en dan deed hij net alsof hij er met zijn hand een klap op gaf om hem naar binnen te stoten. Dan lachte hij: 'Shit, weer mis.'

Een paar dagen later zette hij een zaag in mijn nek. Ik voelde de tandjes alsof ik door een beest werd gebeten.

Daarna kon ik niet goed meer slapen. Ik werd vaak wakker en 's ochtends had ik pijn in mijn kaken omdat ik mijn tanden op elkaar had geklemd.

Waarom sloop ik gewoon niet naar hun bed om zijn pistool te pakken en hem dood te schieten?

Voor een deel omdat ik bang was dat hij wakker zou worden en het pistool eerst zou pakken. En al zou ik hem doodschieten, wie zou geloven dat ik er alle reden voor had? Ik zou in de gevangenis komen en mijn hele leven zou naar de maan zijn. En zelfs als ik vrij zou komen, zou ik nog een ex-bajesklant zonder stemrecht zijn.

Ik begon plannen te maken om weg te lopen. Wat de doorslag gaf gebeurde op een zondag. Zondags was het altijd het ergst omdat hij de hele dag op zijn krent zat te drinken, blowen, pillen te slikken, naar

Rambo-video's te kijken en binnen de kortste keren voelde hij zichzelf Rambo.

Mam was naar de stad om boodschappen te doen en ik probeerde te lezen.

Hij zei: 'Hier komen, verdomme.' Toen ik gehoorzaamde, haalde hij lachend een draadtang te voorschijn, rukte mijn spijkerbroek en onderbroek omlaag en nam mijn lul tussen de kaken van de tang. Mijn zak ook.

Billy Zonderballen.

Ik moest plassen van angst, maar dwong mezelf het in te houden, want als ik hem nat maakte, zou hij mijn zaakje zeker afknippen.

'Ons rijkeluisjochie heeft ook maar een kleintje, hè?'

Ik bleef staan, probeerde niets te voelen en wenste dat ik ergens anders was. Lijstjes, lijstjes, niets hielp.

Hij zei: 'Knip knip, en je kunt in het koor van de paus meezingen.'

Hij ging met zijn tong langs zijn lippen. Daarna liet hij me gaan.

Toen ze twee dagen later met zijn tweeën in de Sunnyside waren, doorzocht ik de hele caravan op geld. Eerst vond ik alleen maar tachtig cent kleingeld onder de kussens van de divan. De moed zonk me in de schoenen en ik vroeg me af of ik er zonder geld vandoor kon gaan. Vervolgens stuitte ik op het Badkamerwonder. Geld dat mam in een Tampaxdoos onder de wasbak had verstopt. Waarschijnlijk had ze Moron nooit vertrouwd en dacht ze dat hij daar niet zou kijken. Misschien voelde zij zich ook wel gevangen en wilde ze 'm op een keer smeren. Het spijt me als ik haar plannen in de war heb geschopt, maar zij heeft nog altijd de kinderbijslag en het waren mijn ballen die tussen de kaken van die tang zaten, en als ik nog langer was gebleven had hij me vermoord. Daar zou ze zich verschrikkelijk schuldig over gaan voelen en waarschijnlijk zou ze problemen met de kinderbescherming of zoiets krijgen.

Dus bewees ik haar een dienst als ik wegging.

Er zat honderdzesentwintig dollar in het Tampaxdoosje.

Ik verpakte het in twee plastic zakken met zo'n gleufsluiting, stopte die op hun beurt in een papieren zak met vier elastiekjes eromheen en propte die in mijn onderbroek. Ik zou geen boeken of een hoop kleren meenemen, dus ik stopte gewoon mijn gemakkelijkste kleren in een andere papieren zak, deed mijn horloge om en ging naar buiten de duisternis in.

In het caravanpark is geen verlichting. Het enige licht komt uit de caravans zelf en op dat tijdstip waren de meeste mensen al in bed, dus het was lekker donker. Het is niet echt een park, maar gewoon een kale akker bij een bosje oude, kromme sinaasappelbomen die door de wind laag gehouden worden en allang geen fruit meer geven, en een lange, slingerende, open weg naar de snelweg.

Ik liep de hele nacht langs de snelweg. Ik bleef zo ver mogelijk van de weg in de berm lopen waar automobilisten en vrachtwagenchauffeurs me niet konden zien. Het waren voornamelijk grote vrachtwagens die met een rukwind voorbij suisden. Ik moet achttien kilometer hebben gelopen, want op de richtingaanwijzers in Bolsa Chica stond dat Watson zo ver weg was. Maar mijn voeten deden niet erg zeer en ik voelde me vrij.

Het station was dicht want de eerste bus naar L.A. ging pas om zes uur. Ik hing wat rond tot er een oude Mexicaan achter de balie verscheen, die zonder op te kijken veertig Tampaxdollars van me aannam. Ik kocht een zoet broodje en melk in het busstation en een *Mad* van het krantenrek, ging als eerste de bus in en koos een plaats achterin.

De andere passagiers waren allemaal Mexicanen, voornamelijk arbeiders en een paar vrouwen van wie er eentje zwanger was en vaak ging verzitten. Het was een oude, warme bus maar hij was vrij schoon.

De chauffeur was een oude blanke man met een verkreukeld gezicht en een hoed die te groot voor hem was. Hij kauwde kauwgom en spoog uit het raam. De bus vertrok langzaam, maar eenmaal op weg ging hij vrij hard en een paar Mexicanen haalden eten te voorschijn. We passeerden een paar tweedehandsautobedrijven aan de rand van Bolsa Chica en de zon weerkaatste in alle voorruiten; daarna kwamen we langs aardbeienvelden bedekt met stroken plastic. Als ik er met mam langsreed, zei ze altijd: 'Strawberry fields, net als dat liedje.' Ik moest even aan haar denken, maar ik zette die gedachte van me af. Na de aardbeien zag ik niets anders dan de weg en de bergen.

Even later kwamen we langs de plek waar mams ouders waren verongelukt. Ik keek ernaar en zag de paal door de achterruit in de verte verdwijnen. Daarna viel ik in slaap.

6

Stu nam Petra apart. 'Cart Ramsey, stel je voor!'

'Ze leek vrij zeker.'

Hij wierp een blik op Susan Rose, die haar statief weer in de auto legde. 'Ze ziet eruit als een dopehead, maar ze is wel vrij overtuigend.'

'Het eerste wat ik dacht toen ik al die overkill zag, was dat het iemand moest zijn die ze kende.'

Stu fronste. 'Ik zal direct Schoelkopf bellen voor instructies. Enig idee waar Ramsey woont?'

'Nee. Ik dacht dat jij dat wel zou weten.'

'Ik? Waarom? O, ja.' Hij glimlachte flauwtjes. 'Nee, ik ben nooit bij hem opgetreden. Heb jij dat programma ooit gezien?'

'Nee. Hij hangt toch de privédetective uit?'

'Het heeft meer van een eenmansburgerwacht weg. Lost zaken op waarmee de politie in z'n maag zit.'

'Leuk.'

'Rotzooi, zelfs voor tv. Het begon op een van de publieke zenders, ze lieten hem vallen, hij werd onafhankelijk en daarna lukte het hem om het aan meerdere zenders te verkopen. Volgens mij is Ramsey zelf eigenaar.' Hij schudde zijn hoofd. 'Goddank ben ik er nog nooit voor gevraagd. Je snapt wel dat de eerste de beste jandoedel er vreselijk de draak mee zou steken.' Hij trok een vies gezicht en toen hij Petra de rug toe keerde, leek het net alsof hij moest kotsen.

'Wat is er zo slecht aan dat programma?' vroeg ze.

Hij draaide zich weer om. 'Houterige dialoog, slappe verhaaltjes, geen karakterontwikkeling en Ramsey kan niet acteren. Wil je nog meer horen? Het programma vult ergens een gaatje op zondagavond laat, dus de zender krijgt het waarschijnlijk voor een appel en een ei.'

'Wat inhoudt dat Ramsey maar een bescheiden triljonair is.'

Stu stak zijn duim achter zijn bretels en keek naar het lijk van Lisa Ramsey, waar nu een zeil over lag. 'Doordat ze Ramseys ex is, zal de pers erbovenop springen. Als ik Schoelkopf bel, wil jij dan alsjeblieft aan mevrouw Rose gaan vragen om haar mond te houden tot de baas er iets over heeft gezegd?'

Voordat ze antwoord kon geven, liep hij naar de auto. Een uniformagent aan de andere kant van het parkeerterrein begon heftig te gebaren en ze haastten zich naar hem toe.

'Daar.' De agent wees naar een struik bij het hek van de ingang. 'Ik heb er niet aan gezeten.'

Een zwart struisvogeltasje.

Een lange jongen van de technische recherche die Alan Lau heette trok een handschoen aan en doorzocht het. Poederdoos, lippenstift en een spuitbuisje traangas. Dat laatste gaf Petra de kriebels. Wat kleingeld, een zwarte struisvogelportefeuille. Daarin zaten creditcards waarvan enkele op naam van Lisa Ramsey en andere van Lisa Boehlinger. Californisch rijbewijs met een foto van een beeldschone blondine. Lisa Lee Ramsey. Volgens haar geboortedatum was ze zevenentwintig. Een meter drieënzestig, tweeënvijftig kilo; dat klopte met het lijk. Het adres was op Doheny Drive, een appartement in Beverly Hills. Geen papiergeld.

'Leeggehaald en weggegooid,' zei Petra. 'Beroving, of iemand die de indruk wilde wekken.'

Stu gaf geen antwoord en liep weer naar de auto, terwijl Lau de inhoud in een plastic zak stopte. Petra liep weer naar het lijk. Susan Rose stond bij de voeten en deed net een dop op haar lens.

'Klaar,' zei ze. 'Moet ik nog iets anders schieten?'

'Misschien die heuvels daar,' zei Petra. 'Het wachten is op de hondenbrigade; hangt ervan af wat die vindt.'

Susan haalde haar schouders op. 'Ik krijg er toch voor betaald.' Ze stak haar hand in haar smoezelige t-shirt, haalde een halsketting te voorschijn en begon ermee te spelen.

Gitaarplectra aan een metalen ketting. Bingo voor de intuïtie van rechercheur Connor!

'Speel je iets?' vroeg Petra.

Susan keek verwonderd. 'O, dit. Nee, mijn vriend zit in een band.'

'Wat voor muziek?'

'Alternatieve. Hou je daarvan?'

Petra glimlachte flauwtjes en schudde van nee. 'Ik ben niet muzikaal.'

Susan knikte. 'Ik kan een beetje wijs houden, maar daar blijft het ook bij.'

'Luister,' zei Petra. 'Nogmaals bedankt voor die identificatie. Je had gelijk.'

'Tuurlijk. Maar zo belangrijk is dat niet; je zou er toch zo achter zijn gekomen.' De fotografe draaide zich om om weg te gaan.

'Nog één ding, Susan. Dat ze de ex van Ramsey is maakt de zaak ingewikkeld. Dus zouden we het op prijs stellen als je er met niemand over praat tot we weten wat we tegen de pers gaan zeggen.'

Susan speelde met haar ketting. 'Oké, maar met zoiets weet toch iedereen het vóór je "zinloze moord" kunt zeggen.'

'Precies. We hebben maar een kleine kans. Rechercheur Bishop belt nu met zijn superieuren voor een strategie. We zullen ook Cart Ramsey moeten inlichten. Enig idee waar hij woont?'

'Calabasas,' zei Susan.

Petra staarde haar aan.

De fotografe haalde haar schouders op. 'Een keer in een roddelprogramma gezien. Zoiets als "Hoe woont rijk en beroemd". Hij zat in een jacuzzi champagne te drinken. Golfbaantje. Zij in een of ander praalbadpak of zoiets en later, nadat hij haar had mishandeld, had ze een blauw oog en een kapotte lip. Je kent dat wel: beelden van ervoor en beelden van erna.'

'Een schoonheidskoningin,' zei Petra.

'Miss nog-wat. Ze lieten haar zien terwijl ze saxofoon speelde. Moet je zien waar talent toe leidt. Hé, daar zijn de honden.'

Twee agenten van de hondenbrigade – de ene met een Duitse herder, de ander met een chocoladebruine labrador – kregen instructies van Stu en begonnen de helling achter het parkeerterrein te verkennen.

Hoofdinspecteur Schoelkopf was in vergadering op het Parker Center, maar het lukte Stu om te worden doorverbonden. Toen Schoelkopf hoorde wie het slachtoffer was, stiet hij een stroom verwensingen uit en besloot met de waarschuwing om het niet te verklooien.

Doheny Drive was een doolhof van jurisdictie dat dwars door L.A., Beverly Hills en Hollywood-West liep. Ze boften dat Lisa's appartement onder jurisdictie van de politie van L.A. viel en er werd een stel uniformagenten heen gestuurd. Er werkte een dienstmeisje en zij werd vastgehouden. Omdat er geen andere naaste verwanten bekend waren, kregen Stu en Petra opdracht om eerst de ex-man in te lichten.

Nu keken ze toe terwijl de honden rondjes draaiend en snuffelend systematisch heuvelopwaarts gingen in de richting van een bebost stuk met ceders, platanen en dennen en een uitstulping van grote keien ervoor. Het was een rand van steen halverwege de helling. Op een paar keien stonden graffiti en de meeste waren glad en glanzend gesleten. De labrador liep voorop, maar beide honden bewogen zich snel naar een bepaalde steenformatie.

Was daar iets? vroeg Petra zich af. Natuurlijk, dit was Griffith Park; het wemelde hier natuurlijk van de menselijke geuren. Om die reden was het ook zinloos om naar bandensporen te zoeken. Het asfalt van het parkeerterrein was één enorm schilderij van zwart rubber.

Zo meteen zouden ze naar Calabasas gaan. Domein van de sheriff. Dat maakte het nog ingewikkelder.

Cart Ramsey. Wat een naam. Die moest wel verzonnen zijn. In het echt heette hij waarschijnlijk Ernie Glutz en daar had hij met zijn harde imago natuurlijk niets aan.

Ze keek zelden tv, maar ze wist vaag dat Ramsey al jaren op de buis was. Hij had het nooit ver geschopt, maar scheen wel regelmatig te werken.

Ze had hem altijd een nietszeggend type gevonden. Was hij tot dit soort gruwel in staat? Waren alle mannen dat, gegeven de juiste omstandigheden?

Haar vader had haar een keer verteld dat het een leugen was dat alleen mensen elkaar vermoordden. Chimpansees en andere primaten deden het ook, en soms gewoon uit dominantiedrang. Waren moord en doodslag dus afwijkend gedrag of alleen maar een basale apenimpuls ten top gedreven?

Zinloze gissingen om de tijd te doden. Onzinnige hersengymnastiek, zei haar broer Bruce altijd. Hoewel hij niet de oudste zoon was, was hij wel het grootst, sterkst en agressiefst. Nu hij elektronica-ingenieur was bij de NASA in Florida, noemde hij alles wat niet met een apparaat kon worden gemeten 'voedoe'.

Toen ze haar familie uiteindelijk had bekend dat ze bij de politie werkte, hadden Dick, Eric en Glenn verbijsterd hun gelukwensen gemompeld en haar op het hart gedrukt voorzichtig te zijn. Bruce had gezegd: 'Cool. Ga maar een paar lelijkerds voor me doodschieten.'

De agent met de Duitse herder verscheen voor een berg stenen en zei: 'Kom hier eens kijken.'

De natuur had de stenen in een krappe U-vorm gelegd, als een grot zonder achterkant. Het waren hoge keien – zo'n twee à tweeënhalve meter – en er zaten spleten op plaatsen waar de stenen tegen elkaar lagen. Die spleten waren van beneden niet te zien, maar Petra kon erdoorheen kijken en het parkeerterrein duidelijk zien.

Perfecte uitkijkpost.

En er had onlangs iemand zitten uitkijken.

De grond van de U was een zacht bladerbed. Petra was geen boswachter, maar zelfs zij kon de afdruk in de vorm van een lichaam zien. Vlakbij lag een geel stuk gekreukt papier dat donker en doorschijnend werd op plaatsen waar het door vet was verzadigd.

Daar had voedsel in gezeten. Vlekjes die eruitzagen als gehakt.

De herder vond wat stukjes fijngesneden sla die nauwelijks verlept waren tussen de dode bladeren dicht bij het zakje.

Petra rook aan het papier. Chilisaus. Een tacomaaltijd van gisteravond? De hond begon furieus in een hoekje van de U te snuffelen en Stu riep er een technische rechercheur bij.

'Waarschijnlijk lichaamsvocht,' zei de baas van de herder. 'Zo doet hij meestal als hij lichaamsvocht ruikt.'

Alan Lau kwam naar hen toe. Petra zag aan zijn handen dat hij nerveus was.

Een paar minuten later bevestigde de analyse van het draagbare lab: 'Urine. Op die bladeren.'

'Van een mens?'

'Of een aap,' zei Lau.

'Goed,' zei Stu. 'Tenzij we te maken hebben met een ontsnapte chimpansee die een tacomaaltijd heeft gekocht, kunnen we veilig aannemen dat het een homo sapiens was.'

Lau fronste. 'Waarschijnlijk wel. Nog wat?'
'Nog meer lichaamsvloeistoffen?'
'Zoals bloed?'
'Zoals wat dan ook, Alan.'
Lau trok een grimas. 'Tot nu toe niet.'
'Ga dan maar zoeken. Alsjeblieft.'
Lau ging weer vegen, stoffen en porren. Susan Rose werd geroepen om foto's van de keien te maken. Petra maakte er toch maar een tekening van en liep vervolgens weg.
Ondanks al het wetenschappelijke werk was zij de volgende die iets vond.
Een meter of zeven boven de keien, waar ze op onderzoek was gegaan omdat er toch niets te doen was en de honden waren doorgelopen.
Maar ze hadden iets gemist dat half verscholen onder de bladeren en dennennaalden lag. Iets kleurigs tussen het groen en bruin.
Rood. Eerst dacht ze: O, o, nog meer bloed. Daarna bukte ze zich en zag ze wat het was. Ze keek over haar schouder naar Stu.
Hij was weer bij de auto en praatte tegen zijn zaktelefoon, het minuscule apparaatje dat hij met Kerstmis van zijn vader, de gepensioneerde oogarts had gekregen. Petra wenkte Lau. Die werkte voorzichtig om het rode voorwerp heen maar vond niets. Susan schoot een paar foto's. Ze vertrokken en Petra trok een handschoen aan om het op te rapen.
Een boek. Dik, zwaar en ingebonden. Opnieuw gebonden in rode kunstleer. Op de rug een bibliotheeknummer.
Onze presidenten: de mars van de Amerikaanse geschiedenis.
Ze sloeg het open. Bibliotheek van L.A., afdeling Hillhurst in de wijk Los Feliz.
Het uitleenkaartje zat er nog in. Er stonden weinig stempels op. Zeven stuks in vier jaar en de laatste dateerde van negen maanden geleden.
Gestolen? Gedumpt? Ze wist dat de bibliotheek altijd voorraad wegdeed, want in haar armekunstenaarsdagen had ze haar boekenplanken met een stel geweldige dumpexemplaren gevuld.
Ze sloeg een paar bladzijden om. Geen stempel dat het was gedumpt, maar dat zei niets.
Petra's mentale camera begon te klikken. Had de een of andere zwerver met een voorliefde voor Amerikaanse geschiedenis een aangename natuurlijke schuilplaats gevonden waar hij kon lezen, een taco eten en in de vrije natuur plassen om vervolgens getuige van een moord te zijn?
Maar er zaten geen vette vingers op het boek, dus misschien was er

geen verband met de persoon die achter de U-vormige rotsen had gelegen.

Of misschien was meneer Taco een nette eter.

Al was het boek van hem, dan nog hadden ze daar weinig aan. Niets wees erop dat hij ter plaatse was geweest omstreeks de tijd dat Lisa Ramsey werd afgeslacht.

Behalve het feit dat de urine inderdaad vers was. Volgens Lau minder dan twaalf uur oud en dr. Leavitt had het tijdstip van de moord tussen middernacht en vier uur geschat.

Een getuige of de moordenaar zelf? De Duivel uit de Heuvels die zich verstopte achter de keien om het perfecte slachtoffer af te wachten?

Susan Rose had logischerwijs aangenomen dat vrouwenmishandelaar Ramsey de hoofdverdachte was, maar er moesten ook andere mogelijkheden onder de loep worden genomen.

Maar wat zou Lisa Boehlinger-Ramsey 's nachts naar Griffith Park hebben gebracht? En waar was haar auto dan? Gestolen? Was het motief dan toch roof geweest?

Had iemand die zo wreed was een motief nodig?

Een psychopaat? Waarom had hij dan het geld en niet de sieraden gepikt?

Er klopte iets niet. Ze kon zich gewoon niet voorstellen dat een vrouw als Lisa 's nachts in haar eentje naar het park zou gaan: keurig opgemaakt met sieraden en al, en dan dat korte zwarte jurkje.

Dat wees allemaal op een afspraakje. Een avondje uit en een omweg gemaakt. Of een omweg gekregen. Waarom? Van wie? Iets stiekems? Kocht ze soms drugs? Er waren heel wat eenvoudigere manieren om in L.A. dope te scoren.

Een afspraak met de moordenaar? Had hij haar met die opzet hierheen gebracht?

Als Lisa met een man uit was geweest, had iemand hen misschien samen gezien.

Eén ding was zeker: als het om een afspraakje ging, was de gelukkige geen eenzame vogel die achter keien oude bibliotheekboeken las, taco's at en plaste.

Zonder sanitair in het park slapen betekende een dakloze.

Een hedendaagse holbewoner die op zijn plekje achter de keien een geurvlag achterliet?

Een plek vanwaar hij uitzicht had op de moordlokatie.

Of misschien had hij wel van ángst in zijn broek geplast.

Had hij het gezien.

Had hij tussen die stenen door gekeken en het gezíen.

Ik ben er nu echt bijna. De zon is op en ik voel me naakt, als een prooi in een videospelletje, iets kleins dat wordt opgegeten.

Ik kan eindeloos blijven lopen als het moet. In L.A. heb ik niets anders gedaan.

De bus had me afgezet in een station vol mensen en hol klinkend kabaal. De lucht buiten was merkwaardig bruingrijs en rook bitter. Ik had geen idee welke kant ik op moest. De ene kant op zag ik iets dat op fabrieken leek, elektriciteitsmasten en vrachtwagens die af en aan reden. De mensen leken de andere kant op te gaan dus die liep ik maar achterna.

Wat een lawaai en die mensen keken allemaal recht voor zich uit. Tussen alle huizenblokken waren steegjes die vol stonden met vuilnisbakken en kerels die er raar uitzagen en met hun rug tegen de muur zaten. Een paar volgden me met een kille blik. Ik had drie blokken gelopen voordat ik besefte dat een van hen me volgde, iemand die er echt krankzinnig uitzag en lompen om zijn hoofd had gewikkeld.

Hij zag dat ik hem had opgemerkt en versnelde zijn pas. Ik zette het op een lopen en glipte de menigte in. Ik voelde de zesentachtig dollar in mijn onderbroek heen en weer springen en waakte ervoor dat ik er niet aan zat of ernaar keek. Iedereen was groter dan ik dus ik kon niet al te ver voor me uit kijken. Ik bleef me een weg tussen de mensen door banen en maar 'Sorry' zeggen en twee straten verder gaf hij het eindelijk op en draaide hij zich weer om.

Mijn hart bonkte me in de keel en ik had een droge mond. Er kwamen steeds meer mensen op de stoep, voornamelijk Mexicanen, maar ook een paar Chinezen. Soms waren de borden op de restaurants in het Spaans en in een gigantische bioscoop met krullen op zijn uithangbord draaide iets dat *Mi Vida, mi Amor* heette. Een stel gasten met karretjes verkocht vruchtenijs, churro's en hotdogs en het water liep me in de mond. Ik begon me af te vragen of ik soms droomde, of in een of ander vreemd land was.

Ik liep door tot ik in een straat kwam waar de gebouwen schoner en nieuwer waren. Het mooiste gebouw heette de College Club met ervoor de vlaggen van Amerika en Californië en een man met een roze gezicht en een grijs uniform met een pet en zijn armen voor zijn borst gekruist. Toen ik hem passeerde, keek hij me misprijzend aan alsof ik een wind had gelaten of iets anders had gedaan dat niet hoorde. Daarna stopte er een lange, zwarte auto aan de stoeprand en eensklaps was hij maar een bediende die zich haastte om het portier open te maken met de woorden: 'Hoe gaat het met u vandaag, meneer?' tegen een man met grijs haar in een blauw pak.

Ik kwam bij een parkje dat er aardig uitzag, met fonteinen en kleurrijke standbeelden, maar toen ik dichterbijkwam, zag ik nog meer van die engerds op de bankjes zitten. Vlakbij was iets dat het Kindermuseum heette, maar er gingen geen kinderen naar binnen. Ik had honger en dorst maar wilde het Tampaxgeld pas aanspreken als ik een plan had.

Ik ging op een hoekje gras zitten om na te denken.

Ik was naar L.A. gegaan omdat het de dichtstbijzijnde echte stad was die ik kende, maar de enige wijken waarvan ik had gehoord waren Anaheim – waar Disneyland is – Beverly Hills, Hollywood en Malibu. Anaheim was waarschijnlijk een heel eind weg en wat was er nog meer behalve Disneyland? Ik had een keer een programma op tv gezien waarin ze lieten zien dat er nog steeds kinderen naar Hollywood gingen om filmsterren te bekijken en in moeilijkheden kwamen. Beverly Hills barstte van de rijke mensen en de manier waarop die vent in dat grijze uniform naar me had gekeken zei me dat het daar niet pluis was.

Bleef over Malibu, maar dat was aan het strand en daar kon je je natuurlijk nergens verstoppen.

Misschien zou iets in de búúrt van Hollywood wel oké zijn. Ik was niet zoals die andere kinderen die dachten dat het leven een film was. Ik wilde alleen met rust worden gelaten, niemand die mijn lul in een nijptang stopte.

Ik bleef een hele poos zitten en begon al te denken dat ik gek was geweest om weg te lopen. Waar moest ik wonen? Wat moest ik eten? Waar moest ik slapen? Nu was het weer nog wel goed, maar wat moest ik in de winter?

Maar nu was het te laat om terug te gaan. Mam zou erachter zijn dat het geld weg was en me een dief vinden. En Moron... Mijn maag begon echt pijn te doen. Ik begon me te verbeelden dat de mensen naar me keken, maar toen ik dat controleerde bleek dat helemaal niet zo. Mijn lippen voelden weer als schuurpapier. Zelfs mijn ogen voelden droog. Als ik knipperde, deed het pijn.

Ik stond op om gewoon nog wat te lopen. Toen zag ik twee mensen hand in hand door het park aan komen lopen. Een jongen en een meisje van een jaar of twintig, vijfentwintig in een spijkerbroek en met lang haar. Ze zagen er vrij ontspannen uit.

Ik zei glimlachend: 'Neem me niet kwalijk,' en vroeg hun waar Hollywood was, en Malibu voor de zekerheid ook.

'Malibu?' zei de jongen. Hij had een wollig baardje en zijn haar was langer dan dat van het meisje.

'Mijn ouders zijn daarbinnen,' zei ik, wijzend naar het museum. 'Met m'n broertje. Mij leek het wat te saai. Ze hebben me een uitstapje naar het strand en Hollywood beloofd, als we het kunnen vinden.'

'Waar kom je vandaan?' vroeg het meisje.

'Kinderhook, New York.' Het rolde zo uit mijn mond.

'O. Nou, Hollywaus is een kilometer of acht à tien die kant op, naar het westen, en het strand is ook die kant op, maar nog ééns twintig kilometer verder. Kinderhook, zei je? Is dat een dorpje?'

'Ja,' knikte ik. Ik had geen flauw idee. Ik wist alleen dat Martin Van Buren er was geboren.

'Kom je van een boerderij?'

'Niet echt. We wonen in een gewoon huis.'

'O.' Ze glimlachte weer, en nu breder. Ze keek de jongen aan. Hij leek zich te vervelen. 'Nou, zeg maar tegen je ouders dat Hollywaus inderdaad waus is; er zitten allerlei freaks. Uitkijken, hoor. Overdag is het wel oké als je ouders erbij zijn, maar 's avonds niet, hè Chuck?'

'Ja,' zei Chuck, terwijl hij aan zijn baardje voelde. 'Als je daarheen gaat, moet je naar het Wassenbeeldenmuseum aan Hollywood Boulevard, jong. Dat is onwijs gaaf. En het Chinese Theater, heb je daar weleens van gehoord?'

'Ja hoor,' zei ik. 'Waar filmsterren hun handen en voeten in het cement stoppen.'

'Ja,' lachte de jongen. 'En hun harsens in het riool.'

Lachend liepen ze door.

De chauffeur van de eerste bus waar ik in stapte zei dat ik gepast moest betalen, dus ik moest weer uitstappen om een limoenijsje te kopen zodat ik kleingeld kreeg. Dat was niet erg, want dat ijsje was goed voor de dorst en ik kreeg er een zoete smaak van in mijn mond. Een halfuur later kwam er weer een bus en ik stapte in met de juiste hoeveelheid wisselgeld, alsof ik er woonde.

De bus stopte vaak en het was zo druk dat ik de lucht door de getinte busramen grijsroze zag worden toen de chauffeur 'Hollywood Boulevard' riep.

Het zag er niet zo anders uit dan waar ik net was geweest: oude gebouwen met goedkope winkels en theaters. Ook hetzelfde kabaal. Golven herrie die nooit ophield. Watson heeft ook geluiden: blaffende honden, vrachtwagens die over de snelweg denderen, mensen die schreeuwen als ze kwaad zijn. Maar elk geluid staat op zich, je hoort er nog een zekere logica in. Hier in L.A. lijkt alles wel één grote lawaaisoep.

In het caravanpark liep ik 's nachts weleens rond om zo hier en daar naar binnen te kijken. Ik heb zelfs mensen zien vrijen, niet alleen jon-

ge mensen maar ook oude mensen met wit haar waar de vellen bij-
hingen. Ze bewogen zich onder de dekens met ogen dicht en mond
open en klampten zich aan elkaar vast alsof ze verdronken. Ik kende
plekken tussen de bomen waar het altijd stil is.

Hollywood leek me geen plek waar ik iets van stilte kon vinden, maar
ik was hier nu eenmaal.

Ik liep Hollywood Boulevard op en keek uit naar de freaks waarvoor
Chuck me had gewaarschuwd. Ik wist niet goed op wie hij doelde. Ik
zag een forse, lange vrouw met grote handen. Ik besefte dat het een
man was, dus die kwam er zeker voor in aanmerking. Ik zag tieners
met hanenkammen en zwarte lippenstift en nog meer dronkelappen.
Sommigen duwden winkelwagentjes voor zich uit. Het waren zwarte,
bruine, Chinese mensen en noem maar op. De restaurants verkochten
dingen waar ik nooit van had gehoord, zoals gyro's en shoarma en
okidogs. De winkels verkochten kleren, pakken en maskers, souvenirs,
gettoblasters en mooi ondergoed voor meisjes.

Veel cafés. Een daarvan heette de Cave. Er stond een rij Harleys voor.
Er liepen kerels in en uit. Ze waren groot en lelijk en zagen eruit als
Moron. Toen ik ze zag, kreeg ik maagzuur. Ik liep er heel gauw langs.
Ik zag een hamburgertentje dat er normaal uitzag, maar de man die
erin stond was Chinees en hij keek niet op toen ik daar stond. Eén
hand bleef vlees bakken en zijn gezicht ging half schuil achter de rook
en stoom.

Twee dollar veertig voor een hamburger. Ik kon geen geld uitgeven
voordat ik een plan had, maar slaagde er wel in een paar pakjes ketchup
van de toonbank te pakken. Ik dook achter een gebouw, maakte ze
open en zoog de ketchup eruit. Daarna liep ik door naar een straat die
Western Avenue heette en sloeg rechtsaf omdat ik een paar bergen in
de verte zag.

Om daar te komen moest ik langs een pornotheater met allemaal x'en
op de voorgevel en posters van blonde vrouwen met een grote, wijd
open mond. Daarna kwamen er een stel echt smerige gebouwen met
dichtgetimmerde ramen. Ik zag vrouwen in heel korte broekjes die in
een telefooncel stonden te bellen en elkaar sigaretten gaven en gasten
die in de buurt rokend rondhingen. De bergen waren mooi en nu was
de zon erachter gezakt, zodat er een oranjegele gloed omhoogspatte
die zich over de top verspreidde als een muts van gesmolten koper.

Een straat verderop moest ik oversteken omdat een groepje tieners lachend naar me wees. Ik passeerde nog een steeg. Daar waren geen rare dronkelappen, alleen maar een heleboel vuilniscontainers en de ach-
terdeuren van winkels en restaurants. Een dikke, transpirerende man
met een groezelig wit schort kwam met armen vol brood in plastic uit

een tent die La Fiesta heette. Hij gooide het in een container en ging weer naar binnen.

Ik wachtte tot hij terug zou komen maar dat gebeurde niet. Ik keek om me heen om te zien of er geen pottenkijkers waren en liep naar de container. Om erin te kunnen kijken moest ik op een kartonnen doos die niet al te stevig aanvoelde gaan staan en constant vliegen wegslaan. Daarboven was de stank verschrikkelijk. Het brood lag op een stapel groenten met bruine randen die er verrot uitzagen, nat papier, restanten vlees en botten en klonten ongebakken wit vet. Er kropen overal witte wurmpjes over het vlees dat erger rook dan een dode hond. Maar het brood zag er schoon uit.

Het waren hotdogbroodjes die nog niet uit hun verpakking waren geweest. Waarschijnlijk oudbakken. Als mensen in een restaurant gaan eten, willen ze alles supervers. Toen ik een keer – de enige keer – met mam en Moron uit eten ging in een Denny's in Bolsa Chica, stuurde Moron zijn kip terug omdat hij zei dat hij naar 'opgewarmde stront' smaakte. De serveerster haalde de manager erbij, die tegen Moron zei dat hij dergelijke taal niet moest gebruiken. Moron stond op om te laten zien dat hij groter was dan de manager, terwijl mam aan zijn arm trok en zei: 'Kom nou, cowboy, kòm nou maar.' Uiteindelijk beloofde de manager dat we niets hoefden te betalen als we maar weggingen.

Ik stak mijn arm naar binnen om twee zakken broodjes te pakken. Ik viel bijna in de container en kreeg wat troep op mijn T-shirt.

Maar ik had de broodjes en ze waren nog schoon ook. Ik keek nog wat om me heen en liep een eindje de steeg in tot ik een donker plekje tussen twee andere containers had gevonden waar ik de eerste zak openscheurde en een hap van een broodje nam.

Inderdaad oudbakken, maar door flink te kauwen werd het zacht en bij de derde hap begon het al zoet te smaken. Daarna herinnerde ik me weer de stank van de container en moest ik kokhalzen.

Ik stond op, liep wat rond, haalde diep adem en hield mezelf voor dat ik me maar wat verbeeldde. Ik fantaseerde dat het zelfgemaakte broodjes waren die net uit de oven kwamen, gebakken door de een of andere moeder uit een tv-reclame met zo'n wakkere glimlach en veel belangstelling voor voeding.

Dat hielp een beetje. De rest van het broodje smaakte niet geweldig, maar ik kreeg het wel weg. Terug naar de bergen.

Terwijl ik omhoogliep, werd de weg steeds steiler en kwam ik langs woonhuizen. Gemaaid gras en allerlei bomen, planten en bloemen, maar er was geen sterveling te bekennen. Nu, na vier maanden L.A., ben ik daaraan gewend. De mensen blijven graag binnenshuis en vooral 's nachts, en wie dan nog buiten is, voert waarschijnlijk iets in zijn schild.

Boven maakte Western een bocht en verder heette de straat Los Feliz. Daar waren de huizen kolossaal. Ze stonden achter hoge muren met fraaie smeedijzeren hekken temidden van dennenbomen en palmen. Zo moest Hollywood er ook uitgezien hebben toen de filmsterren er nog woonden.

De bergen waren nog altijd een heel eind weg, maar daarvoor lag een uitgestrekt en schoon stuk grasland. Er lagen een paar mensen op dekens en sommigen lagen te slapen ondanks de herrie van het verkeer. Voorbij het groene gras stond een hele zwik bomen.

Een park.

Ik wachtte op een gaatje in het verkeer en holde naar de overkant.

GRIFFITH PARK stond er op een bordje.

Het enige park in Watson is een droog postzegeltje in het centrum met een bankje, een oud kanon en een koperen bordje waarop staat dat het ter nagedachtenis is van de mannen die in oorlogstijd zijn gesneuveld. Dit was heel iets anders. Gigantisch. Je kon erin verdwalen.

8

'Interessant,' zei Stu toen ik hem over het bibliotheekboek vertelde, maar het klonk afwezig.

Hij stak net zijn telefoon in zijn zak. 'De uniformen van L.A.-West zijn nu bij het dienstmeisje van Lisa Ramsey. Het is niet in Beverly Hills maar een paar straten verderop. Zondag was dat meisje vrij, ze is net terug. Lisa's bed was onbeslapen, haar Porsche stond niet in de garage, dus het ziet ernaar uit dat ze ergens heen is gereden, vervolgens contact heeft gemaakt met de moordenaar en bij hem is ingestapt, of ontvoerd. We moeten als een haas naar Ramsey in Calabasas om hem te verwittigen en daarna terugkomen om dat dienstmeisje te verhoren. Hij was niet op kantoor in de studio en het protocol schrijft voor dat we alles moeten doen om het bericht persoonlijk te brengen. Hij woont in een villa achter zo'n hek. Ik heb het adres.'

Ze liepen naar hun witte Ford. Het was vandaag Stu's beurt om te rijden en hij kroop achter het stuur.

'Calabasas valt onder de sheriff,' zei Petra toen hij startte. Zoals gewoonlijk reed hij langzaam. Langzamer dan alle politiemannen die ze kende.

'We kunnen niet om de sheriff heen,' zei hij. 'Schoelkopf heeft hem op bureau Malibu gebeld om een paar basisregels op te stellen, maar aangezien het een een-acht-zeven is, hebben ze het doorgesluisd naar hun moordbrigade op het hoofdbureau. Wij hebben de jurisdictie, maar ze willen erbij zijn als we Ramsey verwittigen, want zijn huis ligt in hun gebied. Ze willen niet de indruk wekken dat ze zich afzijdig houden. Bij het hek worden we opgewacht door een stel rechercheurs van hun hoofdbureau.'

'Een hele rit, van het centrum naar Calabasas,' zei Petra. 'Denken ze inderdaad dat zij dit onderzoek in zekere zin doen?'

'Wie weet. Misschien kunnen ze ons wel van dienst zijn.'

'Om bijvoorbeeld Ramseys verleden van huiselijk geweld boven water te halen?

'Onder andere.'

Toen ze op de weg tussen het park en de grote weg kwamen, zei Stu: 'Schoelkopf gaf me een preek die ik sinds het prille begin van mijn loopbaan niet meer heb gehoord: Niet naar binnen zonder toestemming, niet over muren klimmen, behandel hem volledig als de rouwende ex en niet als verdachte. Geen huiszoeking van welke aard ook en zelfs niet naar de plee gaan als dat als huiszoeking uitgelegd kan worden. Geen belastende vragen stellen, anders moet je hem zijn rechten lezen en we willen niet het geringste vermoeden wekken dat hij wordt verdacht.'

'En als we die video van dat tv-programma willen bemachtigen?'

'Zelfs dat mag nog niet, want dat zou een duidelijk teken van verdenking zijn.'

'Kom nou. Dat is publiek terrein,' zei Petra.

Stu haalde zijn schouders op.

'Wanneer kunnen we aan de slag?' vroeg Petra.

'Als we iets meer weten.'

'Maar daar mogen we niet naar zoeken?'

Stu glimlachte zuur.

Petra zei: 'Is dat hele rookgordijn nodig omdat Ramsey een VIP is?'

'Welkom in de alles-is-anders-show. Wat heb ik toch een heerlijke baan.'

Tot voor kort had hij dat laatste gemeend. Wat was er toch?

Hij reed de snelweg in noordelijke richting op. Na een poosje vroeg Petra: 'Wat vind je van dat boek en die hamburgerzak? Kan dat een getuige zijn?'

'Alleen als de persoon die daar zat te lezen en/of te eten er toevallig was toen Lisa werd vermoord. Van mijn geloof moet ik in wonderen geloven, maar...'

'En/of?'

'Kunnen twee verschillende lui zijn. En als het er maar een is, wijzen de tekenen op een dakloze man of vrouw. Lau zei dat de afdruk in de bladeren klein was.'

'Een zwerfster,' zei Petra.

'Wie het ook was, hij heeft 911 niet gebeld, dus als hij of zij erbij was, blijkt daar een zeker gebrek aan burgerzin uit. Geloof maar niet dat die zich snel zal melden.'

'Een heleboel van die zwerfsters zijn schizofreen,' zei Petra. 'Getuige zijn van een moord is voor iedereen al iets traumatisch, maar voor iemand die toch al over de rand is...'

Stu gaf geen antwoord. Petra liet hem een poosje rijden en zei toen: 'Ik dacht ook: stel dat de persoon achter die keien Lisa heeft vermoord? Het is vergezocht, maar...'

Hij dacht er even over na en ratelde vervolgens dezelfde bezwaren af die Petra ook al had bedacht.

'Bovendien,' voegde hij eraan toe, 'ben ik het eens met je eerste indruk: al die beschadigingen van het gezicht – de overkill – wijzen op hartstocht, op iemand die ze kende. Als het waar is wat Suus de Sluiter over Ramsey heeft gezegd, dat hij Lisa in elkaar heeft geslagen, dan past hij zeker in het plaatje.'

'Maar we mogen hem niet als verdachte beschouwen.'

'Maar we kunnen wel proberen hem psychologisch te peilen als we hem in kennis stellen. Daarom ben ik blij dat jij erbij bent. Hij is acteur; een slechte weliswaar, maar zelfs slechte acteurs kunnen hun gevoelens beter verbergen dan Jan-met-de-pet.'

'Wat heb ik daarmee te maken?' vroeg Petra.

'Jij kunt mensen goed doorgronden.'

Maar jou niet, dacht ze.

Ze zaten nog maar even op snelweg 134 in westelijke richting of ze zaten vast in het verkeer.

Dat kwam wel vaker voor en telkens als Petra in een opstopping zat, fantaseerde ze over de vliegende auto's van de toekomst, die vw-kevertjes met een propeller die ze vroeger in paps oude *Popular Mechanics* voorspelden.

Ze werd gek van dat zitten en dat wisten ze allebei. Stu was een kalme chauffeur; om dol van te worden soms.

'Wij kunnen toch de vluchtstrook nemen,' zei ze.

Dat had hij al honderden keren gehoord en hij glimlachte lusteloos.

'We kunnen toch op zijn minst de zwaailichten en de sirene aanzetten,' voegde ze eraan toe.

'Ja hoor,' zei hij. Hij zette de pook in parkeerstand en liet de motor een paar keer loeien. 'We kunnen ook onze pistolen pakken en ons een weg erdoorheen schieten... Nou, hoe moeten we die Ramsey benaderen?'

'Zoals je al zei, meelevend. En neem je Kleenex mee voor zijn krokodillentranen.'

'Krokodillentranen,' herhaalde hij. 'Dus jij denkt al dat hij het heeft gedaan.'

'Als mormonen mochten gokken, op wie zou jij je geld dan zetten?'

Hij knikte en keek even de andere kant op om een geeuw te onderdrukken; ze kropen driekwart kilometer en stopten weer. Petra wreef over haar oogleden en dat bracht een caleidoscoop van kleur achter de dunne vliesjes teweeg. De hoofdpijn was onderweg. Ze moest beter met frustratie leren omgaan.

'Nou zit ik al zo lang in Hollywood,' zei Stu, 'en ik heb nog nooit een moord op een beroemdheid meegemaakt. Wel bijna, met de moord op Alphonse Dortmund. Een karakterspeler van Duitse komaf die nazirollen speelde in films over de Tweede Wereldoorlog. Die is gewurgd in zijn appartement in Gower. Hij deed al jaren niets meer, dronk en verwaarloosde zichzelf. Een stel uniformagenten ging erheen omdat er over stank werd geklaagd en troffen hem helemaal vastgebonden aan op bed met een strop met ingewikkelde knopen om zijn nek.'

'Wurgsex?'

'Dat was mijn eerste indruk, maar dat klopte niet. Hij had het niet zelf gedaan. Hij bleek een vijftienjarig joch op de Boulevard te hebben versierd, liet hem zien hoe die hem vast moest binden, vervolgens besloot dat joch een stap verder te gaan door hem echt te wurgen en het appartement te plunderen.'

'Hoe heb je hem te pakken gekregen?'

'Wat denk je?'

'Hij schepte erover op.'

'Tegen iedereen die het maar wilde horen. Mijn partner van toen – Chick Reilly – en ik zijn naar alle gewone trefpunten gegaan, hebben met alle gebruikelijke lui gepraat en íedereen wist wat er was gebeurd. We voelden ons net een stelletje onnozele provinciaaltjes.' Hij lachte. 'Goddank zijn het bijna allemaal idioten.'

'Ik vraag me af hoe slim Ramsey is,' zei Petra. 'Is er ook een reden dat hij niet op kantoor is?'

'Denk je dat hij er nu al vandoor is? Nee, dat mogen we niet aannemen. Hij is niet aan het opnemen. Alle programma's voor dit jaar zitten al in blik.'

'Zíjn programma of álle programma's?'

'Alle belangrijke,' zei Stu. 'Misschien is hij aan het tennissen of ligt hij in de jacuzzi. Of zit hij in een gecharterde jet naar Zuid-Frankrijk.'
'Zou dat even lastig zijn.'
'Zeg dat wel. Hé, misschien moeten we ons inderdaad maar een weg uit deze verkeerschaos schieten.'

Drie kwartier later sloegen ze bij Calabasas Road van de grote weg af en namen vervolgens een slingerende weg in noordelijke richting de Santa Susanna-bergen in. Zachtglooiende hellingen met kleine eikenbosjes die de vooruitgang hadden overleefd. De bomen waren overgevoelig voor overbewatering en honderden hadden door de irrigatie de geest al gegeven voordat iemand het in de gaten kreeg en er een beschermd natuurgebied van werd gemaakt.
Bosbranden hadden het daar ook makkelijk, dacht Petra. Die raceten door het dorre struikgewas en de lage boompjes en verslonden grote retro-hacienda's die in de duurdere wijken van de West Valley populair waren. Hoeveel geld je er ook in stopte, ze bleven alleen maar retro líjken.
Ze reden inmiddels langs enkele vlagele exemplaren waarvan een aantal achter hekken. Huizen met een dubbele paardenwei en een kraal naast de tennisbaan en een zwembad met waterval van natuursteen. De lucht was goed, de percelen waren uit de kluiten gewassen en als je de grote weg achter je had gelaten, werd het ook stil. Maar Petra wist dat zoiets niets voor haar was. Te ver van boekenwinkels, theaters, musea en van L.A.'s schamele culturele cocktail. Het was ook te stil naar haar smaak. Te ver van de polsslag van de stad.
Om maar niet van dat forensen te spreken: twee uur van elke werkdag van je leven naar de witte strepen van de 134 staren en je afvragen of dat nu vooruitgang is.
Calabasas was in trek bij wat Petra – die stiekem een snob was – beschouwde als hersenloze rijken: atleten, popsterren, omhooggevallen ondernemers en acteurs als Ramsey. Mensen met lange perioden van vrije tijd en een roekeloze minachting voor huidkanker.
Petra had de indruk dat vrije tijd problemen met zich meebracht. Een recent memo van het Parker Center waarschuwde dat blanke tieners in de Valley de bendes van de binnenstad na-aapten. Wat konden kinderen daar anders dan op het verkeerde pad raken?
In haar kunstenaarsperiode had ze er weleens over gefantaseerd dat ze ooit beroemd zou worden – twintigduizend dollar per doek zonder noodzaak om commercieel werk te doen. Zes maanden L.A., zes maanden Londen. Zover was het natuurlijk nooit gekomen. Ze had twaalf uur per dag geschetst en met de tekenhaak gewerkt om te doen alsof

ze financieel iets aan het huwelijk bijdroeg. Tegen Nick had ze gezegd dat wat hij verdiende van hem was. Hoe nobel, en wat stom.

'We zijn er,' zei Stu.

RanchHaven stond op een heuvel die bezaaid was met goudgele papavers. Hoge krulhekken aan roze zuilen. Achter het smeedijzer stonden de grootste haciënda's die ze tot dusverre hadden gezien. Ze stonden spaarzaam verspreid op percelen van meer dan een hectare. Twintig meter voor het hek stond een ongemarkeerde Dodge aan de stoeprand. Doordat er geen sierdoppen op de wielen zaten maar wel een stel antennes op het dak was de auto even opvallend als de Ford waarin Stu en Petra reden.

Ze stopten erachter en er stapten twee mannen uit. De ene was een latino, vijfenveertig, een meter vijfenzeventig, forsgebouwd, met een enorme zwarte snor en een stropdas vol vogels en bloemen. Zijn partner was blank en veel jonger, even groot maar veertien kilo lichter. Hij had ook een snor maar die was geelgrijs en bijgewerkt. Ze droegen allebei een grijs sportjack. De een had een zwarte en de ander een donkerblauwe broek. De das van de blanke politieman was smal en wijnrood en hij had een aardig, jongensachtig gezicht dat bijna knap was.

Ze stelden zich voor als De la Torre en Banks. Men begroette elkaar hartelijk; tot dusverre ging alles aardig en vriendschappelijk.

'Wat is er precies gebeurd?' vroeg De la Torre.

Stu gaf hem een samenvatting.

'Akelig,' zei Banks.

Petra vroeg: 'Heeft jullie chef niets verteld?'

Banks schudde van nee. 'We kregen te horen dat Ramseys vrouw was vermoord, maar niet hoe. De opdracht was hierheen gaan en jullie opwachten. We hoorden ook dat het onze zaak niet zou worden, dat we er alleen maar bij moesten zijn om later niet te horen te krijgen dat we absent waren. Waar is het gebeurd?'

'Griffith Park.'

'Daar ben ik afgelopen zondag net met mijn kinderen naar de dierentuin geweest,' zei Banks hoofdschuddend. Hij keek bezorgd en Petra vroeg zich af hoe lang hij al bij moordzaken zat.

'Denk je dat hij het heeft gedaan?' vroeg De la Torre.

Stu zei: 'We hebben informatie dat hij haar vorig jaar heeft mishandeld en dat ze kort daarna gescheiden zijn.'

'Pas op de valkuilen.'

'Een ding staat vast,' zei Stu. 'Dit was geen roofoverval door een straatgek. Krankzinnige wonden, krankzinnige razernij. Iemand heeft het contante geld uit haar tasje gehaald, maar creditcards en sieraden met rust gelaten. We denken dat het iemand is die ze kende, of een lust-moordenaar, maar dat is minder waarschijnlijk. Wie het ook was, hij is er ofwel met haar auto vandoor gegaan, of hij was in zijn eigen auto met haar daarheen gereden.'

'Wat voor auto had ze?' vroeg Banks.

'Zwarte Porsche 911 Targa, vier jaar oud. Er wordt naar uitgekeken.'

'Er zijn mensen die daar een moord voor doen.'

'Dat kan wel zijn,' zei Stu, 'maar twintig keer steken om een auto te pakken te krijgen? Waarom zoveel moeite?'

Er viel een korte stilte.

'Geld, en niet de juwelen,' zei De la Torre. 'Poging tot camouflage? Heb je ooit naar Ramseys programma gekeken? Ik wel. Klote.'

Petra zei: 'Ik zou weleens willen weten of hij hier ooit voor problemen heeft gezorgd.'

'We kunnen hier wel gaan rondvragen,' zei Banks terwijl hij naar haar glimlachte. Dat verwonderde haar.

'Dat zou geweldig zijn.'

'Hoe wil je precies te werk gaan?' vroeg De la Torre. 'Ik bedoel, wij zijn hier toch maar voor spek en bonen, dus we willen jullie aanpak niet verstieren.'

'Dat stel ik op prijs,' zei Stu.

'Dus wat zijn de plannen?'

Stu keek Petra aan.

'Onopvallend,' zei ze. 'We behandelen hem niet als verdachte, want we willen geen ontijdig vooroordeel.'

'Ramsey is acteur, dus moeten we allemaal een toneelstukje opvoeren. Wat een heerlijke stad is dit toch,' zei Banks. 'Oké, wij blijven discreet op de achtergrond. Denk je dat je dat kunt, Hector?'

De la Torre haalde zijn schouders op en zei met een komisch Mexicaans accent: 'Mij niet weten.'

'Hector is een intellectueel,' zei Banks. 'Hij is afgelopen zomer afgestudeerd, dus nu denkt hij dat hij er een mening op na mag houden.'

'Afgestudeerd in wat?'

'Communicatiewetenschappen.'

'Hij denkt dat hij ooit sport op tv gaat verslaan,' zei Banks. 'Of het weerpraatje. Doe het weer eens voor ze, Hector.'

De la Torre glimlachte goedmoedig en keek naar de lucht. 'Een rug van hoge druk valt op een rug van lage druk en stuit op een rug van middelhoge druk. Dat kan aanleiding geven tot onbezonnenheid. Ook tot acteurs die hun vrouw slaan, wat weer kan leiden tot moord.'

Beide politieauto's reden naar de roze zuil. Het hek had een pseudo-groene tint. In de linkerzuil zat de microfoon van de intercom en een bordje waarop stond: LEVERANCIERS. Zo'n vijftig meter verderop stond aan de andere kant van het hek een wachtershuisje.

Stu boog zich uit zijn raampje, drukte op de knop en zei: 'Politie voor meneer Cart Ramsey.'

De geüniformeerde bewaker stak zijn hoofd uit het raam en kwam naar buiten. Stu liet zijn legitimatiebewijs zien. Toen het hek opengleed, had Petra al aan de lichaamstaal van de bewaker gezien dat hij z'n medewerking zou geven.

'Kan ik u helpen?' vroeg hij. Een al wat oudere man, dikke buik, donkerbruin van de zon, veel rimpeltjes, haar donkerblond geverfd. Walkie-talkie en een knuppel, maar geen vuurwapen.

'We moeten de heer Ramsey spreken. Privé. Ik neem aan dat u begrijpt hoezeer de heer Ramsey en zijn buren op zijn privacy gesteld zijn.'

De ogen van de bewaker werden iets groter. 'O, natuurlijk.'

'Dus kunnen we op uw discretie rekenen, agent... Dilbeck?'

'Jazeker. Moet ik even bellen om te zeggen dat u in aantocht bent? Dat doen we meestal.'

'Nee, dank u,' zei Stu. 'Liever niet eigenlijk. Vertelt u eens, agent: heeft meneer Ramsey vandaag RanchHaven nog verlaten of betreden?'

'Niet tijdens mijn dienst. Die is om elf uur begonnen.'

Logischerwijs zou Stu hebben gevraagd wie er dan nachtdienst had gehad, maar hij zei: 'Bedankt. Hoe komen we daar?'

'Doorrijden tot u boven bent en dan de eerste links. Dat is Rambla Bonita. Dan weer omhoog, linea recta tot bovenaan en daar is het. Groot, roze huis, net als deze zuilen.'

'Roze,' herhaalde Petra.

'Knalroze. Toen hij het kocht was het wit, maar hij en zijn vrouw hebben het laten schilderen.'

'Zat Ramsey daarmee?'

'Daar heeft hij nooit iets over gezegd. Maar hij zegt überhaupt niet veel. Net als die rol die hij speelt... Dack nog wat.'

'Sterk en zwijgzaam?' vroeg Petra.

'Dat kun je wel zeggen.' Dilbeck deed een stap opzij.

Boven op de eerste heuvel zei Petra: 'Nou, daarmee is de zaak beklonken, hè? Het zijn altijd van die stille.'

9

Het park heeft me als een vriend verwelkomd. Ik leerde er van alles. Zoals hoe laat de boswachters patrouilleerden en hoe je ze moest vermijden. Welke restaurants het meest verse voedsel weggooiden en hoe je ongestoord in containers kon grasduinen.

Wie bepaalde mensen waren.

Die gasten in Western waren drugsdealers die niets anders wilden dan ongestoord zakendoen, dus bleef ik aan de overkant. Na ongeveer een maand stak een van hen over, zei: 'Slimme jongen,' en gaf me vijf dollar.

Ik leerde hoe ik aan mijn spullen moest komen.

Als je Los Feliz ver genoeg naar het oosten volgt, houden de mooie huizen op en krijg je flats. De bewoners houden 's zondags rommelmarkt op hun grasveld en als je tot het eind van de dag wacht, kun je er bepaalde dingen extra goedkoop op de kop tikken omdat de mensen geen zin hebben ze weer in te pakken.

Ik kocht een groene deken die naar natte hond rook voor een dollar en een slaapzak voor drie, en ik kreeg de jongen die de slaapzak verkocht zover om er gratis een zakmes met drie onderdelen waaronder een schroevendraaier bij te doen.

De mensen die hun spullen verkochten keken me weleens verbaasd aan – met een blik van: waarom koopt dat jongetje ondergoed? – maar mijn geld weigerden ze nooit.

Ik kocht een zaklantaarn, twee pakjes batterijen, een stel oude t-shirts en een keihard rond divankussen dat verrot bleek, dus dat was weggegooid geld.

De eerste maand gaf ik nog eens vierendertig Tampaxdollars uit. Met het vijfje van de drugsdealer had ik nog zevenenvijftig dollar. Ik vond de Vijf Plekken en legde overal mijn spullen neer.

Ik leerde wanneer ik moest glimlachen en wanneer niet, naar wie ik mocht kijken en naar wie niet. Ik kwam erachter dat geld een taal is. Ik maakte fouten. Zo at ik slecht voedsel en werd ziek, één keer heel erg. Ik moest drie dagen achterelkaar overgeven, ik had koorts en de rillingen en ik wist zeker dat ik dood zou gaan. Op dat moment woonde ik in een grot op Plek Drie tussen de spinnen en andere beestjes en het kon me niets schelen. Op de derde dag kroop ik voor zonsopgang te voorschijn om mijn kleren in de beek te wassen. Mijn benen voelden zo slap dat het wel leek alsof iemand me steeds maar in mijn knieholten stootte. Ik ben wel beter geworden maar sindsdien heb ik veel last van mijn maag.

Ik leerde wat hoeren en pooiers waren en zag mensen aan sex doen in steegjes; voornamelijk vrouwen die op hun knieën aan mannen zogen die zich niet bewogen, maar alleen kreunden.

Ik besefte dat ik een opleiding moest hebben om genoeg geld te verdienen om door niemand te worden gebruikt, maar hoe kreeg ik dat voor elkaar als ik in het park woonde?

Het antwoord dat bij me opkwam was zelfstudie. Dat betekende schoolboeken en dat betekende school. De onderbouw van de middelbare school, want in Watson zat ik in de zevende hoewel een schooladviseur uit Bakersfield me een keer een stel puzzels liet doen en zei dat ik de zevende wel kon overslaan, als mam een paar formulieren invulde. Ze beloofde het wel maar heeft het nooit gedaan en daarna is ze die formulieren kwijtgeraakt en de adviseur vroeg er niet naar, dus bleef ik in de zevende en als ik mijn fantasie niet op hol liet slaan, verveelde ik me zo dat mijn hoofd wel van hout leek.

Ik vond de Gouden Gids in een telefooncel, nam hem mee naar het park en zocht onder 'scholen'. Er stond geen onderbouw bij en daardoor was ik een beetje in de war; dus de volgende dag belde ik de schoolraad, maakte m'n stem zo diep mogelijk en zei dat ik net met mijn zoon van twaalf naar Hollywood was verhuisd en dat hij naar de onderbouw moest.

De vrouw aan de andere kant van de lijn zei: 'Eén moment, mevrouw,' en liet me een hele poos wachten. Toen ze weer opnam, zei ze: 'Thomas Starr King Middle School op Fountain Avenue,' en gaf me het adres.

Ik liep er om twaalf uur naartoe. De school bleek een kilometer of drie van Plek Drie te liggen, in een buurt die er niet uitzag en hij was kolossaal. Allemaal roze gebouwen met felblauwe deuren en een gigantisch speelterrein met een hoog hek eromheen. Ik keek toe van de overkant en kwam erachter dat de school om één uur uitging. Dan kwamen er honderden kinderen het speelterrein op die lachten en elkaar stompten. Daar kreeg ik wel een brok in mijn keel van.

Eén uur uit, dat betekende dat ik 's middags rond kon wandelen zonder betrapt te worden.

Ik maakte mijn eigen rooster: de ochtend was voor wassen, eten wat ik de avond tevoren voor het ontbijt had weggestopt, lezen en studie en de Plekken controleren om te kijken of niemand de spullen die ik er had verstopt had gepikt. De middag was bestemd voor nieuw eten en inslaan wat ik verder nodig had.

In de pauze van tien uur ging ik weer naar de King Middle School. De kinderen speelden buiten en de leraren die ik zag stonden met elkaar te praten. Ik glipte door een van de hekken naar binnen en deed net

alsof ik er hoorde. Er waren twee aparte voorraadkamers met schoolboeken.

Het kostte me acht bezoekjes om aan al mijn spullen te komen.

Het was makkelijk. Wie zou er nu een jongen van diefstal van schoolboeken verdenken?

Ik sloeg studieboeken in voor de zevende, achtste en negende, een
handvol balpennen en potloden en schriften met gelinieerd papier. Engels, geschiedenis en rekenen inclusief algebra.

Zonder schreeuwende kinderen of Moron om me heen kon ik me prima concentreren. Al die boeken kostten me maar twee maanden. Zelfs
algebra, dat ik nog nooit had gehad en er moeilijk uitzag – al die let-
tersymbolen waar ik aanvankelijk niets van snapte – maar het begin
was een en al herhaling en ik ging gewoon steeds een bladzijde verder.

Het idee van variabelen sprak me wel aan: iets wat op zich niets betekent maar elke identiteit aanneemt die je maar wilt.

De almachtige x. Ik beschouwde mezelf als x-jongen: niets maar ook
alles.

Ik bracht alle boeken op een nacht weer terug naar de King School en
liet ze achter bij het hek. Behalve het algebraboek, want ik wilde vergelijkingen oefenen. Ik wist dat ik mijn hoofd bezig moest houden om
mijn hersens niet te laten versuffen, maar ik was de boeken moe en
aan vakantie toe. Ik wilde een ander soort kennis: zoals die uit de en-
cyclopedie en biografieën van geslaagde mensen. Ik miste mijn boek
over de presidenten.

Geen boeken met verhalen en geen science fiction; dingen die niet waar
zijn interesseren me niet.

In Hillhurst, een paar straten van Los Feliz, vond ik een bibliotheek.
Het was een raar gebouw zonder vensters midden in een winkelcentrum. Binnen was een grote ruimte met in plaats van ramen kleurrijke posters van vreemde steden, en er zaten maar een paar oude mensen de krant te lezen.

Ik had me netjes gekleed en had mijn algebraboek, potlood en papier
en een rugzakje bij me. Ik ging aan een tafel in de verste hoek zitten,
deed alsof ik vergelijkingen maakte en gaf ondertussen mijn ogen de
kost.

De vrouw die er de baas leek te zijn was oud en had een zuur gezicht,
net als de bibliothecaresse in Watson, maar zij bleef voorin aan de telefoon zitten. De jonge Mexicaanse met van dat hele lange haar moest
de boeken afstempelen en zij had me wel in de gaten. Ze kwam glimlachend naar me toe om te vragen of ik ergens hulp mee nodig had.

Ik schudde van nee en ging door met mijn vergelijkingen.

'Aha,' zei ze zacht. 'Huiswerk van wiskunde, zeker?'

Ik haalde mijn schouders op en sloeg totaal geen acht op haar. De glimlach week van haar gezicht en ze liep weg.

De keer daarop probeerde ze mijn blik te vangen toen ik binnenkwam, maar ik bleef haar negeren en daarna verloor ze haar belangstelling.

Ik ging er een of twee keer per week heen, altijd na één uur. Dan begon ik met mijn zogenaamde huiswerk en daarna bestudeerde ik de kasten met boeken tot ik iets had gevonden, en zat ik twee uur te lezen.

Af en toe las ik in die tijd een heel boek. De derde week stuitte ik op precies hetzelfde boek van Jacques Cousteau dat ik in Watson had gehad en wist ik zeker dat ik op de juiste plek was.

Het andere presidentenboek vond ik niet lang daarna. Het is het eerste boek dat ik heb meegenomen en het enige dat ik heb gehouden; ik weet nog steeds niet waarom. Ik heb er uitstekend voor gezorgd door het in plastic van de stomerij te wikkelen. Dus het was niet echt een misdaad.

Toch knaagde het aan mijn geweten. Ik hield mezelf maar voor dat ik, als ik later groot zou zijn en geld had, boeken aan de bibliotheek zou géven. Soms vroeg ik me af of ik dat wel zou halen: groot worden. Nu lijkt alles wel door de war, na wat ik heb gezien. Misschien is het tijd om het park te verlaten. Maar waar moet ik heen?

Mijn schoen blijft achter een steen haken maar ik verlies mijn evenwicht niet. Uiteindelijk ben ik bij Vijf. Ik ruik de dierentuin door de wirwar van varens heen. Het is tijd om me te verstoppen, wat uit te rusten en na te denken.

Ik moet eens heel goed nadenken.

10

Toen Petra Ramseys huis zag, dacht ze terug aan haar colleges architectuurgeschiedenis en probeerde ze het te plaatsen. Verhaspeld Spaans pseudo-Palladiaans? Postmodern Mediterraan eclectisch? Patsershaciënda?

Een bunker van stucwerk.

Het gebouw stond op een berg die zo steil was dat Petra het hoofd in de nek moest leggen om de top te zien. Roze, zoals de bewaker had beloofd. Een tint donkerder dan de pilaren achter het volgende hek tussen twee zuilen, als een kooi in een dierentuin. De oprijlaan naar het huis was zo gestanst dat het plaveisel net op aardewerk bakstenen leek en aan weerskanten stonden Mexicaanse waaierpalmen. Door de palen van het hek zag ze een glanzende zwarte Lexus voor het huis. Ze reden naar het hek en nu zag Petra aan de voorzijde minstens een halve hectare glooiend grasveld. Het huis had anderhalve verdieping; die halve sloeg op een klokkentoren boven de dubbele, witgekalkte eikenhouten voordeur. Een levensgrote klok had iets weg van die van Philadelphia. De vleugels van het huis waaierden schuin uit als die van een kalkoen die te lang in de pan heeft gelegen en is gaan uitzakken. Een heleboel ramen in merkwaardige vormen, waarvan een aantal met glas in lood en gebrandschilderd. Om veranda's en balkons stonden kopergroene smeedijzeren balustraden en de dakpannen zagen er kunstmatig antiek roestbruin uit. Rechts van de eikenhouten voordeur was een diepe, vijfdeursgarage. Ruimte genoeg voor Ramseys studio-limousine, dacht ze.

Geen andere huizen in de buurt. De koning van de berg.

Achter het huis rezen nog meer palmbomen op. Het silhouet van hun kruin stak boven het dak uit als een soort New Age-plakplaatje. Petra rook paarden, maar zag ze niet. De Santa Susanna-bergen in de verte waren lichtblauw. Geen eik had het hier overleefd. Te veel sproeiapparatuur.

Stu zette de auto vlak voor de intercom. 'Bent u gereed, o heraut van de doem?'

'Ja.'

Hij drukte op de knop. Even bleef het stil. Toen klonk een vrouwenstem: 'Ja?'

'Wij komen voor meneer Ramsey.'

'Wie?'

'Politie.'

Stilte. 'Wacht even.'

Het bleef een hele poos stil. Petra keek over haar schouder naar de auto van het sheriffbureau. Hector de la Torre zat aan het stuur en zei iets dat ze niet kon liplezen. Banks zat te luisteren maar zag haar en wuifde even, net op het moment dat een kleine, mollige Latijns-Amerikaanse vrouw in een rozewit uniform door de dubbele deur naar buiten kwam. Ze liep half de oprijlaan af, en bleef vervolgens naar hen staan staren. Tussen de vijftig en de zestig. Ze had opvallend kromme benen, droeg het haar strak naar achteren en haar gezicht was even donker en uitdrukkingsloos als een bronzen buste. Ze drukte op een afstandsbediening.

Het hek ging open en de auto's reden naar binnen. De vier rechercheurs stapten uit. Het was hier een graad of tien warmer dan in Hollywood, en nu zag Petra een stuk tuin met hekken en palen links van het huis: de paardenwei. Bruine vlekken paardenvlees liepen haar gezichtsveld in en uit.

Droge warmte; ze had het gevoel alsof er zand in haar ogen zat. Boven de bergen in het noorden vloog een vliegtuigje. Een zwerm kraaien spatte uit een bosje platanen en verspreidde zich krassend alsof ze bang waren.

'Dag mevrouw,' zei Stu terwijl hij zijn legitimatie aan de dienstmeid liet zien.

Ze keek hem aan.

'Ik ben rechercheur Bishop en dit is rechercheur Connor.'

Geen antwoord.

'En wie bent u, mevrouw?'

'Estrella.'

'Uw achternaam alstublieft, mevrouw.'

'Flores.'

'Werkt u voor meneer Ramsey, mevrouw Flores?'

'Ja.'

'Is meneer Ramsey thuis, mevrouw Flores?'

'Die speelt de golf.'

Ze lijkt wel bang, dacht Petra. Immigratiesores? Als Ramsey geen openbaar ambt ambieerde, hoefde hij zich geen zorgen te maken over het controleren van haar papieren. Ze kon best eens illegaal zijn.

Of het was iets anders. Wist ze iets? Waren er misschien moeilijkheden in huize Ramsey? Had dat te maken met Ramseys gangen van gisteravond? Petra schreef haar naam op en zette er een sterretje bij: die moest ze zeker aan de tand voelen.

Ze deed haar blocnote dicht en glimlachte. Dat ontging Estrella Flores.

'Is meneer Ramsey niet hier?' vroeg Stu.

Zo ja, dan klopte dat niet met wat de bewaker had gezegd.

'Nee. Hier.'

'Is hij er wel?'

'Ja.' De vrouw fronste.

'Hij speelt hier golf?'

'De golf is achter.'

'Hij heeft zijn eigen baan,' zei Petra. Ze moest denken aan wat Susan Rose over het tv-programma had gezegd.

'Kunnen wij hem misschien even spreken, mevrouw Flores?'

De vrouw wierp een blik op de twee agenten van de sheriff die een stukje verderop stonden en vervolgens keek ze over haar schouder naar

de deuren van het huis die wijd open stonden. Binnen zag Petra crè-
mekleurige muren en vloeren.
'Wilt u binnenkomen?' vroeg Estrella Flores.
'Alleen met toestemming van meneer Ramsey, mevrouw.'
Verwondering.
'Waarom gaat u meneer Ramsey niet even zeggen dat wij er zijn, me-
vrouw Flores?'
Petra glimlachte haar weer toe. Het haalde niets uit. Estrella Flores
liep op kromme benen terug naar het huis.
Kort daarna spoedde Cart Ramsey zich naar buiten, gevolgd door een
blonde man.
De tv-detective droeg een felgroen poloshirt, een spijkerbroek en jog-
gingschoenen. Hij was goed in vorm voor iemand van zijn leeftijd, die
Petra op vijfenveertig à vijftig schatte. Een meter vijfentachtig, negentig kilo, brede schouders, smalle heupen, platte buik en een strakke
taille zonder plukvet. Zwarte krullen. Tv-bruin.
Die kaaklijn.
Die snor. Hoe heette hij ook weer op tv? Dack Price.
Zijn metgezel was ongeveer even oud, even groot, net zulke rugby-
schouders, maar bredere heupen. Hij had meer een typisch middelba-
releeftijdfiguur: opvallend buikje, lubberende wangen en borsten die
onder het lopen drilden. Het blonde haar was dun en van achteren
lang; je zag de roze huid van zijn kruin. Hij droeg een zonnebrilletje
met zwarte, ronde glazen. Hij droeg een oversized felblauw zijden overhemd met lange mouwen, en zijn zwarte lange broek zat strak om de
heupen. Ramsey liep veel harder en bereikte de auto zonder te hijgen.
'Politie? Wat is er?' Zware tv-stem.
Stu liet zijn penning zien. 'Neemt u ons niet kwalijk, meneer, maar wij
hebben slecht nieuws.'
Ramseys blauwe ogen gingen wijd open, knipperden en bevroren. Ze
waren heel lichtblauw en staken dramatisch af tegen zijn ruige bruine huid, hoewel Petra van dichtbij kon zien dat het het haar te zwart was
om zijn eigen kleur te zijn en zijn huid te grof, met grote, open poriën
op de wangen en een netwerk van adertjes op zijn neus. Te veel wodka in de kleedkamer? Of het gevolg van de dikke lagen make-up van
vele jaren?
'Wat voor nieuws? Waar hebt u het over?' Ramseys stem was afgeknepen van paniek.
'Uw ex-vrouw...'
'Lisa? Wat is er gebeurd?'
'Ik ben bang dat ze dood is, meneer.'
'Wát?' Ramseys ogen puilden uit. Zijn grote handen balden zich tot

enorme vuisten en zijn spierballen zwollen op. Petra keek zo meelevend mogelijk terwijl ze zijn armen afzocht op blauwe plekken of wondjes. Niets. De la Torre en Banks deden hetzelfde, maar de acteur had het niet in de gaten. Hij stond voorovergebogen met een hand voor zijn gezicht.

De lange blonde man met het blauwe hemd arriveerde hijgend. Zijn zonnebril stond scheef. Zijn haar was te blond; waarschijnlijk ook een spoeling. 'Wat is er, Cart?' Ramsey gaf geen antwoord.

'Cart?'

Ramsey sprak van achter zijn hand. 'Ze... Lisa.' Zijn stem stokte tussen de twee woorden.

'Lisa?' vroeg de blonde man. 'Wat is er met haar?'

De hand zakte en Ramsey draaide zich naar hem om. 'Ze is dood, Greg! Ze zeggen dat ze dóód is!'

'O, mijn god... Wat... Hoe...' Greg keek de rechercheurs met open mond aan.

'Ze is dood, Greg! Dit is écht!' brulde Ramsey en even leek het alsof hij uit wilde halen om de blonde man een oplawaai te verkopen.

Maar hij draaide zich plotseling om en staarde hen aan. En toen naar Petra. 'Weet u zeker dat zij het is?'

'Ik ben bang van wel, meneer Ramsey.'

'Hoe weet u... Ik snap niet... Hoe? Dit is krankzinnig... Waar? Wat is er gebeurd? Wat is er godverdomme gebeurd? Is ze total loss gereden of zo?'

'Ze is vermoord, meneer Ramsey,' zei Petra. 'Vanochtend is haar lijk in Griffith Park aangetroffen.'

'Vermóórd?' Ramsey kromp ineen en sloeg nu beide handen voor zijn mond. 'Godallejezus. Griffith Park. Wat moest ze daar in godsnaam?'

'Dat weten we niet, meneer.'

Ramsey mocht dat zelf invullen, maar hij zei: 'Vanochtend? O, mijn god, niet te geloven!'

'Vanmorgen vroeg, meneer.'

Ramsey bleef zijn hoofd maar schudden. 'Griffith Park? Ik snap er niks van. Wat moest ze daar in het holst van de nacht? Is ze... Hoe is ze...'

De blonde Greg kwam een stap dichterbij en klopte Ramsey op de schouder. Ramsey schudde hem af, maar de ander reageerde niet. Was hij er soms aan gewend?

'Laten we naar binnen gaan, Cart,' zei hij. 'De bijzonderheden horen we straks wel.'

'Nee, nee, ik moet het weten... Hebben ze haar doodgeschoten?' vroeg Ramsey.

'Nee, meneer,' zei Stu. 'Doodgestoken.'

'O, Jezus.' Ramsey werd nog een paar centimeter kleiner. 'Weet u wie het gedaan heeft?'

'Nog niet, meneer.'

Ramsey wreef over zijn gezicht. Levervlekken, zag Petra. Maar een grote, sterke hand, vingers zo dik als een bolknak met sterke, vierkant gevijlde nagels.

'O, shit! Lísa! Ongelooflijk! O, Lisa, wat heb je godverdomme gedáán?' Ramsey draaide de rechercheurs de rug toe, deed een paar stappen en klapte dubbel alsof hij moest overgeven, maar bleef gewoon in die positie staan. Petra zag een huivering over de brede rug lopen.

De blonde man liet zijn handen zakken. 'Ik ben Greg Balch, meneer Ramseys manager...'

Ramsey draaide zich opeens met een ruk om. 'Had het iets met drugs te maken?'

Het was even stil en toen vroeg Stu: 'Had mevrouw Ramsey dan een drugsprobleem?'

'Nee, nee, alleen... een poosje geleden... Eigenlijk is ze niet... was ze niet meer mevrouw Ramsey. We zijn zes maanden geleden gescheiden en toen ging ze haar meisjesnaam weer gebruiken. Dat ging in alle vriendschap, maar... daarna hebben we elkaar niet meer gezien.' Hij bedekte zijn gezicht weer en barstte in huilen uit. Grote, verstikte baritonsnikken. Petra kon niet zien of er ook tranen waren.

Balch sloeg een arm om Ramsey heen en de acteur liet zich weer naar binnen begeleiden. De rechercheurs volgden. Toen Ramsey even later weer oogcontact maakte, was het met Petra. Ze zag dat zijn ogen droog waren en kalm stonden. Het oogwit was onaangetast en de hemelsblauwe irissen stonden helder.

Binnen rook het naar spek. Het eerste dat Petra zag toen ze de vijf meter hoge plafonds, schrootkunst en eindeloze hoeveelheid crèmekleurig meubilair – alsof alles in een vat karnemelk was gevallen – achter zich had gelaten, was de vijfdeursgarage.

Een glazen wand bood daar vanbinnen uitzicht op. Als dat een garage was, was Da Vinci een striptekenaar.

Vijftien bij zes meter met spierwitte wanden, hoogglanzende, zwartmarmeren vloer en indirect neonlicht. Vijf parkeerplaatsen, maar er waren er maar vier bezet. En geen limousine. Het waren stuk voor stuk collectors items: een tomaatrode Ferrari met de neus van een roofdier; een gitzwarte Porsche racewagen met een nummer op het portier; een zwartrode Rolls Royce sedan met schitterende, grote bumpers, een enorme, opvallende radiator van chroom en een motorkapmascotte in kristal, waarschijnlijk een Lalique; een felblauwe originele Corvette cabriolet – waarschijnlijk uit de jaren vijftig, even blauw als het zijden overhemd van manager Greg Balch.

In de vijfde ruimte was slechts een met grind gevulde druppelbak.

Aan de muren hingen ingelijste raceposters en met een spuitbus gemaakte afbeeldingen van fallische auto's.

Stu en de agenten van de sheriff waren blijven staan om te kijken. Mannen en auto's. Petra was een vrouw die deze obsessie echt begreep. Misschien kwam het door haar vier broers, misschien door haar esthetisch gevoel en waardering voor toegepaste kunst. Een van de redenen waarom Nick en zij zo op elkaar vielen was het feit dat zij z'n ego welgemeend kon strelen. Het had geen zin, de klojo had geen hart, maar hij kon wel meesterwerken tekenen. Zijn favoriet was de Stingray '67, die hij het toppunt van design noemde. Toen Petra hem vertelde dat ze zwanger was, keek hij haar aan alsof ze een T-Ford was...

Greg Balch liep een paar meter voor hen uit en voerde Ramsey naar het volgende vertrek, en de rechercheurs maakten zich los van de glazen wand. Balch liet Ramsey op een zachte tweezitsbank plaatsnemen en de acteur bleef ineengedoken zitten alsof hij bad, met gebogen hoofd en de handen in elkaar op zijn rechterknie. Zijn dikke nekspieren stonden strak.

De vier rechercheurs gingen tegenover hem op een divan van drie meter zitten en maakten het zich gemakkelijk tussen de pastelkleurige losse kussens. Eén kussen belandde op De la Torres brede schoot en hij trommelde met zijn korte bruine vingers op de glanzende bekleding. Banks zat kalm en verroerde zich niet. Tussen Ramsey en de politiemannen stond een salontafeltje in de vorm van een granieten kei met een glazen blad. Balch ging op een stoel apart zitten.

Petra nam de kamer in zich op. Bespottelijk groot. Ze nam aan dat het de huiskamer was. Je kon hiervandaan in drie net zulke spelonkachtige ruimten kijken die stuk voor stuk gemeubileerd waren met hetzelfde lichte, veel te grote meubilair, met accenten in blank hout en kolossale, verschrikkelijke abstracte pastelkunst aan de muur. Door glazen deuren zag ze gras en palmen, een vijver met rotsen en een waterval en een four-hole golfbaan met gemillimeterd gras dat bijna grijs was.

'De golf.' Op het korte gras lagen twee clubs van chroom; achter de golfbaan was de paardenwei en een leuk roze hooibergje.

Waar was voertuig nummer vijf? Verborgen voor een schoonmaakbeurt om het bloed eraf te spoelen?

En ze mochten er niet eens naar informeren. Ze had gezien hoeveel tijd het de technische recherche kostte om een voertuig minutieus te onderzoeken. Als het onderzoek ooit in het stadium van een huiszoekingsbevel zou komen, zou een flinke ploeg dagenlang de handen vol hebben aan Ramseys wagenpark.

Haar blik ging weer terug naar de paarden. Balen hooi op een nette stapel. Er liepen twee paarden rond, een bruin en een wit. Ze stelde zich Lisa voor op het witte paard, met een getailleerd jasje, een op maat gemaakte rijbroek en haar wapperende blonde haar.

Had ze paardgereden? Ze wist niets over haar.

Twee paarden. Vijf auto's. Wat hoorde er toch op die vijfde plek te staan?

Ramsey bleef gebogen zitten zwijgen. De la Torre, Banks en Stu bekeken hem niet al te opvallend. Balch leek slecht op zijn gemak: hij was het hulpje en wist niet wat hij moest doen. De la Torre keek weer naar de auto's. Zijn gezicht stond ernstig en zakelijk, maar het chroom, de lak, het zachte leer en de dropzwarte banden ontgingen hem niet. Banks zag hem en glimlachte. Maakte oogcontact met Petra en glimlachte wat breder.

Stu bleef gewoon zitten. Hij noemde dat 'met een gezicht als een onbeschreven blad papier'. Laat de ondervraagde de leemten maar vullen. Misschien ging hem dat in dit geval gemakkelijk af omdat hij niets met auto's had, in ieder geval niet in die mate dat het Petra was opgevallen. Zijn privéauto was een witte Chevrolet Suburban met twee kinderzitjes en allemaal speelgoed. Petra was een paar keer met hem meegereden omdat ze uit eten was gevraagd, als je tenminste met zes kinderen naar McDonald's gaan 'uit eten' kon noemen. Maar die videospelletjes waren wel leuk. Ze hield wel van kinderdingen...

Ze betrapte zich erop dat ze haar platte buik aanraakte; ze bedacht zich en richtte haar aandacht weer op Ramsey.

De zwarte krullen sprongen heen en weer terwijl de acteur zijn hoofd schudde, alsof hij in stilte maar nee bleef zeggen. Dat had Petra al zo vaak gezien. Ontkenning. Of een gespeelde ontkenning. Hij was tv-rechercheur. Acteurs deden aan research; hij wist natuurlijk hoe dat ging. Greg Balch klopte Ramsey weer op zijn rug. De zakelijk manager keek nog steeds als een hulpeloze lakei.

Petra keek nog een poosje naar Ramsey. Ze dacht: stel dat hij schone handen heeft? Stel dat dit gewoon een derderangs thriller was?

Toen herinnerde ze zich weer dat hij Lisa had mishandeld. En rollen speelde voor de kost.

Ze staarde naar de enorme, vormeloze ruimte. Huiskamer één, huiskamer twee, huiskamer drie: hoeveel holen had een wolf nodig?

Uiteindelijk rechtte Ramsey de rug en zei: 'Bedankt dat u het me bent komen vertellen... Ik moest haar ouders misschien maar eens bellen...

Godallemachtig...' Hij wierp zijn handen in de lucht.

'Waar wonen haar ouders?' vroeg Stu.

'In Cleveland. In een voorstad, Chagrin Falls. Haar vader is arts. Dokter John Boehlinger. Ik heb hem sinds de scheiding niet gesproken.'

'Ik kan ze wel bellen,' zei Stu.

'Nee, nee, dat moet toch iemand doen die... Doet u dat altijd? Ik bedoel, is dat standaardprocedure?'

'Ja meneer.'

'O.' Ramsey ademde in, zuchtte en pinkte iets weg uit zijn oog. 'Nee, toch moet ik het doen... Hoewel... De moeilijkheid is dat we niet bepaald goed... Lisa's ouders en ik. Sinds de scheiding. U weet hoe dat gaat.'

'Spanningen?' vroeg Stu.

'Ik weet niet of ik het erger maak als ik bel... Ik bedoel, ik weet echt niet wat mijn plaats in dit alles is.' Ramsey keek diep ongelukkig. 'Officieel, bedoel ik. We zijn niet meer getrouwd, dus heb ik eigenlijk wel een officiële rol?'

'Waarin?' vroeg Stu.

'De identificatie, de voorbereidingen voor de begrafenis... Weet u... Lisa en ik... Wij hielden van elkaar en respecteerden elkaar, maar we waren... uit elkaar.' De handen gingen weer omhoog. 'Ik sla wartaal uit; ik moet wel idioot klinken. En wat kunnen mij die voorbereidingen verdomme schelen!' Ramsey sloeg zijn vuist in zijn handpalm. Hij draaide zich naar rechts zodat ze hem en profil zag.

Wat een kin, dacht Petra. In zijn beleving zijn liefde en respect synoniem aan een blauw oog en een kapotte lip. Zijn onderlip begon te trillen en hij beet erop. Kon dat een pose zijn?

Ze zei: 'Alles wat u ons over Lisa kunt vertellen kan nuttig zijn, meneer.'

Ramsey draaide zich langzaam om en keek haar aan. Petra meende iets nieuws in die lichte ogen te zien: analyse, kille berekening, iets van verharding. Maar vlak daarna was dat weer weg, zag hij er weer uit alsof hij door verdriet overmand was en vroeg ze zich af of ze het zich soms had verbeeld.

Intussen had Ramsey vochtige ogen gekregen. Hij zei: 'Ze was een prachtmeid; we zijn bijna twee jaar getrouwd geweest.'

'En die drugstoestand, meneer?' vroeg Petra.

Ramsey keek naar Balch en de blonde man haalde zijn schouders op. 'Dat stelde weinig voor,' zei Ramsey. 'Ik had niets moeten zeggen. Ik zit er niet op te wachten dat de pers zich daar meester van maakt en haar gaat uitmaken voor... Jezus, dat doen ze toch, hè? O, shit! Het is belachelijk, ze was niet zwaar verslaafd, alleen...'

Hij sloeg de ogen neer.

'U hebt gelijk, meneer,' zei Petra. 'Vroeg of laat komt het naar buiten, dus we kunnen net zo goed de feiten horen. Met drugs bestaat altijd de kans op geweld, dus als u het ons kunt vertellen...'

Zijn blik veranderde opnieuw en Petra wist zeker dat hij haar taxeerde. Zagen de andere rechercheurs dat ook? Het lag er in elk geval niet dik op: De la Torre vergaapte zich weer aan de auto's en Stu en Banks zaten maar een beetje neutraal te kijken.

Petra voelde aan haar haar en sloeg de benen over elkaar. Ramsey hield zijn blik op gezichtshoogte maar knipperde met zijn ogen toen het zwarte crêpe ritselde. Ze liet haar enkel bungelen.

'Er valt niets te vertellen,' zei hij.

'Het was echt niets bijzonders,' zei Greg Balch. Hij had ook blauwe ogen maar ze waren nietszeggend en bleekblauw en staken armzalig af bij die van Ramsey. 'Lisa had een cokeprobleempje, anders niet.'

Ramsey keek hem nijdig aan. 'Godverdomme, Greg!'

'We kunnen het net zo goed vertellen, Cart.'

Ramsey haalde diep adem maar bleef nijdig kijken. 'Oké, oké. In feite was de coke het eind van ons huwelijk. Hoewel het verschil in leeftijd eerlijk gezegd ook een rol speelde. Ik hoor bij een andere generatie, toen "feest" nog feest betekende waar je praatte en danste. Ik drink sociaal, anders niet. Lisa vond het lekker om een lijntje te snuiven... Jezus, niet te geloven dat ze er niet meer is!'

Hij wilde zijn handen weer voor zijn gezicht slaan, maar om hem te weerhouden vroeg Petra met stemverheffing:

'Hoe oud was Lisa, meneer Ramsey?'

Hij sloeg zijn ogen op, keek vervolgens naar haar knieën en toen weer naar haar gezicht. 'Was,' zei hij. 'Wás... Ik kan nauwelijks geloven dat het voortaan altijd "was" zal zijn... Ze was zevenentwintig, rechercheur...'

'Connor.'

'Zevenentwintig, rechercheur Connor. Ik had haar vier jaar geleden ontmoet op de Miss Entertainment-verkiezing. Ik was ceremoniemeester en zij Miss Ohio. Ze speelde saxofoon en had een geweldige stem. We gingen een poosje uit, woonden een jaar samen en zijn getrouwd. En gescheiden. Voor allebei was het de eerste keer... We moesten waarschijnlijk oefenen... Wilt u nog meer weten? Want deze toestand...' Hij voelde aan zijn nek. 'Ik voel me belazerd, ik moet echt alléén zijn.'

'Mensen,' zei Balch, 'kunnen we meneer Ramsey wat privacy gunnen?'

Ramsey bleef zijn nek masseren. De kleur was uit zijn gezicht en het had een uitdrukking aangenomen alsof hij in shock was.

Petra zei wat vriendelijker: 'Het spijt me, meneer. Ik weet dat dit zenuwslopend is, maar soms kunnen dingen die onder spanning opkomen erg nuttig zijn en ik weet dat u wilt dat wij de moordenaar van uw vrouw vinden.'

Ze zei expres vrouw in plaats van ex-vrouw om te zien of Ramsey haar zou verbeteren.

Niet dus; hij knikte alleen maar zwakjes.

Balch wilde iets gaan zeggen, maar Petra was hem voor: 'Enig idee van wie ze haar drugs kreeg, meneer Ramsey?'

'Nee. Ik wil niet de indruk wekken dat ze de eerste de beste drugsverslaafde was. Ze snoof voor de lol, anders niet. Voor zover ik weet heeft ze nooit iets gekocht, alleen geleend.'

'Van wie?'

'Geen idee. Dat was mijn wereldje niet.' Ramsey rechtte zijn rug. 'Dope scoren in de filmwereld is niet zo'n probleem. Dat hoef ik jullie niet te vertellen. Was er iets aan... wat er is gebeurd... waardoor u denkt dat het iets met drugs te maken heeft?'

'Nee, meneer. We tasten echt nog in het duister.'

Ramsey fronste en stond opeens op. Balch volgde zijn voorbeeld en ging naast zijn baas staan.

'Het spijt me, ik moet écht gaan rusten. Ik ben net terug van een lokatietrip naar Tahoe. Ik heb twee nachten nauwelijks een oog dicht gedaan, in het vliegtuig scripts zitten lezen, daarna moest ik papieren tekenen voor Greg en we zijn allebei vrij vroeg onder zeil gegaan. En nu dit. Jezus.'

Hij komt ongevraagd met een uitgebreid alibi, dacht Petra. Uitgeput, maar fris en kwiek de volgende ochtend en 'de golf' spelen.

Alle vier de rechercheurs zaten met gespitste oren te luisteren. Niemand zei iets. Niemand mocht al te diep graven.

Balch verbrak de stilte. 'Het waren een paar lange dagen. We waren zowat in coma.'

'Bent u vannacht hier gebleven, meneer Balch?' vroeg Petra in de wetenschap dat ze zich op glad ijs begaf. Ze keek even naar Stu. Die gaf haar een klein knikje.

'Ja. Dat doe ik wel vaker. Ik woon in Rolling Hills Estates en dat stuk rij ik niet graag als ik doodop ben.'

Ramseys ogen waren omfloerst. Hij keek naar de grond.

Stu gaf weer een knikje naar Petra en de vier rechercheurs stonden op. Stu gaf Ramsey zijn kaartje en hij stak het zonder te kijken in zijn zak. Iedereen liep naar de voordeur. Ramsey liep opeens naast Petra. 'Dus u belt Lisa's ouders, rechercheur?'

'Ja, meneer.' Al had Stu het aangeboden.

'Dokter John Everett Boehlinger. Haar moeder heet Vivian.' Hij noemde het nummer en wachtte terwijl Petra bleef staan om het op te schrijven. Balch en de andere rechercheurs waren al een stukje verder, bij de glazen garagewand.

'Chagrin Falls, Ohio,' zei ze.

'Rare naam, hè? Alsof de hele bevolking het betreurt om daar te wonen. Lisa in elk geval wel, die was gek op L.A.'

Petra glimlachte. Ramsey glimlachte terug.

Hij taxeerde haar. Niet als rechercheur, maar als vrouw. De rouwende ex-man was alweer op de versiertoer.

Het was geen overhaaste conclusie. Ze beschouwde zichzelf niet als een godsgeschenk voor mannen, maar wist wel wanneer ze haar bekeken.

'L.A. was echt een stad voor Lisa,' zei Ramsey toen ze weer doorliepen. 'Ze was dol op de energie van de stad.'

Ze waren bij de glazen wand. Petra stak haar hand uit. 'Dank u wel, meneer. Het spijt me dat u dit door moet maken.'

Ramsey gaf haar een hand, hield de hare vast en kneep erin. Droog en warm. 'Ik kan het nog amper geloven. Heel onwerkelijk, net een script.' Hij beet op zijn lip, schudde zijn hoofd en liet haar hand los. 'Ik zal waarschijnlijk geen oog dichtdoen, maar ik probeer het wel voordat de lijkenpikkers me bespringen.'

'De media?'

'Dat is maar een kwestie van tijd. U geeft toch niet mijn naam en adres vrij?'

Voordat Petra iets kon zeggen, riep hij naar Balch: 'Zeg tegen de bewaking dat ze niemand binnen laten. Bel ze meteen maar.'

'Komt in orde.' Balch haastte zich weg.

Petra legde haar hand tegen het glas, trok haar wenkbrauwen op en veinsde belangstelling voor de auto's.

Ramsey haalde zijn schouders op. Hij deed aardig jongensachtig voor een man van middelbare leeftijd. 'Je verzamelt speelgoed en vervolgens besef je dat het weinig voorstelt.'

'Er is toch niets mis met het hebben van mooie dingen?' zei Petra.

Er fonkelde iets in Ramseys blauwe ogen. 'Waarschijnlijk niet.'

'Hoe oud is die Ferrari?'

'Van drieënzeventig,' zei Ramsey. 'Daytona Spider. Hij is van een oliesjeik geweest. Ik heb 'm van een veiling. De kleppen moeten elke week gesteld worden en na een uur achter het stuur heb je rugklachten, maar het is een kunstwerk.'

Zijn stem verried enthousiasme. Hij trok weer hoofdschuddend een grimas alsof hij het besefte.

Petra probeerde haar stem licht te houden en vroeg: 'Wat hoort er op die lege plek te staan?'

'Mijn doordeweekse auto.'

'De Lexus?'

Hij keek naar de hal waar de andere drie rechercheurs stonden te wachten. 'Nee, die is van Greg. Ik heb een Mercedes. Bedankt voor uw vriendelijkheid, dame en heren. En voor het bellen van Lisa's ouders. Ik laat u wel even uit.'

Beide politiewagens verlieten het terrein van het villapark en reden een rustige zijstraat in. Stu reed door tot de bebouwing plaats maakte voor akkers en vervolgens gebaarde hij naar de rechercheurs van de sheriff om te stoppen. Toen ze uitstapten, rookte De la Torre een sigaret.

'Hij kwam zelf met een alibi,' zei hij. 'De hele nacht thuis met onze Greg. En al dat gelul over niet weten wat hij ermee te maken had.'

'Dat kan een poging zijn geweest om zich ervan los te maken,' zei Banks. 'Zowel voor ons als in zijn eigen denken.'

Stu zei: 'Mogelijk.' Hij keek naar Petra.

Ze zei: 'Interessant, allemaal interessant, en ook de manier waarop hij meteen de drugs ter sprake bracht. Daarna wordt hij heel terughoudend en gesloten en wil hij haar reputatie beschermen als wíj daar juist over willen praten.'

'Het stinkt,' zei De la Torre. 'Vooral dat alibi. Ik bedoel, je vrouw wordt aan mootjes gesneden. Als je niets op je geweten hebt en de politie komt je het nieuws vertellen, voel jij dan de behoefte om te vertellen dat je op de avond van de moord vroeg naar bed bent gegaan?'

'Precies,' zei Petra. 'Alleen hebben we hier te maken met een geval van huiselijk geweld dat aan het licht is gekomen na O.J. Simpson. Hij wéét dat hij wordt doorgelicht, dus heeft hij een reden om zich in te dekken.'

'Maar toch is het verdorie allemaal te keurig,' zei De la Torre. Die gast heeft een misdaadprogramma en denkt waarschijnlijk dat hij het klappen van de zweep kent.' Hij gromde en zoog aan zijn sigaret.

Petra moest denken aan de manier waarop Ramsey haar had opgenomen. En zich vervolgens aan haar had opgedrongen. Niemand had het opgemerkt. Moest zij het zeggen? Nee, zinloos.

'Ik heb de pest aan politieseries,' zei De la Torre. 'Die klojo's pakken alle griezels voor het derde reclameblok en dat vreet aan mijn zelfrespect.'

'Hij speelt geen politieman,' zei Banks. 'Hij is privédetective, zo'n machoheld die mensen beschermt als de politie faalt.'

'Nog erger.' De la Torre trok aan zijn snor.

'Een hoop krokodillentranen, maar hij werd opeens behoorlijk zakelijk toen hij naar Balch riep dat hij de bewaking moest waarschuwen,' zei Banks. 'Zijn vrouw is nog niet koud of hij dekt zich al in tegen de pers.'

'Hé, vergeet niet dat hij goddomme beroemd is,' zei De la Torre. Hij blies rook naar beneden. 'Nou... wat kunnen we voor jullie doen?'

'Duik maar in de plaatselijke dossiers om te kijken of er nog meer meldingen van huiselijk geweld zijn geweest, of wat je ook maar tegen hem kunt vinden,' zei Stu. 'Maar hou het voorlopig onder je pet. We kunnen het ons niet veroorloven dat hij ruikt dat hij wordt nagetrokken.'

'Wat hebben we daarnet dan gedaan? Een condoléancebezoek van vier rechercheurs?'

'Precies.'

'En daar trapt hij in?'

'Misschien. Hij is gewend om als VIP te worden behandeld.'

'Oké,' zei Banks. 'We duiken stiekem in de dossiers. Nog wat?'

'Er schiet me niets te binnen,' zei Stu. 'Maar ik sta open voor suggesties.'

'Mijn suggestie,' zei De la Torre, 'is dat we jullie niet in de weg lopen, naar de kerk gaan en voor je bidden. Want dit is geen kattenpis.'

Petra zei: 'Bid maar raak. We verwelkomen alle hulp die we kunnen krijgen.'

Banks glimlachte naar haar. 'Ik zag dat je bij die glazen wand met hem stond te praten. Zei hij nog wat die vijfde auto was?'

Petra keek hem even aan. 'Zijn doordeweekse auto. Een Mercedes.'

'Denk je dat die onder de microscoop moet?'

'Dat zou best kunnen,' zei Petra. 'Met al dat bloed is er een vlotte kans op sporen.'

'En schoenafdrukken op de moordlokatie?'

'Niets,' zei Stu. 'Hij is erin geslaagd om niet in het bloed te gaan staan.'

'Wat betekent dat hij achteruit is gelopen. Of haar van zich af heeft geduwd. In beide gevallen betekent het dat hij zich had voorbereid.'

Stu dacht daar even met opeengeperste lippen over na. 'Ik zou die Mercedes best in beslag willen laten nemen, maar zonder grond kan dat nog lang niet.'

'Stel dat die gast iets van zijn programma heeft geleerd?' vroeg De la Torre. 'De een of andere hightech manier om iets in één klap brandschoon te zappen? Die beroemdheden hebben altijd iemand die de rotzooi achter hun kont opruimt. Het een of andere manusje-van-alles, een manager, een agent of iemand die niets beters te doen heeft, maakt niet uit... Maar nou ja, wat zeur ik? Het is mijn zaak niet. Veel succes.'

Iedereen schudde elkaar de hand en weg waren de agenten van de sheriff.

'Ze lijken me wel fatsoenlijk,' zei Petra.

Ze liepen weer naar de Ford. Terwijl Stu de motor startte, vroeg ze: 'Ben ik te ver gegaan met Ramsey?'

'Ik hoop het niet.'

'Wat vind je van die andere dure auto's?'

'Voorspelbaar. De mensen van de showbiz zijn eeuwig en altijd op zoek naar het Beste.'

Hij klonk nijdig.

'Denk je dat hij het is?'

'Waarschijnlijk. Als we terug zijn bel ik de familie.'

'Dat wil ik wel doen,' zei Petra, die opeens naar contact met Lisa's familie hunkerde. Naar contact met Lísa.

'Nee, ik vind het niet erg.' Hij trok op. Zijn gesteven kraag was smerig en zijn blonde baard zag eruit als vers stro. Geen van beiden had meer dan een etmaal een oog dichtgedaan. Petra voelde zich prima.

'Kleine moeite, Stu. Ik bel ze wel.'

Ze verwachtte een protest, maar hij liet zijn schouders hangen en vroeg: 'Zeker weten?'

'Absoluut.'

'Je hebt ook al de familie van Gonzales en Chouinard verwittigd en Chouinard was geen pretje.'

Dale Chouinard was een bouwvakker die voor een café op Cahuenga Boulevard dood was geslagen. Petra had zijn vierentwintigjarige weduwe moeten vertellen dat haar vier kinderen onder de zes halfwees waren. Ze had de indruk dat ze het goed had gedaan: ze had de vrouw getroost, vastgehouden en uit laten snikken. Vervolgens was mevrouw Chouinard in de keuken gek geworden en had ze naar Petra uitgehaald en bijna een oog uitgeklauwd.

Ze zei: 'Telefonisch kan niemand me tenminste een oplawaai geven.'

'Ik vind het echt niet erg om het te doen hoor, Petra,' zei hij.

Maar ze wist dat hij het wel erg vond. In het begin van hun partnerschap had hij haar verteld dat hij dit het ergste van zijn werk vond. Als zij het voor hem opknapte, zou hij haar misschien als de ideale partner herkennen en openhartig vertellen wat hem dwars zat.

'Ik doe het wel, partner. Als jij dat goed vindt. Ik ga ook met de dienstbode praten.'

'Die van Lisa?'

'Ik bedoel die van Ramsey, als ik haar naar buiten kan lokken zonder het er te dik op te leggen dat we Ramsey verdenken. Maar die van Lisa wil ik ook wel doen.'

'Wacht even met die van Ramsey,' zei Stu. 'Dat is te riskant.' Hij haalde zijn blocnote te voorschijn en sloeg een paar bladzijden om. 'Lisa's dienstmeisje heet Patricia... Kasempitakpong.' Hij sprak de onuitsprekelijke naam heel langzaam uit. 'Waarschijnlijk een Thaise. Ze wordt vastgehouden door de uniformpolitie, maar als ze weg wil, kunnen ze haar er niet van weerhouden om naar Bangkok terug te vliegen. Of de *National Enquirer* te bellen.'

'Ik ga zodra ik de familie heb gebeld.'

Hij gaf haar het adres in Doheny Drive.

Ze zei: 'Aardig van de sheriff om Ramsey aan ons over te laten.'

'Misschien heeft er eindelijk iemand iets geleerd van alle slechte pers die de twee korpsen hebben gekregen.'

'Kan.' Een maand daarvoor had het korps van de sheriff een storm van kritiek te verduren gehad omdat het een aantal moordenaars had moeten laten lopen wegens vormfouten, omdat het de gevangenen in de streekgevangenis gastronomisch te eten gaf op kosten van de belastingbetaler, en miljoenen dollars had zoekgemaakt. Zes maanden daarvoor waren een stel agenten van de sheriff aangehouden wegens een gewapende roofoverval in hun vrije tijd en was er een aankomend agent naakt en verdwaasd in de heuvels bij bureau-Malibu aangetroffen.

Stu zei: 'Dat adres is maar een paar straten van Chasen's. Dat zijn ze aan het slopen om er een nieuw winkelcentrum te bouwen.'

'Ach gut,' zei Petra. 'Daar gaan onze etentjes met beroemdheden, partner.'

'Ik ben er weleens geweest,' zei hij. 'Voor de bewaking van een trouwreceptie van de dochter van een beroemde advocaat uit de showbiz. Het wemelde er van de bekende gezichten.'

'Ik wist niet dat je zulke dingen deed.' Ook al.

'Dat is al jaren geleden. Het was voornamelijk vervelend. Maar die keer in Chasen's was wel oké. Ik kreeg lekker te eten. Chili con carne, spareribs, biefstuk. Prachttent, eersteklas sfeer. Reagans favoriete restaurant... Oké, jij neemt dat Thaise dienstmeisje en brengt de ouders op de hoogte. Voor ik naar huis ga, zal ik nadenken over een discrete manier om wat mensen in de tv-wereld over Ramsey te polsen, de Mercedes natrekken bij kentekenregistratie, en contact opnemen met de patholoog-anatoom en de technische recherche. Als er iets forensisch van betekenis te melden is, laat ik het je wel weten. Allemaal begrepen?'

'Ik zal ook de telefoondienst bellen voor Lisa's dossier.'

'Goed idee.'

Standaardprocedure.

'Stu, als het Ramsey is, hoe kunnen we hem dan grijpen?'
Hij zei niets.
Petra zei: 'Ik bedoel waarschijnlijk: hoe groot is de kans dat deze toestand de kwaliteit van ons leven verbetert? En hoe kunnen we Lisa recht doen?'
Hij speelde met zijn haar en trok zijn vertegenwoordigersdas recht.
'We doen het gewoon stap voor stap,' zei hij uiteindelijk. 'We zetten ons beste beentje voor. Precies wat ik tegen de kinderen zeg als het over school gaat.'
'Zijn wij nu de kinderen?'
'In zekere zin wel.'

I I

De apen zijn de grootste schreeuwlelijken. Ze zitten nu al te jammeren en het is pas zes uur 's ochtends.
Over vier uur gaat de dierentuin open. Ik heb hier wel gezeten als het druk is. Dan hoorde ik bijna alleen maar kabaal, maar soms ving ik woorden op, zoals van kleine kinderen die om iets zeurden. 'IJsje!' of 'Leeuwen!'
Als er mensen in de dierentuin zijn, worden de dieren stil, maar 's nachts gaan ze echt tekeer – moet je horen hoe die apen krijsen – en daar heb je nog een zwaar geluid, iets dieps, misschien wel een neushoorn. Het klinkt als: Ik wil eruit! We zitten hier opgesloten voor de mensen; zijn ze niet verschrikkelijk?
Als ze ooit losgelaten werden, zouden de carnivoren meteen op de herbivoren springen, op de trage en de zwakke exemplaren; ze zouden ze vermoorden, opeten en op de botten kluiven.
Ongeveer een maand geleden heb ik het prikkeldraad om de dierentuin geïnspecteerd. Helemaal aan het eind, voorbij Afrika, zat een hek. Op een bordje stond ALLEEN VOOR DIERENTUINPERSONEEL. TE ALLEN TIJDE AFSLUITEN. Er zat wel een slot op maar het was niet dicht. Ik haalde het eraf, ging naar binnen en hing het slot er weer aan. Ik stond op een parkeerterrein met een heleboel van die kleine bruine strandbuggies waarin het personeel van de dierentuin rondrijdt. Aan de overkant waren een paar gebouwen die naar dierenpoep roken, met een cementen vloer die pas schoon was gespoten. Aan de andere kant waren nog meer dikke struiken en een paadje met weer een bordje: VERBODEN VOOR ONBEVOEGDEN.

Ik deed of ik er hoorde, liep linea recta de dierentuin in, klom met de mensen mee naar de enorme volière waar je in mocht en zag de dreinende kinderen. Daarna heb ik de hele dierentuin bekeken. Dat was een erg leuke dag. Ik las aandachtig de bordjes waarop de natuurlijke woonomgeving en het soort voedsel van de dieren vermeld staat en of ze met uitsterven worden bedreigd. In het reptielenhuis zag ik een koningscobra met twee koppen. Niemand keek me raar aan. Voor het eerst sinds lange tijd voelde ik me ontspannen en gewoon.

Ik had een beetje geld bij me gestoken en kocht een ijsbanaan, toffeepopcorn en een Coca-Cola. Ik at te snel en kreeg pijn in mijn buik, maar dat gaf niets; het was net alsof er een stukje blauwe lucht in mijn hersens was opengegaan.

Misschien probeer ik vandaag weer naar binnen te gaan.

Of misschien moest ik dat maar laten. Ik moet ervoor zorgen dat ik geen bedreigde soort word.

Ik blijf maar aan die vrouw denken, aan wat die vent met haar deed. Afschuwelijk, afschuwelijk, zoals hij haar omhelsde, tsjak-tsjak. Waarom wil iemand nou zoiets doen?

Waarom laat God zoiets toe?

Mijn maag begint vreselijk op te spelen en ik moet vijf keer diep ademhalen om hem tot bedaren te krijgen.

Toen ik de hele nacht liep, deden mijn voeten niet zo'n zeer, maar nu wel en mijn gympen zitten te strak. Ik trek ze uit, mijn sokken ook. Ik denk dat ik groei, want die schoenen zijn me al een poosje te klein. Het zijn oude schoenen; ik had ze al aan toen ik kwam. De zolen hebben dunne plekken die bijna zijn doorgesleten.

Ik zal mijn voeten wat frisse lucht geven en mijn tenen oefenen voordat ik het plastic uitrol.

Hè... Dit is lekker.

Plek Vijf heeft geen water dus ik kan me niet wassen. Zou het niet gaaf zijn om de dierentuin in te gaan en in de zwemvijver van de zeeleeuwen te springen en wat rond te dollen? En die zeeleeuwen maar uitfreaken omdat ze dat nog nooit hebben meegemaakt. Ik moet mijn best doen om niet hardop te lachen.

Ik ruik naar pis. Ik vind het vreselijk als ik stink. Ik wil niet zo worden als die zwervers met hun winkelwagentje; die stinken een uur in de wind. Ik vond douchen altijd heerlijk, maar sinds Moron bij ons was komen wonen, was het warme water altijd op. Niet omdat hij zich zo graag waste. Mam wilde lekker ruiken voor hem, dus stond ze een halfuur onder de douche en daarna sproeide ze zich onder met parfum, de hele reut.

Waarom wilde ze zo graag indruk op hem maken? Waarom legde ze het áltijd met mislukkelingen aan?

Daar heb ik heel veel over nagedacht en het enige dat me te binnen wil schieten is dat ze zichzelf niet zo aardig vindt.

Ik wéét dat dit zo is, want als ze iets breekt of iets fout doet – zoals zich snijden als ze haar benen scheert – scheldt ze zichzelf uit. Ik heb haar 's nachts weleens dronken of stoned horen huilen en dan scheldt ze zichzelf ook uit. Niet meer zo vaak sinds Moron bij ons woonde, want hij dreigde haar met een pak slaag.

Vroeger ging ik de slaapkamer weleens in om naast haar te zitten en haar haar te strelen en dan vroeg ik: 'Wat is er, mam?' Maar ze draaide zich altijd van me af en zei dan: 'Niks, niks.' Ze klonk boos, dus daar ben ik maar mee gestopt.

Toen besefte ik op een keer dat ze om míj huilde. Dat ze mij had gekregen zonder dat ze dat wilde. Dat ze probeerde me op te voeden en dacht dat ze er niet zoveel van terecht bracht.

Ik was haar verdriet.

Daar heb ik ook heel lang over nagedacht en uiteindelijk besloot ik dat ik maar het beste zoveel mogelijk kon leren, zodat ik een goeie baan zou krijgen en voor mezelf en haar zou kunnen zorgen. Als ze zag dat het goed met me ging, zou zij zich misschien ook niet zo mislukt voelen.

De zon staat al hoog aan de hemel: een hete, oranje bal die ik door de takken kan zien. Ik ben nog doodop, maar slapen zal er niet meer van komen. Tijd om het plastic uit te rollen.

Ik gebruik plastic zakken van de stomerij om dingen in te verpakken en mee te nemen om ze tegen regen en viezigheid te beschermen. Op elke zak staat een waarschuwing dat baby's erin kunnen stikken en ze zijn dun en scheuren gauw. Maar als je drie lagen op elkaar doet, zijn ze echt sterk en een prima bescherming. Ik vind ze meestal bij de vuilnis en bewaar ze opgerold op alle vijf de Plekken, onder een steen, in mijn grot, overal.

Het voordeel van Vijf is een boom: een hoge eucalyptus met ronde, blauw-zilveren bladeren die naar hoestsiroop ruiken. Ik weet dat het een eucalyptus is, want die keer in de dierentuin ben ik naar het koalahuis gegaan en dat stond vol met dezelfde bomen en daar stond een bordje bij met EUCALYPTUS POLYANTHEMUS: ZILVERDOLLARGOM-BOOM. Op het bordje stond ook dat koalaberen uitsluitend van de eucalyptus polyanthemus konden leven en ik vroeg me af hoe het zou zijn als ik gevangen zou zitten op Plek Vijf met niets anders dan bomen te eten. Ik vroeg het aan een meisje van de dierentuin en ze zei glimlachend dat ze het niet wist, maar liever hamburgers at.

Deze boom is zo dik dat ik mijn armen er nauwelijks omheen krijg en de takken hangen naar beneden, raken de grond en blijven maar doorgroeien. Daarbinnen is het net alsof je in een zilver-blauwe wolk zit en achter de takken naast de stam ligt een grote, platte, grijze steen. Hij ziet er zwaarder uit dan hij is. Ik kan hem optillen en er iets onder schuiven zodat hij gedeeltelijk omhoog blijft staan zoals je een auto op een krik zet. Ik had zo een bergplaats gegraven. Als de steen weer ligt, werkt hij als een luik.

Het tillen kost nu meer moeite want mijn armen doen zeer omdat ik de hele nacht met mijn spullen van Plek Twee heb lopen sjouwen, maar met de neus van mijn schoen kan ik de steen omhooghouden en mijn Vijf-spullen in plastic te voorschijn trekken: twee stel Calvin Klein-ondergoed die ik vorige maand op de rommelmarkt in Los Feliz heb gekocht. Ze zijn te groot en op de binnenkant van de zoom staat met inkt LARRY R.; toen ik ze in het riviertje de Fern Dell liet weken, werden ze grijs maar wel schoon. Een reservezaklantaarn en twee batterijen en een ongeopend pakje gedroogd rundvlees dat ik heb meegenomen uit een supermarkt aan de Boulevard. Een tweeliterfles Coca-Cola en een ongeopend doosje Honey Nut Cheerios dat ik de volgende dag in dezelfde supermarkt heb gekocht omdat ik me schuldig voelde over dat gedroogde vlees. Een paar oude tijdschriften die ik achter een woonhuis in Argyle Street heb gevonden – *Westways, People, Reader's Digest* – en het oude mageremelkpak waarin ik mijn balpennen en potloden, brochures, opgerold schriftpapier en andere spullen bewaar.

Op het melkpak staat een jongensgezicht, een zwart jongetje dat Rudolfo Hawkins heet en vijf jaar geleden is ontvoerd. Op de foto is hij zes en draagt hij een wit overhemd met een das. Hij lacht alsof hij op een verjaardag of een ander feestje is.

Er staat bij dat zijn vader in Compton, Californië hem heeft ontvoerd, maar het kan ook Scranton in Pennsylvania of Detroit in Michigan zijn. In het begin zat ik naar die foto te kijken en vroeg ik me af wat er van hem was geworden. Het is nu vijf jaar later, dus het zal wel goed gaan... Het was tenminste zijn vader en niet de een of andere viespeuk.

Misschien is hij weer bij zijn moeder in Compton.

Ik moest aan mam denken die misschien op zoek is naar mij; als dat zo is, weet ik daar niet goed raad mee.

Toen ik nog klein was – een jaar of vijf, zes – zei ze weleens tegen me dat ze van me hield; dat we een sterk stel waren: wij samen tegen die klotewereld. Daarna begon ze meer te drinken en te blowen en had ze steeds minder belangstelling voor me. Toen Moron erbij kwam, werd ik onzichtbaar.

Zou ze me dan toch zoeken?

En al zou ze het willen, zou ze dan weten hoe ze dat aan moest pakken, zo zonder schoolopleiding?

Moron zou wel dwarsliggen. Hij zou wel iets zeggen van: 'Godverdomme, Sharla, dat ettertje is ervandoor. Hij gaf geen barst om je, laat 'm doodvallen... Geef me die nachos eens.'

Maar zelfs zonder Moron erbij weet ik niet goed hoe mam zich zou voelen. Misschien is ze verdrietig omdat ik weg ben, of boos.

Of misschien is ze wel opgelucht. Ze wilde me toch niet hebben. Ik denk dat ze niet beter kon dan ze gedaan heeft.

Ik weet wel dat ze in het begin goed voor me heeft gezorgd want ik heb foto's van mezelf als baby gezien, die ze in een envelop in de keukenla bewaart. Daarop zie ik er gezond en tevreden uit. Wij allebei trouwens. Ze zijn met Kerstmis gemaakt, want er staat een boom vol lichtjes en ze houdt me met een brede glimlach omhoog als de een of andere trofee. Zo van: kijk eens wat ík met Kerstmis heb gekregen!

Ik ben op 10 augustus jarig, dus dan ben ik viereneenhalve maand. Ik heb een lelijk, dik gezicht met roze wangen en geen haar. Mam is bleek en mager en heeft me een stom blauw matrozenpakje aangetrokken. Ik heb haar nog nooit zo breed zien glimlachen, dus een deel van haar blijdschap moest met mij te maken hebben, althans in het begin.

Want haar ouders waren voor mijn geboorte bij dat auto-ongeluk om het leven gekomen, dus waar kan ze anders om gelachen hebben?

Achter op de foto's zitten stickers met GOOD SHEPHERD SANCTUARY, MODESTO, CALIFORNIË. Ik heb het haar gevraagd en toen zei ze dat het een katholiek tehuis was en dat we daar hebben gewoond toen ik een baby was, al zijn we niet katholiek. Toen ik nog meer vroeg, griste ze de foto's weg en zei ze dat het niet belangrijk was.

Die avond heeft ze heel lang gehuild en ik las in mijn boek van Jacques Cousteau om het niet te hoeven horen.

In die begintijd moest ik haar wel blij hebben gemaakt.

Afgelopen met die onzin, het wordt tijd om het plastic van Plek Twee uit te rollen. Daar gaan we: tandenborstel en tube Colgate, gratis proefmonsters die ik bij iemand uit de brievenbus heb gehaald, zonder naam, alleen met AAN DE BEWONER erop, dus eigenlijk was het van niemand. Nog een onderbroek uit een vuilnisbak achter een van die enorme villa's aan het eind van het park en een handvol ketchup-, mosterd- en mayonaisesachets uit restaurants. Mijn boeken...

Eén boek maar. Algebra.

Waar is het presidentenboek uit de bibliotheek? Het moet ergens in het plastic zitten; ik heb drie lagen gebruikt... Nee, het is er niet. Is het eruit gevallen toen ik uitpakte? Nee... Heb ik het ergens vlakbij laten vallen?

Ik sta op en ga het zoeken.

Niets.

Ik loop een stukje terug.

Geen presidentenboek.

Ik moet het in het donker hebben laten vallen.

O, nee toch. Shit. Ik was nog wel van plan het ooit terug te brengen. Nu ben ik een dief.

12

Stu zette Petra achter het politiebureau af en reed door.

Toen ze weer aan haar bureau zat, belde ze de inlichtingen in Cleveland om te informeren naar een reservenummer van dokter Boehlinger op zijn werk in de Washington University Hospital. Het privénummer stond ook in de gids. Misschien waren de mensen in Chagrin Falls wat beter van vertrouwen.

Ze belde en kreeg een antwoordapparaat met een vrouwenstem.

Door het tijdsverschil was het nu middag in Ohio. Was mevrouw Boehlinger boodschappen doen? Het zou wel een vreselijke schok voor haar zijn. Petra stelde zich voor hoe Lisa's moeder zou gillen, snikken en misschien wel over zou geven.

Ze moest denken aan Ramseys rouwparodie, die ogen die vrijwel droog bleven. Een slecht acteur die niet in staat is overvloedig tranen te plengen?

Het antwoordapparaat van Boehlinger liet een piepje horen, maar dit was niet het juiste moment om een boodschap in te spreken. Ze hing op en probeerde het ziekenhuis. Het kantoor van dokter Boehlinger was gesloten en een oproep bleef zonder resultaat.

Ze voelde geen opluchting, alleen maar een gevoel van uitgestelde executie. Ze belde de telefoondienst en werd van de ene naar de andere chef doorverbonden voordat ze eindelijk een willig oor had gevonden. Er was een heleboel administratie voor nodig om Lisa's telefoonoverzicht van een heel jaar te krijgen, maar de juffrouw beloofde de laatste rekening te faxen zodra ze die gevonden had. Petra bedankte haar en reed vervolgens naar Doheny Drive om Lisa's dienstmeisje te ondervragen, Patsy... hoe ze verder ook mocht heten.

Sunset zat dicht, dus ze nam Cahuenga in zuidelijke richting naar Beverly Boulevard, waar ze door kon rijden. Onder het rijden speelde ze een privéspelletje. Ze stelde zich een portret van het Thaise dienstmeisje voor: jong, klein, lief, amper een woord Engels. Ze zat in nog zo'n crèmekleurige kamer, doodsbenauwd voor al die zwijgzame macho politieagenten die haar niets vertelden.

Het gebouw in Doheny telde tien verdiepingen en had de vorm van een boemerang. Het had een kleine hal met vier goudglanzende spiegelwanden, een paar planten en namaak Louis XIV-stoelen, bewaakt door een nerveuze jonge Iraniër in een blauwe blazer met een naamplaatje: A. RAMZISADEH, vergezeld van een agent van de sheriff. Petra liet haar legitimatie zien en inspecteerde de twee monitors van het gesloten tv-circuit op het bureau. Een perspectief in zwart-wit van de gang waarin zich niets bewoog. Het beeld versprong om de paar seconden.

De bewaker gaf haar een slap handje. 'Verschrikkelijk. Die arme mevrouw Boehlinger. Hier zou zoiets nooit gebeuren.'

Petra klakte meelevend met haar tong. 'Wanneer hebt u haar voor het laatst gezien, meneer?'

'Ik denk gisteren; toen kwam ze om zes uur uit haar werk.'

'Vandaag niet?'

'Nee, het spijt me.'

'Hoe is ze weggegaan zonder dat u het hebt gezien?'

'Elke etage heeft twee liften. Een aan de voorkant en een aan de achterkant. Die aan de achterkant gaat naar de parkeergarage.'

'Rechtstreeks?'

'De meeste mensen bellen om hun auto te laten klaarzetten.'

'Maar mevrouw Boehlinger niet?'

'Nee, die rijdt altijd zelf. Die gaat rechtstreeks naar de garage.'

Petra tikte op een van de monitors. 'Hangt er ook een camera in de garage?'

'Ja hoor, kijk maar.' Ramzisadeh wees naar het zwart-witbeeld. De camera ging langzaam over geparkeerde auto's. Donkere hoeken en de glans van radiators en bumpers.

'Hier,' zei hij.

'Bewaart u de banden?'

'Nee.'

'Dus weten we niet precies hoe laat mevrouw Boehlinger is vertrokken.'

'Nee mevrouw.'

Petra liep naar de lift, gevolgd door de agent van de sheriff. 'Daar schiet u weinig mee op, hè?' Hij drukte op de knop en zei: 'Op naar duizendzeventien.'

De deur van Lisa Ramseys appartement was dicht maar niet op slot, en toen Petra naar binnen ging, zag ze het dienstmeisje op het puntje van een divan zitten. De uiterlijke overeenkomst met het beeld dat Petra zich had gevormd bracht haar bijna uit haar evenwicht. Tien punten op de meter van paranormale begaafdheid.

Patricia Kasempitakpong was hoogstens een meter drieënvijftig, zo'n vijfenveertig kilo en ze had een lief, hartvormig gezicht onder een dikke bos gelaagd, lang, gitzwart haar. Ze droeg een gebreid topje van beige katoen, een blauwe spijkerbroek en zwarte platte schoenen. Het was net zo'n divan als bij Cart Ramsey. Maar niet crèmekleurig; daar hielden Petra's voorspellende gaven op.

Lisa Ramseys appartement was een feest van kleur. Divans van rood en blauw fluweel met ruches en zwart gebeitst parket met een tapijt van zebrahuid. Een echte zebrahuid; de kop van het dier keek naar een zwarte, glazen vaas met gele narcissen.

Voor zover Petra kon zien, was het een klein appartement; de keuken was maar een kubusje van wit gelakt hout en een aanrecht met grijze tegels. Het plafond was laag en effen. Eigenlijk was het een doorsnee L.A.-woondoos. Maar dankzij de ligging op een hoek van de tiende verdieping en een glazen schuifpui had hij een fantastisch uitzicht op het westelijke stadsdeel tot aan zee. Achter de schuifpui was een balkonnetje. Geen buitenmeubels of potpalmen. Boven de horizon dreef een zeppelin van smog.

Twee uniformagenten stonden van het uitzicht te genieten en keken net lang genoeg over hun schouder om Petra met haar legitimatie te zien zwaaien. Tegen de wand achter Patricia Kasemnogwat stond een zwartmetalen wandmeubel met geluidsapparatuur en een kleine tv. Geen boeken.

Die had Petra evenmin bij Ramsey gezien. Er ging niets boven gedeelde apathie als basis voor een relatie.

De felle kleuren schenen erop te wijzen dat Lisa haar pastelperiode beu was geweest. Of misschien had ze nooit van pasteltinten gehouden.

Waren crème en rose Ramseys smaak? Interessant.

Ze glimlachte naar Patricia, en Patricia staarde haar alleen maar aan. Petra ging naar haar toe en nam plaats.

'Hallo.'

Het dienstmeisje was bang, maar na een poosje ontspande ze een beetje. Ze sprak vloeiend Engels; ze was een geboren Amerikaanse. ('Maakt u zich maar niet druk om mijn naam. Ze noemen me Patsy K.') Ze had pas twee maanden voor Lisa gewerkt en zag niet in wat ze kon bijdragen.

Een ondervraging van een uur leverde niets sappigs op.

Lisa had haar nooit verteld waarom ze bij Ramsey was weggegaan, en het huiselijk geweld was evenmin ooit ter sprake gekomen. Ze had een keer gezegd dat zij hem te oud vond en dat het huwelijk een vergissing was geweest. Het dienstmeisje sliep in de gastenkamer, hield het huis schoon en deed boodschappen. Lisa was een geweldige bazin, betaalde altijd keurig op tijd en was zelf netjes aangelegd.

Patsy K. liet de tranen makkelijk stromen.

Over het onderwerp alimentatie zei het dienstmeisje dat Lisa elke maand een cheque kreeg van een firma die Player's Management heette.

'Het kaartje ligt daar op de ijskast.' Petra ging het pakken. Adres aan Ventura Boulevard in Studio City. Onderaan stond de naam Gregory Balch, financieel manager. Ramsey betaalde haar via zijn bedrijf.

'Enig idee hoe groot die cheques waren?'

Patsy bloosde. Ze herinnerde zich natuurlijk een indiscreet moment.

'Alles wat je ons kunt vertellen kan van groot belang zijn,' zei Petra.

'Zevenduizend.'

'Per maand?'

Knikje.

Vierentachtigduizend dollar per jaar. Voldoende voor de huur en de rekeningen en nog wat plezier, maar Ramseys zesnulleninkomen zou er weinig van te lijden hebben gehad. Toch konden die dingen soms zeer doen: geld betalen aan iemand aan wie je een hekel hebt, iemand die jou op de landelijke tv voor joker heeft gezet.

Dat wees op spanning, maar dat was nog lang geen vermoedelijke aanleiding.

Dus Lisa vond Ramsey te oud. Hij had ook een toespeling op een generatiekloof gemaakt. 'Belden Lisa en meneer Ramsey elkaar weleens?'

'Daar heb ik nooit iets van gemerkt.'

'Is er nog meer dat je me kunt vertellen, Patsy?'

Het meisje schudde van nee en begon weer te huilen. De uniformagenten op het balkon stonden naar de zonsondergang te staren en namen niet eens de moeite over hun schouder te kijken. 'Ze was aardig. Soms leek het eerder alsof we vriendinnen waren, als we hier samen zaten te eten en zij niet uitging. Ik kan Thais koken en daar hield ze van.'

'Ging Lisa dikwijls uit?'

'Soms twee, drie keer per week en dan weer wekenlang niet.'

'Waar ging ze dan heen?'

'Dat heeft ze eigenlijk nooit gezegd.'

'Geen enkel idee?'

'Naar de bioscoop, denk ik. Persvoorstellingen. Ze was filmeditor.'
'Voor wie werkte ze?'
'Empty Nest Productions; die zitten in Argent Studios in Culver City.'
'Met wie ging ze uit?'
'Mannen, denk ik. Maar sinds ik hier woon heeft ze er nog nooit een mee naar huis genomen.'
'Ging ze naar beneden als ze had afgesproken?'
Patsy knikte en Petra zei: 'Maar je neemt aan dat het mannen waren?'
'Ze was erg mooi. Ze was schoonheidskoningin geweest.' Patsy wierp een blik op de agenten op het balkon.
'Dus gedurende die twee maanden dat je hier hebt gewerkt is geen van die mannen ooit naar boven gekomen?'
'Eentje is naar boven gekomen, maar ik weet niet of dat iemand was met wie ze een afspraakje had. Het was een collega van haar. Volgens mij heette hij Darrell; een kleurling.'
'Hoe vaak is hij geweest?'
'Twee keer, denk ik. Het kan ook Darren zijn geweest.'
'Wanneer was dat?'
Patsy dacht even na. 'Ongeveer een maand geleden.'
'Kun je hem beschrijven?'
'Lang, lichte huid... Ik bedoel voor een zwarte. Kort haar, keurig in het pak.'
'Snor of baard?'
'Nee, ik denk het niet.'
'Hoe oud?'
'Ik schat rond de veertig.'
Weer een oudere man. Patsy keek haar uitdrukkingsloos aan. De ironie was haar ontgaan.
Was Lisa op zoek naar een pappa?
'Hoe zag Lisa's werkrooster eruit?'
'Ze werkte op de gekste tijden,' zei Patsy. 'Als ze belden, moest ze altijd paraat zijn.'
'En meneer Ramsey is hier nooit geweest?'
'Niet als ik er was.'
'En geen telefoontjes.'
'Lisa belde niet vaak met iemand. Ze hield niet van de telefoon. Ze trok hem er vaak uit om rust en stilte te hebben.'
'Oké,' zei Petra. 'Dus 's zondags heb je vrij?'
'Van zaterdagavond tot maandagochtend. Toen ik hier om acht uur kwam, was Lisa al weg. Ik dacht, misschien heeft ze een telefoontje voor nachtdienst gehad. Toen kwamen die politieagenten.'
Patsy beheerste zich en wiegde heen en weer. Ze moest kokhalzen van

haar eigen speeksel. Petra haalde een flesje mineraalwater voor haar uit de witte minikoelkast. Er stonden nog drie flesjes in, plus verse druiven, drie dozen met magere frambozenyoghurt en cottage cheese. Een koelkast vol slanke lijn.

Patsy nam een slok. Toen ze het flesje weer neerzette, zei Petra: 'Je hebt me erg geholpen, dat stel ik op prijs.'

'Tot uw dienst... Ik kan nog steeds niet geloven...' Patsy veegde haar ogen af.

'Nu moet ik je iets moeilijks vragen, maar ik kan niet anders. Zat Lisa aan de drugs?'

'Nee... Zij... Niet dat ik gezien heb.' Het flesje trilde.

'Patsy, het eerste wat ik ga doen als we uitgepraat zijn, is dit appartement helemaal ondersteboven halen. Als er dope is, zal ik het vinden. Persoonlijk kan het me niets schelen of Lisa gebruikte. Ik zit bij moordzaken, niet bij narcotica. Maar drugs leiden tot geweld en Lisa is heel gewelddadig vermoord.'

'Zo was het niet,' zei Patsy. 'Ze was niet verslaafd. Ze snoof weleens wat, maar dat was alles.'

'Nog andere drugs behalve cocaïne?'

'Alleen wat wiet.' Ze keek naar de grond. Had Lisa haar cannabis soms met Patsy gedeeld? Of had het dienstmeisje een beetje gepikt?

'Ze gebruikte helemaal niet veel,' hield Patsy vol. 'Niet regelmatig.'

'Hoe dikwijls?'

'Ik weet het niet. Ik heb het eigenlijk nooit gezien; de coke bedoel ik.'

'En die wiet?'

'Ze rookte weleens een joint als ze tv keek.'

'Waar snoof ze haar lijntjes?'

'Altijd in haar kamer met de deur dicht.'

'Hoe vaak?'

'Niet zo vaak, misschien een keer per week. Of om de twee weken. Ik weet het omdat ik dan poeder op haar kaptafel zag. Soms liet ze ook een scheermesje liggen. Dan was haar neus roze en deed ze anders.'

'Hoe anders?'

'High. Hyper. Niets idioots, alleen een beetje hyper.'

'Chagrijnig?'

Stilte.

'Patsy?'

'Soms werd ze er een beetje humeurig van.' Het kleine vrouwtje dook in elkaar. 'Maar over het algemeen was ze fantastisch.'

Iets vriendelijker zei Petra: 'Dus eens per week in haar slaapkamer.'

'Nooit waar ik bij was. Ik gebruik dat soort dingen helemaal niet.' Patsy ging met haar tong langs haar lippen.

'Enig idee hoe ze aan haar drugs kwam?'

'Nee.'

'Heeft ze dat nooit gezegd?'

'Nooit.'

'En er waren hierboven geen drugstransacties?'

'Absoluut niet, nooit. Ik dacht dat ze het spul van de studio had.'

'Hoezo?'

'Omdat dat hele wereldje gebruikt. Dat weet iedereen.'

'Had Lisa je dat verteld?'

'Nee,' zei Patsy. 'Dat hoor je gewoon. Je ziet het toch voortdurend op tv?'

'Oké,' zei Petra. 'Ik ga nu rondkijken. Blijf nog maar even zitten, alsjeblieft.'

Ze stond op en keek naar het balkon. De lucht achter de balustrade had een merkwaardige, donkere saffierblauwe tint met strepen oranje, en de twee agenten waren gebiologeerd. Opeens hoorde Petra het verkeersgeraas in Doheny. Het was er de hele tijd geweest. Ze was geconcentreerd geweest op haar werk. Verhoortrance.

Eerst ging ze naar Patsy's slaapkamer. Het was meer een flinke kast met een eenpersoonsbed, een eikenhouten ladenkastje en een bijpassend nachtkastje. Kleren van Target, Gap en Old Navy. Op de ladenkast stond een draagbare tv. In de la van het nachtkastje lagen twee boeken over cosmetica en een oud exemplaar van *People*.

Een bomvol badkamertje dat door twee vrouwen werd gedeeld, met zwarte en witte tegels en een zwarte jacuzzi. Uit het medicijnkastje leidde Petra af dat Lisa cortison had gebruikt tegen huiduitslag en dat Lisa Ramsey af en toe last had van schimmelinfectie, waarvoor antischimmeltabletten waren voorgeschreven. Geen anticonceptiepillen, maar die lagen misschien in een la. De rest waren de doorsnee dingen van alledag. Ze ging naar Lisa's slaapkamer.

Twee keer zo groot als die van Patsy, maar nog altijd verre van groot. Al met al een krap appartementje. Misschien had Lisa na de roze haciënda haar toevlucht gezocht in de eenvoud.

Het bed was een twijfelaar met een sprei van felrood satijn en zwarte lakens. Zwart gelakt meubilair. In de hoek stond een zwarte langlaufskimachine, op de kaptafel stonden flesjes parfum, Gio en Poison. Kale muren. Heel ordelijk, precies zoals Patsy had gezegd.

Ze vond de dope onder in de ladenkast. Witte korrels in een envelop van cellofaan en nog een pakje met drie kleine, keurig gerolde joints, weggestopt onder een stapel skitruien, broeken en andere winterkleding. Maar nog steeds geen anticonceptiepillen noch een pessarium. Misschien had Lisa echt rust en vrede gezocht.

Ze voorzag de drugs van een plakkertje en deed ze in een plastic zak, riep de agenten van het balkon, liet hun de drugs zien en vroeg of ze die naar de afdeling bewijsmateriaal van bureau Hollywood wilden brengen.

Op de ladenkast stond een juwelenkistje vol sieraden. Het waren voornamelijk kostuumsieraden en twee halssnoeren met cultivéparels. Dus Lisa had vannacht haar beste sieraden gedragen. Belangrijk afspraakje? Petra trok de onderste laden open.

Daarin zat ondergoed van Victoria's Secret – aantrekkelijk maar niet ordinair – een paar praktische nachthemden van geblokt flanel, katoenen en zijden ondergoed, t-shirts en shorts, truien, vesten en drie pasgewassen Franse spijkerbroeken van Fred Segal in Melrose. De klerenkast die de hele wand besloeg hing vol met broekpakken van Krizia, Versus en Armani Exchange, jurken, rokken en blouses in de maten 35 tot 38.

Veel zwart, een beetje wit, wat rood, een tikje beige en een felgroene jacquard die in het oog sprong als een papegaai in een dode boom. Onder in de kast stonden dertig paar schoenen in keurige rijtjes met de tenen naar voren. De pumps waren allemaal Ferragamo en de vrijetijdsschoenen van Kenneth Cole. Twee paar witte joggingschoenen van New Balance, waarvan een zo goed als nieuw.

In de la van het nachtkastje vond Petra een chequeboekje van de Citibank, een spaarbankboekje van het filiaal Beverly Hills en bij de registratiekaart van de cheques zat het visitekaartje van een makelaar van Merrill Lynch in Westwood – Morad Ghadoomian – van wie ze de naam en het telefoonnummer opschreef.

Drieduizend dollar op haar betaalrekening, drieëntwintigduizend en nog wat op haar spaarrekening met twee opvallende maandelijkse stortingen: de zevenduizend alimentatie en nogeens achtendertighonderd dollar, waarschijnlijk haar salaris als filmeditor.

Ook een paar regelmatige maandelijkse opnamen. Tweeëntwintighonderd – dat moest de huur zijn – en twaalfhonderd, wat waarschijnlijk Patsy's loon was. Uitgaven varieerden van twee- tot vierduizend dollar per maand.

Er kwamen meer dan elfduizend per maand binnen, er gingen er vijf à zes uit, dan bleef er nog een lief sommetje over waar het alleenstaande meisje mee kon spelen. De belasting op haar inkomen was al ingehouden. De belasting op de alimentatie zou er waarschijnlijk iets van afromen, en coke en designersieraden konden heel wat meer opslokken. Maar omdat Lisa in staat was geweest drieëntwintigduizend dollar te sparen, wilde Petra wel aannemen dat er geen zware verslaving in het spel was.

Af en toe thuis een hit. Misschien ook wel op het werk, van collega's uit de showbiz.

In ruil waarvoor?

Ramsey was hoofdverdachte, maar er moesten nog veel blanco plekken worden ingevuld.

Om halfvier was ze klaar; ze noteerde een naam van een vriendin in Alhambra waar Patsy ging logeren en liet de uniformagenten de wacht houden terwijl Patsy haar boeltje pakte.

In de volgende twee uur ging ze langs alle deuren op Lisa's verdieping plus die erboven en eronder en in de belendende zijstraten. Van de paar mensen die thuis waren, had niemand Lisa zondagavond of maandagmorgen zien komen of gaan en de zwarte Porsche hadden ze evenmin gezien.

Halfzes. Nu moest ze de Boehlingers nog maar een keer proberen te bellen.

Waarom had ze Stu dat niet laten doen? Mevrouw Barmhartigheid. Er had niet eens een bedankje af gekund.

Het slimste was om terug te gaan naar bureau Hollywood en vandaar te bellen, maar ze had geen zin meer in kantoor en reed naar haar appartement in Detroit Avenue, even ten oosten van Park La Brea.

Eenmaal thuis gooide ze haar jack op een stoel en besefte ze dat ze naar een koel glas hunkerde. Maar in plaats van zich te verwennen belde ze de familie Boehlinger. Nu was het avond in Cleveland. In gesprek. Ze hoopte dat niemand anders haar voor was.

Ze haalde een blikje prik uit de koelkast, schopte haar schoenen uit en ging aan de eettafel zitten drinken. Ze dacht aan het eten, maar had niet echt honger. Haar vaders stem weerklonk met kalme nadruk in haar hoofd. Voeding, lieverd. Je moet die aminozuren vertroetelen.

Hij had haar van jongs af aan opgevoed, dus had hij het recht om te moederen.

Als ze erover nadacht hoe wreed hij was doodgerot, kreeg ze het zo te kwaad. Snel verdreef ze zijn beeltenis uit haar geest, maar de leegte die overbleef voelde ook verschrikkelijk.

Voeding... werk maar een boterham naar binnen. Droge salami op oudbakken ciabatta, mosterd en mayonaise en iets groens. Een koosjere augurk, die mocht. Dat is dat, Eetpolitie.

Ze maakte een bord eten klaar, maar raakte het niet aan en belde de Boehlingers voor de derde keer. Nog altijd in gesprek. Kon het verhaal zo gauw op het nieuws zijn gekomen?

Ze zette de tv aan om wat te zappen. Niets. Terwijl ze op de harde

boterham knabbelde, bracht de klassieke radiozender de een of andere symfonie ten gehore

Haar eigen krappe appartementje. De huur was de helft van die van
Lisa.

Zij en Nick waren begonnen in een appartement in L.A.-West, maar
spoorslags na de impulsieve trouwerij in Las Vegas hadden ze een veel
groter huis gehuurd. Een huis in prachtige haciëndastijl met een verdieping in Fountain bij La Cienaga, glas-in-lood, parket en een bin-
nenplaats met een fontein. Meer dan genoeg werkruimte voor allebei.
Nick wilde met alle geweld bewegingsvrijheid en legde beslag op de
grootste slaapkamer voor zijn atelier.

Ze hadden het nooit ingericht. Ze woonden tussen de dozen en kisten
en sliepen op een matras op de grond in de kleinste slaapkamer. Petra's ezel en verfspullen belandden in de ontbijtkamer beneden. Op
het oosten. Tegen het felle ochtendlicht trok ze de jaloezieën omlaag.
Nu stond haar ezel in de huiskamer en nog steeds had ze amper meubilair. Waarom zou ze ook moeite gaan doen? Ze kwam hier eigenlijk alleen maar slapen en kreeg nooit bezoek.

Ze woonde in een drie-onder-één-kap-woning even ten zuiden van
Sixth Street. Het was een leuk oud huis met dikke muren, hoge plafonds, glanzende eikenhouten vloeren in een buurt met weinig misdaad. Achthonderd dollar per maand was een koopje omdat de huis-
eigenaar, een Taiwanese immigrante die Mary Sun heette, dolblij was
met een politieagente in huis. Ze had haar toevertrouwd: 'Allemaal
zwartjes in deze stad; heel slecht.'

Museum Row was op een steenworp, net als de galerieën in La Brea,
al was ze daar nog niet geweest.

Op vrije zondagen zocht ze in de krant naar veilingen, rommelmark-
ten, antiektentoonstellingen en zelfs zolderopruimingen in de betere
wijken.

Veel leverde dat niet op. De meeste mensen vonden hun afval kost-
baar en ze scharrelde liever dan dat ze dingen kocht. Maar de paar
dingen die ze wel had gekocht waren goed.

Een prachtig smeedijzeren hoofdeinde van een bed, waarschijnlijk
Frans, met een mooie glans die onmogelijk nep kon zijn. Twee berkenhouten nachtkastjes met een bloempatroon en een blad van geel
marmer. De oude dame met wie ze had onderhandeld beweerde dat
ze Brits waren, maar Petra wist dat ze uit Zweden kwamen.

Een paar antieke flessen op de keukenvensterbank. Een bronzen beeld-
je van een jongetje met een hondje, ook Frans.

Dat was het wel zo'n beetje.

Ze stond op om haar bord op het aanrecht te zetten. De tegels waren schoon maar oud en hier en daar gebarsten. In haar keuken in Fountain had ze een Eurofornuis en werkbladen van blauw graniet gehad. Koud.

Nick bedreef de liefde op twee manieren. Plan A was zeggen hoeveel hij van haar hield en zachtjes strelen, soms iets te zacht. Maar ze protesteerde nooit en uiteindelijk was het hard genoeg. Hij kuste haar nek, haar ogen, haar vingertoppen en bleef maar lieve woordjes fluisteren, hoe mooi ze was, hoe bijzonder en hoe heerlijk het was om in haar te zijn.

Plan B was haar op het aanrecht hijsen, haar rok omhoogtrekken, haar panty afstropen en tegelijkertijd zijn gulp openritsen, haar schouders grijpen en in haar te stoten alsof ze de vijand was.

Aanvankelijk wonden zowel A als B haar op.

Later begon B haar tegen te staan.

Weer later wilde ze alleen maar B.

Opeens hadden de restanten salami, brood, mosterd en mayonaise iets weg van laboratoriumbenodigdheden. Ze schoof het bord weg en nam de telefoon van de haak.

Deze keer werd er opgenomen door een man van middelbare leeftijd met een keurige stem.

'Dokter Boehlinger.'

Afstandelijk maar rustig. Ze hadden het dus nog niet gehoord.

Petra's hart ging tekeer. Zou het erger zijn om het tegen de moeder te moeten zeggen?

'Dokter, u spreekt met rechercheur Connor van de politie van Los Angeles.'

'Lisa.'

'Pardon?'

'Er is zeker iets met Lisa?'

'Ik ben bang van wel, dokter. Zij...'

'Dood?'

'Ik vrees van wel, dokt...'

'Grote god... Godverdomme, godverdómme, die klootzak, die godvergeten klootzak, die schoft!'

'Wie bedoelt u, dokt...'

'Wie zou ik bedoelen? Híj natuurlijk, dat stuk vulles waarmee ze getróuwd was. Ze heeft notabene gezégd dat híj de schuldige zou zijn als er iets zou gebeuren... O, mijn god, mijn kleine meisje! O, Jezus! Nee, nee, néé!'

'Het spijt me...'

'Ik maak hem dood! O, Jezus, nee toch, mijn meisje, mijn arme kleine meid!'

'Dokter,' zei ze, maar hij bleef maar doorgaan. Hij raasde, tierde en zwoer wraak met een stem die curieus genoeg beschaafd bleef. Uiteindelijk raakte hij buiten adem.

'Dokter Boeh...'

'Mijn vrouw.' Hij klonk ongelovig. 'Ze is er vanavond niet; ze is godverdomme naar een vergadering van de ziekenhuisvrijwilligers. Doorgaans ben ík degene die weg is en zij thuis. Ik wíst dat Lisa bang was voor hem, maar hoe heeft het zover kunnen komen?'

Er viel een stilte.

'Dokter Boehlinger.'

Geen antwoord.

'Meneer? Gaat het een beetje?'

Nog meer stilte en vervolgens een afgeknepen 'Wat?' Ze besefte dat hij had gehuild en het probeerde te verbergen.

'Wat?' herhaalde hij.

'Ik besef dat dit een afschuwelijk moment is, dokter, maar als ik even met u mag praten...'

'Ja, ja, práten. Althans tot mijn vrouw thuiskomt... En dan... Jezus... Hoe laat is het? Twintig voor elf. Ik ben zelf net thuis. Moest ik het leven van een stel malloten redden terwijl mijn dochter...'

Petra schrok van de harde, verschrikkelijke lach aan de andere kant van de lijn. Maar ze moest hem tot bedaren zien te krijgen, dus ze vroeg: 'Bent u chirurg, meneer?'

'Op de EHBO. Ik ben hoofd van de EHBO in het academisch ziekenhuis van Washington. Hoe heeft hij het gedaan?'

'Pardon?'

'Hoe? Methode. Heeft hij haar gewurgd? Doorgaans schieten mannen hun vrouw dood of ze wurgen ze. Dat maak ik althans mee. Hoe heeft hij het godverdomme gedáán?'

'Ze is doodgestoken, meneer, maar we weten nog niet wie...'

'O, jawel, dat weet u wel, mevrouw... Ik ben uw naam kwijt... Dat weet u welzeker, want ik zeg het u, dus weet u het. Hij was het. Daar hoeft u verdomme geen seconde aan te twijfelen. U hoeft uw tijd niet te verdoen met iemand anders te zoeken. U hoeft die smeerlap alleen maar in te rekenen en u hebt de zaak opgelost.'

'Meneer...'

'Verstáát u me niet?' schreeuwde Boehlinger. 'Hij mishándelde haar. Ze heeft ons gebeld om te vertellen dat hij haar sloeg. Een godvergeten actéúr. Geen haar beter dan een hóér! Veel te oud voor haar, verdomme, maar toen ik hoorde dat hij haar sloeg, was dat de druppel die de emmer deed overlopen!'

'Wat heeft Lisa u over dat incident verteld?'

'Dat incidént!' brulde hij. 'Hij was uit zijn vel gesprongen om het een of ander en had haar mishandeld. Ze zei dat het op tv zou komen en wilde het ons eerst laten weten. Ze zei dat ze bang voor hem was. Het is elke week hetzelfde liedje op de EHBO, maar om te horen dat je eigen dochter... U zei toch dat u rechercheur bent? Mevrouw...'

'Connor. Ja, meneer, inderdaad. En ik weet van het huiselijk geweld.'

'Huiselijk geweld,' zei Boehlinger. 'Achterlijke politietaal. We geven er gewoon een andere naam aan. Het is mishandeling van je eigen vrouw! Ik ben vierendertig jaar getrouwd en heb nog nooit een vinger naar mijn vrouw uitgestoken! Eerst maakt hij haar het hof als de prins op het witte paard en daarna gaat de zaak naar de verdommenis en ontpopt hij zich als mister Hyde. Ze was bang voor hem, mevrouw Connor. Ze was stervensbenauwd. Daarom is ze bij hem weggegaan. We hebben haar gesmeekt om terug te komen naar Ohio en niet in die psychotische beerput te blijven wonen. Maar dat wilde ze niet, ze was dol op de bioscoop en moest aan haar godvergeten lóópbaan denken. En moet je nu zien wat dat haar heeft opgeleverd... O, godallejezus... Mijn kleine meisje, mijn baby, mijn baby, mijn báby!'

13

Sharla Straight zat duizelig en nog half stoned op de divan in de voorkamer van de stacaravan terwijl Buell 'Motor' Moran koude haché uit een blikje at en het laatste biertje soldaat maakte. Het deed nog steeds zeer. Hij was nogal tekeergegaan toen hij haar van achteren pakte en haar billen klauwde. Het klaarde wat op in haar hoofd en ze zag Billy's gezicht.

Haar lieve kleine... Motor verstoorde met een grom haar gedachtegang.

Hij vond het lekker om het zo te doen want dan kon hij rechtop blijven staan en hoefde hij geen gewicht op zijn handen te laten rusten, of zijn rug geweld aan te doen. Voor haar was het enige voordeel dat ze zijn gezicht dan niet hoefde te zien.

Maar zelfs als hij haar van achteren pakte, kon ze hem ruiken. Hij rook naar ongewassen kleren.

Haar hele léven rook naar ongewassen kleren.

Ze had hoofdpijn; tequila was niet goed voor haar, vooral niet dat goedkope spul dat Motor in de Stop & Shop kocht. Bier was beter. Bier met wiet was het beste omdat ze haar uit de alledaagse beslommeringen haalden. Maar er was geen wiet meer en hij zoop al het bier op.

Hij was een zwijn, een groot, vals, harig varken, nog groter dan papa. Ze moest denken aan hoe zijn nagels in haar heupen klauwden, wetend dat ze vuil waren en in haar hoofd bleef ze maar herhalen: goor, hij is goor; ik ben goor...

Móest ze zo eindigen of was er nog een uitweg?

Ze wist het niet; ze wist het gewoon niet.

De warme, dode waas in de stacaravan die voor lucht doorging, voelde verstikkend. Het stukje doek dat ze voor het raampje boven het bed had gespannen was gedeeltelijk losgekomen, maar ze zag alleen maar duisternis. Iedereen in het caravanpark sliep. Het zou wel laat zijn. Hoe laat was het eigenlijk?

Hoe laat was het waar Billy was? Als hij tenminste ergens was en niet... Die verschrikkelijke dag was nu vier maanden geleden en als ze het toeliet, stak de herinnering haar als een mes.

Dan maakte ze zich zorgen dat hij ergens in een sloot lag.

Of door de een of andere psychopaat in stukken gesneden was.

Of overreden door een vrachtwagen op een eenzaam weggetje. Dat magere, witte lijfje... Zo klein. Hij was altijd al een garnaal geweest, behalve toen hij nog een baby was met zo'n rond gezicht... Dat was toen ze hem nog zoogde. Daar wilde ze niet mee ophouden, zelfs niet toen er niets meer uit haar borsten kwam en haar tepels bloedden. Maar van de nonnen moest ze ermee ophouden, van die ene grote van wie ze de naam was vergeten en die haar opdroeg: 'Hou er maar mee op, meisje. Je krijgt nog volop gelegenheid om jezelf op te offeren.'

Billy was weg. Het had haar bijna twee dagen gekost om het tot zich door te laten dringen.

Hij was er niet toen zij en Motor de bewuste avond waren thuisgekomen, maar hij ging wel vaker in zijn eentje wandelen. Ze was gaan slapen en pas om tien uur wakker geworden en toen nam ze aan dat hij gewoon naar school was gegaan. Toen het die avond donker werd, wist ze dat er iets mis was, maar toen was ze al stoned en kon ze zich niet meer verroeren.

Toen ze de volgende ochtend geen Nescafé op bed kreeg, besefte ze dat het al veel te lang had geduurd. De paniek sneed door haar ziel als een slagersmes en vanbinnen gilde ze het uit: O, nee toch, dat kan niet... Waar, waarom, wie, waarom?

Ze zweeg in alle talen, want aan Motor liet ze nooit blijken wat ze voelde. Aan niemand trouwens.

Toen Motor die dag weg was, ging ze voor het eerst sinds maanden 's ochtends de stacaravan uit. De zon deed pijn aan haar ogen, ze zag dat haar jurk vies was en merkte dat er een groot gat in een van haar schoenzolen zat.

Ze doorkruiste heel Watson en bleef lopen tot haar voeten zeer deden.

Het was heel warm; er waren een heleboel vogels, mensen die ze anders nooit een blik waardig keurde, poezen en honden en nog meer mensen. Ze doorzocht akkers en bosjes, winkels, de Stop & Shop, de Sunny Side en zelfs de school, want misschien sliep hij gewoon ergens en ging hij op eigen houtje naar school, al sloeg dat nergens op, want waarom zou hij dat doen?

Maar er was zoveel onlogisch; ze wist al heel lang dat ze niet moest wachten tot de dingen logisch waren.

Dus bleef ze maar lopen, kijken en zoeken. In de Stop & Shop kocht ze een Pepsi-Cola en een Snickers tegen de honger; die pinda's waren goed voor de energie.

Ze vroeg niemand of hij hem had gezien, want ze wilde niet de indruk wekken dat ze een slechte moeder was.

En ze zei zeker niets tegen de sheriff, want dan werd hij misschien argwanend, ging hij de caravan doorzoeken en zou hij de stash vinden.

Die avond vertelde ze het aan Motor en het kon hem wat. Het was verdomme gewoon een kind dat was weggelopen. Dat gebeurde zo vaak. Sterker nog, hij was zelf op zijn vijftiende weggelopen nadat hij zijn ouweheer een pak op zijn sodemieter had gegeven, en had zij dat zelf niet ook gedaan? Iedereen liep toch van huis weg? Het schooiertje had kennelijk kloten gekregen.

Maar Billy was pas twaalf en zag er nog jonger uit. Hij was zo klein. Dat was niet hetzelfde als toen zij van huis was weggelopen, of zo'n groot varken als Motor. Geen sprake van.

De dag dat ze overal zocht, vroeg niemand haar wat ze uitspookte of waar Billy was. De tweede en derde dag evenmin. Nooit. Niet één keer. Nu waren ze vier maanden verder en niemand had ooit iets gevraagd. De school niet, de buren niet en al helemaal geen vrienden want die had Billy niet. Misschien was dat haar schuld, want toen hij klein was, woonde ze helemaal op zichzelf in die nog veel ergere stacaravan, met mensen die ze nog steeds probeerde te vergeten. Ze was onder invloed van drugs geweest. Ze geloofde niet dat iemand Billy iets had aangedaan.

Hij was altijd een stil kind geweest, als baby al. Hij was zo rustig dat hij vrijwel onzichtbaar was...

Van diep vanbinnen welden de tranen op. Ze vulden haar gesloten oogleden en ze moest ze opendoen om ze te spuien.

Toen ze dat deed, was ze bijna verbaasd dat ze zich weer in de caravan bevond, dat er niets was veranderd en dat ze de vage omtrekken van het keukentje zag. Dat Motor zich daar zat vol te proppen; de vuile afwas; vies, vuil, alles was goor.

Waar zat haar manneke toch?

Daags na zijn verdwijning had ze een nachtmerrie over de een of andere duistere, bedompte ruimte, een martelkamer, de een of andere gek die hem in het bos had aangetroffen, zo'n kerel waar je weleens van leest, die in de buurt van scholen rondscharrelt, kinderen ontvoert, ermee doet wat hij wil en dan in stukken snijdt. Sidderend en badend in het zweet werd ze wakker en haar maag brandde alsof ze vuur had ingeslikt.

Terwijl ze zag hoe de zon het stukje doek voor het raam van de caravan licht kleurde, ronkte Motor maar door. Ze was te bang om zich te bewegen of na te denken. Daarna moest ze weer aan die martelkamer denken en werd ze niet goed.

Ze haastte zich naar de wc om over te geven en probeerde het zo stil mogelijk te doen om Motor niet wakker te maken.

Een week lang werd ze elke nacht badend in het zweet wakker uit een nachtmerrie en moest ze oppassen om niet te bewegen of iets te zeggen uit angst dat Motor wakker zou worden.

Ze voelde zich ziek van schuldgevoel en angst; ze voelde zich een afschuwelijk mens, de slechtste moeder ter wereld; ze had nooit moeder mogen worden, ze had zélf nooit geboren mogen worden; ze droeg alleen maar ellendige zondigheid bij, ze verdiende niet beter dan om van achteren gepakt te worden door een varken...

De nachtmerries gingen weg toen ze erachter kwam dat het Tampaxgeld er niet meer was en begreep wat er was gebeurd.

Gevlucht. Hij had zich voorbereid.

Ze had dat geld een hele poos gespaard en het voor Motor en al zijn voorgangers verborgen gehouden; het was haar eigen spaargeld.

Waarvoor?

Voor het geval dat.

Welk geval?

Niets.

Het was beter dat Billy het had. Eerlijk is eerlijk, zij zou het nooit gebruiken; ze verdiende het niet, ze was de slechtste moeder ter wereld. Misschien niet de allerslechtste. Dat gekke meisje dat twee baby's in een meer reed, dat was nog erger. En op tv had ze een keer gezien hoe een meisje met een baby in haar armen van een flatgebouw sprong. Dat was ook erger.

Er waren mensen die hun kinderen verbrandden of sloegen – daar wist ze alles van – maar dat ze zichzelf met zulke lui moest vergelijken zei natuurlijk genoeg.

De waarheid was dat ze verschrikkelijk was.

Geen wonder dat Billy ervandoor had gewild.

Voor haar was er geen ontsnappen aan; daar was ze te dom voor, niet goed genoeg. Precies zoals papa had gezegd: 'Er is een steekje aan je los.' En dan tikte hij tegen zijn hoofd.

Hij wilde zeggen dat ze dom of gek was.

Dat was ze niet, maar...

Als ze niet stoned was, kon ze best nadenken.

Goed, lezen viel niet mee en rekenen ook niet, maar nadenken kon ze wel, dat wist ze. De dingen die ze deed, begreep ze soms zelf niet, maar ze was niet op haar achterhoofd gevallen. Van z'n leven niet.

Ze kon maar beter niet nadenken... Maar waar zou Billy naartoe zijn gegaan?

Zo'n scharminkeltje.

Dat hoefde geen verbazing te wekken als je naging waar hij vandaan kwam.

Raar, zoals het was gebeurd. Want doorgaans viel ze op grote kerels. Net als papa. Bulldozers als Motor en de rest. Namen en gezichten die ze vergeten was; al die footballspelers van de middelbare school en worstelaars die precies datgene met haar deden waar papa hen van verdacht. Papa die haar op haar sodemieter gaf, al kon hij het nooit bewijzen.

Ze had het hem wel willen uitleggen: Ik ben geen geilpoes; het is de enige manier om dicht bij mensen met ambitie te komen.

Je kon niets aan papa uitleggen.

Ambitie... Ze had al heel lang niet meer aan de toekomst gedacht.

Te veel jaren van misère.

En daartussen een eenzame, heerlijke nacht en een allerliefst baby'tje.

Die nonnen waren nors maar niet slecht geweest. Dat stelde ze op prijs, ook al wist ze dat ze wilden dat ze Billy opgaf.

Geen sprake van; wat van haar was, was van haar.

Ze gunde zichzelf een zoete herinnering aan Billy's ronde babygezicht... Ze verdiende toch wel een beetje zoetigheid?

Die avond, de avond dat...

Ze was zoveel jonger, zoveel knapper en slanker geweest toen ze na middernacht alleen in die boomgaard lag. Het was haar keus om alleen te zijn... Misschien had Billy het wel van haar!

Dus misschien hadden ze minstens één ding met elkaar gemeen!

Ze betrapte zich op een glimlach toen ze aan die avond terugdacht en zich herinnerde dat ze echt iets had gevóéld.

Die warmte tussen haar benen, door haar hele lijf, en het feit dat de harde aarde tegen haar rug haar niets kon schelen.

De sinaasappelbomen met hun sneeuwwitte bloesem die er in het maanlicht flesgroen bij stonden. Het was bloesemtijd en de hele boomgaard rook zo romig en zoet. De hemel was prachtig, want boven de bomen lag een mooie halo van de grote, volle maan die wel leek te druipen van gouden licht, als een pannenkoek die glimt van de roomboter.

Ze was er blijven liggen nadat hij haar had gekust met de woorden: sorry, maar ik moet weg. Haar rok zat nog omhoog en ze leek wel te zweven.

Daarna een trilling. Het klonk hard en dichtbij, terwijl voortjagende wolken voor de maan schoven.

Cicaden. Miljoenen cicaden zwermden door de boomgaard.

Ze had er wel over gehoord, maar ze nog nooit gezien.

Daarna ook niet meer.

Eén keer en nooit weer.

Misschien had ze het wel gedroomd en was die hele nacht een droom geweest...

Zulke enorme insecten; het had angstaanjagend moeten zijn.

Wel twee keer zo groot als die glanzende bosbijen waar je je het lazarus van schrok als ze plotseling uit het niets opdoken.

Die cicaden waren nog luidruchtiger en het waren er zoveel dat ze verstijfd van angst had moeten zijn.

Maar dat was ze niet. Ze lag gewoon plat op haar rug te genieten en zich vrouwelijk te voelen. Ze voelde zich net één kluit stuifmeel en honing en zag hoe de cicaden op de een na de andere rij sinaasappelbomen neerstreken en de hele boomgaard als een dikke, grijsbruine deken bedekten.

Wat spookten ze uit? Aten ze soms de bloemen? Zaten ze te kauwen op die groene sinaasappeltjes die zo bitter en hard als hout waren?

Maar nee hoor; opeens waren ze allemaal verdwenen. Ze stoven de lucht in en verdwenen als een wervelwind in een stripverhaal en de bomen zagen er nog precies eender uit.

De nacht van de cicaden.

Magisch, bijna alsof het nooit was gebeurd.

Maar dat was het wel. Het bewijs had ze zeker gekregen.

Waar zou Billy toch zijn?

14

Lisa, vuile cokefreak die je bent.
Dans met mij en je ziet wat er gebeurt.
Dans om me héén en je ziet wat er gebeurt.
O, die vreugde.
Ode an die Freude, was dat niet van Bach?
Hij had de pest aan Bach. In het ziekenhuis waar ze zijn moeder heen
hadden gebracht toen ze een footballhelm moest dragen, speelden ze
Bach en meer van die klassieke troep.
Om de patiënten te kalmeren.
Patiënten. Gevangenen zullen ze bedoelen.
Lisa had geprobeerd hem krankzinnig te maken.
Om hem een oor aan te naaien.
O, die blik op haar gezicht... Mag ik deze dans van je, schat?

15

Alle zenders zonden het item van de mishandeling tijdens het journaal
van elf uur uit: Lisa en Cart Ramsey, allebei gelikt en gebruind. On-
dergedompeld in de Jacuzzi-bubbels, in actie op de privégolfbaan, tijdens een imitatie van Roy Rogers en Dale Evans op slanke paarden
en knuffelend voor de paparazzi. Lisa als schoonheidskoningin, als
beeldschone bruid en daartussendoor hectische beelden van haar gezicht ná de mishandeling.
Vervolgens een verslaggever die ernstig gewaagde van de wreedheid
van de verwondingen van het slachtoffer, gevolgd door een woordvoerder van de politie, een fotogenieke hoofdinspecteur van Park Center die Salmagundi heette en vragen pareerde zonder echt antwoord
te geven.
Petra volgde het terwijl ze aan haar eettafel over een tweede boterham
gebogen zat. Ze voelde zich aangerand.
Na haar telefoongesprek met dokter Boehlinger had ze geprobeerd wat
te schilderen: een woestijnlandschap waar ze al maanden aan werkte;
wervelend oker en amber, aangezet met donkerrood en een likje lila.
Nostalgische flitsen van wandelingen met haar vader. Al penselend
wist ze dat het lukte.
Maar toen ze een stap achteruit deed, zag ze alleen maar modder en

toen ze dat probeerde te verhelpen, voelden de streken klunzig alsof haar handen opeens verlamd waren geraakt.

Ze waste haar penselen, zette de tv aan en dacht nog wat na over dokter Boehlinger en de moeder die nog thuis moest komen.

Over hoe het moest zijn om een kind te verliezen. Een echt kind.

Over hoe het zou zijn om een kind te hébben. Dat opende de poorten van de hel omdat ze zich herinnerde hoe het voelde om zwanger te zijn: dat bijna verpletterende gevoel van betekenis.

Opeens barstte ze in huilen uit. Ze liet de tranen onbeheerst de vrije loop. Alleen een klein hoekje van haar linkerhersenhelft keek toe en zei bestraffend: waar ben jij nou mee bezig?

Goeie vraag.

Ze moest een paar keer diep en hortend ademhalen voordat ze kon stoppen en veegde driftig haar ogen af met een servetje.

Jezus, wat een toestand. Walgelijk melodramatisch. Die arme John Everett Boehlinger en zijn vrouw hadden net een mens van vlees en bloed verloren en zij ging tekeer alsof het ding dat ze uit haar baarmoeder had verdreven al iets menselijks had.

Een sponzig stukje ter grootte van een druif in een bloederig papje.

Er dreef een massa godvergeten potentieel in de wc waar ze voor had geknield en krom van de kramp in kotste. En ze had zo'n hekel aan Nick dat ze hem wel kon vermoorden omdat hij het zover had laten komen.

Want dat stond vast, dat wist ze zeker. De spanning, die kille afwijzing.

Hij had haar laten zitten: precies wat hij had beloofd niet te zullen doen. Omdat ze hem te verstaan had gegeven dat ze zonder moeder was opgegroeid en haar vader in een sanatorium in Tucson lag weg te teren, dus dat alleen-zijn de hel voor haar was. Hij mocht haar nooit en te nimmer in de steek laten.

Misschien had hij het wel gemeend toen hij dat beloofde.

Een bevrucht eitje had alles veranderd.

Ik dacht dat we iets hadden afgesproken, Petra! We hebben goddomme toch voorbehoedmiddelen gebruikt?

Negentig procent betrouwbaar is niet honderd procent, schat.

Waarom heb je dan niet iets beters gebruikt?

Ik dacht dat het voldoende was... Verontschuldigde ze zich? Deed ze dat echt?

Geweldig, Petra. Om ons leven zo te verstieren. Je bent toch naar school geweest? Hoe kon je nou in godsnaam zo stom zijn?

Bloederig potentieel. De kramp was zo erg geweest dat ze het gevoel had dat ze uiteengereten werd. Ze legde haar wang tegen het koude porselein van de stortbak, trok door en luisterde hoe het wegkolkte.

Alleen en amper in staat om op haar benen te staan, reed ze naar het ziekenhuis. Bloedproeven, curettage en nog meer bloedproeven. Drie dagen in een semi-particulier bed naast een vrouw die net haar vierde baby ter wereld had gebracht. Twee jongens, twee meisjes, omringd door blije en bewonderende familieleden.

De ansicht van Nick kwam twee weken later. Een prachtige zonsondergang boven het strand. Santa Fe. Ik heb tijd nodig om na te denken. Ze zou hem nooit meer zien.

Het gat dat zich in Petra's bewustzijn opende werd groter; het holde haar uit en tastte haar weerstand aan. Er volgden nog meer krampen, koorts, een infectie, en weer naar het ziekenhuis.

Poliklinische nabehandeling. De voeten in de beugels; ze was te slap om zich vernederd te voelen.

Het neerslachtige medeleven van dokter Franklin. Kom maar even praten in mijn kantoor. Statistieken en plaatjes.

Ze hield zich van de domme omdat ze zich net zo min kon concentreren als tijdens die duffe lessen gezondheidsleer op kostschool.

Wat wilt u eigenlijk zeggen? Dat ik onvruchtbaar ben?

Franklin wendde zijn blik af en keek naar de grond. Net als verdachten die op het punt stonden om te gaan liegen.

Dat is niet met honderd procent zekerheid te zeggen, Petra. Er zijn tegenwoordig allerlei methoden.

Ze had iets levends doorgetrokken; ze had haar huwelijk doorgespoeld. En ze had zich aangetrokken gevoeld tot een loopbaan met de dood als vaste klant. Ze gebruikte het verdriet van anderen als constante herinnering aan het feit dat het nog veel erger had kunnen zijn, dat haar situatie best draaglijk was. Of niet soms? In die zin was het eigenlijk hoe wreder hoe beter. Stapel de lijken maar op.

Dus waarom zat ze in godsnaam te grienen? Dat had ze in jaren niet gedaan.

Was het om deze zaak? Die was amper begonnen; ze had nog geen sympathie voor het slachtoffer.

Toen hoorde ze Lisa's naam vallen en haar zere ogen vlogen naar het scherm waarop het nieuws werd gebracht. Ze geneerde zich omdat ze zich liet verrassen. Het kon toch niet anders? Nu zagen miljoenen mensen de band van zestig seconden die Stu en zij niet eens hadden mogen opvragen.

Had Stu het ook gezien? Ze wist dat hij zo vroeg mogelijk naar bed ging, vooral als er slaap ingehaald moest worden. Als hij het niet had gezien, zou hij het wel willen weten. Nam ze aan.

Ze belde zijn privénummer in La Crescenta. Kathy Bishop nam op en klonk weinig uitbundig.

'Heb ik je wakker gemaakt? Het spijt me...'

'Nee, we zijn nog op, Petra. We hebben er ook naar gekeken. Hier komt Stu.'

Niets van de gebruikelijke koetjes en kalfjes. Kathy hield van keuvelen. Ze hadden allebei iets... Was er soms iets met hun huwelijk? Nee, dat kon toch niet? De Bishops waren schoolvoorbeelden van echtelijke standvastigheid, stel me niet teleur, Heer.

Ze kreeg Stu aan de lijn. 'Ik heb net met Schoelkopf gebeld. Ik citeer: "Ik heb geen trek in een tweede O.J. Simpson. Acht uur op mijn kantoor".'

'Iets om ons op te verheugen.'

'Zeg dat wel. Hoe ging Boehlinger?'

'Ik heb pa gesproken. Hij heeft een bloedhekel aan Ramsey en weet zeker dat hij het heeft gedaan.'

'Stoelde dat nog ergens op?'

'Die mishandeling. En hij zei dat Lisa bang was voor Ramsey.'

'Hoezo bang?'

'Dat zei hij niet.'

'Aha... Oké, acht uur.'

'Wat vond je van die uitzending?'

Stilte. 'Het kan ons van pas komen. Het maakt Ramsey de facto tot verdachte, dus hogerhand zal zich zorgen maken om gezichtsverlies als we hem níét de duimschroeven aandraaien.'

'Daar zeg je wat,' zei ze.

Stilte.

'Oké, ik zal je niet ophouden. Nog één ding: dokter Boehlinger is hoofd van een EHBO-afdeling. Waarschijnlijk is hij zo iemand die graag het heft in handen neemt. Ik weet zeker dat hij en zijn vrouw zo snel mogelijk over zullen komen. Hij heeft de pest aan Ramsey. Stel dat hij initiatieven gaat nemen?'

'Hm,' zei hij, alsof het hem maar matig interesseerde. Zo had hij ook op het bibliotheekboek gereageerd. Ging ze te ver? 'Deel het maar met de hoofdinspecteur. Die is dol op delen.'

Dinsdag, 7.52 uur.

Edmund Schoelkopf had meer van een Latino dan van een Europeaan. Hij was een kleine, verzorgde man van even in de vijftig met vochtige, donkere ogen, dik, zwart, achterovergekamd haar dat eruitzag als een pruik, een vlak, laag voorhoofd en vrouwelijke lippen. Hij had een lichtbruine teint, droeg een double-breasted jasje van imitatie-Armani, een schreeuwerige das en had iets van een ex-politieman die op bedrijfsbeveiliging was overgestapt, maar hij werkte al zijn hele leven bij de politie van L.A. en zou er voor zijn pensioen waarschijnlijk niet weggaan.

Zijn kantoor was niets bijzonders: de gebruikelijke mengeling van overheidsspullen en donaties uit de gemeenschap. Stu en Petra konden meteen naar binnen.

'Koffie?' Zijn diepe stem klonk nog dik van de slaap en had het menselijk register nog amper bereikt. Op de muur achter hem hingen de gebruikelijke grafieken en speldenkaarten: misdaadgolven waar je wel op kon surfen maar die je nooit kon bedwingen.

De koffie rook aangebrand. Ze werden geacht te weigeren en dat deden ze ook. Schoellkopf duwde zijn stoel naar achteren en sloeg zijn benen over elkaar, nadat hij zijn broek met messcherpe vouwen iets had opgetrokken.

'Vertel maar op,' zei hij. Zijn basstem klonk wat beheerster.

Stu vatte hun bezoek aan Ramseys huis samen en Petra haar gesprek met Patsy K., de huiszoeking, het buurtonderzoek en haar contact met dokter Boehlinger. Het leek alsof ze veel meer had gedaan dan Stu. Dat was ook zo. Het scheen Stu niet te deren. Hij bleef maar om zich heen kijken. Schoelkopf leek ook met zijn aandacht elders, zelfs toen Petra hem over de ontdekking van Lisa's drugs vertelde.

'De vader geeft Ramsey de schuld, meneer,' zei ze. 'Hij heeft echt een bloedhekel aan hem.'

'Zou jij dat niet hebben? Dus... Je gaat verder met die zwarte in de studio... Darrell.'

'Dat is het eerste wat ik ga doen. Maar stel dat dokter Boehlinger zich ermee gaat bemoeien?'

Schoelkopfs donkere ogen concentreerden zich midden op haar voorhoofd. 'Als dat gebeurt, zien we wel verder. We gaan ons eerst maar eens concentreren op het verzamelen van feiten. Ik weet dat alle spullen nog in het laboratorium zijn, maar hebben we al iets dat in de verste verte op een tastbare aanwijzing lijkt?'

Petra wilde haar hoofd schudden, maar Stu zei: 'Petra heeft iets interessants gevonden. Een bibliotheekboek, een meter of dertig boven de plek waar het lijk lag. En er zijn een paar aanwijzingen dat daar kort geleden iemand geweest kan zijn. Er zijn daar een paar grote keien...'

'Ik heb de lokatiefoto's gezien,' zei Schoelkopf. 'Wat voor aanwijzingen?'

Petra balde haar handen tot vuisten. Ze probeerde Stu's blik op te vangen, maar die keek naar zijn chef. Iets interessants?

Schoelkopf zei: 'Vertel eens over die andere aanwijzingen, Barbie.'

'Etenszakjes,' zei ze. 'Zoals van een cafetaria. Restjes gehakt, kan een taco zijn geweest. En urine op een van de keien...'

Schoelkopf zei: 'Eten, lezen en plassen? Wat voor boek?'

'Over de presidenten van de Verenigde Staten.'

Dat scheen hem te ergeren. 'Pas geleend?'

'Nee, meneer. Negen maanden geleden.'

'O, kom nou toch. Dat lijkt me gelul.' Hij nam een grote slok koffie. De damp sloeg van zijn kopje, dus dat moest pijn gedaan hebben. 'Waarom denk je dat die persoon daar pas nog had gezeten?'

'Dat vlees was nog niet uitgedroogd, meneer.'

'Een korreltje vlees?'

'Een paar korreltjes. Rundergehakt.'

'Hoe lang duurt het voordat gehakt uitdroogt?'

'Dat weet ik niet, meneer.'

'Ik ook niet, maar ik durf te wedden dat dat uiteenloopt, afhankelijk van de hoeveelheid vet, de temperatuur, de vochtigheidsgraad en god mag weten wat nog meer. En die urine?'

'Volgens de technische jongens...'

'Het is een park,' zei Schoelkopf. 'Daar gaan mensen heen om te eten en zich te ontspannen. Misschien doen ze een plas als ze denken dat niemand ze ziet. Er zijn daar toch picknicktafeltjes vlakbij?'

'Jawel, maar niet vlakbij, meneer. Die stenen...'

'Soms nemen mensen de moeite niet om naar de plee te gaan; is er een plee vlakbij?'

'Net voorbij de picknicktafels.'

'Mensen zijn lui. Oké, ik snap wel dat die zakjes en plas je boeien, maar dat boek zegt me dat je op het verkeerde paard wedt. Want het was dónker, Barbie. Waarom zou iemand daar in godsnaam in het donker gaan zitten lezen?'

'Die persoon kan daar vroeger zijn gearriveerd en na het invallen van de duisternis zijn gebleven...'

'Wat? De een of andere intellectueel met belangstelling voor politieke wetenschap zit een boek over presidenten te lezen – god mag weten waarom, het zijn allemaal schooiers – eet een hapje, moet pissen, legt zijn hoofd op een steen, valt in slaap en wordt toevallig wakker op het moment dat dit meisje wordt doodgestoken? Prachtig. Waar is die getuige dan?'

'We beweren niet dat het boek iets met dat eten uitstaande had,' zei ze. 'Het is een heel stuk hogerop gevonden...'

'Hé,' zei Schoelkopf, 'ik vind het best als je een sinterklaascadeautje wilt. Maar weet jij veel: het kan best Rámsey zijn geweest die daar achter die keien op haar zat te wachten, een hamburger at en een plas deed. Zij arriveert en hij springt erbovenop.'

'Haar kleding leek erop te wijzen dat ze een avondje uit was, meneer.'

'Met wie?'

'Misschien met Ramsey. Zijn doordeweekse auto is een Mercedes en die was er niet toen we hem een bezoek brachten. Als we vragen mogen stellen, kunnen we er misschien achter komen waar die auto is.'

Schoelkopf schoot naar voren in zijn stoel. 'Dacht je soms dat je dat niet mócht?'

Petra gaf geen antwoord.

Stu zei: 'We hebben te horen gekregen dat we voorzichtig moesten zijn.'

'En wat is verdomme op tegen? Ooit van O.J. Klootzak gehoord? Weet je nog wat er gebeurt als mensen niet voorzichtig zijn?'

Stilte.

Schoelkopf nam nog een slok koffie, maar bleef voorovergebogen zitten. 'Jullie gaan volgens de gebruikelijke procedure te werk zodra er een basis voor de bewijsvoering is gelegd. Laten we even terugkeren naar julie scenario en aannemen dat er sprake was van een afspraakje dat in het park eindigde. Ramsey, dope, of ze had iets met een getrouwde vent. Of ze was in de een of andere SM-club verzeild geraakt, weten wij veel. En laten we eens aannemen dat die potentiële getuige van jullie inderdáád achter die stenen zat. Wat voor getuige slaapt 's nachts in het park en pist er op stenen? Hij ziet een brute moord en belt ons niet. Klinkt dat als een modelburger?'

Petra zei: 'Misschien een dakloze...'

'Precies,' zei Schoelkopf. 'Iemand die aan lager wal zit en geestelijk gehandicapt is. Niemand die bij zijn verstand is, geen enkel rechtgeaard persoon kampeert 's nachts in zijn eentje in Griffith Park. Dat betekent dat we te maken hebben met een zwerver, een idioot of misschien zelfs met de dader zelf. Godverdomme, ik wil zelfs aannemen dat het een schooier is die over presidenten leest, maar als jullie me geen aanknopingspunt bezorgen, ga ik die informatie niet vrijgeven aan de media, want ditmaal ga ik niet voor joker staan.'

'Dat verwacht ik ook niet van u, meneer,' zei Petra.

Schoelkopf wreef over zijn bovenlip. Had daar soms een snor gezeten? 'Oké,' zei Schoelkopf, 'samengevat hebben we dus geen reet. Leg alles onder de loep – voedsel, boek, urine – maar laat je niet op een zijspoor rangeren, want het is niet sterk. En zoek goddomme de auto van het slachtoffer. Verder heb ik het volgende voor jullie in de echte wereld gedaan: ik heb ervoor gezorgd dat er een competente patholoog-anatoom op wordt gezet en niet een van die varkensslagers. Ik heb Romanescu gevraagd of hij er persoonlijk een oogje op wil houden en dat heeft hij toegezegd, maar ik vertrouw hem voor geen cent, want vroeger werkte hij voor de communisten. Dat geldt ook voor de technische recherche: ik heb Yamada gevraagd de leiding te nemen, want ik wil niet dat de een of andere lulhannes alles verknalt, zodat we weer zo'n godvergeten lachertje krijgen zoals bij je-weet-wel. En neem maar van mij aan dat de pers daarop zit te vlassen. Er zullen wel gauw wat voorlopige resultaten zijn, dus hou me op de hoogte. Wat ik maar wil zeggen is dat elk vezeltje en sapje onder de elektronenmicroscoop moet. En zeg me niet dat wat de technische recherche doet in negenennegentig van de honderd gevallen nutteloos is. Dat weet ik best, maar we moeten alle wegen helemaal bewandelen. Verder waren er geen afweerverwondingen op de handen van het meisje, maar dat wil niet zeggen dat ze zich niet heeft verweerd, dus laten we maar bidden dat er iets op haar wordt gevonden, zoals één godvergeten molecuul lichaamssap waar we iets wijzer van worden.'

Hij krabde met een nagel aan een voortand. 'Ramsey was zeker ongedeerd, hè?'

'Niets gezien,' zei Stu.

'Nou,' zei Schoelkopf, 'reken er maar niet op dat die gast gauw z'n kleren uit zal trekken.' De donkere ogen gingen naar de boodschappen bij de telefoon. 'Gelukkig is dat rassengedoe geen punt. Althans nog niet.'

'Nog niet, meneer?'

Schoelkopf pakte zijn lege beker en keek er peinzend in. 'Die zwarte vent, Darrell. Zou dat niet mooi zijn? Wat weten we nog meer over hem?'

'Het dienstmeisje zei dat hij een collega van Lisa was. En dat hij ouder was dan zij, net als Ramsey.'

'Ze wil gewoon met haar pappie neuken. Schrijf er maar een psychologisch essay over.' Schoelkopf zette de kop neer, keek hen allebei aan en wendde z'n blik af. 'Dan het volgende: Ramsey heeft me gisteravond om tien uur gebeld. In eigen persoon, niet de een of andere advocaat. De wachtcommandant was zo verstandig om hem met mij door te verbinden. Eerst stort hij z'n verdriet over me uit en zegt dat hij alle medewerking wil verlenen. Daarna vertelt hij me over die kwestie van de mishandeling van zijn vrouw. Het zou later op de avond op het nieuws komen, dus hij wil me uitleggen dat het maar één keer is gebeurd; hij verontschuldigde zich niet, maar het was een eenmalig iets. Hij zei dat zij hem eigenlijk had getreiterd en dat hij kwaad was geworden. Hij zei dat hij zich ervoor schaamde en dat het 't stomste was dat hij ooit had gedaan.'

Schoelkopf draaide met zijn vinger in de lucht. 'Enzovoort enzovoort.'

'Hij dekt zich in,' zei Stu. 'Tegen ons heeft hij er met geen woord over gerept.'

'Hij is een ster,' zei Petra half binnensmonds. 'Hij gaat linea recta naar de baas.'

Schoelkopfs gezicht werd een tint donkerder. 'Ja, hij probeert het duidelijk subtiel te spelen door zelf te bellen en het niet door een advocaat te laten doen. Dat zegt mij dat hij denkt dat hij slimmer is dan hij is. Dus als we wel iets tastbaars vinden, hebben we misschien een middel om toe te slaan. Niet dat we ter zake kunnen komen zonder dat hij nog sneller een advocaat optrommelt dan Michael Jackson zich een nieuw gezicht aanmeet. Maar ondertussen kunnen wij ook subtiel spelen. Dát bedoel ik namelijk met context: niet voortijdig lastig vallen, geen aantijgingen van tunnelvisie naar ons hoofd krijgen.'

Petra zei: 'Die nieuwsuitzending...'

'Geeft je een goeie reden om het met hem over allerlei dingen te hebben, maar tegelijkertijd zul je je uitputtend moeten verdiepen in alle soortgelijke moorden. Ik heb het over de laatste twee jaar, nee maak daar maar drie jaar van. Alle bureaus van de stad. Hou het papierwerk nauwkeurig bij.'

Petra was verbijsterd. Dat was een stinkklus. Uren... nee dagen. Ze keek Stu aan.

Hij zei: 'Hoe ver moet de gelijkenis gaan?'

'Begin maar met meisjes die meermalen gestoken zijn,' zei Schoelkopf. 'Meisjes die vermoord zijn in het park, blondjes die in het park vermoord zijn, wat dan ook, jullie zijn rechercheur. En zoek uit of er nog nieuwe moordenaars aan het werk zijn geweest in wijken die aan het park grenzen, zoals Burbank en Atwater. Misschien ook in Glendale en Pasadena. Ja, zéker in Glendale en Pasadena. La Canada, La Crescenta. Begin daar maar mee.'

Stu en Petra zeiden geen woord.

'En zit maar niet zo chagrijnig te kijken,' zei Schoelkopf. 'Dit is jullie levensverzekering. "Jawel, meester Pleepapier van de verdediging, we hebben goddomme in alle hoeken en gaten gekeken voordat we meneer Ramsey bij z'n taas pakten." Stel je je gezicht maar vóór op "Court TV" met onze Mark Fuhrman in Idaho. Want jullie zijn degenen die in het zonnetje staan, tenzij deze zaak te groot wordt, wij niet opschieten en moordzaken van het hoofdbureau het godverdomme gaat overnemen.'

'Wat hoe dan ook kan gebeuren,' zei Stu.

Schoelkopf grijnsde roofzuchtig. 'Alles is mogelijk, Ken. Dat maakt dit werk zo leuk.' Hij bladerde door de telefonische boodschappen.

'Hoe pakken we Ramsey aan?' vroeg Stu. 'Wachten we tot we alle soortgelijke moordzaken hebben onderzocht voordat we hem benaderen, of mogen we dat nu al doen?'

'Alweer mógen? Denken jullie soms dat dit je wordt ópgelegd?'

'Ik wil alleen de puntjes op de i zetten.'

Schoelkopf keek op. 'De enige regel is je verstand gebruiken. Natuurlijk moet je met Ramsey praten, goddomme. Zo niet, dan krijgen we dát weer naar ons hoofd. Je moet alleen de rest óók doen. Daarom heeft God overwerk uitgevonden.'

Hij pakte een memoblaadje en nam de hoorn van de haak, maar Stu bleef zitten en Petra maakte evenmin aanstalten om op te staan.

Stu zei: 'Wat Ramseys achtergrond aangaat, heb ik een paar bronnen in de studio's...'

Schoelkopf keek op en zei: 'Daar zie ik wel een paar problemen. Filmlui zijn loslippige klojo's. Het feit dat je bronnen tegen jou hun mond voorbijpraten wil toch zeggen dat ze überhaupt hun mond niet kunnen houden?'

'Dat geldt voor elke zaak...'

'Dit is niet elke zaak.'

'Wat weerhoudt ze er trouwens van om met de pers te praten, chef?' vroeg Petra. 'Stel dat de roddelbladen met geld gaan smijten en de zaak wordt echt opgeblazen? Moeten we naar het late journaal blijven kijken?'

Schoelkopf beet op zijn onderlip. 'Oké, Ken. Kies maar een paar bronnen,' zei hij alsof Petra niet bestond. 'Maar vergeet niet dat je in de kijkerd staat. Ga die zwarte maar doorlichten. Liever vandaag nog dan morgen. Prettige dag verder.'

16

Ik heb mijn ogen nog dicht, maar mijn gedachten zijn al op gang gekomen als ik ze voel. Er kruipen mieren over me heen. Die ruiken die Honey Nuts waarschijnlijk. Ik spring overeind, sla ze van me af en stamp er zoveel mogelijk dood. Als iemand me zo ziet, denkt hij natuurlijk dat ik gek ben.

Na wat ik heb gezien voel ik me niet al te lekker meer in het park, maar wat moet ik anders? Even stel ik me voor dat hij me vindt, achternazit en in een hoek drijft. Hij heeft het mes, datzelfde mes, grijpt me en steekt me. Mijn hart maakt een salto in de richting van het lemmet.

Waarom zou ik dat denken?

Het is 11.34 uur, ik moet het van me af zetten. Ik sla het algebraboek open en doe de vergelijkingen uit mijn hoofd. Ik zal proberen wat te eten, misschien een stuk gedroogd vlees, en om één uur ga ik wel naar die plek in het prikkeldraad om te kijken of dat hek nog van het slot is.

Gelukt. Het is superstil in Afrika. Vijf dollar in m'n zak, de rest van mijn geld zit ingepakt en begraven.

Het is warm, de zomer is er vroeg bij. Een heleboel slaperige dieren. De meeste zitten verscholen in hun grot. Slechts een handvol mensen; een paar toeristen – voornamelijk Japanners – en jonge moeders met kleintjes in wandelwagentjes. Ik heb een pen en een blocnote bij me zodat ze denken dat ik met de een of andere schoolopdracht bezig ben. In de open lucht stink ik niet al te erg. Niemand kijkt van me op en een paar mensen glimlachten zelfs; een paar toeristen, een man en een vrouw, Amerikanen, oud, een beetje het type kermisklant, beladen met fototoestellen en een plattegrond van de dierentuin waar ze geen weg mee lijken te weten. Ik lijk waarschijnlijk op een kleinkind van ze of zo.

Ik loop door tot het eind van Afrika. De meeste dieren slapen nog, maar dat kan me niet schelen want het is wel prettig om te lopen zonder het te moeten. Een neushoorn is buiten maar die werpt me alleen maar een vuile blik toe, dus ga ik naar de gorilla's.

Daar is het een hele toestand.

Twee jonge moeders zijn in alle staten; een van hen veegt haar blouse af en roept: 'Gatverdamme!' en de andere trekt haar wandelwagentje snel achteruit. Daarna hollen ze snel naar Noord-Amerika.

Ik snap het direct.

Poep. Het ligt overal voor het hek van de gorillaenclave.

Vijf gorilla's zijn buiten. Vier zitten zich te krabben of slapen, en eentje staat zoals gorilla's staan. Een beetje voorovergebogen met de handen bijna op de grond. Een meisje. De mannetjes hebben een gigantische kop en een zilverkleurige streep over hun rug.

Ze loopt wat rond, bekijkt de andere gorilla's, krabt zich en loopt weer wat rond. Dan buigt ze zich voorover en raapt een enorm stuk stront op.

Ze gooit het.

Het vliegt rakelings langs mijn hoofd, valt vlak bij me op de grond en ontploft in een wolk stinkend stof. Een deel ervan landt op mijn schoenen. Ik probeer het eraf te schoppen en er vliegt weer een brok langs. En nog een.

'Idioot!' hoor ik mezelf schreeuwen. Er is toch niemand.

De gorilla slaat haar armen over elkaar, kijkt me aan en ik durf te zweren dat ze grijnst, alsof het een geweldige gorillamop is.

Vervolgens wijst ze naar me. Daarna raapt ze weer een drol op.

Ik smeer 'm. De hele wereld is gek geworden.

Ik koop een blikje limonade uit een automaat en loop al drinkend verder, in de hoop dat ik die poep kwijt zal raken, want ik ben al die gore dingen zat.

Misschien ga ik wel naar het reptielenhuis; daar is het koel en donker en het zou wel gaaf zijn als ik weer zo'n tweekoppige koningscobra zag.

Als ik naar binnen ga, komen diezelfde twee bejaarde toeristen net naar buiten. Ze glimlachen weer en kijken nog altijd verward. Ik loop langs de boa's en de anaconda, haakneusslangen en hagedissen, ratelslangen, adders en cobra's. Ik blijf even staan bij de albinopython. Hij is kolossaal en dik, met rozewitte schubben en rare rode oogjes.

Ga ik vannacht van die lelijke bleke kop dromen?

Dat zou niet kwaad zijn, als ik hem zover kon krijgen om PLYR I op te eten.

Ik verbeeld me dat ik de Slangenmeester ben en telepathisch met reptielen communiceer. Ik beveel de python om zich om PLYR I te wikkelen, hem te vermorzelen en als een sappige sinaasappel uit te persen.

Dan weet hij wat er met hem gebeurt. Dat is erger dan zomaar doodgaan. Dat wéten.

Een stukje verderop is een moestuin met een touw eromheen. Het ligt aan de rand van de dierentuin vlak bij een speeltuintje, dat er waarschijnlijk is voor kinderen die geen zin meer hebben in aapjeskijken.

Maïs, bonen, tomaten en paprika. Op het bordje staat dat het voor de dieren is, zodat ze vers voedsel kunnen eten. Ik heb de chimpansees maïskolven zien eten, dus de gorilla's krijgen het waarschijnlijk ook en dat zet me aan het denken.

Ik ben dol op zoete, gestoomde maïs, maar thuis kreeg ik het nooit. Toen ik in de zesde zat, gaf de school een keer een Thanksgivingbrunch op de speelplaats. Kalkoen, maïs en zoete aardappels met marshmellows voor wie er maar betaalde. Alles hoog opgetast op lange tafels, moeders met een schort voor schepten op. Ik ben erheen gegaan om een kijkje te nemen, al had ik geen geld om iets te kopen. Ik bleef tot het einde rondhangen, vond een paar kwartjes om mee te sjoelen, maar van eten was geen sprake want dat kostte vijf dollar.

Maar een van de dames van de oudervereniging zag me naar de maïs kijken en gaf me een hele kolf, knalgeel en glimmend van de boter, plus een kalkoenpoot waar een heel gezin van kon eten. Ik ging onder een boom zitten eten en het was de beste Thanksgiving die ik ooit heb meegemaakt.

Ik ga wat dichter bij de moestuin staan en kijk om me heen. Niemand.

Vlug spring ik over het touw, loop rechtstreeks naar de maïs, breek drie kolven af en steek ze in mijn zak. Ze steken naar buiten dus ik trek mijn T-shirt eroverheen. Ik spring weer terug over het hek alsof er niets is gebeurd en loop langzaam door tot ik een wc heb gevonden.

Ik ga een van de hokjes in, doe de deur dicht, ga op de bril zitten, haal een van de kolven uit mijn zak, trek de bladeren en dat harige spul eraf en vraag me af hoe het rauw smaakt.

Niet slecht. Hard, knapperig, niet half zo lekker als gestoomde maïs met boter, maar wel lekker zoet. Ik schrok twee kolven naar binnen en de derde wat langzamer. Ik moet flink kauwen maar ik eet hem tot de laatste korrel op terwijl ik de graffiti op de muren lees. Als ik klaar ben, lik ik de maïssmaak van de kolven, gooi ze in de hoek, doe een plas en was mijn gezicht en handen aan de wastafel. Daarna stroop ik mijn spijkerbroek op en was ook de zijkanten van mijn benen.

Mijn maag doet zeer, maar anders.

Ik heb me te barsten gegeten.

Ik heb je lunch opgevreten, gorilla.

Wraak is zoet, als maïs!

17

Toen ze naar de recherchekamer terugliepen zei Stu: 'Hij heeft haar maar één keer mishandeld. Wat een man.'

'Hij gaat achter onze rug om naar Schoelkopf,' zei Petra. 'Hij manipuleert.' Ze deed collegiaal, maar daarna zei ze tegen zichzelf: Krijg het nou, zeg maar gewoon wat je op je hart hebt.'

Ze bleef staan en leunde tegen een kast. 'Waarom heb je dat boek ter sprake gebracht?'

Stu leunde ook tegen de kast. 'Het was iets tastbaars en ik had geen trek in zo'n preek van hem over de wens die de vader van de gedachte is versus bewijsmateriaal.'

'Die preek kregen we toch.'

Hij haalde z'n schouders op.

Zij zei: 'Hij vindt het boek flauwekul. Dat vind jij toch ook?'

Hij rechtte z'n rug en kneep met één hand in de knoop van zijn das. 'Ik ben er niet kapot van, nee. Maar het lab onderzoekt de vingeraf- drukken en als het om een dakloze gaat, is er een kans dat er ergens een strafblad van hem is en dan kunnen we hem misschien lokalise- ren. Als daar niets uitkomt, alla.'

Ze gaf geen antwoord.

Hij zei: 'Wat is er?'

'Ik keek ervan op dat je het ter sprake bracht.'

'Hoor eens, zelfs van mij kun je nog weleens staan te kijken.' Zijn blik gaf niets prijs. Hij liep door zonder te kijken of ze hem volgde.

Petra bleef met gebalde vuisten staan. Ze moest denken aan Kathy's bruuskheid aan de telefoon van de avond tevoren. Als het iets echte- lijks was, kon ze niet van hem verwachten dat hij het op zijn beloop liet. Oké, kalm, concentreer je maar op de zaak. Maar ze had de pest aan verrassingen.

Van de vijfentwintig andere rechercheurs van bureau-Hollywood die ochtenddienst hadden, zaten er zes aan hun bureau foto's van misda- digers te bekijken, op toetsenborden van pas gedoneerde en nog altijd ingewikkelde computers te tikken, aan de telefoon te praten en moord- verslagen te lezen. Toen Stu en Petra binnenkwamen, keek iedereen meelevend op.

Aankomende rechercheurs met een voorliefde voor mysterieverhalen raakten die gauw kwijt. De zaak-Ramsey was het ergste soort thriller. De ruimte rook precies zoals hij hoorde te ruiken: een vertrek zonder ramen met het aroma van voornamelijk mannelijke frustratie.

Een zwarte rechercheur genaamd Wilson Fournier zei: 'Toen de baas in alle vroegte kauwend binnenkwam zonder kauwgom in zijn mond, wist ik al hoe laat het was.'

Petra lachte naar hem en hij ging verder met het bekijken van foto's van bendeleden. Stu nam plaats aan zijn bureau achterin, tegenover het hare. Ze ging zitten en wachtte.

Stu zei: 'Wat wil jij aan het zoeken naar gelijksoortige zaken doen?'

'Weinig.'

Hij stak zijn duimen achter zijn bretels. Zijn pistool zat in een hoge schouderholster. Petra droeg de hare ook zo. Het deed zeer aan haar oksel en ze deed hem af.

'Volgens mij zijn er twee mogelijkheden,' zei Stu. 'Naar het hoofdbu- reau gaan en de hele week naar microfiches staren en vervolgens toch nog gaan bellen om Burbank, Atwater, Glendale en alle andere bureaus in dit arrondissement te checken. Of alle rechercheurs moordzaken afbellen. Schoelkopf zegt twee à drie jaar; laten we het maar op twee houden. Persoonlijk zou ik liever met mensen van vlees en bloed praten dan in het archief van het hoofdbureau duiken, maar jij mag het zeggen.'

'Hoe echter hoe beter,' zei Petra. 'Hoe stellen we onze prioriteiten? Zal ik eerst wat rondbellen om te proberen die Darrell te vinden?'

'Laten we dat rotwerk maar 's ochtends doen, dan kunnen we 's middags echt aan de slag.' Hij keek op zijn horloge. 'Doe jij Darrell maar, dan ga ik wat in de studio's rondkijken.'

Petra keek om zich heen. 'Over echte mensen gesproken, we kunnen met onze collega's hier beginnen. Dat is tijdverspilling, maar dat is de rest ook.'

'Liefdadigheid begint thuis. Ga je gang maar.'

Ze stond op, duwde haar haar naar achteren en schraapte haar keel met een indrukwekkend geluid. Drie van de zes recherecheurs keken op.

'Heren,' zei ze, en de andere drie staakten ook hun bezigheden.

'Zoals jullie weten, hebben rechercheur Bishop en ik een fascinerende zaak gekregen. Hij is in feite zo fascinerend dat ons van bovenaf de opdracht heeft bereikt om extra grondig te zijn. Ten einde de juiste *context* vast te stellen.' Gegrinnik. 'Omdat wij – ik citeer – in de kijkerd staan.'

Grimmige blikken alom.

'Rechercheur Bishop en ik willen graag hoge cijfers halen, dus vragen wij om jullie hulp bij het zoeken naar de onbekende dader van deze schandelijke misdaad, van wie vanzelfsprekend niets bekend is en die met de grootst mogelijke zorg gezocht moet worden teneinde het onderzoek te vrijwaren van vooringenomenheid.'

Begrijpende lachjes. Ze beschreef de moordlokatie, Lisa's verwondingen en vroeg: 'Zijn er de afgelopen jaren nog een-acht-zevens geweest die hier iets van weg hebben?'

Schuddende hoofden.

Een rechercheur die Markus heette, vroeg: 'Waar was O.J. op het tijdstip van de moord?'

Gelach.

'Dank u wel, heren.' Toen ze ging zitten, klonk er een licht applaus. Stu klapte ook. Hij zag er nu goed uit en zijn blauwe ogen stonden weer vriendelijk. Misschien had hij gewoon last van slaapgebrek.

'Zes minder,' zei hij. 'Nog maar een paar honderd. Zullen we de politiedistricten langs vertikale lijnen opdelen? Ik het oosten, jij het westen?'

Ten oosten van Hollywood waren veel meer misdaad, meer rechercheurs en meer dossiers. Hij nam het leeuwendeel van de stinkklus. Voelde hij zich soms schuldig? Petra zei: 'Jij hebt al die studio's al; ik alleen Darrell. Ik neem het oosten wel.'

'Nee, het is wel oké,' zei hij. 'Ik heb tegen Kathy gezegd dat ik niet vroeg thuis ben.' Hij knipperde met zijn ogen alsof ze zeer deden en nam de hoorn van de haak.

Een scheiding na al die jaren? Petra wilde zich open naar hem opstellen. Ze zei: 'Gaan we samen lunchen voordat onze wegen zich scheiden? Musso and Frank?'

Hij aarzelde. Toen: 'Best. We verdienen het wel.' Hij wilde een nummer intoetsen, maar bedacht zich. 'Iemand moet ook die lui van de sheriff bellen – De la Torre en Banks – om te horen of ze iets meer van Lisa's aangifte wegens mishandeling te weten zijn gekomen.'

'Volgens het journaal heeft ze nooit officieel aangifte gedaan.'

'Kijk eens aan,' zei Stu. 'En het journaal spreekt altijd de waarheid.'

Ze belde moordzaken van het hoofdbureau van de sheriff en vroeg naar rechercheurs Hector de la Torre en Banks. Ze was de voornaam van de jongste vergeten of had hem niet gehoord. Banks kwam aan de telefoon en begroette haar verrassend vriendelijk. 'Ik dacht wel dat je zou bellen.'

'Hoezo?'

'Door het journaal van gisteravond. Helaas heb ik nog niets voor je. Het bureau Agoura heeft geen aangifte van haar in het dossier, zelfs niet van die keer dat ze het van de daken heeft geschreeuwd. Het ziet ernaar uit dat ze geen aangifte heeft gedaan.'

'Oké, dank je wel.'

'Tot je dienst,' zei hij. Hij klonk zenuwachtig. 'Gelukkig is er geen sprake van naijver tussen onze korpsen. Wij hebben jullie vorige maand verslagen met boksen, dus we voelen ons sterk... Hoe dan ook, je hebt mijn medeleven. Ze hebben het item vanmorgen weer uitgezonden. Het huis zag er nog mooier uit dan het was. Maar geen woord over zijn automuseumpje.'

Praatgraag persoon.

'Alleen maar Jacuzzi-bubbels, paarden en golf.'

'Interessant, hè?' zei Banks. 'Sommige mensen krijgen het leven op een presenteerblaadje en slagen er nog in om er een puinhoop van te maken... Wil je nog meer weten?'

'Eigenlijk wel,' zei ze, opeens geïnspireerd. 'Als je tijd hebt: we hebben opdracht om in de archieven te duiken en naar soortgelijke moordzaken in de afgelopen twee jaar te zoeken. Hebben jullie toegang tot de gegevens van het hele arrondissement?'

Banks moest lachen. 'Dit is L.A. Niets is eenvoudig. Maar ja hoor: we hebben leren lopen zonder ons hoofd te stoten. Soortgelijke zaken? Gaat het om de onbekende dader die zich ergens schuil moet houden? Is er iets?'

'Hogerhand heeft de zenuwen.'

'Aha. Ja hoor, dat kijk ik wel voor je na.'

'Dat stel ik erg op prijs, rechercheur Banks.'

'Ron.'

'Dit is een stinkklus, Ron. Gooi je eigen werkschema niet in de war.'

'Heb je een doorkiesnummer?'

Ze gaf hem haar nummer en hij zei: 'Met soortgelijk neem ik aan dat je de omstandigheden van de lokatie bedoelt, het soort en de hoeveelheid verwondingen, eigenaardigheden en slachtofferkenmerken. Was er nog iets ongewoons aan de lokatie dat ik moet weten?'

'Nee,' zei ze. Ze wilde niet alles loslaten. 'Gewoon een doorsnee slachting.'

'Goed dan. Ik bel je wel als zich iets voordoet. En mij kun je altijd bellen.'

'Dank je wel, Ron.'

'Niets te danken... Eh... Hoor eens, ik snap best dat dit een zaak is die je weinig vrije tijd zal laten, maar als je die wel mocht krijgen... Ik bedoel als je zin hebt om samen iets te doen... Misschien alleen een kop koffie drinken... Je zegt het maar als ik te ver ga.'

Hij struikelde als een schooljongen over zijn woorden.

Nu snapte ze waarom hij zo hartelijk deed.

Hij was in de verste verte haar type niet, wat dat ook mocht zijn. Ze kon zich zijn gezicht amper herinneren, want ze had zich op dat van Ramsey geconcentreerd. Had hij een trouwring om? Hij had wel gezegd dat hij met zijn kinderen naar de dierentuin was geweest. Hij had tenminste kinderen. Geen hekel aan kinderen.

Ze dacht kennelijk te lang na, want hij zei: 'Hoor eens, het spijt me, ik wilde niet...'

'Nee hoor, dat is prima,' hoorde ze zichzelf zeggen. 'Graag, als het iets rustiger wordt. Dat zou ik leuk vinden.'

God zegene de greep.

18

Paragon Studio's besloeg drie blokken aan de noordkant van Melrose ten oosten van Bronson. Het was een janboel van verschoten bruine kantoorgebouwen en loodsen van golfplaat, en om het hele complex stond een vijf meter hoge muur. Het was in feite een van de laatste grote filmbedrijven die Hollywood nog telde.

Het rococohek stond open, en terwijl Stu Bishop zijn ongemarkeerde Ford langzaam naar het portiershokje stuurde, probeerde hij zakelijk te kijken al liep zijn hoofd om van van de zorgen.

Er waren twee bestelwagens voor hem; eentje nam de tijd.

Petra was eerder dan hij weggegaan, in haar eigen auto.

Petra vertrouwde hem iets minder dan gisteren.

Dat kon hij haar niet kwalijk nemen, nadat hij de vondst van het bibliotheekboek zonder haar te waarschuwen bij Schoelkopf op tafel had gelegd. Impulsief. Was het rumoer in zijn leven uiteindelijk te veel geworden?

Eigenlijk geloofde hij niet dat het boek iets voorstelde. Hij had Petra gebruikt om een preek van Schoelkopf te vermijden, al was het vergeefs geweest.

Al die preken die Stu in zijn leven te verstouwen had gekregen. Van leraren, van ouderlingen, van zijn vader. Easton Bishop, arts, was zelden meer in zijn knollentuin dan wanneer hij een publiek van acht zwijgende kinderen met absolute waarheden kon bestoken. Stu had dat soort autoritaire gedrag tegenover zijn eigen kinderen vermeden. Hij geloofde dat ze zouden leren van het goede voorbeeld, in de wetenschap dat Kathy de grootste invloed op hen had. Kathy... Grote god.

Stu geloofde in een vergevingsgezinde God, maar hij leidde zijn eigen leven alsof de Heer een harde, onbuigzame perfectionist was. Het maakte dat hij op zijn hoede was en de zonde omzeilde. Waarom ging alles in dit stadium van zijn leven dan naar de bliksem?

Domme vraag.

Het tweede busje ging naar binnen en Stu reed naar het portiershokje. De portier, Ernie Robles, kende hij van zijn vier weken als figurant ('niet-sprekende aanwezige in de recherchekamer, veel typewerk en telefoongesprekken') in *L.A. Cop*. Aardige, ontspannen vent zonder politie-ervaring; gewoon iemand die een hele tijd geleden via een uitzendbureau was gekomen.

Hij schreef iets op een klembord toen Stu stopte en de motor liet draaien.

'Hé, hoe staat-ie, rechercheur Bishop? Mooi weertje, hè?'

Dat was het ook. Warm en onbewolkt; de lucht was zo blauw als op een van de geschilderde decors die filmploegen gebruiken om L.A. er hemels uit te laten zien. Stu had er nog geen erg in gehad.

Hij zei: 'Prachtig, Ernie.'

Robles pakte zijn klembord. 'Speelt u vandaag? Waar?'

'Waar denk je?'

'Bij de "Cop?" Die hebben geen opnamen vandaag.'

'Nee, die zitten er voor dit jaar al op. Maar ik moet iemand spreken. O, tussen twee haakjes, ik heb iets voor je gevonden op het bureau.'

Hij overhandige Robles een dun glossy tijdschrift. Bovenaan stond in felgele, schreeuwerige letters met een rood randje *the sentinel*. Daaronder stond een scherpe afbeelding van een zwart akelig halfautomatisch pistool van Amerikaanse makelij met een knaldemper en koperen kogels met een zwarte punt. Reclamemateriaal van Heckler & Koch; er lagen stapels van op het bureau. Voor een stoplicht had Stu het doorgebladerd. Stukken over Benelli shotguns, trainen met wapens van groot kaliber, de PSG1: 'Een geweer van tienduizend dollar en waar voor je geld!' Stu had respect voor wapens, maar vond er niets aan. Robles bladerde het tijdschrift al door en bekeek de plaatjes.

'Vers van de pers, Ernie.'

'Moet je dit zien! Hé, bedankt, man.'

Stu reed door.

Hij parkeerde en liep naar het gebouw van de Element Production, waar hij Scott Wembley snel had gevonden. De assistent-regisseur kwam net met zwaaiende armen uit een laag, saai kantoortje en likte z'n lippen af.

Lunchtijd. Wembley was in zijn eentje, waarschijnlijk op weg naar de kantine.

Stu liep achter hem aan. 'Hallo, Scott.'

Wembley draaide zich om, bleef staan en zijn lange, bleke gezicht verstarde. 'Hé, Stu.'

Zoals de meeste assistent-regisseurs was Wembley maar een jochie. Hij was pas een paar jaar weg van de Universiteit van Californië in Berkeley met een bul in de schone kunsten. In ruil voor de indrukwekkende titel en de kans om contacten te leggen nam hij genoegen met weinig geld, lange werkdagen en een hondse behandeling door de mensen die het voor het zeggen hadden.

Zoals veel jongelui ontbrak het hem aan ruggengraat en scherpzinnigheid.

Ze gaven elkaar een hand. Wembley droeg de modieuze uitdossing van filmmensen: slobberige spijkerbroek van Gap en een oversized wollen ruitjeshemd met knopen dat hem te warm leek voor de tijd van het jaar en te duur voor zijn budget. Een roestvrijstalen Rolex verbaasde Stu nog meer.

De knaap zag er nog magerder uit dan vorig jaar. Hij had een knokig, ietwat androgyn gezicht dat zo in een advertentie van Calvin Klein kon en puistjes op zijn wangen. Dat laatste was nieuw.

De hand die Stu drukte was zacht, koud en klam. Op Wembleys gladde voorhoofd parelde het zweet. Dat hemd was inderdaad te warm. Lange mouwen, dichtgeknoopte manchetten.

En dan die ogen natuurlijk. Die pupillen. De arme Scotty had nog niets geleerd.

Toen Stu een maand op de set doorbracht, had Scotty steeds geprobeerd bij hem in de buurt te komen om eindeloos vragen te stellen, want hij wilde weten hoe het in het echt toeging. Hij werkte namelijk, zoals iedereen, aan een script, ook al droomde hij er eigenlijk van een tweede Scorsese te worden. Regisseurs hadden het namelijk voor het zeggen. Stu had geduldig antwoord gegeven. Hij vond dat de jongen een roerende combinatie van de bravour van de generatie-x en volmaakte onschuld bezat.

Maar op de laatste vrijdag van de opnamen was hij blijven hangen om wat adminstratie te doen en had hij een lege geluidsstudio genomen waar hij kon werken. Hij hoorde luidruchtig gesteun in een hoek van het reusachtige vertrek, waar hij Wembley, half verborgen achter decorwanden, ineengedoken op de grond aantrof met een heroïnenaald in zijn arm.

Het joch had hem niet horen aankomen; zijn ogen waren dicht en zijn aders lagen dik als pasta van engelenhaar op zijn lange, magere arm. De spuit was zo'n goedkoop weggooiding.

Stu zei scherp: 'Scott!' en toen de jongen zijn ogen opende, zag hij het ergste scenario dat een junk zich maar voor kon stellen. Wembley rukte de naald uit zijn arm en smeet hem op de grond, waar hij stuiterend tot stilstand kwam en een melkachtige vloeistof rondspatte.

'O, man,' zei Stu.

Wembley barstte in tranen uit.

Moreel dilemma.

Uiteindelijk had Stu besloten de jongen niet in te rekenen, ook al was dat in strijd met de politievoorschriften: Wie getuige is van een misdrijf...

Hij deed alsof hij Wembley geloofde toen de jongen bij hoog en bij laag volhield dat het de eerste keer was, dat hij alleen maar experimenteerde. Twee andere naaldsporen op zijn armen wezen op het tegendeel, maar ze droegen de zwarte kenmerken van oude sporen, dus de jongen was tenminste niet regelmatig aan de spuit, althans nog niet. Stu legde beslag op de dopespullen die hij in de zak van Wembleys vliegeniersjack aantrof en gooide ze in een vuilniscontainer op het terrein, waardoor hij wettelijk groter risico liep dan Wembley, maar de jongen miste goddank de hersens om dat te beseffen.

Hij bracht Wembley naar Go-Ji's coffeeshop op Hollywoord Boulevard, zette hem in een eethokje achterin en goot hem vol met sterke, zwarte koffie – strikt genomen was dat voor Stu net zo goed een drug – en daarna had hij de stommeling in het groezelige eethuis om zich heen laten kijken om te zien hoe gevorderde junkies eruitzagen.

De dosis in de spuit kon niet erg sterk zijn geweest, want Wembley was erg van zijn stuk en zijn ogen stonden helder. Of misschien had de adrenaline van de angst het opiaat tenietgedaan.

Hij bestelde een hamburger voor de jongen en dwong hem te eten terwijl hij hem op de voorgeschreven strenge preek trakteerde. Weldra zat Wembley zijn trieste biografie te mompelen: de gruwelen van een jeugd met rijke, meermalen gescheiden ouders in Marin County die weigerden grenzen te stellen, de postuniversitaire eenzaamheid, vervreemding en angst voor de toekomst. Stu deed net alsof hij het allemaal serieus aanhoorde en vroeg zich af of zijn eigen kinderen op die leeftijd ook zo zouden zijn. Een uur later zat Wembley plechtige geloften van kuisheid en naastenliefde af te leggen en zwoer hij trouw aan de vlag.

Stu bracht hem terug naar de studio. De jongen was zo blij dat hij hem wel kon zoenen en bijna meisjesachtig dankbaar. Stu vroeg zich af of hij als klap op de vuurpijl soms ook nog homoseksueel was.

Daarna meed Wembley hem op de set. Dat gaf niet. De jongen stond behoorlijk bij hem in het krijt en als hij er niet tussenuit kneep om weer bij zijn ouders te gaan wonen, kon Stu hem wellicht ooit nog eens gebruiken.

Nu was het zover. Ta-ra!

'Leuk om je weer eens te zien, Scott.'

'Insgelijks.' De knaap loog slecht. Zijn lippen trilden en hij haalde zijn neus op. Rode neusvleugels. Die ogen. Stomme zak.

'Hoe gaat het ermee?'

'Heel goed. Wat kan ik voor u doen, rechercheur?'

Stu sloeg een arm om Wembleys knokige schouders. 'Heel wat eigenlijk, Scott. Laten we maar ergens gaan zitten.'

Hij nam hem mee naar een bankje en zei: 'Ik moet informatie over Cart Ramsey hebben. Discrete informatie.'

'Ik weet alleen maar wat er op het nieuws is geweest.'

'Gaan er hier geen geruchten?'

'Hoezo?'

'Omdat er nergens zoveel wordt geroddeld als in de filmindustrie.'

'Nou, als dat zo is, heb ik het niet gehoord.'

'Wil je me soms vertellen dat niemand iets over Ramsey heeft gezegd?'

Wembley kauwde op zijn wang. 'Alleen maar... wat iedereen zegt.'

'En dat is?'

'Dat hij het heeft gedaan.'

'Waarom zeggen ze dat, Scott?'

'Hij had haar toch mishandeld? Misschien wilde hij weer met haar verder en had ze hem afgewezen.'

'Is dat jouw theorie of die van iemand anders?'

'Dat zegt iedereen. U niet dan?' vroeg Wembley. 'Wat doet u hier dan?'

'Heeft Ramsey een reputatie?'

Wembley snoof. 'Niet als acteur in elk geval. Ik weet geen reet van hem. Het interesseert me helemaal niet.'

'Nou,' zei Stu, 'van nu af aan wel, Scott. Van nu af aan ben je razend geïnteresseerd.'

19

Dat was best leuk vandaag, met die maïsmaaltijd en niet gesnapt worden. Ik ga maar eens terug naar Vijf om plannen te maken.

Ik loop terug naar de poort in het hek en dan zie ik iemand naar me gebaren.

Die malle grootouders. Ze staan precies op het punt waar het pad afbuigt.

De oude man houdt zijn camera omhoog. Ze gebaren allebei en de vrouw roept: 'Jongeman! Kun je ons even komen helpen?'

Ik wil niet de aandacht trekken door weg te hollen of raar te doen, dus ik loop naar hen toe.

'Hé, grote jongen,' zegt de man. Wat een eikel. Hij draagt een T-shirt van de Dodgers, een korte broek, kousen en schoenen en een lichtblauwe hoed. Hij heeft een roze huid en een grote knobbelneus, zoals die gasten in de Sunnyside.

Zijn fototoestel is enorm en zit in een grote, zwarte tas vol met gespen en sluitingen en zijn vrouw heeft er ook zo een.

'Sorry dat ik je lastig val, vriendje, maar je lijkt me wel een aardige jongen,' zegt hij, en hij glimlacht een rij gele tanden bloot.

'Dank u wel, meneer.'

'Beleefd ook nog,' glimlacht zij. 'Ze zijn niet allemaal zo beleefd. Ik weet zeker dat hij het kan, schat.'

Hij schraapt zijn keel en tikt op zijn cameratas. 'Dit is een Nikon uit Japan. Mijn vrouw en ik vragen ons af of jij ons misschien een dienst kunt bewijzen en een foto van ons samen wilt nemen.'

'Tuurlijk.'

'Reuzebedankt, jong.' Hij haalt een dollar uit zijn zak.

'Daar hoeft u niet voor te betalen,' zeg ik.

'Jawel hoor lieverd, daar staan we op,' zegt de vrouw en al gaan haar ogen schuil achter een zonnebril, er verandert toch iets op haar gezicht, even maar: haar mondhoeken gaan omlaag alsof ze verdrietig is. Medelijden. Alsof ze weet dat ik het geld best kan gebruiken.

Ik denk: als ik er maar arm genoeg uitzie, geeft ze me misschien wel meer. Ik laat mijn schouders een beetje hangen maar ze geeft me alleen maar een klopje op mijn hand.

'Neem het maar; alsjeblieft.'

Ik stop de dollar in mijn zak.

'Okiedokie,' zegt hij. 'Nu hebben we dus zaken gedaan.' Weer die tanden. 'Oké, schat, waar is het beste plekje?'

'Waar we stonden, de zon is perfect.' Ze wijst en loopt een stukje heuvelopwaarts, stampt met haar voet en raakt haar eigen camera aan. Waarom ze twee toestellen nodig hebben is me een raadsel, maar misschien hebben sommige mensen geen vertrouwen in apparaten, of in hun geheugen. Ze willen ervan verzekerd zijn dat ze alles vastleggen wat ze zien; misschien om aan hun kleinkinderen te laten zien.

Ze zegt: 'Oké!' Ze zingt het min of meer. Ze is klein en mager en draagt een herenjasje op haar Dodgers T-shirt en een groene broek.

Hij haalt zijn camera uit de tas, geeft hem aan mij en gaat naast haar staan. Het apparaat ziet er duur uit en ik word een beetje nerveus als ik het vasthoud.

'Maak je geen zorgen,' zegt ze. 'Het is heel makkelijk. En je lijkt me een intelligente jongeman.'

Ik kijk naar hen door de zoeker. Ze staan te ver weg, dus ik ga wat dichterbij staan.

'Hij is al ingesteld, jong,' zegt hij. 'Alleen maar op het knopje drukken.'

Ik druk. Er gebeurt niets. Ik probeer het nog eens. Weer niets.

'Wat is er?' vraagt hij.

Ik haal mijn schouders op. 'Ik héb gedrukt.'

Zij zegt: 'O, nee toch, zit hij nou alweer vast?'

'Laat eens kijken,' zegt hij, terwijl hij weer terugkomt. Ik geef hem de camera en hij draait hem om. 'O, o. Zelfde probleem.'

'O, krijg nou wat,' zegt zij, en ze stampt met haar voet. 'Ik zei toch dat het een goed idee was om de mijne ook mee te nemen? Als we weer thuis zijn ga ik direct terug naar die winkel om te zeggen dat ze hem nu wel goed moeten repareren!'

Hij werpt me een gegeneerde glimlach toe alsof hij het niet leuk vindt dat ze zo bazig tegen hem doet.

Ze komt bij ons staan en ruikt naar zeep. Hij ruikt naar uien.

'Het spijt me lieverd, dit duurt maar even,' zegt ze. 'Ze maakt haar cameratas open en haalt... iets groots en zwarts te voorschijn. Maar het is geen camera... Het is een pistool. Ik kan mijn ogen niet geloven en eensklaps steekt ze hem heel hard in mijn navel. Ik krijg geen adem en ze duwt alsof ze hem dwars door me heen wil drukken, en haar andere hand is om mijn nek en knijpt hard. Ze zag er niet zo sterk uit, maar dat is ze wel en ze houdt me vast en klemt mijn arm tegen mijn zij.

Ze staan aan weerskanten alsof ze mijn ouders zijn en we met zijn drieën een gezin vormen, alleen krijg ik geen lucht en ze doet me pijn en zegt: 'En nou ga je met ons mee, stuk straatvuil. Eén verkeerde beweging en we maken je van kant, daar kun je van op aan.'

Ze glimlacht weer. Geen medelijden, maar iets anders. Zo'n blik kreeg Moron ook als hij naar zijn gereedschap greep.

Ze voeren me naar het hek in de omheining. Dat weten ze dus ook, het is helemaal niet geheim! Wat ben ik stom geweest!

Haar gezicht is net een masker, maar hij hijgt opgewonden. Zijn mond hangt open en zijn huid is zo roze als vlakgum; hij blaast de uienlucht recht in mijn gezicht, ze slepen me naar Vijf en hij zegt: 'Je krijgt ervan langs, jong, zoals je er nog nooit van langs hebt gekregen.'

20

Petra bleef achter haar bureau om het telefoonbedrijf te bellen en hen te laten beloven dat ze Lisa's dossier nog dezelfde dag zou krijgen. Ze begon aan het voorbereidende papierwerk voor een gerechtelijk bevel voor een uitgebreid dossier, en ze belde de patholoog-anatoom en de technische recherche. Op medisch gebied was er nog niets gevonden en op Lisa's kleren, lichaam en sieraden waren geen vingerafdrukken aangetroffen. Misschien had de dader handschoenen aangehad, suggereerde de laborant. Opgepept door koffie uit de automaat belde Petra alle erkende wegsleepbedrijven van de politie om de lijsten van gevonden auto's te controleren. Lisa's Porsche was er niet bij.

Tijd voor Schoelkopfs rotklus. Ze had al tientallen dagdienstrecher-cheurs gesproken, van Van Nuys tot Devonshire en daarna L.A.-West. Nu begon ze met Pacific.

Telkens kreeg ze dezelfde reactie: 'Je maakt zeker een geintje.'

Iedereen wist wie de de dader in deze zaak was. Maar ze hadden ook begrip voor monnikenwerk in opdracht van hogerhand en als men uit-gelachen was, had ze direct de sympathie.

Het netto resultaat: geen soortgelijke gevallen. Ondertussen mocht Cart Ramsey golfballen slaan, in zijn hete bad liggen weken en van het glanzende chroom in zijn automuseumpje genieten terwijl het ge-zicht van zijn ex op de snijtafel van de lijkschouwer werd afgepeld.

De Mercedes werd waarschijnlijk beter geschrobd, gestoomd en ge-zogen dan een operatiekamer.

Ze moest aan Lisa's lichaam denken, aan dat bloederige gat in haar buik waar de darmen uitstulpten, aan de manier waarop haar gezicht was toegetakeld, en ze vroeg zich af wat ervoor kwam kijken om lief-de in zoiets te laten omslaan.

Kon dat altijd gebeuren als de hartstocht hoog opliep, of moest je daar gestoord voor zijn?

Huiselijk geluk, huiselijk geweld. Zelf had ze één ogenblik – een frac-tie van een seconde – beleefd waarin ze tot moord in staat was.

Waarom zat ze nou over het verleden te piekeren?

Reken er nou eens mee af, meid.

Ze kwelde zichzelf met herinneringen.

Een vijfentwintigjarige studente kunstzinnige vorming die deed alsof ze de wereld wel aankon, maar in werkelijkheid zo stompzinnig en blind verliefd was dat ze bereid was voor Nick door het vuur te gaan. Die stormachtige gevoelens: harstocht zoals ze nog nooit had gevoeld. De liefde bedrijven tot ze amper meer kon lopen. De postcoïtale priet-praat, zij aan zij, met een vagina die nog nagloeide.

Nick leek zo'n goeie luisteraar. Pas later kwam ze erachter dat het nep was. Hij had er het zwijgen toe gedaan omdat hij weigerde iets van zichzelf prijs te geven.

Zij had hem wél alles verteld: over kinderjaren zonder moeder, het ir-rationele schuldgevoel dat ze ten aanzien van haar moeders dood had gevoeld, over het feit dat ze haar vader zozeer ten einde raad had ge-kregen dat een kostschool de enige oplossing was, dat ze de helft van haar puberteit had doorgebracht in bedompte, gedeelde kamers waar-in de andere meisjes giechelden, rookten en af en toe masturbeerden: dat kon ze horen aan het geritsel van het dekbed.

Petra, dat rare, zwijgzame meisje uit Arizona, lag daar maar te den-ken dat ze haar moeder had vermoord.

Ze had Nick haar geheim toevertrouwd omdat dit echte liefde was. Later had ze hem op een avond met een klopje op haar buik een nieuw geheim toevertrouwd: Drie keer raden, schat.

Ze had verwacht dat hij verrast zou zijn, in het begin misschien wel een beetje onaangenaam verrast, maar ze wist dat hij uiteindelijk door de knieën zou gaan. Hij hield toch van haar?

Zijn blik verstarde en hij trok bleek weg. Die razernij. Tegenover haar aan de eettafel keek hij haar aan met een minachting die ze nooit voor mogelijk had gehouden. De speciale maaltijd die ze had bereid om het te vieren stond koud te worden. Misschien waren de kalfsvlees met pasta – zijn lievelingsmaal – en de fles Chianti-classico van twintig dollar alleen maar een soort omkoperij geweest omdat ze diep vanbinnen wel wist dat hij niet zou juichen.

Hij bleef stokstijf en zwijgend zitten. Die dunne lippen die ze ooit zo aristocratisch had gevonden waren nu bloedeloos en hij had de haatdragende mond van een nare oude man.

Nick...

Hoe heb je dit kunnen doen, Petra...

Nick, lieveling...

Jij nog wel! Hoe kon je zo stompzinnig zijn; je weet toch wat een kind teweegbrengt?!

Nick...

Val jij maar dood!

Als ze toen een pistool had gehad...

Toen ze haar ogen weer opendeed, besefte ze pas dat ze dicht waren geweest. De geluiden van de recherchekamer drongen weer tot haar door; haar collega's waren druk met hun eigen bezigheden.

Daar moest zij maar eens een voorbeeld aan nemen.

Ze nam de telefoon van de haak om nog meer tijd te verdoen.

Maar vier Pacific-rechercheurs later dook er wél iets op.

Een drie jaar oude zaak van een knap blond meisje dat in het uiterste zuiden van Venice bij de Jachthaven was doodgestoken. De zaak was behandeld door een rechercheur die Phil Sorensen heette. Hij zei: 'Het viel me al op toen ik over dat meisje van Ramsey hoorde, weet je. Maar ons slachtoffer was een Duits meisje, een stewardess van Lufthansa die hier op vakantie was, en alles wees in de richting van een Oostenrijks vriendje. Hij werkte op de bagageafdeling van het vliegveld en vloog terug naar Europa voordat we de kans kregen om hem aan de tand te voelen. We hebben opsporingsbevelen uitgevaardigd via de Oostenrijkse politie, Interpol enzovoorts, maar hij is nooit boven water gekomen.'

'Waarom werd hij verdacht?' vroeg Petra.

'De vriendin met wie het slachtoffer reisde – ook een stewardess – vertelde dat hij onaangekondigd in het hotel was opgedoken. Hij was totaal overstuur omdat het meisje – ene Ilse Eggermann – zonder iets tegen hem te zeggen uit Wenen was vertrokken. Ilse had haar vriendin verteld dat ze veel ruzie maakten, dat die jongen een driftkop was en haar mishandelde, waardoor ze hem de bons had gegeven. De druppel die de emmer had doen overlopen was het feit dat ze met een blauw oog in de eersteklas moest werken. Maar toen die jongen in L.A. opdook, lukte het hem toch om haar mee uit te nemen. Ze vertrokken om negen uur en haar lijk werd om vier uur 's ochtends op een parkeerterrein bij Ballona Creek aangetroffen. We hebben de vlucht van die knaap nagetrokken. Hij was de ochtend tevoren met Lufthansa aangekomen op een goedkoop werknemersticket. Hij reisde zonder bagage en had in geen enkel hotel of motel in L.A. een reservering.'
'Dus hij had een kort reisje voor ogen,' zei Petra. 'Hij deed wat hij van plan was en ging er weer vandoor.'
'Daar leek het wel op.' Sorensen klonk al wat ouder. Hij had een vriendelijke stem, praatte langzaam en had iets aarzelends. Hij zei nog 'stewardess' in plaats van 'air-hostess'.
'Wat had Ilse aan toen ze haar vonden?' vroeg Petra.
'Een fraaie donkere jurk, blauw of zwart. Zwart, denk ik. Het was een heel knap meisje, ze zag er echt goed uit. De omstandigheden in aanmerking genomen.' Sorensen hoestte. 'Geen aanranding. Er was weinig voor nodig om vast te stellen dat ze de avond met haar vriendje, Karlheinz Lauch, had doorgebracht. De ober die hen had bediend – bij Antoine's op het eind van de pier in Redondo Beach – kon zich hen nog herinneren omdat ze niet zoveel praatten of aten en maar een kleine fooi gaven. Volgens ons was Lauch vergeefs op verzoening uit, was hij kwaad geworden, had hij haar ergens heen gebracht, vermoord en gedumpt. Ik weet niet in wat voor auto hij reed, omdat we geen huurauto konden traceren en niemand wist of hij vrienden in Californië had.'
Sorensen praatte met iets meer vuur. Veel details voor een drie jaar oud misdrijf. Het had kennelijk indruk gemaakt.
'Ze is om vier uur gevonden,' zei Petra. 'Enig idee hoe laat ze was vermoord?'
'Men schatte tussen twee en halfdrie.'
Vroeg in de ochtend, net als Lisa. Gedumpt op een parkeerterrein. En de moerassen van Ballona Creek waren een gemeentepark, net als Griffith Park. 'Veel steekwonden?'
'Negenentwintig. Een duidelijk geval van overkill en dat past ook in het plaatje. Kwam bij een verleden van huiselijk geweld en het leek

een uitgemaakte zaak. Lijkt dat allemaal op jouw zaak?'

'Er zijn zeker punten van overeenkomst, rechercheur Sorensen,' zei Petra beheerst. Als je op een bepaalde manier keek, was het goddorie net een kloon.

'Nou ja, je weet hoe dat gaat met dat soort lui,' zei hij. 'Het zijn vrouwenhaters. Ze neigen tot bepaalde patronen.'

'Dat is waar,' zei ze. 'Waar werkte die Lauch?'

'Op het vliegveld van Wenen, maar hij had familie in Duitsland. Na het misdrijf is hij niet meer op zijn werk verschenen of in Wenen opgedoken. We hebben ook andere luchtvaartmaatschappijen nagetrokken, maar zonder succes. Misschien had hij zijn naam veranderd of is hij naar een ander land uitgeweken. Het zou wel aardig zijn geweest als ik daar persoonlijk rond had kunnen snuffelen, maar je weet hoe groot de kans op een reisje naar Europa is met ons budget. Dus moesten we op de Oostenrijkse en Duitse politie vertrouwen en die hadden niet zoveel belangstelling omdat het misdrijf hier had plaatsgevonden.'

'Als Lauch hetzelfde werk onder een andere naam doet, krijgt hij personeelskorting,' zei Petra. 'Wie weet vliegt hij nog steeds op en neer.'

'En is hij weer op herhaling geweest in L.A.?'

'Ik hoop van niet, Phil, maar na alles wat je me hebt verteld, ziet het ernaar uit dat we hem weer helemaal na moeten trekken. Kun je me zijn gegevens faxen?'

'Geef me een uurtje,' zei Sorensen. 'Dat zou me toch wat zijn, als die gast zo'n lef had. Je zou natuurlijk eerst moeten vaststellen dat Lauch hier was ten tijde van de moord op dat meisje van Ramsey, vervolgens zou je een verband tussen die twee moeten leggen, terwijl je ondertussen weet dat haar ex zich aan huiselijk geweld schuldig heeft gemaakt. Je kunt je lol wel op.'

'Nou en of. Bedankt voor je hulp, Phil.'

'Hoor eens,' zei hij. 'Mocht je hier in het onwaarschijnlijke geval iets mee opschieten, dan ben ik er ook bij gebaat. Het heeft me nooit lekker gezeten dat ik die zaak niet heb kunnen afronden. Het was een heel leuk meisje en hij heeft er iets afschuwelijks van gemaakt.'

Het was één uur. Tijd om naar filmeditor Darrell/Darren uit te kijken, maar nu wilde ze blijven wachten tot de gegevens van Karlheinz Lauch uit de fax rolden.

Het nieuws van Ilse Eggermann was een verrassing, maar Sorensen had gelijk: de punten van overeenkomst konden worden verklaard door het patroon van huiselijk geweld, door dezelfde eeuwenoude tragedies die terugvoerden naar Othello.

Of door een speling van het statistisch noodlot: zoekt en gij zult altijd iets vinden. In een periode van drie jaar waren er in L.A. ruim drie-duizend moorden gepleegd. Eén gelijksoortig misdrijf in al die tijd was bepaald niet iets voor het *Guiness Book of Records*.

Ondertussen kon ze de andere Pacific-rechercheurs benaderen, terug naar de rechercheurs van de Valley die ze de eerste keer had gemist en er misschien een tweede condoleancetelefoontje naar Lisa's familie aan wagen om te horen of mevrouw Boehlinger beschikbaar was, en wanneer zij en haar man zouden komen om te zien wat er van hun dochter over was.

Koesterde mevrouw Boehlinger dezelfde antipathie jegens Ramsey als haar man?

Petra zette haar eigen gevoelens over hem op een rij: hij had onmid-dellijk een alibi gegeven, had hen over Lisa's drugsproblemen ingelicht en achter hun rug om Schoelkopf benaderd. En dan dat subtiele Don Juan-gedoe naar haar toe.

Het riekte naar ego, naar zuiver narcisme. Maakte dat hem tot iemand die amok maakte als een vrouw hem ergerde of afwees?

Dat was moeilijk te zeggen, maar wat haar betrof had Ramsey niets gedaan om de verdenking van zich af te wentelen. Ondanks Ilse Eg-germann bleef de acteur verdachte nummer één.

In gedachten draaide ze het scenario af: Lisa had zich – net zoals Ilse Eggermann, net zoals zoveel mishandelde vrouwen – door haar ex tot een afspraakje laten overhalen. Misschien waren er oude hartstochten opgelaaid, of had Ramsey haar het ultieme vrouwenaas toegeworpen: de kans om de zaak uit te praten.

Want ooit was er wel iets tussen die twee geweest en die biochemische schakel loste niet op, die verbleekte hooguit. Herinneringen konden namelijk selectief zijn en vrouwen bleven maar hopen dat mannen ver-anderden.

Een afspraak, maar waar? Niet in een restaurant, maar ergens privé. Romantisch. Afgelegen.

Niet thuis in Calabasas, want dat was te riskant. Ook al loog Greg Balch voor zijn baas, dan nog had iemand anders hem daar kunnen zien: de portier, of een buurman. Of het dienstmeisje.

Petra herinnerde zich hoe nerveus Estrella Flores was geweest. Die was beslist de moeite van een tweede gesprekje waard, maar hoe moest ze dat aanpakken zonder Ramsey te alarmeren? En er moest nog iets fun-damenteels aan het lijstje worden toegevoegd: praten met de nacht-portier van RanchHaven. Een saillante omissie. De strategie van be-hoedzaamheid gooide alles overhoop.

Zoveel werk… Ze keerde terug naar het drama van het laatste af-spraakje. Waar zou Ramsey Lisa mee naartoe hebben genomen?

Had hij soms ergens een tweede woning, een weekendhuis? Hadden acteurs niet altijd een weekendhuis?

Aan het strand? In de bergen? Arrowhead, Big Bear? Of ergens in het noorden, in Santa Barbara of Santa Ynez? Een heleboel lui in de filmindustrie gingen boeren...

Als het aan het strand was, zou het wel in Malibu zijn. Donderende golven, mooi strand, wat was er nou romantischer?

Ze maakte een aantekening om de archieven uit te pluizen naar elk stukje onroerend goed dat Ramsey bezat.

Voorlopig moest ze het maar op het strand houden. Ze zag het al voor zich: Ramsey en Lisa op zo'n zachte divan in een of ander bouwsel van hout en glas aan het strand, compleet met champagne, kaviaar en coke. Misschien wel zo'n gezellig knetterend haardvuur. Ramsey een en al charme.

Had Lisa in dezelfde toonaard gereageerd? Met dat zwarte sexy jurkje tot halverwege de dijen? Chemie... Een handje geholpen door kaviaar, Moëtt & Chandon en de beste kwaliteit Medellín? Of door een ander opwekkend middel: geld? Lisa had wel een baantje, maar Ramsey zorgde nog altijd voor het leeuwendeel van haar inkomen.

Was er soms liefde gekocht? Het oude liedje? Petra voelde zich neerslachtig worden en moest zichzelf eraan herinneren om onpartijdig te blijven. Wat zou zíj doen als de telefoon op een uitzonderlijk geile of eenzame avond zou overgaan en Nick aan de andere kant van de lijn 'Hallo schat' zou zeggen?

Die egocentrische klootzak laten stikken en wensen dat ze hem een pak slaag kon geven.

Terug naar Malibu. Het kabaal van de branding, tedere herinneringen en de aanzet tot intimiteit.

Ramsey komt in actie.

Maar Lisa verandert van gedachten, verweert zich en zeikt hem af.

Ramsey furieus, krijgt de aanvechting om haar een ram te geven. Maar hij houdt zijn woede binnen als hij zich de tv-uitzending herinnert.

Blijft koel, brengt haar naar huis.

Van Malibu naar Doheny Drive Hills zou betekenen via de Pacific Coast Highway naar Sunset Boulevard, of via de snelweg door de Valley en vervolgens door een van de Canyons. Maar in plaats van naar het zuiden af te slaan, blijft hij in oostelijke richting rijden, misschien via Laurel Canyon langs Hollywood Boulevard en via Western naar Los Feliz en vervolgens naar Griffith Park.

Weinig verkeer op dat uur. Hij rijdt naar het parkeerterrein. Lisa voelt dat er iets mis is en probeert te ontkomen.

Hij weet een laatste omhelzing te stelen.

Vervolgens een stalen kus.

Geen aanranding, want hij komt al klaar op al dat bloed.

Dat zou best kunnen, dacht Petra.

Het hing er ook van af of Gregory Balch met een stalen gezicht over Ramseys alibi had gelogen.

Over die Balch moest ze uiteindelijk ook meer te weten zien te komen. Net zoals over Ilse Eggermann en Karlheinz Lauch. Een soortgelijk geval, niet te geloven. Ze kon zich Schoelkopfs grijns en Stu's blik van weerzin al voorstellen. Toen ze wegging, had hij niet opgekeken, alleen iets halfzachts ten afscheid gemompeld.

Dat gedoe met dat bibliotheekboek; zomaar uit het niets. Stu was dwangmatig en supermethodisch. Misschien had het niets met zijn huwelijk te maken; misschien was het wel carrièreangst. Had hij soms plotseling de kans om naar de post van hoofdinspecteur te solliciteren en zag hij zich gevangen in een zaak waaraan geen enkele eer te behalen viel? Voor Petra was het gewoon een zaak. Stond zijn loopbaan soms op het spel? ·

Zou hij haar laten zitten? Haar opofferen als het erop aankwam?

Acht maanden waren ze inmiddels samen op pad, hadden ze samen gegeten en zij aan zij gewerkt. Stu bracht evenveel tijd met haar door als met Kathy en soms wel meer. Hij had haar nog nooit met een vinger aangeraakt en nooit iets gezegd wat als suggestief of in de verste verte als dubbelzinnig beschreven kon worden.

Ze dacht dat ze hem kende, maar acht maanden was niet zo heel lang, toch?

Zij en Nick waren ruim twee jaar samen geweest. Ongeveer net zo lang als Lisa en Ramsey.

Mannen en vrouwen...

Toen ze op haar vijftiende met de zomervakantie thuis was, was ze een keer tijdens zo'n lange nacht in Arizona om één uur wakker geworden. Ze hoorde allerlei ingebeelde dingen en besefte uiteindelijk dat het de woestijnwind was die langs de zijkant van het huis streek. Nerveus was ze de gang ingelopen, had ze het bekende streepje licht onder haar vaders werkkamerdeur gezien, aangeklopt en was het schemerige, rommelige kamertje binnengegaan.

Papa zat ineengedoken op zijn eikenhouten bureaustoel achter z'n Royal handschrijfmachine met een blanco vel erin gedraaid. Toen hij haar zag, wierp hij haar een vermoeide glimlach toe. Dichterbij gekomen rook ze zijn whiskykegel, zag ze de doffe blik in zijn ogen en buitte dat uit zoals alleen een tiener dat kan. Ze kreeg hem aan de praat over iets waar hij niet loslippig over was: de vrouw die was doodgegaan toen ze haar het leven schonk.

Ze wist heus wel dat het hem pijn zou doen, maar ze had er verdorie recht op om het te weten!

En praten deed hij, met zijn diepe stem en dikke tong.

Anecdotes en herinneringen; over de wijze waarop de slungelige Kenneth Connor en de verrukkelijke Maureen McIlwaine elkaar op de veerboot van Long Island hadden leren kennen en de ware liefde hadden gevonden. Dezelfde oude verhalen, maar ze hunkerde ernaar en kon er maar niet genoeg van krijgen.

Die nacht zat ze zwijgend en roerloos aan zijn voeten op de gebogen, hardhouten vloer, bang dat iedere afleiding hem kon doen stoppen.

Uiteindelijk had hij er het zwijgen toe gedaan. Hij keek op haar neer en sloeg zijn handen voor zijn gezicht.

'Papa...'

Hij liet zijn handen in zijn schoot vallen. Hij zag er zo verdrietig uit.

'Meer weet ik niet meer, schat. Mama was een prachtvrouw, maar...'

Toen barstte hij in tranen uit en sloeg hij zijn handen weer voor zijn gezicht.

Mannen verstopten zich als ze huilden.

Petra ging naar hem toe en sloeg haar armen om zijn brede, knokige schouders. 'O, paps, het spijt me zo...'

'Ze was echt een prachtvrouw, Pet. Een uit duizenden, maar het was niet volmaakt, lieveling. Het was geen sprookjeshuwelijk.'

Hij trok een la open en tuurde erin. Waarschijnlijk naar de fles.

Toen hij zich weer naar Petra richtte, waren zijn ogen droog en lag er een glimlach om zijn lippen. Maar het was niet de glimlach die Petra kende: niet die warme, beschermende glimlach of die zure, sarcastische of zelfs maar die slappe glimlach van beneveling die haar vroeger zorgen baarde maar nu niet meer.

Dit was een andere glimlach: vlak, hol en stijf als van een beeldhouwwerk. In de vierde klas had ze bij Engels iets over tragedies geleerd en ze wist zeker dat die glimlach daarin thuishoorde.

Een verslagen glimlach. Even angstaanjagend als een blik in de eeuwigheid.

'Papa...'

Hij krabde zijn kruin, schudde zijn hoofd en hees een afgezakte sok over zijn witte enkel. 'Wat ik maar wil zeggen, Pet, ongeacht... Ik denk dat ik bedoel dat mannen en vrouwen echt twee afzonderlijke soorten zijn, lieveling. Misschien is de antropoloog in mij nu aan het woord, maar het is toch zo. We worden gescheiden door één klein flentertje DNA. Ik zal je iets grappigs vertellen: in werkelijkheid telt alleen het x-chromosoom, Petra. Het y-chromosoom zorgt voor weinig anders dan problemen, zoals agressie. Begrijp je waar ik heen wil, lieveling? Wij mannen stellen eigenlijk maar weinig voor.'

'O, paps...'

'Mams en ik hebben ook onze problemen gehad. Meestal door mijn schuld. Dat moet je weten, anders stel je je de zaken maar romantisch voor en verwacht je te veel van... Dan eis je te veel van jezelf. Begrijp je dat, lieverd? Kun je me wel een beetje volgen?'

Hij pakte haar bij de schouders en zijn ogen fonkelden bijna manisch.

'Ja, paps, echt wel.'

Hij liet haar weer los. Nu was zijn glimlach weer gewoon en menselijk.

'Waar het om gaat, is dat daarbuiten belangrijke vragen wachten, kosmische vragen die niets met sterren en melkwegstelsels te maken hebben.'

Hij wachtte tot ze zou reageren. Maar ze wist niet goed wat ze moest zeggen en hij vervolgde: 'Vragen zoals: kunnen mannen en vrouwen elkaar ooit echt leren kennen, of blijft het eeuwig en altijd dezelfde stompzinnige dans door de interpersoonlijke balzaal?'

Hij vertrok zijn gezicht, onderdrukte een boer, sprong overeind, ging zijn slaapkamer in, deed de deur dicht en de grendel op de deur. Ze wist dat hij zich had opgesloten.

De volgende morgen was haar broer Glenn – de enige die nog thuis woonde – het eerst aan de ontbijttafel. Hij vroeg: 'Wat is er met pa aan de hand?'

'Hoezo?'

'Hij is weg op veldonderzoek; hij moet voor zonsopgang zijn vertrokken. Hij heeft een briefje achtergelaten.' Hij zwaaide met een velletje uit een blocnote waarop stond: BEN DE WOESTIJN IN, JONGENS.

'Hij is gewoon op bottenjacht,' zei Petra.

Glenn zei: 'Nou, hij heeft zijn kampeerspullen mee en dat betekent dat hij lang wegblijft. Heeft hij nog iets tegen jou gezegd? Want gisteren hadden we het erover dat we naar de stad zouden gaan om hockeyspullen te kopen.'

'Ja, hij heeft inderdaad iets gezegd,' loog ze.

'Geweldig hoor,' zei Glenn. 'Echt geweldig. Hij zegt het wel tegen jou maar niets tegen mij.'

'Dat zal hij vast wel van plan zijn geweest, Glenn.'

'Ja, natuurlijk. Geweldig. Godverdomme. Ik heb echt een nieuwe stick nodig. Kan ik wat geld van jou lenen?'

Ze belde nog zeven rechercheurs, moest nog zeven keer 'Je maakt zeker een geintje' verduren en het leverde geen gelijksoortige zaken op. Aan de andere kant van het vertrek begon de fax te sputteren. Ze sprong op, was in één seconde bij het apparaat en rukte de documenten uit het bakje. Ze deed het zo snel dat een paar andere rechercheurs van hun werk opkeken. Maar niet lang, want ook zij hadden het druk. In deze kamer, in deze stad, bleef het bloed constant stromen.

Karlheinz Lauch was groot – een meter negentig – en lelijk. Donkere, turende oogjes als krenten in een taartje, een gezicht als een misvormde pannenkoek. Een mond als een slap komma'tje en een snor die eruitzag als een gemorst vetstreepje. Steil blond haar. Volgens de gegevens was het bruin, dus het zou wel peper-en-zoutkleurig zijn geweest. Het was geknipt als een soort gestileerde ragebol, wat je in Europa nog steeds tegenkwam.

Hij leek Petra een groezelige mislukkeling.

Het was een vier jaar oude politiefoto uit Wenen met een boel Duitse woorden van vijftig letters en veel umlauts. Sorensen had erbij getikt dat Lauch een jaar vóór de moord op Ilse Eggermann in Oostenrijk was aangehouden wegens mishandeling; het ging om een caféruzie; geen gevangenisstraf.

Op de foto keek Lauch zo vals dat hij tot alles in staat leek. Het zou toch wat zijn als die klootzak inderdaad naar L.A. was gekomen om jacht te maken op knappe blondjes en op de een of andere manier contact met Lisa had gelegd?

Zou het niet prachtig zijn als Lauch was blijven hangen zodat ze hem op konden pakken? Een mooie, glad verlopen zaak waarmee Stu promotie kon krijgen en zij punten kon scoren.

Sprookjes, meid.

Ze bekeek Lauchs gezicht nog een poosje en vroeg zich af hoe zo iemand Lisa zo ver kon krijgen om dat zwarte jurkje aan te trekken en diamanten te dragen.

Aan de andere kant had hij Ilse Eggermann wel versierd en zij was ook een knap meisje, als je Sorensen mocht geloven. Maar een stewardess was geen ex van een tv-persoonlijkheid die van het goede leven had genoten.

Aan de andere kant had Lisa dat goede leven de rug toegekeerd. En er waren vrouwen – mooie vrouwen zelfs – die op schooiers vielen en opgewonden werden van bruten, van mannen die lager op de maatschappelijke ladder stonden dan zij.

Belle en het beest? Had Lisa met het ruigere werk geflirt en er duur voor moeten betalen?

Petra bleef naar Lauchs foto staren. Haar maag draaide zich om bij de gedachte dat ze zich door hem zou laten aanraken.

Zij viel op intelligente, attente mannen die op een conventionele manier knap waren.

Waarschijnlijk omdat haar vader een intelligente, knappe, aardige man was geweest. Voornamelijk een heer.

Hoe zou de vader van Ilse Eggermann zijn geweest?

Wat voor man was dokter John Everett Boehlinger als hij niet gek van verdriet was?

Genoeg psychoanalyse. Verder hoefde ze voorlopig niet te gaan.

Ze schreef de gegevens van Eggermann-Lauch bij in Lisa's moorddossier, liep de kamer door naar de kledingkluisjes, maakte het hare open en haalde een Snickers uit de tas op de bovenste plank boven haar gymschoenen en trainingspak en de goedkope zwarte truien die ze daar bewaarde voor koude avonden en bloederige lijken.

Doodsvodden, noemde ze die.

Acryl dat er ook uitzag als acryl. Opgelet Hema-klanten, onze stijlvolle vesten in allerlei kleuren zijn nu te koop voor dertien-vijfennegentig. Ze had er vijf tegelijk gekocht, allemaal zwart, en gooide ze weg zodra ze vies waren.

In acht maanden had ze er tien versleten.

Naar Lisa's lokatie had ze er niet zo een aan gehad omdat het telefoontje haar had verrast.

Van Lisa's lijk was ze niet vies geworden.

Daarvoor had ze te veel afstand gehouden.

21

'Lopen, lopen, lopen, dóórlopen, schoffie.'

Sissend gefluister in mijn oor; ze knijpen, porren en duwen me.

Zij is de kwaaie van de twee; hij klinkt bang en nerveus. Hij struikelt zelfs een paar keer.

'Kom op!' Ze duwt het pistool in mijn ribben en als ik het uitschreeuw van pijn, duwt ze nog harder en zegt: 'Kop dicht!' Zij is helemaal niet zenuwachtig.

Zij is de baas.

Als we bij de plek komen waar al de wagentjes staan, doe ik een schietgebedje dat daar ditmaal wel iemand van de dierentuin is, maar er is geen mens. Moet ik gaan gillen? Nee, ze hebben dat pistool tegen mijn ribben gedrukt; het zou een kleine moeite zijn om de trekker over te halen en mijn ingewanden tot pulp te schieten. Nu zijn we bij het hek. Het slot zit erop en het zit dicht!

'Openmaken,' zegt zij terwijl ze een blik om zich heen werpt. Hij haalt een sleutel uit zijn zak en maakt het slot open.

Ze kennen het hier.

Ze zijn voorbereid. Ze gaan me verkrachten.

Hij komt weer terug, grijpt me vast, hijgt in mijn oor en opeens begint mijn maag zich om te draaien en krijg ik aandrang om naar de wc te gaan.

Ze duwen me weer verder. Het is net alsof ik maar wat meeloop in de een of andere film, en nu besef ik dat de angst heeft plaats gemaakt voor iets anders, alsof ik droom maar het besef en aan de touwtjes kan trekken als ik me maar concentreer, alsof ik de uitkomst zelf kan bepalen. Misschien gaat het wel zo als je dood bent.

We gaan het hek door en klauteren omhoog tussen de bomen. Hij maakt van die diepe, natte reutelgeluiden.

'Vuile etter,' zegt hij, terwijl hij nog harder in mijn arm knijpt. Alsof ik iets slechts heb gedaan.

Ik blijf omlaag kijken. Ik zie mijn schoenen en de zijne.

'Oké, opschieten, kom op,' zegt zij met een ongeduldig gebaar, en we verdwijnen in een chaos van varens via hetzelfde pad dat ik op weg naar beneden heb genomen en waarvan ik dacht dat het mijn geheim was.

Ze blijven maar duwen en zeggen dat ik harder moet lopen; ze brengen me naar een dikke boom; niet mijn eucalyptus, maar een andere die ook van die laaghangende takken heeft.

We lopen erlangs. We gaan verder tot we bij een andere boom staan. Het is doodstil en er is geen mens te bekennen. Als ik het op een schreeuwen zet, hoort niemand me.

Zij gaat aan één kant staan, houdt het pistool nog steeds op mij gericht en kijkt naar haar cameratas. Hij houdt mijn arm vast, haalt met zijn vrije hand het toestel eruit en geeft het aan haar.

'Oké,' zegt ze tegen mij.

Ik weet niet wat ze wil, dus ik zeg niets en verroer me niet.

Ze komt naar me toe, geeft me een harde klap in mijn gezicht en mijn hoofd knakt zijwaarts, maar het doet toch niet zo'n pijn als je zou verwachten.

'Toe dan, stuk stront dat je bent!'

'Wat moet ik doen?' vraag ik, maar mijn stem klinkt als die van een ander kind. Alsof ik uit mijn lichaam ben gestapt en toekijk hoe ik rondloop in de een of andere robotfilm.

Ze heft haar hand om me nog een klap te geven en ik probeer met mijn arm mijn gezicht te beschermen. Hij geeft me een knietje in de rug en dat doet wel pijn.

'Broek naar beneden, schooier. Laat 'm zijn broek omlaag trekken, schat.'

Hij laat me los terwijl zij me onder schot houdt. Ik breng mijn handen naar mijn broek, maar doe hem niet omlaag. Hij laat zijn eigen broek op zijn schoenen zakken. Eronder draagt hij een slobberige boxershort en nu steekt hij zijn hand in z'n gulp. Ik wend me af.

'Hè?' Zij moet lachen. 'Heb je dat nog nooit gezien? Doe je broek omlaag en laat je mooie kant eens zien.'

Ik verroer me niet. Zij geeft me weer een klap. Als zij dat pistool niet had, had ik haar een stomp in haar gezicht gegeven en haar kop eraf gerukt.

Ze moet weer lachen. 'Als je gehoorzaamt, is het allemaal voorbij voordat je au kunt zeggen. Het doet maar heel even pijn, meer niet.'

Ze maakt zoengeluidjes en hij volgt haar voorbeeld.

'Ja, best,' zegt de stem van die andere jongen. 'Goed hoor, ik weet best wat u bedoelt, alleen...'

'Alleen wat?' Ze doet een stap dichterbij en drukt het pistool tegen mijn neus. Het wapen voelt koud en ruikt naar een benzinestation.

Uit mijn ooghoeken zie ik dat zijn boxershort helemaal omlaag is, maar hij hangt ook om zijn enkels alsof hij geen zin heeft om echt alles uit te trekken. Hij beweegt zijn arm op en neer...

'Alleen,' zegt die jongen. 'Ik... Het... Ik kan het eigenlijk best. Goed, oké, maar u... Het... Nu... Eerst moet ik...'

'Moet wat?' Ze zwaait het pistool voor mijn ogen heen en weer.

'U weet wel.'

'Ik weet niks! Wát?'

'Ik moet... poepen.'

Stilte.

'Hoor je dat?' zegt zij tegen hem.

'Jaaaa,' zegt hij heel zacht, en ik denk: o, nee toch, vindt hij dat soms nog lekkerder, heb ik net de vergissing van mijn leven gemaakt?

Ze draait zich om en kijkt hem aan. Even krijg ik de neiging om het op een lopen te zetten, maar dan is haar gezicht weer vlak bij het mijne. Ik weet niet waarom ik dit denk, maar, maar zoals ze kijkt... Ze kan wel een onderwijzeres zijn, iemands moeder of grootmoeder, ik kan het niet helpen...

'Nou?' vraagt ze aan hem.

'Eh... Vandaag liever niet.'

'Oké, stuk vulles,' zegt ze tegen mij. 'Ga je gang maar en doe wat je moet doen. Veeg je kont maar met je hemd af en laat ons dan je goeie kant maar zien.'

Ik trek mijn broek omlaag. Al is het een warme dag, een prachtdag,

zo'n dag voor limonade en maïs: mijn benen voelen steenkoud.
'Wat ben je wit,' zegt hij.
'Kom op, hup, opschieten.' Ze heeft een dikke stem en dan begrijp ik
het: zijn afwijking is om het met kinderen te doen; de hare om de baas
te spelen. En toe te kijken.
'Onderbroek naar beneden, goddomme, hup, kom op, ga poepen.'
Ik trek mijn onderbroek omlaag. Als ik buk, slaag ik erin om me een
klein stukje van haar te verwijderen, een paar centimeter maar. Het is
zo stil en groen om me heen, zelfs de bladeren hangen er roerloos bij.
Het is net alsof we met z'n drieën het onderwerp van een grote foto
zijn, of misschien is dit wel het laatste moment voordat God de wereld vernietigt en geef hem eens ongelijk.
'Opschieten of ik maak je af!' Het pistool en de camera zijn op me gericht. Zij gaat overal foto's van maken. Ik ben haar souvenir.
De moeilijkheid is dat ik daarnet heel nodig moest, maar het nu niet
meer kan. Het is net alsof mijn organen aan elkaar vastgevroren zit-
ten.
'Doe je behoefte of ik schíet de stront eruit!'
Haar stemgeluid en de angst om doodgeschoten te worden zetten mijn
ingewanden weer in beweging en het lukt.
Ik reik met één hand naar achteren om het op te vangen.
Smerig, ik vind het vreselijk maar ik hou mezelf voor dat het alleen
maar verteerd voedsel is, spul dat toch al in me zat...
'Moet je kijken,' zegt zij. 'Walgelijk beest dat je bent.'
'Walgelijk,' zegt hij. Maar hij bedoelt iets anders.
Ik kijk haar aan en knik. En glimlach. Zij is verrast; ze verwachtte ze-
ker niet dat ik zou glimlachen. Even kijkt ze de andere kant op.
Ik haal uit. Ik ben nooit goed in sport geweest, maar ik mik en gooi.
Baf! Midden in haar gezicht en over haar fototoestel en haar blouse.
Zij schreeuwt het uit, wankelt achteruit en slaat zich af. Hij struikelt
verward over zijn onderbroek. Hij richt zich weer op en valt naar me
uit, maar zij is degene die de wacht houdt, want zij heeft het pistool.
Zij staat nog steeds te schreeuwen en zich af te slaan. Ik ruk mijn onderbroek en broek omhoog en ga er als een haas vandoor nog voordat ze goed en wel op hun plek zitten. Ik vlieg door takken die mijn
gezicht openhalen, over een open plek, door groen, groen dat maar
niet ophoudt, door tijd die maar niet ophoudt, ik ren, struikel en
vlieg.
Ik zweef.
Ik hoor een harde knal, maar blijf niet staan, niets doet zeer, ik ben
niet geraakt, of misschien voel ik het niet, kan ik niets meer voelen;
dat zou niet erg zijn, dat zou ik best willen.

Ik gooi mezelf door de struiken.

Dank je wel, gorilla. Als ik kon ademen, zou ik lachen.

22

Petra wilde net Empty Nest Productions bellen om te proberen Darrell/Darren te pakken te krijgen, toen er weer een fax binnenrolde: Lisa's laatste telefoonrekening.

Patsy K. had gelijk: haar bazin had inderdaad een hekel aan het apparaat. Vijftien telefoontjes in een hele maand. Op de eerste van de maand een telefoontje van drie minuten naar Chagrin Falls. Praatje met mama? Maar één keer per maand. Geen hechte relatie?

Drie interlokale gesprekken, allemaal met Alhambra. Het nummer kwam overeen met wat Petra had opgeschreven: een van de vriendinnen van Patsy K. De rest was allemaal lokaal: drie keer met Jacopo's in Beverly Hills om een pizza te bestellen; twee keer met Shanghai Garden, ook in Beverly Hills, om Chinees eten te bestellen; één keer met Neiman-Marcus and Saks.

De laatste vier gesprekken waren met een nummer in Culver City dat aan Empty Nest bleek toe te horen. Petra draaide het en vroeg naar Darrell op de afdeling filmediting. De telefoniste vroeg: 'Darrell Breshear?'

'Ja, die.'

'Ogenblikje, ik verbind u door.'

Breshear had geen secretaresse, alleen een antwoordapparaat. Hij klonk vriendelijk. Patsy K. had gezegd dat hij veertig was, maar hij klonk veel jonger. Petra besloot geen boodschap in te spreken, maar later nog een keer te bellen en trok Breshear na via een oppervlakkige speurtocht in de nationale misdaadcomputer. Niets. Ze moest een beetje lachen, want Ramsey hadden ze nog niet nagetrokken.

Ze belde het kadaster en na wat geharrewar met een snotneus van een kantoorbediende kwam ze erachter dat H. Carter Ramsey meer dan tien stuks onroerend goed in L.A. bezat; allemaal in de Valley; commerciële gebouwen aan Ventura Boulevard en aan de drukke Encino, in Sherman Oaks, North Hollywood en zijstraten van Studio City. Een perceel in Studio City kwam overeen met het adres van Greg Balch's kantoor van Player's Management.

Niets in Malibu of Santa Monica, niets dat naar een liefdesnestje riekte, maar misschien ging Ramsey echt ver weg als hij ertussenuit wilde. Ga naar het noorden, jongedame en als het daar niet lukt, naar de vakantieoorden in de oostelijke bergen.

Bij het kadaster van Ventura kreeg ze een hulpvaardiger iemand aan de lijn maar daar was niets. Daarna kwam Santa Barbara, nog meer gelazer dan in L.A., maar wel raak: H. Carter Ramsey – wat betekende die 'H' trouwens? – was eigenaar van een huis in Montecito.

Ze schreef het adres op en tikte zijn naam in de computer van kentekenregistratie.

Daar had je zijn volle naam: Herbert.

Herb. Herbie C. Ramsey, maar die naam was natuurlijk niet mooi genoeg voor het programma 'The Adjustor'.

Ze liep de voertuigen na die onder zijn naam stonden en stuitte op alle antieke auto's die ze in het museumpje had gezien, plus een Mercedes 500 met een persoonlijk nummerbord: PLYR I.

Plús een twee jaar oude Wrangler-jeep: PLYR O. Die stond geregistreerd op het adres in Montecito.

Player's Management: PLYR. Dat Ramsey zich van persoonlijke nummerborden bediende was interessant. De meeste beroemdheden hunkerden juist naar anonimiteit. Misschien voelde hij dat zijn ster bezig was te verbleken en had hij behoefte aan reclame.

PLYR... Hij vond zich kennelijk een hele bink.

Nog iets anders: hij had de Mercedes wel, maar de jeep niet genoemd. Was dat omdat de jeep in Montecito stond, of een opzettelijke omissie?

Was de jeep de wagen van de moord en de Mercedes soms een afleidingsmanoeuvre?

Kon die vent zo doortrapt zijn? Doortrapt maar dom, want zo'n list zou niet lang standhouden. Hij zou moeten weten dat ze in de computer van kentekenregistratie zouden duiken.

Maar als Petra's laatste-uitje-scenario klopte, was het misdrijf tot op zekere hoogte impulsief geweest: het moment waarop Ramsey een mes had gepakt voor hij instapte. Dus misschien had hij op een moment van overweldigende woede gehandeld en probeerde hij nu te redden wat er te redden viel.

Montecito:... Een supermodieuze omgeving; uitgestrekte landgoederen zoals Calabasas, maar dan ouder en chiquer. Niks gezellig klein pied-à-terre; Ramsey hield van ruimte. Hij was heer en meester van twee landhuizen.

Was hij in meer dan één opzicht inhalig? Als ik haar niet kan krijgen, kan niemand haar krijgen?

Ze moest denken aan een werk van Thomas Hart Benton in een kunstboek dat ze als kind had verslonden. *De Ballade van de Jaloerse Min-*

naar van Lone Green Valley. Een broodmagere boerenpummel met een Stetson op zijn hoofd en de ogen van een psychopaat die een vrouw in de borst steekt; op de voorgrond speelt een boerenorkestje een neerslachtig deuntje; de weelderig groene aarde glooit steil omlaag om het slachtoffer duizelig te maken. Het had haar de stuipen op het lijf gejaagd en wie weet had het haar kijk op mannen, romantiek en carrièrekeus wel bepaald.

De jaloerse minnaar van Calabasas/Montecito.

Ondanks alle mogelijke Hollywood-scenario's zou deze zaak waarschijnlijk hetzelfde belegen verhaal blijken te zijn. En als ze bij moordzaken zou blijven, besefte ze, zou ze de rest van haar leven de vreselijkste cliché's moeten slikken.

Ze had met Stu bij Musso and Frank afgesproken voor de lunch, maar om kwart voor twee belde hij af: 'Sorry, maar ik haal het niet. Vind je dat erg?'

Opgelucht zei ze: 'Geeft niet. Heb je nog iets wereldschokkends gevonden?'

'Het enige dat ik tot nu toe te weten ben gekomen is dat niemand Ramsey als acteur hoog in het vaandel heeft. En jij?'

Ze vertelde hem over het huis in Montecito en de jeep en vervolgens zei ze: 'Je raadt het nooit. We hebben een soortgelijke zaak.' Ze vertelde hem de bijzonderheden van de moord op Ilse Eggermann.

'Prachtig,' zei hij. 'Phil Sorensen is een goeie. Als hij die zaak niet heeft opgelost, kan niemand het. Misschien moeten we de zaak inderdaad maar aan het hoofdbureau doorspelen.'

Nu wist ze zeker dat er iets loos was. Stu had weinig op met de omhooggevallen elite van het hoofdbureau. Hij vond hen arrogant en niet half zo goed als ze zichzelf waanden. Een belangrijke zaak kwijtraken was altijd een teer punt voor alle collega's behalve de meest luie afdelingsrechercheurs, en Stu kon je allesbehalve lui noemen. En nu was hij zomaar bereid om de afdeling Moord- en Overvalszaken over hem te laten lopen? En over haar?

Als het iets met zijn loopbaan te maken had, met een op handen zijnde promotie, dan was dat niet erg logisch, behalve als hij ervan overtuigd was dat deze zaak op niets zou uitdraaien en meende dat tijdige schadebeheersing beter was dan alom bekend worden als de dorpsgek.

'Je maakt zeker een geintje,' zei ze scherp.

'Ja, waarschijnlijk wel,' zei hij lusteloos. 'Ik zat gewoon niet op zo'n duidelijk soortgelijke zaak te wachten, maar trek het je niet aan, we dobberen gewoon mee.' Ze hoorde hem diep zuchten. 'Oké, piep

me maar op als je me nodig hebt. Nog geen nieuws over Lisa's auto?'
'Nee. Ik zou dat huis van Ramsey in Montecito weleens willen bekijken.'
Stilte. 'Voordat we al te assertief worden, moesten we dat eerst maar
aan Schoelkopf voorleggen.'
'Ik zie niet waarom,' zei Petra. 'Uit dat gesprekje vanochtend heb ik
begrepen dat we vrij zijn om echt recherchewerk te doen zolang we
die stinkklus ook maar doen. Hij gaf toe dat we een figuur slaan als
we niet gauw met Ramsey gaan praten. Ik vind dat we heel gauw een
tweede gesprek met hem moeten regelen. Zonder lakei als stoorzen-
der. Als Ramsey weigert zonder advocaat met ons te praten, weten we
al meer. Zo niet, dan trekken we ons vriendelijkste gezicht maar proberen we hem wel uit zijn tent te lokken.'
'Volgens mij heb je Schoelkopf verkeerd begrepen, Petra. Voor hem
gaat het er niet om of we opschieten, maar of hij buiten schot blijft.
En wij moeten ook zo denken...'
'Stu...'
'Laat me even uitspreken. Wie heeft zijn vingers aan O.J. Simpson ge-
brand? De recherche, niet de hogere echelons. Zodra we een verzoek
indienen om Ramseys huizen en auto's onder de loep te nemen – al
zou het maar een officieus verzoek zonder gerechtelijke bevelen zijn –
wordt Ramsey hoofdverdachte en wordt het een heel ander verhaal.
Als iemand erachter komt dat jij Ramsey al hebt nagetrokken bij ken-
tekenregistratie, ís het al een heel ander verhaal.'
'Dit is niet te geloven.'
'Geloof me maar.'
'Prima,' zei ze. 'Jij zult het wel het beste weten.'
'Dat is niet het geval, Petra,' zei hij. Zo neerslachtig had ze hem nog
nooit gehoord. 'Ik weet alleen dat we voorzichtig moeten zijn.'

Ze ging briesend het bureau uit en pas drie straten verder besefte ze
dat ze naar Darrell Breshear op weg was zonder iets te hebben afge-
sproken. Ze ging naar een telefooncel en belde hem opnieuw. Ditmaal
sprak ze wel een boodschap in; ze noemde haar naam en functie en
vroeg Breshear of hij haar zo spoedig mogelijk wilde...
'Darrell.'
'Ah, meneer Breshear, dank u wel. Ik ben bezig aan de moordzaak van
Lisa Boehlinger-Ramsey en zou graag met u van gedachten wisselen.'
'Omdat we bevriend waren?'
Rare reactie. 'Precies.'
'Best,' zei hij. Hij klonk allesbehalve zelfverzekerd. 'Wat wilt u weten?'
'Als u het niet erg vindt, spreek ik u liever onder vier ogen, meneer
Breshear.'

'O... Hebt u daar nog een bepaalde reden voor?'
Omdat ik je gezichtsuitdrukking en je oogcontact wil peilen, omdat
ik wil zien of je transpireert, of je tics hebt en of je te dikwijls naar de
grond staart, want dat is een duidelijk teken dat je liegt.
'Procedurekwestie,' zei ze.
Hij gaf geen antwoord.
'Meneer Breshear?'
'Nou goed dan; kan het ergens anders dan op m'n werk?'
'Mag ik vragen waarom?'
'Omdat... Op mijn werk val ik liever niet zo op, en als de politie komt
binnenwalsen... zal dat zeker de aandacht trekken.'
'Ik beloof u dat ik niet zal walsen, meneer.'
Dat vond hij niet geestig. 'U begrijpt best wat ik bedoel.'
'Ik begrijp het, meneer,' zei ze. Hij was nerveus. Waarom? 'Hebt u een
suggestie?'
'Eh... Wat dacht u van een coffeeshop of zo? Het wemelt hier van dat
soort tentjes.'
'Zegt u het maar.'
'Wat dacht u van... de Pancake Palace op Venice bij Overland, zeg
maar morgenochtend om tien uur?'
'De Pancake Palace is prima, meneer Breshear, maar ik dacht meer
aan iets eerder. Over een halfuur.'
'O. Nou, de moeilijkheid is dat ik tot mijn nek in een groot project
zit. De laatste bewerking van een film, en dan is er een voorstelling...'
'Dat begrijp ik wel, meneer, maar Lisa is vermoord.'
'Ja, ja, natuurlijk. Oké, de Pancake Palace, over een halfuur. Mag ik
vragen wie u heeft verteld dat het de moeite waard zou zijn om met
mij over Lisa te praten?'
'Verschillende mensen,' zei Petra. 'Tot zo, meneer. En bedankt voor
uw medewerking.'
Ze stapte weer in en reed zo hard als de veiligheid het toestond over
Western naar Olympic. Ze hoopte dat de man zou komen opdagen en
haar leven niet nog ingewikkelder zou maken.

23

Blauwe muren, bruine eethokjes en het veel te zoete aroma van syn-
thetische ahornsiroop.
Darrell Breshear was niet moeilijk te vinden. Op dit tijdstip was er bij-

na geen sterveling in de Pancake Palace en hij was de enige zwarte klant. Hij zat met een ongelukkig gezicht in een hoekhokje.

Jonge stem, maar inderdaad al wat ouder. Patsy K. had veertig gezegd, maar Petra schatte hem tussen de vijfenveertig en vijftig. Hij had al een kop koffie; ondanks al zijn pogingen om de zaak te rekken, was hij ruimschoots op tijd. Beslist nerveus.

Hij was mager, lang en had heel kort grijzend haar. Zijn huid was bijna net zo licht als die van Petra, maar hij had negroïde trekken. Hij droeg een zwart poloshirt onder een grijs visgraatjasje.

De wallen onder zijn ogen gaven hem iets vermoeids. Toen ze dichterbijkwam, zag ze dat hij amberkleurige ogen had. Op de brug van zijn neus zaten een paar sproeten.

Toen hij haar zag, stond hij op. Ruim een meter tachtig.

'Meneer Breshear.'

'Mevrouw de rechercheur.'

Ze gaven elkaar een hand. De zijne was droog.

'Koffie?' vroeg hij met een gebaar naar zijn halfvolle kop. Eerder half-leeg, te oordelen naar zijn gezichtsuitdrukking.

'Graag.'

Breshear wenkte een serveerster en bestelde koffie voor Petra. Hij zei alstublieft en dankuwel en toverde zowaar een glimlach op het gezicht van de serveerster. 'Het spijt me dat ik zo moeilijk deed,' zei hij. 'De moord op Lisa heeft me geschokt en om vervolgens bij het onderzoek betrokken te raken...' Hij schudde zijn hoofd.

'Tot nu toe bent u maar een heel klein onderdeel van het onderzoek, meneer Breshear.' Ze haalde haar blocnote te voorschijn, schreef iets op en begon vervolgens zijn gezicht te schetsen.

'Mooi.' Zijn blik dwaalde naar links. 'Goed...'

In plaats van antwoord te geven, nam Petra een slok koffie. Breshears ogen gingen alle kanten op.

'Vertelt u maar iets over uw relatie met Lisa Ramsey, meneer.'

'We waren collega's.'

'Bent u ook filmeditor?'

'Ik ben hoofd van de afdeling; Lisa werkte onder me.'

'Hoofd van de afdeling,' zei Petra. 'Dus u doet dat werk al een poosje.'

'Twaalf jaar. Daarvoor heb ik een beetje geacteerd.'

'Echt waar?'

'Niets belangrijks. Niet op het doek. Musicals, in het oosten.'

'*Guys and Dolls?*'

Breshear glimlachte. 'Onder andere. Ik heb er één ding van geleerd.'

'En dat is?'

'Dat ik minder talent heb dan ik dacht.'

Petra moest ook glimlachen. 'Hebt u Lisa aangenomen?'

'Empty Nest heeft haar in dienst genomen en haar op mijn afdeling geplaatst. Ze was goed. In aanmerking genomen hoe onervaren ze was. Snelle leerling. Intelligent. Ongelooflijk, wat er met haar is gebeurd.'

Breshear liet zijn schouders hangen en nu bleef hij haar aankijken.

Petra zei: 'Had ze dat soort werk al eens eerder gedaan?'

'Haar hoofdvak was dramatische vorming en ze had een paar colleges filmediting gelopen.'

'Hoe lang heeft ze onder u gewerkt, meneer?'

'Ongeveer zes maanden.' Zijn blik vloog omhoog. Hij nam een slokje en hield het kopje voor zijn lippen zodat ik ze niet meer kon zien.

'Is zo'n editing-baantje makkelijk te krijgen?'

'Helemaal niet.'

'Maar Lisa kreeg het wel vanwege die colleges?'

'Ik... Niet precies,' zei Breshear. Het kopje bleef voor zijn mond hangen. Petra schoof een stukje naar voren en hij liet het zakken. 'Zij... Ik heb gehoord dat ze een kruiwagen had.'

'Van wie?'

'Van mijn baas, Steve Zamoutis. Hij is de producent.'

'Wie was die kruiwagen?'

'Ramsey. Hij had gebeld en ze werd aangenomen.'

'Zes maanden geleden,' zei Petra. 'Dus vlak na de scheiding.'

Breshear knikte.

Een gunst voor zijn ex. Onderschreef dat Ramseys bewering van een vriendschappelijke scheiding? Of had hij Lisa een dienst bewezen in een poging haar terug te krijgen?

'Ik wil even de puntjes op de i: was Lisa gekwalificeerd?'

'Ja,' antwoordde Breshear vlug. 'In aanmerking genomen dat ze weinig ervaring had, was ze erg goed.'

Petra schreef en tekende.

Breshear zei: 'Wat niet wil zeggen dat er niets te leren viel.'

Het duurde even voor Petra de dubbele ontkenning had begrepen. Was Breshear soms een ingewikkelde denker, of zocht hij soms iets anders dan een koffiekopje om zich achter te verschuilen?

'En u hebt haar onderricht?'

'Ik heb mijn best gedaan.'

'Dus u en zij hebben samen aan dezelfde films gewerkt.'

'Twee stuks,' zei hij en hij noemde de namen. Petra had er nooit van gehoord.

Breshear voegde eraan toe: 'Ze zijn nog niet in roulatie.'

'Wat voor films zijn het?'

'Komedies.'

'Dus geen thrillers?'

Breshear lachte snuivend, wat hij leek te betreuren, want hij haalde diep adem in een poging zijn gezicht in de plooi te trekken. 'Integendeel.' Hij keek op zijn horloge.

'Wat kunt u nog meer over Lisa vertellen?' vroeg ze.

'Dat is het wel zo'n beetje. Op haar werk had ze geen problemen. Toen ik hoorde dat ze vermoord was, werd ik niet goed.'

'Enig idee wie haar vermoord kan hebben?'

'Iedereen zegt dat Ramsey het heeft gedaan omdat hij haar had mishandeld, maar ik weet het niet.'

'Had Lisa het ooit daarover gehad?'

'Nooit.'

Petra legde de laatste hand aan zijn portret. Ze had hem zenuwachtig neergezet, met een opgejaagde blik. 'Niet één keer?'

'Niet één keer, rechercheur. Ze heeft zijn naam nooit laten vallen, punt.'

'Hebt u Lisa ooit drugs zien gebruiken?'

Breshear deed zijn mond open en dicht. Hij stiet weer zo'n lachje uit. 'Ik zie echt niet... Is het absoluut noodzakelijk om het daarover te hebben?'

'Ja, meneer.' Petra schoof nog een stukje dichter bij hem en bracht haar hand naar voren zodat hij maar een klein stukje van de zijne kwam te liggen.

Hij trok zijn hand terug. 'Laat ik het zo stellen: Lisa was geen zware gebruiker, maar in de filmindustrie hebben de mensen de neiging om... Ja, ik heb haar een paar keer een lijntje zien snuiven.'

'Met een paar keer bedoelt u twee keer?'

'Misschien wel vaker. Drie of vier keer. Maar meer ook niet.'

'En was dat op het werk?'

'Nee, nee.' Zijn huidskleur was licht genoeg om te blozen. Mooi. Hij sloeg de ogen weer neer. Hij zei: 'Strikt genomen niet op het werk. Ik bedoel dat we eigenlijk niet aan het werk waren. Ik ben haar directe chef. Wat er tijdens mijn dienst gebeurt is mijn verantwoordelijkheid.'

'Dat begrijp ik, meneer Breshear. U had nooit toegestaan dat cocaïne haar werk zou beïnvloeden. Maar u hebt haar een keer of vier na het werk op het terrein zien snuiven. Waar precies?'

'In de editingroom, maar het was na het werk. Mag ik vragen waarom u dat wilt weten? Denkt dat dat die moord iets met dope te maken had? Het is namelijk geen zootje bij ons. We zijn erg op het werk gericht. Dat moet ook wel. Zonder ons geen film.'

Lang verhaal. De blos bleef en verminderde het contrast tussen de sproeten en de huid eromheen.

'Waar hebt u haar nog meer zien snuiven behalve in de editingroom?'
'Bij... In mijn auto. Dát verraste me wel. Ik reed en zij haalt opeens zo'n glazen buisje te voorschijn, wacht tot ik voor rood licht moet stoppen en steekt het zo in haar neus.'
'In uw auto.' Petra schreef en zag Breshear even met zijn ogen rollen. 'Waar ging u naartoe?'
'Dat weet ik niet meer.' Breshear griste zijn kopje van tafel en leegde het. De serveerster kwam langs, vulde hem bij en hij begon meteen te drinken.
Petra sloeg een tweede kopje af en toen zij en Breshear weer alleen waren, tekende ze nog wat schaduw en contour waardoor hij er ouder uitzag. 'Dus u herinnert zich niet waar u heen ging. Wanneer was dat?'
Hij zette het kopje weer neer. 'Een maand of twee geleden schat ik.'
'Ging u met haar uit, meneer Breshear?'
'Nee, nee, we hadden samen laat gewerkt. Zo gaat dat met dit werk. Je wordt opgeroepen en je gaat snijden.'
Je gaat snijden. De woordkeus drong niet tot hem door.
'Dus u en Lisa hadden laat gewerkt en toen...'
Hij vulde haar niet aan. Petra zei: 'Hoe kwamen u en zij in uw auto terecht?'
'Waarschijnlijk bracht ik haar naar huis, of misschien gingen we ergens wat drinken. Mag ik vragen waarom u mij verhoort?'
'We verhoren alle mannen die Lisa kende, meneer Breshear. Iemand heeft ons verteld dat u weleens met Lisa uitging en dat trekken we na.'
'Dat klopt niet. We zijn nooit uitgeweest.'
'Dan zal onze bron zich vergist hebben.' Ze glimlachte. Vermoedelijk bracht het bestaan van een 'bron' hem van zijn stuk.
Hij bloosde weer en zijn ogen dansten rond. Hij was geen gladde psychopaat, maar verzweeg wel iets.
'Waarschijnlijk wel,' zei hij.
'Kunt u mij vertellen waar u was op de avond dat Lisa werd vermoord?'
Hij staarde haar aan. Hij wiste zijn voorhoofd hoewel hij niet zweette. Nu stonden zijn ogen groot en bang. Precies de uitdrukking die Petra net had getekend. Kijk, paps, ik kan nog voorspellen ook!
'Ik was bij een andere vrouw.' Hij fluisterde het bijna.
'Mag ik weten wie dat was?'
Breshear glimlachte. Het was zo'n ziekelijk schuldige en verontschuldigende, volmaakt onaantrekkelijke glimlach. 'Dat ligt nogal gevoelig.'
'Hoezo, meneer?'

'Omdat ik getrouwd ben en het niet mijn vrouw was.'

'Als zij discreet kan zijn, kan ik dat ook, meneer Breshear.' Petra gebaarde met haar pen.

'Ik zou het liever niet zeggen,' zei hij. 'Luister, ik zal de kaarten op tafel leggen, mevrouw Connor. Want ik zou niet willen dat u er op een andere manier achter komt en dan gaat denken dat ik iets te verbergen heb. Lisa en ik hebben even iets met elkaar gehad, maar het stelde niets voor.'

'Iets.'

'We hebben met elkaar gevrijd. Zeven keer.'

Hij had de keren geteld. Hield hij de score bij?

'Zeven keer,' zei ze.

'Het duurde een week.'

Eigenlijk wilde ze zeggen: vertel eens Darrell, deed je het zeven dagen achtereen een keer per dag, of heb je het een paar dagen twee keer gedaan en een pauze genomen? 'Een week.'

'Ja.' De amberkleurige ogen schoten heen en weer. 'Eigenlijk hebben we niet eens bij elkaar geslapen. Strikt genomen... God, dit is gênant.'

'Wat?'

'Die bijzonderheden. Misschien zou het makkelijker zijn als u een man was.'

Ze grijnsde. 'Het spijt me.'

Hij keek weer in zijn kopje en het leek wel alsof hij ieder moment onder de tafel kon glijden.

'Oké,' zei Petra. 'Hoe lang werkte Lisa bij u voordat dit zich voltrok?'

'Het was een maand à zes weken geleden.'

Dat klopte met wat Patsy K. zich herinnerde.

'Dus u en zij hadden een intieme relatie,' zei Petra iets vriendelijker. Ze wilde de spanning erin houden zonder hem te laten dichtklappen.

'Maar u hebt nooit met haar geslapen.'

'Precies,' zei Breshear. 'Ik ben nooit bij haar blijven slapen en ik kon haar natuurlijk ook niet mee naar huis nemen.'

'Waar ging u dan heen?'

Hij was nog niet zo rood geweest. Een fraaie, roestige mahoniekleur. Die gaf hem wat diepte en maakte hem zelfs aantrekkelijker.

'Jezus... Is dit nou echt nodig?'

'Als het met uw relatie met Lisa te maken heeft en met waar u op de avond van de moord was, ben ik bang van wel, meneer.'

'En moet u dat allemaal opschrijven?'

'Als wat u vertelt niets met Lisa's dood te maken heeft, hoeft niemand erachter te komen.' Een leugentje, want alles ging in het dossier, maar ze deed haar blocnote toch dicht.

Hij wreef over zijn slapen en keek nog een poosje naar zijn koffie. 'Gotsamme... Oké, de avond dat Lisa werd vermoord, was ik bij een zekere Kelly Sposito. Bij haar thuis.'

'Adres?' vroeg Petra, en ze sloeg haar blocnote weer open.

Hij noemde een adres in Fourth Street in Venice.

'Nummer van het appartement?'

Die vraag leek hem nog meer dwars te zitten, alsof haar belangstelling voor details aangaf hoe serieus ze was.

'Nee, het is een huis...'

'En van hoe laat tot hoe laat was u bij mevrouw Sposito?'

'De hele nacht. Van tien tot zes. Daarvoor waren we uit eten geweest, in een Mexicaans restaurant bij de studio. De Hacienda, één straat verder, op Washington Boulevard.'

'Is mevrouw Sposito een collega van u?'

Knikje. 'Zij is ook filmeditor.'

Aha, schouderklopjes. Heel wat schouderklopjes op het werk.

'Dus u bent helemaal niet naar huis gegaan en uw vrouw koesterde geen argwaan?'

'Mijn vrouw was de stad uit. Ze is vertegenwoordigster. Vaak weg.'

Meneer de Beleefde Baas ontpopte zich dus als de hengst van de editingroom. Wat inhield dat er waarschijnlijk een heleboel andere dingen waren die hij niet aan het daglicht wilde prijsgeven.

'Moet u Kelly bellen?' vroeg hij.

'Jawel, meneer. Weet u waar ze is?'

'Op haar werk. Is dat alles?'

'Bijna,' zei Petra. 'Weet u bij wie Lisa haar coke betrok?'

'Nee,' zei hij. 'Absoluut niet.'

'Niet van iemand in de studio?'

'Ik heb geen idee. In elk geval niemand bij Empty Nest.'

'Hoe weet u dat?'

'Omdat ik iedereen ken en niemand er dealt.'

'Oké,' zei Petra. 'Maar ik stel me zo voor dat het niet al te veel moeite zou kosten om iemand in de studio te vinden die coke kan leveren, of wel?'

'O, kom nou toch,' zei hij geërgerd. 'U denkt zeker het is de filmindustrie, dus die zullen wel de hele dag feestvieren. Het is een bedrijf, rechercheur. We werken ons te barsten. Ik heb er nog nooit iemand meegemaakt die iemand anders dope probeerde te verkopen, en Lisa heeft nooit gezegd wie haar dealer was. Sterker nog, de eerste keer dat ze snoof, bood ze mij ook iets aan en ik heb gezegd: "Ik wil niet dat je dat in mijn auto doet".'

'Maar ze deed het toch,' zei Petra. 'In uw auto.'

'Goed, oké. Ze was een volwassen vrouw. Ik kon het haar niet verbieden. Maar zelf wilde ik er niets mee te maken hebben.' Hij hield het kopje met beide handen vast. 'Wilt u een bekentenis? Die kunt u krijgen. Ik heb zelf een alcoholprobleem gehad. Ik ben nu tien jaar nuchter en ik wil het zo houden.'

De amberkleurige ogen schoten vuur. De verontwaardiging zag er echt uit. Of hij had in de film moeten spélen in plaats van erin te knippen. Of met een ontroerend liedje op het toneel gemoeten.

'Oké,' zei Petra. 'Bedankt voor uw tijd.'

'Tot uw dienst,' zei Breshear. 'Bel Kelly maar, prima. Alleen niet mijn vrouw, oké? Zij was er toch niet, dus met haar schiet u niets op. Lisa en ik waren alleen bevriend, meer niet. Waarom zou ik haar kwetsen?'

'Alleen bevriend, behalve die ene week.'

'Dat stelde niets voor,' zei hij. 'Iets van voorbijgaande aard. Ze was eenzaam, beetje depri en toevallig ging het niet zo goed tussen mij en mijn vrouw. We moesten overwerken en van het een kwam het ander.'

Hij haalde zijn schouders op alsof hij wilde zeggen: je weet hoe dat gaat.

Eén ding had tot zeven andere dingen geleid.

Zeven dingen hadden tot weer iets anders geleid. Petra zei: 'Maar u bent nooit bij elkaar blijven slapen. In tegenstelling tot die situatie met Kelly Sposito.'

'Dat kwam omdat Lisa het niet wilde. Het was een kwestie van trots: ze was onafhankelijk en wilde haar eigen gang kunnen gaan.'

'Waar bent u dan naartoe gegaan?'

'Nergens. Gewoon… We… O, Jezus. Oké: hier hebt u het hele plaatje. Het is allemaal in mijn auto gebeurd. We gingen een hapje eten en toen we terug reden naar het werk, vroeg Lisa of we niet een eindje konden gaan rijden, naar het strand. We namen de Pacific Coast Highway en belandden bij de Sand Dune Club. Ze vroeg of ik de auto wilde parkeren; ik had geen idee wat ze in haar schild voerde. Toen haalde ze dat buisje te voorschijn om te snuiven.'

'Dus het was poeder, geen crack.'

Breshear glimlachte. 'Alleen kleurlingen gebruiken toch crack?'

Petra reageerde niet.

Hij zei: 'Het was poeder, ja.'

'Ze snoof, en toen?'

'Toen kwam ze… in actie. Lichamelijk.'

'En daarna kwam het tot sex, in uw auto,' zei Petra.

'Daar draaide het wel op uit,' zei hij. Zijn stem klonk anders. Geamuseerd?

'Zeven keer,' zei Petra. 'U ging een eindje rijden, zij snoof coke en dan vrijde u met elkaar in de auto.'

'Nou, zo ging het vijf keer. Twee keer – de laatste twee keer – reed ik achter haar aan naar huis, wachtte ik tot ze klaar was en daarna gingen we eten. Maar we hebben nooit iets afgesproken, zoals in een echte relatie. Beide keren moest ze thuis iets gaan halen.'

'Dope?'

'Dat weet ik niet,' zei Breshear.

Maar dat wist hij wel. Ze wisten het allebei. Tot dusverre klopte zijn verhaal naadloos met de verklaring van Patsy K.

Breshear haalde diep adem. 'Ik weet niet waarom ik u dit allemaal vertel, maar u kunt net zo goed het hele verhaal horen. We hebben nooit echt gemeenschap gehad. Ze wilde het alleen met mij doen.'

Hij keek haar nu recht aan. Hij zat wat rechter en daagde haar uit om naar details te informeren.

Hij had namelijk iets met sex, en toen hij eenmaal over zijn aanvankelijke schroom heen was, bolsterde het praten erover zijn zelfvertrouwen.

Petra zei: 'Orale sex.'

'Ja,' zei Breshear, en hij deed even zijn ogen dicht. 'Eerst werd ze high en dan deed ze het. Zeven avonden, een keer per avond hetzelfde ritueel. De achtste keer zei ze: "Ik vind je best aardig, Darrell, maar…" Mij hoorde je niet klagen, want om u de waarheid te zeggen vond ik die hele toestand nogal bizar. Ze deed niet lelijk, heel aardig juist, zo van: het is tijd voor iets anders. Ik kreeg de indruk dat ze het wel vaker deed.'

'Hoezo?'

'Gewoon een indruk. Ze leek me wel… ervaren.'

Petra zei niets en Breshear sperde zijn ogen weer open.

'Wat is er, meneer?'

'Ik vind het moeilijk om me haar… zo toegetakeld voor te stellen. Volgens het journaal was het een brute moord.'

Petra bleef zwijgen en hij zei: 'Ze was heel mooi. Ik hoop van harte dat u de dader te pakken krijgt.'

'Dat hoop ik ook. Is er nog meer dat u kwijt wil, meneer Breshear?'

'Nee, er schiet me niets te binnen. Alstublieft mijn vrouw niet bellen, oké? Het gaat nu echt goed tussen ons. Ik wil niet dat er roet in het eten wordt gegooid.'

24

Toen Breshear weg was, belde ze Empty Nest en vroeg naar Kelly Sposito, zijn huidige vlam. Het ging goed tussen hem en zijn vrouw; wilde dat zeggen dat hij maar één vriendinnetje had?
Sposito was er. Ze had een hoge, onaangename stem die schril werd toen Petra zich identificeerde en uitlegde waarom ze belde.
'Darrell? Dat meent u toch niet?' Maar even later verifieerde ze Breshears alibi. 'Dus hij is de hele nacht bij u geweest?'
'Dat zei ik toch? Hoor eens, dit komt toch niet in de krant, hè? Ik heb geen trek in toestanden.'
'Ik ben van de politie, niet van de krant, mevrouw Sposito.'
'Als ik mijn naam in de krant zie, hebt u een proces aan uw broek.'
Haar op de tanden. Wat mankeerde haar?
'Waarom zit u Darrell dwars? Omdat hij een kleurling is?'
'Wij praten met mensen die Lisa hebben gekend, mevrouw Sposito...'
'Iedereen weet wie het heeft gedaan.'
'Wie dan?'
'Oké,' zei de vrouw. 'Alsof u dat niet weet. En hij zal er nog ongestraft afkomen ook, omdat hij geld heeft.'
Petra bedankte haar voor haar medewerking, hing op en reed vijf straten verder naar de studio. Ze gebruikte haar legitimatie en een combinatie van doortastendheid en charme om binnen te komen. Een jongen met lang haar die eruitzag als een filmster maar een gereedschapsriem om had, wees haar de weg naar Empty Nest.
Het productiebedrijf was gehuisvest in een aantal witte, lage gebouwtjes van overnaads hout met groene luiken, verspreid tussen witgekalkte geluidsstudio's en kantoren. Alles zag er smetteloos uit, een tikje te volmaakt zelfs. Op metalen zuilen zaten posters van tv-programma's en films. Een vlakte van satellietschotels had iets weg van een collectie kolossaal serviesgoed.
Eem vrouw in bungalow A zei dat Breshear in bungalow D werkte. Ze betrad een kleine, verlaten receptie; veel koper, glas en een zwarte, houten vloer, drie telefoons en geen typemachine of computer. Nog meer filmposters van B-films die ze niet kende en een visgeur. Achter een deur klonken stemmen en ze ging naar binnen na een nauwelijks hoorbaar klopje.
Breshear en twee vrouwen van in de twintig zaten aan een lange tafel met een stel grijze apparaten die het midden hielden tussen een filmprojector en een microscoop. In een open doos van schuimplastic lagen drie sushi's.

Een van de vrouwen droeg een zwarte slobbertrui op een nauwsluitende zwarte legging. Ze had een knap gezicht met scherpe trekken en een bruine huid, waarschijnlijk uit een potje. Een dikke bos zwarte krullen viel tot op haar rug. De andere vrouw was lelieblank en had dun blond haar dat bijeen werd gehouden door een roze haarclip. Ze zag er aardig uit, maar was niet zo'n struise stoot als Krullenbol. Breshear zat tussen hen in en ging en stukje achteruit, alsof hij afstand wilde scheppen.

'Rechercheur Connor,' zei hij. Hij had een dampende kop koffie met een zeefdruk van een stripfiguur van Gary Larson op de zijkant. Hij beweerde dat hij niet aan de dope zat, maar zoals zoveel ex-alcoholici had hij wel een cafeïneverslaving.

'Hallo,' zei Petra. 'Mevrouw Sposito?'

Krullenbol zei: 'Wat?' en kwam overeind. Ze was groot, bijna een meter tachtig en ondanks haar slobbertrui was het duidelijk dat ze een fantastisch gewelfd lichaam had. Haar donkere ogen waren tien jaar ouder dan de rest van haar lichaam. Ze had zoveel mascara op dat haar wimpers iets weg hadden van miniatuurruitenwissers. Ze zag er te hard uit om fotomodel of actrice te zijn, maar het was beslist iemand die de aandacht trok. Een leeuwin, met al die manen.

'Ik dacht, ik kom even langs om persoonlijk met u te praten.'

Breshear draaide zijn hoofd met een ruk naar zijn vriendin. Vroeg zich kennelijk af wat ze aan de telefoon had gezegd om de toestand zo ingewikkeld te maken.

Sposito kwam met grote, vloeiende bewegingen en een nijdige blik op Petra af.

Het blonde meisje volgde een en ander verbijsterd.

Toen Sposito vlakbij was, zei ze: 'Laten we maar even ergens anders heen gaan.' En, tegen het blondje: 'We nemen jouw kantoor even, Cara.'

'Best hoor,' zei het blonde meisje. 'Zal ik maar hier blijven?'

'Ja. Het duurt niet lang.'

In de receptie zette Sposito haar handen in haar zij. 'Nou?'

Eigen schuld, junglemeisje, met al die overdreven kwaadheid.

'U hebt een paar behoorlijk krachtige opvattingen over meneer Ramsey losgelaten,' zei Petra.

'O, godallemachtig! Meer dan opvattingen waren het ook niet; iedereen zegt het. Meneer Ramseys handen zaten toch los aan zijn lijf? Het is te dol om los te lopen als u denkt dat Darrell ook maar iets met Lisa te maken had omdat ze een paar keer uit zijn geweest. Maar oké, u hebt me gevraagd waar hij uithing en dat heb ik u verteld. Anders niets. Ik heb al genoeg gelazer omdat ik iets met Darrell heb; hier zit ik niet op te wachten.'

'Hoezo gelazer?'

'Van iedereen. De maatschappij.'

'Racisme?'

Kelly lachte. 'Een paar weken geleden waren we nog in de Rose Bowl voor een ruilbeurs en de een of andere malloot zei iets grofs. Je zou toch zeggen dat er iets was veranderd; dit is L.A., de jaren negentig. Ik bedoel, wie is de rijkste vrouw van Amerika? Oprah.' Ze fronste en er verschenen een paar rimpeltjes om haar mond. 'Darrell en ik hebben iets moois met elkaar en dat laat ik niet verknallen.'

Je moest eens weten, schat.

'Dat begrijp ik,' zei Petra. 'Wilt u nog meer opvattingen met me delen? Over de moord op Lisa? Over Lisa in het algemeen?'

'Nee. Mag ik nu alsjeblieft weer aan m'n werk? Hier wordt namelijk gewerkt.'

Waarom deden die filmlui zo defensief over hun werk?

'Hoe lang werk je hier al, Kelly?' Kelly in plaats van 'mevrouw Sposito', want dit type stond erop om de baas te spelen.

Ze knipperde met haar ruitenwissers. 'Een jaar.'

'Dus je hebt met Lisa samengewerkt.'

'We hebben niet samen aan één project gewerkt. Ze moest worden ingewerkt, dus dat deed Darrell. Ik werk altijd zelfstandig.'

'Had Lisa weinig ervaring?'

Kelly snoof. 'Ze was een groentje. Als ze achteropraakte, moest Darrell altijd inspringen.'

'Al die zes maanden dat ze hier heeft gewerkt?'

'Nee, ze leerde het, ze was wel oké. Maar om u de waarheid te zeggen... Nee, laat maar zitten. Van de doden niets dan goeds.'

Petra glimlachte en Kelly ontblootte haar tanden. Petra nam aan dat ze ook glimlachte.

'Oké, ik heb mijn grote mond opengedaan. Ik wilde zeggen dat editingwerk niet voor het oprapen ligt, je moet er iets voor over hebben. Lisa had totaal geen ervaring. Volgens mij had ze een kruiwagen.'

'Wie?'

'Ik weet het niet.'

Nog iets dat Darrell niet aan de Leeuwin had verteld. Opeens had Petra met haar te doen. 'Wat vond je van haar als mens, Kelly?'

'Zij deed haar werk, ik het mijne, en verder gingen we niet met elkaar om.'

Petra zei: 'Mocht je haar?'

Kelly knipperde met haar ogen. 'Eerlijk zeggen? Ze was geen hartsvriendin van me, want ik vond dat ze mensen onaangenaam behandelde, maar ik wil niet roddelen.'

'Wie behandelde ze niet prettig?'

Ze kneep haar donkere ogen samen. 'Ik bedoel het in het algemeen. Ze had een scherpe tong; waarschijnlijk heeft dat haar de das omgedaan.'

'Hoe bedoel je?'

'Ze was sarcastisch. Ze kon iets zeggen zonder het te zeggen. Begrijpt u wat ik bedoel? Zoals ze keek, praatte, haar hele lichaamstaal.' Ze masseerde haar heupen, boog een been als een ballerina, rekte zich uit en ging weer rechtop staan. 'Lisa vond zichzelf heel wat, oké? En als ze iemand niet zag zitten, zorgde ze er wel voor dat ze dat op de een of andere manier liet weten. Wilt u weten wat ik denk? Misschien probeerde Ramsey haar wel terug te krijgen en heeft ze hem afgezeken. Zijn die vrouwenmishandelaars niet altijd geobsedeerd?'

En dat uit de mond van zo'n vijandig typetje. 'Soms,' zei Petra, die even gefascineerd keek als ze zich voelde.

'Dus misschien was Ramsey nog tot over zijn oren op Lisa,' zei Kelly. 'Dus stel dat ze weer een keertje bij elkaar waren, en dat hij vergeefs met haar probeerde te vrijen omdat hij 'm niet overeind kreeg, en dat ze hem op die typische Lisa-manier van haar vertelde wat ze daarvan vond, en dat hij uit zijn vel is gesprongen.'

Petra moest haar verbazing verbergen. Die vrouw was binnen vijf minuten veranderd van een vijandige tegenstander in een theoretische criminologe. Ze bood haar een hypothese die Petra's laatste-afspraak-hypothese onderschreef.

'Waarom denk je dat Ramsey impotent was?'

'Dat had Lisa zelf gezegd; althans, ze had erop gezinspeeld. Drie, vier maanden geleden. We zaten met z'n allen te lunchen – Darrell, Cara, ik, Lisa en nog een editor die hier werkt, Laurette Benshop. Die is lesbisch. En toen kregen we het over sterren, dat ze altijd maar in de schijnwerpers staan en dat zoveel van die lui totaal verknipt zijn, maar dat het publiek dat nooit te horen krijgt want dat krijgt alleen maar het gelul te horen dat de pers en de pr-lui rondstrooien. Hoe dan ook, we kregen het erover dat filmsterren meer dan levensgrote sexsymbolen worden, nietwaar dan? Zoals Madonna die een baby krijgt en iedereen praat erover alsof zij die andere madonna is en het om de een of andere onbevlekte ontvangenis gaat, toch? Net als al die idioten die nog steeds op zoek zijn naar Elvis of in de waan verkeren dat Michael Jackson getrouwd zal blijven. Editors als wij kijken dag in dag uit naar die lui, van scène tot scène, door het venster van een Moviola. Je ziet zoveel slechte takes, je ziet hoe dikwijls een take moet worden herhaald voordat ze er goed uitzien of intelligent genoeg klinken, en dan besef je pas hoe weinig van die lui überhaupt talent hebben. Hoe dan ook, daar hadden we het over en daarna kregen we het over al die seksuele fantasieën die het publiek krijgt over mensen die de helft van de tijd in bed niet eens wat presteren. Vervolgens begint Laurette erover dat zoveel filmsterren homoseksueel zijn, zelfs de lui van wie het publiek denkt dat het heteroseksuele sexgoden zijn, en dat seksualiteit en realiteit in feite twee verschillende planeten zijn. En Lisa slaat haar ogen ten hemel en zegt: "Jullie hebben geen idee, mensen. Geen flauw idee, goddomme." Dus wij allemaal naar haar kijken. Ze barst in lachen uit en zegt: "Neem dat maar van mij aan. Je gaat een restaurant binnen in de waan dat je in het Harde Knoepert Café gaat eten, en het blijkt de Scheve Toren van Slappe Pizza." Vervolgens moet ze nog harder lachen en daarna krijgt ze een totaal andere gezichtsuitdrukking. Iets van moedeloze kwaadheid. Ze stampt zonder een woord te zeggen de kamer uit om naar de wc te gaan en blijft een hele poos weg. Laurette zegt: "Tjonge, d'r is zeker iemand op z'n bek gegaan." Vervolgens komt Lisa weer terug met een rooie neus en een opperbest humeur. Begrijpt u waar ik heen wil?'

'Ze had gesnoven.'

Kelly wees met haar vinger als met een pistool. 'U bent zeker rechercheur.'

'Deed ze dat vaak?'

'Vaak genoeg. Niet dat ik erop lette.'

'Dus het onderwerp impotentie bracht haar van haar stuk?'

'Vindt u het gek?' vroeg Kelly Sposito. 'Het leven is al moeilijk genoeg; al dat gelul van mannen als ze op hun best zijn. Wie zit er nou op slappe spaghetti te wachten?'

Het was al na vijven toen Petra het terrein van de studio verliet. Ze had wel zin in een lang, warm bad en een lekker maal dat iemand anders had klaargemaakt. Misschien ook een beetje zweten achter haar ezel. Maar ze moest nog gegevens met Stu uitwisselen, en als hij voorstelde om vanavond nog op Ramsey af te gaan, zou ze niet protesteren.

Ze belde het bureau. Stu was er nog niet, maar Lillian, de telefoniste, zei: 'Er zijn wat dingen van het gerechtelijk lab voor jou gekomen, Barbie.'

'Grote envelop?'

'Middelgroot. Ik heb 'm op je bureau gelegd.'

'Bedankt.'

Ze at een broodje tonijn in de Apple Pan, spoelde het weg met Coca-Cola, nam de krant door – niets over Lisa – en reed zo snel als de drukte het toeliet terug naar Hollywood. Toen ze op het bureau kwam, was de avondploeg al aan de slag, maar de meeste rechercheurs waren al weg om gerechtelijke bevelen uit te reiken en zware jongens te zoeken, en er zat niemand aan haar bureau. Stu was er nog steeds niet.

In de bruine envelop zaten de voorlopige bevindingen van de sectie, getekend door een zekere dokter Wendell Kobayashi en ook, zoals Schoelkopf had beloofd, door het hoofd van het laboratorium, dokter Ilie Romanescu.

Dat was vlug. Zelfs een voorlopig rapport kostte doorgaans een week. Ze ging zitten om de twee getikte velletjes te lezen. In Lisa Ramseys bloed waren sporen van cocaïne en alcohol gevonden, voldoende voor een lichte beneveling, maar niet voor een zware verdoving. Wat inhield dat ze wel gemakkelijker te verrassen was geweest. Het was weliswaar nog geen definitief sectierapport, maar de artsen hadden wel de wonden kunnen tellen en de doodsoorzaak vastgesteld. Drieëntwintig steken, bijna evenveel als bij Ilse Eggermann. Voorlopig was de patholoog-anatoom van mening dat een erg diepe steek in de buik waar Petra specifiek notitie van had gemaakt fataal was geweest. Het mes was vlak boven het schaambeen naar binnen gegaan en vervolgens twintig centimeter omhooggehaald: een verticale jaap die darmen, maag en lever had doorkliefd en door de plexus solaris was gegaan, waardoor de ademhaling was afgesneden.

Gekaakt. Straatvechterstactiek.

Als ze neerzijgt, steekt hij haar nog tweeëntwintig keer.

In razernij, omdat hij dat leuk vindt, of allebei.

Dokter Kobayashi meende dat hij dicht bij haar moest hebben gestaan voor die eerste, terminale jaap. Dat betekende dat er ook bloed op hem moest zijn gekomen, en als ze boften met een uitwisseling, ook iets van hém op háár. Maar de analyse van vezels en lichaamssappen zou nog een dag of wat vergen. Geen voetafdrukken, zoals Alan Lau al had opgemerkt. Hij had ofwel zijn schoenen uitgetrokken of geluk gehad.

Ze moest denken aan wat Darrell over Lisa's seksuele voorkeur had verteld: orale sex in de auto. Als een soort regressie naar de middelbare school. Was Lisa soms in het cheerleaderstadium blijven steken? Cheerleaders en oudere mannen?

Kelly had Lisa omschreven als iemand die door zichzelf was geobsedeerd, maar uiteindelijk had ze Darrell aan zijn gerief geholpen zonder iets voor zichzelf te willen.

Sex in een auto. De moordenaar had Lisa ergens heen gebracht met een auto.

Meneer Macho Ramsey die niet kon presteren?

Was het een chronisch probleem? Was het afspraakje Ramseys laatste poging geweest om zich waar te maken?

In de auto? Omdat hij en Lisa het weleens eerder in de auto hadden gedaan?

Dat verdomde automuseum! Wees dat soms op iets anders dan de trofeeënjacht van een miljonair? Ramseys echtelijke hulpstuk? Al dat chroom en metaal, al die grote motoren om hem eraan te herinneren dat hij rijk, knap en een beetje beroemd was? Een paar miljoen dollar aan dinky toys om ervoor te zorgen dat het bloed in zijn penis bleef?

Breshear had gezegd dat Lisa een door de wol geverfde indruk had gemaakt. Dankzij Ramsey? Of iemand anders? Na de scheiding? Of daarvoor al?

Maar de telefoonrekening gaf aan dat ze geen contact met andere mannen had, überhaupt geen sociaal leven zo te zien. Misschien gebruikte ze de telefoon op het werk wel voor haar persoonlijke contacten. Het zou een heleboel moeite kosten om díe overzichten te pakken te krijgen; ze wist vrij zeker dat het productiebedrijf de wettelijke eigenaar was. Morgenochtend zou ze met het papierwerk beginnen.

Terug naar de nacht van de moord. Lisa die zich had opgetut.

De auto, in de auto, laten we het in de auto doen.

En Ramsey kreeg hem niet overeind...

Lisa laat haar sarcasme de vrije loop en hij steekt haar overhoop.

Hij was toch zo aardig voor haar geweest, zo vergevingsgezind nadat ze de vuile was in dat roddelprogramma buiten had gehangen; hij had haar nog wel aan dat baantje in de studio geholpen, en was haar die zevenduizend dollar per maand blijven sturen.

Drieëntwintigduizend dollar contant plus een beursrekening bij Merrill Lynch. Ze moest maar eens met die makelaar gaan praten, ene Ghadoomian. Had ze morgen weer iets te doen.

Sex, geld en mislukking.

Mislukt in de auto, dus had hij die auto gebruikt om haar om zeep te helpen?

Hij had haar naar haar laatste bestemming geréden.

Hij had haar koud gemaakt op een parkéérterrein.

Typisch L.A.

Ze moest PLYR O en PLYR I te pakken zien te krijgen, plus alle andere auto's in Ramseys collectie. Wist zij veel, de doodsauto kon net zo goed een van die andere wagens zijn geweest. Die fallische Ferrari bijvoorbeeld die daar recht voor hun neus had gestaan en waar Stu en die lui van de sheriff met open mond naar hadden staan staren zonder te beseffen dat ze naar een slachthuis op wielen keken.

Nee, veel te opzichtig. Zelfs voor L.A. Een van de andere misschien...

De telefoon ging. Dat moest Stu zijn.

Maar het was Alan Lau op het Parker Center. De technische rechercheur klonk afgemat. 'Ik heb een paar voorlopige resultaten van die voedselverpakking en de urine. Het voedsel was half-om-halfgehakt, paprika, uien, een saus op tomatenbasis, chilipoeder, knoflookpoeder en een stel andere kruiden die we nog niet hebben thuisgebracht. Ook broodkruimels. Niet erdoorheen maar apart. Waarschijnlijk van het broodje. Wit brood.'

'Chiliburger.'

'Heel goed mogelijk. De urine was zeker menselijk, maar ik hoop dat je er geen mooie DNA-proef van wilt, want we hadden amper voldoende voor een vermoedelijke typering. En al hadden we genoeg, dan nog zou het een fortuin kosten en een hele poos duren.'

'Wat heb je nog meer gevonden?' vroeg Petra.

'Vingerafdrukken van die voedselverpakking en van het boek dat je hebt gevonden. Volledige, gedeeltelijke en fraaie randafdrukken. Ik ben geen deskundige, maar die op de verpakking en het boek lijken me identiek. We hebben ze allemaal naar Identificatie gestuurd, maar tot dusverre hebben ze daar niets gevonden. Dus waarschijnlijk is die lezer van jou geen zware misdadiger of een overheidsfunctionaris. Ook hebben we waarschijnlijk met een vrouw te maken, gezien de afmeting van de afdrukken.'

Zwerfster hurkt op rots, dacht Petra. Ze at stiekem en las een oud bibliotheekboek om de een of andere schizoïde fantasie te voeden. Wie weet wat presidenten voor haar betekenden.

Triest. Als ze niets vonden, konden ze misschien bij de parkwacht en de uniformdienst van bureau Hollywood informeren om te horen of er een specifieke zwerfster was die dikwijls in dat stuk van Griffith Park werd gesignaleerd.

'Bedankt, Alan. Nog iets uit de stofzuiger?'

'Tot nu toe alleen maar een hoop aarde. Ondanks al dat bloed hebben we met een vrij schone moord te maken.'

Stu kwam om 18.34 uur de recherchekamer binnen met een slachtofferblik. Petra knabbelde net op haar tweede Snickers en vroeg zich af waar Ramsey zich op dat moment bevond en wat voor gedachten er door zijn hoofd gingen. Had hij spijt van wat hij had gedaan, of kickte hij op de herinnering aan de slacht van Lisa?

Ze vroeg Stu hoe het met hem ging. Hij zei prima en bracht rapport uit van zijn dag als een schoolkind dat mondeling verslag doet. Drie studio's bezocht, drie bronnen aangeboord, afwachten maar. Het klonk bepaald niet als voldoende om zijn doorgaans heldere irissen zo roze te kleuren.

Hij trok zijn jasje uit en hing het netjes over zijn stoelleuning. 'Nie-

mand wist iets persoonlijks over hem te vertellen; kennelijk gaat hij niet om met een bepaalde sectie van het studiopersoneel. Het feit dat hij Lisa had mishandeld doet ze geloven dat hij haar heeft vermoord.'
'Ik heb wel iets persoonlijks.' Petra vertelde hem over haar gesprekken met Breshear en Sposito, en over Lisa's toespelingen op Ramseys impotentie.

Hij zei: 'Interessant.' Alsof alle mannen er weleens mee te maken hadden. Was dat zo?

'Het kan een motief zijn,' zei ze.

'Zeer zeker. Jammer dat het zo moeilijk te verifiëren is. Denk je dat Sposito de waarheid spreekt over Breshears alibi?'

'Ik heb haar gebeld voordat Breshear met haar kon praten en ze deed er totaal niet zenuwachtig over; ze werd alleen kwaad omdat ze werd verhoord. Je wilt Breshear toch niet op z'n huid blijven zitten?'

'Nee, alleen maar zeker weten dat we hem terecht van de lijst afvoeren. Laten we hier maar een mooie, keurige werkrapportage van bijhouden.'

Hij legde zijn handpalmen op zijn bureau en strekte zijn vingers. 'Goed, nu wat betreft dat Duitse meisje...'

Petra gaf hem de fax over Karlheinz Lauch. Hij las hem en legde hem weer neer.

Ze zei: 'Wat doen we daaraan?'

'Maar weer bij de Oostenrijkse politie aankloppen. Andere landen waar ze Duits spreken en luchthavens hebben, zoals Zwitserland. Ook naar Interpol en de Amerikaanse vreemdelingendienst, hoewel je bij paspoortcontrole na een tussenpoos van drie jaar wel geluk moet hebben.'

'Dat heeft Sorensen allemaal al gedaan.'

'Die drie jaar betekent dat het weer moet. Nu we een soortgelijke zaak hebben, moeten we het areaal groter maken en ervoor zorgen dat we geen andere zaken over het hoofd zien. Dat wil zeggen Orange County, Ventura, Santa Barbara en zelfs San Francisco. Vinden we niets, dan kan ik alle gedachten aan een plaatselijke seriemoordenaar met een gerust hart van me afzetten. Maar je weet nooit. Een paar jaar geleden was er een vent, Jack Unterhoffer – toevallig ook een Oostenrijker – die tussen Europa en Amerika pendelde om vrouwen te wurgen. Het duurde heel lang voordat we het patroon zagen. Als we niet opschieten met Lisa en Schoelkopf echt paranoïde wordt, zal hij willen dat we landelijk gaan werken, dus laten we hem voor zijn, Lauch door de NCI-computer halen en kijken wat de FBI te bieden heeft.'

Het was bijna alsof hij naar die stinkklus húnkerde. Dat klopte niet met haar kans-op-een-promotie-theorie. Of wel?

'Prima,' zei ze, verrast omdat ze zo ongeduldig klonk. 'Maar het ligt voor de hand dat Ramsey nog altijd onze hoofdverdachte is, en bovendien hebben we nu informatie die iets aan het motief toevoegt. Ik weet wel dat die impotentie van horen zeggen is...'

'Nog minder dan van-horen-zeggen. Lisa heeft er in algemene termen op gezinspeeld.'

'Maar als we het negeren, is dat nog erger dan een ambtsmisdrijf.'

'Dat hoor je me ook niet betwisten,' zei hij. Hij leunde achterover en speelde met zijn bretels. 'We zitten hier geen ruzie te maken, alleen prioriteiten te stellen, Petra. We zijn maar met z'n tweeën, dus we vragen ofwel om versterking, wat inhoudt dat we er door het hoofdbureau uit worden geschopt, of we verdelen het werk. Wat vind je ervan als ik de hele Eggermann/Lauch-kant doe en jij gaat met Ramsey praten? Het belwerk blijven we verdelen.'

Petra kon haar oren niet geloven. Hij schoof haar het neusje van de zalm toe en hield zelf de staart. 'Wil je dat ik Ramsey alleen voor mijn rekening neem?'

'Het kan in ons voordeel werken, Petra.'

'In welk opzicht?'

'Als Ramsey inderdaad een vrouwenprobleem heeft, kan jouw aanwezigheid hem nerveus maken en voor een paar openingen zorgen.'

Vrouwenproblemen. Geen potentieproblemen. Geen mánnenproblemen.

Ze zei: 'Oké, maar ik vind een beetje monnikenwerk ook niet erg.'

'Maak je daar maar niet druk om, Petra. Om je de waarheid te zeggen...' Hij wilde iets gaan zeggen, maar bedacht zich. Hij ging zich bezondigen aan iets wat hij haar bij het begin van hun samenwerking had verteld: hou verdachten in de gaten die zeggen: 'eerlijk gezegd' of 'in alle eerlijkheid' of 'ik moet je bekennen' of 'om je de waarheid te zeggen'. Die hebben doorgaans iets te verbergen.'

'Ik vind echt dat jij de beste persoon bent om Ramsey psychologisch te peilen,' zei hij. 'Het is niet alleen iets geslachtelijks. Het is beter dat we hem niet op zijn dak vallen en het er dik op leggen dat we hem verhoren. Eén in plaats van twee personen kan daarbij helpen. Bovendien scheen hij zich op jou te concentreren toen we bij hem thuis waren.'

'Hoe bedoel je?'

'Niet dat hij je probeerde te versieren, maar er was wel belangstelling van zijn kant. Dat dacht ik althans. Het zegt iets over de wijze waarop hij in elkaar steekt. Zijn ex is net vermoord, hij speelt de rol van rouwende echtgenoot en ondertussen gooit hij een visje bij jou uit.'

Dus hij had het wél gezien. Wat had hij nog meer voor zich gehouden?

'Ik heb het niet over lokaas, Petra. Als je het niet alleen wilt doen, begrijp ik dat. Maar hier heb jij alles voor in huis.'

'Dank je wel.' Waarom voelde ze zich niet gevleid? Werd ze echt paranoïde?

Ze knikte.

'Oké, dan is alles geregeld.' Hij nam de telefoon van de haak.

25

Hollen, hollen, hollen; ik krijg bijna geen lucht.

Niet omkijken.

Voor me duiken bomen op die proberen me te grijpen; andere kant op.

Ik scheur door de takken, zij scheuren terug; gezicht, armen, benen: alles staat in brand.

Ik wil mijn ogen dichtdoen en mezelf de ruimte in lanceren, net als een projectiel. Ik probeer het en het voelt goed, maar dan struikel ik en maak een koprol, tegen stenen en takken en andere scherpe dingen, mijn hoofd raakt gewond en ik loop een warme, natte snee in mijn arm op.

Het blijft bloeden. Ik voel het bloed eruit druipen, maar het doet geen pijn. Niets doet pijn; ben ik van klei? Of van stront?

Ik weet niet waar ik heen ga, het kan me ook niets schelen, gewoon weg, het park heeft me verraden.

Nu krijg ik weer lucht.

Ik hoor het in mijn oren, wattig, grote dotten watten vullen mijn hoofd; de lucht gaat naar binnen, de lucht gaat naar buiten, wattenlucht; mijn borst doet zeer.

Geen Plekken meer; nergens is het veilig... Mijn hart bonst te hard en te snel, opeens moet ik overgeven.

Ik stop, buig voorover en het schiet te voorschijn als lava en spuit op de grond; mijn keel staat in brand.

Wanneer krijg ik eens een schoon leven?

Niets meer, ik ben leeg, ik moet stil zijn, stil zijn.

Ik ben stil.

Alles is stil.

Ik smaak en ruik naar iets doods. Ik hol nog wat verder, val, krabbel weer overeind, hol, loop, begin me beter te voelen en blijf staan om op adem te komen, maar dan begin ik te sidderen en ik kan het niet laten stoppen.

Ik ben in een stuk van het park dat ik misschien al eens eerder heb gezien maar ik weet het niet zeker.

Heleboel bomen, veel bladeren op de grond, stenen en aarde, het kan wel overal zijn. Ik ga liggen en sla mijn armen om mezelf heen. Mijn keel staat nog steeds in brand en ik begin te klappertanden, kakaka-kakaka.

Het houdt weer op. Ik wil gaan zitten, maar ik ben zo moe. De grond is hobbelig. Ik zie een steen, een gladde, koude steen, ik hou 'm met beide handen vast, knijp heel hard, daarna gooi ik hem weg en haal heel diep adem.

De bloedende snee droogt op tot een paarse streep met natte plekken waar geel vocht uit komt. Waarschijnlijk wondvocht. Dat helpt het stollen.

Mijn hele lijf begint pijn te doen en ik vind overal andere sneeën en plekken op mijn armen en mijn gezicht. Ik krab, een paar plekjes beginnen te bloeden en daar zie ik het bloed ook weer stollen.

Mijn lichaam is aan het werk.

Ik schrik me naar van de schreeuw van een vogel, m'n hart bonkt in mijn keel en ik krijg weer aandrang om over te geven.

Ademen, heel diep ademen... Nu word ik duizelig.

Ademen. Luister naar de vogels; het zijn maar vogels.

Oké, ik ben weer oké.

Het is weer tijd om in beweging te komen.

Eindelijk wordt het donker.

Ik ben op een hoge plek, bijna een heuvel; ik zie alleen maar bomen en daarachter de kolossale donkere schaduwen van echte bergen.

Ik ben nog steeds in het park, maar niet lang meer. Verrader.

Nu heb ik niets meer; mijn boeken, mijn kleren, mijn plastic zakken, mijn eten: alles is op Vijf.

Al het Tampaxgeld ook. Behalve wat er over is van die vijf dollar die ik naar de dierentuin had meegenomen. Ik steek mijn hand in mijn zak en voel drie briefjes en wat kleingeld.

Hoe kon dit allemaal gebeuren? Hoe wisten ze dat ze achter míj aan konden gaan?

Het park was natuurlijk ook hún plek.

Eigen schuld. Stom om te denken dat ik me hier kon ontspannen.

Lekker donker nu. De duisternis verbergt me; tijd om weer verder te gaan.

Ik loop verder tot ik verkeersgeluiden hoor. Ik zie nog geen auto's, maar ik moet dicht in de buurt van Los Feliz Boulevard zijn. Ik blijf de hand waarmee ik die poep heb vastgehouden afvegen aan stenen, aarde en boomstammen en na een poosje stinkt hij niet meer. De auto's klinken nu echt hard; het is inderdaad Los Feliz en ik weet weer waar ik ben.

Ik verstop me achter een dikke boom om te bedenken wat ik moet doen en opeens moet ik weer aan háár denken.

Dat mens die de poep in haar gezicht heeft gekregen.

Waarom kom ik altijd maar van die kwaadaardige, smerige, gestoorde mensen tegen?

Staat er soms iets op mijn voorhoofd geschreven, zo van: dit kind is een mislukkeling, neem hem maar te grazen? Zie ik er soms uit als een slappe halvezool, als iets waar je jacht op kunt maken?

Zend ik soms iets uit wat ik niet kan zien, net zoals je jezelf niet kunt kietelen?

Moet ik dan anders zijn?

Eén ding staat vast: ik moet me wassen.

En ervandoor.

26

Om kwart over zeven belde Petra Ramsey. De Spaanse huishoudster zei 'Okenblik'.

Twee minuten, drie, vijf, zes.

Probeerde Ramsey soms een manier te bedenken om haar te ontlopen? Had hij via een andere lijn gauw zijn advocaat gebeld? Ze bereidde zich voor op een weigering, zou er plichtmatig aantekening van maken en Boehlinger opnieuw proberen te bereiken.

Er kwam iemand aan de lijn. 'Rechercheur Connor.' Hij was het zelf.

'Goeienavond, meneer Ramsey.'

'Bent u al iets opgeschoten?'

'Ik ben bang van niet, maar ik wil u graag nog even spreken, meneer.'

'Prima. Wanneer en waar?'

'Wat dacht u van bij u en zo gauw mogelijk?'

'Nu direct dan maar?'

Ze zat in het staartje van de avondspits naar de Valley. Bij de uitgang van Canoga Park had de een of andere idioot een vrachtwagen met tuinmeubilair laten kapseizen en duizenden ramptoeristen moesten met alle geweld vaart minderen om naar verwrongen plastic meubels en vogelbadjes van nepcement te staren. Wat was er nou zo leuk aan andermans ongeluk? Moest zij nodig denken. Andermans dood was haar brood.

Gebruik je tijd zo nuttig mogelijk. Probeer Ramsey psychologisch te doorgronden.

Maar ze had geen uitgedokterd plan, er waren geen bijzonderheden om hem mee vast te pinnen. Een uitgedokterd plan zonder feitenmateriaal kon erger zijn dan helemaal geen voorbereiding. Eén ding was duidelijk: geen confrontatie. Ze zou met haar vriendelijkste gezicht naar binnen stappen en vriendelijk blijven, al maakte Ramsey het haar moeilijk of ging hij weer op de versiertoer.

Dat was toch wel haar kracht. Ze was in staat om op een vriendelijke manier bekentenissen los te peuteren, net zo makkelijk als de lui van de harde aanpak, soms wel makkelijker. Stu had haar zelfvertrouwen gebolsterd door haar een paar belangrijke verhoren te laten doen. 'Gebruik je natuurlijke persoonlijkheid als wapen, Petra. Zoals therapeuten doen.'

Ze had therapie nooit beschouwd als een soort oorlogsvoering, maar de boodschap kwam wel over: het was allemaal manipulatie en de beste manipulatie deed het zonder overacteren.

Stu's verhoor-persona was Aardige, maar Strenge Grote Broer: een intelligente, aangename, maar in wezen sterke jongen van wie je een beetje bang werd, maar die je toch bewonderde en graag een genoegen deed.

Die van haar was Meisje Doorsnee, het type waar mannen graag mee praatten.

Geen lokaas. Talent. Maar Stu wist verdorie best dat lokaas een belangrijk onderdeel was. Ramsey was een rokkenjager – althans dat dacht hij – dus zwaai maar met een rok.

Een player met slappe spaghetti.

De naam van een advocaat was nog niet gevallen, maar Petra wist zeker dat er achter de coulissen eentje op de loer lag die Ramsey vertelde wat hij moest zeggen. Net als bij filmopnamen. Hoe noemden ze die lui ook weer? Prompters, souffleurs. Dat werk werd nu door apparaten gedaan, teleprompters.

Ramsey was een door de wol geverfde papegaai en wist natuurlijk precies hoe hij zijn teksten goed moest laten klinken.

Zelfs een tweederangsacteur had een voorsprong op de doorsnee verdachte. De gemiddelde arme drommel die ze verhoorde zat zo vol spanning dat hij meer losliet dan je nodig had, ook al verkeerde hij in de waan dat hij met succes zat te liegen, en de sleutel was hem direct op zijn rechten te wijzen, zodat je hem tot de laatste druppel wettig uit kon persen. Uitzonderingen waren de typische, harde psychopaten die weinig of geen angst kenden, maar die lui waren zo oersaai en zelfvernietigend dat ze er doorgaans in slaagden om zichzelf met al hun geslepenheid in de val te laten lopen.

In welk hokje paste Ramsey? Was hij een berekenende moordenaar, of gewoon maar een beklagenswaardige, impotente mislukkeling die een keer amok had gemaakt?

Geef hem alle ruimte, neem je gemak, kijk en luister. Ze kon niet verwachten dat hij zichzelf erbij zou lappen, maar misschien zou hij op z'n minst verstrikt raken in zijn eigen verhaal.

Om tien over halfnegen was ze bij RanchHaven en de portier gebaarde dat ze door kon rijden. Voordat ze verderreed, vroeg ze of hij zondag nachtdienst had gehad en hij zei: 'Nee, dat was iemand anders.' Daarna trok hij de deur van het wachthokje dicht.

Ze reed heuvelopwaarts. Kunstlicht maakte het roze huis crèmekleurig waardoor het er nog groter uitzag, maar het bleef een architecturale anomalie.

Een jonge Latijns-Amerikaanse vrouw – niet Estrella Flores – kwam naar de voordeur en deed hem op een kier. Wat Petra van het interieur kon zien was in duisternis gehuld.

'Hallo,' zei ze. 'Rechercheur Connor. Ik kom voor meneer Ramsey.'

'Ja?' Het was een knappe vrouw met een rond gezicht, grote ogen die de kleur van donkere druiven hadden en een zwart knotje. Jaar of vijfentwintig. Hetzelfde roze-witte uniform als Estrella Flores.

Petra herhaalde haar naam en liet haar legitimatie zien.

Het dienstmeisje deed een stap achteruit. 'Okenblik.' Dezelfde stem als aan de telefoon. Waar was de oudere vrouw?

'Is Estrella Flores er niet?'

Verwarring. De jonge vrouw wilde zich omdraaien en Petra tikte haar op de schouder. 'Donde está Estrella?'

Ze schudde van nee.

'Estrella Flores? La... dienstmeisje?'

Geen antwoord en Petra's poging tot een vriendelijke, zusterlijke glimlach bracht geen verandering in het wezenloze gezicht.

'Como se llama usted, señorita?'

'Maria.'

'Nombre de familia?'

'Guerrero.'

'Maria Guerrero.'

'Si.'

'Usted no sabe Estrella Flores?'

'No.'

'Estrella no trabaja aqui?'

'No.'

'Quanto tiempo usted trabaja aqui?'

'Dos dias.'

Ze was er dus pas twee dagen. Estrella was weg. Wist ze soms iets wat ze niet wilde weten en was ze 'm gesmeerd? Petra wenste dat ze haar direct aan de tand had gevoeld.

Toen Maria Guerrero weer aanstalten maakte om weg te lopen, klonk een mannenstem: 'Rechercheur.' Ramsey dook uit de duisternis op met een wit, ernstig gekreukt linnen overhemd, een crèmekleurige zijden broek en crèmekleurige instappers zonder sokken.

Visioen in lichte tinten? Kijk mij eens onschuldig zijn.

Hij hield de deur voor Petra open en ze ging naar binnen. Het huis rook ranzig en er brandde maar één tafellamp aan het eind van de grote woonkamer. Ook het automuseum was donker; de glazen wand was een zwarte vlakte.

Hij liep een stukje voor haar uit in de richting van de lamp, deed er nog een aan en trok een gezicht alsof het licht pijn deed aan zijn ogen. Had hij tot nu toe in het donker gezeten? Hij had zijn mouwen non-chalant tot zijn ellebogen opgerold en zijn krullen zaten slordig.

'Ga zitten.' Hij wachtte tot ze had plaatsgenomen op een van de zachte divans en ging vervolgens in een rechte hoek naast haar zitten. Hun knieën waren een halve meter van elkaar.

Hij legde zijn handen naast zich neer en bleef roerloos zitten. Hij zag er afgetobd en jaren ouder uit. Tussen de krullen gluurden nog meer grijze haren, maar misschien kwam dat door het licht. Of was de verf aan het loslaten.

'Dank u wel voor de moeite, meneer.'

'Dat spreekt vanzelf,' zei hij. Hij haalde diep adem en wreef over een mondhoek.

Petra haalde haar blocnote te voorschijn en liet haar jasje openvallen zodat hij de badge op de zak van haar overhemd kon zien. Ze hield de kant van de blocnote met het blauwe stempel van de politie van L.A. naar hem toe. Probeerde zijn reactie op die tekentjes van officieel gezelschap te peilen.

Hij keek naar iets anders. Zijn blik rustte op de grote open haard van steen, koud en donker.

'Wilt u iets drinken, rechercheur?'

'Nee dank u, meneer.'

'Zeg het maar als u van gedachten verandert.'

'Doe ik, meneer Ramsey.' Ze sloeg het blocnote open. 'Hoe is het met u?'

'Beroerd. Heel beroerd.'

Petra wierp hem haar meelevendste glimlach toe. 'Ik merk dat u een ander dienstmeisje hebt dan toen ik hier voor het eerst was.'

'Het andere is weggelopen.'

'Estrella Flores?'

Hij staarde haar aan. 'Ja.'

'Hoe lang had ze voor u gewerkt?'

'Jaar of twee, denk ik. Ze zei dat ze naar El Salvador terug wilde, maar ik weet dat het door de... Dat het komt door wat er met Lisa is gebeurd. Ze hield van Lisa. Ik denk dat het komt door al die... Toen jullie hier waren, moet ze van haar stuk zijn geraakt, want diezelfde avond pakte ze haar koffers.' Hij haalde zijn schouders op. 'Daarna al die telefoontjes van de pers. Het viel niet mee om helder te blijven.'

'Is er veel gebeld?'

'Ontieglijk veel. Allemaal op mijn zakelijke lijn. Wat ik u heb gegeven is mijn privénummer. Ik heb alles doorgesluisd naar Gregs kantoor. Hij praat met niemand, dus hopelijk gaat het als een nachtkaars uit.' Hij wreef zijn ogen uit en schudde zijn hoofd.

'Dus u hebt meteen een nieuw dienstmeisje genomen.'

'Daar heeft Greg voor gezorgd.'

Ze hield haar mond en schreef niets op. Ze probeerde Ramsey de stilte te laten vullen, maar hij liet het hoofd hangen. Zijn brede schouders gingen omlaag: de klassieke treurhouding. Kin op de hand. De Denker.

'Estrella Flores was op Lisa gesteld,' zei ze uiteindelijk. 'Maar toen Lisa wegging, is ze niet met haar meegegaan.'

'Nee,' zei Ramsey. Hij keek op. 'Waarom is Estrella zo belangrijk?'

'Waarschijnlijk is ze dat niet, meneer. Ik probeer een beeld te krijgen van Lisa's persoonlijkheid. Had ze iets dat Estrella ervan weerhouden kan hebben om met haar mee te gaan? Was ze een moeilijke bazin?'

'Ik betwijfel het,' zei Ramsey. 'Waarschijnlijk was het een geldkwestie. Ik betaalde haar meer dan Lisa gedaan zou hebben. Sociale lasten, inhoudingen, alles wit. Lisa had maar een klein appartementje; die had geen behoefte aan zo'n dure kracht.'

Dus die zenuwen van Flores bij hun eerste bezoek hadden niets met de vreemdelingendienst te maken. En nu was ze weg...

Ramsey zette zijn benen een stukje uit elkaar. 'Nee, Lisa was geen lastige bazin. Ze was intelligent, levenslustig en had een geweldig gevoel voor humor. Ze kon weleens een beetje... scherp uit de hoek komen tegen mensen. Maar nee, ik zou niet zeggen dat ze moeilijk was om mee samen te leven.'

'Scherp?'

'Sarcastisch.'

Dat woord had Kelly Sposito ook gebruikt.

'Niet vals,' zei Ramsey. 'Alleen een beetje... scherp. Dat hoorde gedeeltelijk bij haar gevoel voor humor. Ze kon beter moppen vertellen dan alle vrouwen die ik ooit...'

Hij bedacht zich en zette zijn benen weer bij elkaar. 'Dat klinkt misschien seksistisch, maar ik ken echt maar weinig vrouwen die het leuk vinden om moppen te vertellen. Ik heb het niet over mensen als Phyllis Diller of Carol Burnett. Ik bedoel niet-professionele vrouwen.'

'En Lisa vond dat wel leuk.'

'Als ze ervoor in de stemming was... U hebt geen idee wie haar heeft vermoord?'

'Nog niet, meneer. Maar we staan open voor suggesties.'

'Het klinkt me totaal onlogisch in de oren: dat Lisa de een of andere maniak had leren kennen en zich vervolgens naar Griffith Park liet meenemen. Meestal viel ze op oudere mannen... behoudende types, niet het type met aanleg voor... het ruige werk.'

'Was dat na de scheiding dat ze op oudere mannen viel?'

'Daar weet ik niets van,' zei Ramsey. 'Maar ik weet wel dat ze in Cleveland twee keer een relatie met een oudere man had gehad voordat ze mij leerde kennen. Een tandarts en een directeur van een middelbare school.'

'Hoeveel ouder?'

'Antiek. Ouder dan ik in elk geval,' glimlachte hij. 'Ze grapte weleens dat ze met mij ging hoewel ik eigenlijk te jong voor haar was. Zij was toen vierentwintig en ik zevenenveertig.'

Dus nu was hij vijftig.

'Hoe heten die andere mannen?'

'Dat kan ik me eerlijk gezegd niet herinneren. Die rector heette Pete nog wat en ik geloof dat die tandarts Hal heette. Of misschien was het Hank. Met Pete ging ze om vlak voordat ze mij leerde kennen. Op de dag van die missverkiezing maakte ze het met hem uit. Daar heb ik haar leren kennen. Ze was Miss Ohio Entertainment. Dat had ik u toch al verteld?'

Petra knikte.

'Ik begin dement te worden.' Hij tikte tegen zijn hoofd. 'Alzheimer heeft één voordeel: je ontmoet elke dag weer nieuwe mensen.'

Petra moest aan haar wegkwijnende vader denken en glimlachte geforceerd. Het was al met zijn zestigste begonnen. Eén van de jongste

gevallen die de dokter had meegemaakt. En ook met de snelste afta-
keling. Kenneth Connor. Op zijn drieënzestigste was hij al dood...
'Gaat het een beetje?' vroeg Ramsey.
'Pardon?'
'U leek even van uw stuk gebracht... Kwam het door dat grapje over
Alzheimer? Dat was er een van Lisa. Als u het smakeloos vond, dan
bied ik...'
'Nee, helemaal niet, meneer Ramsey,' zei ze. Ze kon zich wel voor
haar kop slaan. Wat had hij op haar gezicht gelezen? 'Dus Lisa maak-
te graag grapjes.'
'Ja. Hebt u enig idee wanneer de begrafenis is?'
'Dat hangt van de patholoog-anatoom af, meneer Ramsey. En de wen-
sen van Lisa's naaste familie.'
'Komen ze naar L.A.?'
'Dat weet ik niet, meneer.'
'Tussen haakjes, ik heb ze ten slotte toch zelf maar gebeld. Ik vond
dat ze het van mij moesten horen, niet van de eerste de beste... Niet
van een buitenstaander. Maar ik kreeg alleen maar een antwoordapparaat.'
'Ik heb met dokter Boehlinger gesproken.'
Hij fronste. 'Jack. Die heeft een bloedhekel aan me; dat is altijd zo ge-
weest. Ik wil wedden dat hij heeft gezegd dat ik een vreselijke echtgenoot ben geweest en dat u mij maar eens de duimschroeven aan moest
draaien.'
Hij gooide een visje uit.
Ze wachtte.
'Hij is een lastpak, maar geen kwaaie,' zei Ramsey. 'Hij was in alle
staten toen Lisa met mij trouwde.' Hij voelde aan zijn snor, ging met
zijn vinger verticaal door het midden, vervolgens over de linkerkant,
daarna de rechter, toen weer door het midden.
'Was hij ertegen?' vroeg Petra
'Hij sprong uit zijn vel. Kwam niet naar de trouwerij. Het was maar
een bescheiden, keurige plechtigheid op hun eigen golfclub, die van
Jack en Vivian. Vivian kwam wel. En Lisa's broer John. Jack junior.
Die werkt voor Mobil Oil in Saoedi-Arabië en is gekomen. Maar niet
de oude Jack. Die belde me een week voor het huwelijk om te proberen het uit mijn hoofd te praten. Hij vond dat ik Lisa van haar jeugd
beroofde en dat ze beter verdiende: baby's, een gezin, de hele rata-
plan.'
'U wilde geen kinderen?'
'Ik had er geen bezwaar tegen, maar Lisa wel. Dat heb ik hem natuurlijk niet verteld. Maar Lisa had dat van meet af aan duidelijk ge-

maakt. Zij was het minst huiselijke type dat ik kende, maar Jack vond dat ze een superhuisvrouw moest worden. Hij is erg dominant. Chirurg, gewend om de lakens uit te delen. Hij was geen makkelijke vader voor Lisa.'

'In wat voor opzicht?'

'Perfectionistisch, hoge maatstaven. Lisa moest de hoogste cijfers halen, aan alle activiteiten buiten het vaste studieprogramma deelnemen en in alles uitblinken. Ze vertelde me dat Jack haar voor haar twaalfde verjaardag een paard gaf en vervolgens moest ze leren springen, dressuur leren en racen, of ze wilde of niet. Maar niet die verkiezingen. Dat was Vivians idee.'

'Klinkt als een hoop druk.'

'Van alle kanten. Volgens Lisa was het de hel. Daarom is ze waarschijnlijk met mij getrouwd.'

'Hoe bedoelt u dat?'

'Toen we nog bij elkaar waren, kon Lisa doen en laten wat ze wilde. Soms...' Hij wuifde met zijn hand.

'Soms wat, meneer?'

Ramsey rechtte z'n rug. 'Ik denk weleens dat ik te makkelijk ben geweest en zij vond dat ik niet genoeg om haar gaf. Ik wil u niet vertellen hoe u uw werk moet doen, maar ik begrijp de zin van deze... biografie niet, rechercheur Connor. Lisa is vermoord door de een of andere maniak en wij zitten hier over haar jeugd te praten.'

Je hebt het zelf ter sprake gebracht. 'Af en toe valt het niet mee om te weten wat relevant is en wat niet, meneer.'

'Nou, ik snap het gewoon niet,' zei hij.

Petra tekende een ovaal op haar blocnote en trok een horizontale lijn op een derde van de hoogte. Nog een paar lijntjes en ze had Ramseys gelikte snor. Vervolgens tekende ze zijn blauwe ogen, ietsje schuin, zodat ze treurig stonden.

'Had dokter Boehlinger nog een reden om een hekel aan u te hebben, behalve dat hij u te oud voor Lisa vond?'

'Ik weet het niet,' zei hij. 'Jack en ik hebben nooit ruzie gehad, dus ik weet het eerlijk niet.'

'Totaal geen moeilijkheden?'

'Nee, hoezo?'

'Hij heeft wel iets tegen mij gezegd, meneer Ramsey. Dat incident...'

'O, dat,' zei Ramsey scherp. Nu zag ze iets anders in zijn blik. Argwanend. Iets harders. 'Ik dacht wel dat het daarop uit zou draaien. Weet u waarom Lisa de vuile was heeft buiten gehangen? Behalve om mij te kwetsen?'

'Nou?'

'Geld.'

'Kreeg ze geld voor dat optreden?'

'Vijftienduizend dollar. Ze zei dat ze me niet alleen wilde kwetsen, maar ook beledigen.'

'Dan moet ze behoorlijk boos op u zijn geweest.'

'Boos is het woord niet. Lisa is net zo'n driftkop als Jack.'

Weer die tegenwoordige tijd. Op een bepaald niveau was ze er nog voor hem.

'Vertelt u eens over dat incident, meneer Ramsey.'

'Kijkt u geen tv?'

'Ik wil graag weten wat er echt is gebeurd.'

Hij stak zijn onderkaak naar voren en hij sloeg de tanden op elkaar.

'Wat moet ik zeggen? Het was laag bij de gronds, smakeloos en onvergeeflijk; ik word er nog altijd niet goed van. We waren uit eten geweest, kwamen thuis en kregen woorden; ik weet niet eens meer waarover.'

Vast wel, dacht Petra.

'Het ging van kwaad tot erger, Lisa begon aan me te sjorren en me te slaan. Met haar vuisten. En niet voor het eerst. Tot dan toe had ik dat gepikt vanwege ons verschil in postuur. Maar ditmaal niet. Ik heb er geen excuus voor. Wat moet ik zeggen? Ik heb m'n zelfbeheersing verloren.'

Hij keek naar zijn vuist alsof hij maar niet kon geloven dat die ooit schade had berokkend.

Petra moest aan het filmpje op het journaal denken. Lisa's blauwe oog en gebarsten lip.

'Is het maar één keer gebeurd?'

'Eén keer,' zei hij. 'Eén enkele keer, meer niet.' Hij schudde zijn hoofd. 'Eén moment verlies je je zelfbeheersing en het heeft direct eeuwigheidswaarde.'

Dat gold ook voor moord.

'Ik voelde me klote, net een stuk stront, toen ik haar zo op de grond zag liggen. Ik wilde haar nog overeind helpen, maar ze schreeuwde dat ik haar niet aan moest raken. Ik wilde een ijspakking voor haar halen, maar ze wilde niets met me te maken hebben. Ik ging naar buiten naar de vijver en toen ik terugkwam, was haar auto weg. Ze is vier dagen weggebleven. In die tijd is ze naar 'Inside Story' gelopen. Maar daarover zei ze niets tegen mij. Ze kwam terug en deed alsof alles weer kits was. Een dag of wat later zitten we aan tafel, en zij zet glimlachend de tv aan. En daar zaten we hoor, in bad. Ze grijnst naar me en zegt: 'Niet alleen om je te kwetsen, ook om je te beledigen, Cart. Je zult het godverdomme wel uit je hoofd laten om ooit nog een vinger naar me uit te steken.'

Ramsey bestudeerde het verfoeide lichaamsdeel weer en opende zijn handpalm. 'En dat heb ik ook niet gedaan... Ik ga iets te drinken halen; zeker weten dat u niets hoeft?'

'Absoluut.'

Hij bleef een minuut of wat weg en kwam terug met een blikje Sprite Light. Hij trok het lipje eraf, leunde achterover en nam een slok.

Petra zei: 'Net zei u dat u naar de vijver ging. Ik kan me geen vijver herinneren.'

'Dat is omdat het in ons andere huis gebeurde.' 'Ons', niet 'mijn'. Weer een teken dat hij nog niet alle banden had verbroken. Hij was evenmin tot afstandelijke taal vervallen, zoals moordenaars soms halverwege hun chronologische verhaal neigen te doen; dan begonnen ze met 'wij' en vervolgens werd het 'zij' en 'ik'. Petra had een FBI-rapport gelezen waarin stond dat linguistische analyse belangrijke aanwijzingen op kon leveren. Daar was ze niet van overtuigd, maar ze stond er wel voor open.

Ramsey nam weer een slok frisdrank en zag er oprecht miserabel uit.

'Uw andere huis?' vroeg Petra.

'We hebben een weekendhuis in Montecito. Het is eigenlijk groter dan dit huis. Wat onderhoud betreft is dat vrij idioot. Er is daar een vijvertje dat ik nogal vreedzaam placht te vinden.'

'Placht?'

'Ik kom er niet zo dikwijls meer. Zo gaat dat nu eenmaal met tweede huizen. Dat hoor ik tenminste wel vaker.'

'Ze worden niet benut?'

Hij knikte. 'Je denkt dat je je een toevluchtsoord aanschaft en het wordt alleen maar een nieuw blok aan je been. Het huis was om te beginnen al veel te groot. Dit huis eigenlijk ook.'

'Dus u komt er niet zo vaak meer.'

'De laatste keer moet geweest zijn...' Hij keek naar het plafond, '...maanden geleden.'

Opeens maakte zijn lichaam een trekkende beweging, bijna alsof hij iets van een beroerte kreeg. Zijn hoofd knakte omlaag en hij keek voor zich. Zijn blik kruiste die van Petra. Er stonden tranen in zijn ogen. Hij veegde ze vlug weg.

'De laatste keer dat Lisa en ik daar samen waren,' zei hij, 'was díe keer. We zijn er nooit terug geweest. Een paar dagen na dat programma vertrok ze weer en kreeg ik de echtscheidingsformulieren in de bus. En ik maar denken dat het weer goed was tussen ons.'

Petra liet zich niet beïnvloeden door het schrijnende verhaal en dacht: Dus dat geval van huiselijk geweld is in Montecito gebeurd. Ze moest Ron Banks bellen om hem de moeite van verder zoeken te besparen.

Ramsey liet zijn kin weer op zijn hand rusten.

'Oké,' zei ze. 'Dat is nuttige informatie. Goed, als u het niet erg vindt, wil ik het graag over de avond hebben dat Lisa werd vermoord.'

27

Mildred Board zou de keukenvloer graag een beurt hebben gegeven.

Jaren geleden deed ze dat elke dag. Het was een klus van een uur en van zes tot zeven uur 's morgens zat ze tot haar ellebogen in het sop. Het was een uitstekende gelegenheid om na te denken en het geklots of de draaiende bewegingen van de dweil op het gele linoleum leidden haar niet af.

Maar toen de artritis eenmaal was begonnen, werd al dat gebuk en gewrijf ondraaglijk, en ze mocht van geluk spreken als ze de vloer eens in de week kon doen.

Het parket van de eetkamer moest ook gedaan worden. Het houtwerk was verbleekt en hier en daar opgebold en gebarsten; het had allang vervangen moeten worden.

Je kon de hele oppervlakte zien. De eetkamer was leeg, al het meubilair van mevrouw was naar die lui van Sotheby's in New York gegaan. Mildred voelde een akelige druk op haar ogen. Ze haalde diep adem, rechtte haar rug en zei met krachtige stem: 'Men doet zijn best.'

Ferm en luid. Er was toch niemand die haar kon horen. Mevrouw was boven. Ze waren gescheiden door een heleboel lege, afgesloten vertrekken.

De keuken met zijn oude, kersenhouten kasten, industriële koelkasten en drie ovens was groot genoeg voor een hotel. Potten, pannen en bestek waren er nog, evenals mevrouws ivoorkleurige lievelingsservies van Chinees porselein en een paar stuks zilver met sentimentele waarde in de provisiekast van de butler. Plus de magnifieke linnenpers waarvan de mensen van Sotheby's hadden gezegd dat ze die nooit zouden verkopen. Maar al die prachtige dingen – de schatten die mevrouw en hij in Europa hadden gekocht – waren verdwenen. Ze hadden wel een lieve som opgebracht, zelfs na aftrek van de veilingcommissie en de belasting. Mildred had de cheque gezien en vastgesteld dat alles goed was gekomen. Voorlopig althans.

Zij en mevrouw bespraken de… financiële situatie nooit. Mevrouw bleef haar betalen en stond erop dat ze haar volledige salaris bleef krijgen, hoewel de Heer mocht weten dat Mildred het niet verdiende. Wat was zij nu waard in deze toestand?

Slechte gedachten. Weg ermee, weg ermee.

Ze zag een vochtplek op het kastje onder de gootsteen, pakte een doekje en veegde het droog. Vroeger was de keuken een bedrijvige plek geweest. Mevrouw en hij hadden altijd gasten, het wemelde van de leveranciers, kelners repten zich af en aan, pannen stonden te dampen en de werkbladen van roestvrijstaal stonden vol met schalen met hartige hapjes en zoetigheid. Van de laatste waren Mildreds taarten niet het geringste. Wie mevrouw ook in de arm nam voor de catering, ze hunkerde steevast naar Mildreds taarten, vooral de pruimentaart, de Dorset-appeltaart en de bosvruchtentaart. Hij ook. Iedereen trouwens...

Mildred had al eenenveertig jaar in het grote huis gekookt en schoongemaakt. Twee jaar nadat mevrouw en hij er waren komen wonen, was zij gekomen. Ook in het huis aan Lake Arrowhead had ze gekookt en schoongemaakt, maar weekends aan het meer kwamen niet zo vaak voor, zelfs niet toen hij nog leefde, en dikwijls moest mevrouw een schoonmaakbedrijf in de arm nemen om de afdekzeilen weg te halen en de kranen schoon te maken.

Het weekendhuis was al meer dan tien jaar niet gebruikt. Niet meer sinds dat verschrikkelijke weekend.

Mildred fatsoeneerde zuchtend haar kapsel. Eenenveertig jaar zilver poetsen, de kamerbrede tapijten een shampoobeurt geven, bijna honderd ramen lappen, zelfs de glas-in-loodramen die hij van een kerk in Italië had gekocht. O, mevrouw gaf haar altijd wel een hulpje, maar geen van hen kon haar ooit bijhouden.

De eerste tien jaar was haar hulpje Anna Joslyn, dat wezenloze magere kind uit Ierland. Geestelijk gesproken niet helemaal fris, maar ze kon de handen uit de mouwen steken en was zo sterk als een paard. Daarna die grote, luidruchtige uit Denemarken met die vulgaire boezem; dat was helemaal niets, wat een vergissing!

Na die Deense stuurde het bureau alleen nog maar Mexicanen. De meesten waren goede werkers en in het algemeen waren ze eerlijk, hoewel Mildred wel bleef opletten. Soms spraken ze Engels, soms niet. Hoe dan ook, dat was hun probleem. Mildred weigerde Spaans te leren; Engels en Frans waren toch meer dan voldoende? Juffrouw Hammock in het weeshuis had alleen Engels en Frans belangrijk gevonden, en acht decennia afgestudeerden hadden in de beste huizen van Engeland en het vasteland van Europa gewerkt.

De Mexicanen waren zo erg nog niet, maar ze hielden het nooit lang vol. Ze zaten zo weer in Mexico als er problemen waren met familie, kinderen, man, liefje, of met de een of andere heiligendag. Al die katholieke feestdagen waren toch niet bij te houden? Mildred gaf eigenlijk de voorkeur aan jongedames die keurig naar de kerk gingen en een goede opleiding hadden, meisjes die recht van lijf en leden waren en het verschil wisten tussen Royal Crown Derby en Chinese Export. Maar je berustte.

Ze wist wel waar de schoen wrong. Er waren geen weeshuizen meer. Al die baby's werden tegenwoordig uit de baarmoeder gesneden of mochten bij die bijstandsdellen blijven. Je hoefde de krant maar te lezen. Maar er was niet langer behoefte aan Mexicaanse meisjes. Aan niemand trouwens.

Mildred was drieënzeventig en vroeg zich af of ze de ineenstorting van alles wat rationeel en correct was nog zou meemaken.

Niet dat ze dacht dat ze eerdaags het loodje zou leggen. Op die reuma na voelde ze zich kiplekker. Maar je wist maar nooit. Kijk maar naar wat er met mevrouw was gebeurd. Zo'n prachtige vrouw, de elegantste vrouw die Mildred ooit aan beide kanten van de oceaan had gezien. Er kwamen nooit anders dan vriendelijke woorden over haar lippen; wat een geduld, en God wist hoeveel geduld ze met hém had moeten opbrengen.

Moest je haar nu eens zien... Als Mildred erover nadacht werden haar ogen al vochtig.

De koffie was klaar. Precies op tijd. Mildred schonk de koffie voor mevrouw in een Victoriaanse karaf. Onhandig ding, waarschijnlijk van een van de gasten gekregen. Die mooie kan – de Hester Bateman – was weg. George III, een topjaar, met alle correcte keurmerken. Die had hij meegenomen van een van zijn reisjes naar Londen, uit een eersteklas winkel in Mount Street. Iemand anders zou hem misschien in een vitrine hebben gezet. Mevrouw gaf er de voorkeur aan om mooie dingen te gebruiken. Het was haar ontbijtkan geweest.

Tot vier jaar geleden.

Hele dozen zilver, schilderijen, zelfs officiële japonnen: afgevoerd als... groenten.

Toen Mildred pas in dienst was, durfde ze de schatten van mevrouw niet eens aan te raken, uit angst dat ze ze zou beschadigen. Toen al had ze oog voor kwaliteit.

Mevrouw was toen nog maar een meisje, maar al zo wijs. Ze had haar op haar gemak gesteld. Dit is ons huis, lieve, geen museum.

En wat had ze een mooi huis voor hem gemaakt.

Het licht viel diffuus door de takken van de stokoude plataan op de ontbijtpatio, door het keukenraam en op Mildreds weerbarstige handen. Ze waren net zo misvormd als die boom. Maar de plataan had elk

jaar weer nieuwe groene scheuten. Konden mensen zich ook maar jaar-
lijks vernieuwen...

Mildred staarde hoofdschuddend naar de grond. Die moest gedweild.
Wat een vlakte. Wat een grote ruimte... Niet dat het laatste meisje erg
nuttig was geweest. Hoe heette ze ook weer? Rosa, of Rosita. Na drie
maanden rommelde ze al met een van de jongens van de tuinman.
Mildred was genoopt om het bureau weer te bellen.

Hallo, meneer Sanchez.

Dag mevrouw Board. Wat kan ik vandaag voor u doen?

Een en al opgewektheid, en waarom ook niet? Hij kreeg weer een
plaatsing.

Mildred regelde drie gesprekken met 'dames' en daarna zei mevrouw
het.

Hebben we er echt nog iemand bij nodig, Mildred? We zijn maar met
z'n tweeën, jij en ik, en we gebruiken eigenlijk alleen maar de keuken
en onze eigen vertrekken.

Ze moest haar uiterste best doen om vrolijk te klinken, maar ze ver-
beet haar tranen. Mildred begreep het wel. Ze had het zilver, de schilderijen en de avondjurken ingepakt.

Zover was het dus gekomen. Al die jaren had mevrouw hem geduld
en moest je eens kijken hoe hij haar had achtergelaten.

Die driftbuien van hem. Die hadden natuurlijk zijn dood bespoedigd.
Hoge bloeddruk, beroerte, en hij was nog zo jong. Om mevrouw zo
in de steek te laten, het arme duifje. Maar financieel had hij wel voor
haar gezorgd, dat kon je hem niet verwijten.

Althans, dat dacht Mildred. Toen kwam die verandering, vier jaar geleden.

Werden de kamers leeggehaald en afgesloten.

Geen Mexicaanse meisjes meer.

Werd het tuinonderhoud van dagelijks tot twee keer in de week teruggebracht en vervolgens naar één keer. Daarna probeerde een magere jongen de hectare grond met rap afnemend succes bij te houden.
Tuinen zijn net kinderen. Die hebben een strenge hand nodig, anders
gaan ze het slechte pad op.

De tuin van mevrouw, ooit een lusthof, was een treurige woestenij geworden. Kale en verdorde plekken op de gazons die nooit fatsoenlijk
gemaaid werden. Ongeknipte heggen die er maar wat onbehoorlijk
bijstonden, bomen vol dode takken, bloemperken vol onkruid, de vijver leeg.

Mildred deed haar best, maar haar handen lieten haar in de steek.

Zag mevrouw het wel? Ze kwam nog maar zelden buiten. Misschien
daarom juist. Misschien wilde ze het niet weten.

Of misschien kon het haar niets schelen en was het niet vanwege de... financiële situatie.

Want Mildred moest bekennen dat mevrouw al een hele poos geleden was veranderd.

Dat vreselijke weekend in Lake Arrowhead. Daarna hij. De ene tragedie na de andere..Niet dat mevrouw ooit klaagde. Misschien was het wel beter geweest als ze dat wel had gedaan...

De Duitse stationsklok boven de linker koelkast sloeg. Ook iets dat die mensen van Sotheby met hun nasale stem hadden geweigerd. Niet dat Mildred hun iets kwalijk nam, het was inderdaad een monsterlijk geval. En hij liep gruwelijk voor. Als hij negen uur wees, was het acht uur drieënvijftig. Over zeven minuten zou Mildred voor de kamerdeur van mevrouw staan en zachtjes aankloppen. Dan zou ze van de andere kant van het schimmelige mahoniehout 'Kom maar binnen, lieve' horen. Naar binnen gaan om het dienblad op het bureau te zetten, mevrouw rechtop te helpen en opgewekt te babbelen, de berg kussens op te schudden, het rotan bedtafeltje te pakken en voorzichtig over het dekbed te plaatsen en het serviesgoed er met zorg op neer te zetten. Verzilverd toastrekje gevuld met driehoekjes extra dun, licht geroosterd tarwebrood en de koffie – versgebrande Afrikaanse melange uit dat winkeltje aan Huntingdon Boulevard – je mocht verdikkeme toch wel íéts van luxe hebben! Cafeïnevrij tegenwoordig, maar wel met echte room die dik genoeg was om te klonteren voor de scones. Het had heel wat moeite gekost om die te pakken te krijgen! De goudkleurige marmelade die Mildred nog steeds zelf maakte met fijne witte rietsuiker en de paar zure sinaasappels die ze nog achter in de boomgaard kon vinden.

De boom met zure sinaasappels was op sterven na dood, maar bracht toch nog een handvol heerlijke vruchten voort. Fruit was één ding waar Californië goed voor was. Mildred vond het nog steeds heerlijk om door de boomgaard te wandelen en vruchten te plukken, zich verbeeldend dat de grond niet hard en hobbelig was en de gewassen groen en fris in plaats van die chaos van stro die de perken verstikte.

Dan verbeeldde ze zich dat ze weer een meisje was en in Engeland woonde, ergens op het platteland van Yorkshire. Dan moest ze wel haar oren sluiten voor het feit dat je op bepaalde dagen – meestal trouwens – het geraas van de snelweg naar Pasadena kon horen.

Fruit en klimaat waren de enige voordelen van Californië. Hoewel Mildred bijna haar hele leven in San Marino had gewoond, vond ze het nog steeds een barbaars land.

Afschuwelijke dingen in de krant. Als ze de berichten te erg vond, nam ze de krant gewoon niet mee met de ontbijtspullen van mevrouw.

Er werd toch nooit naar gevraagd. Mevrouw las niet zoveel meer, behalve de Bouquetreeks en kunsttijdschriften.

Mevrouw deed trouwens helemaal niet veel meer.

De dokters zeiden dat haar niets mankeerde, maar wat wisten zij nu helemaal? Die vrouw was zesenzestig, maar had voor eeuwen tragedies te verstouwen gehad.

Het was acht uur zesenvijftig. Mildred had nog drie minuten om door de keuken naar de krakende lift aan de achterkant te lopen en naar de kamer van mevrouw op de tweede verdieping te gaan.

Ze pakte een van de drie mooie gele rozen zonder schimmel die ze van de doornige struik in de achtertuin had geplukt. Ze had ze bij het krieken van de dag afgesneden, de steel kortgeknipt en de bloemen op suikerwater gezet. Nu legde ze de bloem naast de afgedekte schaal met gepocheerde eieren. Mevrouw at er zelden van, maar je moest het blijven proberen.

Ze tilde het dienblad op en zette zich snel en met vaste hand in beweging.

De keuken zag er trouwens niet al te erg uit.

'Heel goed,' zei Mildred tegen niemand in het bijzonder.

28

Ik glip het park uit, loop langs Los Feliz en blijf zo ver mogelijk uit de buurt van de straatverlichting. Hier loopt niemand, er suizen alleen maar auto's langs. Los Feliz gaat over in Western en nu nemen de junkies en hoeren het over. Ik sla rechtsaf op Franklin, want daar is het donkerder; er staan alleen maar flats. Ik wil niet op de Boulevard komen.

Het is niet zo druk vanavond en de mensen die wel op straat zijn, schijnen geen erg in me te hebben. Dan zie ik een stel Mexicanen op een straathoek in de schaduw van een oud bakstenen gebouw rondhangen. Waarschijnlijk een drugsdeal. Ik steek over en ze kijken me na maar zeggen niets. Een straat verder komt een mager hoertje met wit spriethaar, een felblauw T-shirt, shorts en een piepklein tasje naar buiten. Als ze me ziet, roept ze met een verwilderde blik en een dikke tong: 'Hé, jong.' Ze wenkt me met haar vinger. Ze is klein, een kind nog maar, en ze ziet er niet eens zoveel ouder uit dan ik. 'Pijpen en pezen, dertig dollar.' Als ik doorloop, zegt ze: 'Krijg de vinketering, flikker.'

Een paar straten zie ik niemand, vervolgens weer een temeie. Die is ouder en dikker en ze slaat geen acht op me. Ze staat maar wat te roken en naar het verkeer te kijken. Daarna komen er drie lange zwarte knapen met een honkbalpetje uit de schaduw. Ze zien me en kijken elkaar aan. Ik hoor ze iets zeggen, steek weer over en probeer ontspannen te doen. Ik hoor gelach en voetstappen. Als ik omkijk, zie ik dat een van hen achter me aan komt en me al bijna te pakken heeft. Ik zet het als een haas op een lopen en hij ook. Hij heeft lange benen en houdt zijn hand klaar alsof hij me wil grijpen. Ik ren de straat over en een tegenligger moet een bocht maken om me te ontwijken. De chauffeur toetert en schreeuwt: 'Godverdomme, idioot!' Ik blijf hollen, maar de zwarte jongen niet meer.

Ik geloof dat ik iemand hoor lachen. Voor hem was het waarschijnlijk een lolletje. Als ik een pistool had...

Ik blijf een hele poos lopen. Op Cahuenga is meer licht en de ingang van de Hollywood Bowl, een lange slingerweg omhoog. Daar ga ik niet heen. Dat lijkt me te veel op het park. Ik heb m'n buik vol van parken. Drie keer raden wat er dan komt: weer een park. Wattles Park, wat een maffe naam. Ik heb het nog nooit gezien. Het ziet er onherbergzaam uit; een hoge omheining aan alle kanten en hekken met zware kettingsloten en een bordje waarop staat dat het gemeente-eigendom is, 's nachts dicht is en je er dan niet mag komen. Door het hek zie ik alleen maar planten. Het ziet er rommelig uit. Waarschijnlijk wemelt het er van de viespeuken.

Franklin houdt op en daar heb je Hollywood Boulevard weer, ik ontkom er niet aan; alsof die enorme klap licht en lawaai, benzinestations, auto's, bussen, cafetaria's me achternazit. Het ergste zijn de mensen, er zijn erbij die me bekijken als een lekker hapje. Ik steek La Brea over, het wordt weer rustig; allemaal flatgebouwen en sommige zien er niet eens onaardig uit. Ik heb die boulevard nooit anders bekeken dan als een verzameling winkels, theaters en griezels, maar moet je dit zien: hier wonen de mensen best mooi eigenlijk.

Misschien had ik eerder op reis moeten gaan.

De snee in mijn arm is droog en doet niet meer zo'n pijn. De wondjes op mijn gezicht jeuken.

Mijn ademhaling is weer in orde, maar mijn borst doet nog zeer. Ik heb honger, maar voor drie dollar is er niet veel te krijgen en ik kijk om me heen of ik ergens in een container kan duiken. Niets. Zelfs geen gewone vuilnisbak.

Ik loop nog een stukje verder en sla een doodstille zijstraat in. Allemaal woonhuizen, lekker donker. Maar hier zijn ook geen vuilnisbakken of steegjes. De auto's staan bumper aan bumper en een stuk verderop is licht en lawaai: weer een boulevard. Ik blijf staan en kijk om me heen. Sommige huizen zien er goed uit, maar bij andere is het een rommeltje met auto's op het gras.

Dan ben ik bij een huis waar geen auto op de oprijlaan of op het gazon staat. Aardedonker. Het ziet er oud uit; gemaakt van een donker soort hout, met een schuin aflopend dak dat over een heel brede veranda uitsteekt. Geen schutting, zelfs niet naast de oprijlaan. Maar het gras is gemaaid, dus er woont wel iemand en misschien staan de vuilnisbakken achter.

De oprijlaan is gewoon van beton met een strook gras in het midden. Ik kan niet zien wat er aan het eind is. Ik kijk om me heen om te zien of er niemand kijkt en loop de oprijlaan heel langzaam op. Als ik langs het voorportaal kom, zie ik een grote stapel post op de voordeurmat liggen. Alle ramen zijn helemaal donker. Het ziet ernaar uit dat de bewoners een poosje weg zijn.

Geen bordje met HOEDT U VOOR DE HOND, geen geblaf in huis.

Ik blijf lopen en uiteindelijk zie ik wat er aan het eind van de oprijlaan is. Een garage met houten deuren. De achtertuin is maar klein voor zo'n groot huis. Gewoon een stukje gras met een paar bomen; een daarvan is enorm, maar er hangt geen fruit aan.

De vuilnisbakken staan achter de garage, drie stuks. Twee van ijzer en een van plastic. Leeg. Misschien wonen de mensen er niet meer.

Ik draai me om en wil net weer teruglopen als ik een oranje vlekje boven de achterdeur zie. Een lampje dat zo zwak is dat het alleen maar de bovenste helft van de deur verlicht. Een hordeur; achter het hor is glas. Het hor wordt op zijn plaats gehouden door twee lusachtige dingen met haken, en als ik eraan draai, laat het zo los.

Het glas achter de hordeur blijkt een verzameling ruitjes, negen stuks in een houten lijst. Ik tik voorzichtig op een ruitje. Het trilt een beetje, maar er gebeurt niets. Ik tik nog harder en klop er een paar keer op. Nog steeds niets. Ook niet als ik op het hout bons.

Ik trek mijn T-shirt uit, wikkel het om mijn hand en geef een vrij harde stomp tegen het onderste ruitje links. Er gebeurt niets, maar als ik nog een keer stomp, raakt het los en valt het in huis in stukken.

Wat een kabaal.

Geen onraad.

Ik steek mijn hand naar binnen en voel de deurknop. In het midden zit een knopje en als ik draai, schiet het naar buiten en de deur klikt open.

Ik trek mijn T-shirt weer aan en ga naar binnen. Het duurt even voor mijn ogen aan de duisternis gewend zijn. Ik ben in een soort bijkeuken waar een wasdroogcombinatie staat met een doos wasmiddel en een paar vaatdoekjes erop. Vervolgens een keuken waar het naar insectenverdelger ruikt en een heleboel potplanten op de aanrechten staan. Ik maak de koelkast open. Er gaat een lichtje branden en ik zie wel eten staan maar doe hem gauw weer dicht want het licht geeft me een kwetsbaar gevoel. Als de deur dichtgaat zie ik een sticker met een vredesteken en eentje met de tekst ZUSTERSCHAP BOVEN ALLES.

Mijn hart gaat tekeer. Maar het is een ander soort angst, niet echt onprettig.

Ik loop van de ene donkere kamer naar de andere en zie alleen meubels. Dan weer terug naar de keuken. Onderweg blijkt achter een dichte deur de badkamer te zijn. Daar staan nog een stel planten op de stortbak van de wc. Ik doe het licht aan en uit. Schraap mijn keel. Er gebeurt niets.

Er is niemand.

Dit is wel leuk.

Ik ga weer naar de keuken. Voor de ramen boven de gootsteen hangt een gordijn met bloemen, waaraan wollige balletjes hangen. Zusterschap. Hier wonen vrouwen. Mannen zouden niet zoveel planten hebben.

Oké, nog maar eens in die koelkast kijken. Op de bovenste plank staan twee blikjes prik en een plastic vierlitercontainer met nog een beetje sinaasappelsap. Drie slokken. Het smaakt bitter. Ik stop de blikjes frisdrank in mijn zak. Daarnaast staat een kuipje Mazola-margarine en een stuk Philadelphia roomkaas. Ik maak de roomkaas open, maar er zit een laag blauwgroene schimmel op. De margarine ziet er nog goed uit, maar ik weet niet wat ik ermee moet.

Daaronder staat een container met aarbeienyoghurt en drie harde plakken Amerikaanse kaas waarvan de rand een stukje opkrult. Geen schimmel. Ik eet ze alle drie op.

Die lui moeten al een hele poos weg zijn.

Op de onderste plank staat een pak magere saucisse-de-Boulogne dat nog niet is opengemaakt. Ik stop het bij de prik in mijn zak. Er ligt ook een hele ananas. Het groene lipje zit er nog aan en op een paar plekken voelt hij zacht aan.

Ik laat de deur van de koelkast openstaan voor het licht en leg de ananas op het aanrecht. Ik trek laden open tot ik er een met messen en vorken vind. Er zitten ook haarspelden en haarbanden in.

Ik haal het grootste mes eruit en snij de ananas doormidden. De zachte plekken blijken bruin en ze zitten als een soort ziekte over de hele vrucht. Ik snij eromheen – dit is een prima mes – en zo krijg ik een aantal heerlijke, superzoete stukken ananas.

Ik krijg er nog meer honger van. Ik proef een stukje Boulogne en staand aan het aanrecht eet ik alle plakken op. Vervolgens nog een paar stukken ananas. Het sap loopt langs mijn kin en op mijn hemd en ik voel de wondjes op mijn gezicht branden.

Dan een blikje fris.

Nu staat mijn maag op springen.

Ik ga naar de badkamer die vlak naast de keuken is, doe een plas en was mijn handen en gezicht. Dan zie ik de douche. Op een plank staan zeep, shampoo, crèmespoeling en iets dat klittenbalsem heet.

Heet water genoeg. Ik draai de koude kraan een stukje open: perfect. Ik doe de deur op slot, trek mijn kleren uit en stap onder de warme straal. Het water prikt en doet zeer, maar voelt toch lekker.

Ik heb nog nooit zo lang gedoucht. Mam staat niet te wachten om er uren onder te staan en zich klaar te maken voor Moron; en geen Moron die een uur op de plee wil zitten.

Ik blijf me maar inzepen en afspoelen, inzepen en afspoelen. Ik zorg ervoor dat elke centimeter van m'n lijf aan de beurt komt; mijn haar ook en zelfs onder mijn nagels, m'n neusgaten en diep in m'n gat. Ik wil ieder spoortje troep kwijt.

Dan naar voren, onder m'n ballen.

Ik krijg een stijve.

Lekker.

Ik zit me af te drogen. Heerlijk om schoon en veilig te zijn. Ik denk aan verre landen, fantasielanden, hoge bergen, groots en paars net als in dat liedje, aan de zilverkleurige zee, surfers, jetski's, meisjes in bikini die de hoela dansen, dolfijnen, Jacques Cousteau, blauw zeewier, geel zeewier, murenen en nautilus.

Dan hoor ik stemmen, en even denk ik dat ik echt ben uitgespaced en een hele film over een tropisch eiland compleet met muziek heb geschapen, maar dan klinken de stemmen harder.

Vrouwenstemmen. Dan een bons. Iemand zet iets neer.

Onder de deur zie ik een streep licht. Uit de keuken.

Een gil.

Een echte gil.

29

Ramsey zei: 'Ik heb trek. Vindt u het erg als we naar de keuken verhuizen?'

Zenuwenhonger? Petra zei: 'Helemaal niet, meneer Ramsey.'

Ze liep hem achterna en hij deed de lichten aan zodat er lelijke litho's en massief meubilair zichtbaar werden. Ze gingen naar het soort keuken dat Petra had verwacht: zeventig vierkante meter met muren van nep-adobe en rustieke plafondbalken, witte kastjes, werkbladen van grijs graniet, keukenapparatuur van mat roestvrijstaal en aan de balken hing een koperen rek met dodelijke wapens. Op de werkbladen stond een hele uitstalling van keukenmachines, broodroosters en magnetrons. Een raam met spijlen bood uitzicht op een wit gestucte muur. De oostkant van het huis. Een zijdeur.

In het midden van de keuken stond een lange, smalle houten tafel van oud kerngrenen. Het aangetaste hout was zijdeglanzend gewreven en de beschadigingen waren glimmende inkepingen. Waarschijnlijk een echte antieke Franse boerentafel. Petra dacht dat het weleens een kloostertafel kon zijn. Mooi. Maar de acht stoelen eromheen waren chroom Breuerwerk met armleuningen van ongelooid leer die dermate dissoneerden dat ze wel kon gillen. Was dat zijn eclectische idee of dat van Lisa?

Ramsey deed de linkerkoelkast open. Afgeladen. Een vrijgezel die zich thuis voelde. Hij haalde er nog een Sprite Light uit en een doos Hüttenkäse met bieslook.

'Ik moet op de pondjes letten,' zei hij, terwijl hij een lepel zocht. 'Echt niets? Neem tenminste iets te drinken.'

'Nee, dank u.'

Hij ging aan het hoofd van de grenen tafel zitten en zij nam een stoel ernaast.

'Dit vindt u vast gek,' zei hij, terwijl hij de lepel in de kaas stak. 'Dat ik zit te eten. Maar ik heb de hele dag nog geen hap gehad en ik voelde m'n bloedsuikerspiegel zakken.'

'Suikerziekte?'

'Het zit in de familie, dus ik pas op m'n tellen.' Hij nam een hap Hüttenkäse en veegde witte stukjes uit zijn snor. Het kon hem niet schelen hoe hij er tegenover haar uitzag. Misschien had ze hem wel verkeerd ingeschat met z'n Don Juan-gedoe. Of misschien kon hij het in- en uitschakelen. Ze zag hem een slok frisdrank nemen en nog twee happen Hüttenkäse en toen ze haar blocnote pakte, was hij weer bij de les.

'Oké, de bewuste avond,' zei hij. 'Ik had u toch verteld dat ik in Tahoe was? De eerste keer dat u hier was?'

Petra knikte.

'Op zoek naar lokaties voor het volgende seizoen,' vervolgde hij. 'We hebben een dubbel script met een aantal afleveringen in een casino en proberen een plek te vinden waar we de opnamen kunnen doen. Dan gaan we ongeveer een maand filmen.'

'Wie had u mee op die speurtocht?'

'Greg en onze lokatiemanager, Scott Merkin. We hebben een aantal percelen aan het meer bekeken, een stel casino's bezocht, bij Harrah's gegeten, hebben 's avonds nog wat rondgekeken en zijn naar huis gevlogen.'

'Commerciële vlucht?'

Hij legde zijn lepel neer en nam nog een slok. 'Al die bijzonderheden. Dus ik sta op de verdachtenlijst?'

Hij klonk niet eens verrast. Zelfs het woordje 'eindelijk' ontbrak.

'Gewoon routinevragen, meneer Ramsey.'

Hij glimlachte. 'Ja hoor. Ik heb dat zelf ontelbare malen tegen verdachten gezegd. "Gewoon routinevragen" wil zeggen dat Dack Price de man op z'n huid gaat zitten.'

Petra glimlachte. 'In het gewone leven zijn routinevragen gewoon routinevragen, meneer Ramsey. Maar als dit geen geschikt moment is om te praten...'

'Ja hoor, dit is een prima moment.' Zijn lichte ogen keken Petra recht aan. Ramsey nam nog een paar happen Hüttenkäse, bracht het blikje naar zijn lippen, besefte dat het leeg was en haalde er nog een.

'Ik denk dat het niet meer dan logisch is dat ik word verdacht. Vanwege dat... incident. Die draai gaf het journaal er ook aan.'

Hij staarde haar aan.

Hij gooide weer een visje uit.

'Deze hele toestand,' zei Ramsey. 'Wat de mensen van me denken na die nieuwsuitzendingen... Nee, het was geen commerciële vlucht, maar een privécharter. Doen we altijd. Westward Charter, die vliegt altijd voor ons. We hadden ook onze gewone piloot, Ed Marionfeldt. Die zie ik wel zitten omdat hij straaljagerpiloot bij de marine is geweest, een echte Top Gun. We zijn van Burbank vertrokken, alles staat in het log van Westward. Vertrek omstreeks acht uur 's morgens, terug om halfnegen 's avonds. Scott is naar huis gereden en Greg heeft mij thuisgebracht. Doorgaans rijdt hij als het donker is, want ik ben een beetje nachtblind.'

'Oogproblemen?'

Ramsey veegde zijn snor weer af hoewel er niets te vegen viel. 'Eerste stadium van staar. Mijn oogarts wil de laser erop zetten, maar ik blijf het maar op de lange baan schuiven.'

Bedoelde hij dat hij die avond niet met Lisa naar het park kon zijn gereden?

'Dus 's avonds gaat u niet vaak uit?'

'Jawel hoor, zo erg is het niet. Ik heb alleen last van het licht.' Hij glimlachte. 'U geeft me toch geen bon, hè?'

Petra glimlachte ook. 'Beloofd.'

Hij stak de lepel weer in de Hüttenkäse, keek ernaar, en legde hem weer neer. Petra zag dat het vel om zijn mond een beetje los hing. Vlekjes achter de oren en een paar dunne streepjes: de sporen van een facelift. Uit zijn oor sproot een plukje grijs haar. In het felle keukenlicht werd elke rimpel en ader geaccentueerd.

Zijn lichaam begon hem in de steek te laten. Bloedsuiker. Die ogen. De penis.

Appelleerde hij soms aan haar mededogen? In de hoop op de vrouwelijke tederheid die Lisa hem niet kon bieden?

'Dus Greg heeft u naar huis gebracht,' zei ze.

'We waren hier om ongeveer kwart over negen, halftien, hebben wat administratie gedaan en daarna ben ik gewoon in bed geploft. De volgende morgen was Greg eerder op dan ik en toen ik in de fitness kwam was hij al aan het trainen; ik heb hier een kleine fitnessruimte. Ik heb wat steps gedaan, een douche genomen, we hebben hier wat ontbeten, besloten om een rondje golf te oefenen en vervolgens naar de Agoura Country Club te gaan om achttien holes te spelen. Toen kwam u.'

Sorry dat ik roet in het eten heb gegooid, Herbert.

'Oké,' zei Petra. 'Nog iets?'

'Nee,' zei Ramsey. 'Dat is alles.'

Ze sloeg haar blocnote dicht en ze liepen terug naar de voordeur.

'Hoe is het met de auto's?' vroeg ze toen ze langs de glazen wand liepen.

'Ik heb er weinig over nagedacht.'

Petra bleef staan en tuurde door het donkere glas. Stond de Mercedes weer op z'n plek? Zonder licht zag ze niets.

Ramsey drukte een knopje in. En daar stond hij. Een grote sedan. Loodgrijs.

'Speelgoed,' zei Ramsey, en hij deed het licht weer uit.

Hij liep met haar mee naar haar Ford en toen ze instapte, zei hij: 'De groeten aan Greg.'

Nu was het Petra's beurt om hem aan te staren. Hij gaf haar een treurig lachje. Het lachje van een oude man.

'Ik weet best dat u m'n alibi gaat verifiëren,' zei hij. 'Gewoon routine.'

184

30

Stu voelde zich schuldig en nutteloos, maar deed zijn best om rustig en scherpzinnig te kijken. Hij trok zijn das strak en zijn jasje aan. Vijf uur bellen; geen zaken die iets weg hadden van de moord op Lisa Ramsey of Ilse Eggermann.

Hij wist niet wat hij aan moest met de moord op het Duitse meisje. Hij kreeg geen medewerking van de Oostenrijkse politie, noch van Interpol, noch van de luchtvaartmaatschappijen. Morgen zou hij de Amerikaanse douane en de paspoortcontrole proberen. Wat moest hij vragen? Om naar Lauch uit te kijken? Veel geluk. Hij staarde naar de Weense politiefoto. Opvallende knaap, maar het was nog erger dan de speld in de hooiberg.

Misschien had Petra meer geluk met Ramsey.

Misschien ook niet. Hij kon er maar moeilijk belangstelling voor opbrengen... Hij ruimde zijn bureau op, deed het op slot en liep door de recherchekamer. Wilson Fournier zat aan de telefoon, maar toen Stu zijn bureau passeerde, hing de zwarte rechercheur net met een minachtende blik op en trok zijn jasje aan. Fourniers partner Cal Baumlitz was er niet; die herstelde van een knieoperatie. Fournier werkte al dagen lang in zijn eentje en het was hem aan te zien.

'Nieuwe zaak?' vroeg Stu in een poging collegiaal te doen.

'Als je het zo kunt noemen.' Fournier was niet groot en niet klein, slank, had een kaalgeschoren hoofd en een borstelige snor die Stu deed denken aan een van de figuren uit Sesamstraat toen hij nog nachtdienst draaide en de ochtenden met zijn kinderen door kon brengen.

Fournier deed zijn holster om en pakte zijn spullen bij elkaar. Vervolgens gingen de twee samen naar buiten. 'Wat een kloteleven, Ken. Jij en Barbie krijgen Lisa Ramsey, jullie mogen op sterrenjacht en net op het eind van mijn dienst krijg ik nog een mogelijke voyeur/aanrander/inbrekerszaak die naar stompzinnigheid stinkt.'

'Wil je Ramsey van me overnemen?'

Fournier lachte. 'Ja, ja, de tol van de roem, ik weet het.'

'Wat voor mogelijke voyeur/aanrander?'

Fournier schudde zijn hoofd. 'Dat van die aanrander is gelul. Neem me niet kwalijk, meneer de deken: flauwekul. We worden goddomme geacht moordzaken op te lossen en hier is notabene niet eens iemand gewond, laat staan dood, dus wat moet ík daar nou mee? Ondertussen zit ik met vier onopgeloste moorden en zet de baas me onder druk. Die hersenloze commissaris ook met zijn flauwekul over wijkpolitie.'

Een stukje verder vroeg Stu uit beleefdheid: 'Wat is er dan precies gebeurd, Wil?'
'Huis in North Gardner, twee lesbiennes komen thuis van een week-
je in Big Sur, merken dat iemand in hun keuken is geweest, heeft staan
vreten en gedoucht. Ze betrappen hem op heterdaad – de douche loopt
nog – schrikken zich het lazarus, rennen gillend de voordeur uit en de
dader smeert 'm door de achterdeur.'
'Wat is er gepikt?'
'Voedsel. Een stuk ananas, worst, wat frisdrank. Gruwelijke inbraak,
hè?'
'En waar blijft die aanranding dan?'
'Precies.' Fournier keek hem aan met een blik vol weerzin. 'Lesbiennes. Grote stapel post op de voordeurmat. Hele week weg. Denken ze
aan een schuif op de brievenbus? Of laten ze een paar lichten branden? Of een alarminstallatie of een rottweiler of een gifslang of een
AK-47? Allemachtig, Ken, hoe kunnen ze er tegenwoordig nog op rekenen dat we iets aan de mísdaad doen?'

31

Routine. Sta ik op de verdachtenlijst?
Speelde hij een spelletje?
Ze belde Stu op het bureau. Hij was een uur daarvoor vertrokken en
toen ze zijn privénummer probeerde, werd er niet opgenomen. Uit met
Kathy en de kinderen? Het was vast prettig om een privéleven te hebben.
Toen ze weer in L.A. was, kocht ze wat salade bij een kleine kruide-
nier in Fairfax, die ze thuis opat terwijl ze naar het journaal keek; geen
nieuws over Ramsey. Ze probeerde Stu weer. Er werd nog steeds niet
opgenomen.
Tijd om te doen alsof zij ook een privéleven had.
Ze trok een trui met verfspetters aan, zette Mozart op en drukte verf
op haar palet. In elkaar gedoken op een kruk werkte ze tot middernacht door. Eerst het landschap, dat een beetje begon te lukken. Ze
had het gevoel alsof het vanzelf ging; de tijd vloog als in een trance
voorbij. Ze pakte een nieuw doek, een groter doek, dat nog blanco en
uitnodigend was. Ze bracht twee witte onderlagen aan, gevolgd door
een scheutige laag gitzwart. Toen die droog was, penseelde ze een reeks
snelle grijze ovalen die uitgroeiden tot gezichten.

Geen compositie, alleen maar gezichten, tientallen, waarvan een aantal elkaar overlapten als vruchten aan een boom buiten beeld. Sommige met de mond onschuldig halfopen, allemaal met zwarte ogen zonder pupil die net zo goed lege kassen hadden kunnen zijn, spookachtige schijfjes die stuk voor stuk een variant van verwarring vertegenwoordigden.

Ieder gezicht was weer jonger dan het vorige, als een omgekeerd verouderingsproces, net zo lang tot ze niets anders schilderde dan kinderen.

Stomverbaasde kinderen aan een onzichtbare kinderboom... Ze kreeg kramp in haar hand en liet het penseel vallen. In plaats van te psychologiseren, barstte ze luidkeels in lachen uit, zette de muziek af, griste het doek van de ezel en zette het op de grond met de voorkant naar de muur. Ze trok al haar kleren uit, gooide ze op de grond, nam een lange douche en ging naar bed. Zodra het licht uit was, liet ze het gesprek met Ramsey de revue passeren.

Ze wist bijna zeker dat hij aan het manipuleren was.

Maar wat moest ze ermee?

Toen ze woensdagochtend wakker werd, was dat het eerste waar ze aan dacht. De manier waarop hij het licht in de garage had aangeknipt om haar de Mercedes te laten zien alsof hij haar uitdaagde om nog dieper te wroeten. Al dat werken op haar mededogen: bloedsuiker, staar. 's Avonds weinig achter het stuur.

Arme ouwe ziel. Hij takelde af. Maar één probleem met zijn gezondheid zou hij nooit te berde brengen.

Een probleem dat tot een ernstige woedeaanval kon leiden.

En nog altijd geen advocaat, althans niet openlijk. Een soort dubbel blufpoker? Eén verkeerde vraag en hup, zijn spreekbuis wandelt binnen?

Of was hij gewoon zeker van zichzelf omdat hij het perfecte alibi had? Je niet mee laten slepen, geen frontale aanval. Richt je op de flank. De minderen. Zoek Estrella Flores, maak een praatje met de charterpiloot, al zou dat niets bewijzen, want er was ruimschoots voldoende tijd geweest om naar huis te gaan, weer weg te gaan, Lisa op te halen en haar te vermoorden. Als laatste maar niet onbelangrijkste Greg Balch, de trouwe en waarschijnlijk meinedige lakei. Petra was ervan overtuigd dat Ramsey zijn zakelijk manager had gebeld zodra ze haar hielen had gelicht, maar soms herbergden minderen een diepgewortelde woede. Petra herinnerde zich hoe Ramsey tijdens hun eerste bezoek tegen Balch was uitgevaren. Hoe Balch dat zomaar had gepikt. Was hij gewend om het pispaaltje te zijn? Oefen wat druk op hem uit, laat die lang onderdrukte woede maar ontbranden; het kwam weleens voor dat ondergeschikten zich bekeerden.

Om acht uur zat ze aan haar bureau en vond ze een briefje van Stu die schreef dat hij waarschijnlijk laat op kantoor zou zijn, waarschijnlijk pas 's middags.

Zonder opgaaf van reden.

Ze voelde zich nijdig worden; ze verfrommelde het briefje en smeet het weg.

De vluchtleiding van Westward Charter bevestigde Ramseys en Balch' uitstapje naar Tahoe en de terugkeer om halfnegen op Burbank. Piloot Ed Marionfeldt was er toevallig en ze kreeg hem aan de lijn. Aangenaam en rustig. Hij had ontelbare malen met 'The Adjustor' gevlogen, geen problemen, niets ongewoons deze keer. Petra wilde niet al te veel vragen stellen uit angst dat ze Ramsey daarmee tot hoofdverdachte zou bombarderen. Al was hij dat wel. Ze kon zich al voorstellen hoe de een of andere advocaat Marionfeldts getuigenis zou gebruiken om te illustreren dat Ramsey die dag niet anders had gedaan dan anders. Als het al ooit tot een rechtszaak zou komen; droom maar lekker.

Een telefoontje naar de sociale dienst bevestigde dat Estrella Flores inderdaad een legale immigrante was en het enige adres dat men van haar had was Ramseys huis in Calabasas.

'Dus cheques zouden naar dat adres worden gestuurd?' vroeg ze de beambte naar wie ze was doorverbonden.

'Ze heeft nooit een aanvraag voor een uitkering ingediend, dus is er geen sprake van cheques.'

'Als u een adreswijziging krijgt, wilt u mij dat dan alstublieft laten weten, meneer...'

'Vicks. Ik doe mijn best als ik het te weten kom, maar wij werken niet met individuele verzoeken behalve als er sprake is van een specifiek probleem...'

'Er is hier sprake van een specifiek probleem, meneer Vicks.'

'Ongetwijfeld. Goed, ik zal er een briefje van maken, maar ik moet u vertellen dat er weleens dingen zoekraken, dus misschien is het beter als u ons van tijd tot tijd opbelt.'

Ze belde Player's Management. Er werd niet opgenomen en er was ook geen antwoordapparaat. Misschien was Balch wel op weg naar het noorden, naar Montecito. Nam hij een poosje vrijaf om voor zijn baas bewijzen te verdonkeremanen.

Daarna kwam de beursmakelaar van Merrill Lynch. Morad Ghadoomian had een prettige stem zonder accent, en klonk voorbereid.

'Die arme mevrouw Boehlinger. Ik neem aan dat u wilt weten of zij nog financiële verwikkelingen had. Helaas had ze die niet.'

'Helaas?'

'Geen verwikkelingen,' zei hij. 'Er viel namelijk niets te verwikkelen.'

'Stond er geen geld op haar rekening?'

'Vrijwel niets.'

'Kunt u iets specifieker zijn, meneer?'

'Ik wou dat ik dat mocht. Maar laat het voldoende zijn om te zeggen dat mij dingen in het vooruitzicht zijn gesteld die nooit hard zijn gemaakt.'

'Had ze u verteld dat ze grote sommen geld zou investeren en heeft ze dat niet gedaan?'

'Wel... Ik weet echt niet goed wat de regels zijn in termen van openbaarmaking. Mijn baas evenmin, we hebben nog nooit met een moord te maken gehad. We hebben wel voortdurend te maken met klanten die overlijden; notarissen, rapportage van de belasting, maar dit... Laat ik zeggen dat mevrouw Boehlinger maar één keer bij mij op kantoor is geweest en dat was om formulieren in te vullen en de rekening te openen.'

'Hoeveel heeft ze erop gezet?' vroeg Petra.

'Nou... Ik wil niet buiten mijn boekje gaan... Zeg maar dat het minimaal was.'

Petra wachtte.

'Duizend dollar,' zei Ghadoomian. 'Om de zaak aan te zwengelen.'

'In aandelen?'

De makelaar grinnikte. 'Mevrouw Boehlinger was van plan om een aanzienlijke rekening in obligaties op te bouwen. Haar timing had niet beter gekund. U weet vast wel hoe goed de markt het de laatste tijd heeft gedaan. Maar we kregen nooit vervolginstructies en de duizend dollar bleven in een geldmarktfonds met een rente van vier procent.'

'Hoeveel was ze van plan te investeren?'

'Dat heeft ze nooit gezegd, alleen maar laten doorschemeren. Ik had de indruk dat het aanzienlijk zou zijn.'

'Zes cijfers?'

'Ze sprak in termen van financiële onafhankelijkheid.'

'Wie had haar naar u doorverwezen?'

'Hm... Volgens mij belde ze uit eigen beweging. Ja, dat weet ik zeker. Een spontaan telefoontje.' Hij grinnikte weer.

'Maar daarna nooit meer.'

'Nooit. Ik heb wel getracht haar te bereiken. Laat het voldoende zijn om te zeggen dat ik van een koude kermis ben thuisgekomen.'

Financiële onafhankelijkheid; verwachtte Lisa een schip met geld? Of had ze gewoon besloten tegen haar dertigste serieus te worden, Ramseys maandelijkse toelage op de bank te zetten en te leven van haar inkomen als filmeditor? Een overschot van tachtigduizend dollar per jaar kon aardig aantikken.

Een vermindering van die tachtigduizend zou Lisa's investeringsplannen in de war hebben geschopt.

Was Ramsey erop teruggekomen toen ze dat baantje kreeg, had hij gedreigd met een rechtszaak, en was dat de reden dat ze Ghadoomian niets meer van zich had laten horen?

Of was het iets eenvoudigs: had ze een andere makelaar in de arm genomen?

Niet waarschijnlijk. Waarom zou ze die duizend dollar dan bij Ghadoomian hebben gelaten?

Was geld soms ook een probleem tussen de Ramseys?

Geld en gefrustreerde hartstocht; betere ingrediënten voor een moordmysterie waren er niet.

Het kostte haar een uur bellen met ambtenaren van het gemeentearchief voordat ze eindelijk de oorspronkelijke echtscheidingsdocumenten van de Ramseys te pakken had. Het definitieve vonnis was ruim vijf maanden daarvoor gewezen. Geen in het oog springende complicaties, geen verzoekschriften tot wijziging van alimentatie, dus als Ramsey protest had aangetekend, had hij het niet officieel gemaakt.

Vervolgens kreeg ze de boodschap om de afdeling Identificatie op het Parker Center te bellen.

De telefonist daar zei: 'Ik verbind u door met agent Portwine.'

Ze kende wel de naam maar niet het gezicht. Portwine was een van de dactyloscopisten; ze had zijn handtekening weleens op rapporten gezien.

Hij had een dunne stem en praatte humorloos en snel. 'Bedankt voor het terugbellen. We kunnen te maken hebben met een kolossale blunder of iets interessants; hopelijk kunt u me vertellen welk van beide het is.'

'Wat is er dan?' vroeg Petra.

'U hebt ons materiaal van de moordlokatie van Lisa Boehlinger-Ramsey gestuurd. Een snackverpakking en een boek. Daar hebben we talrijke afdrukken op gevonden; te oordelen naar de afmetingen hoogstwaarschijnlijk van een vrouw, maar we hebben ze in geen enkel dossier kunnen terugvinden. Dat wilde ik u net schrijven, toen ik een andere lading op mijn bureau kreeg. Zo op het oog van een andere zaak: een inbraak op North Gardner, vingerafdrukken op een keukenmes en een paar voedselverpakkingen. Ik had even tijd, dus ik heb ernaar gekeken en ze kwamen overeen met die ik van u heb gekregen. Dus wat ik wil weten, is: was er soms een verwisseling van zendingnummers, of zijn de formulieren misschien verwisseld? Dit is namelijk heel bizar: twee zendingen uit Hollywood, de een na de ander, en we krijgen precies dezelfde afdrukken. Vorig jaar hebben we op ons donder gekregen vanwege onze rubricering. En hoe voorzichtig we ook zijn, u weet hoeveel materiaal we verwerken. Wij wringen ons hier in de gekste bochten, wat wil zeggen dat als er sprake is van een probleem in deze affaire, de schuld bij u moet liggen en niet bij ons.'

Hoe kon iemand zo snel praten? Petra had de preek aangehoord en haar nagelafdrukken stonden in haar handpalm.

'Wanneer was die inbraak?' vroeg ze.

'Gisteravond. Er is een patrouillewagen heen gegaan en vervolgens is de zaak doorverwezen naar een van uw rechercheurs, W.B. Fournier.'

Petra keek naar Wils bureau. Weg.

'Om wat voor voedselverpakkingen ging het?'

'Een plastic sinaasappelsapcontainer, de afdrukken zaten op het etiket. En een ananas; dat was interessant, want ik had nog nooit een ananas gedaan. Er zijn nog een paar exemplaren, volgens Krazy Glueband afkomstig van roestvrijstalen sanitair en een shampoofles. Ook van... dit ziet eruit als een koelkast, ja inderdaad, een koelkast. Klinkt als een keukeninbraak. Hoe zit dat dan?'

'Ik weet niets van een keukeninbraak. Wat de zaak-Ramsey betreft hebben wij jullie alleen maar een snackverpakking, een boek en de kleren van het slachtoffer gestuurd.'

'U bedoelt dat dit andere materiaal niet van u is?'

'Precies,' zei Petra.

Portwine floot. 'Twee series afdrukken van dezelfde persoon, twee verschillende misdrijflokaties.'

'Daar lijkt het wel op,' zei Petra. Haar hart ging tekeer. 'Hebt u die Ramsey-zending nog, met name dat boek?'

'Nee, die heb ik gisteren om vijf uur naar bewijsmateriaal gestuurd, maar ik heb wel een kopie van de afdrukken bewaard. Een stel vrij opvallende ribbels, vandaar dat ik de overeenkomst zo zag.'

'Oké, bedankt.'

'Graag gedaan,' zei Portwine met tegenzin. 'We zitten tenminste niet met een probleem.'

Ze legde een briefje op Wil Fourniers bureau om contact op te nemen. Ze had nog steeds geen bericht van Stu en hij nam zijn zaktelefoon niet op.

Ze reed naar Parker Center in het centrum, verwierf zich glimlachend een plek op de personeelsparkeerplaats en ging naar de bewijskamer op de tweede verdieping, waar ze een aanvraagformulier invulde voor het bibliotheekboek. De dienstdoende agent was een zwarte vrouw met geblondeerd haar genaamd Sipes, die niet onder de indruk was van het feit dat het slachtoffer L. Boehlinger-Ramsey heette en Petra erop wees dat ze het zaaknummer niet duidelijk had ingevuld. Petra wiste het uit en schreef het opnieuw, en Sipes verdween achter eindeloze rijen schappen van beige metaal en kwam tien minuten later hoofdschuddend terug. 'Dat zendingnummer hebben we niet binnen gekregen.'

'Ik weet het zeker,' zei Petra. 'Gisteravond. Agent Portwine van identificatie heeft het gisteren om vijf uur hierheen gestuurd.'

'Gisteren? Waarom hebt u dat niet meteen gezegd? Dat staat dan ergens anders.'

Het duurde nog een kwartier voordat Petra de envelop met bewijsmateriaal had en Sipes' fiat om hem mee te nemen.

Toen ze weer in haar Ford zat, haalde ze het boek uit de envelop. *Our Presidents: the March of American History.*

Zwerfster met belangstelling voor overheid en inbraak. Inbreken om aan voedsel te komen? Waarschijnlijk schizofreen. Ze bladerde wat op zoek naar aantekeningen in de kantlijn, of een papiertje dat ze de eerste keer over het hoofd had gezien. Niets. Vreemd genoeg zat het uitleenkaartje nog steeds op z'n plek.

Filiaal Hillhurst. Dat wist ze nog. Negen maanden niet uitgeleend. Niet uitgeleend sinds de zwerfster het had gepikt?

Petra probeerde zich voor te stellen hoe zij op straat van diefstal leefde en boeken las. Voedsel en kennis stelen. Het had iets absurd romantisch.

Hurken om op een steen te plassen. Schizomeisje-Thoreau.

Ze reed weer terug naar Hollywood en vond het Hillhurst-filiaal in een winkelgalerij een paar straten ten zuiden van Los Feliz. Vreemd gebouw. Petra zou er geen bibliotheek verwachten. Bunker zonder ramen in het fantasieloze grijs van de overheid, vlak naast een supermarkt. Een chaos van winkelwagentjes blokkeerde bijna de ingang. Op een bordje stond dat het een tijdelijk onderkomen was.

Ze ging naar binnen met de envelop met bewijsmateriaal en haar visitekaartje. Het was één grote zaal. Aan een bureau in de hoek zat een bibliothecaresse met grijs haar te telefoneren. Aan de uitleenbalie stond een jongere vrouw en er was één klant, een stokoude man met een pet, die een ochtendblad zat te lezen. Naast hem op tafel lag een ingeklapte paraplu, hoewel de junilucht stralend blauw was en er in maanden geen druppel regen was gevallen.

Berkenhouten boekenkasten op wieltjes en leestafels van hetzelfde lichte hout. Reisposters in plaats van vensters; wat een aandoenlijke pretentie.

De oudste bibliothecaresse ging op in haar telefoongesprek, dus Petra liep naar de uitleenbalie. De jonge vrouw was een Latino. Ze was groot en keurig gekleed in een confectiepakje van grijs kamgaren dat er beter uitzag dan het verdiende, zoals het soepel om haar postuur viel. Ze had een prettig gezicht, vriendelijke ogen, redelijke huid, maar Petra's aandacht werd getrokken door haar haar: dik, zwart, steil en lang. Het viel tot onder de zoom van haar minirok. Net als van countryzangeres Crystal Gayle.

'Kan ik u helpen?'

Petra stelde zich voor en liet haar kaartje zien.

'Magda Solis,' zei de vrouw, duidelijk van haar stuk door de toevoeging 'moordzaken'.

Petra haalde het rode boek te voorschijn en legde het op de toonbank. Magda Solis' rechterhand vloog naar haar linkerboezem. 'O, nee toch, er is hem toch niets overkomen?'

'Hem?'

'Het jongetje dat...' Solis keek naar de grijze bibliothecaresse.

'Het jongetje dat het heeft gestolen?' vroeg Petra. Kleine lichaamsafdruk, kleine handen, geen vrouw maar een kind: waarom had ze daar niet aan gedacht? Opeens moest ze denken aan het schilderij waaraan ze de avond tevoren was begonnen, die boom vol verdwaalde kinderen, en ze moest zich verzetten tegen een huivering die bij haar schouders begon en omlaag trok naar haar navel.

Solis krabde haar kin. 'Kunnen we buiten praten?'

'Best.'

Solis repte zich naar de oudere dame. Haar tred wees enigszins op platvoeten maar was toch elegant; ze hield de armen wat verkrampt en het schitterende haar golfde achter haar aan. Ze zei iets dat haar cheffin deed fronsen en kwam terug. Ze beet op haar lip.

'Oké, ik heb pauze.'

In de winkelgalerij, vlak bij Petra's Ford, zei ze: 'Ik ben in opleiding en ik wil niet dat mijn chef het hoort. Is hem iets overkomen?'

'Waarom vertelt u me niet wat u weet, mevrouw Solis?'

'Ik... Het is maar een klein jongetje van een jaar of tien, elf. Eerst wist ik niet eens zeker of hij het wel was. Ik bedoel de persoon die de boeken meenam. Maar hij was de enige die de ontbrekende boeken ooit las; vooral voor dit boek bleef hij maar terugkomen, en toen was het opeens verdwenen.'

'Dus hij pikte ook andere boeken?'

Solis bewoog nerveus. 'Maar hij bracht ze altijd weer terug. Het was zo'n ernstig ventje. Hij deed net alsof hij huiswerk zat te doen. Waarschijnlijk wilde hij geen aandacht trekken. Uiteindelijk zag ik dat hij het deed. Een boek stiekem terugzetten. Een exemplaar dat ik als vermist had genoteerd. Volgens mij was het iets over oceanografie.'

'Hij deed alsof hij aan zijn huiswerk zat?'

'Die indruk had ik althans. Hij zat altijd maar over dezelfde paar bladzijden met wiskundevraagstukken gebogen; het was altijd wiskunde. Algebra. Dus misschien is hij wel ouder. Of gewoon hoogbegaafd. Te oordelen naar de boeken die hij las, durf ik te wedden dat hij hoogbegaafd was.' Solis schudde haar hoofd. 'Hij zat een poosje aan de wiskunde en dan verdween hij tussen de boekenkasten om een boek uit te zoeken en een paar uur te lezen. Het lag voor de hand dat hij dol op lezen was en dat is zoiets zeldzaams. Wij proberen altijd kinderen warm te maken en dat kost zoveel moeite. En áls ze komen, doen ze niets anders dan keten en kabaal maken. Hij was anders. Zo welopgevoed, echt een heertje.'

'Behalve dat hij boeken stal.'

Solis beet weer op haar lip. 'Ja. Nou ja, ik weet best dat ik er iets van had moeten zeggen, maar hij bracht ze netjes terug, dus wat kon het schelen.'

'Waarom hebt u niet tegen hem gezegd dat hij een bibliotheekpasje moest nemen?'

'Daar heb je een legitimatiebewijs en een handtekening van een volwassene voor nodig, en het lag voor de hand dat het een zwervertje was. Dat zag ik aan zijn kleren. Hij probeerde er wel netjes uit te zien. Hij maakte zijn haar nat en kamde het, maar zijn kleren waren oud en gekreukeld en er zaten gaten in. Ook in zijn schoenen. En hij droeg altijd maar dezelfde kleren. Hij had lang haar; het hing over zijn voorhoofd en het zag eruit alsof hij al heel lang niet naar de kapper was geweest.' Ze bracht haar hand naar achteren, voelde aan haar eigen haar en glimlachte: 'Misschien hadden we iets met elkaar gemeen. Vertel me alsjeblíeft of hem iets is overkomen, rechercheur.'

'Hij is misschien ergens getuige van geweest. Wat kunt u me nog meer over hem vertellen?'

'Klein, mager, blank, puntige kin. Bleek, alsof hij bloedarmoede heeft of zoiets. Lichtbruin haar. Steil. De kleur van zijn ogen weet ik niet goed. Blauw, denk ik. Soms loopt hij rechtop, dan weer in elkaar gedoken. Dan heeft hij iets bejaards over zich, iets van een oud mannetje. Dat kent u vast wel van straatkinderen.'

'Hebt u ooit met hem gesproken?'

'In het begin ben ik één keer naar hem toe gegaan om te vragen of ik hem ergens mee kon helpen. Hij schudde zijn hoofd en keek naar de tafel. Hij had een angstige blik in zijn ogen. Daarna heb ik hem met rust gelaten.'

'Een straatjongen.'

'Vorig jaar, toen ik nog studeerde, heb ik wat vrijwilligerswerk in een opvangcentrum gedaan, en hij deed me denken aan de kinderen die ik daar heb leren kennen; niet dat die boeken lazen. De boeken die hij las! Biografieën, biologie, boeken over de overheid. Dit boek, over de presidenten, was zijn lievelingsboek. Ik wil maar zeggen, hier had je een kind dat kennelijk door de maatschappij in de steek was gelaten en hij geloofde nog steeds in het systeem. Vindt u dat niet bijzonder? Hij móét hoogbegaafd zijn. Ik kon het niet over mijn hart verkrijgen om hem aan te geven. Moet mijn cheffin het weten?'

Petra schudde glimlachend van nee.

Magda Solis zei: 'Ik meende dat ik hem het beste kon helpen door hem de bibliotheek te laten gebruiken zoals hij dat wilde. Hij bracht alles terug. Behalve dat boek over de presidenten; waar hebt u dat gevonden?'

'Vlakbij,' zei Petra, en Solis vroeg niet verder.

'Hoe lang is hij blijven komen?'

'Twee, drie maanden.'

'Eens in de week?'

'Wel twee, drie keer per week. Altijd 's middags. Hij kwam om een uur of twee en bleef dan tot vier, vijf uur. Ik heb me afgevraagd of hij 's middags kwam omdat de meeste kinderen dan vrij van school hebben zodat het minder op zou vallen.'

'Slim van u,' zei Petra.

De bibliotheekassistente bloosde. 'Misschien zit ik er wel helemaal naast. Misschien is het wel een rijk joch van Los Feliz en vindt hij het gewoon leuk om excentriek te doen.'

'Wanneer hebt u hem voor het laatst gezien, mevrouw Solis?'

'Es kijken... Een paar dagen geleden. Vorige week. Het moet afgelopen vrijdag zijn geweest. Ja, vrijdag. Hij las een stapel *National Geographics* en *Smithonians*. Hij heeft niets meegenomen.'

De laatste werkdag voordat Lisa werd vermoord. Dus sindsdien was hij niet meer terug geweest.

Een kind. Dat in het park woonde. En in het donker zat te lezen. Hoe? Bij het licht van een zaklantaarn? Hoorde die bij het overlevingsmateriaal van een zwerfkind?

Van het parkeerterrein bij Griffith Park naar de plaats van de inbraak in North Gardner was een dikke zes, zeven kilometer. Hij was westwaarts getrokken. Waarom? Dit was een jongen die zijn vaste plek en vaste bezigheden had veroverd, geen nomade.

Bang geworden? Omdat hij iets had gezien?

'Ik wil hem niet in gevaar brengen,' zei de bibliotheekassistente.

'Integendeel, mevrouw Solis. Als ik hem vind, kan ik ervoor zorgen dat hij juist géén gevaar meer loopt.' Solis knikte. Dat wilde ze best geloven. De vrouw had blauwe plekken om haar ogen. Iets met elkaar gemeen. Bedoelde ze soms nog iets anders dan dat ongeknipte haar?

'Bedankt voor uw hulp,' zei Petra.

'Weet u zeker dat hij niet... gewond is?'

Gisteravond mankeerde hem nog niets. Hij had ingebroken en een ananas in stukken gesneden. 'Er mankeert hem niets. Maar ik moet hem wel zien te vinden. Misschien kunt u me daarbij helpen.'

'Ik heb u alles verteld wat ik weet.'

Petra haalde haar blocnote en een potlood nummer 3 te voorschijn. 'Ik teken een beetje. Laten we maar eens kijken of we iets in elkaar kunnen flansen.'

32

'Aanranders! Politie!'

Waarom schreeuwen ze zo? Ik schiet in de kleren. Het geschreeuw verwijdert zich. Ik zet de deur op een kier, gluur naar buiten, zie niets en hol de achterdeur uit.

Het klinkt alsof ze voor op straat zijn; ze roepen nog steeds 'Aanranders!' Dat is toch idioot. Ik zou nooit iemand aanranden; ik weet zelf maar al te goed hoe het voelt om opgejaagd te worden.

Ik ren achter de garage en klim over de houten schutting in de achtertuin van de buren. Daar brandt licht; ik zie kleuren. Achter de gordijnen staat de tv aan. Ik hoor iemand lachen.

Ik hol door de achtertuin naar de volgende straat en vervolgens weer terug naar Hollywood Boulevard. Daar sla ik weer een zijstraat in, vervolgens weer terug. Ik loop op en neer zodat niemand me ziet. Ik loop gewoon, ik hol niet meer. Ik ga op in de menigte... Geen sirenes. De politie is nog niet in aantocht. Als die vrouwen blijven liegen over aanranding, sturen ze misschien helikopters met van die witte lichtbundels. Daardoor zou ik in een insect op een vel papier veranderen... Maar dan besef ik dat ze me niet hebben gezien; waarom zou iemand denken dat ik het was?

Ik ga nog langzamer lopen en doe alsof ik van de prins geen kwaad weet. Nu ben ik weer in een rustige zijstraat. De mensen hebben zich binnen opgesloten in de waan dat ze veilig zijn.

Of misschien zijn ze wel bang dat ze dat niet zijn.

Ik blijf in westelijke richting lopen, weg van het park en Hollywood. Stomme vrouwen met al die planten; laten zomaar voedsel bederven.

De volgende drukke straat is Sunset Boulevard. Griezels, veel meer kinderen dan in Hollywood, meer auto's zelfs. Veel restaurants en nachtclubs. Aan de overkant is een tent die Body Body Body! heet met een plastic bordje van een naakte vrouw. Daarnaast een tent die de Snake heet. Een club met een lange rij ervoor en twee grote dikke kerels die niemand binnenlaten.

Die vent in die rode auto, kijkt die me soms raar aan?

Ik neem de volgende stille zijstraat en ga weer op en neer lopen. Nu doen mijn voeten wel zeer. Ik loop al de hele dag. Naar het westen, misschien naar het strand. Het strand is toch schoon?

Ik heb geen geld. Ik kan me niet beschermen. Ik had dat ananasmes mee moeten nemen.

33

Stu bekeek de tekening van de jongen.

Hij was tegen vieren zonder uitleg binnen komen waaien. Petra hunkerde ernaar om het hoge woord eruit te krijgen, maar deze nieuwe ontwikkeling, een potentiële getuige, betekende dat ze met hun aandacht bij hun werk moesten blijven.

'Mooi gedaan,' zei hij. 'Niet aan Harold laten zien.'

Harold Beatty was een zestigjarige narcoticarechercheur van Rampart die af en toe dienst deed als tekenaar van boevenkoppen. Alle gezichten die hij tekende zagen er eender uit. De familie Beatty, gniffelden de andere rechercheurs achter zijn rug.

Stu speelde met zijn bretels en het achteloze gebaar ergerde Petra nog meer. Ze wilde horen dat ze misschien iets op het spoor was.

Want ze wist niet al te zeker of het ergens toe zou leiden.

Die tekening was tenminste goed. Ze had Magda Solis alle trekken stuk voor stuk laten beschrijven en een bijzonder gedetailleerd portret met schaduw en al geproduceerd. De bibliotheekassistente had het bekeken en: 'Wonderbaarlijk' gefluisterd.

Een leuk uitziend joch met grote, wijd uiteenstaande ogen. Petra had die niet duidelijk ingevuld om in het midden te laten of ze bruin of blauw waren. Smalle neus met samengetrokken neusgaten, dunne lippen, puntige kin met een kuiltje. Solis wist de kleur van zijn ogen niet zeker, maar wel dat hij een kuiltje in zijn kin had.

Steil, lichtbruin, dik haar, naar rechts geborsteld. Het onttrok z'n voorhoofd tot zijn wenkbrauwen aan het oog, viel over zijn oren en op zijn schouders hing een ruige rand. Uit een t-shirt sproot een magere nek. Solis had gezegd dat hij klein was, ruim onder de een meter vijfig, hooguit zesendertig kilo, en dat hij t-shirts, spijkerbroek, tennisschoenen met gaten en soms een mottige oude trui droeg.

O ja, ook een horloge. Zo'n goedkoop digitaal geval.

Dat boeide Petra. Was het soms een oud kerstcadeautje? Of iets dat hij had gegapt? Waar hoorde hij thuis? Hoe lang geleden was hij van huis weggelopen?

Een kind. Toen ze naar de functie van rechercheur had gesolliciteerd, had men haar de keus geboden tussen kinderpolitie en autodiefstallen. Ze had voor het laatste gekozen. Niemand vroeg waarom...

Stu zei: 'Hij kijkt grimmig.' Dat was waar. De gezichtsuitdrukking van de jongen was meer dan gekwetst. Hij zag eruit alsof hij een last op zijn schouders droeg. Solis had het 'door het leven verpletterd' genoemd.

'Hij haalt eten uit de koelkast en neemt een douche,' zei Stu. 'De vingerafdrukken zijn dezelfde als de onze. Ongelooflijk.'

'Misschien is het de Voorzienigheid wel,' zei Petra. 'Misschien beloont God je wel voor al je vroomheid en al die uren in de kerk.'

'Vast,' zei Stu schor. Ze had hem nog nooit zo boos gehoord.

Wat mankeerde hem toch? Ze maakte altijd grapjes over godsdienst. Voordat ze iets kon zeggen, stond hij op en knoopte zijn jasje dicht. 'Oké, laten we het maar tegen Schoelkopf gaan zeggen.'

Hij draaide haar weer de rug toe. Hij had haar nog niet één keer recht aangekeken sinds hij de recherchekamer in was gewalst.

'Kan dat niet later?' vroeg Petra. 'Ik moet nog heel wat papierwerk...'

Hij draaide zich met een ruk naar haar om. 'Wat heb je er toch tegen om het volgens het boekje te doen, Petra? Hij heeft toch duidelijk gemaakt dat hij op de hoogte gehouden wilde worden? Nu hebben we iets te melden.'

Hij was al bij de deur toen Petra hem had ingehaald en fluisterde: 'Wat is er in godsnaam met jou aan de hand?'

'Er is niks aan de hand. We gaan Schoelkopf inlichten.'

'Dat bedoel ik niet. Wat mankeert jóú?'

Hij liep door zonder antwoord te geven.

'Godverdomme, Bishop, je gedraagt je als een godvergeten etterbak!'
Hij bleef tandenknarsend staan. Hij had zijn handen tot vuisten gebald. Ze had nog nooit tegen hem gevloekt. Ze bereidde zich voor op een ontploffing. Dit kon boeiend worden.
Maar hij liet zijn gezicht hangen. 'Godvergéten? Misschien heb je wel gelijk.'

In Schoelkopfs kantoor bleven ze allebei ijzig kalm.
De hoofdinspecteur wierp een blik op de tekening en legde hem neer.
'Heb jij dat gemaakt, Barbie? Verborgen talent... Misschien moesten we Harold maar eens met pensioen sturen.'
Hij leunde achterover en legde zijn voeten op zijn bureau. Nieuwe, Italiaanse schoenen. De zolen waren nog zwart. 'Het is geen vuurwerk, maar misschien is het íéts.' Hij scheurde de tekening uit Petra's bloc.
'Informeer maar bij de kinderpolitie om te zien of iemand dat kind kent. Ook bij opvangcentra, kerkelijke groeperingen, maatschappelijk werkers, alle lui die tegenwoordig met weggelopen kinderen werken. Ik zal kopieën laten maken voor de voorlichting.'
'Publiciteit? Laat u die tekening in de krant zetten?' vroeg Petra.
'Weet jij soms een betere manier om hem te verspreiden?'
'Weten we wel zeker of we die tekening meteen willen publiceren?'
'Waarom niet, goddomme?'
'Toen we dat boek net hadden gevonden, vond u het zwak. U wees erop dat het onwaarschijnlijk was dat iemand in het donker zat te lezen. Dus hoe groot is de kans dat die jongen in feite iets heeft gezien? Maar als we van de daken schreeuwen hoe hij eruitziet en dat het een straatjongetje uit Hollywood is, ontketenen we misschien een heksenjacht. Bovendien, als de moordenaar Hollywood een beetje kent, heeft hij dat jongetje misschien eerder te pakken dan wij...'
'Ongelooflijk,' zei Schoelkopf. 'Moederinstinct.' Hij zette zijn voeten weer op de grond. Hij keek alsof hij over zijn nek ging. 'Wil je nou een moord oplossen of moedertje spelen over een weggelopen kind?'
Petra voelde de woede opvlammen. Een serene stem die met geen mogelijkheid van haar kon zijn, zei: 'Ik wil voorzichtig zijn, meneer. En zeker als hij een getuige is...'
Schoelkopf legde haar met een gebaar het zwijgen op. 'Jij praat over de moordenaar alsof het een abstractie is. We hebben godverdomme met Ramsey te maken. Wil je mij soms vertellen dat hij eerder dan wij een weggelopen kind zal hebben gevonden? Laat me niet lachen. Weet je wat, Barb: als jij je soms zorgen maakt om het welzijn van dat kind, ga jij dan maar een oogje op Ramsey houden. Misschien hebben we daar zelfs iets aan: als hij achter dat kind aangaat, grijpen wij hem in

de kladden, net als op tv.' Schoelkopf lachte hol. 'Ja, ik meen het echt. Ga Ramsey maar schaduwen. Wie weet word je nog eens een heldin.'

Petra's longen voelden alsof ze van hout waren. Ze probeerde te ademen en niet te laten merken hoeveel moeite dat kostte.

'Dus we gebruiken dat jongetje als lokaas,' zei Stu. Nu hoorde Petra de vader van zes kinderen weer spreken.

'Jij ook al?' vroeg Schoelkopf. 'We proberen een potentiële getuige van een moord te lokaliseren... Jezus, droom ik dit gesprek soms? Waar hebben we het verdomme sinds het begin van deze zaak nou over gehad? Voorzichtig zijn. Wat denk je dat er godverdomme gebeurt als dat kind wél bruikbaar blijkt en wij geen poging doen om hem te traceren? Verspil m'n tijd niet; jullie zijn met deze aanwijzing gekomen en nu zul je erachteraan gaan ook!'

'Prima,' zei Stu, 'maar als Petra haar tijd aan schaduwen moet besteden, zal onze mankracht met de rest van de zaak...'

'Ik krijg niet de indruk dat er veel gebeurt...'

'Eigenlijk is er wel iets... Die soortgelijke zaken die we van u moesten zoeken.' Stu vertelde hem over Ilse Eggermann en de zoektocht naar Karlheinz Lauch.

Schoelkopf verborg zijn verbazing achter een tevreden lachje. 'Zo... Kijk eens aan. Oké, jullie hebben meer mankracht nodig, neem me niet kwalijk, persóónkracht. Zeg maar tegen Fournier dat hij nu in jullie team zit. Dat joch valt toch al onder hem; de grote boze inbreker. Met z'n drieën moesten jullie maar eens echt aan de slag gaan. Op zijn minst kunnen we de stad vrijwaren van koelkastbandieten.'

Fournier zei: 'Wat moet ik dan met mijn andere een-acht-zevens?'

'Vraag dat maar aan hém,' zei Stu. 'Jij klaagde toch dat je roem te kort kwam? Hier ligt je kans.'

'Ja hoor, ik ben de Ananasheld. Oké, hoe is de verdeling?'

Petra zei: 'Ik moet Ramsey in de gaten gaan houden. Ik heb al met hem gesproken, dus is het niet raar als ik opnieuw contact met hem leg. Maar ik mag doodvallen als ik de hele dag voor de poort van RanchHaven ga zitten.'

Fournier zei: 'Kan ik je niet kwalijk nemen.' Hij streek over zijn kale hoofd.

Ze kende hem oppervlakkig en had niets tegen hem. Volgens Stu was hij niet op zijn achterhoofd gevallen. Ze hoopte dat dat zo was, want ze moest hem snel bijpraten.

Ze ging van start. Fournier maakte aantekeningen. Stu keek weer afwezig.

Uiteindelijk kwamen ze overeen dat Petra Estrella Flores en Greg Balch zou doen en misschien Ramsey nog een keer zou proberen. Stu bleef zich met de zaak-Eggermann bezighouden en Fournier zou contact leggen met jeugdzaken van bureau Hollywood, plaatselijke opvangcentra en zwervershotels om te proberen de jongen te lokaliseren.

Nog voordat Petra was uitgesproken, stond Stu op en liep weg.

Fournier vroeg: 'Is hij wel oké?'

'Gewoon een beetje moe,' zei Petra. 'Te veel pret.'

Toen ze weer achter haar bureau zat, belde ze de afdeling vermiste personen van elk wijkbureau van de politie van L.A., vond verschillende Floressen, maar geen enkele Estrella. Ze schreef er twee op die ongeveer even oud waren – Imelda, 63, uit L.A.-Oost en Doris, 59, uit Mar Vista. Ze belde de familie, maar dat leverde niets op.

Datzelfde gold ook voor de bureaus van de sheriff. Wat nu? Was Flores naar het moederland uitgeweken? Was dat Mexico, El Salvador? Toen herinnerde ze zich iets dat Ramsey haar had verteld. Greg had het nieuwe dienstmeisje ingehuurd, dus misschien had hij Flores ook wel opgescharreld.

Nog een reden om eens met onze Greg te gaan babbelen.

Maar eerst moest ze Ron Banks nog bellen om hem te laten weten dat Ramsey Lisa niet in het arrondissement L.A. had mishandeld.

Hij was op zijn werkplek en zei: 'O, hallo! Ik heb je nog niet gebeld, want ik heb nog geen aangifte gevonden.'

'Die zul je ook niet vinden,' zei ze. 'Ik ben er net achter dat Ramsey een tweede huis in Montecito heeft, Ron. Daar is het gebeurd.' Nog iets waar ze niet aan toe was gekomen, daar moest ze ook nog in duiken...

'O, oké,' zei Banks. 'Dat valt onder de sheriff van Carpenteria.' Hij schraapte zijn keel. 'Hoor eens, nog even over vorige keer. Toen ik je mee uit vroeg. Ik wilde je niet in verlegenheid brengen. Je zit natuurlijk helemaal niet op afleiding te wachten...'

'Dat geeft helemaal niet, Ron.'

'Het is aardig dat je dat zegt, maar...'

'Het is in orde, Ron, echt.'

'Het was onprofessioneel. Mijn excuus is dat ik pas een jaar gescheiden ben, dus ik ben hier niet zo goed in, en...'

'Laten we maar iets afspreken,' zei ze tot haar eigen verbazing.

Stilte. 'Zeker weten? Ik bedoel... Geweldig, dat vind ik leuk, zeg jij het maar.'

'Wat dacht je van vanavond? Waar woon je ergens?'

'Granada Hills, maar ik kom uit het centrum, dus het maakt niet uit waar.'

'Hou je van de traiteur?'
'Ik hou overal van.'
'Wat dacht je van Katz's in Fairfax? Pak weg acht uur?'
'Fantastisch.' Hij zong het bijna.
Zij zou ook wel kunnen zingen!

34

Een hemel vol met sterren. Die zee brult harder dan de dieren in de dierentuin.

Ik zit op het strand, onder de pier, ruik teer en zout en heb het koud, zelfs met dat dikke zwarte plastic om me heen.

Overal nat zand om me heen, maar ik heb een droog plekje gevonden bij een van die hoge, zwarte palen waar de pier op ligt. Ik kan niet slapen en zit maar wat te luisteren naar het komen en gaan van de golven; ik ben toch niet moe. De zee is gitzwart en kleine vlekjes maanlicht trekken er een schuine streep over. Het is koud, veel kouder dan in het park. Als ik hier blijf, zal ik een echte deken op de kop moeten tikken.

Daarnet liep er een gebogen man langs de rand van het water. Eén man maar, op een verder verlaten strand, en uit de manier waarop hij liep, in zijn handen klapte en om de zoveel tijd een sprongetje maakte leidde ik af dat hij gek was.

Als de zon opkomt, zal ik weg moeten.

Twee avonden geleden zag ik PLYR die vrouw vermoorden en nu zit ik hier. Idioot. En ik heb er niet eens mijn best voor gedaan, het is gewoon gebeurd.

Op mijn zigzagtocht tussen Sunset en de zijstraten ben ik langs zoveel restaurants gekomen dat mijn neus vol met etensluchtjes zat; ik zag kerels in rode jasjes auto's wegzetten en mensen lachen. Mijn maag was nog vol, maar het water liep me in de mond.

Ik had geen idee waar ik uit zou komen; ik wist alleen dat ik niet stil kon blijven staan. Ik kwam op een gedeelte van Sunset dat er chiquer uitzag; duurdere mensen en enorme posters van films, kleren en drank. Daarna nog meer nachtclubs en nog meer dikke kerels voor de ingang met de armen over elkaar voor hun borst.

De club waar het gebeurde heette A-Void. Hij was op een donkere hoek naast een drankzaak en zwart geschilderd met allemaal zwarte keien tegen de voorgevel gemetseld. De dikke vent die daar stond, rookte een sigaret en zag er verveeld uit. Niemand probeerde naar binnen te gaan. Op een plastic bord boven de ingang stonden de bands die er speelden: Meat Members, Elvis Orgasm en de Stick Figures.

De drankzaak was open en achter de kassa zat een vent met een tulband op. Ik wilde wat kauwgom kopen en andere spullen gappen, maar toen ik naar binnen ging, keek hij me argwanend aan, dus toen ben ik maar weer weggegaan. Op dat moment kwam er een lange, magere vent met heel lang kroeshaar en pukkeltjes naar buiten met een stel trommels. Hij haastte zich naar een zwart busje dat om de hoek stond, maakte de achterdeur open en zette de trommels erin. Het busje zat onder de deuken en krassen en op de zijkant zaten allemaal stickers. Hij deed hem niet op slot.

Hij kwam nog twee keer naar buiten en toen hij voor de derde keer naar binnen ging, bleef hij binnen.

Hij had de auto niet op slot gedaan.

Die dikzak was ook naar binnen.

Ik glipte de hoek om en keek door het raampje aan de passagierskant. Er zaten alleen maar stoelen voorin, de rest was laadruimte.

Ik maakte het portier open. Er ging geen alarm af.

Het enige dat ik op de chauffeursstoel vond waren snoepwikkels, lege blikjes en flessen en stukken papier. Misschien de radio, als ik die kon verkopen... Hoe haalde je zo'n ding eruit?

Toen hoorde ik stemmen en zag de magere vent op de hoek met zijn rug naar het busje staan. Hij praatte met een klein meisje met geel haar waar een roze streep middendoor liep. Zij had het busje misschien kunnen zien als ze had gekeken, maar ze keek alleen maar naar hem. Het leek wel alsof ze ruzie stonden te maken.

Het was te laat om weg te springen. Ik sprong erin, deed het portier dicht, dook achterin en verstopte me achter de trommels. Er lag een dik stuk zwart plastic half overheen. Ik kroop eronder en stootte me tegen metaal. Dat deed echt pijn; ik moest op mijn lip bijten om het niet uit te schreeuwen.

Het plastic voelde koud aan en rook naar bleekmiddel.

De achterdeur ging weer open en het busje schudde toen er iets vlak bij me belandde.

Beng. En nog een beng.

Ik hoorde het meisje voorin zeggen: 'Jullie waren te gek.'

'Lul niet.'

'Nee, ik meen het echt, Wim.'

'Het was klote en iedereen wist dat het klote was, dus lul niet; heb je m'n jasje meegenomen?'

'Eh... Sorry, ik zal het even gaan halen.'

'Shit! Ga als de sodemieter naar binnen!'

Het portier ging weer open, weer een beng.

Gehoest. 'Klerewijf...' Hij startte en de metalen vloer onder me begon te trillen. Ik probeerde me aan iets vast te houden zodat ik niet om zou rollen, maar de trommels waren rond en ik wilde geen lawaai maken, dus drukte ik me maar als een spin tegen de grond.

De radio ging aan. Hij probeerde een stelletje verschillende zenders, zei: 'Krijg de klere!' en zette 'm weer uit.

Een wrijvend geluid, toen een klikje en daarna rook ik een vertrouwd luchtje.

Wiet. In de stacaravan zat m'n neus ermee vol als ik in slaap viel en me afvroeg of ik er een hersenbeschadiging van op zou lopen.

Beng. 'Alsjeblieft, schat.'

'Weet je wat dat is? Lamswol uit Mongolië of Tibet of zo, goddomme. En die spijkers zijn met de hand gemaakt en bevestigd door blinde boeren die er speciale gebeden bij opzeggen of zoiets; ik heb er met bloed voor betaald, en jij laat het liggen! Godverdomme!'

'Sorry, Wim!'

Ze rookten allebei zonder een woord te zeggen. De motor liep en ik drukte mijn vingers maar op de vloer, probeerde me niet te verroeren of hoorbaar te ademen en vroeg me af waar dit allemaal op uit zou draaien. Ik kon er niet uit want de trommels blokkeerden de weg naar de achterdeur.

Het was tenminste warm.

Ze zei: 'Geef nog eens een trekje... Aaah, dit is goeie shit.'

'Hé, zit dat ding verdomme niet te pijpen. Geef terug.'

'Waar wil je heen, Wim?'

'Waar? Naar Europa. Waarheen denk je verdomme? Naar huis. Ik wil pitten.'

'Wil je dan niet naar de Whiskey?'

'Jezus, nee. Waarom zou ik?'

'Dat zei je toch, weet je nog?'

'Hè?'

'Voordat we weggingen, hadden we het erover, weet je nog, dat we erna misschien een kijkje in de Whiskey konden gaan nemen; er was misschien iemand die je kende, misschien dat je een beetje kon jammen...'

'Dat was toen, dit is nu... Iemand die ik ken. Oké. Kennen is gelul, verdomme. Dóén, daar gaat het om, en vanavond hebben we godverdomme geen flikker gedaan. Man, niet te geloven wat een klerezooi we d'r van gemaakt hebben. Skootch was zo'n beetje hersendood, en die gast op de tweede rij, ik weet vrij zeker dat die van Geffen was en die ging er al vroeg vandoor... Godverdomme, ik ga dood zonder beroemd geweest te zijn!'

'Je zult best ber...'

'Hou goddomme je snater!'

Het busje kwam in beweging. Hij bleef een poosje in zuidelijke richting rijden en sloeg vervolgens rechtsaf, dus weer naar het westen. Wim stuurde nijdig; hij reed te hard, gierde door de bochten en stopte te snel.

Het duurde een poosje voordat het meisje weer iets zei. 'Hé, Wim?'

Hij gromde.

'Wim? Wat je daarnet zei?'

'Wat?'

'Dat ik die joint niet moest pijpen? Maar ik kan toch iets anders pijpen?' Ze giechelde.

'Ja hoor. Ik heb de avond van m'n leven gehad en nou ben ik wel toe aan iets romantisch. Hou gewoon maar je bek, we gaan naar huis. Goddomme, wat waren we slecht!'

Daarna werd er helemaal niet meer gesproken.

Ik probeerde elke afslag te volgen en een kaartje in mijn hoofd te maken, maar er waren zoveel afslagen dat ik ten slotte de draad kwijtraakte.

Uiteindelijk stopte hij en ik dacht: nou ben ik erbij. Hij gaat z'n trommels pakken, dan ziet hij mij en gaat hij al zijn woede op mij afreageren.

Ik tastte onder het plastic om me heen om iets te vinden waarmee ik kon slaan, voelde iets van koud metaal, maar ik kon het niet loskrijgen. Ik was er gloeiend bij.

Portiers gingen open. Beng. Voetstappen. Ze werden zachter en stierven weg.

Ik kroop onder het zeil vandaan. Het busje rook naar één grote joint. Hij stond in een rustige straat met flatgebouwen.

Ik klom op de voorbank en draaide het raampje omlaag. Dit kon wel overal zijn. Misschien had hij me zelfs wel naar Hollywood teruggebracht. Buiten was het koud, dus ik kroop weer naar achteren en slaagde erin om het plastic zeil los te trekken. Ik vouwde het op, klemde het onder mijn arm, kroop weer naar voren en stapte uit.

Een nieuwe geur.

Zout. De geur van zoute vis.

Toen ik klein was, had mama me een keer naar het strand meegenomen. Dat was een hele reis met de bus vanuit Watson. Ik weet niet precies welk strand het was en later zijn we er nooit meer geweest, maar het zand was zacht en warm en ze kocht een hoorntje voor ons allebei. Het was warm en droog en druk en we bleven er de hele dag; ik groef kuilen en mama zat in haar bikini naar de radio te luisteren. Ze had geen zonnebrandcrème meegenomen en we zijn allebei verbrand. Mijn huid is nog lichter dan de hare, dus ik was er het ergst aan toe; ik kreeg overal blaren en had het gevoel alsof mijn hele lichaam in brand stond. Ik heb de hele weg naar huis gehuild. Mam zei dat ik stil moest zijn, maar dat meende ze niet echt. Zij zag eruit als kauwgom, dus ze wist best dat ik me niet aanstelde.

Toen we weer in de caravan waren, probeerde ze me wijn te laten drinken, maar dat wilde ik niet. Ik vond de geur niet lekker en ook al was ik pas vier of vijf, ik had haar dronken gezien, dus ik was bang van alcohol. Ze probeerde me te dwingen. Ze drukte de fles tegen mijn lippen en hield een van mijn handen in bedwang, maar ik bleef mijn hoofd wegdraaien en deed alsof mijn mond dichtgelijmd zat, net zolang tot ze me eindelijk met rust liet en ik daar maar lag te roosteren terwijl zij de fles zelf leegdronk.

Toen ik die zoute lucht rook, moest ik daar allemaal weer aan denken.

En ik herinnerde me nog meer: mam zat op een handdoek; ze droeg een zwarte bikini. Misschien hoopte ze dat ze de aandacht van de een of andere vent zou trekken. Maar dat gebeurde niet, misschien wel omdat ik erbij was.

Daar was ik dus. Op het strand. Verder kon ik niet.

35

In het kantoor van Greg Balch werd nog steeds niet opgenomen. Petra besloot er een kijkje te nemen.

Om zes uur verliet ze het parkeerterrein van het bureau, reed bij Franklin Cahuenga op en verdween over de heuvel.

Studio City hoorde bij de Valley, maar zij had altijd het gevoel dat het er eigenlijk niet bij hoorde. Ten noorden van Ventura Boulevard was de buurt het doorsnee raamwerk van eindeloze rijen anonieme flats, maar naar het zuiden lagen mooie heuvels tot aan Mulholland, met slingerende wegen en huizen op palen die de aardbeving hadden overleefd. Het commerciële allegaartje aan Ventura was hier en daar een beetje aftands, er waren wat winkelgalerijen in aanbouw, maar ook talrijke antiekwinkels, opnamestudio's, sushibars, jazzclubs en een handvol homobars; het swingde beslist meer dan in de rest van de Valley.

Maar er was niets avant-gardeachtigs aan het thuishonk van Player's Management. Het bedrijf was ondergebracht in een saaie doos met één verdieping in de kleur van chocolademelk. Het stond een stukje van de weg af met een parkeerterrein ervoor. Onkruid gluurde door het asfalt, de goten waren verzakt en de gestucte hoeken waren brokkelig. H. Carter Ramsey was geen beste huisbaas.

De zwarte Lexus van Balch was de enige auto op het parkeerterrein. Dus hij was er en nam de telefoon niet op. In opdracht van de baas om de media op afstand te houden? Ze gluurde in de auto. Leeg.

Op de benedenverdieping waren twee onderhuurders; een reisbureau met de vlag met de groene boom van Libanon, dat reclame maakte voor vluchten met korting naar het Midden-Oosten, en een grossier in cosmetica die rechtstreeks aan het publiek verkocht. Allebei dicht.

Een roestige metalen zijtrap voerde naar een betonnen galerij met drie mosterdkleurige deuren die wel een verfje konden gebruiken. In kantoor A was Easy Construction, Inc, gevestigd; in B zat iets dat zich La Darcy Hair Removal noemde en helemaal achterin was Player's Management weggestopt. Geen ramen in de westelijke muur. Benauwend. Ze klopte aan en er werd niet opengedaan. Ze klopte opnieuw en Balch deed open.

Hij droeg een zwart trainingspak met een rits en witte strepen en keek oprecht verrast toen hij haar herkende. Vreemd. Ramsey zou hem toch wel gebeld hebben. Misschien was hij ook een toneelspeler.

'Hallo.' Hij gaf haar een hand. 'Kom binnen. Rechercheur Conners was het toch?'

'Connor.'

Hij hield de deur voor haar open. Het kantoor bestond uit twee vertrekken met een laag plafond die met een deur met elkaar in verbinding stonden. Die deur stond open. De achterste ruimte zag er groter uit en was rommelig. Her en der op het goedkope groene tapijt lagen stapels paperassen en lege dozen van afhaalmaaltijden. In de voorkamer stond een goudkleurige divan en een oud, haveloos, eikenhouten bureau met nog meer stapels paperassen. De muren waren van imitatierozenhout met een absurde nerf en overdekt met foto's, voornamelijk in zwart-wit, van het soort dat je bij elke stomerij in de stad zag: grote, geretoucheerde grijnzen van huidige en vroegere sterren met dubieuze handtekeningen.

Maar op deze foto's stond maar één ster. Ramsey als cowboy, politieagent, soldaat en Romeinse centurion. Een wel bijzonder bespottelijke foto van de jonge H. Cart in de uitdossing van een of ander marsmannetje: een plastic pak gewapend met overdreven stekels en rubberachtige antennes die uit zijn bolle zestigerjarenpruik staken. Geen snor, een

brede witte-tanden-glimlach die zei: 'Ik ben uw man.' Een vluchtige gelijkenis met Sean Connery. Hij zag er in die tijd niet slecht uit.

Een kleurenfoto bovenaan toonde Ramsey decennia later, in een flitsend sportjasje en een coltrui. Hij zag er meedogenloos uit in die ac-
tiepose met een 9mm pistool. Dack Price: 'The Adjustor'. Ze moest
dat verrekte programma misschien maar eens bekijken.

Ze wilde net het kantoor achterin binnengaan toen ze iets zag dat haar
vermoeden bevestigde dat Balch ook op het toneel had gestaan. Laag
aan de muur, half verborgen achter het bureau. Laag in de tentoon-
stelling; ze durfde te wedden dat het geen toeval was.

Balch toen hij in de twintig was. Hij zag er toen ook niet slecht uit.
Zo'n vijftig pond lichter, door de zon gebleekt haar, fraaie spieren als
de held in een van de strandfilms waar ze voor de grap weleens naar
keek: Tab Hunter of Troy Donahue.

Maar zelfs toen hij jong was, had de zakelijk manager al een sullige,
slaafse glimlach om zijn mond die een eventuele sterkwaliteit in de
weg stond.

'Antiek,' zei Balch verlegen. 'Je weet dat je oud bent als je jezelf niet
meer herkent.'

'Dus u bent ook acteur geweest.'

'Amper. Ik moet die foto's eens weghalen.' Het trainingspak zat strak
om zijn dikke buik en het zitvlak lubberde. Nieuwe witte sportschoe-
nen. Nu ze wat beter keek, zag ze dat zijn dunne, wasachtige haar een
mengeling van blond en wit was. Ze kon zijn roze hoofdhuid zien.

'Wilt u koffie?' Hij gebaarde naar het achterste kantoor en bleef bij
de deur staan wachten tot ze naar binnen zou gaan.

'Nee, dank u.' Ze ging naar binnen. Eindelijk een stel ramen, maar er
hingen chenille gordijnen voor die de kleur van oude kranten hadden.
Geen daglicht, en de ene bureaulamp die brandde kon de duisternis
nauwelijks verdrijven.

Het was een kolossale bende. Papier op de grond, stoelen die dicht om
weer zo'n goedkoop bureau stonden. Dat was groter dan het eerste en
had een L-vorm. Mappen, belastinggidsen, bedrijfsprospectussen en
overheidsformulieren. Op het korte stuk van het bureau stond een wit
plastic koffiezetapparaat met bruine vlekken. In de hoek stond een
doos van Kentucky Fried Chicken met vetvlekken aan de onderkant
van de open deksel. Ze zag een stuk gepaneerde kip.

Een viespeuk. Misschien had Ramsey hem daarom wel zo ondermaats
gehuisvest. Of misschien was het wel de kern van hun relatie.

Al die jaren de rol van lakei spelen. Zou ze hem aan het praten krijgen? Hij woonde wel in Rolling Hills Estates; heel chique. Dus Ramsey betaalde goed voor zijn loyaliteit.

Balch maakte een leunstoel voor haar vrij, gooide de paperassen in de hoek, nam zelf achter zijn bureau plaats en sloeg zijn handen voor zijn buik. 'Hoe gaat het? Ik bedoel het onderzoek?'

'Het gaat,' glimlachte Petra. 'Hebt u misschien informatie waar ik iets aan heb, meneer Balch?'

'Ik? Ik wou dat het waar was. Ik kan er nog steeds niet over uit.' Zijn onderkaak maakte een malende beweging. 'Lisa was... een aardige meid. Een beetje driftig, maar in wezen een geweldig mens.'

'Driftig?'

'Hoor eens, ik weet dat u hebt gehoord dat Cart haar heeft geslagen, die hele toestand op tv, maar dat is maar één keer gebeurd. Niet dat ik het goedpraat, het was fout. Maar Lisa was een driftkop. Ze ging altijd tegen hem tekeer.'

Probeerde hij het slachtoffer de schuld te geven om zijn baas vrij te praten? Besefte hij wel dat hij haar een motief bood voor de razernij van zijn baas?

'Dus ze had de neiging om meneer Ramsey te bekritiseren?'

Balch legde zijn vinger tegen zijn lippen. Zijn ogen waren klein geworden. 'Ik zeg niet dat ze het slecht konden vinden. Ze hielden best van elkaar. Ik zeg alleen maar dat Lisa weleens... Dat ik wel snap dat ze... Laat ook maar. Wat weet ik er nou van. Ik praat maar wat.'

'Dat u wel snapt dat ze iemand behoorlijk over de rooie kon jagen.'

'Iedereen kan iedereen kwaad maken. Dat heeft niets te maken met wat er is gebeurd. Dit is duidelijk het werk van de een of andere maniak.'

'Waarom zegt u dat, meneer Balch?'

'Vanwege de manier waarop het... het is gedaan. Totaal krankzinnig.' Balch bracht zijn hand naar zijn voorhoofd en wreef erover alsof hij hoofdpijn had. 'Cart is er helemaal kapot van.'

'Hoe lang kent u elkaar al?'

'We zijn samen in New York State opgegroeid. We zijn school- en studiegenoten geweest in Syracuse, en zaten in hetzelfde footballteam. Hij was quarterback, een verdomd goeie ook. Hij zou beroeps worden, maar in de hoogste klas van de middelbare school scheurde zijn achillespees.'

'Wat speelde u?'

'Spits.'

Hij dekte de quarterback.

'Dus u kent elkaar al heel lang.'

Balch glimlachte. 'Al eeuwen. Van voor uw geboorte.'

'Bent u samen naar Hollywood gegaan?'

'Ja. Toen we afgestudeerd waren. Het was zo'n laatste jongensgril voordat we eerzame burgers zouden worden. Het was ook bedoeld om Cart weer wat op te beuren, want het zat hem behoorlijk dwars dat hij niet aan de nationale footballcompetitie mee kon doen. Zijn vader had een ijzerhandel en wilde dat Cart hem zou opvolgen. Dat was hij eigenlijk ook van plan.'

'En u?'

'Ik?' Hij keek ervan op dat haar dat interesseerde. 'Ik had een graad in de economie, een paar aanbiedingen van accountantskantoren en dacht dat ik uiteindelijk zelf ook accountant zou worden.'

Petra keek om zich heen in de zwijnenstal die voor kantoor doorging. Moest je geen Pietje precies zijn voor zo'n baan?

'Hoe bent u dan op het toneel gekomen?'

Balch ging met zijn hand over de kruin van zijn bleke hoofd. 'Dat was ook zoiets raars. Niet precies zoals Lana Turner in Schwab's; bent u oud genoeg om dat verhaal te kennen?'

'Ja hoor,' zei Petra. Haar vader had het haar verteld. Hij en zijn bruid waren in Californië op huwelijksreis geweest. Kenneth Connor vond L.A. geweldig. Hij beschouwde het als de droom van iedere antropoloog. Moet je me nou eens zien, paps. Ik speel ouwejongens-krentenbrood met lui die het net niet gemaakt hebben. Ik werk in de filmindustrie.

'Zijn u en Cart allebei ontdekt?' vroeg ze.

Balch glimlachte weer. 'Nee. Cart. Het was net een film. We stonden op het punt om naar Syracuse terug te gaan en zaten een biertje te drinken in Trader Vic's in het Beverly Hilton voordat Merv het overnam. Hoe dan ook, er komt een vent op ons af die zegt: "Ik zit al een poosje naar jullie te kijken en jullie zien er prima uit. Willen jullie een filmrol?" En hij geeft ons zijn kaartje. Wij nog denken dat we geflest worden, of dat het een poot op de versiertoer is. Maar de volgende ochtend haalt Cart dat kaartje te voorschijn en zegt: "Hé, laten we voor de grap eens bellen." We gingen toch naar huis om aan een vaste baan te beginnen, dus waarom zouden we niet een beetje avontuurlijk zijn? Blijkt het echt te zijn; het was een castingbureau. Wij erheen voor een auditie en we krijgen allebei een rol. Niet dat het iets voorstelde. Het was nog niet eens een B-film, eerder een D-film. Een western. Die ging linea recta naar het drive-in-circuit van Poepjanknor.'

Balch scharrelde wat met de paperassen op zijn bureau maar de troep werd er niet minder van. 'Hoe dan ook, van het een kwam het ander en we besloten in L.A. te blijven. In dat jaar kregen we nog een paar rolletjes, buiten de vakbond om en amper voldoende om de huur van te betalen. Daarna werd ik niet meer gebeld, maar Cart kreeg een heleboel werk, steeds betere rollen en vervolgens een impresario. Hij verdiende heel behoorlijk, voornamelijk met cowboyfilms. Ik besloot naar huis terug te gaan. Het was winter, bijna Kerstmis en ik weet nog dat mijn ouders al boos op me waren omdat ik er een jaar tussenuit was geknepen, dus hoe zou het kerstdiner zijn?'

'Dus u was uw vertrouwen in Hollywood kwijt?'

Balch glimlachte. 'Het was geen kwestie van vertrouwen. Ik had het niet in me, ik miste het talent. Ik heb nooit een tekstrol gehad, alleen figurantenrollen en zo. Ik kon geen boekhoudwerk vinden en thuis had ik alle aanbiedingen voor werk verknald, maar ik ging ervan uit dat ik wel iets zou vinden. Maar toen vroeg Cart of ik wilde blijven. Hij zei dat hij dat leuk zou vinden, dan konden we met elkaar blijven omgaan. Hij zou wel iets voor me vinden. En dat gebeurde. Boekhoudklus bij Warner Brothers.'

Hij spreidde zijn armen en glimlachte weer. 'En dat is het hele succesverhaal.'

'Wanneer bent u als Carts manager begonnen?'

'Zodra hij flink ging verdienen. Hij had gezien wat onscrupuleuze managers konden doen en zocht iemand die hij kon vertrouwen. Inmiddels werkte ik bij commerciële zaken van ABC en wist ik iets van de industrie.'

'Bent u ook manager voor andere mensen?'

Balch ging verzitten en streek een vouw van zijn zwart fluwelen trainingsshirt glad. 'Ik doe sommige mensen weleens een plezier, smeer zo nu en dan een deal, maar Carts investeringen nemen verder al mijn tijd in beslag.'

'Het is hem voor de wind gegaan.'

'Hij heeft het verdiend.'

De ware voorhoedespeler.

'Dus u doet zijn contracten?'

'Hij heeft een entertainment-advocaat, maar inderdaad, ik behandel die zaken.'

'Wat doet u nog meer voor hem?'

'Ik doe zijn belastingen en hou zijn lopende zaken bij. We zijn nogal verbreed: onroerend goed, aandelen, de gewone dingen. Ik beheer wat eigendommen. Het houdt me van de straat. Kan ik nog meer voor u doen?'

'Gewoon wat u doet,' zei Petra. 'Persoonlijke details leveren.'

'Over Cart?'

'Cart, Lisa, noem maar op.'

Balch deed zijn ogen dicht alsof de kwestie diepe contemplatie vergde. Deed ze weer open. Zijn handen lagen weer op zijn buik. De blonde Boeddha.

'Cart en Lisa,' zei hij bijna fluisterend, 'het is een heel treurig verhaal. Hij viel vreselijk op haar maar geneerde zich voor het verschil in leeftijd. Ik zei dat het er niet toe deed; hij was fitter dan een heleboel lui die half zo oud waren. Bovendien was Lisa dol op hem. Ik dacht dat ze een lot uit de loterij voor elkaar waren.' Er gleed een gepijnigde uitdrukking over zijn opgeblazen gezicht. 'Ik weet echt niet wat er is gebeurd. Getrouwd zijn valt niet mee.' Hij sperde zijn ogen open. 'Ik heb het twee keer meegemaakt. Wie weet er nou wat er in andere mensen omgaat?'

Petra haalde haar blocnote te voorschijn en Balch schoof een stukje achteruit alsof de handeling hem weerzin inboezemde. 'Nu wil ik graag het tijdschema van zondag, van uw reis naar Tahoe en wat er gebeurde toen u terugkwam. Zo nauwkeurig mogelijk.'

'Tijdschema... Best.' Zijn verhaal kwam tot in de details overeen met dat van Ramsey en van piloot Marionfeldt. De reis naar Tahoe was puur zakelijk, gewone vlucht terug, beide mannen voor tien uur onder de wol, wakker worden, fitness, douche, ontbijt en golf.

Allebei in dromenland omstreeks de tijd dat Lisa werd vermoord.

Petra zei: 'Oké, bedankt... Tussen haakjes, ik was nieuwsgierig waarom uw bedrijf Player's Management heet.'

'O, dat.' Balch lachte snuivend. 'Dat dateert uit onze footballtijd. We waren amateurs en zochten iets wat lekker in het gehoor lag. En anoniem, iets zonder Carts naam erin. Het was mijn idee.'

Petra vroeg zich af of dat alles was. In de industrie waren players de lui met macht. Had hij daar soms ooit van gedroomd?

'Dus u behartigt Carts belangen. Wat hebt u gedaan toen Lisa dat gevecht met haar man aan de grote klok hing?'

'Wat kon ik doen? De schade kon niet meer ongedaan gemaakt worden.'

'U hebt haar niet gevraagd dat niet meer te doen?'

'Dat wilde ik wel, maar Cart heeft me tegengehouden. Hij zei dat het persoonlijk en niet iets zakelijks was. Daar was ik het niet mee eens.'

'Hoezo?'

'In deze stad kun je persoonlijke en zakelijke dingen niet altijd gescheiden houden. Maar zo wilde Cart het wel, dus heb ik me er maar bij neergelegd.'

Petra sloeg een paar bladzijden om en zei: 'U betaalt dus Carts rekeningen.'

'Die gaan via mij, ja.'

'Inclusief Lisa's alimentatie.'

'Ja, daar heb je zo'n voorbeeld van hoe Cart eigenlijk is. Lisa's advocaat had een bespottelijke eis ingediend. Ze waren maar ruim een jaar

getrouwd geweest. Ik had het twee keer meegemaakt en kon wel raden waarmee ze akkoord zou zijn gegaan, maar Cart zei: "Niet on-
derhandelen, geef het haar maar".'
Hij fronste. Kwaad? Jaloers?
'Dus hij is vrij royaal,' zei Petra.
'Precies.' Hij stond op. 'Goed, als u het niet erg vindt, het is nogal
laat...'
'Prima,' glimlachte Petra en ze stond ook op. Hij wachtte weer bij de
deur en toen ze hem passeerde rook ze een penetrante melange van
fruitige eau de toilette en transpiratiegeur.
In het voorkantoor zei ze: 'O, nog één ding. Carts dienstmeisje Estrel-
la Flores. Enig idee waar ze heen is?'
'Cart heeft me verteld dat ze met de noorderzon is vertrokken. Over
loyaliteit gesproken. Ik heb voor een nieuwe huishoudster gezorgd.'
'Via hetzelfde bureau?'
'Jawel.'
'Weet u de naam nog?'
'Van dat bureau? Het is ergens in Beverly Hills. Het Nancy Downey
Agency.' Hij keek op zijn horloge.
'Dank u wel voor uw tijd, meneer Balch.'
Voordat ze naar buiten ging, wierp ze nog een blik op de fotowand.
Twee poserende jonge knapen. Players. Vergeleken met de foto's zag
Balch er inderdaad oud uit.

36

Ze reed naar een telefooncel bij een benzinestation, vroeg het nummer
van het Nancy Downey-bureau aan en belde, hoewel het al lang na
sluitingstijd was. Geen antwoordapparaat. Iets om zich op te verheugen voor morgen.
Ze reed via Laurel Canyon terug naar de stad en liet het gesprek met
Balch de revue passeren.
Niets wereldschokkends, maar hij had misschien wel voor een aanknopingspunt gezorgd om Estrella Flores te pakken te krijgen en hij
had van de wrijving tussen Lisa en Ramsey getuigd.
Ze ging altijd tegen hem tekeer.
Dat klopte wel met wat Kelly Sposito over Lisa's sarcasme had ge-
zegd.
Impotente ex. Vrouw met scherpe tong. Ramsey had gezegd dat ze

hem vaak lichamelijk aanviel. Was ze eindelijk te ver gegaan?

Hoeveel wist Balch eigenlijk? Had hij Ramsey weg horen gaan in de kleine uurtjes? Hoe hij het automuseum in was gegaan om de Mercedes of de jeep te nemen?

Hoe ver ging de voorhoedespeler om de quarterback te dekken? Players. Acteurs. Wat was echt en wat was scenario?

Het werd tijd om eens met de nachtwaker te praten die zondag dienst had gehad. Toen schoot haar iets te binnen. RanchHaven. Zo'n groot terrein en pal in het bosbrandgebied; er moest nog een nooduitgang zijn. Zo ja, was daar dan ook een portier? Of konden de bewoners ertussenuit knijpen zonder dat de bewaking er lucht van kreeg?

Te veel vraagtekens. Ook amateuristisch om die bewaker niet meteen te ondervragen; ze leek wel een blinde schilder.

Was het de moeite waard om direct naar Calabasas te rijden? Ze was al de hele dag in touw en als ze het niet losliet, zou ze de slaap niet vatten en dat zou de zaak er niet beter op maken: een slaperige, onbekwame rechercheur die de zaak nog verder verknalde.

De volgende ochtend zou haar tekening in alle kranten en nieuwsuitzendingen worden vertoond, en zouden de tips over de jongen in het park binnenstromen. Negen van de tien zouden onbruikbaar zijn. Die hele toestand leidde alleen maar af. Iets aan zijn ogen zat haar dwars. Hij had al genoeg gezien. Ze wilde er niet eens bij stilstaan dat een elfjarig kind zoiets had gezien.

Hij liet haar niet los. In z'n eentje eten in Griffith Park. Lezen. Boeken pikken. Zielig, maar ook vertederend. Genoeg! Naar huis, E.T. Neem een bad, eet een sandwich... O, Jezus, ze kon niet naar huis. Haar afspraakje om acht uur met Ron Banks! Wat had haar bezield? Ze snelde over Sunset en keek op haar horloge. Veertien minuten voor acht. Amper genoeg tijd om in Katz's te komen, laat staan om zich op te frissen en te verkleden.

Hij zou een slons tegenover zich krijgen.

Nou ja, het mocht wat. Dit was tenslotte geen echt afspraakje.

Wat was het dan wel?

Ze was er om drie voor, zette de auto op een betaalde parkeerplaats en liep de corned beef-lucht van Katz's in. Ze werd begroet met de brede, valse grijns van een geconstipeerde serveerster die zich haar fooien herinnerde en koos een eethokje achterin, bestelde Coca-Cola en ging naar het toilet om zich op te frissen.

Voor een spiegel met zeepspatten kamde ze haar haar tegen en ze was niet tevreden over haar gezicht. Ze zag er afgetobd uit; ze kon haar botten tellen. Ze was ook bleker dan gewoonlijk en iets leek haar mondhoeken omlaag te trekken. Was de een of andere wrede god bezig plooitjes te tekenen die er weldra voorgoed in gegrift zouden zijn? Het zwarte broekpak dat ze die ochtend had aangetrokken zat ten- minste nog goed; drie hoeraatjes voor viscose.

Toen ze terugkwam, stond haar cola al klaar en kwam Banks net bin- nen. Ze wenkte hem.

Hij ging glimlachend zitten. 'Leuk om je weer te zien.' Hij legde zijn handen op tafel en trommelde met zijn vingers. Hij vouwde een pa- pieren servet open en legde het op schoot. Zijn handen lagen niet stil. 'Druk onderweg?' vroeg ze.

'Gaat wel.' Hij zag er anders uit. Een vreemde.

Wat was er anders? Ze zat tegenover een vreemde, een vreemde die zich slecht op zijn gemak voelde. Moest je die handen eens zien. Hij deed zijn best om iets te zeggen terwijl zij alleen maar naar een hemels warm bad hunkerde.

De serveerster bracht een schaaltje met gemarineerde olijven. Petra nam er een. Alsof ze de spelregels maar meteen wilde vastleggen: ik heb knoflookadem, dus heb het hart niet om dichtbij te komen. Dat scheen Banks wat te ontspannen en hij nam er ook een.

'Lekker,' zei hij. 'Ik ben hier nog nooit geweest.'

'Goeie tent, hoor.'

'Ik ga weleens naar Langer's in Alvarado. In MacArthur's Park wor- den mensen doodgeschoten en nog steeds staan ze bij Langer's in de rij voor pastrami.'

'Ken ik,' zei Petra. 'Ik ben een soort traiteursfreak.'

'Geen cholesterolzorgen?'

'Goeie genen,' zei ze. 'Althans wat cholesterol betreft.'

Hij lachte. Waarom zag hij er zo anders uit? Jonger, nog jongensach- tiger dan die keer bij Ramsey. Ondanks het feit dat hij er keuriger uit- zag in zijn marineblauwe doublebreasted blazer, het lichtblauwe over- hemd en rode das. Mooi. Had hij soms wel de gelegenheid gehad om zich op te doffen?

Toen zag ze het verschil. De snor was eraf. Ze herinnerde zich die snor als een iel, grijsblond geval, niet zo'n soepzeef als die van zijn colle- ga. Maar de afwezigheid ervan maakte hem wel anders. Op zijn hoofd had hij nog geen grijs haar; nu die snor weg was, bleek hij jaren jon- ger. Hij had een prettig gezicht. Een beetje smal en zijn neus zat iet- wat uit het lood, maar zijn ogen zaten op de juiste plek. Lichtbruin. Lange wimpers. Zijn kale mond stond een beetje open, maar niet op een slappe manier. Geen haar op zijn handen. Jonge huid. Ze nam aan dat hij een late puberteit had gehad en nog lang goed geconserveerd zou blijven.

Zijn mondhoeken krulden een beetje op; zo'n eeuwige glimlach die hem op school wel in moeilijkheden zou hebben gebracht. Haal die grijns van je gezicht, Banks!

Ze merkte dat ze zat te staren, bracht haar vinger naar haar bovenlip en trok een wenkbrauw vragend op.

'Gisteravond afgeschoren,' zei hij ietwat verontschuldigend. 'Het was een experiment. Mijn dochters vonden die snor niet leuk, ze vonden dat hij kriebelde. Ik heb hem voor hun neus afgeschoren. Ze lachten zich een bult.'

'Hoeveel dochters heb je?'

'Twee. Een van vijf en een van zes.'

Hij zou vast wel foto's bij zich hebben, dus vroeg ze ernaar.

'Om je de waarheid te zeggen...' zei hij, en hij haalde er een stel uit zijn portefeuille.

Twee snoepjes met donker haar maar een lichte huid, ze hadden iets Latijns-Amerikaans. Grote bruine ogen, lang haar met pijpenkrullen en een identieke roze roesjesjurk. Op het eerste gezicht leken ze niet op Banks, hoewel ze iets in de glimlach van de jongste meende te herkennen.

'Wat een schatjes. Hoe heten ze?'

'De oudste heet Alicia en de jongste Beatrix. We noemen haar Bee, of Honeybee.'

A en B. Iemand was op orde gesteld. Ze gaf hem de foto's terug en hij wierp er even een blik op alvorens ze weer achter zijn creditcards te schuiven.

De serveerster slofte naar hun tafeltje om te vragen of ze al wilden bestellen.

Petra wist al wat ze wilde maar pakte toch haar menu om hem even de tijd te geven.

De serveerster tikte met haar voet. 'Ik kan zo wel terugkomen, hoor.'

'Nee, ik denk dat we het al weten. Ik neem de pastrami met koolsla. En patat.'

'En u?'

Banks zei: 'Gerookte kalkoen op pistolet. En aardappelsalade.'

'Nog iets drinken?'

'Koffie.'

Toen ze weer alleen waren, zei ze: 'Hoe vaak zie je ze?'

'Ze wonen bij mij.'

'O.'

'Ze hebben een Spaanse moeder. Zij dresseert paarden en geeft rijles. Ze is weer terug naar haar oude baan in een toeristenplaats op Mallorca en heeft mij de voogdij gegeven. Om de paar maanden komt ze op bezoek; ze weet nog steeds niet waar ze wil wonen.'

'Dat zal niet meevallen,' zei Petra.

'Klopt. Ik probeer ze wel duidelijk te maken dat mammie van ze houdt en om ze geeft, maar het enige dat ze weten is dat ze er niet is. Het valt niet mee. Ik heb ze net in therapie gedaan; ik hoop echt dat het ze helpt.'

De meeste politiemensen waren als de dood voor alles wat naar psychiatrie riekte, behalve als ze afgekeurd wilden worden. Banks' openhartigheid boeide haar.

Ze zag dat hij nog een olijf nam. Slanke handen. De vrije hand bleef trommelen. Lange, stevige vingers. Brandschone nagels.

Hij kauwde langzaam. Alles aan hem leek wel traag en bedachtzaam. Behalve die handen. Alle spanning stroomde zeker naar zijn vingertoppen. 'Zij wilde altijd dat ik mijn snor liet staan. M'n ex. Dat vond ze *muy macho*.' Hij lachte. 'Dus toen ze weg was heb ik hem laten staan. Een therapeut zou daar vast wel iets over kunnen zeggen. Hoe dan ook, ze is nog steeds naar zichzelf op zoek. Hopelijk lukt het haar gauw.'

'Hoe lang is het geleden?'

'De definitieve uitspraak was ruim een jaar geleden. Tegenwoordig lukt het me wel om met haar te doen te hebben en haar te zien als iemand met ernstige problemen, maar... O, tussen haakjes, ik heb de sheriff van Carpenteria gesproken en volgens hem heeft Lisa Ramsey daar ook nooit aangifte van mishandeling door Ramsey gedaan. De politie is er trouwens helemaal nooit gebeld.'

Die was ook snel op een ander onderwerp overgegaan. Hij besefte het en bloosde. Petra probeerde snel iets te bedenken om de situatie te redden.

De serveerster loste het probleem op. Ze zette de koffie met zo'n klap voor zijn neus dat het over de rand gutste, en ze blafte: 'Het eten komt eraan.'

Ze repte zich weg en Petra zei: 'Bedankt voor de moeite, Ron.'

'Het was wel het minste dat ik kon doen.'

Ze namen een slokje. In het restaurant zat het gebruikelijke allegaartje van oude mensen die soep aten en neerslachtige types van de generatie-x die duidelijk te kennen gaven dat ze nooit aan hun cholesterol dachten. Achter de volgeladen toonbank was het personeel druk in de weer met snijden, inpakken en grapjes maken. Het volle aroma van haring, gerookt vlees en gevulde pasteitjes maakte plaats voor de zoete geur van versgebakken roggebrood dat op stalen dienbladen uit de keuken kwam.

Opeens had Petra honger en voelde ze zich wat meer ontspannen.

'En jij? vroeg Banks. 'Ooit getrouwd geweest?'

'Tweeëneenhalf jaar geleden gescheiden, geen kinderen.' Zo, dat was eruit, hoefde hij het niet te vragen. 'Dus je hebt je kinderen fulltime. Lijkt me een hele uitdaging.'

'Mijn moeder helpt een handje. Haalt ze van school en past op als ik over moet werken. Het zijn fantastische meiden: lief, intelligent, houden van sport. Alicia voetbalt; ze loopt de meeste jongens eruit. Bee weet nog niet of ze wil voetballen of softballen, maar ze is behoorlijk gecoördineerd.'

Sportieve vader. Haar eigen vader was met al zijn vijf kinderen net zo geweest. Football voor de jongens, softbal voor de meisjes. Elke zondag in dat vreselijke uniform. Ze had de pest aan die hele toestand, deed alsof ze enthousiast was om hem een plezier te doen en hield het nog drie seizoenen vol ook. Jaren later zei hij dat ze hem een enorm genoegen had gedaan door ermee te kappen. Had hij eindelijk eens een vrij weekeind.

Alleenstaande vader. Zat ze daarom nu tegenover Banks?

Hij leek haar zo onschuldig. Wat deed hij precies bij de politie? Ze vroeg hoe hij bij het korps was gekomen.

'Mijn vader was brandweerman. Het was dat of bij de politie,' zei hij. 'Ik heb altijd bij een van de twee gewild.'

'Ik wil niet chauvinistisch klinken, maar waarom de sheriff en niet bij de politie van L.A.?'

Hij lachte. 'Ik wilde echt politiewerk doen. Nee hoor, in alle ernst: Lulu – mijn ex – wilde destijds haar eigen manege beginnen, dus we dachten dat we ooit ergens buiten zouden wonen; vandaar dat ik bij de sheriffs heb gesolliciteerd. En jij?'

Ze gaf hem een samenvatting van haar transformatie van kunstenares tot rechercheur.

Hij zei: 'Schilder je? Beatrix heeft iets kunstzinnigs. Die indruk heb ik tenminste. Haar moeder heeft ooit nog een poging gedaan om keramiek te maken. Ik heb de draaischijf nog steeds. Die staat daar maar. Wil jij 'm niet?'

'Nee dank je, Ron.'

'Zeker weten? Het lijkt me zo zonde.'

'Bedankt voor het aanbod, maar ik hou het liever bij schilderen.'

'O, oké. Wat schilder je zoal?'

'Van alles.'

'En je hebt het nog wel beroepshalve gedaan.'

'Ik was bepaald geen Rembrandt.'

'Toch kun je niet slecht zijn.'

Ze gaf hem een overzicht van haar tijd als reclametekenares. Terwijl ze praatte, dacht ze: wat leuk, we leggen allebei de nadruk op de ander. In haar geval was het uit zelfverdediging, maar Banks leek oprecht geïnteresseerd in haar. De tegenpool van Nick. En van alle andere mannen met wie ze sindsdien uit was geweest, eerst kunstenaars, daarna politiemensen. Al hadden ze het wel over jou, dan nog was het alleen maar een opstapje om het weer over ikke-ikke-ikke te hebben. Hij leek wel anders. Of maakte ze zichzelf maar wat wijs?

Ze besloot haar opsomming. 'Zoals ik al zei, het stelde weinig voor.'

'Maar toch,' zei hij, 'valt het niet mee om de kost met creativiteit te verdienen. Een oom van mij was een poosje beeldhouwer en heeft er nooit een cent mee verdiend. Ha, daar komt het eten aan. Hallo, wat een porties!'

Hij at bedachtzaam en dat weerhield Petra ervan te schrokken. Goeie invloed, rechercheur Banks.

Tussen de happen door praatten ze over het werk. Alledaagse dingen: toeslagen, verzekering, de bekende klachten, de vergelijking tussen de blauwe en bruine bureaucratie en onschuldige grapjes over sportieve uitwisselingen. Ze hadden meer gemeen dan ze verschilden. Ze zag dat hij zijn pistool niet droeg.

Toen ze hun broodjes op hadden, bestelden ze appeltaart van het huis. Petra had de hare het eerst op en zat gedachteloos in de kruimels te prikken.

'Je houdt van lekker eten,' zei Banks. 'Goddank.'

Haar vork bleef halverwege haar mond hangen. Ze legde hem neer.

Hij moest weer blozen. 'Ik... Daar bedoel ik niets mee, hoor. Ik bedoel ik vind dat geweldig. Echt. En het is je niet aan te zien, voor zover ik kan zien...' Hij schudde zijn hoofd. 'O, hemel, hier ben ik écht niet goed in.'

Ze moest lachen. 'Ik neem het je absoluut niet kwalijk, Ron. Ik heb inderdaad een gezonde eetlust als ik me herinner dat ik ook nog eens aan tafel moet.'

Hij bleef zijn hoofd schudden en veegde zijn mond af met zijn servet, vouwde het netjes op en legde het naast zijn bord. 'Wat ik daarnet zat te bazelen moet je maar als een compliment opvatten.'

'Doe ik,' zei Petra. 'Wat je bedoelt is dat het een gezond teken is als je van lekker eten houdt.'

'Precies. Er zijn zóveel meisjes tegenwoordig die iets raars hebben met eten. Ik heb dochters, dus dat houdt me bezig. Mijn ex zat ze altijd op de huid, want die was geobsedeerd door mager-zijn...' Hij zweeg weer. 'Ook niet handig, telkens weer over haar gaan praten.'

'Hoor eens, dat is heel normaal, want ze was een belangrijk deel van je leven.' Alsof zij hetzelfde had gedaan met Nick, maar dat was niet zo. Ze had nog nooit met iemand over hem gepraat.

'Was,' zei hij. 'Verleden tijd.' Hij hief een hand en maakte een kappende beweging. 'En, hoe gaat het met je onderzoek?'

'Niet zo geweldig.' Ze praatte erover zonder bijzonderheden los te laten. Ze mocht hem wel, maar bleef zich ervan bewust dat hij niet bij de politie van L.A. werkte.

Hij zei: 'Geen schijn van kans om je werk onder zulke omstandigheden fatsoenlijk te doen, met al die publiciteit.'

'Heb je daar ervaring mee?'

'Zo af en toe.' Hij legde zijn hand op zijn servet en wendde zijn hoofd af. Ook op zijn hoede?

'Af en toe?' herhaalde ze.

'Ach, je kent de boerenjongenspolitie toch? We jagen op veedieven en beschermen de ponyexpres.'

'Aha,' zei Petra. 'Iets wat ik moet weten?'

'Nou,' zei hij, 'Hector en ik hebben een beetje meegeholpen bij de County Gen-moordenaar.'

Grote zaak, drie jaar geleden. Een psychopaat die verpleegsters van het County General Hospital doodstak; vier slachtoffers in drie maanden. De moordenaar bleek een broeder die had gezeten wegens aanranding en zware mishandeling. Hij was met list en bedrog door de personeelsselectie gekomen en werkte notabene op chirurgie. Voordat hij werd gepakt, hadden de verpleegsters met een staking gedreigd.

'Was dat jouw zaak?'

'Van Hector en mij.'

'Nu ben ík onder de indruk.'

'Neem maar van mij aan dat het geen hogeschoolwerk was,' zei hij. 'Alles wees op een insider. Het was gewoon een kwestie van personeelsdossiers nakijken, werkroosters nalopen en net zo lang elimineren tot we beet hadden.'

Petra herinnerde zich de feministenfrustratie, de heisa van de pers... Was er aanvankelijk niet een rechercheteam? 'Was je er van het begin af bij?'

Hij werd weer rood. 'Nee, ze hebben ons er pas na een paar maanden bijgehaald.'

'Dus jullie zijn redders?'

'Soms,' zei hij. 'En soms moeten we gered worden. Je weet hoe dat gaat.'

Wat ze wist, was dat de County Gen-moordenaar een belangrijke zaak was geweest en hij de redder was, een eersteklas rechercheur dus. En had de sheriff hen gestuurd toen ze Ramsey moesten inlichten?

Waarom deed hij zo terughoudend? Uit bescheidenheid? Of had de sheriff hem gestuurd om bijzonderheden over Ramsey los te krijgen?

'Heb je nog gedachten over Ramsey?' vroeg ze.

'Zoals ik al zei, toen we bij hem thuis waren: mijn haren gingen over-eind staan van hem, maar op het gebied van de intuïtie ben ik niet goed.' Hij glimlachte. 'Geef mij maar kaartenbakken.'

Zij glimlachte ook. Hij trommelde op tafel. Wreef over de plek waar zijn snor had gezeten. De serveerster gaf hem de rekening en ondanks Petra's protesten wilde hij met alle geweld betalen. 'Hoor eens, je hebt me geduld, dus je verdient een boterham.'

'Niks geduld,' hoorde ze zichzelf zeggen.

Ze gingen naar buiten en hij liep met haar mee naar haar auto. Het was een warme avond. In Fairfax waren nog mensen op straat en het was druk bij de kiosk aan de overkant. Ze werden gevolgd door de etensgeuren van Katz's. Hij liep niet dicht bij haar. Hij scheen het op-zettelijk te vermijden.

'Nou,' zei hij toen ze bij de Ford stonden. 'Dit was leuk. Ik... Zou je ergens naartoe willen? Ik bedoel, als je niet te moe bent tenminste. Misschien iets van muziek. Hou je van muziek?'

'Ik ben bekaf, Ron.'

De teleurgestelde blik betekende dat de avond iets persoonlijks was en niets met de zaak te maken had. Ze voelde zich schuldig dat ze zo arg-wanend was geweest.

'Tuurlijk,' zei hij. 'Logisch ook.'

Ze gaven elkaar even een hand. 'Dank je wel, Petra. Ik waardeer het echt.'

Had een man haar ooit bedankt omdat hij wat tijd met haar had door-gebracht? 'Ik moet jou bedanken, Ron.'

Hij neeg wat naar voren alsof hij haar wilde kussen, maar veerde toen weer terug. Hij zwaaide alsof hij salueerde, draaide zich om en stak zijn handen in zijn zakken.

'Van wat voor muziek hou je?' vroeg ze. Het zou wel country and western zijn; kon niet anders: traditionele country and western.

Hij stopte, draaide zich weer om en haalde zijn schouders op. 'Voor-namelijk rock. Ouwe rock: blues, Steve Miller, Doobie Brothers. Ik heb vroeger zelf in een band gespeeld.'

'Echt waar?' Ze moest zich bedwingen om niet te giechelen. 'Had je lang haar?'

'Vrij lang,' zei hij, terwijl hij weer naar haar toe liep. 'Het was niets professioneels hoor. Ik bedoel, we speelden weleens in een club. In de Whiskey, maar dat is heel lang geleden. Daar heb ik mijn...' Hij sloeg zijn hand voor zijn mond.

'Ja hoor,' lachte Petra. 'En toch niet alleen haar? Je zult er wel hon-derden ontmoet hebben. Daarom ben je natuurlijk in die band gegaan. Niets zeggen: je hebt gedrumd.' Die beweeglijke handen.

'Geraden.'

'Meisjes vallen toch altijd op de drummer?'

'Moet je niet aan míj vragen,' zei Banks. 'Ik had het altijd veel te druk met maat houden.'

'Speel je nog?'

'Al in geen jaren meer. Mijn oude drumstel staat in de garage te roesten.'

Tezamen met de draaischijf, fietsen, waarschijnlijk stapels speelgoed, kinderspullen en god-mocht-weten wat nog meer. Petra stelde zich een huisje vol Levitz-meubels voor. Heel iets anders dan de paardenranch die er nooit van was gekomen.

'Waar ga jij dan heen om naar muziek te luisteren?' vroeg ze.

'Vroeger naar de Country Club in Reseda. Ze spelen er geen country, maar rock...'

'Ik ken hem.'

'O. Sorry.'

'En aan deze kant van de heuvel?' vroeg ze.

'Weet ik niet,' zei hij. 'Ik ga niet zo vaak uit.' Hij geneerde zich voor die bekentenis en keek op zijn horloge.

'Moet je weer naar huis?' vroeg ze.

'Nee, ze zullen nu wel slapen. Ik heb ze nog gebeld voordat ik wegging. Mijn moeder logeert een nachtje bij me. Ik wil alleen even bellen om te horen of alles in orde is.'

'Bel maar bij mij,' zei ze. 'Het is vlakbij.'

Ze dacht: Hij heeft tegen zijn moeder gezegd dat het wel laat kan worden. Grote plannen of blind optimisme?

Om de een of andere reden kon het haar niets schelen.

Terwijl hij met zijn moeder belde, werkte zij haar make-up bij. Goddank was het geen bende. Sinds het begin van de zaak was ze amper thuis geweest. Ze vroeg of hij zijn jack wilde uittrekken en hing het weg. Staand in de keuken dronken ze een glas rode wijn. Hij was complimenteus over de inrichting. Omdat hij het met alle geweld wilde, liet ze hem haar werk zien. Niet waar ze mee bezig was, maar haar oude portfolio met kleurvergrotingen van werk dat ze via de coöperatieve galerie had verkocht.

Hij was onder de indruk, ging niet op de versiertoer.

Ze verhuisden naar de woonkamer en bekeken haar kleine cd-verzameling in een poging iets te vinden dat ze allebei hadden, maar dat was alleen Eric Claptons *Derek and the Dominos*.

Ze zaten met een halve meter tussenruimte op Petra's divan en luisterden naar de helft van de nummers. Daarna schoof zijn hand vijftien centimeter dichter naar de hare en bleef daar liggen. Zij volgde zijn voorbeeld en hun vingers raakten elkaar en vervolgens verstrengelden ze.

Zweethanden, maar ze durfden geen van tweeën hun hand af te vegen. Ze merkte dat haar greep om zijn knokkels te hard was en ontspande haar hand een beetje.

Zijn ademhaling ging sneller, maar hij verroerde zich niet.

Onder 'Bell Bottom Blues' boog hij zijn hoofd naar haar toe en gaven ze elkaar een kus.

Eerst een hele poos met mond dicht vanwege de knoflooklucht, daarna een wijd open ontdekkingstocht met botsende tanden en draaiende tongen, handen in haar nek, zachte lippen... Hij had erg zachte lippen, ze was blij dat die snor weg was. Toen ze elkaar loslieten waren ze allebei buiten adem.

Hij wilde wel meer, maar Petra schrok van zijn hongerige blik en trok zich terug. Stil zittend en weer hand in hand luisterden ze naar de rest van de muziek. Ze was nat, haar tepels deden zeer, haar lichaam verlangde naar liefde, maar ze wilde het niet; niet met hem, niet nu. Eén nummer verder stond ze op om naar de wc te gaan. Toen ze terugkwam, had hij zijn jas al aan.

Ze ging weer zitten, bij wijze van uitnodiging, maar hij bleef voor haar staan. Hij reikte omlaag om haar haar, haar wang en haar kin te strelen. Ze keek op en zag dat hij op zijn bovenlip beet.

Ze zat te trillen, en als hij een nieuwe poging had gedaan, wie weet. Hij bleef staan.

Ze stond op, gaf hem een arm en liep met hem mee naar de deur.

Hij zei: 'Ik wil je echt graag nóg eens zien.'

Zijn stem klonk iets zekerder, maar niet veel.

'Ik jou ook.'

Een halfuur later lag ze na een bad naakt alleen in bed na zich bevredigd te hebben; in het donker hoorde ze een tv bij een van de buren en ze ging na wat ze de volgende dag allemaal moest doen.

37

Achter me komt een oranje zon op. Feller dan in het park, want er staan geen bomen in de weg. De grijze zee raast. Het zwarte plastic is te dun, ik heb het koud.

Er is nog geen mens op het strand, dus lig ik maar wat te kijken naar de zon en de paar auto's die af en aan rijden op de grote weg langs de kust. De dikke palen waar de pier op rust zijn zwart geteerd en zitten vol met mosselen. Ik zie er een die open is, steek mijn hand uit, prik erin en hij gaat dicht.

In dat boek van Jacques Cousteau was een hoofdstuk over mosselen. Ze blijven op één plek zitten en eten wat langs komt drijven. Ze maken hun eigen lijm en die is net zo goed als Krazy Glue. Soms kun je ze gewoon niet wegkrijgen.

Oké, het wordt al iets warmer. Ik moest maar eens gaan. Ik sta op, schud het zand uit mijn haar, vouw het plastic op en verstop het achter een van de palen met een steen erop zodat het blijft liggen.

Ik moet wat nieuwe spullen zien te versieren. Eten, geld. Een hoed. Ik moet weer aan die zonnebrand denken. Misschien ook wat crème.

Waar moet ik heen? Uit L.A. weg? Niet naar het noorden, want dat is dichter bij Watson. Naar het zuiden, zoals San Diego? Maar stel dat het daar niets wordt? De volgende halte is Mexico en ik wil van m'n leven niet over de grens.

Waar moet ik me verstoppen als ik in L.A. blijf?

Dat houdt me een hele poos bezig en het maakt me erg bang. Hetzelfde gevoel als toen ik naar PLYR keek. Dat moet ik van me afzetten...

Ik ben niet goed wijs om over een plan na te denken. Ik heb geen toekomst. Al overleef ik het een paar maanden, een jaar, twee jaar, wat dan nog? Ik blijf een kind zonder school, zonder geld en zonder dat ik ook maar iets naar mijn hand kan zetten.

Er is nog altijd niemand op het strand. Het ligt er zo bruin en vreedzaam bij. De zee ook. Die is staalgrijs, behalve als de branding aan komt rollen en er witte spetters opvliegen alsof je in de lucht spuugt. Alsof je naar God spuugt...

Zou het niet prettig zijn om gewoon het water in te lopen en jezelf mee te laten voeren? Misschien dat je zou verdrinken. Of misschien zou er een wonder gebeuren en zou je ergens op een eiland met palmbomen aanspoelen als zo'n fles met een briefje erin. Meisjes met hoelarokjes en lang zwart haar tot op hun billen, en daar kom jij als de een of andere god uit zee zetten; ze zijn allemaal verrukt dat je er bent en vechten met elkaar om je vriendinnetje te mogen zijn, om voor je te zorgen en je een varken van het spit met een appel in zijn bek te voeren, en fruit dat ze gewoon van de bomen plukken want niemand hoeft te werken.

Hoe dan ook, geen zorgen meer.

Ik sta op, loop over het strand naar de rand van het water, rol mijn broek op en blijf een poosje staan terwijl de golfjes over mijn tenen spoelen.

Koud. Mijn voeten worden gevoelloos en zien eruit als witte boenwas. Hoe lang zou het duren voordat je het niet meer koud zou hebben? Voordat je lichaam helemaal ophoudt met voelen?

Ik heb in een boek over de natuur gelezen dat gazellen en wildebeesten die door een leeuw achterna worden gezeten geen pijn meer voelen zodat het makkelijker wordt om dood te gaan.

Dat had ik niet met die twee viespeuken, dus misschien is dat alleen zo bij dieren.

Of misschien was ik niet... dicht genoeg bij de dood gekomen.

Als je geen gevoel of angst had, kon je jezelf gewoon opgeven, als een soort offer, net als Jezus.

Ik moet een eindje gelopen hebben, want nu sta ik tot mijn knieën in het water en wordt mijn broek nat. Hij bolt op en zwaait heen en weer. Het is niet meer zo koud. Het voelt schoon. Ik blijf lopen. Het water klotst tegen mijn riem en ik sta over de zee uit te kijken. Misschien zie ik wel een schip of de fontein van een walvis.

Er vliegen een paar vogels rond en ze duiken. Ik zet nog een stap. Eentje maar, maar het maakt een groot verschil. De grond verdwijnt onder mijn voeten en opeens *sta ik tot mijn nek in het water. Ik probeer een stap terug te doen, maar heb nergens houvast en nu voel ik het water onder me bewegen en ga ik kopje-onder, ik krijg water binnen, ik stik, weer naar boven, ik kan de oppervlakte zien; het strand wordt steeds kleiner. Ik begin te zwemmen maar het heeft geen zin. Iets trekt me steeds verder. Ik heb niets in te brengen, begin om me heen te schoppen en te maaien. Ik weet dat dit stom is, je moet kalm blijven, kalm blijven, maar ik word steeds verder weggetrokken, gedwongen. Ik wil dit niet! Ik ben maar klein en slapper dan een mossel, want ik heb geen lijm. Waarom denk ik nu juist aan mama? Wat zal ze zich rot voelen; het is zo koud, mijn ogen branden, mijn ogen... moet ze open houden maar oneekanmijnhoofdnietbov...>*

Ik ben weer in de lucht, ik hoest, ik spuug, mijn ogen branden, mijn keel doet zeer alsof er een mes in schraapt en ik word nog steeds verder... Nee, het strand komt weer dichterbij...

De zee gooit me omhoog, het zand komt nog dichterbij. Word ik vrijgelaten, net als Jonas? Nee, nee, daar ga ik weer kopje-onder, ik krijg zoveel water binnen dat ik denk dat ik plof, weer omhoog, hoesten, kotsen, stenen onder water, ze slaan me, ze steken me.

De zee speelt met me. Welke kant ga ik nu weer op?

Stenen schrapen langs mijn onderkant. Vaste grond. Zand.

Weer op het strand.

Het zand kleeft aan mijn doorweekte kleren. Het zout brandt in de schrammen. Ik rol weg van het water.

Veilig.

Een tweede kans.

God?

Of vond zelfs de zee me te vies om aan te pakken en heeft hij me uitgekotst als bedorven eten?

Ik haast me terug naar de pier. Ik hoest nog steeds en geef zout water op, ik zak in elkaar en blijf in de warmte liggen opdrogen. Er zijn nu een paar mensen op het strand. Ik bemoei me alleen met mezelf. Na een uur ben ik wat droger, maar nog steeds vochtig. Mijn borst doet zeer en ik zit onder de schrammen van het zand, maar... ik ben er nog.

Ik moet me concentreren. Geld en een hoed. Iets te eten. Zonnebrandcrème.

Ik ben zo goed als droog en loop naar de pier. Een reuzenrad, een paar botsautootjes en een draaimolen, maar ze zijn allemaal dicht en op slot en er valt niets te pikken. Een paar restaurants, maar die zijn ook dicht en het enige wat er te eten is, zijn droge stukjes popcorn die aan de grond vastgekleefd zitten.

Helemaal aan het eind van de pier is een aastentje open. Achter de toonbank zit een vent die er smerig uitziet en er staan grote, witte badkuipachtige bakken met ansjovis; een paar zijn er al dood en drijven boven. Een paar mensen zitten te vissen, voornamelijk oude Chinezen en een paar zwarten. Niemand heeft iets gevangen. Iedereen kijkt verveeld.

Ik vind twee vuilnisbakken, maar die zitten vol vissendarmen en stinken zo dat ik bijna moet kotsen. Ik ga van de pier af. Hoog langs het strand is een straat met een heleboel dure restaurants en hotels; er valt niets te halen. Naar het noorden is een parkje met een paar bejaarden en daklozen en als je blijft kijken, lijken de straten gewoon te verdwijnen. Al die bomen, het lijkt me allemaal te veel op je-weet-wel-waar.

Dus loop ik maar in zuidelijke richting en daar begint het er een beetje bekender uit te zien: motels, flatgebouwen en griezels die zo van Sunset konden zijn. Ik vind een halve donut op straat. Hij ziet er goed uit, dus eet ik hem maar op. Bij het volgende blok zie ik een stukje Twix op de stoep, maar het is half gesmolten en ziet er zo vies uit dat ik er maar een klein stukje van opeet.

Een stukje verder staat een bordje waarop staat dat ik in Venice ben. Kleine huizen, mensen, een heleboel Mexicanen. Ik ga een straat in.

Aan het eind zie ik de zee weer en binnen de kortste keren loop ik op een grote, brede wandelweg die Ocean Front Walk heet. Het is net een gigantische stoep met de zee aan de ene kant, winkels aan de andere kant, en allerlei mensen: punkers, zwarten, mooie bikinimeisjes op rolschaatsen van wie je de billen kunt zien en kerels die ernaar kijken. Jongens – misschien wel studenten – bejaarden op bankjes, Hell's Angels met tatoeages en een heleboel grote honden met valse koppen. Op een paar omheinde stukken zijn van die Arnold Schwarzenegger-types aan het trainen; ze hebben hun hele lijf ingevet zodat het lijkt alsof hun spieren, die eruitzien als grapefruits, uit de huid willen springen. Gewichtheffen, krijt in hun handen wrijven; ze zijn kolossaal en kijken wel nonchalant, maar ze lopen gewoon op te scheppen.

Bijna alle winkeltjes zien er hier goedkoop uit. Cafetaria's, kraampjes waar ze ijs, frisdrank, zonnebrillen, souvenirs, ansichten, T-shirts en badpakken verkopen.

Petten met CALIFORNIË! of MALIBU! Ik zou dolgraag droge kleren hebben, maar er zijn te veel mensen op de been om iets te kunnen gappen.

Maar toch kan dit een goeie plek zijn om wat rond te hangen; kijken wat er straks gebeurt.

Ik besluit om de hele Ocean Front af te lopen om te zien wat er allemaal is.

Halverwege zie ik een grijs gebouwtje met een zespuntige ster boven de deur. Een joodse ster. Dat weet ik van mijn geschiedenisboek, uit het hoofdstuk 'Het Midden-Oosten: Wieg van de Beschaving.'

Een joodse kerk; hoe noemen ze die ook weer, synagool? Ik loop erheen. Naast de deur staan joodse letters, en daaronder Engelse. Boven de deur staat BETH THORA-CONGREGATIE.

Dit kan weleens wat zijn. Joden hebben altijd geld. Tenminste, dat zei Moron steeds. Hij ging voortdurend tegen hen tekeer, dat ze allemaal de banken belazerden, de bloedzuigers van het land waren, Jezus vermoord hadden en nu wilden ze ons geld ook nog hebben.

Alsof hij ooit geld had.

Dan denk ik: waarom zou hij gelijk hebben? Met andere dingen zat hij er altijd naast. Maar toch... Wat moet een kerk tussen al die winkels als ze geen geld willen verdienen?

Het was niet alleen Moron. Mam was het met hem eens. Die zei: 'Ze hebben echt een gave voor geld verdienen, cowboy. Het zit ze vast in het bloed.'

Hij moest lachen. 'Domme trut, dat is geen gave, dat komt omdat ze ons naaien. Het is dat godvergeten ZBL. Heb je daar weleens van gehoord? Zionistisch Bezettingsleger. Dat wil het land helemaal overnemen. Het zijn niet eens mensen. Wist je dat ze een kruising zijn van de duivel en een slang? Het Arische ras is het enige echte uitverkoren volk.'

Die avond zat ik aan de keukentafel om te proberen iets over de Burgeroorlog te leren, maar toen begon mam een verhaal te vertellen waar ik naar luisterde. Over de een of andere rijke joodse familie die een grote aardbeienkwekerij in de buurt van Oxnard had. Haar ouders en zij gingen daar plukken toen ze klein was. Die joden hadden een groot, wit huis met een verdieping en een Cadillac.

'Smerige bloedzuigers,' zei Moron.

'Eigenlijk waren ze best oké, ik vond ze wel aardig...' begon ze. Maar hij keek haar aan en toen zei ze maar gauw: 'Al waren ze inderdaad dol op geld. Die mevrouw kleedde zich altijd alsof ze uit eten ging en ze was gewoon maar een boerin. En zij woonden in dat grote huis – misschien had het wel twee verdiepingen – met een heleboel tv-antennes op het dak, en wij moesten in die arbeidershutjes met petroleumkachels slapen.'

'Godverdomme.'

Maar al zijn dat allemaal leugens, soms zit er toch iets waars in. En ik heb geen duizend joodse dollars nodig, alleen maar wat kleingeld. Op een bordje naast de deur van de synagool staat dat het vrijdagavond gebedsavond is en dat de kaarsen om 19.34 uur worden aangestoken, wat dat ook mag betekenen.

Niemand kijkt. Ik probeer de deur. Op slot. Het gebouw ernaast heet Café Eats en is ook dicht.

Tussen de kerk en Café Eats is een smalle ruimte. Ik glip naar de achterkant en daar loopt een steeg met geparkeerde auto's, maar er rijdt niemand. Achter de synagool zijn twee parkeerplaatsen, maar die zijn leeg. Vrijdagavond gaan ze bidden. Dat is morgen.

Ik bekijk de achterdeur. Simpel hout, met een klein houten dingetje rechts op de deurpost gespijkerd, ook met een joodse ster. Waarschijnlijk een soort talisman, misschien vragen ze God wel om geld.

De achterdeur zit ook op slot. Vlak ernaast is een raampje dat te klein is om een volwassene door te laten, maar niet voor mij. Er zit een hor voor, net als bij dat huis met de ananas. Ik heb het er zo weer af.

Ik hoef niet eens een ruitje te breken, want het raampje zit los. Als ik ertegen duw, geeft het mee. Dus duw ik wat harder, ik hoor een klik en het gaat met een klap open. Ik kijk links en rechts in het steegje. Nog steeds geen mens. Ik ben binnen.

Ik word hier goed in.

Het vertrek waarin ik beland is de wc. Hij is klein maar schoon. Wc, gootsteentje en een spiegel. Geen douche. In de spiegel zie ik dat ik er niet zo beroerd uitzie als ik wel dacht. Er zitten alleen een paar schrammen op mijn gezicht en een witte korst op mijn oren en lippen. Ik was hem eraf en gebruik de wc.

In aanmerking genomen dat ik bijna verdronken ben, zie ik er best nog redelijk uit.

Ik dank God, voor het geval Hij me heeft gered en was mijn handen. En nu wat joods geld zien te vinden.

38

Petra werd om halfzeven verward wakker; haar hoofd liep om van gedachten over Ron Banks, Estrella Flores, Ramsey en de jongen met het presidentenboek. Ze sloeg haar ochtendjas om en ging het ochtendblad halen.

Daar had je het: pagina drie, de tekening stond pal in het midden zonder creditregeltje.

De teneur van het bericht was dat er geen vorderingen waren, en tussen de regels door las ze: die stuntelige politie. Woordvoerder Salmagundi keek wel uit om het stukje over de getuige al te veel gewicht te geven. De jongen was gewoon 'een van het handjevol tips dat we onderzoeken'.

Bij de laatste alinea stokte haar adem.

Vijfentwintigduizend dollar beloning voor iedereen die informatie over de jongen kon geven, of voor andere tips die tot de arrestatie van de dader konden leiden. Het geld was ter beschikking gesteld door dokter John Everett Boehlinger en zijn vrouw, alle telefoontjes moesten naar de recherche van bureau Hollywood.

Háár doorkiesnummer. Zonder haar naam. Dat was Schoelkopfs werk natuurlijk, godverdomme. Zo kon ze toch niet werken.

Moest ze de hele dag telefoontjes van idioten aannemen. Zou Stu het al hebben gelezen?

Onder normale omstandigheden had ze hem al gebeld. Maar niets was meer normaal.

Ze trok het eerste het beste aan wat ze in haar garderobe vond, nam de krant mee en reed veel te hard naar het bureau.

Er lagen al tien boodschappen op haar bureau: negen mensen die de jongen hadden gezien en een van een helderziende uit Montana die beweerde te weten wie Lisa had vermoord. Wat zou ze 's middags nog krijgen?

Stu was er nog niet. Hij kon doodvallen. Fournier zat ook niet achter zijn bureau.

Zwaaiend met het artikel holde ze Schoelkopfs kantoor in. Hij zat aan zijn bureau, maar sprong op en stak zijn vinger naar haar uit.

'Je gaat niet kwaad op mij worden! Die ouders zijn gisteren aan komen waaien en rechtstreeks naar commissaris Lazara gelopen; hij belt me om tien uur op. Ik moet naar het bureau om met ze te praten. Die vader is duidelijk een klootzak die gewend is zijn zin te krijgen. Wie weet wat hij nog verder van plan is.'

Ik had je gewaarschuwd, idioot en je hebt het afgewimpeld.

'U had mij kunnen bellen,' zei Petra.

'Ik had Microsoft wel voor tien dollar kunnen kopen. Wat had dat nou voor zin, Barbie?'

De bijnaam had haar nog nooit dwarsgezeten. Nu was het alsof hij op een zenuw boorde. 'Waar het om gaat is...'

'Waar het om gaat is dat ik me vanaf het begin met de zaak heb moeten bemoeien en jullie nog geen reet zijn opgeschoten. Ik word uit bed gebeld, krijg een vuile blik van Lazara omdat híj moet overwerken, hij smeert hem, zadelt mij op met mammie die jankt en pappie die godverdomme een potje staat te preken: na Menendez en O.J. weet iedereen toch dat de politie van L.A. nog geen schurk in de gevangenis kan vinden. Dus vertel ik hem hoe we ervoor staan en ik zeg: "We zitten niet stil, meneer Boehlinger." Hij zegt: "Dókter Boehlinger", en vervolgens dat we niet genoeg doen, hij wil een aanmoedigingspremie, een beloning uitloven. Ik probeer hem te vertellen dat beloningen voornamelijk idioten aantrekken en al zóúden we dat willen, dan nog zou het veel tijd vergen. Hij grijpt mijn telefoon, belt de een of andere advocaat die Hack heet en zegt: "Praat jij eens met je vriendje bij de *Times* en je andere vriendjes bij de tv." Om te laten zien dat die Hack connecties heeft. Wat duidelijk het geval is, want het is bijna elf uur en hij krijgt toch nog voor elkaar dat ze die tekening plaatsen. Dus span maar een proces aan omdat ik je niet om twaalf uur uit je nest heb gebeld. Als je aanmerkingen hebt, dien je maar een klacht in. En doe ondertussen je werk.'

Hij gebaarde dat ze kon gaan.

Op tv zou een politieman zijn penning en pistool inleveren.

Een echte hield zijn mond. Ze hield van haar werk en de politie was nu eenmaal een paramilitaire organisatie en zou het altijd blijven, dus dat betekende in de pas lopen, de dood van het individu en hiërarchie. Je piste alleen omlaag, niet omhoog.

Kijk maar naar Milo Sturgis; ze had in één zaak met de homoseksuele rechercheur samengewerkt en gezien dat hij een toprechercheur was. Maar voor die tijd had ze alleen maar slechte berichten over hem gehoord. Hij had het hoogste percentage opgeloste zaken van L.A.-West, maar voor de politie maakte dat niet goed dat hij met een man sliep.

Ze ging weer terug naar haar bureau, schoof de tien boodschappen-briefjes opzij en belde het Nancy Downey-bureau in Beverly Hills. Een vrouw met een Zuid-Amerikaans accent zei: 'U moet meneer Sanchez hebben. Die zit in ons andere bureau in San Marino.'

San Marino en Beverly Hills. Ze bestreken de dure wijken in het oosten en het westen.

Er nam een man met net zo'n accent op.

'Meneer Sanchez?'

'Ja.'

Ze stelde zich voor en zei dat ze Estrella Flores zocht.

'Ik ook.'

'Pardon?'

'Ik heb net een telefoontje van haar zoon in El Salvador gekregen. Hij maakt zich zorgen omdat hij al sinds zondag niets van haar heeft gehoord. Heeft dit met de moord op mevrouw Ramsey te maken?'

'Wij willen gewoon even met haar praten. Waarom maakt haar zoon zich zorgen?'

'Doorgaans belt ze hem twee, drie keer per week. Hij zegt dat hij Ramsey heeft gebeld, maar alleen een antwoordapparaat kreeg. Ik heb het ook geprobeerd met hetzelfde resultaat. Ik heb een boodschap inge-sproken maar niemand heeft me teruggebeld.'

'Mevrouw Flores is bij Ramsey weg, meneer.'

'Sinds wanneer?'

'Sinds de dag na de moord.'

'O.'

'Dus ze heeft u niet voor een andere betrekking gebeld?'

'Nee.' Sanchez klonk bezorgd.

'Enig idee waar ik haar zou kunnen vinden, meneer?'

'Nee, het spijt me. Ze heeft... Wacht even, ik moet het even nakij-ken... Hier heb ik het: ze heeft twee jaar voor de familie Ramsey ge-werkt. Nooit klachten.'

'Waar werkte ze daarvoor?'

'Daarvoor... Dat zou ik u niet kunnen zeggen.' Hij klonk opeens be-hoedzaam.

'Was ze illegaal?'

'Toen ze bij ons kwam, was ze legaal. Ze had althans papieren. Wij doen ons best om...'

'Ik heb geen belangstelling voor immigratiezaken, meneer Sanchez...'

'En al zou u dat wel hebben, dan nog hebben we niets te verbergen, rechercheur. Onze dames zijn allemaal legaal. We brengen ze onder in de beste huizen, en er mag nooit een spoor van...'

'Vanzelfsprekend,' zei Petra. 'Mag ik alstublieft de naam en het het nummer van de zoon van mevrouw Flores?'

'Javier,' zei hij, en hij gaf haar het adres in Santa Cristina in San Salvador en het telefoonnummer. 'Hij is advocaat.'

'Dus u weet niet waar ze nog meer heeft gewerkt?'

'Ze had ons verteld dat ze voor een familie in Brentwood had gewerkt, maar dat was maar voor drie maanden. Geen naam; ze wilde hen niet als referentie opgeven, want ze vond ze immoreel.'

'Hoezo immoreel, meneer?'

'Volgens mij had het iets met drank te maken. Mevrouw Flores is een dame met... uitgesproken principes.'

Petra hing op en dacht na over de verdwijning van de huishoudster. Als Flores uit eigen beweging was weggegaan, waarom had ze dan geen contact met haar zoon opgenomen? Er was weinig moreel besef voor nodig om van een moord over je nek te gaan. Had ze iets gezien? Of was ze gesnapt?

Wat moest ze nu? Weer de wijkbureaus af om te informeren of ze ergens als slachtoffer was opgedoken? Onwaarschijnlijk. Als Ramsey haar had vermoord omdat ze zijn alibi kon ondergraven, had hij er natuurlijk ook voor gezorgd dat het lichaam niet gevonden zou worden. Het was beter om zich op RanchHaven te concentreren, om met de bewaker te praten die dienst had gehad en de vragen te stellen die ze allang had moeten stellen. Als ze er toch was, kon ze Ramsey wel weer een bezoekje brengen en een paar hints over Flores laten vallen om te zien hoe hij reageerde.

Wil Fournier verscheen in de deuropening van de recherchekamer en wenkte haar. Hij keek boos. Had dat iets met de jongen te maken? Ze haastte zich naar hem toe.

'Wat is er?'

'Er zijn hier een paar lui die je dolgraag willen spreken.' Hij maakte een hoofdgebaar naar de gang. Petra keek naar buiten en zag een echtpaar van middelbare leeftijd aan het eind van de gang staan. Keurig gekleed, met de rug naar elkaar toe.

'De ouders?'

'En niemand anders,' zei Fournier. 'Schoelkopf zat me direct op de huid toen ik binnenkwam. Zei dat hij van ons alle drie rechtstreeks verslag wilde. Waar is Stu?'

'Weet ik niet.' Door de toon van haar stem staarde hij haar verbaasd aan.

'Wat moeten ze precies?'

'Informatie. Heb je wat?'

'Nee. Jij?'

'Ik ben in een paar opvangcentra en kerken geweest en heb met de kinderpolitie gepraat. Niemand kent dat jongetje; een paar maatschappelijk werkers dachten dat ze hem misschien ergens hadden gezien, maar hij heeft nog nergens aangeklopt.'

'Dakloos,' zei Petra. Ze besefte dat een elfjarige heel wat lef moest hebben om in zijn eentje in het park te bivakkeren.

'Kom, dan zal ik je hand vasthouden,' zei Fournier. 'Een vrouwelijke en een gitzwarte rechercheur. Die lui zien eruit alsof ze nog in de vorige eeuw leven.'

Mevrouw Boehlinger beantwoordde precies aan Petra's verwachting: klein, uitermate verzorgd en knap: het soort duurzaam gekwelde schoonheid van een Pat Nixon. Boven haar ronde gezicht zat een toef gewatergolfd haar met de kleur van droge champagne. Getekende wenkbrauwen. Slank figuur in een zwart, conservatief gesneden pakje van St. John's Knits. Pumps en tasje van zwart suède. Rode ogen.

Haar echtgenoot was totaal anders dan ze had verwacht. Petra had zich een grote, forse man voorgesteld, iemand als Ramsey. Dokter John Everett Boehlinger was een meter tweeënzestig, hooguit vijfenzestig kilo, had smalle schouders en een doorsnee gezicht met doorsnee trekken: dikke neus, donkere oogjes en loshangend vel om de kaken als van een rubber masker. Kale kruin, dun randje grijs haar opzij. Een bijgewerkt metaalgrijs geitensikje; op een gemaskerd bal van de golfclub zou hij gemakkelijk voor Freud kunnen doorgaan.

Hij droeg een driedelig zwart pak, wit overhemd en een grijze das met zwarte spikkeltjes. Wit zijden pochet. Manchetknopen van onyx. Zijn zwarte schoenen glommen als motorolie.

Twee kleine mensen in rouwkleding. Mevrouw Boehlinger bleef naar de muur voor zich kijken en een hand tot een vuist ballen. In de andere had ze haar tasje geklemd. Haar lange nagels waren gelakt, maar beschadigd. Ze stond nog steeds met haar rug naar haar man en keek niet op toen Petra en Fournier naderbij kwamen.

Dokter Boehlinger had hen allang zien aankomen en stond voorovergebogen alsof hij meteen in de aanval wilde. Toen ze op drie meter waren genaderd, zei hij tegen Petra: 'U heb ik aan de telefoon gehad.'

'Ja, meneer. Rechercheur Connor.' Ze stak haar hand uit en hij veroorloofde zich een halve seconde huidcontact alvorens zijn hand weer terug te trekken en aan zijn pak af te vegen. O, mijn god.

Vervolgens hield ze zichzelf voor: die arme drommel heeft net zijn kind verloren. Er is niets ergers.

Niets.

Hij zei: 'Vivian?' Zijn vrouw draaide zich langzaam om. Geteisterde ogen, het wit was een wirwar van gesprongen adertjes. Felblauwe irissen, net als die van Lisa. In de fijne trekken lag meer dan een vluchtige overeenkomst met Lisa. Zou Lisa ook zo zijn geworden: een modieuze matrone met knoopjes dicht tot aan de hals, het vleesgeworden fatsoen?

'Rechercheur Connor, Vivian,' zong de dokter sarcastisch.

Vivian Boehlinger keek alsof ze wilde zeggen: Wat moet ik daar in godsnaam mee?

Ze zei: 'Aangenaam,' en gaf haar een ijskoude hand.

Petra glimlachte. 'En dit is rechercheur Fournier...'

'Rechercheur Fournier hebben we al ontmoet,' zei dokter Boehlinger. 'Waar is de derde, die Bishop?'

'In het veld,' zei Petra.

'In het veld; dat klinkt alsof hij groenten aan het poten is.'

'Daar komt het eigenlijk wel op neer, meneer,' zei Fournier. 'Wij cultiveren sporen...'

'Heel mooi,' zei Boehlinger. 'U weet wat een metafoor is. Laten we de prietpraat maar overslaan en horen wat u over Ramsey hebt gecultiveerd.'

Mevrouw Boehlinger bleef staren, draaide zich om en ging weer met haar rug naar hem toe staan. Hij had het niet in de gaten. 'Nou?'

Een rechercheur genaamd Bernstein kwam met een koffiekop de gang op, deed een paar stappen in hun richting en ging vervolgens weer terug naar de recherchekamer.

'Laten we maar ergens gaan praten waar we niet gestoord worden,' zei Petra.

Alle drie de verhoorkamers waren verschrikkelijk: kleiner dan een cel, geen ramen en de gebruikelijke doorkijkspiegel, die de meeste idioten die voor verhoor naar binnen werden gebracht onmiddellijk zagen maar vervolgens meteen vergaten.

Alle drie stonken naar zweet, brillantine, goedkoop parfum, tabak en hormonen.

Ze koos Verhoorkamer Een omdat er drie stoelen stonden in plaats van twee. Fournier haalde er een vierde bij en ze verdrongen zich om een metalen tafeltje. Gedwongen intimiteit. Mevrouw Boehlinger bleef naar haar nagels, haar knieën, haar schoenen kijken, naar alles behalve naar de anderen. De chirurg zag eruit alsof hij het mes ergens in wilde zetten.

Petra deed de deur dicht en haalde daarmee iets van claustrofobie binnen. Mevrouw Boehlinger staarde naar haar wollen rok. Meneer Boehlinger probeerde Fournier plat te staren.

Een poging om te domineren. Waarom? Macht der gewoonte?

Ze moest denken aan wat Ramsey over beide ouders had verteld, dat ze geprobeerd hadden Lisa's leven te overheersen. 'Om te beginnen wil ik u zeggen hoezeer uw verlies ons heeft aangegrepen. We doen alles wat in ons vermogen ligt om de moordenaar van Lisa te vinden...'

Bij het horen van haar dochters naam begon mevrouw Boehlinger te huilen. De dokter deed geen poging om haar te troosten. 'We wéten al wie de moordenaar is.'

'Als u ons iets kunt vertellen om dat hard te maken, meneer...'

'Hij heeft haar mishandeld, zij is bij hem weggegaan, wat hebt u nog meer nodig?'

'Helaas...'

'Die jongen, die potentiële getuige,' zei Boehlinger. 'Er zijn vast al reacties op onze beloning.'

'Er zijn een paar telefoontjes binnengekomen,' zei Petra.

'En?'

'We zijn er nog niet aan toe gekomen, meneer. We zijn nog met andere tips bezig.'

'Godallemachtig!' Boehlinger sloeg met zijn hand op tafel. Zijn vrouw schrok, maar keek hem niet aan. 'Ik steek mijn hand verdomme in mijn eigen portemonnee om jullie werk te doen en jullie hebben nog niet eens het fatsoen om die tips na te trekken...'

'Dat zal zeker gebeuren, meneer,' zei Petra. 'Zodra we tijd hebben.'

'Waarom hebt u die niet?'

'Omdat we hier zitten, meneer,' zei Fournier.

Boehlingers hand ging weer omhoog en even dacht Petra dat hij Wil ging slaan. Maar de hand bleef halverwege hangen. Lichte trilling. Had de chirurg zijn beste tijd gehad of was het van de spanning?

'Wíj houden u op? Zijn wíj het probleem?'

'Nee, meneer,' zei Fournier. 'We stellen het op prijs dat u...'

De hand kwam weer met een klap neer. 'U bent een erg onbeschoft heerschap,' zei hij zacht. 'U bent allebei onbeschoft.'

'John!'

'Als ik het niet dacht,' zei Boehlinger, terwijl hij Petra en Fournier beurtelings aankeek. 'Ambtenaren. Dus jullie weten nog niets van die jongen. Onbetaalbaar, gewoon onbetaalbaar. Positieve actie ten top gedreven; volgens mij moeten we zelf de volgende stap zetten, Vivian, en zelf een privéde...'

'Stop, John. Alsjeblíeft.'
Boehlinger lachte smalend. 'We zullen zonder meer onze eigen privé-detective in de arm nemen, want deze twee zijn kennelijk incom...'
'Hou je kóp, John!'
Haar schreeuw vulde het hele vertrekje. Boehlinger verbleekte en probeerde zich aan de tafel vast te klampen. Zijn vingers vonden geen houvast en hij legde zijn handen plat op tafel. 'Vivian, ik zou het op prijs stellen als je...'
'Hou gewoon je mond, John! Kop houden, kop houden, kóp houden!'
Nu was het haar beurt om haar hand op te tillen. Hij vloog als een vliegtuig van vlees door de lucht en landde op haar boezem, ter hoogte van haar hart. Ze holde de kamer uit en toen de deur openvloog, deed ze geen moeite om hem weer dicht te doen.
Fournier smeekte Petra met zijn ogen om haar achterna te gaan. Zelfs dokter Gal was nog te verkiezen boven een rouwende moeder.

Aan het eind van de gang had Petra haar ingehaald. Ze zat boven in het trappenhuis met haar hoofd tegen de muur en haar champagne-kleurige kapsel ging op en neer bij elke snik.
'Mevrouw...'
'Het spijt me!'
'U hoeft zich nergens voor te verontschuldigen, mevrouw.'
Petra ging naast haar zitten en nam het risico om een arm om de schokkende schouders te leggen. Onder de wollen stof zaten broze botten. Petra rook make-up, pepermunt voor frisse adem en Chanel Nr. 5.
'Laten we maar een plekje zoeken waar we even rustig kunnen zitten.'
Vivian Boehlinger rechtte haar rug en wees naar de verhoorkamers.
'Niet bij hem!'
'Nee,' zei Petra. 'Alleen wij tweeën.'
In de kantine was niemand, dus ze nam de vrouw mee naar binnen en deed de deur dicht. Hij kon niet op slot. Ze zette er een stoel tegenaan, ging zitten en gebaarde naar Vivian Boehlinger om een stoel aan een klaptafeltje te nemen waaraan rechercheurs een hapje konden eten.
'Koffie?'
'Nee dank u.' Ze klonk weer timide. Petra kende die mengeling van gêne en vermoeidheid na een driftbui wel. Ze had de kleine handen in haar schoot van zwarte wol gelegd. In het neonlicht zag Petra de diepe rimpels in haar gezicht. Ze waren vakkundig met make-up weggewerkt. De ogen stonden gekweld en hadden alle hoop verloren. Het contrast was onthutsend: voor het overige was de vrouw het toonbeeld van harmonie.
'Het spijt me,' herhaalde ze.

'Het is echt niet erg, mevrouw. In zulke omstandigheden...'
'Als dit allemaal achter de rug is, ga ik bij hem weg.'
Petra zweeg.
Vivian Boehlinger zei: 'Ik wilde het dit jaar al. Nu zal ik nog moeten wachten ook. Zesendertig jaar huwelijk. Wat een grap.' Ze schudde haar hoofd en stiet een vreselijk geluid uit, dat meer weg had van de schreeuw van een papegaai dan van lachen.
'Hij heeft affaires met lellebellen,' vervolgde ze. 'Denkt zeker dat ik op mijn achterhoofd gevallen ben en het niet weet.' Weer zo'n vogelschreeuw. Petra kreeg er kippenvel van. 'Goedkope affaires met slettebakken. En nou is Lisa weg.'
Ze begreep het verband niet, maar misschien telde ze haar tegenslagen. Petra wachtte tot ze verder zou gaan, maar ze zei alleen: 'Mijn Lisa, mijn knappe Lisa.'
Er volgde weer een paar minuten stilte en toen vroeg ze: 'Denkt u ook dat Cart Ramsey het heeft gedaan, mevrouw?'
'Ik weet het niet.' Snel antwoord. Ze had er al over nagedacht. Ze haalde deerniswekkend haar schouders op en snoof. Petra haalde een papieren servetje. Ze depte haar ogen.
'Dank u wel. U bent erg lief. Ik weet niet wat ik moet denken.' Ze ging wat rechter zitten. 'John denkt dat alles te koop is. Hij heeft Lisa geld geboden om niet met Carter te trouwen en toen dat niet lukte, bood hij haar nog meer geld om van hem te scheiden. Wat een idioot. Lisa zou toch van Carter gaan scheiden; dat had ze me verteld. Als John ooit met haar had gepraat, had hij zich dat aanbod kunnen besparen. Want meer was het niet. Lisa is bij Carter weggegaan, maar heeft John zich ooit aan zijn belofte gehouden?'
Er speelde een angstaanjagende glimlach om haar mond. Ze had de rode lippen groter gemaakt en de vorm van haar mond radicaal met lipstick en potlood veranderd. Zonder haar ochtendritueel zou die vrouw onherkenbaar zijn.
'Heeft hij haar het geld niet gegeven?' vroeg Petra.
'Natuurlijk niet. Hij heeft Lisa geen cent gegeven. Hij zei dat hij het niet gemeend had; bovendien was het voor Lisa's eigen bestwil, ze had niets te klagen. Lisa kon het niets schelen, ze kende hem. Maar toch. Vindt u het niet verschrikkelijk?'
'Hoeveel had hij Lisa geboden?'
'Vijftigduizend dollar. En nu biedt hij de helft?' Ze schudde haar hoofd. 'Denk maar niet dat hij die beloning uit zal keren, rechercheur. Ik heb medelijden met de persoon die denkt dat hij geld van John zal krijgen. Of ik denk dat Carter het heeft gedaan? Ik weet het niet. Ik had altijd de indruk dat hij een beschaafde man was. Maar toen ver-

telde Lisa me dat hij haar had geslagen, dus weet ik het niet.'
'Hoeveel keer zei ze dat hij haar had geslagen, mevrouw?'
'Alleen die ene keer. Ze kregen ruzie, Carter verloor zijn zelfbeheersing en hij sloeg haar. Het was meer dan een klap; ze had een blauw
oog en een kapotte lip.'
'Eén keer maar,' zei Petra.
'Eén keer was te veel voor Lisa.' Het klonk pocherig. Had de dochter
soms gereageerd op een manier die de moeder nooit had gewaagd?
'Ze zei dat ze het niet pikte. En daar was ik het mee eens. Ondanks
alles wat haar vader me in die zesendertig jaar heeft aangedaan, heeft
hij nooit een vinger naar me uitgestoken. Zo ja, wie weet wat ík dan
had gedaan.' Ze hief haar tasje op en haalde uit alsof het een wapen
was. 'Natuurlijk wist ik niet dat Lisa ermee op tv zou komen. Als ze
me dat had verteld, had ik het haar waarschijnlijk afgeraden.'
'Te veel openbaarheid?'
'Smakeloos. Maar ik zou me wel vergist hebben. Waarom zou je het
allemaal binnenboord houden? Wat heeft het nou voor zin om rustig
en knap en smaakvol te zijn?'
Ze plengde nog wat tranen en wiste haar ogen af. 'Of ik denk dat Carter het heeft gedaan? Waarom niet? Hij is een man. Die zijn tenslotte
toch verantwoordelijk voor alle geweld in de wereld? Weet ik het net
zo zeker als John? Nee. Omdat niemand alles ooit zo zeker weet als
John.'
Ze stond op. 'Ik weet dat u uw uiterste best doet, rechercheur. John
wil bloed zien, maar ik wil alleen maar… iets wat ik nooit zal krijgen:
mijn kleine meisje terug. Welnu, als u zo vriendelijk wilt zijn om een
taxi voor me te bellen?'
'Natuurlijk, mevrouw.' Petra bleef bij haar en hield de deur voor haar
open. 'Hier hebt u mijn kaartje. Als u iets te binnen schiet, kunt u me
altijd bellen.'
De twee vrouwen gingen de gang weer in. De deur van Verhoorkamer
Een was nog dicht.
'Uw arme, zwarte vriend,' zei Vivian Boehlinger. 'John is een racist,
ik heb echt minachting voor hem.'
'Ik zal even die taxi bellen,' zei Petra. 'Waarheen?'
'Het Beverly Wilshire. Híj logeert in het Biltmore.'

Het was amper negen uur en ze was nu al uitgeput. De Boehlingers
hadden al haar energie opgesoupeerd. Die arme Wil was nog binnen.
Wat een stel, nog afgezien van de tragedie. Bepaald geen voorbeeld-
huwelijk voor Lisa. Hoeveel vrije wil hadden mensen eigenlijk?
De stapel briefjes was gegroeid. Nog vier tips over de jongen. Ze zag

op tegen de telefoontjes waar dokter Boehlinger zo op had gestaan. In sommige gevallen kreeg je een band met de familie van het slachtoffer. Maar in dit geval had ze de neiging om dokter Boehlinger de hersens in te slaan en kreeg ze de rillingen van mevrouw Boehlingers vogellach. Het zat helemaal niet goed. Bovendien was Stu er nog steeds niet. Het was duidelijk dat het hem geen barst meer kon schelen. Dat klopte dus niet met een kans om carrière te maken. Dus misschien had het wel iets met zijn huwelijk te maken.

Ze belde nog wat vruchteloos rond naar vermiste personen in verband met Flores en legde net neer toen Stu 'Goeiemorgen' zei.

Fris geschoren, geen haartje scheef. Hij droeg een prachtig leigrijs pak van gabardine, een parelgrijs overhemd en een paisleydas met rode en grijze strepen. Een perfecte samenstelling.

Het maakte haar razend.

'Is het een goeie morgen?' vroeg ze.

Hij draaide zich om en liep de kamer weer uit.

39

Sam Ganzer parkeerde zijn Lincoln niet voorzichtig. Het twintig jaar oude slagschip was te breed voor de parkeerplaatsen achter de sjoel, dus nam hij ze maar allebei.

Wie zou er iets tegen inbrengen? De synagoge, ooit een gezelligheidscentrum voor de joden in Venice, was tot weekendgelegenheid gereduceerd. Als Sam langskwam voor onderhoud was dat de enige keer vóór vrijdagavond dat de deuren opengingen.

Zelfs in het weekend viel het niet mee om tien man voor een minjan bij elkaar te krijgen. Beth Thora was niet orthodox genoeg voor de keppelyuppen die Venice hadden opgericht, dus die hadden een paar straten verder hun eigen centrum geopend, hadden een fanatieke, baardige rebbe uit New York gehaald en een afscheiding tussen mannen en vrouwen aangebracht. Het oude, voornamelijk linkse publiek van de sjoel had er niets mee op.

Dat was vijf jaar geleden. Inmiddels was het vaste publiek grotendeels uitgestorven. Sam wist dat Beth Thora uiteindelijk zijn deuren wel zou moeten sluiten en het gebouw verkocht zou worden. Misschien zouden de yuppen het opeisen, wat nog altijd beter was dan dat er nog zo'n armoedige zaak in kwam zoals er al zoveel aan Ocean Front waren. Sam had minder op de yuppen tegen dan sommige oude socialisten. Hij koesterde een diepgewortelde argwaan tegen autoriteit, maar in zijn hart was hij zakenman. Ondertussen zou hij z'n auto verdorie neerzetten zoals het hem uitkwam.

Hij had het gevoel dat hij het eeuwige leven had. Al was hij eenenzeventig, zijn lichaam deed het nog best. Zijn broer Emil, die in Irvine woonde en hoegenaamd niet religieus was, was zesenzeventig. Een sterk geslacht: generaties robuuste smeden en timmerlui, gesterkt door de bittere kou van de Oekraïense winters.

De duivel in eigen persoon was ervoor nodig geweest om het grootste deel van de Ganzer-stamboom te kappen.

Moeder, vader, drie jongere broers en twee zussen waren op transport gesteld naar Sobibor en nooit meer teruggekomen. Avram, Mottel, Baruch, Malkah en Sheindel. Hoe zouden ze hebben geheten als zij ook naar Amerika hadden weten te vluchten? Sam zou zeggen: Abe, Mort, Bernie, Marilyn en Shirley. Vorige week had hij het nog aan Emil gevraagd, maar die wilde er niet over praten.

Al met al waren er vijfenveertig Ganzers en Leibovics door de Oekraïense politie opgehaald en aan de Duitse schoften overgedragen. Sam en Emil, gespierde jongemannen – Emil was zelfs lichtgewicht bokskampioen van de sportschool van Kovol geweest – waren gespaard gebleven om dwangarbeid te verrichten. Werkdagen van achttien uur op waterige soep en zaagselbrood. Ze waren in het holst van de nacht ontsnapt door de sneeuw, hadden in het woud van noten en bladeren geleefd en waren bijna van de honger omgekomen toen ze in huis werden genomen door een schat van een katholieke vrouw. Toen haar zoon uit de oorlog terugkeerde, wilde hij hen uitleveren; de gebroeders Ganzer vluchtten opnieuw en waren doorgelopen tot ze bijna dood neervielen. Uiteindelijk waren ze in Shanghai beland. De Chinezen hadden hen fatsoenlijk behandeld. Sam vroeg zich weleens af hoe het zou zijn geweest als ze daar waren gebleven en met een van die prachtige meisjes van porselein waren getrouwd. Maar toen kwam de bevrijding en werd het Canada, Detroit en L.A.

Jarenlang had hij niet aan al die rotzooi gedacht. Maar de laatste tijd waren de herinneringen spontaan naar boven gekomen. Waarschijnlijk had hij een of andere kleine hersenbeschadiging opgelopen. Lichamelijk was hij sterk, maar namen en plaatsen verbleekten. Hij kon een kamer binnenlopen en vergeten wat hij daar zocht. Maar al die dingen van vroeger stonden hem weer glashelder voor de geest. Al die razernij, hij kon het nog in zijn oren voelen bonzen. Het was niet goed voor zijn bloeddruk.

Hij zette de motor van de Lincoln af, stapte uit en deed de grote, witte auto op slot. Vrijdagavond en zaterdag had hij kosterscorvee; dat was al zo sinds de dood van meneer Ginzberg. Die onbezoldigde bezigheid bracht onderhoudswerk met zich mee. Waarom ook niet? Wat had hij anders te doen behalve mandoline spelen en te veel in de zon voor zijn huis zitten? Er waren al vier verdachte moedervlekken uit zijn gezicht gesneden en één van zijn kale kruin. Moest hij zo'n stomme pet dragen, als een bejaarde.

Hij deed de pet af, gooide hem in de auto en keek nog eens tevreden hoe hij had geparkeerd. Dat was beter dan ruimte vrijlaten voor de een of andere in elkaar gezakte junk die in een gestolen auto een fix wilde nemen. Dat was meer dan eens gebeurd. Deze buurt was nooit helemaal fris geweest, maar nu was het in het weekend een idioot allegaartje van zich vergapende toeristen, en 's avonds kwam het ongedierte uit zijn hol.

Tegenwoordig was het merendeel van Ocean Front één grote zwendelaarsbende. Nachtvlinders die goedkope shit verkochten, en in het weekeinde was het zo druk dat je geen stap kon zetten zonder tegen de een of andere schlemiel aan te lopen.

Veertig jaar lang hadden Sam en Emil ijzerwaren en loodgietersbenodigdheden verkocht in hun winkel aan Lincoln Boulevard. Gebruiksartikelen. Ze konden allebei zowel installeren als verkopen en een huis volledig in de pijpen zetten. Als je zonder baas wil leven en van niemand afhankelijk wil zijn, moet je handig wezen. Toen ze uit Shanghai vertrokken, had hij gezworen levenslang van niemand meer afhankelijk te zijn. Misschien was hij daarom nooit getrouwd. Hoewel de dames best gek op hem waren. Hij had mooie tijden gekend. Zelfs tegenwoordig kroop hij nog weleens tussen de lakens met een oma met een zachte huid die zich geneerde voor wat vadertje tijd met haar lijf had gedaan. Sam wist precies hoe hij hun het gevoel moest geven dat ze weer jong en onweerstaanbaar waren.

Hij tastte in zijn zak naar de sleutel van de sjoel, vond hem en maakte de achterdeur open. Hij zag niet dat het hor van het wc-raam op de grond lag omdat het gedeeltelijk achter zijn rechtervoorwiel schuilging.

Maar hij was nog niet binnen of hij zag dat er was ingebroken.

De verzilverde *poesjke* lag open en bloot op de verhoging waar de thora werd gelezen en stak glimmend af tegen het blauwe fluwelen kleed. De collectebus was sinds vorige week vrijdag niet gebruikt toen hij voor de dienst was rondgegeven. Sam had hem persoonlijk weggezet in een kastje onder de boekenplanken. Er zat gewoon een goedkoop combinatieslot op; er hoefde geen werk van gemaakt te worden want er zat niet meer dan een paar dollar aan kleingeld in.

Maar iemand had het toch geprobeerd. En moest je zien: uit hetzelfde kastje was voedsel gepikt. Snacks voor het handjevol vaste klanten op zaterdagochtend. Tam Tam-crackers en een roze doosje van de bakker in Fairfax: gesuikerde *kichlen* in de vorm van vlinderdasjes. Sam had ze vorige week gekocht. Er zaten geen conserveermiddelen in, dus ze moesten oudbakken zijn; hij had vergeten ze weg te gooien.

Kruimels op het blauwe fluweel. Uit de *poesjke* waren een kwartje en een dubbeltje gevallen. De dief had honger. Wat was er nog meer meegenomen?

Voor een junkie waren het zilveren lofwerk en de beschermplaten die de drie thorarollen sierden de enige dingen van waarde. Sam liep met lood in zijn schoenen naar de bewerkte, notenhouten kist om het blauwe fluwelen gordijn opzij te trekken.

Toen bleef hij staan en hief instinctief zijn armen op. Misschien was die inbreker er nog. Hij zat er niet op te wachten om door de een of andere junk te worden besprongen.

Maar er gebeurde niets. Stilte. Niets bewoog.

Hij bleef staan en keek om zich heen.

De sjoel had vier ruimten: een halletje voor, achter een dames- en heren-wc; ertussen het tabernakel, rijen notenhouten banken met plaats voor honderdvijftig mensen.

Op de voordeur zat een dubbele grendel; zonder sleutel kwam je daar niet in of uit. Datzelfde gold voor de achterdeur. Dus hoe...

Hij wachtte nog even om zich ervan te vergewissen dat hij alleen was, maar voor de zekerheid maakte hij toch een ronde. Daarna ging hij naar het halletje. De deur zat nog op slot en er was geen schade aangericht.

Achterin vond hij het: het raampje in de dames-wc. Het zat dicht, maar het hor was eraf. Daar lag het, bij zijn voorwiel. Op de vensterbank lagen een paar witte verfschilfers die waren losgekomen.

Had de dief het raampje weer dichtgedaan toen hij wegging? Een nette inbreker?

Hij liep weer terug naar het tabernakel, maakte de ark open en bekeek de thorarollen. Al het zilverwerk zat er nog aan. De busvormige *poesjke* was evenmin geleegd en het slot vertoonde geen krasje. Alleen Sam en meneer Kravitz kenden de combinatie en ze leegden hem elke week om beurten, om de opbrengst vervolgens naar de Hadassah-uitdragerij in Broadway te brengen. Ooit had de Beth Thora-congregatie elke week trots vijftig dollar voor de armen opgehaald; nu waren het er maar tien of twaalf. Dat was gênant, dus vulde Sam het bedrag met twintig dollar uit eigen zak aan. Hij had geen idee wat Kravitz deed, die vent was een beetje een krentenkakker.

Hij inspecteerde de *poesjke* en rammelde ermee. Het geld zat er nog in. Behalve dat kwartje en dat dubbeltje. Vreemd.

Er waren een paar *kichlen* verdwenen plus, voor zover Sam kon nagaan, een heleboel crackers.

Hongerig gannef. Waarschijnlijk de een of andere schooier die te stoned was om te weten wat hij deed, een van die gekken die de promenade afschuimden. Sam gaf hun weleens geld, maar andere keren wilde hij niets met ze te maken hebben.

Een magere gek, want dat wc-raampje was maar klein. Maar junkies werden nu eenmaal mager. En hadden ze niet altijd trek in zoetigheid? Oké, de schade was beperkt. Hij stopte de munten weer terug in de *poesjke*, veegde de kruimels van het fluweel, deed de crackerdoos en het doosje van de bakker dicht en bracht ze naar de boekenkast. Hij maakte het onderste kastje open waar het eten werd bewaard en zag weer iets dat het gannef niet had aangeraakt: drank.

Schnapps voor de vaste klanten. Een bijna volle fles Crown Royal en een halfvolle fles Smirnoff.

Een junk met maar één ondeugd, een junk die niet van drank hield? Naast de drank lagen een paar opgevouwen gebedssjaals. Een stapeltje kleine van zijde, blauwgestreept, maar ook de grote, zwarte *talles* die de voorganger om had. Die hoorde in het vak onder de verhoging. Hoe was die hier beland?

Had hij hem daar gelegd? Kravitz? Hij pijnigde zijn hersens af, dat verdomde geheugen ook... De vorige sabbath... O ja, nou wist hij het weer: mevrouw Rosen voelde zich niet lekker en Sam was vroeg weggegaan om haar naar huis te brengen en had de rest aan Kravitz overgelaten. Die vent had geen oog voor detail.

Hij pakte de wollen sjaal en zag dat Kravitz hem ook niet correct had opgevouwen. Wat een kluns. Hij had z'n hele leven voor het Waterbedrijf gewerkt; wat kon je anders van zo'n pennenlikker verwachten? Sam vouwde de sjaal opnieuw op, bracht hem naar de verhoging en maakte het deurtje van de ruimte eronder open.

Er zat een jongetje in.

Een klein, mager jochie dat opgekruld in de hoek zat en doodsbenauwd keek.

Hij hijgde. Sam zag zijn borst op en neer gaan en nu hoorde hij het ook: snel en raspend alsof hij astma had, of zoiets.

Die blik.

Sam kende die blik wel. Van zijn broers en zussen; die gezichten achter de raampjes van de trein.

Arbeiders in het kamp die het niet gingen redden.

Zelfs op het taaie gezicht van Emil toen hij longontsteking kreeg en dacht dat hij er geweest was.

Op Sams eigen gezicht toen hij hartje winter een stuk glas in de sneeuw vond en het als spiegel gebruikte om te zien wat er van hem was geworden.

Dit jochie zag er precies zo uit.

'Het is oké,' zei hij.

Het jongetje rilde. Hij had zijn armen om zich heen geslagen alsof hij het koud had. En al was het een schitterende, zonnige junidag in het Californische Venice, Sam voelde toch de Oekraïense vorst in zijn ledematen.

'Het is oké,' herhaalde hij. 'Kom er maar uit, ik zal je heus niet bijten.' De jongen verroerde zich niet.

'Kom nou maar, je kunt daar toch niet de hele dag blijven? Heb je nog honger? Crackers zijn niet genoeg. We moeten wat echt voedsel voor je op de kop tikken.'

Het duurde een hele poos voordat hij de jongen naar buiten had gelokt en hij moest een heel eind teruglopen om hem ongehinderd naar buiten te laten kruipen. Toen hij er eindelijk uit was, keek hij alsof hij het op een lopen wilde zetten.

Sam pakte zijn arm. Vel over been. Nog meer herinneringen.

De jongen verzette zich en probeerde hem te schoppen. Sam, die wist hoe het was om gevangen te zitten, liet hem los en de jongen stormde naar het voorportaal van de sjoel.

Hij rammelde aan de deur, maar die zat op slot.

Hij kwam terug naar het tabernakel en liep met een wijde boog om Sam heen. Hij keek verwilderd van links naar rechts, op zoek naar een manier om 'm te smeren.

Sam zat op de voorste bank met een doosje donuts die de jongen niet had gezien. Echte *chazerei*. Een nog ongeopende doos chocoladecakedonuts van Entenmann, verstopt achter een stel oude gebedsboeken. Kravitz' geheime bergplaats: dacht hij soms dat Sam op zijn achterhoofd was gevallen? Naast de donuts stond ook een afgesloten pot ballen visfilet in gelei. Sam kon zich niet voorstellen dat de jongen die lekker zou vinden.

'Hier,' zei hij, terwijl hij de donuts omhooghield. 'Neem die maar mee.'

De jongen bleef ernaar staan staren. Hoewel hij er smerig, haveloos en mager uitzag en zijn gezicht onder de schrammen zat, had hij best een leuk koppie. Jaar of elf, twaalf. Wat deed hij zo jong op straat? In Venice wemelde het van de weggelopen jongeren, maar dat waren voornamelijk tieners; weerbarstige rebellen met hun hele lijf vol pier-

cings, idiote kapsels, tatoeages en een houding van val-maar-dood. Deze zag eruit als een ondervoed en doodsbang jochie.

Zonder meer een goj. Kijk maar naar die wipneus en dat vuilblonde
haar. Soms mishandelden en misbruikten die *gojim* hun kinderen en
deden ze god mocht weten wat nog meer met ze. Misschien was hij
weggelopen. Joden deden dat waarschijnlijk ook, al was hij er nog
nooit een tegengekomen.

Wat wist hij trouwens van kinderen?

Emil had een zoon. Die was advocaat en woonde in Encino. Hij reed
notabene in een Duitse auto! Hij praatte nooit met zijn ouders of met
Sam.

'Hier,' zei hij, en hij schudde de doos met donuts. 'Neem maar mee.'
Geen reactie. Die jongen had argwaan. Die dacht dat Sam iets in zijn
schild voerde. Zijn spijkerbroek zat onder de vlekken en dat t-shirt
zat vol met gaten. Hij balde zijn vuisten. Een taai opdondertje.

Sam zette de doos op de grond, stond op en zei: 'Oké. Ik zal de deur
voor je openmaken; je hoeft niet door dat raampje te kruipen. Maar
als je 't mij vraagt, moet je wat schone kleren zien te krijgen en eens
een echte maaltijd met vitaminen soldaat maken.'

Hij stak zijn hand in zijn broekzak en haalde wat bankbiljetten uit
zijn portefeuille. Twee briefjes van twintig. Veel te royaal voor iemand
die hij niet kende, maar wat kon het schelen.

Hij legde het geld naast de donuts op de grond, liep naar de achterkant van de sjoel en deed de achterdeur van het slot. Daarna ging hij
de heren-wc in om het kind de gelegenheid voor een eerzame aftocht
te geven en omdat zijn blaas op springen stond.

40

Petra staarde naar de deur waardoor Stu was verdwenen; daarna ging
ze hem achterna.

Hij verscheen weer in de deuropening voordat zij er was. Hij maakte
een gebaar met zijn hoofd.

Kom hier.

O, ja. De trouwe viervoeter moet zeker opzitten en pootjes geven.

Hun blikken kruisten elkaar. Zijn gezicht was een masker. Niets ver-
ontschuldigends. Ze besloot haar waardigheid te behouden en liep achter hem aan de trap af en het parkeerterrein aan de achterkant van het
bureau op, waar zijn Suburban stond. De wagen die er doorgaans

smetteloos uitzag, had vuile raampjes. Op de witte mortorkap zat aangekoekte vogelpoep.

Ze zei: 'Wat is er in godsnaam aan de hand, Stu?'

Hij deed het portier aan de passagierskant van het slot, maakte een gebaar dat ze in moest stappen, liep om en stapte zelf ook in.

'We gaan toch niet ergens heen, hè?' vroeg ze. 'Er zijn mensen die werk te doen hebben.'

Hij staarde recht voor zich uit. De zon in het oosten tekende een gouden lijntje om zijn profiel. Een fotomodel voor een pocketomslag had niet beter kunnen poseren. Iedereen kon godverdomme voor acteur spelen.

Petra stapte in en sloeg het portier zo hard dicht dat de auto ervan schudde.

Stu zei: 'Ik ben je een verklaring schuldig.'

'Oké.'

'Kathy heeft kanker.'

Petra kreeg op slag zo'n brok in haar keel dat ze even geen adem kreeg.

'O, Stu...'

Hij stak een vinger op. 'Ze wordt morgen geopereerd. Ze hebben haar onderzocht want het was niet zeker. Nu wel.'

'Het spijt me, Stu.' Waarom heb je het niet verteld? Kennelijk zijn we niet vertrouwelijk genoeg. Acht maanden samen op zware jongens jagen garandeert zeker nog geen hechte relatie.

'Eén borst,' zei hij. 'Haar dokter heeft het bij een routineonderzoek gevonden. Ze denken dat het alleen maar een gezwel is, geen uitzaaiingen.'

'Kan ik iets doen?'

'Nee, dank je. Alles is geregeld. Mama neemt de kinderen en papa regelt de zaken met het ziekenhuis.'

Zijn rechterarm lag op de armsteun in het midden. Petra legde haar hand op zijn mouw. 'Ga naar huis, Stu. Wil en ik doen de rest wel.'

'Nee, dat is het 'm juist. Ik wilde verlof nemen, maar Kathy wilde daar niets van horen. Ze wil dat ik er vanavond ben om haar naar het ziekenhuis te brengen en zei dat ik kan blijven tot ze in slaap valt. En als ze morgen uit de operatiekamer komt, ben ik er ook. Maar ze vindt dat ik intussen moet doorwerken. Zelfs als ze wordt bestraald... Misschien halen ze alleen de tumor eruit en laten ze de borst verder met rust; ze weten het nog niet.'

'Dus je wilt blijven werken?' vroeg Petra.

'Zo wil Kathy het. Je weet hoe ze is.'

Petra wist maar heel weinig van Kathy. Elegant, knap, efficiënt, eersteklasmoeder, altijd make-up op. Prom-koningin op de middelbare

school, onderwijsbevoegdheid die ze nooit had gebruikt. Op familie-
dagen had Petra een superorganisatrice gezien.

Tikje gereserveerd; eerlijk gezegd niet zo'n klein beetje. Ondanks haar
oppervlakkige hartelijkheid had de vrouw altijd haar afstand bewaard
en Petra had haar eigenlijk maar een ijskonijn gevonden.

Zesendertig jaar, zes kinderen.

Petra moest aan haar eigen vader denken, die zonder hulp vijf kinderen had grootgebracht. En de hele tijd had Stu zijn best gedaan om
zichzelf in de hand te houden.

'Ze is zo sterk,' zei Stu. 'Ik heb nog nooit met iemand anders geslapen.'

Er lag iets van verbazing in zijn stem. Petra gaf hem een klopje op zijn
arm.

'De meeste mannen worden het beu om altijd maar bij dezelfde vrouw
te zijn. Ik heb nooit iemand anders gewild dan Kathy. Ik hou echt van
haar, Petra.'

'Dat weet ik.'

'Je probeert te doen wat goed is, je leeft op een bepaalde manier; ik
weet wel dat je het met God niet op een akkoordje kunt gooien, maar
toch...'

'Het komt wel goed,' zei Petra. 'Echt, je zult het zien.'

'Neem zo'n Ramsey,' vervolgde hij. 'Heeft een gezonde vrouw en dan
doet hij zoiets. Dat meisje van Eggermann. Alles wat we meemaken.'
Hij legde zijn hoofd op het stuur en barstte plotseling in een angstaanjagend gesnik uit.

Eerst Vivian Boehlinger en nu dit.

Maar dit was anders. Dit was een deel van haar leven.

Petra boog zich naar hem over en sloeg haar armen om hem heen.

41

Op weg naar de lift hoorde Mildred Board voetstappen boven. Daarna werd er doorgetrokken en hoorde ze de kraan van het bad lopen.
Het grote huis was prachtig gebouwd, maar op sommige plekken kon
je alle geluiden via het houtwerk horen.

Mevrouw liet zelf het bad vollopen. Dat was nieuw.

Misschien werd het wel een goede dag.

Ze ging weer terug naar de keuken, zette zich aan de tafel van taxus-
hout, at zelf het roerei op en dronk een kop koffie. Ze gooide de rest

van de koffie weg, zette een nieuwe pot en ging zitten wachten om mevrouw de tijd voor een lekker lang bad te gunnen. Om kwart voor tien ging ze met een vers ontbijt naar boven.

Er lag geen krant op het dienblad. Maar niet omdat ze hem op akelig nieuws had doorgelezen. De bezorger had het huis vanmorgen overgeslagen. Alweer. Wat een slordig volk.

Als ze mevrouw had bediend, zou ze er wel achterheen gaan. Dan ging ze de afdeling abonnementen bellen om ze d'r van langs te geven.

Soms wenste ze dat mevrouw haar abonnement op zou zeggen. Wat ze tegenwoordig allemaal afdrukten, dat hoefde je toch niet te lezen? Ze stapte uit de lift op het tapijt van de overloop. Ze liep langs de plek waar de Steinway van boven had gestaan, langs de spoken van de Regency-kist met zijn rijkbewerkte voorkant van schildpad en van de twee monumentale, hemelsblauwe en melkwitte Kang Xi-vazen op hun hoge piedestal van Carrara-marmer. Ze bleef staan bij een stoffig plekje in een nis en veegde het schoon met de zoom van haar schort.

De wandeling naar de suite van mevrouw voerde haar langs de echo's van Chinees porselein en twee vergulde kisten waarvan er een vol zat met bronzen dieren en de ander met Japans lakwerk, jade, ivoor en een heel assortiment metalen vazen.

Allemaal onvervangbaar. Net zoals de kist met boulewerk. Tegenwoordig was het verboden om schildpadden te doden. Ongeboren baby's wel maar reptielen niet.

Ze klopte op de deur van de kamer van mevrouw. Hoorde het zachte antwoord en ging naar binnen.

Mevrouw lag in bed met een crèmekleurig bedjasje van satijn met stoffen knopen – wat had het een moeite gekost om daar de juiste stomerij voor te vinden – en een Franse handdoek om haar kapsel. Ze had geen make-up op, maar toch was ze mooi. De zoete geur van rozenwater vulde het enorme vertrek. De enige voorwerpen op haar nachtkastje waren een tissuehouder van Limoges-porselein en een zwart slaapmasker van satijn. De bedsprei was amper gekreukt; zelfs in haar slaap was mevrouw een dame.

Maar mevrouw deed een beetje vreemd. Ze staarde recht voor zich uit en keurde Mildred geen blik waardig.

Weer een nare droom?

De kamer was nog donker. De gordijnen voor beide ramen waren nog dicht. Mildred bleef staan, want ze wilde niet storen en even later wendde mevrouw haar hoofd naar haar. 'Goeiemorgen, lieve.'

'Morgen, mevrouw.'

Haar gezicht was zo smal en bleek. Moe, heel erg moe. Dus het zou waarschijnlijk geen goede dag worden.

Mildred besloot om te proberen haar mee uit te nemen. Een uitstap-je naar Huntingdon Gardens misschien? Vorige maand hadden ze er met zijn tweeën een verrukkelijk uurtje gewandeld, met de slakken-gang van mevrouw. Een week later had Mildred voorgesteld om het nog eens te herhalen, of misschien naar een galerie te gaan, maar me-vrouw had tegengestribbeld. 'Misschien een ander keertje, lieve.'

Ooit hadden ze een chauffeur gehad die zowel de Cadillac als de Lin-coln bestuurde. De Cadillac was er niet meer en met de Lincoln moest Mildred worstelen... Zou er nog genoeg benzine in de tank zitten? En als ze dan geen autoritje wilde maken, dan misschien een omme-tje achter in de tuin, een beetje frisse lucht. Misschien na de lunch. 'Hier is uw ontbijt, mevrouw.'
'Dank je wel, Mildred.' Ze zei het automatisch en zo beleefd dat Mil-dred al wist dat ze geen trek had. Waarschijnlijk zou ze het niet aan-raken.
Maar het lichaam had toch brandstof nodig? Dat was simpele logica. Maar ondanks al haar opleiding, haar graad van Wellesley – de bes-te damesschool van Amerika – leek mevrouw soms de meest funda-mentele dingen te vergeten. Als ze zo was, voelde Mildred zich net een oudere zus die voor een kind moest zorgen.
'U moet wel wat eten, mevrouw.'
'Dank je, Mildred. Ik zal mijn best doen.'
Mildred zette het blad neer, trok de gordijnen open, pakte het bedta-feltje en zette het op zijn plek. Ze bespeurde een vouw in de plooien van een gordijn, trok het recht en keek uit het raam. Het blauwbete-gelde zwembad, dat hij had laten aanleggen als nabootsing van het bad van meneer Hearst in San Simeon, was leeg en vertoonde bruine strepen. De overwoekerde bukstuin: ze kon het niet aanzien. Mildred wendde de blik af, maar niet voordat ze was getroffen door het uit-zicht op het centrum van Los Angeles. Al dat staal en glas; van dicht-bij zag het er niet uit, maar zo van een afstand had het misschien toch een bepaalde... klasse.
Toen ze zich weer omdraaide, wiste mevrouw net haar ogen af.
Huilde ze? Mildred had haar niet horen sniffen.
Mevrouw trok een papieren zakdoekje uit het porseleinen kistje en snoot onhoorbaar haar neus. Weer verkouden? Of had ze echt gehuild?
'Alstublieft, mevrouw. Uw geroosterde brood zoals u het lekker vindt.'
'Vergeef me, Mildred, het is een heerlijk ontbijt, maar... Misschien straks. Laat maar staan.'
'Misschien een beetje koffie om de eetlust op gang te brengen, me-vrouw?'

Mevrouw wilde weigeren, maar zei: 'Ja, graag.'

Mildred pakte de kan waar een theemuts om zat en schonk een gitzwarte straal in de kop van Royal Worcester. Mevrouw pakte het kopje. Ze beefde zo, dat ze beide handen nodig had om het stil te houden.

'Wat scheelt eraan, mevrouw?'

'Niets. Er is niets aan de hand, Mildred. Wat een prachtige roos.'

'Enorme bloemen dit jaar, mevrouw. Het wordt een goed rozenjaar.'

'Ja, dat denk ik ook… Dank je wel voor de moeite.'

'Geen enkele moeite, mevrouw.'

Die dialoog herhaalde zich elke dag. Honderden ochtenden. Een ritueel, maar geen formaliteit, want de dankbaarheid was oprecht. Mevrouw was zo gracieus als een vorstin, en misschien nog wel meer. Moest je eens zien wat er van de koningshuizen was geworden! Het viel niet mee om haar als een Amerikaanse te zien. Ze had eerder iets… internationaals.

Mevrouw pakte nog een zakdoekje en depte haar ogen. Mildred pakte het eerste en gooide het in het Venetiaanse prullenbakje onder de tafel aan het voeteneind, en daar zag ze iets.

Een krant. Die van vandaag!

'Ik ben vroeg opgestaan om hem te halen, Mildred. Niet boos zijn.'

'Vroeg, mevrouw?' Mildred was zelf om zes uur opgestaan en had tien minuten later een bad genomen. Tien minuten geheime zeepbellen. Ze had niets gehoord. Mevrouw had dankzij het geluid van stromend water kunnen wegglippen!

'Ik ben naar buiten gegaan om naar de bomen te kijken. Al die wind. Vannacht hadden we de Santa Anas.'

'Ik begrijp het, mevrouw.'

'O, Mildred, het is helemaal niet erg.' De zachte ogen knipperden. Mildred sloeg de armen over elkaar. 'Hoe vroeg is vroeg, mevrouw?'

'Ik weet het echt niet, lieve. Zes uur, halfzeven. Ik denk dat ik te vroeg ben gaan slapen en mijn ritme in de war heb gebracht.'

'Goed,' zei Mildred. 'Wilt u nog iets anders, mevrouw?'

'Nee, dank je lieve.' Haar handen trilden weer. Ze hield de dekens vastgeklemd. Ze glimlachte, maar het zag er gedwongen uit. Mildred hoopte van harte dat het geen nieuwe inzinking was. Ze keek naar de krant.

'Neem maar mee,' zei mevrouw. 'Als je hem wilt lezen.'

Mildred nam het vermaledijde ding onder haar arm. Lezen! In de vuilnisbak ermee.

42

Toen ik het slot van de achterdeur van de joodse kerk hoorde open-
klikken, schrok ik me letterlijk lam.

Wat zouden de joden met me doen? Nu kon ik het wel schudden.

Ik hoorde de deur opengaan en was met één sprong onder de grote
tafel. Ik kroop in de kast en trok de deur zachtjes achter me dicht.
Daarbinnen kon ik de voetstappen horen.

Het was maar één persoon... Ja, eentje.

De kast was leeg en rook naar hout en oude kleren. In mijn mond had
ik de smaak van crackers en angst. Ik drukte me in een hoekje en verroerde me niet. Ik deed een schietgebedje dat de persoon die daar was
deze kast niet open zou doen.

Op het bordje stond dat er morgen pas gebeden zou worden; hadden
joden soms geheime gebedsdiensten?

De persoon daarbuiten liep rond, bleef staan en liep nog wat rond.

Nu was hij vlakbij. Als hij de kast wel opendeed, zou ik te voorschijn
springen, het als een gek op een schreeuwen zetten, hem de stuipen op
het lijf jagen en ervandoor gaan.

Ervandoor, maar hoe dan? Niet door de achterdeur, behalve als hij
hem niet had afgesloten.

De voordeur. Zou die van binnenuit opengaan? Dat wc-raampje zou
te veel tijd vergen. Mijn maag begon echt zeer te doen. Het leek wel
of ik stikte.

Ik heb niet eens iets echt slechts gedaan, alleen maar wat van hun voedsel opgegeten, en zo lekker was dat ook niet. Crackers met een uien-
smaak en wat oudbakken koekjes in de vorm van een vlinder.

Ik heb zelfs niet aan die zilveren fles met de joodse ster erop gezeten,
alleen geschud om te kijken wat eruit zou vallen, terwijl dat slot er
nog gammel uitzag ook. Ik heb eraan gedacht om die fles te breken,
maar hij zag er zo mooi uit; ik wilde hem niet beschadigen.

Dit is wel een joodse plek, maar het is toch een kerk, dus misschien is
God hier ook wel.

Dat zal ik hem allemaal vertellen als hij me te pakken krijgt.

Nee hoor, ik ga gillen en schreeuwen, naar de wc rennen, mezelf op-
sluiten en dat raampje openmaken.

Ik moet denken aan wat Moron heeft gezegd over joden, dat ze erop
uit zijn om christenen van kant te maken... Dat is vast flauwekul, maar
stel dat...

Nu is hij weer verder weg. Heen en terug, heen en terug... Wat spookt
hij toch uit?

O, o. Hij komt weer dichterbij. Ik hoor gerammel; hij schudt aan de zilveren fles. Nu klinkt het alsof hij op de bovenkant van de verhoging krabt. Waarschijnlijk veegt hij de crackerkruimels weg... Nu loopt hij weer weg. Misschien ziet hij wel dat er niets is gestolen en gaat hij gewoon weg...

Nu komt hij weer terug. Het deurtje gaat open.

Ik spring niet schreeuwend naar buiten.

Ik druk mezelf alleen maar nog verder in de hoek.

Een gezicht staart me aan. Een oud gezicht, een beetje dik. Een bril met een dik zwart montuur, een grote rode neus en flaporen.

Grappig oud mannetje. Hij doet een stap achteruit. Hij draagt oudemannenkleren: een wit overhemd en een lichtblauwe slobberbroek en zo'n lichtbruin jack met een rits. Hij heeft heel dikke vingers en zijn handen zien er veel te groot uit voor zijn lichaam.

Hij kijkt niet boos. Eerder verbaasd. Ik druk me nog verder in de hoek. Het hout drukt hard tegen mijn rug en achterwerk, maar ik blijf maar duwen.

Hij doet nog een stap achteruit en zegt: 'Het is oké.' Zware bromstem.

Ik blijf zitten waar ik zit.

'Het is oké. Kom er maar uit. Ik bijt niet.'

Dan brengt hij zijn hoofd wat naar voren, glimlacht en laat me zijn tanden zien alsof hij probeert te bewijzen dat die er niet zijn om kinderen mee te bijten. Maar die ouwe viespeuk in het park lachte ook zo. Hij geeft me de ruimte om eruit te kruipen, maar ik kan me gewoon niet bewegen.

Hij zegt dat het oké is en dat ik goed moet eten als ik honger heb en geen rotzooi.

Volgens mij kan ik hem zo omverduwen als hij het me moeilijk maakt. Hij heeft wel grote handen, maar het blijft een oude man.

Uiteindelijk ontspant mijn lichaam zich een beetje en kruip ik naar buiten. Hij grijpt mijn arm. Hij is toch vrij sterk en als ik hem probeer te schoppen, laat hij me los. Ik hol naar de voorkant van de synagool, maar de deur zit op slot dus nu hang ik.

Ik ga weer terug. Hij zit op een kerkbank. Hij houdt lachend een doos met chocoladedonuts in mijn richting; hij wil me er een geven, maar ik kijk wel uit om bij hem in de buurt te komen.

Niet omdat hij joods is, maar omdat hij een persoon is en ik niemand vertrouw.

Hij zegt weer iets; dat hij de achterdeur open zal maken, zodat ik niet door het raampje hoef te kruipen.

Dan haalt hij geld te voorschijn. Twee briefjes van twintig; veertig dollar!

Wat probeert hij te kopen?
Ik pak het niet aan en hij legt het op de grond, bij de donuts; hij staat op, gaat de achterdeur openmaken en verdwijnt in de wc.
Ik gris alles van de grond en ga er als een haas vandoor.

Buiten kan ik weer ademen. Dat geld in mijn zak weegt wel een ton. En de eerste donut die ik opeet als ik in de steeg loop smaakt fantastisch. Ik eet er nog een. Dan begint mijn maag pijn te doen en ik besluit de rest voor later te bewaren.

De winkels gaan open en er zijn meer mensen op straat die wandelen en rolschaatsen. Het eerste wat ik doe is een pet kopen, een Dodgerspet met zo'n verstelbaar bandje van achteren. Ik zet hem op en trek de klep over mijn ogen tegen de zon, maar ook om mijn gezicht te verbergen.

Want die pet kopen was een rare ervaring. De winkel is een klein tentje een eind voorbij de synagool. De vent die hem aan me verkocht is lelijk. Hij had een slechte huid, een zonnebril met spiegelglas en lang, vettig grijsblond haar. Hij keek me aan met zo'n rare blik. Alsof hij me kende.

Misschien komt hij wel uit Hollywood, maar ik heb hem nog nooit gezien. Hij had een gek accent, zoals zo'n boef in een spionagefilm. Russisch, hij klonk als een Russische spion.

Waarom keek hij me zo aan? Ik bedoel, ik weet het niet echt zeker vanwege die spiegelende zonnebril. Maar het leek wel zo; zoals hij zijn hoofd in mijn richting draaide en zo hield. Het duurde een hele poos voordat ik mijn wisselgeld had.

Toen ik me omdraaide, zei hij: 'Hé, jong,' maar ik ben maar gauw weggegaan en heb die klep voor mijn gezicht getrokken. Als ik even later over mijn schouder kijk, staat hij me voor zijn winkeltje na te kijken, dus ik duik tussen twee gebouwen en loop een stukje door de steeg, en daarna ga ik weer terug naar Ocean Front, en nu kan hij me niet meer zien want ik ben te ver weg.

De zee is zuiver blauw geworden en mijn botten voelen eindelijk weer warm aan. Ik ruik maïskolven en popcorn. Ik weet dat ik genoeg geld heb om ze te kopen, maar mijn maag zit nog vol van die crackers en donuts. Wat een mensen, en ik loop met de stroom mee alsof het een bewegende stoep is en we met zijn allen een soort dans uitvoeren. Niemand valt iemand lastig.

De geur van die maïskolven geeft me het gevoel alsof het carnaval is. Ik ben een keer naar het carnaval van school geweest. Ik had geen geld om maïskolven of zoiets te kopen. Ik heb het gevoel alsof ik in een warme, lichte droom zit.

Ik ben aan het eind van de wandelweg en hier begint het strand. Het strand is net het einde van de wereld.

Ik zal maar eens omdraaien en naar het andere eind gaan. Ik loop een poosje door tot ik die lelijke Rus mijn kant op zie komen. Hij is wel in de menigte, maar net of hij er niet bij hoort. Iedereen lijkt het wel naar zijn zin te hebben, maar hij kijkt boos. Hij blijft maar om zich heen kijken. Zoekt hij iets, mij soms?

Weer zo'n viespeuk?

Ik hoef het niet te weten. Ik glip weer naar de steeg, loop terug in de richting die ik was gekomen en kijk een paar keer over mijn schouder. Ik zie wel een paar mensen, maar hij is er niet bij. Daarna is de steeg weer verlaten en hier heb je de synagool weer. Er staat een enorme witte Lincoln Continental met een bruin dak. Die is vast van die ouwe vent.

Joodse kano's, noemde Moron ze. Cadillacs en Lincoln Continentals. Slappe auto's, zei hij altijd, voor slappe mensen.

Maar die ouwe vent had sterke handen.

Zoals hij me al dat geld gaf! Veertig dollar, alsof het niets was. Dus joden zijn inderdaad rijk. Maar hij moest niets van me.

Misschien kan ik wel meer geld van hem krijgen.

Ik sta daar nog steeds over te denken in de steeg als hij naar buiten komt, mij ziet en verrast glimlacht. Hij is echt klein. Deze keer zie ik dat zijn tanden te wit zijn. Het moet een vals gebit zijn.

Mam had een paar valse kiezen voor de plek waar de rotte eruit waren gevallen, maar ze deed ze nooit in. Haar gezicht begon een beetje in te vallen.

Hij steekt zijn handen naar voren, alsof hij stomverbaasd is.

'Wat?' zegt hij. 'Is het geld al op?'

43

Stu liet zich door haar troosten, maar vervolgens verbrak hij de omhelzing even abrupt als een stroomstoring. Het was voor het eerst dat ze elkaar hadden aangeraakt.

'Aan het werk,' zei hij.

Toen ze weer achter hun bureau zaten, zei hij: 'Ik heb iets gehoord van mijn bron in de studio.'

Scott Wembley had hem de avond tevoren gebeld. Hij vertelde Petra het voornaamste maar liet het jammerende stemgeluid van de assistent-regisseur achterwege. 'Het stelt niet veel voor, rechercheur, maar u had gezegd dat ik alles moest doorgeven.'

'Wat heb je voor me, Scott?'

'We zaten met een paar lui te kletsen en toen kwam Ramsey ter sprake. Iemand zei dat ze dacht dat het programma af en toe in Griffith Park werd opgenomen. Bergachtig gebied, paardenpaden. Het ligt aan de overkant van Burbank.'

'Kort geleden?'

'Ik weet het niet. Meer heb ik niet gehoord.'

'Wie bracht het ter sprake?'

'Een collega assistent-regisseur. Vraag me niet waar zij het vandaan had, want ik heb niet aangedrongen. Ik moest toch subtiel zijn?'

'Wist ze het zeker, of giste ze maar wat?'

'Ze zei dat ze het dacht. Ze meende het ergens te hebben gehoord. Het ging gewoon over koetjes en kalfjes. Lui die hun mening ten beste geven.'

'Wat voor mening?'

'Eigenlijk maar een: dat Ramsey het blanke antwoord op O.J. Simpson is.'

'Oké, Scott, dank je wel.'

'U kunt me bedanken door me met rust te laten.'

Petra zei: 'Dus misschien kent Ramsey Griffith Park wel.'

'Maar waarom kiest hij dan geen afgelegener stuk van het park?'

'Omdat hij Lisa dan te voet mee had moeten sleuren. Door dat parkeerterrein te gebruiken, kon hij er met de auto heen, uitstappen om zogenaamd een praatje te maken en haar vervolgens bij verrassing overhoop steken.'

'Jij denkt dat hij het had voorbereid?'

'Ik denk dat hij op het idee is gekomen toen ze die avond bij elkaar waren. De auto kan ook een andere betekenis hebben gehad, psychologisch gezien. Ramsey verzamelt auto's, Lisa kickte op sex in auto's. Waar kon hij beter een eind aan de relatie maken dan op een parkeerterrein?'

'Het perfecte stel uit L.A... Niet slecht, dat zie ik wel zitten.' Hij had zich niet goed geschoren, want onder zijn rechteroor zat nog een klein blond plukje. 'Het zou interessant zijn om te weten of er ooit een aflevering van "The Adjustor" is geweest die met die moord overeenkwam.'

'Het leven als tweederangs tv-imitatie?' vroeg Petra.

'Die lui hebben toch geen verbeelding. Het zal een hoop tijd kosten om de eigenlijke scripts te achterhalen, maar ik kan wel de tv-gidsen van een paar jaar doorvlooien om te kijken wat er uit de samenvattingen komt.'

'Prima,' zei Petra. Nog meer monnikenwerk. Hij leek wel dankbaar.

Fournier kwam de recherchekamer in, pakte een stapel memo's en kwam naar hen toe. 'Hallo,' zei hij.

'Hallo,' zei Stu. Niets op zijn gezicht verried dat dit geen dag als alle andere was.

Fournier zwaaide met de stapel. 'Ik heb de vrijheid genomen om je bureau te beroven, Barbie.'

'Ik ben je zeer dankbaar,' zei ze. 'Nog iets bijzonders?'

'Van opvangcentra, weldoeners of kinderpolitie nog niets gehoord, maar hij is geen nieuw gezicht in de stad. Ik heb één mooie tip, van een Koreaan die de Oki-Rama op Western drijft. Hij zegt dat de jongen weleens iets te eten bij hem kocht in de afgelopen drie, vier maanden. Altijd 's avonds. Dat viel hem op, want de jongen zag er te jong uit om op dat tijdstip alleen op straat te zijn. Hij zei nooit iets behalve zijn bestelling, keek hem nooit recht aan en telde zijn wisselgeld altijd heel nauwkeurig. 'Een bankiertje,' noemde de Koreaan hem. Hij vertelde ook dat de jongen weleens langskwam om ketchup, mayonaise en mosterd te pikken en dacht dat hij het nooit zag. En raad eens: de jongen is zondagavond om een uur of negen voor het laatst geweest. Om een chiliburger te halen.'

'Kijk eens aan,' zei Petra. Ze moest denken aan de manier waarop de jongen het drie maanden in zijn eentje had overleefd. En zijn financiën had geregeld. Waar had hij het geld vandaan? Waar kwam hij vandaan? 'Laten we de nationale wegloopinstanties ook maar controleren.'

'Ik heb de tekening al gefaxt,' zei Fournier. 'Maar ze hebben duizenden dossiers, dus dat gaat tijd kosten. Ondertussen wil de Koreaan zijn beloning.' Hij lachte. 'Net als de rest. Tussen alle inhalige types zitten er ook een paar die gewoon gek zijn. Ik heb een zogenaamde helderziende uit Chula Vista die beweert dat de een of andere satanische sekte Lisa heeft vermoord om haar zwezerik. Het schijnt dat er onder het gehoornde volkje een nieuwe zwezerikrage woedt.'

'Bij de autopsie was Lisa's zwezerik nog intact,' zei Petra.

'Ik heb die dame gezegd dat ze de jackpot niet heeft gewonnen. Ik wist niet dat paragnosten zo konden vloeken. Nog één ding: Schoelkopf is langs geweest. Hij staat onder druk van hogerhand en we hebben opdracht om hem direct in te lichten als we iets hebben dat ook maar in de verste verte op een spoor lijkt. Hebben we iets?'

Stu vertelde hem over het gerucht dat Ramsey opnamen in Griffith Park had gemaakt.

Fournier dacht na. 'Nee, dat kan hij niet aan de pers vrijgeven.'

'Is hij echt in de recherchekamer geweest?' vroeg Petra. 'Zomaar tussen het ongewassen voetvolk?'

'Vijf hele minuten nog wel, Barb. Draai de vlam maar hoog genoeg en het gaat spetteren.'

44

Een getuige.

Hoe bestaat het.

Hij was die ochtend in een opperbest humeur wakker geworden. Hij had zich uitgerekt, gegeeuwd, koffie gezet en sap ingeschonken. En de krant opengeslagen.

En daar stond het.

Zijn maag maakte een salto.

Een kínd?

Volgens het bericht was hij er misschíén geweest. De politie trok ook andere tips na.

Dat betekende dat de politie geen flikker wist, of probeerde hem met dubbele bluf uit zijn tent te lokken.

Hij had het niet op onzekerheid.

Een kínd? Op dat tijdstip in het park?

Misschien was het maar nep; zomaar iets om iemand te paaien.

Nee, niet met een beloning. Als een valse tip ertoe zou leiden dat een of ander onschuldig kind zou worden opgepakt door een op geld beluste idioot en de ouders spanden een proces aan, dan zou de politie in grote juridische problemen komen.

Dus waarschijnlijk was het geen nep... Maar hoe wisten ze van dat kind als het zich niet had gemeld?

Tenzij ze... over een of ander tastbaar bewijs beschikten... Had het kind soms iets laten slingeren?

Het rare was dat hij meende iets te horen nadat hij Lisa om zeep had geholpen. Boven, achter die rotsen. Een schurend geritsel dat boven het geluid van zijn pompende arm uitklonk.

Hij had zichzelf één ogenblik van geluk gegund: die blik op Lisa's gezicht. Ondanks de duisternis had hij het gezien. Of misschien had hij het zich alleen maar verbeeld.

Hij had zich aangepraat dat hij zich het schurende geluid alleen maar had verbeeld. Hij had zijn oren gespitst, niets gehoord en zijn aandacht weer op Lisa gericht.

Zo heerlijk levenloos.

Hij had bloed op zijn overhemd, maar had er wel voor gezorgd dat zijn schoenen schoon bleven, want schoenafdrukken konden je in moeilijkheden brengen. Daar was asfalt ook goed voor. Niet op aarde lopen. Voordat hij naar de auto terugliep had hij zijn schoenen uitgetrokken. Hij was nog wel zo voorzichtig geweest, en toch... Daarboven had zo laat nog een kind gezeten. Het was zo onlogisch. Hij staarde weer naar de tekening. Blank. Zag eruit als een jaar of elf, twaalf. Zo had je er dertien in een dozijn. Als hij al bestond.

En al vonden ze hem, wat kon hij in het donker nou hebben gezien? Zijn gezicht kon nooit zichtbaar zijn geweest in het duister. Nee toch zeker?

En de auto? Misschien had hij in een flits het nummerbord gezien... Aan de rand van dat parkeerterrein stonden immers een paar lantaarns. Was hij erlangs gereden?

Hij had er geen acht op geslagen omdat hij ervan uit was gegaan dat er geen mens was.

Maar als dat kind inderdaad bestond, waarom had het zich dan niet gemeld? Dus misschien was het toch nep...

Aan de andere kant kon het wel een probleem zijn. Geen kolossaal probleem... Zeker niet vergeleken met Estrella, dat loeder met haar kwaaie ogen.

Weggooimensen. L.A. wemelde ervan.

Een kind... Zijn hoofd maakte zich geen zorgen, maar Jezus, wat ging zijn hart tekeer!

Hij scheurde de pagina uit de krant en kneep hem tot een dikke, zweterige prop. Toen bedacht hij zich en streek hij het papier weer glad.

Hij probeerde een slok koffie te nemen maar het smaakte niet.

Hij probeerde zichzelf op te beuren door weer aan Lisa te denken, daar op dat parkeerterrein.

Ware liefde sterft niet, maar zij wel.

Zo eenvoudig.

Het mooiste was die verrassing geweest.

Wat geweest is, is geweest, kom in mijn armen. En toen: hup!

Dat was nog iets anders dan een omhelzing.

'Heel anders,' zei hij hardop met een beschaafd Brits accent. Met de stem van David Niven, een van de ontelbare rollen die hij nooit had mogen spelen.

Niemand had waardering voor zijn talent.

Lisa wel, maar pas tijdens de laatste seconde van haar leven. Die blik op haar gezicht: eindelijk zag ze hem in een ander licht.

Ben jij híértoe in staat?

Hij had die blik in haar ogen voor geen geld willen missen toen hij het mes naar binnen stak en omhoogrukte.

Het was een van die mooie momenten waarop alle puzzelstukjes in elkaar passen. De beste rol die hij ooit had gespeeld. Alleen zij tweeën, een *danse macabre* in het donker.

Alleen zij tweeën? Of was er nog een kind bij geweest?

Wat had hij kunnen doen om dat te voorkomen? Had hij de wildernis in moet jakkeren om bloed en god weet welk forensisch materiaal nog meer te verspreiden? Zelfs die stomme idioten van de politie van L.A. hadden dan misschien nog iets gevonden.

Ze waren achter het bestaan van dat kind gekomen. Maar hóé?

En nu die beloning. Haar ouweheer in de bocht.

Misschien was het kind er eerder geweest en was het al verdwenen toen hij en Lisa op het toneel verschenen.

Misschien, misschien, misschien. Een oud liedje. Zo'n *doe-wap*-deuntje waar hij zo dol op was. Van de een of andere meidengroep, de Chantelles of Shirelles.

Zoveel geld trok waarschijnlijk alleen maar mafkezen aan. De kern van het verhaal was dat de politie van L.A. geen flauw idee had.

'Geen flauw idee,' zei hij met zijn David Niven-stem.

Niet die malloten van de sheriff die de eerste keer waren verschenen en dat stel van de politie evenmin. Bishop, sterk en zwijgzaam; hij liet Connor de hoofdrol spelen.

Mevrouw de rechercheur. Mooie, lange benen. Geen borsten, maar toch wel een lekker stuk. Hoe oud zou ze zijn? Zes- à zevenentwintig? Dat donkere haar en die bleke huid. Het soort lang mager lijf dat er naakt misschien te knokig uitzag maar aangekleed best appetijtelijk was. Hij stelde zich voor hoe ze met dat bleke, gladde lijf uitgestrekt op een ligstoel aan de rand van het zwembad lag en zich overgaf aan zijn handen, mond en...

Een andere tijd, een andere plaats...

Hij strekte lachend zijn zware armen uit.

Ze hadden geen idee, geen van allen.

Behalve dat zogenaamde kind?

Dat zich niet meldde.

Omdat het niet bestond?

Zo laat nog in het park. Dat moest een straatschoffie zijn, een weggelopen kind; misschien waren zijn hersens wel aangetast door drugs of aids.

Waarschijnlijk niets om zich zorgen over te maken.

Hij bleef een hele poos zitten in een poging zichzelf te overtuigen. Uiteindelijk trok hij een vervelende conclusie: hij moest het wel serieus nemen.

Hij zou het uitzoeken. In tegenstelling tot de politie hoefde hij zich niet aan de regels te houden. Het leven had hem geleerd volgens zijn eigen regels te spelen.

Na al die jaren kwam het eigenlijk maar op één regel neer: pakken wat je pakken kunt.

Zoals die avond in Redondo met de Duitse stewardess in dat restaurant met die aartslelijke vriend.

Hij had hen met een flesje Heineken aan de bar van de andere kant van de zaal gadegeslagen, het schuim uit zijn valse baard geveegd en zich afgevraagd wat zo'n meisje in zo'n afstotelijk persoon zag.

Het meisje was hem opgevallen door haar gelijkenis met Lisa. Die vriend, wat een varkenskop.

Hij sloeg hen gade terwijl hij seksuele Belle-en-het-Beest-fantasieën opriep die hem evenwel niet opwonden. Want het was duidelijk dat het niet boterde tussen die twee. Ze keken elkaar nijdig aan en aten nauwelijks.

Uiteindelijk stond het meisje op om naar buiten te stampen. Wat leek ze op Lisa. Een beetje langer, wat grotere tieten en een weelderig lijf in een kort blauw jurkje; die strakke, gespierde benen waarmee ze uit beeld stevende.

Varkenskop gooide wat biljetten op tafel en ging haar achterna. Grote, maar slappe vent; net een zak kunstmest.

Hij keek hen na, rekende zijn pilsje af, controleerde of er iemand keek en liep naar beneden naar het parkeerterrein achter het restaurant. Hij ging achter zijn auto staan, want vandaar kon hij het tafereel goed volgen. Varkenskop probeerde Blondje zijn auto in te praten; een hoop gegesticuleer van beide kanten. Telkens als zij zich bewoog, dansten haar tieten op en neer; zo te zien geen grammetje siliconen. Je zag niet vaak zulke tieten op een mager meisje.

Ze bleven ruzie maken. Toen greep Varkenskop haar, zij trok zich los, hij greep haar weer vast, zij sloeg hem, hij sloeg haar, zij viel en stond weer op.

Leuk!

Nu leek het erop dat Varkenskop zijn excuses maakte. De lul zeeg warempel op zijn knieën.

En wat deed Blondje?

Zij spoog op hem.

Van achter zijn auto volgde hij het tafereel en hij moest bijna hardop lachen. O, o, daar had je de wraak: Varkenskop sprong op en haalde uit met een geweldige zwaai. Maar het ging klunzig, hij had te veel op en sloeg mis. Blondje rende het parkeerterrein over en die heerlijke tieten maar meehotsen; Varkenskop schudde zijn vuist maar ging er niet achteraan.

Blondje bleef op de rand van het parkeerterrein staan en kruiste haar armen voor haar prachtige borsten. Varkenskop schudde zijn hoofd, stapte in een autootje en reed weg.

Toen ze alleen was, liet ze haar handen hulpeloos zakken. Ze besefte dat het donker was, dat zij alleen en de pier verlaten was. Probeer op dat tijdstip in Redondo Beach maar eens een taxi te vinden.

Het zou natuurlijk slim zijn geweest om weer terug te gaan naar het restaurant. Maar ze bleef huilend staan.

Welnu Fräulein, domheid wordt beloond.

Zijn beurt.

Schitterend. De tweede keer. De eerste keer was de kleine Sally Tosk in Syracuse. Ze zat in de vierde klas maar was sinds de tweede al een echt vrouwtje. Hij had haar borsten met bijna onthutsende snelheid zien groeien. Ze was niet echt blond, maar roodblond en er zat nog een beugel om haar boventanden. Het hele footballseizoen had ze het erop aangelegd; uiteindelijk had hij haar gezegend met een afspraakje. Stiekem, want ze had al een vriendje maar wilde ook met hem de beest uithangen.

Hij was met zijn vaders nieuwe Buick naar haar huis gereden; haar ouders waren naar een of ander diner van de Rotary-club en zouden pas laat thuiskomen. De familie Tosk woonde op een groot stuk land buiten de stad. Vroeger was het een boerderij geweest. Sally stond al in de deuropening met niets anders aan dan een dun nachtpônnetje. Tong in de huiskamer, tieten in de keuken en hup naar de slaapkamer. Vervolgens wordt ze totaal hysterisch als hij weigert te zeggen dat hij van haar houdt, probeert ze hem weg te duwen en moet hij een hand over haar mond leggen om te voorkomen dat ze het op een gillen zet.

Zijn hand lag over haar mond en neus en plotseling was ze blauw. Hij raakte in paniek. Daarna begon hij haar in een ander licht te zien en speelde hij wat met haar lichaam; alleen maar voelen. Hij zorgde er wel voor om niets achter te laten en reed naar huis. Zijn hart klopte hem in de keel met een mengeling van paniek en genot.

Twee uur later kwamen meneer en mevrouw Tosk thuis. De stad in de greep van de angst; allerlei geruchten over een stalkende sexmaniak.

Hij twee weken niet slapen, want stel je voor dat Sally tegen iemand had gezegd dat ze een afspraakje met hem had gemaakt? Hij werd mager en zei tegen zijn moeder dat hij griep had.

Maar ze had het tegen niemand gezegd; uit angst voor haar vriendje. De politie voelde haar vriendje aan de tand.

Er waren geen sporen. Hij woonde Sally's begrafenis bij en huilde net als alle andere mensen.

Er ging niets boven jong vlees.

Sally. Dat Duitse meisje. Lisa.

Niet dat hij een seriemoordenaar was. Hij had geen onweerstaanbare drang.

Maar als de kans zich voordeed...

Op Sally's begrafenis had hij zichzelf echt niet in de hand toen het zand op de doodskist viel. Eén van Sally's vriendinnen, ook cheerleader, pakte zijn hand, wiste de tranen van zijn ogen en zei later tegen hem hoe gevoelig hij wel was.

'Geliefde nabestaanden,' droeg hij melodieus voor. Niet Niven, maar John Houseman of zo.

En de Oscar gaat naar...

45

Ik zeg tegen de oude man: 'Nee, ik heb het nog, maar ik zou wel meer willen. Hebt u misschien werk voor me?'

Hij duwt zijn bril recht. 'Dus je kunt wel praten. Zoek je werk? Hoe oud ben je?'

'Oud genoeg.'

Hij komt een stap dichterbij. 'Hoor eens, als je in moeilijkheden zit en ergens voor bent weggelopen, kan ik je misschien helpen. Want een knaap van jouw leeftijd hoort niet in z'n eentje op straat te leven.'

Ik doe een stap achteruit. 'Ik heb geen hulp nodig. Alleen maar werk.'

'Heb je een werkvergunning?'

Ik geef geen antwoord. Hij zegt: 'Een werkvergunning. Dat is verplicht. Om kinderen te beschermen. Vroeger deden kinderen dwangarbeid. Dat mag niet meer. Tenminste niet in de Verenigde Staten.'

Dus hij wil me niet helpen. Ik maak aanstalten om weg te lopen.

'Wacht even. Wil je iets doen? Goed dan.'

Ik blijf staan. 'Wat is het voor werk? En hoeveel levert het op?'

Hij moet weer glimlachen. 'Een zakenman. Oké, luister.' Hij wijst over zijn schouder. 'De sjoel hier, de synagoge, wordt door de week maar weinig gebruikt, maar ik zou best iemand kunnen gebruiken die de boel komt schoonmaken voor de dienst van vrijdag. En om een oogje in het zeil te houden, begrijp je wat ik bedoel?'

'Een bewaker?'

'Geen nachtwaker, een dagwaker, want je kunt er niet slapen. Heb je een plek waar je kunt overnachten?'

'Tuurlijk.'

''s Nachts is het hier niet pluis,' zegt hij, en hij komt weer een stukje dichterbij. 'Jij woont al een poosje op straat, hè?'

Ik zeg niets.

'Ik wil niet nieuwsgierig zijn, jong, maar misschien kan ik je helpen. Ik weet er namelijk alles van, dat mag je van me aannemen.'

De manier waarop hij dat zegt, die verandering op zijn gezicht; dat lijkt op iets wat ik met natuurkunde heb geleerd. Metamorfose. Hij liegt niet.

'Dat is vast heel lang geleden,' zeg ik.

Hij staart me aan. Dan barst hij in lachen uit. 'Ja, heel lang geleden. In de oertijd.'

Hij lacht grappig. Een diepe lach, alsof het uit zijn buik komt. Ikzelf moet onwillekeurig ook lachen. Mijn mondhoeken krullen omhoog.

'Aha, hij kan ook nog lachen. Dus misschien is het leven toch zo slecht nog niet, hè?'

Mijn glimlach is meteen weer weg.

'Toch wel?' vraagt hij. 'Heeft iemand je zo'n pijn gedaan?'

In de sjoel laat hij me een kastje met schoonmaakspullen in de heren-wc zien. Een bezem, een stoffer en blik, een emmer en een dweil. Glassex voor de ramen, vloeibare was voor het hout. Zilverpoets is er ook, maar dat laat hij staan. Hij ziet me ernaar kijken.

'Kom eens hier, sonny. Heb je trouwens een naam? Ik heet Sam Ganzer.'

'Sonny is prima.'

Hij haalt zijn schouders op en we geven elkaar een hand. De zijne voelt als een klomp gedroogd vlees.

'Aangenaam,' zegt hij.

'Van hetzelfde.'

Hij brengt me naar de grote zaal van de sjoel. Voorin staat die grote, bewerkte kast waar ik niet aan toe was gekomen. Hij reikt helemaal tot het plafond en er hangt een gordijn van blauw fluweel voor. Hij trekt aan een touw en het gordijn gaat open. Erachter zijn deuren met twaalf uitgesneden bijbelse taferelen. Ik herken de ark van Noach en Mozes in de wieg. De rest zegt me niets.

Niets over Jezus. Natuurlijk niet. Ik denk: dit is ook raar, wat doe ik hier eigenlijk?

Achter de bewerkte deuren zijn drie voorwerpen waar ook blauw fluweel omheen zit. Er staat joods schrift op en aan de boven- en onderkant steken er houten stokken uit. Bovenaan zitten zilveren handvaten. Op de dichtstbijzijnde staat GESCHONKEN DOOR SAUL EN ISIDORE LEVINE, IN LIEFHEBBENDE NAGEDACHTENIS AAN HUN VADER HYMAN. Vooraan zitten zilveren platen.

'Weet je wat dit zijn?' vraagt Sam.

'Nee.'

'Thorarollen. De joodse bijbel. Je gelooft toch in de bijbel?'

Ik weet niet wat ik moet geloven, maar ik knik.

'Dus je begrijpt dat deze heilig zijn, hè?'

'Wees maar niet bang, ik zal het zilver heus niet pikken.'

Hij wordt zo rood als een tomaat. 'Dat bedoel ik niet, Sonny. Ik wil je alleen op het hart drukken dat dit belangrijke dingen zijn. Dus als ik vraag of je het zilver wilt poetsen, moet je extra voorzichtig zijn, snap je wel?'

'Ik snap het.' Maar ik weet best wat hij bedoelde.

We maken de volgende afspraak: ik veeg en dweil de hele sjoel, de wc's, doe de ramen met Glassex en het hout met was. Het laatste karweitje is zilverpoetsen, want hij moet me nog extra poetsdoeken brengen.

'Waar je ook op moet letten,' zegt hij, 'is dat je de lucht van die zilverpoets niet van dichtbij inademt, want die is nogal sterk, snap je?'

'Ja.'

'Ik meen het, hoor,' zegt hij. 'Je snuift toch niet? Lijm, verf, dat doe je toch niet? Drugs?'

'Nooit,' zeg ik. 'Niet één keer gedaan.'

'Ik geloof je,' zegt hij. 'Je lijkt me een aardig joch. Ik zou best willen weten wat je op straat uitspookt en waarom je op crackers leeft, maar dat is jouw zaak.'

Ik zwijg.

Hij zegt: 'Ik wil alleen niet dat ik hier op een kwaaie dag binnenkom en jouw gevloerd zie door de dampen van de zilverpoets. Neem maar van mij aan dat ik weet waar ik het over heb. Ik heb veertig jaar in ijzerwaren gedaan. Op het laatst kwamen junkies en ander gebroed alle lijm en hechtmiddelen opkopen en het was wel duidelijk dat geen van die lui ooit een wc installeerde.'

Jemig, die kan praten.

'Ik zal voorzichtig zijn,' zeg ik.

'Dan nog wat. Vandaag is het donderdag en morgenavond is er een dienst. Zaterdag ook, dus dan kan ik je helemaal niet gebruiken.'

'Goed. Als ik vandaag klaar ben, is er denk ik toch niets meer te doen.'
Hij steekt zijn handen in zijn zak. 'Dan nu het belangrijkste: hoeveel wil je verdienen?'
'Wat u eerlijk vindt.'
'Wat ík eerlijk vind? Bedoel je dat je blij zult zijn als ik vijftig cent per uur zeg?'
'Ik denk dat u wel eerlijk bent.'
'Ik voel me gevleid, Sonny, maar als jij zakenman wilt worden, moet je leren je eigen prijzen vast te stellen.'
Ik denk een poosje na. Hoeveel krijgen die jongens die hamburgers bakken bij McDonald? Ik weet het niet, echt niet. 'Twee dollar per uur.'
'Twee dollar per uur? Het minimuminkomen is vijf. Vind je niet dat jij het minimuminkomen moet hebben?'
'Oké, zes.'
'Vijfeneenhalf.'
'Top!' roep ik en ik schrik er zelf van.
'Ik ben niet doof,' zegt hij. 'Vijfeneenhalf per uur en ik schat dat je pakweg acht, negen uur nodig hebt, zeg maar in totaal vijftig dollar. Hier heb je vast een voorschot.'
Hij trekt zijn portefeuille en opeens heb ik twee biljetten van tien in mijn hand die ik in mijn zak steek. Ik weet niet hoe ik het heb.
'De rest krijg je als je klaar bent. Ik kom over een paar uur wel kijken.'
Hij doet nog een stap dichterbij. 'Nog één ding: dit is zwart werk, dus er worden geen belasting en sociale lasten ingehouden. Dus je gaat me niet bij de overheid verklikken, oké?'

46

Als Motor Moran het goed bekeek, had hij het nooit gezien als hij een goeie bike had gehad.
Hij was nu dertig en behalve de vier maanden dat hij die schrootopslag in Salinas had bewaakt, had hij nog nooit echt werk gehad. Die creatieve shit in de gevangenis telde niet mee; bovendien had hij nooit echt gezeten, alleen in van die plaatselijke stinkpetoeten wegens rijden onder invloed, dronkenschap en het verstoren van de openbare orde; maandje hier, maandje daar.
Het leven was hem nog iets schuldig voordat hij de pijp uitging. Dit kon het weleens zijn.

Het soort bike waar hij een stijve van kreeg kostte een smak. Zoiets als een Shovelhead uit '72 met Zenith carburateurs, machtige blokken en glimmende filterhuizen. Alles moest glimmen in matglanzend chroom. Iets van een chopper met Paughco fishtails, geharde klepzetels en een gepoedercoat metallic frame met een hoop glitters. Geef het hele geval een toffe lengte met een stel van die lange Kennedy-vorken of gewoon een stel wide-glides als je niet zo wilde bonken. Zo'n zadel met franjes en een leuning omdat hij last van z'n rug had, vooral 's morgens.

Dubbel zadel. Verchroomde voetsteunen voor een passagier, want je moest een lekker stuk achterop hebben dat zich aan je vastklampte alsof d'r leven ervan afhing als je eens effe lekker ging scheuren.

Niet Sharla natuurlijk, dat stoonde wrak. Maar een van die wijven zoals in *Easy Rider*. Zo'n ritje zou d'r zo opgeilen dat hij haar ergens op een picknickplaats op een opgevoerde lunchfrikandel kon trakteren. Goddomme man, als hij poen had dan wist hij het wel.

Zijn tegenwoordige bike was een schrootbak die hij had samengeraapt uit verroeste onderdelen, aan elkaar gekit met Bondo, laswerk en schietgebedjes. Op plekken waar je het niet kon zien, had hij er zelfs een paar Jappenonderdelen in gesmokkeld. Er zat wel een H.D.-embleem op het frame, maar ondanks alle Harley-onderdelen die erin zaten had er net zo goed Scheefsmoel Speciaal kunnen staan.

Hij maakte tenminste lekker veel lawaai. Die Jappendingen hoorde je niet.

Toen hij met de bus naar Bakersfield ging, had die boutenbak drie dagen lang niet willen starten. Hij had het probleem gauw genoeg opgespoord. De moeilijkheid zat 'm in een startmechanisme dat zo verrot was dat er goddomme een gat in zat. De bobine deed geen flikker en de bougies waren naar de maan. Het ergste was dat de bedrading van de spanningsregelaar uit elkaar was gevallen en er rafeliger uitzag dan Sharla's haar. Tot zover was hij minstens honderd dollar verder en zo te zien stond de riemaandrijving ook op instorten, hup: nog eens tweehonderd.

Zestig dollar was alles wat hij nog over had van Sharla's kinderbijslagcheque. Die nam hij mee. Hij liet haar snurken en begon aan de pijnlijke wandeling naar het busstation van Bolsa Chica.

Hij wist wel dat hij met zestig dollar niet ver zou komen bij Spanky, maar misschien kon hij de zaak voor hem opruimen of wat klussen bij hem thuis. Dat wijf van 'm was altijd aan het verbouwen.

Hij had er alles voor over om weer in het zadel te kunnen.

Moest-ie goddomme met de bus, met al die tacovreters die hem aan zaten te staren. In die huilerige bruine oogjes las hij de vraag die elke mongool zou stellen: waar is je bike, man?

Hij was namelijk een biker en je kon aan hem zien dat hij godverdomme nooit met de bus ging. Voor hem geen dak boven z'n kop op de weg.

Hij zag er goddomme úít als een biker. Een onafhankelijke spijkerbroek: er zat zoveel smeer in dat hij uit zichzelf rechtop bleef staan. Zwart, superextralarge T-shirt met het doodskoplogo van de Angels; als er tenminste geen Angels in de buurt waren. Noppen, metalen laarzen, leer, leer en nog eens leer.

En zo'n lekkere hoofddoekpet; ze konden doodvallen met hun verplichte helm.

De bus vrat twaalf van zijn zestig dollar, was te laat en stopte onderweg om tacovreters bij de boomgaarden uit te laten. Het kostte hem een halve dag om bij Bandit Cycles te komen en toen hij daar aankwam was de zaak vol met zondagsrijers die zich vergaapten aan spul dat Spanky op bestelling gemaakt had. Gozers in het pak stonden te kwijlen bij fantastische Rigids uit '95, een paar Softtails en een paar antieke bakken waar zijn ballen van gingen jeuken. Moest je die Knuckle/Pan eens zien: zwart-rode lak met een dansend mokkel in roze.

Rijke eikels die naar de handel kwamen kijken alsof ze er kaas van hadden gegeten. Spanky wees ze op de bijzonderheden en kroop zowat in hun reet.

En als zo'n eikel een bike kocht, wat dan nog? Dan had je een eikel op een bike.

Motor kuierde door de showroom, bekeek onderdelen, bladerde de nieuwste *Rider* door. De Spetter van de Maand was een tacovreter, maar moest je die bruine tepels eens zien!

Vervolgens naar de werkplaats achter de showroom, waar twee monteurs aan bikes bezig waren. En maar sleutelen; twee kloothommels die hij niet kende.

Nog meer Mexicanen! Wat bezielde die Spankster?

Uiteindelijk vertrokken de eikels met de brochures en kroop Spanky weer achter de toonbank. Hij maakte zijn paardenstaart los en schudde een halve meter haar los. Verrek, die gast werd grijs. Er zat geen grammetje vet aan; gezicht als een doodskop, rotte tanden, die klootzak zag eruit als Magere Hein zelf. En sinds wanneer droeg hij een bril?

Motor liep naar de toonbank. In zijn ene hand had Spanky een fles Budweiser; zijn rechterarm was bedekt met tatoeages van z'n schouder tot zijn vingertoppen. Maar niet de linker, daar stond alleen de naam van Spanky's vrouw – Tara – op de spierbal. Motor had er een keer naar gevraagd en toen zei Spanky: 'Met de linker veeg ik mijn reet af, net als de hindoes.'

Maf.

'Hoi,' zei Motor.

Spanky keek niet op. Hij sloeg de helft van het flesje Bud achterover, pakte een brochure van de bijeenkomst in Chillicothe en deed net alsof hij las. Motor las de achterkant. Eersteklas toertje op Labor Day, helemaal naar Ohio. Gotsamme, dat zou hij graag doen, in gesloten gelid langs de gevangenis tuffen en de maten achter het hek solidair met hun vuist omhoog.

Spanky bleef lezen en negeerde hem.

'Chillicothe,' zei Motor. 'Daar kan alleen Sturgis tegenop, hè? Of misschien herdenkingsdag in Laconia?'

Spanky bleef hem negeren.

Motor hoestte en eindelijk keek die magere lul eens op.

'Hallo, makker, alles kits?'

Het duurde even voordat Spanky 'Buell' mompelde.

De naam waar Motor zo'n hekel aan had.

'Hé, Spank.' Motor hief zijn hand om hem tegen die van Spanky te kletsen, maar die verroerde zich niet. Daarna schoof hij een ring over zijn baard zodat hij in een grijze paardenstaart veranderde. Hij leegde zijn flesje en gooide het over zijn schouder op een stapel rommel.

'Ik pof niet, Buell. Je staat nog steeds in het krijt voor die stilettovelgen.'

'Die heb ik betaald, man.'

'Ja hoor, maar je hebt er wel twee jaar over gedaan. Zulke wielen had ik in twee dagen kunnen verkopen. Bij jou moet ik twee jaar wachten.'

Gelul, die wielen waren tweedehands, van een wrak gesloopt en recht getimmerd, en eentje was totaal in de vernieling, waar het opslaande grind een stuk velg had weggeslagen.

'Spank...'

'Vergeet het maar, Buell.'

'Hoor es, ik hoef maar een paar onderdeeltjes. En ik heb poen.'

'Hoeveel?'

Motor pelde een briefje van twintig en een van tien af. Spanky bekeek het geld alsof het hondenpoep was.

'Kom op, man, je weet dat ik over de brug kom.'

Spanky slaakte een zucht en zijn borstkas zakte in als de wangen van een pijpende hoer. Geen haar op armen en borst, maar zijn baard was dikker dan die van de kerstman.

'Dit is een aanbetaling,' zei Motor.

'Ja vast. Maar één ding kan ik je wel vertellen: je krijgt geen nieuwe onderdelen. En áls ik je iets verkoop, is het van de stapel tweedehands.'

'Best hoor,' zei Motor. 'Laat me maar even snuffelen.'

'Snuffelen? Denk je dat ik je voor dertig ballen laat snuffelen?'

'Dertig ballen aanbetaling, man. Volgende week krijgt m'n wijf haar cheque.' Dat was gelogen, want Sharla kreeg pas geld aan het eind van de maand. 'Zodra die cheque er is, kom ik het geld zelf brengen.'

'Zelf?' Spanky glimlachte en zijn geringde baard draaide rond als tien pond lont. 'Waarom stuur je het niet per koerier, Buell? Alles komt tegenwoordig per koerier. Gebruik je de FedEx-koerier weleens, Buell?'

'Ja hoor,' loog hij.

'Je hebt je eigen FedEx-rekening zeker? Wij hebben er een. We hebben ook een computer.' Spanky gaf een klap op de kassa. 'Alles is gecomputeriseerd. Achter heb ik er nog een staan om onderdelen te bestellen. We hebben ook e-mail. Weet je wat e-mail is, Buell?'

Motor gaf geen antwoord. Wat een reetkever. Het begon hem te dagen dat Spanky er... joods uitzag. Met die baard leek hij op zo'n rabbijn. Met een hoed op z'n kop kon je hem godverdomme zo naar Israël terugsturen.

'E-mail, Buell. Zo stuur je boodschappen en telefoneer je via je computer, kost haast niks. Je kunt ook vieze plaatjes op de computer krijgen, Buell. Amateurs, anaal, klaarkomen in het gezicht, noem maar op. Of je kunt je e-mail gewoon gebruiken om 'Krijg de tyfus' aan de een of andere lul te schrijven. Wat je maar wilt. Wat ik maar wil zeggen, is dat daarbuiten een hele nieuwe wereld is, Buell. Je moet met je tijd mee. Vroeger kon je nog wel op je reet zitten en een fiets bij elkaar scharrelen en van je vrijheid genieten. Nu zul je meer dan alleen benzinegeld moeten hebben.'

Spanky keek hem aan met een mengeling van medelijden en minachting. Waar wilde die zakrat nou heen?

'Tegenwoordig moet je ergens mee voor de dag komen, Buell. Goederen of diensten, zoals een fiets maken en afstellen. Ik krijg hier artsen en advocaten die al een Mercedes hebben staan, maar zwaar op de motortoer zijn. Mensen die iets léveren.'

'Advocaten,' zei Motor, 'leveren meer shit dan een dromedaris met diarree.'

Spanky kon er niet om lachen. Er kon zelfs geen glimlachje af. 'Precies, Buell. Daarom kunnen zij hun onderdelen betalen en probeer jij me met dertig dollar af te schepen.'

'Hé, man...'

'Ja, ja, jij wilt de stapel onderdelen afschuimen, mij best, maar het is wel de laatste keer, man. En eerst zul je naar de Bell moeten om wat te vreten voor me te halen.' Spanky krabde het interieur van zijn linkerneusgat. 'Drie taco's, doe maar zachte. En een burrito rundvlees met extra guacamole en extra saus. En een kaas-enchilada. Plus een grote Coca-Cola. Als jij m'n eten betaalt, laat ik je misschien snuffelen. Dan lever je tenminste iets. Geen goederen, maar tenminste een dienst. Het draait allemaal om economie, Buell.'

De Taco Bell was drie straten verderop en Motors hielen deden bij elke stap zeer door al het gewicht dat erop dreunde, en die versleten laarzen hielpen ook niet mee. Zijn dijen schuurden open langs de gore spijkerstof. Toen hij er was, transpireerde hij van de inspanning. Hij bestelde Spanky's eten en keek het tacojong dat 'Zegt u het maar, meneer' zei, vernietigend aan. De glimlach week van z'n gezicht.

Hij wilde net weggaan toen hij het zag, op een van de tafeltjes.

Een krant uit L.A. Hij las nooit kranten; hij gaf er geen ruk om. Maar deze, met die tekening, trok zijn aandacht.

Hij mocht de pleuris krijgen als dat gozertje niet op Sharla's ongedierte leek.

Hij pakte de krant van het tafeltje. Het kostte hem een hele poos voordat hij het bericht had gelezen en hij moest het nog een keer lezen om het tot zich door te laten dringen. Lezen had hem altijd al moeite gekost; een heleboel woorden snapte hij niet en soms stonden de letters ondersteboven. Zijn ouweheer noemde hem vroeger een randdebiel; moest hij nodig zeggen, die godvergeten conciërge. Op zijn vijfenveertigste al de pijp uit door een verrotte lever. Ma was als slavin van de fles al geen haar beter, maar die zat hem tenminste niet op z'n nek. Zij kon ook niet goed lezen.

Uiteindelijk had hij het stukje uit. Was dat echt waar? Getuige van een moord? Hollywood?

Hij bekeek de tekening nog een poosje. Sprekend die kleine rat.

Kon niet anders. Hij was er toch, hoe lang was het, vier maanden geleden vantussen gegaan?

En kinderen smeren hem altijd naar Hollywood. Motor was er zelf ook beland. Die ouwe zultkop had hem een pak op z'n donder gegeven toen hij voor de derde keer in de vierde was blijven zitten. Sterf maar, ik ben weg, had hij eindelijk gedacht.

Toen had hij ook de Greyhound gepakt nadat hij een handvol dollars uit zultkops spijkerbroek had gejat. Hij was best bang toen hij er eenmaal was. Gigantische stad. Maar hij hield de kop hoog om de mensen te laten weten dat hij niet met zich liet spotten.

Hij was al helemaal uitgegroeid en zag er ouder uit dan hij was, dus op straat in Hollywood had hij weinig problemen. Hij perste kleinere jongens geld af, beroofde ouwe lullen, pikte een Jappenfiets van een parkeerterrein van het Roosevelt Hotel, haalde hem uit elkaar, verkocht de onderdelen en kocht zelf een oude, hybride Harley Davidson Shovelnose van een van de bikers die in de Cave zat te zuipen.

Beste fiets die hij ooit had gehad. Iemand had hem zo onder zijn kont vandaan gejat.

Hij sliep in een kraakpand in... Waar was het ook weer? In Argyle. Ja, Argyle. Een groot, leeg appartement vol met junkies; het stonk er naar kots en stront en fatsoenlijk slapen was er niet bij omdat hij altijd op zijn hoede moest zijn voor lui die hem te grazen wilden nemen. Zijn omvang was wel handig. Ook om alles wat kleiner was dan hij en hem in de weg liep een pak op z'n sodemieter te geven. En die nikker die hij een mes tussen z'n ribben had geduwd omdat hij hem vuil had aangekeken. Daar was hij goed afgekomen, met een waarschuwing.

Door het zwarte leren jasje dat hij op de ruilmarkt in Van Nuys op de kop had getikt was het ouwe-jongens-krentenbrood geworden met de bikers in de Cave. Een van hen had hem een vals identiteitsbewijs verkocht zodat hij er naar binnen mocht. Hij was dikke maatjes met ze geworden en dacht dat hij wel bij de club zou kunnen, maar toen waren ze opeens een stuk minder aardig geworden. Hij had nooit goed begrepen waarom.

Dus natuurlijk smeerden kinderen hem naar Hollywood.

Die rat ook? Waarom niet? Dat strontvliegje was te klein om voor zichzelf op te komen, dus waarschijnlijk verhoerde hij dat garnalenlijf van hem en liet hij zich van achteren pakken; het zou hem niets verbazen als hij aids had.

Vier maanden pleite. Sharla jankte er af en toe nog om en dan moest hij schreeuwen dat ze haar bek moest houden. Wel janken maar geen zak doen om die rat te zoeken. Net doen alsof ze iets om hem gaf, wat een leip wijf. Op een keer zat ze midden in de nacht opeens rechtop in bed alsmaar 'ziekedaas, ziekedaas' te schreeuwen. Hij haar door elkaar schudden: wat is ziekedaas, godverdomme? Zij kijkt hem aan en zegt: Niks, cowboy. Het was een nare droom.

Het was tijd om op te stappen en een echt wijf te zoeken.

Vijfentwintigduizend. Zo kon hij dat misschien voor elkaar krijgen.

Een voorsprong had hij al: hij kende Hollywood en hij kende de rat. Hij ging erheen, al moest hij zijn tank met bloed vullen.

Het was allang donker toen hij weer terug was in de caravan.

Sharla was in de keuken en ontkurkte net een pilsje. 'Hé, cowboy, waar heb jij gezeten?'

Zonder acht op haar te slaan zocht hij een zaklantaarn, ging naar buiten, maakte hem met tape aan het stuur vast en begon de opgescharrelde onderdelen te monteren. De bougies waren splinternieuw, die had hij gepikt toen Spanky even niet keek. De nieuwste *Rider* ook.

De Spetter van de Maand heette Jody en kwam uit El Paso in Texas. Die bruine tepels. Ze zei dat ze graag zonder onderbroek achterop zat.

Het ging net lekker toen de deur van de caravan openging. Daar stond Sharla in T-shirt en korte broek zonder schoenen. De handen op de heupen en zo'n geef-me-'ns-een-kus-lachje.

Hij zei: 'Ga naar binnen en maak eens iets te eten voor me.'

'Voor een kusje.'

'Eten maken, en vlug een beetje.'

Ze keek als een gekwetste kleuter. 'Wat wil je eten?'

'Wat ik wil heb je niet, dus warm maar twee van die kant-en-klaar-prakken voor me op. Macaroni met kaas en Salisbury-steak. Hup, op-schieten!'

Ze gehoorzaamde. Daar was die trut tenminste goed in.

Om elf uur had hij de fiets aan de praat. Hij vrat zich vol en dronk drie pilsjes.

Vijfentwintigduizend! Hij voelde zich net een premiejager.

Sharla wachtte tot hij klaar was en ging vervolgens op de romantische toer. Hij duwde haar hoofd in zijn schoot en kwam gauw klaar.

Afgezogen, dichtgeritst en klaar voor de reis!

Terwijl zij in de badkamer haar mond uitspoelde, graaide hij nog gauw even vijf dollar kleingeld uit haar portemonnee.

Hij stond net in de deuropening toen ze achter hem aan kwam. 'Hé,' zei ze.

Hij gaf geen antwoord en voelde of zijn sleutels in zijn zak zaten.

'Waar ga je naartoe, cowboy?'

'Weg.'

'Alweer?' Hij had de pest aan dat stemmetje. Net een transistor die bezig was stuk te gaan.

Ze pakte zijn arm. 'Kom op, cowboy, je bent net thuis.'

'En nou smeer ik 'm weer.'

'Kom nou, ik wil niet alléén zijn.'

'Kijk maar tv.'

'Ik wíl niet tv kijken, ik wil gezelschap. En hoor es.' Ze werkte met haar wimpers en legde zijn hand op haar borst. 'Ik heb jóú wel ver-wend, maar ík dan?'

Zoals ze voelde, keek en klonk: hij ging ervan over zijn nek. Zo ging het nou altijd. Eerst werd hij geil van d'r en als hij dan klaar was, kreeg hij het gevoel dat ze een stuk maaienvlees was.

Hij schudde haar hand van zich af. Ze pakte hem weer en zette het op een jammeren.

'Als je zo graag wilt kezen,' zei hij, 'ga je maar een van je ziekedaas neuken.'

'Hè?' zei ze. 'Waar heb je het over? Insecten?'

Dat bracht Motor van z'n stuk en als hij in de war was, werd hij altijd kwaad. Hij gaf haar een lel in haar gezicht met de rug van zijn hand, ze sloeg achterover tegen het aanrecht en bleef liggen. Ze bewoog zich niet; die gaf voorlopig geen kik meer.

Hij ging naar buiten en trapte de deur achter zich dicht. Het was een warme avond.

Even later ronkte hij over de toegangsweg van het caravanpark. Pas op de hoofdweg kreeg hij in de gaten dat hij zijn lichten nog aan moest doen.

47

Het was donderdagavond halfzeven en Stu maakte zich op om naar huis te gaan na zich weer vergeefs een poos met de zaak-Eggermann te hebben beziggehouden. Petra was naar het toilet; hij moest maar even wachten om afscheid te nemen.

Morgen zou hij die tv-gidsen doornemen. Die kon hij in elke fatsoenlijke bibliotheek vinden. Er was er een bij het ziekenhuis.

Hij deed zijn bureau op slot en probeerde de zorgen van zich af te zetten. Die tumor had een paar zorgwekkende bijverschijnselen. De lymfeklieren zaten vol met kankercellen.

Als hij bij haar was, speelde hij positief. Ze had hem van meet af aan duidelijk gemaakt dat ze het zo wilde.

Voor de kinderen moeten we alles zo gewoon mogelijk houden, schat. De kinderen kwamen op de eerste plaats. Dat vond hij ook. Het gezin was het belangrijkste, maar wat voor gezin zou hij straks hebben? Mammie gaat naar het ziekenhuis voor controle. Paar daagjes maar, niets bijzonders.

Ze had nog geen traan gelaten en sinds de problemen waren begonnen, was haar dagindeling ongewijzigd gebleven: carpoolen, koken, vrijwilligerswerk voor de kerk. Zelfs vrijen. Stu had tegengestribbeld, maar zij stond erop en hij wilde niet dat ze zich gehandicapt zou voelen.

Negentien jaar geleden was ze koningin van de reünie van Hoover

Highschool geweest, het jaar daarop Miss Glendale en vervolgens de mooiste van de studentenvereniging op Occidental University waar ze geschiedenis studeerde.

Eén tumor maar, had Drizak hem verzekerd, en nog wel betrekkelijk klein. Kanker in de familie viel wel mee: Kathy's moeder was gezond, maar een tante was aan borstkanker overleden.

Al met al geen slechte vooruitzichten, beweerde Drizak. Maar Stu's vader was arts en hij wist hoe onnauwkeurig die prognoses konden zijn.

Onaangename verrassingen hoorden nu eenmaal bij het leven van een chirurg, had zijn vader hem meer dan eens verteld. Daarom moesten we maar allemaal op de Heer vertrouwen.

Stu zou dat vertrouwen dolgraag willen hebben en de afgelopen dagen had hij gebeden met het vuur van een missionaris. Maar vanbinnen voelde hij zich zo hol als een atheïst.

Al dat ge-alstublieft, God en Lieve Jezus. Met welk recht diende hij die verzoeken in?

Ter wille van de kinderen. Altijd maar weer de kinderen.

Iemand legde een hand op zijn schouder en hij schrok.

'Sorry,' zei Petra.

'Ik moest maar eens gaan.'

Haar hand bleef liggen. 'Nogmaals, als ik iets kan doen...'

'Dank je wel, maar we redden het wel, Petra. Het zal allemaal wel goed gaan.'

'Hoe laat is de operatie?'

'Morgenochtend om zes uur.'

'Je hoeft je niet te haasten,' zei ze. 'Wil en ik doen de rest wel.'

'Oké,' zei hij. Hij vroeg zich af of ze hem weer zou omhelzen. Hij hoopte van niet. Niet waar iedereen bij was.

'Wat zijn jouw plannen?' vroeg hij.

'Ik wil nog eens naar Ramseys huis om met de bewaking te praten en horen of je RanchHaven nog op een andere manier kunt verlaten.'

'Goed idee,' zei hij. Petra had erop gewezen dat ze hadden nagelaten om de nachtwaker onmiddellijk te ondervragen en dat zat hem dwars... Wat moest hij zonder Kathy?

Hij zei tegen Petra dat ze het prima deed en vertrok.

Rustig lopen. De ene voet voor de andere zetten. Maar hij voelde zich week in de knieën en het was net alsof iemand hem vooruitduwde.

48

In El Salvador was het een uur later dan in L.A. en Petra betwijfelde of de zoon van Estrella Flores nog op kantoor zou zijn. Ze probeerde het toch. Er werd niet opgenomen. Ze belde de internationale inlichtingen, hoorde dat de naam Javier Flores drie keer voorkwam en bij nummer twee had ze geluk.

'Ik maak me bezorgd over mijn moeder,' zei de advocaat met een zwaar accent maar in uitstekend Engels. 'Die stad van u is gevaarlijk. Mijn moeder heeft geen rijbewijs. Waar moet ze heen? Ik heb Ramsey gebeld, maar hij belt niet terug. Mijn moeder had me verteld dat hij ergens buiten woont. Ze kan toch niet zomaar zijn weggelopen als ze geen auto kan rijden? Waarnaartoe? Er klopt iets niet!'

Flores praatte alsof hij iemand verhoorde. Gearticuleerd en intelligent. Hoe kwam het dan dat zijn moeder werkster was?

Alsof die vraag hem vaak was gesteld, zei hij: 'Ik heb haar achter de vodden gezeten om terug te komen en bij ons te wonen, maar ze is erg onafhankelijk. Maar nogmaals, ze had geen rijbewijs. Waar kan ze naartoe zijn? Dit heeft toch niets met mevrouw Ramsey te maken?'

'Heeft uw moeder u van mevrouw Ramsey verteld?'

'Nee. De laatste keer dat ik haar sprak was zondag, de dag voordat het gebeurde. Ik heb erover in de krant gelezen. Ik lees Amerikaanse kranten. Wat doet u precies om haar te vinden, rechercheur?'

'Ik heb contact gelegd met alle instanties voor vermiste personen, meneer. Ik bel u om mezelf ervan te vergewissen dat ze nergens heen kan zijn gegaan. Een familielid, een...'

'Nee, niemand,' zei Flores. 'Dus u denkt niet dat het iets met mevrouw Ramsey te maken kan hebben?'

'Daar zijn geen aanwijzingen voor, meneer...'

'Alstublieft!' Flores raakte verhit. 'Ik ben niet op mijn achterhoofd gevallen! Kan zij iets te weten zijn gekomen waardoor ze gevaar liep?'

'Ik kan het u eerlijk gezegd niet vertellen, meneer Flores. Tot dusverre zijn daar geen aanwijzingen voor. Heeft uw moeder ooit iets over Ramsey gezegd dat relevant kan zijn? Vooral afgelopen zondag?'

'Nee, de naam is niet gevallen. Ze vroeg hoe het ervoor stond met haar spaarrekening. Zij maakt haar geld naar mij over en ik stort het. Ze spaart voor haar eigen huis.'

'Gaat al haar geld naar El Salvador?'

'Behalve wat de Amerikaanse belasting inhoudt.'

'En eerdere gesprekken?' vroeg Petra. 'Wat vond ze van de Ramseys?'

'Ze zei dat mevrouw jong, aardig en niet al te pietluttig was.'

'Meneer Ramsey wel?'

'Een beetje. Hij had die auto's die ze de hele tijd moest poetsen. Maar het was een goede baan; beter dan haar vorige. Heel pietepeuterige mensen. Ze hadden altijd kritiek.'

'Weet u hun naam nog?'

'Het waren mensen in een ander deel van de stad. Brentwood. Hooper. Meneer en mevrouw Hooper. De man ging altijd met zijn vinger over de meubels om te kijken of er nog stof op lag. De vrouw dronk te veel en ze betaalden maar weinig.'

'Voornamen?'

'Ik denk niet... Wacht even; ik heb hun adres in mijn boekje, tenzij ik het heb weggegooid toen ze... Nee, hier heb ik het. Hooper. Hier is het nummer.'

Petra schreef het op. 'Ik ga ze bellen, meneer Flores.'

'Ik ook,' zei hij. 'Maar ik denk niet dat mijn moeder naar hen is teruggegaan.'

'Kunt u me nog meer over de Ramseys vertellen?'

'Wie ze niet mocht was die zakelijk manager. Die moest haar uitbetalen en was altijd te laat met de cheque. Uiteindelijk heeft ze zich bij meneer Ramsey beklaagd en dat hielp.'

'Meneer Balch?'

'Ze heeft zijn naam nooit genoemd, maar ze vond hem een... snob. Hij deed altijd zo gewichtig. Hem mocht ze niet.'

'En meneer Ramsey?'

'Over hem heeft ze het niet zo vaak gehad. Denkt u dat hij zijn vrouw heeft vermoord?'

'Meneer Flores, in dit stadium kan ik...'

'Oké, oké, het enige waarover ik me zorgen maak is mijn moeder.'

'Ik zal alles doen wat in mijn vermogen ligt om haar te vinden, meneer. Dus voor zover u weet waren er geen conflicten met meneer Ramsey? Was er geen reden voor uw moeder om zo plotseling op te stappen?'

'Hij was niet zo vaak thuis. Het was een groot huis en ze vond het niet prettig om zo dikwijls alleen te zijn.' Zijn stem brak. 'Ik weet dat er iets mis is.'

Zodra Petra ophing, ging de telefoon. De dienstdoende telefoniste zei: 'Een zekere dokter Boehlinger heeft gebeld.'

'Heeft hij een boodschap achtergelaten?'

'Alleen dat u hem terug moest bellen. Hij zei het, hij vroeg het niet.'

Daar zat ze nou net op te wachten. Ze klemde haar kaken op elkaar en belde Boehlingers hotel. Hij was er niet. Ze dankte God voor kleine zegeningen.

Ze belde de Hoopers in Bel-Air. In gesprek. Misschien met Javier Flores.

Ze probeerde het opnieuw en nu werd er opgenomen door een vrouw met een hese stem. 'O, Jezus, ik heb net haar zoon gesproken. Nee, ik heb haar niet gezien.' Ze lachte gnuivend. 'Dus nu probeert de politie illegalen terúg te halen?'

'Dank u wel, mevrouw Hooper.' U heeft haar anders in dienst genomen toen ze illegaal was, mevrouw Hooper. Klik.

Wil Fournier kwam naar haar toe en liet haar een stukje papier zien. Stuk of veertig namen die op drie na allemaal waren afgekruist. 'Tipgevers. Ons inbrekertje is in de hele staat gesignaleerd, maar het is voornamelijk flauwekul. Wie heeft het gekkenhuis opengezet?' Hij maakte zijn das los. Zijn bruine handpalm zat onder de inkt. 'Eén schattebout uit San Francisco beweert dat hij de zoon is die ze bij de geboorte heeft afgestaan. Ze wilde net "Spoorloos" bellen; het geld zou haar erg van pas komen omdat ze psychologie wil gaan studeren. Eén vent beweert dat de knaap geen kind is, maar de een of andere mystieke goeroe; een verschijning die zich in tijden van crisis openbaart om "verlossing te brengen". Misschien is het eind der tijden nabij.'

'Misschien heeft hij wel gelijk,' zei Petra.

'Als ik m'n pensioen maar krijg,' zei Fournier. Hij tikte op elk van de niet aangekruiste namen. 'Deze klinken niet gek. Twee kwamen er uit hetzelfde plaatsje; een of ander boerengat dat Watson heet, tussen Bakersfield en Fresno. Geen van beide bellers weet hoe de jongen heet, maar ze denken allebei dat ze hem in de buurt hebben gezien. Ze klonken niet maf of inhalig en twee telefoontjes uit dezelfde plaats is interessant. Ik heb de plaatselijke arm der wet gebeld. Het moet echt een soort Poepjanknor zijn, want het bureau van de sheriff telt maar twee koppen en ze waren er geen van beiden. Ik heb een telefoniste gesproken die klonk alsof ze honderd was. Deze laatste is waarschijnlijk een hebberd; Russisch accent, maar hij klonk tenminste normaal. Hij beweerde zeker te weten dat hij de jongen vanmorgen in Venice heeft gezien. Hij beschreef zijn kleren – T-shirt, spijkerbroek – en zei dat de jongen eruitzag als een dakloze en aangekoekt zout op zijn gezicht had, alsof hij zich met zeewater had gewassen. Hij had ook schrammen.'

'Oog voor detail.'

'Daarom elimineer ik hem niet. Hij heeft een souvenirwinkeltje op Ocean Front en zegt dat hij de jongen vanmorgen een pet heeft verkocht. Daarna verdween hij in noordelijke richting. De man vond het vreemd, een kind dat op klaarlichte dag helemaal alleen was. En een pet kocht; hij verkoopt nooit petten aan kinderen.'

'Probeert hij zijn gezicht misschien te verbergen?' vroeg Petra.

Fournier haalde zijn schouders op. 'Kan. Als hij de krant van vandaag heeft gelezen. We weten dat hij leest. Aan de andere kant: stel dat jij een dakloos weggelopen kind bent zonder een cent te makken en iemand biedt vijfentwintigduizend voor je aanwezigheid, zou jij jezelf dan niet melden om te kijken of je dat geld kunt innen?'

'Het is een kind, Wil. Waarschijnlijk een mishandeld kind. Waarom zou hij mensen vertrouwen? Zou hij zich voldoende sterk in zijn schoenen voelen om zulke plannetjes te bedenken? Bovendien, als hij echt getuige van die moord is geweest, kan het best zijn dat hij veel te bang is om aan geld te denken.'

'Misschien heb je wel gelijk. Of misschien is het kind wel op die plek geweest, maar niet ten tijde van de moord en denkt hij: ze kunnen me wat. Hoe dan ook, onze Rus is beslist wel tuk op het geld.'

Petra las zijn naam hardop. 'Vladimir Zhukanov.'

'Dat is ook zoiets,' zei Fournier. 'Dat hij een Rus is. Ik wil niet bevooroordeeld klinken, maar je kent de zwendelpraktijken waartoe die lui in staat zijn.' Hij vouwde het lijstje op en stak het in zijn zak. 'Ik ga wel even bij hem langs. Ik heb vanavond een afspraakje in Santa Monica, uit eten bij Loew's. Ken je die tent?'

Petra schudde van nee.

'Zhukanov zei dat hij in de winkel zou blijven om met me te praten. Nog één ding: Schoelkopf heeft me weer bij zich geroepen om bijzonderheden te horen. Misschien moet ik hem iets geven, Barb. En dan hup, daar staat het weer in de krant en rennen wij rond als opgewonden speelgoed.'

'Wat moet dat moet,' zei Petra. 'We hebben er toch al niets meer over te zeggen.'

Om zeven uur wilde ze net weggaan toen de telefoon alweer tekeerging.

Een jonge vrouw zei: 'Wacht u even? Dan verbind ik u door met Lawrence Schick.' Tien seconden slechte muziek en vervolgens zei een slaperige stem: 'Met welke rechercheur heb ik het genoegen?'

'Rechercheur Connor.'

'Goeienavond, rechercheur Connor, u spreekt met Larry Schick.'

Een veelbetekenende stilte. Ze werd geacht te weten wie hij was. Dat wist ze ook. Een advocaat van zeshonderd dollar per uur, strafpleiter; voornamelijk beroemdheden die dronken achter het stuur hadden gezeten, kinderen van filmsterren die met vuurwapens hadden gespeeld en andere gevoelige misdrijven. Ze had wel van hem gehoord maar hem nog nooit ontmoet. Haar doorsneecrimineel kon zich nog geen beunhaas van Western Avenue veroorloven.

'Goeienavond, meneer Schick.'

'Goeienavond, rechercheur. Hoe gaat het met de zaak Ramsey?'

Dus de muur gaat eindelijk omhoog. 'Vraagt u dat als bezorgde burger, meneer?'

Schick lachte. 'Ik ben altijd bezorgd, maar nee, rechercheur Connor, meneer Ramsey heeft mij gevraagd om hem in dezen te vertegenwoordigen. Dus wilt u zo vriendelijk zijn om alle contacten voortaan via mijn burelen te laten lopen?'

Burelen. Meervoud. Kijk eens, mam, ik ben belangrijk!

'Contacten,' zei Petra.

'Alles wat met de zaak te maken heeft,' zei Schick.

'Bedoelt u dat we niet met de heer Ramsey kunnen praten zonder uw voorafgaande fiat?'

'In dit stadium zou dat wel raadzaam zijn, rechercheur,' zei de advocaat. 'Goeienavond.'

'Insgelijks,' zei Petra, maar hij had al neergelegd. Gisteren had ze nog met Ramsey in de keuken zitten babbelen en nu dit. Vanuit Ramseys gezichtspunt waren er twee dingen aan de orde: het tweede gesprek en het onderhoud met Balch. Had ze iets tegen een van beiden gezegd dat hem dwarszat?

Ze pakte haar notitieboekje om haar aantekeningen door te nemen. Het gesprek met Ramsey had niets wereldschokkends aan het licht gebracht... Hij had iets gezegd over het feit dat hij werd verdacht. Dat kon ze wel schrappen. Eén nieuw onderwerp: Estrella Flores.

Ze bladerde verder naar het onderhoud met Balch. Zijn en Ramseys 'ontdekking' in Hollywood, Lisa's temperament, het hoofdstuk van de mishandeling. Estrella Flores.

Was de huishoudster het hete hangijzer?

Wat had Flores de bewuste avond gezien?

Of had het soms iets met de tekening in de krant te maken? Dat Ramsey meende de volmaakte misdaad te hebben gepleegd, maar tegen de ergste nachtmerrie van elke booswicht was opgelopen: een mysterieuze getuige.

Wat zou ze nu graag in die blauwe babyogen hebben gekeken om te zien of er zich angst in aftekende.

Dus dat kon niet.

Maar niemand kon natuurlijk verhinderen dat ze toevallig in de buurt was en even bij Ramsey aanwipte, zelfs een overbetaalde sterrenadvocaat niet.

Op Sunset Boulevard stopte ze om een broodje rosbief bij Arby's te halen. Kauwend op vlees en argwaan at ze het in de auto op, sloeg het nachtvolk gade dat uit de schaduwen opdook en besefte dat ze jaren geleden te bang zou zijn geweest om er zo dicht op te zitten. Om tien over halfacht reed ze de kant van Calabasas op. Ze kon flink doorrijden want het spitsuur was achter de rug en om drie minuten over halfnegen was ze bij het portiershuisje van RanchHaven.

De dienstdoende portier was een jongeman met een wijkende kin en een moedeloos postuur. Mager, behalve rond zijn middel waar zijn uniformoverhemd strak zat. Toen ze aan kwam rijden kruiste hij zijn armen voor zijn borstkas. Zijn grimmige waakzaamheid – bespottelijk in afwezigheid van dreiging – week toen ze vlakbij was. Zijn bleke pastagezicht spleet open in een scheve glimlach. Flirterig. Jezus. Zijn wenkbrauwen waren amper zichtbaar. Op zijn badge stond D. SIMKINS.

Hij kwam naar buiten, wierp een blik op haar en maakte het hek open. Ze reed naar hem toe.

'Goeiedag.' Geen 'mevrouw'. Ontspannen toontje omdat ze een Honda had en geen Porsche, dus woonde ze hier niet.

Petra toonde haar legitimatie.

'O,' zei hij. Hij deed een stap terug en hees zijn broek op. 'Het werd tijd, rechercheur.'

'Hoezo?'

'Ik had dienst op de avond van de moord op Lisa Ramsey. Ik vroeg me al af wanneer u langs zou komen.' Hij zwaaide quasi-berispend met zijn vinger.

Nu was het Petra's beurt om te glimlachen. 'Nou, daar ben ik dan, agent Simkins.'

Ze zette de auto neer, stapte uit en liep zonder plichtplegingen het portiershuisje in. Hij volgde. Het hokje was een soort glazen kast met nauwelijks voldoende ruimte voor allebei. Simkins leunde tegen een balie en nam haar schaamteloos op.

Kale boel. Voorraadkastje en één stoel op wieltjes die Simkins haar aanbood. Ze bleef staan.

Ze haalde haar aantekenboekje te voorschijn en bekeek de beveiligingsspullen. Telefoon met meerdere lijnen, zendontvanger, walkietalkie. Boven de balie twee schermen van een gesloten tv-circuit, een van het begin van de hoofdweg en de ander was zo donker dat ze amper kon zien of hij wel aanstond. Naast de telefoon stond een vettige papieren zak en een exemplaar van *Rolling Stone*. Op het omslag het een of andere instant rockidool met gepiercete wenkbrauwen en een zilveren knop door zijn tong.

Simkins zei: 'Goed, wat kan ik voor u doen, collega?'

Petra toverde nog een glimlach te voorschijn. 'Had u de hele nacht dienst, agent Simkins?'

'Zeg maar Doug. Ja, inderdaad. Het was echt heel rustig, maar ik weet het niet, ik had zo het gevoel dat het te rustig was. Alsof er van alles kon gebeuren.'

'En?'

Simkins schudde zijn hoofd. 'Maar weet u, ik had gewoon het gevoel dat het een rare nacht was. Toen ik de volgende morgen hoorde wat er was gebeurd, zei ik: zie je nou wel? Alsof het iets telepathisch was.'

Heer, verlos me van de eikels. 'Het lijkt me hier in het algemeen wel rustig.'

'Daar zou u nog weleens raar van op kunnen kijken,' zei hij, plotseling defensief. 'Er gebeurt van alles. Zoals brand. Met brand hebben we alarmfase een.'

'En dat is?'

'Dan laten we de mensen weten dat we ze misschien moeten evacueren.'

'Griezelig,' zei Petra.

'Daarom zijn we hier ook.' Hij voelde zijn eigen badge. Roestvrijstalen imitatie van die van de politie van L.A. Zou de politie juridische stappen kunnen nemen?

'Goed, Doug, hoe laat had je die avond dienst?'

'Mijn gewone dienst loopt van zeven tot drie. Daarna meldde m'n collega van de ochtenddienst zich ziek, dus heb ik een dubbele dienst gedraaid.'

'Tot hoe laat?'

'Tot elf uur, dan begint de dagdienst.'

'En dat was agent... Dilbeck.' Ze moest de naam van de oude portier uit haar geheugen opdreggen.

'Ja, Oliver,' zei Simkins fronsend. Waarschijnlijk was hij gepikeerd omdat ze al met Dilbeck had gesproken.

Petra zei: 'Is er die nacht iemand uit het huis van Ramsey binnengekomen of weggegaan?'

'Hij. Meneer Ramsey. Hij en zijn vriend, een blonde vent die altijd bij hem is. Zij kwamen die avond thuis.'

'Hoe laat?'

'Uur of negen.'

Uur of. Hielden ze er geen log van bij?

'Heb je daar aantekening van bijgehouden?'

'Nee, daar doen we niet aan.' Weer defensief.

'Wie reed er, Doug?'

'Die vriend.'

'Is meneer Ramsey of zijn vriend die nacht nog weggegaan?'

'Nee.' Simkins klonk beslist en zelfingenomen. Daarna kwam de beslissende tekst: 'Niemand uit de hele wijk is daarna nog weggegaan, hoewel er nog wel een paar lui thuis zijn gekomen. Zoals ik al zei, het was een rustige nacht.'

'En meneer Ramseys huishoudster?'

'Nee. Die is niet weggegaan. Het is hier echt heel stil. Te stil. Ik hou wel van een beetje actie.'

Petra moest haar lachen bedwingen. 'Ik snap wat je bedoelt, Doug. Kun je me nog meer over de Ramseys vertellen?'

'Nou,' peinsde Simkins, 'ik werk hier pas drie weken; ik zie hem alleen maar komen en gaan. Net als die vriend van hem. Denkt u dat hij het heeft gedaan?'

'Ik denk helemaal nog niet zoveel, Doug.' Drie weken in dienst. Hij kende Lisa helemaal niet. Al had hij hersens gehad, dan nog zou ze niets aan hem hebben. 'Is meneer Ramsey nu thuis?'

'Tijdens mijn dienst heb ik hem niet zien komen of gaan.'

'Kun je RanchHaven nog op een andere manier in of uit?'

'Nee.'

'Hoe zit het met dat tweede scherm daar?'

Simkins ogen schoten naar de monitor. 'O, dat. Dat is alleen maar een branduitgang, helemaal aan de achterkant van het terrein. Maar die gebruikt niemand. Zelfs in alarmfase een is het plan om iedereen via de hoofdingang weg te krijgen.'

'Dat scherm ziet er vrij donker uit.'

'Het is daar ook donker.'

Petra boog zich dichter naar de monitor. 'Is daar is geen portier?'

'Nee, alleen maar zo'n kaartsleutelapparaatje. De bewoners hebben zo'n kaart. Maar niemand gebruikt hem. Dat hoeft niet.'

'Ik wil er even naartoe, Doug. Gewoon om een kijkje te nemen.'

'Kweenie...'

'Je kunt wel mee als je wilt.' Ze ging wat dichter bij Simkins staan. Hun borstkassen raakten elkaar bijna. De portier zweette overvloedig.

'Nou...'

'Even maar, Doug. Ik beloof je dat ik geen aarde zal gappen.' Ze knipoogde. Simkins schrok ervan.

'Goed, oké, als u maar geen bewoners lastig valt, goed? Want dan krijg ik het voor m'n kiezen. Ze zijn op hun rust en privacy gesteld. Daar word ik voor betaald.'

'Hoe kom ik daar?'

'Via de hoofdweg naar boven.' Hij wees en slaagde erin nog dichterbij te komen zodat hun schouders elkaar raakten. 'Het is in feite dezelfde weg als naar Ramseys huis. Maar in plaats van rechtsaf te slaan, moet u links aanhouden en een stukje verderop ziet u een groot, leeg stuk waar ze een nine-hole golfbaan wilden aanleggen, maar die is er nooit van gekomen. Waarschijnlijk omdat alle bewoners toch al in een club spelen. Links aan blijven houden, helemaal eromheen en vervolgens slingert de weg omhoog en gaat eensklaps een andere kant op. Gewoon door blijven rijden tot u niet verder kunt.'

Ze bedankte hem en gaf hem een schouderklopje. Hij schrok weer.

Ze reed erg langzaam en stopte even toen Ramseys huis in het zicht kwam. Alle buitenlichten waren aan. Binnen brandde een wat zwakker licht. Geen auto's voor. Dat rotmuseum ook, je kon nooit zien of hij weg was.

Ze staarde even naar het huis. Statisch. Dat gold ook voor de gebouwen in de nabijheid. Hoe duurder de buurt, des te doodser hij eruitzag. Simkins' aanwijzingen voerden haar over een randweg van tien minuten langs het terrein waar de golfbaan had moeten komen, maar dat nu een grijs plateau was met jonge aanplant van jeneverbessen met een hekwerk van smeedijzer eromheen. De weg versmalde zich tot de breedte van nauwelijks één rijstrook en het struikgewas aan beide kanten verdichtte zich tot hoge, donkere wanden. Daarboven zag ze de hoekige en verstrengelde takken van eikenbomen die nietig afstaken tegen het gigantische zwarte uitspansel. Door de nevel gluurde een handvol sterren. De grauwe maan was veel te groot en er hingen mistflarden voor.

Ze rook paardenmest en droge aarde.

Haar koplampen boorden een oranje tunnel in de duisternis. Ze deed haar grote licht aan en bleef vijftien kilometer per uur rijden. Opeens was ze bij de branduitgang. Eén enkel, elektronisch bediend hek van vier meter hoog met hetzelfde ijzeren motief als de hekken van de hoofdingang. Stevige zuilen van baksteen met waarschuwingsborden. Het kaartapparaatje zat boven op een stalen paal.

Een meter of tien voor het hek stopte ze. Ze haalde haar zaklantaarn uit het handschoenenkastje, liet de motor lopen en stapte uit.

Hier was die paardenlucht nog sterker. Het was stil, zelfs vogelgeluiden ontbraken. Maar heel in de verte hoorde ze de aanhoudende bariton van het verkeer op de snelweg.

Ze liet de lichtbundel over de weg spelen. Slecht onderhouden en onder de aarde. Simkins had gezegd dat niemand deze achteruitgang gebruikte, maar ze zag de vage ribbels van autobanden. Een stel hoefafdrukken en kleinere die van een hond of een jakhals konden zijn. Ze was geen geestdriftig spoorzoeker.

Papa had haar met de sporen kunnen helpen.

Via de berm liep ze op en neer naar het hek en nog eens. De aarde was zo compact dat hij niet onder haar schoenen verpulverde. Er zat wat roest om de gleuf voor de magneetkaart. Aan de andere kant van het hek zat ook zo'n apparaatje.

Je kon er gemakkelijk in en uit.

En Ramseys huis stond op het hoogste punt van de bebouwing: hij hoefde geen enkel buurhuis te passeren om weg te glippen.

Ze stelde zich voor hoe hij te werk was gegaan.

Wachten tot Balch sliep, of misschien had hij iets in het drankje van Balch gedaan om de slaap een handje te helpen. Dan de Mercedes uit de megagarage halen. Of de jeep, als hij die uit Montecito had meegenomen. Lichten uit en langzaam rijden. De huizen stonden ver van de weg en met al die omheiningen, hekken en hoge begroeiing was er geen reden om aan te nemen dat iemand hem zou zien. Mensen met zwembaden, bubbelbaden, een huisbioscoop en een eigen golfbaan zaten niet voor het raam.

Mensen die naar zo'n mate van privacy snakten, deden vaak alsof de buitenwereld niet eens bestond.

Ze onderwierp de bandensporen aan een nader onderzoek. Ze waren amper zichtbaar en zonder bandprofiel; ze betwijfelde of ze bruikbaar waren. Niettemin zou ze dolgraag een afdruk willen maken. Maar zonder gerechtelijk bevel was daar geen denken aan en er was geen grond voor zo'n bevel. Bovendien was mr. Larry Schick thans op het toneel; ze kon het wel vergeten om Ramsey voor wat dan ook te benaderen. En al zou een afdruk met die van een van Ramseys auto's overeenkomen, dan nog was de moord al vier dagen geleden. Ramsey kon best toegeven dat hij er had gereden en beweren dat hij een tochtje in de heuvels had gemaakt om wat op adem te komen, en als medicijn tegen zijn zijn verdriet.

De heuvels... Goeie plek om een lijk te dumpen.

Lag Estrella Flores daar ergens begraven?

Voerde de branduitgang nog ergens anders heen dan naar het Santa Susanah-gebergte?

Ze reed achteruit naar de dichtstbijzijnde draairuimte in de berm, keerde en reed weer terug naar het portiershokje. Simkins zag haar aankomen, legde zijn *Rolling Stone* neer en maakte het hek open. Zijn raam was dicht, hij had geen zin in een praatje. Petra stopte bij het hokje. Hij trok een grimas en kwam naar haar toe. Hij had even een moment van glorie gekend, nu was dat voorbij, hij voelde zich depri en wilde haar weg hebben.

'Iets gevonden?'

'Nee, zoals je al zei, Doug. Vertel eens, waar gaat die brandweg naartoe?'

'De bergen in.'

'En daarna?'

'Dan komt hij uit op een stelletje zijwegen.'

'Hij komt niet uit op de 101?'

'Hij buigt er wel min of meer naartoe, maar je kunt niet spreken van samenkomen.' Hij slaagde erin om het laatste woord schuin te laten klinken.

'Maar als ik via die landweggetjes de grote weg wil bereiken, kan dat?'

'Ja, tuurlijk. Alles komt op de grote weg uit. Ik ben in de West Hills opgegroeid. Vroeger kwamen we hier vaak om op konijnen te jagen; dat was voordat ze dit hadden gebouwd. Soms renden ze de weg op om tot snelwegmoes te worden geplet.'

'De goeie ouwe tijd,' zei Petra.

Simkins' slappe trekken werden iets sterker bij de herinnering, en hij kreeg iets wrokkigs. Hadden de rijke lui zijn jeugdherinneringen met voeten getreden?

'Het kan daar heel mooi zijn,' zei hij. Echte emotie. Verlangen. Op dat moment vond ze hem een beetje aardiger. Maar niet veel.

49

Sam zegt: 'Hé, lang niet slecht.'

Ik heb de hele dag gewerkt en de ramen heb ik net zo lang gedaan tot er geen streep meer op zat. Ik heb de vloeren gedweild en de vloeibare was gebruikt om ze te laten glimmen. Ik heb de helft van de stoelen pas gedaan, maar wat ik af heb ziet er best goed uit en het ruikt lekker naar citroen.

Sam wil me de rest van het geld geven.

'Ik ben nog niet klaar.'

'Ik vertrouw je wel, Sonny. Tussen haakjes, nu je toch voor me werkt kun je me misschien je echte naam vertellen.'

Dat overvalt me en ik flap er Bill uit.

'Aangenaam, Bill.'

Het is lang geleden dat iemand me met mijn naam heeft aangesproken; dat ik met iemand heb gepraat.

Sam houdt een papieren zak omhoog. 'Ik heb wat te eten voor je meegenomen. Noah's Bagel. Een gewone, want ik wist niet of je van uien hield of van zo'n opgedirkt broodje. Ook wat smeerkaas, vind je dat lekker?'

'Ja hoor. Bedankt.'

'Hoor eens, je hebt nu een baan, dus je moet goed eten.' Hij geeft me de zak en maakt een ronde door de sjoel. 'Je vindt die was wel lekker, hè? Is het al op?'

'Bijna.'

'Morgen zal ik wat gaan halen; als je morgen tenminste ook wilt werken.'

'Ja, hoor.'

'Hier, neem dat geld nou maar.'

Ik pak het aan. Hij kijkt op zijn horloge. 'Tijd om te nokken, Bill. We willen niet van uitbuiting van de werkende klasse worden beschuldigd.'

We gaan naar buiten en hij doet de sjoel op slot. De steeg is verlaten, maar door de ruimte naast het gebouw hoor ik de zee en stemmen van mensen op de wandelweg. Die grote Lincoln van hem staat bezopen geparkeerd; de voorbumper staat bijna tegen het gebouw. Hij doet het portier aan de bestuurderskant open. 'Zo.'

'Dag,' zeg ik.

'Tot morgen, Bill.' Hij stapt in en ik loop weg; in zuidelijke richting, weg van die Russische viespeuk. Lekker, al dat geld in mijn zak, maar ik weet niet waar ik heen zal gaan. Terug naar de pier? Maar daar was het zo koud. En nu ik geld heb...

Ik hoor een luid gepiep, draai me om en zie de Lincoln van Sam achteruit de steeg uitkomen. Hij heeft ruimte zat, maar hij blijft achteruitrijden en stoppen; de auto schokt; de remmen piepen.

O, o, hij gaat die schutting raken, nee, mis. Mischien moet ik hem even helpen voordat hij een ongeluk krijgt. Maar hij redt het, draait met beide handen het stuur om, zijn hoofd zit zo'n beetje naar voren alsof hij moeite heeft iets door de voorruit te zien.

In plaats van vooruit te gaan, rijdt hij weer achteruit en stopt naast me. 'Hé Bill, kun je voor vannacht echt ergens terecht?'

'Ja hoor.'

'Waar? Op straat?'

'Ik red me wel.' Ik loop door. Hij blijft heel langzaam naast me rijden.

'Ik wil je wel geld voor een hotel geven, maar niemand zal een kamer aan een kind geven, en als je al dat geld laat zien, pakt iemand het je nog af ook.'

'Ik red me wel,' herhaal ik.

'Tuurlijk, tuurlijk... Ik kan je niet in de sjoel laten slapen, want stel dat je uitglijdt en een smak maakt, dan hebben we een aansprakelijkheidsprobleem; dan doe je ons misschien een proces aan.'

'Dat zou ik nooit doen.'

Hij lacht. 'Nee, dat zou je waarschijnlijk niet doen, maar ik kan je toch niet... Luister, ik woon hier vlakbij en heb ruimte genoeg want ik ben alleen. Als je een dag of twee wilt logeren, prima. Totdat je weet wat je wilt gaan doen.'

'Nee, dank u.' Het komt er nogal koud uit en ik kijk hem niet aan want hij zal zich best gekwetst voelen.

'Jij je zin, Bill. Ik kan het je niet kwalijk nemen. Iemand heeft je waarschijnlijk pijn gedaan. Je vertrouwt natuurlijk geen mens. Weet jij veel; misschien ben ik wel mesjogge.'

'Ik weet zeker dat u dat niet bent.' Waarom zeg ik dat?

'Hoe weet je dat nou, Bill? Hoe kun je daar ooit zeker van zijn? Luister, toen ik zo oud was als jij – ietsje ouder – zijn er mensen gekomen om mijn hele familie weg te halen. Ze hebben ze allemaal vermoord, behalve mij en mijn broer. Nazi's. Ooit van gehoord? Alleen, toen ik ze kende, waren het geen nazi's, maar mijn buren, mensen naast wie ik had gewoond. Mijn familie had vijfhonderd jaar in hun land gewoond, en dat hebben ze mij aangedaan. Ik heb het over de Tweede Wereldoorlog. Klerenazi's. Heb je daar weleens van gehoord?'

'Tuurlijk,' zeg ik. 'Dat heb ik geleerd met geschiedenis.'

'Geschiedenis.' Hij lacht, maar niet alsof hij het echt leuk vindt. 'Dus wie ben ik om tegen jou te zeggen dat je de mensen moet vertrouwen. Je hebt gelijk, het wemelt hier van het geteisem.' Hij zet de auto stil en ik blijf staan. Hij geeft me nog meer geld. Twee biljetten van tien.

'Dat hoeft niet, meneer Ganzer.'

'Het hoeft niet, maar dat wil ik graag... O, stik, ga vannacht maar in de sjoel slapen. Alleen niet vallen en je nek breken. En als het toch gebeurt, doe je ons geen proces aan.'

Daarna rukt hij de auto weer in zijn achteruit en rijdt helemaal terug naar de sjoel. Griezelig, zoals hij alle kanten op zwaait. Het is een wonder dat hij niet ergens tegenop knalt.

50

Uitgeput maakte Petra haar voordeur open; ze was geen nachtbraakster meer. Ze moest denken aan de beproeving die Kathy Bishop morgen te wachten stond. Dat waren pas problemen. Laat jij je zelfmedelijden maar varen, meid.

Ze trok een blikje Coca-Cola open en luisterde haar antwoordapparaat af. Een telefonisch dienstverleningsbedrijf ergens in Amerika beloofde alles voor haar te doen als ze zich inschreef, om zeven uur had Ron Banks gebeld en een nummer met 818 ervoor achtergelaten, waarschijnlijk zijn privénummer. Of ze terug wilde bellen. Adèle, een van de telefonistes op het bureau, had om kwart over acht hetzelfde gevraagd.

Ze had Ron dolgraag het eerst gesproken. Ze wilde bij hem zijn, met hem op de bank zitten foezelen, waar dat ook toe zou leiden. Maar eerst het werk: ze belde Adèle.

'Hallo, rechercheur Connor. Ik heb een boodschap van bureau Pacific, een zekere rechercheur Grauberg. Hier is zijn nummer.'

Pacific was het domein van Ilse Eggermann. Was er iets nieuws boven water gekomen? Grauberg was er niet, maar er kwam een rechercheur Salant aan de lijn. 'We hebben al met iemand van jullie bureau gesproken.'

'Wie?'

'Wacht even… Hier staat inspecteur Schoelkopf. Waarschijnlijk kon Grauberg niemand van jullie bereiken en is hij met de chef doorverbonden.'

'Wat was er?'

'We hebben een autokarkas waar jullie belangstelling voor hebben. Zwarte Porsche op naam van Lisa Boehlinger-Ramsey.'

'Een karkas? Gesloopt?'

'Gesloopt en in de steek gelaten. De onderdelen zitten nu waarschijnlijk in een taxi in Tijuana. Volgens een getuige had de wagen er minstens vier dagen gestaan.'

'Waar?'

'Achter de busremise bij Pacific Avenue. De getuige is buschauffeur.'

'Van meet af aan gesloopt?'

'Stukje bij beetje. Gisteravond heeft iemand hem in brand gestoken. Daarom zijn we gebeld.'

Vier dagen en niet één melding.

'Vanaf de weg was de wagen niet te zien,' voegde Salant eraan toe.

'Er stonden loodsen voor. Daar staan altijd gestolen auto's.'

'Waar is hij nu?' vroeg Petra.

'Op het hoofdbureau. Veel plezier.'

Ze sprak met diverse technische rechercheurs voordat ze een vrouwelijke te pakken had die Wilkerson heette en met de Porsche bezig was. Van de auto was alleen een zwartgeblakerd casco over: zonder wielen, stoelen, motor of voorruit.

'Alsof er een sprinkhanenplaag overheen is gegaan,' zei Wilkerson.

'Nog vingerafdrukken?'

'Tot nu toe niet. Ik bel u wel.'

Ze nam een slok Coca-Cola en probeerde zich Lisa's tocht van Doheny Drive naar Griffith Park voor te stellen. Hoe paste Venice in dat plaatje? Was het alleen maar een dumpplaats voor de Porsche, of had Lisa hem zelf achter de busremise gezet? Had ze een afspraakje in een verlaten straat van een wijk met veel misdaad?

Zat ze er zo naast met haar laatste-afspraakjescenario? Was Lisa inderdaad overvallen en had een vreemde haar gedwongen om naar Venice te rijden?

Of iemand die ze kende? Was ze uit Doheny vertrokken omdat ze een afspraak met iemand anders had? De moordenaar houdt haar in de gaten, stalkt, zit haar op de hielen en slaat zijn slag.

Ramsey zou wel in dat plaatje passen.

Venice... Kelly Sposito, de huidige vlam van Darrell Breshear, woonde in Fourth Street, op een steenworp van de remise.

Waar woonde Breshear eigenlijk zelf? Ze zocht het op in haar blocnote. Volgens de gegevens van kentekenregistratie woonde hij in Ashland, Ocean Park, op de grens tussen Santa Monica en Venice. Erg dichtbij.

Alles voerde naar het strand. Inclusief de jongen, als je Wils Russische tipgever mocht geloven.

Breshear. Nog zo'n ex-acteur. Iedereen speelde toneel... Morgen zou het nieuws van de gevonden auto in de krant staan. Ze moest Breshear spreken voordat hij een verhaaltje kon verzinnen.

Het was bijna 22.00 uur. Was hij bij zijn vrouw of bij Kelly? Ze gokte op de eerste, kleedde zich weer aan en reed naar het westen van de stad.

Ashland was een mooie, glooiende straat in het beste stuk van Ocean Park. Er stonden huizen in alle maten en denkbare stijlen. Breshears huis stond helemaal bovenaan. Het was een goed onderhouden houten huisje met een heleboel cactussen ervoor en plukken yuca's in plaats van een gazon. Witte BMW-cabriolet achter een smeedijzeren hek op de oprijlaan. Dankzij de felle lichten boven het hek kon ze iets van een geweldig uitzicht aan de achterkant zien. Ze belde aan en Breshear deed open. Hij droeg een zwart T-shirt, een slobberig groen short en een flesje Heineken in één hand. Zijn ogen puilden uit toen hij haar zag.

'Dit is geen best moment,' zei hij. 'Mijn vrouw...'

'Het kan nog erger worden,' zei ze. 'Ik denk dat u me hebt voorgelogen. Vandaag is Lisa's auto gevonden. Hier in Venice. Had u zondagavond met haar afgesproken? Zo ja, dan komen we er toch wel achter.'

Hij wierp een blik over zijn schouder. Trok de deur achter zich dicht en zei: 'Mag het ook op de stoep?'

'Wordt uw vrouw dan niet nieuwsgierig?'

'Die zit in bad.'

Petra liep met hem mee naar het trottoir.

'Het was niet echt een afspraakje,' zei hij. 'Ze zei dat ze alleen wilde praten.'

'Waarover?'

'Ik weet het niet... O, verdomme, ze wilde het met me doen.'

'Dus uw relatie met haar heeft langer geduurd dan die geweldige zeven dagen.'

'Niet echt,' zei hij. 'Alleen maar af en toe; eens per maand misschien.'

'Op uw initiatief?'

'Absoluut niet. Dat was honderd procent Lisa's idee.'

'Kijk eens aan,' zei Petra. 'Lisa, Kelly, uw vrouw... Hoe heet ze eigenlijk?'

'Marcia.' Breshear keek weer over zijn schouder. 'Hoor eens...'

'Druk baasje,' zei Petra.

'Dat is geen misdrijf.'

'Tegenwerking van de politie wel.'

'Ik heb niets tegengewerkt. Het... Ik had niets te zeggen waarmee u iets zou zijn opgeschoten, want toen ik ter plaatse was, was zij al weg. Hoe zou ik ervoor staan als ik u had verteld dat ik die avond een afspraak met haar had?' Hij staarde Petra aan. 'Ik ben een kleurling, dus daar hoef ik u niets over te vertellen.'

'Laat dat gelul over huidskleur maar zitten,' zei Petra. 'De enige burgerrechten die er zijn geschonden waren die van Lisa. Hoe laat had u met haar afgesproken?'

'Halfelf.'

'Wanneer had u dat geregeld?'

'Zij had het geregeld. Diezelfde dag. Ze had me om een uur of zeven op mijn werk gebeld.'

'Werkte u op zondag?'

'Het waren de laatste loodjes. Vraag maar aan de portier. Het staat geregistreerd.'

'Dat zal ik doen,' zei Petra. 'Dus Lisa belde voor een afspraakje.'

'Ze zei dat ze zich eenzaam en depri voelde, de hele dag had geslapen, een lijntje had gesnoven, ze barstte van de energie, kon niet stilzitten, of ik een eindje met haar wilde rijden.'

In de auto. Altijd weer die auto.

'Eindje rijden,' zei Petra.

'Ze wilde om negen uur afspreken, maar ik zei dat ik tot dat tijdstip aan het werk zou zijn en meteen daarna bij Kelly had afgesproken. Maar ik zou zien of ik om halfelf weg kon glippen en dan zou ik haar achter de busremise ontmoeten.'

'Waarom op die plek?'

'Daar waren we al eens eerder geweest. Het is er...'

'Lekker clandestien?'

'Ik zag het niet zo zitten; er is me daar te veel misdaad, maar Lisa vond het leuk. Het risico wond haar op.' Hij haalde zijn schouders op.

Petra zei: 'Ga door.'

'Het kostte nogal wat moeite om weg te komen. Kelly... hield me tot na elven bezig. Uiteindelijk zei ik dat ik een frisse neus wilde halen en dat ik een eindje ging rijden. Ik was er om tien over elf of zo. Lisa's auto stond er, maar zij was er niet. Ik heb een minuut of tien staan wachten, nam aan dat ze was gekomen en weer weg was.'

'De auto stond er wel, maar zij niet,' zei Petra. 'Dat verbaasde u niet?'

'Zoals ik al zei, Lisa was dol op risico's. Ze deed het voor de stoplichten vlak naast een patrouillewagen. Coldwater Canyon, noem maar op. Ik dacht, misschien is ze iemand tegengekomen en heeft ze nu een leuke tijd. Dat vind ik best. Ik hoefde haar die avond toch niet te zien. Ik hoefde haar eigenlijk helemaal niet meer te zien, maar...'

'Maar wat?'

'U weet hoe dat gaat. Ik heb moeite om nee te zeggen tegen vrouwen.'

'Hoe laat was u weer bij Kelly?'

'Dat moet tegen halftwaalf zijn geweest.'

'En daar hebt u de nacht doorgebracht.'

'Zo waar als ik hier sta.'

'Dus het perfecte alibi dat Kelly u heeft verschaft was niet zo perfect.'

'Kom nou toch,' zei hij. 'Ik ben hooguit een halfuur weggeweest. Ik had Griffith Park nooit kunnen...'

'Ik kan u en Kelly allebei oppakken wegens het afleggen van een valse getuigenis en het tegenwerken van de politie,' zei Petra.

'Kom nou toch, alsjeblieft! U maakt van een mug een olifant!'

Petra deed een stap in zijn richting, wees naar zijn borst, maar raakte hem net niet aan. 'U hebt me op z'n minst een hoop tijd gekost, meneer Breshear. Als u soms nog meer weet, wil ik het nu horen.'

'Nee, dit was alles.'

Ze bleef hem strak aankijken.

'Heus,' zei hij.

'Luister goed,' zei ze, en ze wees weer naar hem. 'Ik zal u niet arresteren. Althans nog niet. Maar wee uw gebeente als u ergens heen gaat. Uw huis en de studio worden in de gaten gehouden. Kelly ook. Eén verkeerde beweging en de rapen zijn gaar. En dan gaan we Marcia ook eens lekker lang aan de tand voelen.'

Breshear knipperde zenuwachtig met zijn ogen.

Prettig gevoel, moest Petra bekennen. Kon ze eindelijk eens iemand de duimschroeven aandraaien in deze klotezaak.

Toen ze wegliep, ging de voordeur open en hoorde ze een vrouwenstem: 'Darrell? Wie was dat, lieveling?'

Ze reed terug naar haar appartement. Opeens kon ze weer helder denken. In grote lijnen kreeg de plattegrond van Lisa's laatste levensuren gestalte. Als Breshear tenminste eindelijk de waarheid sprak.

Een afspraak om halfelf. Meegenomen tussen dat tijdstip en tien voor halftwaalf. Naar Griffith Park gebracht. Op z'n minst een halfuur rijden, waarschijnlijk langer. Tussen twaalf en vier vermoord.

De auto. Welke? PLYR I of PLYR 0? Of een andere auto? Met zijn wagenpark, meerdere huizen, omheiningen, hekken en Larry Schick was Ramsey als verdachte de nachtmerrie van elke rechercheur. Misdaad loont als je toch al rijk bent.

Het was bijna elf uur toen ze thuiskwam. Was het nu te laat om hem te bellen? Ze deed het toch. De telefoon ging vier keer over en vervolgens klonk een lief meisjesstemmetje: 'Wilt u na de piep een boodschap inspreken? Piep, en piep, en...'

Ron kwam tussenbeide. 'Banks.'

'Hoi, met Petra.'

'Petra.' Hij klonk blij. Ze kon wel wat adoratie gebruiken. 'Hoe gaat-ie?'

Ze vertelde hem van de Porsche, Breshears herziene versie en het nieuwe tijdschema.

'Denk je dat hij iets op z'n kerfstok heeft?'

'Hij heeft er de tijd niet voor gehad, tenzij zijn vriendin liegt dat ze barst over zijn alibi. Maar wie weet. Waarom had je gebeld?'

'Ik heb nog eens met de sheriff van Carpenteria gebeld om te vragen of ze een oogje op Ramseys huis willen houden. Ze zeiden dat ze er al vaker patrouilleerden en vandaag om kwart voor zeven hebben ze teruggebeld. Ik heb nog geprobeerd je op het bureau te bellen, maar ze zeiden dat je al weg was. Ramsey hebben ze kennelijk al een poosje niet gezien daar, maar vanmorgen verscheen Greg Balch. Hij liet zijn Lexus staan en reed terug in een jeep van Ramsey met het nummerbord...'

'PLYR nul,' zei Petra.

'Dus je weet het al.'

'Ik wist dat die jeep van Ramsey is, maar niet dat Balch hem heeft opgehaald.'

'Ik wilde je niet in de weg lopen door Carpenteria te bellen, maar ik had ze al gesproken, dus ik dacht dat het wel handig zou zijn. Een hulpsheriff heeft Balch aangehouden toen hij omstreeks twaalf uur van het terrein wilde rijden. Balch heeft zich gelegitimeerd, een visitekaartje gegeven en ze een foto van hem en Ramsey en de sleutels van het huis laten zien. Hij zei dat hij de auto moest ophalen voor een beurt. Wat merkwaardig is, want er zijn genoeg garages in Santa Barbara.'

'Moet hij soms extra goed schoongemaakt worden?' vroeg Petra. Of misschien wilde Ramsey een jeep omdat hij een ritje in moeilijk terrein wilde maken. Die heuvels...

'Misschien heeft Ramsey wel de zenuwen van die potentiële getuige.'

'Mogelijk.' Ze vertelde hem over het telefoontje van Larry Schick.

'Kijk eens aan,' zei hij. 'Hoe dan ook...'

'Nogmaals bedankt, Ron. Je dochter heeft een leuke stem.'

'Wa... O, dat is Bee. Die is gek op toneelspelen. Nu slapen ze allebei. Eindelijk.'

'Heb je het er druk mee?'

'Het duurt een poos voordat ze onder de wol liggen. Mijn moeder vindt me veel te toegeeflijk. Maar morgen mag ik uitslapen. Vrije dag. Mama brengt ze naar school.'

'Fijn voor je,' zei Petra. 'Misschien ga ik morgen wel naar Montecito. Zin om mee te gaan?'

'Ja hoor,' zei hij vlug. 'Het is een mooie rit.'

Ze lag in bed en het was zo donker dat ze het gevoel had dat ze in het niets zweefde. Ze dacht na over Lisa, ontvoerd en afgeslacht en Balch die de jeep had opgehaald.

Ramsey was zenuwachtig vanwege een jongetje dat boeken gapte... Waar hij ook mocht zijn.

Het feit dat geen enkele instantie hem kende intrigeerde haar. Hij had geen contact met andere weggelopen kinderen gelegd en had bij geen enkele instantie aangeklopt. Een eenling. Dat begreep ze wel. Een kind dat gek op lezen was, hoorde nergens bij. Thuis was hij waarschijnlijk ook het zwarte schaap geweest. Waarom was hij dan niet als vermist opgegeven? Waar zaten z'n ouders?

Mishandeld, dat kon niet anders. Een elfjarige intellectueel... Weggelopen van god mocht weten wat. Zo'n kind was getuige geweest van een moord. Geen wonder dat hij niemand vertrouwde.

Een overlever. En nu had de politie hem tot prooi gepromoveerd. Haar schuld.

Ze was amper in slaap gevallen toen de telefoon ging. Het was ruim na middernacht en haar hart bonsde als een gek omdat ze zich één verschrikkelijk moment zorgen maakte over haar vaders toestand. Maar toen besefte ze dat ze zich geen zorgen meer over hem hoefde te maken. Iets met een van haar broers? Met Kathy?

Een vrouwenstem zei zenuwachtig: 'Rechercheur Connor? U spreekt weer met Adèle van het bureau. Het spijt me dat ik u zo laat nog lastig val, maar er is een telefoontje uit het buitenland gekomen voor rechercheur Bishop en bij hem thuis wordt niet opgenomen. U bent zijn partner en omdat het een buitenlands telefoontje is, dacht ik...'

'Waarvandaan?'

'Wenen. Een politie-inspecteur die Tauber heet. Hij heeft misschien niet aan het tijdsverschil gedacht.'

'Dank je wel. Verbind hem maar door.'

Een raspende stem zei: 'Rechercheur Bishop?'

'U spreekt met zijn partner, rechercheur Connor.'

'Aha. Ja, ja, ik ben inspecteur Ottemar Tauber uit Wenen.' De verbinding was prima; het gerasp kwam door de stem van de Oostenrijker. Hij hoestte en schraapte zijn keel een paar keer.

'Goeienavond, inspecteur. Gaat dit over Karlheinz Lauch?'

'Twee dagen geleden heeft rechercheur Bishop bij ons naar de heer Lauch geïnformeerd,' zei Tauber. 'We hebben hem gevonden. Helaas kunt u hem niet aan de tand voelen, want hij is overleden.'

'Wanneer is dat gebeurd?'

'Het blijkt vijftien maanden geleden te zijn gebeurd.'

'Wat was de doodsoorzaak, inspecteur?'

'Die blijkt levercirrose te zijn geweest.'

'Hij was nog zo jong,' zei Petra.

Tauber klakte met zijn tong. 'Het gebeurt wel meer.'

Dus Lauch kon van het verdachtenlijstje. Wat betekende dat de overeenkomsten tussen Lisa en Ilse Eggermann nergens op sloegen.

Of toch?

Rámsey een seriemoordenaar? Nee, dat was te absurd.

Taubers telefoontje had haar weer klaarwakker gemaakt. Ze gierde van de energie. Ze ging naar de keuken, dronk een glas ijswater, ijsbeerde, ging aan tafel zitten, stond weer op en zette een cd op. *Derek and the Dominos.* Sinds het bezoek van Ron had ze geen muziek meer gedraaid.

Denk goed na... Met Lauch uit de weg moest ze zich op Ramsey concentreren. Hij had Lisa gestalkt en gevolgd. Mannen die hun vrouw mishandelden waren dikwijls geobsedeerd. Het was niet onlogisch.

Hij had Balch de jeep laten ophalen, maar wilde dat ook zeggen dat die het moordvoertuig was? En was de Mercedes een afleidingsmanoeuvre geweest, zoals ze zich al had afgevraagd? Ze moest denken aan de manier waarop Ramsey de lichten in zijn automuseum had aangeknipt. Om haar de grijze sedan te laten zien, waarschijnlijk in de hoop dat ze zou vragen of ze een kijkje mocht nemen, wetend dat ze niets zou vinden.

Balch haalde de kastanjes uit het vuur.

Opeens – misschien kwam het door de donkere kamer of haar opgefokte zenuwen – maakten haar hersenen een dubbele salto.

Stel dat Balch een actieve deelnemer was?

Of op eigen houtje opereerde?

Zo gespannen als een veer bleef ze op haar stoel zitten en bezag ze de zaak in een totaal ander licht.

Een kleine verandering van gezichtshoek en alles werd anders.

Balch als booswicht. Ze liet al haar theorieën snel de revue passeren en in plaats van de naam Ramsey gebruikte ze die van Balch.

Alles klopte.

Lisa en Balch... Alweer een oudere man. Iets romantisch én financieels?

Balch schreef namelijk de cheques uit, beheerde Ramseys financiën en wist er waarschijnlijk meer van dan zijn baas. Dat hoorde je altijd. Zakelijk manager naait beroemdheid een oor aan.

Hadden Balch en Lisa onder één hoedje gespeeld om Ramsey uit te melken? Ex-vrouw en langdurig lijdende lakei vinden gemeenschappelijke grond in hun rancune jegens de man met het geld.

Lisa had met beursmakelaar Ghadoomian gesproken over investeringen om binnen afzienbare tijd financieel onafhankelijk te zijn, maar er was niets van gekomen.

Was het paps die was teruggekomen op de beloofde vijftigduizend? Of waren er soms andere plannen gedwarsboomd?

Was Lisa inhalig geworden en had ze Balch onder druk gezet, waardoor hun vennootschap uiteen was gevallen?

Petra dacht er een hele poos over na. Balch was niet bepaald een vangst, maar Lisa was dan ook geen conventioneel meisje. Balch' motief was niet raadselachtig: voor een mislukkeling als hij moest naar bed gaan met de ex van de quarterback – de vrouw die door Ramsey niet bevredigd kon worden – de ultieme kick zijn.

Al die jaren had hij Ramsey zowel op het footballveld als in het echte leven beschermd en hij had zijn eigen filmdromen zien verbleken terwijl Ramsey miljoenen binnenhaalde. Ondanks het feit dat Balch zijn maatje adoreerde, was de beloning niet al te scheutig geweest: Ramsey had Balch niet verder geholpen dan dat eerste handjevol D-films. Balch had wel gezegd dat hij geen talent had, maar dat gold voor zoveel van die kleine jongens. Ramsey had vast wel iets voor hem kunnen versieren in de industrie. Maar hij had hem daarentegen opgezadeld met een groezelig kantoortje om met paperassen te rommelen, terwijl hijzelf het leven van een filmster leidde. Waarom niet op zijn minst een mooier kantoor?

Eigenlijk had Ramsey Balch te verstaan gegeven dat hij niet beter verdiende.

Stel dat Balch uiteindelijk had besloten dat hij wel beter verdiende?

Met behulp van Lisa. Zíj was dol op risico's. Was ze soms te ver gegaan?

Daarna schoot haar nog iets anders te binnen: Balch woonde in Rolling Hills Estates, vlak bij Palos Verdes. Het lijk van Ilse Eggermann was bij Marina del Rey gedumpt, maar haar uitje met Lauch had zich afgespeeld in Redondo Beach, slechts een paar afslagen op de snelweg voorbij het schiereiland.

Ze stelde zich voor hoe Balch bij de pier van Redondo was gestopt om te gaan eten of iets te drinken. Hoe Balch Ilse en Lauch ruzie had zien maken en Ilse had zien weglopen zodat hij zijn kans schoon zag. Was Ilse hem soms opgevallen omdat ze hem aan Lisa deed denken? Haar oppikken zou niet zo moeilijk zijn geweest. Vriendelijke, ridderlijke, oudere heer. Ilse zou best kwetsbaar zijn geweest. Het was 's avonds laat en ze was een vreemdelinge.

Na zo'n zwijn als Lauch was Balch misschien als een heer overgekomen.

De overeenkomst tussen Lisa en Ilse was geen toeval! Balch geilde namelijk al jaren op Lisa.

De loopjongen, nooit anders dan een loopjongen... Balch redt Ilse, gooit visje uit voor seksuele beloning en krijgt het lid op de neus.

Slacht haar af in razernij. Komt er ongestraft af.

Jaren later, gechanteerd, met de rug tegen de muur: waarom niet nog een keer?

Ze nam het allemaal nog eens door. Balch slaagt erin om het huis uit te glippen terwijl Ramsey slaapt. Hij neemt de brandroute in een van Ramseys auto's. Maar Estrella Flores heeft hem in de gaten. Ze mocht die Balch toch al niet en zou alles wat hij deed met argwaan bekijken. Hij helpt haar om zeep.

Nog één keer. Alles klopt nog steeds.

Morgenochtend zou ze het misschien een bespottelijk idee vinden. Maar nu zag ze het wel zitten.

Wil Fournier had zijn beste pak aangetrokken voor zijn afspraakje met Leanna, de Ethiopische mannequin van Macy. Hij wilde niet al te dicht in de buurt van de Rus komen; die vent was zo louche dat hij ervan droop.

T-shirts en rotzooi aan toeristen verkopen: dat was natuurlijk een dekmantel; maar die ogen, dat gedrag. Wil had twee jaar in Wilshire bij Oplichting en Fraude gewerkt en met de sheriff van Hollywood-West samengewerkt bij een groot aantal Russische ladelichterijen. Het gekste geval was vijf jaar geleden. Het ging om immigratiefraude: afpersers van nieuwe immigranten. Wil en een rechercheur van de sheriff gingen langs bij het appartement van een van de verdachten. Doet die vent open met een vleesmes in zijn hand en onder het bloed. Had hij net een andere Rus in stukken gesneden. Wat moet er door hem heen zijn gegaan toen hij zo opendeed?

Bij die arrestatie merkte Wil dat Moordzaken hem wel lag en hij liet zich overplaatsen.

Hij wist zeker dat de souvenirverkoper iets op zijn kerfstok had.

Zoals Zhukanov over z'n toonbank leunde en hem had opgenomen; al die troep die elke vierkante centimeter van z'n kraampje vulde. Hij probeerde nonchalant te doen, alsof de hele toestand hem niet aanging. Hij was gewoon een burger die zijn burgerplicht deed. Maar toen Wil iets over die vijfentwintigduizend zei, parelde het zweet de Rus op z'n putjesneus.

Hij wist honderd procent zeker dat hij de jongen had gezien. Wil had de indruk dat hij de hele dag had geoefend om het zichzelf wijs te maken. Hoe kon hij immers zo overtuigd zijn? Petra's tekening was niet slecht, maar zo opvallend had Wil het jongetje ook weer niet gevonden.

Hij moest glimlachen. Alle blanke kinderen zagen er toch eender uit? Hij deed neutraal tegenover de Rus en maakte aantekeningen terwijl Zhukanov op Ocean Front in noordelijke richting wees, waarin de jongen zogenaamd was verdwenen. Maar toen Wil die kant op liep en de tekening aan caféhouders liet zien, ging bij niemand een licht op. De meeste andere winkels waren al dicht, dus waarschijnlijk moest hij nog een keer terugkomen. Maar hij betwijfelde of het iets op zou leveren. Deze hele zaak riekte naar zinloosheid.

Hij liep weer terug en de Rus was er nog steeds. Het was allang voorbij sluitingstijd en hij zwaaide naar Wil toen hij langsliep en naar zijn auto ging. Over twintig minuten zat Leanna bij Loew's voor een vijf-

gangendiner met wijn. Hij had haar ontmoet in een club; zulke kok-
kerds van bruine ogen…
'Meneer!' riep Zhukanov.
'Ja, meneer Zhukanov?'
'Ik blijf naar hem uitkijken. Als ik hem zie, zal ik u bellen.'
Daar zat Wil nou net op te wachten: een Russische mafioso die de as-
sistent-rechercheur uithing.

Nu was het de volgende ochtend en het enige waaraan hij kon denken was de zon op Leanna's schouders. Wat een schitterende ochtend.
Hij was stipt om zeven uur op zijn werk en barstte van de energie.
Weer een stapel boodschappen van getikte tipgevers op zijn bureau,
maar de Rus had niet meer gebeld, dus misschien was de jongen uit
Venice verdwenen of was hij er nooit geweest, wat aannemelijker was.
Die twee tips uit Watson interesseerden hem heel wat meer. Twee oude dames die rechtdoorzee klonken en allebei meenden de jongen ter
plaatse te hebben gezien. Hij wachtte nog steeds op een telefoontje
van de sheriff van Watson.
Zijn telefoon ging. De nieuwe dag begon.
'Hallo, Wee, met Vee.'
'Vee, dat is een tijd geleden.'
Val Vronek was een collega met wie Wil in Wilshire had samengewerkt bij Narcotica. Tegenwoordig had hij een supergeheime baan bij
zware misdaad op het hoofdbureau. Vronek was dol op infiltratiewerk
en zijn favoriete rol was methandondealer voor bikers spelen. Hij was
groot en zwaar, had zijn haar tot op zijn schouders laten groeien en
een baard laten staan die eruitzag als een bedreiging voor de gezondheid.
'Je raadt het nooit, Wil. Ik zit vlakbij.'
'O?'
'Ik mag geen bijzonderheden met je bespreken, Wil, maar als je zou
raden dat het om een bende zware motorjongens ging, zou ik je niet
tegenspreken. Ik heb toevallig net in een stinkhol gezeten dat de Cave
heet.'
'Net iets voor jou, Vee. Blank boeventuig en zo.'
'Precies. *Daddy rode high, mama ate bugs,*' zong Vronek. 'Dat is een
oud country-and-westernnummer. Blauwe-ogensoul.'
'Blauwe-ogensoul is een blanke neger.'
Vronek lachte. 'De reden dat ik je bel is dat er bij genoemde opdracht
in het genoemde stinkhol iets is voorgevallen waarvan ik vond dat je
het moest weten. Gisteravond laat kwam er een gozer binnen die een
tekening rond liet gaan van de jongen die jij zoekt. Hij liet doorsche-

meren dat iedereen die hem kon helpen een deel van de beloning zou krijgen.'

'Dat doet toch geen mens?' zei Fournier. 'En al helemaal niemand van die leerlooiers. Als die wisten waar de jongen was, zouden ze hem zelf wel aangeven en de hele beloning opstrijken.'

'Ik zei niet dat die gozer intelligent was, Wil. Alleen dat hij er was. En niemand van de verzamelde clientèle was enthousiast. Het was meer zoiets van: "Iedereen die het een ruk kan schelen kome naar voren." Geen groot laarzenballet. Ik deed alsof ik half geïnteresseerd was en probeerde die gast een beetje te peilen. Ik kreeg de indruk dat hij een leegstaande bovenverdieping had.'

'Weet je hoe hij heet?'

'Nee, zo intiem zijn we niet geworden. Hier heb je z'n gegevens: blank, tussen de achtentwintig en vijfendertig, bruine en blauwe kleren, golvend haar, rossige bakkebaarden, even groot als ik maar een kleine vijfentwintig kilo zwaarder.'

'Uit de kluiten gewassen,' zei Fournier.

'Hij kwam over als een Angel van het ergste soort, maar niemand kende hem. Ik zei dat ik naar het jongetje uit zou kijken en vroeg waar ik hem kon bereiken. Hij zei dat hij vanavond om een uur of acht weer langs zou komen. Als je wilt kom ik wel naar buiten om je een seintje te geven als hij komt opdagen.'

'Afgesproken, Vee, dank je wel.'

Fournier had amper neergelegd of Schoelkopf belde. 'Jij bent er dus. Dat is tenminste iemand van de Ramsey-zaak.'

'Wat kan ik voor u doen, meneer?'

'Lees je de krant niet?'

'Nog niet...'

'Dat moet je wel doen, want dit is een publieke zaak. Ze hebben de auto van dat meisje gevonden. Uitgebrand, ergens in Venice. Lezen en hier komen.'

52

Roetmop.

Die rechercheur nam hem niet serieus. Vladimir Zhukanov trok een trol van het rek en kneep in z'n buik. Trol met blond haar met *surf dude*! op zijn t-shirt. Hij had de pest aan de grijns op dat geval. De een of andere Zweed of Deen had het oorspronkelijke ding bedacht.

Dit was een imitatie uit Korea. Zhukanov had tien gros gekocht van een ouwe makker uit Moskou die in de haven van Long Beach werkte. Honderd dollar en geen vragen.

Het was een Georgiër die Makoshvilli heette. Toen ze in dienst zaten, hadden ze samen betogers in elkaar getremd, demonstraties bij het Kremlin uit elkaar geslagen en joden en ander gevarieerd hoofdstedelijk tuig met de koppen tegen elkaar geramd.

Hij had de trollen met een paar tegelijk gebracht en het geld in eigen zak gestoken; de baas kon doodvallen.

Vladimir Zhukanov, brigadier van politie in Moskou, gedegradeerd tot speelgoedheler!

Amerika, het land van zijn dromen. Om er te komen had hij beweerd dat hij joods was, een fortuin betaald aan de een of andere immigrantenadvocaat om voor hem te liegen en in een of ander jodenlogement in Hollywood-West gebivakkeerd terwijl hij probeerde in L.A. een eigen leven op te bouwen. Een paar maanden later zette die lul van een Jeltsin de sluizen voor iedereen open.

De stad barstte van de nikkers en bruinjoekels. Dat eigen leven moest nog komen. Hij was taxichauffeur geweest, had vergeefs getracht zijn vuisten aan een vervalsersbende in Van Nuys te verkopen, was erin geslaagd om zich bij een bende autodieven in Hollywood-West aan te sluiten, maar was er weer uit gejast omdat hij de auto's niet snel genoeg zonder sleuteltje aan de praat kon krijgen. Hij werkte een poosje in de avonduren als uitsmijter in een Russische club in Third Street tot een stelletje schooiers zijn neus kapot sloegen. Vijf tegen een; hoe kon die zakkenwasser van een clubbaas nou verlangen dat hij geen wapens mocht dragen? Hoe konden ze nou beweren dat hij was begonnen?

En nu dit. Vijf dollar per uur van de jood van wie deze souvenirkraam was. Zhukanov hield regelmatig op z'n minst vijf procent achter. Die jood wist dat en kon het niks schelen; die verdiende scheppen met twintig andere souvenirwinkeltjes in de hele stad, woonde in Hancock Park en kocht diamanten voor die haakneus van een vrouw van hem. Zhukanov was van plan er ooit in te breken om die diamanten te gappen.

Ondertussen verkocht hij speelgoed. Maar niet lang meer: de verlossing was nabij, in de vorm van een jongetje.

Hij moest het zijn. Zhukanov had voldoende jacht op mensen gemaakt om een prooi te kunnen ruiken.

Hij gaf het die nikkerbink op een presenteerblaadje maar die droplul nam hem niet serieus. Geen wonder dat dit multiculturele schijthuis zoveel misdaad had: nikkerbinken. Alsof je de vos de kippen liet bewaken.

Maar hij zou zich niets in de weg laten leggen. Vijfentwintigduizend betekende wegwezen; misschien dat hij nog gauw even de diamanten van de baas zou grijpen en dan naar New York vliegen en hup naar Brighton Beach op Coney Island. Daar was geen tekort aan bendes die zijn talenten op prijs zouden stellen, maar met zoveel geld zou hij zijn eigen zaakje kunnen beginnen.

Eigen baas was hij al: hij ging persoonlijk naar de jongen op jacht. Hoe ver kon dat pikkie gegaan zijn? Hij zou vast nog weleens opduiken en dan zou brigadier Zhukanov hem in de kladden grijpen.

Door die aanval van optimisme kikkerde hij al een beetje op. Een glaasje wodka en dan misschien ergens lekker eten.

Met ingang van morgen stond hij op scherp.

53

Toen Petra vrijdagochtend wakker werd, moest ze meteen aan Balch als verdachte denken. Het was nog steeds een goeie gedachte, maar hetzelfde gold voor Ramsey.

Wie van de twee? Of allebei? Of geen van beiden? Daar moest ze niet aan denken.

Het bericht over de uitgebrande auto van Lisa stond op pagina 5, naast een kleinere afdruk van haar tekening, maar niets over de tips uit Venice en Watson. Dus Wil was nog niet gedwongen rapport uit te brengen.

Toen ze zich onder de douche inzeepte, besefte ze dat Kathy op hetzelfde moment onder het mes lag. Straks zou ze Stu bellen. Als een en ander wat rustiger was. Ondertussen moest ze nog een paar kleinigheden regelen voordat ze naar Montecito zou gaan.

Dokter Boehlinger nam niet op in zijn hotelkamer. Hij was al weg om god weet wat te doen. Een zoveelste telefoontje naar vermiste personen bracht geen nieuws over Estrella Flores aan het licht, en om negen uur was ze op weg naar Granada Hills om Ron Banks op te halen.

Toen ze voorreed, stond hij op de stoep met een zaktelefoon in zijn hand.

Hij had een huisje met een verdieping in Tudorstijl aan een zonovergoten zijstraat. Het steile dak met houten pannen, de halve betimmering en de nepgevel waren mal, maar hadden op de een of andere manier toch iets aandoenlijks: iemand had de moeite genomen zich om details te bekommeren. Het gras was gemaaid en de randen waren ge-knipt, maar het gazon zag er dor uit. Twee rozenstruiken naast het stenen tuinpad zaten vol met dode bloemen en de helft van de si-naasappels aan een vijf meter hoge Valencia was bruin.

Hij stond al bij het portier voordat ze de auto in de parkeerstand had gezet. Zijn haar was nog nat van de douche en z'n spuuglokken ston-den recht omhoog als jonge tarwe. Zijn blauwe trui met v-hals, geel overhemd met knoopjes en crèmekleurige Dockersbroek maakten dat hij er jonger uitzag; ouderejaars student economie. Donkerrode in-stappers. Ergens op het traject van rockdrummer tot politieagent was hij voor studentikoos gevallen. Zo achteloos gekleed zag hij er véél jonger uit. Misschien nog wel jonger dan zij.

'Hoi,' zei ze.

Hij stapte in. 'Hallo.' Citroengeurige aftershave. Dat had ze de eerste keer niet geroken. Het leek alweer jaren geleden. Hij boog ditmaal niet naar haar over, maar deed de deur dicht en legde de telefoon op schoot. 'Voor het geval mijn moeder me nodig heeft.'

'Ik moest eindelijk maar eens de twintigste eeuw instappen en er ook een kopen.'

'Moet je zo'n hands-free geval kopen,' zei hij. 'Kun je gewoon in de auto zitten praten en iedereen laten denken dat je psychotisch bent zo-dat ze je met rust laten.'

Ze reed lachend weg en vroeg zich af of ze haar plotseling verander-de hypothese met Balch als verdachte zou ontvouwen. Nee, daar was het nog te vroeg voor. Hij had jaren voorsprong. Hij was een redder. Ze wilde geen domme indruk maken.

Ze keuvelden wat onder het rijden. Over koetjes en kalfjes, maar wel intelligent. Hij had iets stabiels over zich. Was hij te saai voor de Spaan-se paardrijdster? Of zou ze zijn duistere kant wel leren kennen als ze maar lang genoeg geduld had?

Jij bent ook een wantrouwig mens. Dank je wel, Nick.

'Prachtige dag,' hoorde ze hem zeggen. Zijn handen lagen nu stil. Hij klemde zich niet aan de portierkruk vast en vertoonde evenmin ande-re tekens van nervositeit over haar rijkunst. De instappers zagen er pasgepoetst uit. In de Dockers zat een scherpe vouw; hoorde dat wel in een Dockers? Petra moest glimlachen bij de gedachte dat híj indruk op háár wilde maken.

Bij de oprit van de 101 waren ze echt in gesprek.

Ze snelden door de westelijke Valley – voorbij RanchHaven – Thou-sand Oaks, Newbury Park, Camarillo, de groentevelden en de stank van mest in Oxnard. In Ventura wees Ron op een Golf 'n Stuff-pretpark ten oosten van de grote weg. Hij vertelde dat hij er af en toe met zijn dochters naartoe ging. Ze hadden er ook botsautootjes en mini-bootjes; die laatste waren erg leuk als je het tenminste niet erg vond om nat te worden. Hij werd helemaal enthousiast, maar het vuur week uit zijn stem toen Petra – die weer aan Balch moest denken – 'Klinkt wel leuk' zei.

'Als je daarvan houdt,' voegde hij er gegeneerd aan toe.

'Ja hoor,' haastte ze zich te zeggen in een poging het gesprek te redden. 'Ik ben in Arizona opgegroeid. Daar heb ik niet zoveel mini- of andere bootjes gezien. Laten we op de terugweg stoppen en nat worden als we deze zaak hebben opgelost.'

Hij gaf geen antwoord. Ze keek ver genoeg opzij om te zien dat zijn nek rood geworden was.

Christus, ze kon haar tong wel afbijten.

'Of we kunnen golf gaan spelen,' zei ze. 'Maar pas als we Lisa hebben opgelost. Vandaag gaan we die hele zaak toch afronden?'

'Ja hoor,' grijnsde hij. 'Arizona. Hebben ze London Bridge daar niet heen gebracht?'

Ze ging bij Santa Ynez van de grote weg af en vroeg: 'Ken je Montecito?'

'Alleen van horen zeggen.'

'En?'

'Rijk.'

Ze zette de auto stil aan de kant van de met boomgaarden afgezette weg om haar stratenatlas te bestuderen, en ze vond de straat met Ramseys huis een kilometer of drie landinwaarts; twee keer rechtsaf en een keer linksaf. Ze reed weer verder. Montecito was tien graden koeler dan L.A., de volmaakte temperatuur van twintig graden. De weg naar Santa Ynez was omzoomd met particuliere boomgaarden. Het zag er inderdaad rijk uit.

Petra had een paar keer met Nick een zondags uitstapje naar Santa Barbara gemaakt om zeebanket te eten op de pier en de neus op te halen voor de trottoirkunstenaars. Ter hoogte van Montecito op de snelweg werd Nick altijd lyrisch over de landhuizen: geweldige Spaanse architectuur, oud geld, grote klasse: daarbij vergeleken was Beverly Hills een achterbuurt. Steeds weer hetzelfde oude liedje van blinde ambitie: over hoe ze ooit genoeg geld zouden hebben om daar een huis te kopen. Maar hij ging nooit van de snelweg af om ze haar te laten zien.

Ze gaf gas. Er was nog geen dorp in zicht, alleen maar een lege streep asfalt door het donkerbruin en groen van oude bomen, lila explosies van bougainville, en sinaasappels en citroenen die als edelstenen fonkelden. De lucht was blauw, de wolken waren wit en een schone gele zon rees vanachter messcherpe zwarte bergen met paarse vlekken. Wat een plek.

Dat had Ramsey allemaal, plus het huis in Calabasas, de auto's en zijn andere onroerend goed. Geld was niet alles, maar schoonheid kon je er wel mee kopen. Wat bracht rijkelui ertoe om de zaak zo te verstieren? Ze wierp een blik opzij en begreep uit Rons gezichtsuitdrukking dat hij zich ook zoiets afvroeg.

Het zakelijke hart van Montecito bestond uit vier hoeken lage, maar dure winkels in aardetinten. Daarna nog meer weg. De straat waar Ramseys huis aan lag, was smal en werd overschaduwd door een rij ruige eucalyptusbomen. Zijn terrein lag aan het doodlopende eind en werd aangekondigd door zuilen van blauwgrijze natuursteen met een hoog hek van krullerig smeedijzer dat wijd open stond. Een patrouillewagen van de sheriff van Carpenteria blokkeerde de toegang. Eén hulpsheriff stond bij het portier aan de bestuurderskant met zijn hand aan zijn holster en de andere stond met zijn gezicht naar het voertuig en de handen op de heupen.

'Welkomscomité?' vroeg Petra aan Ron. 'Heb je ze verteld dat we in aantocht waren?'

'Nee.'

Toen ze dichterbij kwamen, liep de agent die voor de patrouillewagen stond naar het midden van de weg om een stopteken te maken. Petra stopte. Toen de hulpsheriff bij hen was, had ze haar legitimatie al te voorschijn gehaald.

Hij bestudeerde hem. Een jonge knaap. Groot, zwaar gebouwd, gemillimeterd rood haar, roestige snor van twee weken en forse spierballen. Hij keek naar Ron.

'Banks, L.A. Sheriffs. Ik heb met inspecteur Sepulveda gesproken.'

'Ja, dat heeft hij gezegd. Sinds de moord patrouilleren we hier toch al wat vaker. Maar goed ook. We hebben net een overtreder in zijn kraag gepakt.' Hij maakte een duimbeweging.

'Nu net?' vroeg Petra.

'Hij had het ons gemakkelijk gemaakt door het hek open te laten. Waarschijnlijk een gestoorde; hij kan behoorlijk schelden. Hij beweert dat hij Ramseys schoonvader is.'

Petra tuurde naar de patrouillewagen. Door het achterraampje zag ze het geitensikje van dokter Boehlinger woedend op en neer wippen. Ze zag Boehlinger met zijn schouder tegen het glas rammen en zich vervolgens terugtrekken; hij had zich duidelijk bezeerd. Een chirurg nog wel. Geweldig. De hulpsheriff die hem in de gaten hield moest iets hebben gezegd, want Boehlinger begon te schreeuwen. Het was te ver weg om iets te horen, maar zijn mond was wijd open. Door het glas van het raampje zag hij er ingemaakt uit. Razernij in weckfles.

Ze zei: 'Dat ís ook Ramseys schoonvader.'

'Maak het nou,' zei de roodharige agent. Hij heette Forbes.

'Dokter John Everett Boehlinger. Kon hij zich niet legitimeren?'

'Ja, dat stond wel op zijn papieren, maar het zei ons niets.' Forbes trok een grimas. 'Hij gedraagt zich bepaald niet als een dokter. Een bek als een riool.'

'Wat spookte hij uit?'

'Hij kwam uit een gereedschapsschuurtje aan de achterkant. De deur was kapot, die had hij kennelijk ingetrapt, en hij had een schep in zijn hand. Wij hadden de indruk dat hij van plan was een raam van het huis in te slaan en in te breken. Dus hij is echt haar vader? Kom nou.'

Petra knikte.

'Shit.' Forbes knakte zijn gigantische knokkels. 'Dat gedrag van hem. En wij zeker weten dat we met een gek te maken hebben. Hij slóég ook wartaal uit. Dat hier lijken begraven lagen; hij zou ze wel opgraven. We moesten hem vastbinden. Aan handen en voeten. Het is geen pretje om zo'n ouwe vent als een varken vast te binden, maar hij probeerde ons te bijten.' Forbes keek naar zijn hand: een effen, bruin lichaamsdeel aan het eind van een glanzende arm. De gedachte aan een kwetsuur moest een narcistische belediging zijn. Hij werkte in een rijk en rustig plaatsje en was er zowaar in geslaagd om ongeschonden te blijven.

'Klein kereltje,' voegde hij eraan toe. 'Maar ongelooflijk poestig. Uiteindelijk kregen we hem zo kalm dat we zijn voeten konden losmaken. We hadden geen trek in een hartaanval of zoiets.' Hij schudde zijn hoofd. 'Haar vader... shit.'

'Waar liggen die lijken volgens hem begraven?' vroeg Petra.

'Dat hebben we niet gevraagd. We dachten met een gestoorde sterrenneuker te maken te hebben, daar hebben we wel vaker last van met al die Hollywood-mensen die hier een tweede huis hebben. Verslaggevers van de roddelblaadjes ook. We hadden ons voorbereid op moeilijkheden met Ramsey.'

'En hebt u die gehad?'

'Tot nu toe niet. Misschien weet nog niemand dat hij hier een weekendhuis heeft.'

'Komt Ramsey hier vaak?'

'Ik heb hem nog nooit gezien, maar misschien komt hij wel 's nachts. Dat doen een hoop van die lui uit Hollywood. Die vliegen 's nachts met privéhelikopters of -vliegtuigjes naar Santa Barbara, of ze komen rechtstreeks met een limousine uit L.A. Het is die lui er alleen maar om te doen om níét gezien te worden. Het is net een spelletje, weet u wel? Ik ben beroemd, maar je kunt me lekker niet zien. Ze komen nooit naar Montecito om te winkelen, daar hebben ze hun personeel voor. En met de oppervlakte van die landgoederen hier kun je niet echt van buren spreken.'

Petra keek om zich heen. Aan beide kanten lange muren van drie meter hoog. Door Ramseys hek zag ze een slingerende oprijlaan van natuursteen, afgezet met palmen. Die vent was dol op palmen.

'Wie zorgt er voor Ramseys huis als hij er niet is?' vroeg ze.

Forbes haalde zijn schouders op. 'Schoonmaakploeg waarschijnlijk. Er is een vaste tuiniersploeg die hier dinsdags en ik denk ook zaterdags komt.' Forbes streek over een wimper en krabde de zijkant van zijn neus. 'Ramsey heeft ook een loopjongen die af en toe een kijkje komt nemen. Een paar dagen geleden ben ik hem bij een patrouille tegen het lijf gelopen.'

'Greg Balch?' vroeg Petra.

'Ja, die.'

De andere hulpsheriff was met zijn rug naar de patrouillewagen gaan staan. Hij was korter en donkerder dan Forbes en had zijn dikke armen voor zijn brede borst gekruist. Ook zo'n kleerkast. De politie had zeker een goede fitness.

'Om van auto te ruilen,' zei Petra.

'Ja, hij had een Lexus. Die staat nog achter. Het zag er aanvankelijk verdacht uit, maar hij had de sleutels en een brief van Ramsey waarin stond dat hij gemachtigd was om in al zijn auto's te rijden.'

Er klonk gestamp uit de richting van de patrouillewagen. Dokter Boehlinger schopte tegen het raampje.

'Waarom laat u hem er niet uit?'

'Wilt u hem onder uw hoede nemen?'

'Ik wil met hem praten.'

Het duurde een hele poos voordat dokter Boehlinger gekalmeerd was. Hij droeg een grijze sweater met WASHINGTON UNIVERSITY erop, een grijze slobberbroek van tweed – waarschijnlijk van een oud pak – en witte gymschoenen. In zijn mondhoeken zat wit speeksel, zijn haar zat alle kanten op en zijn geitensik zag er gehavend uit.

Uiteindelijk had hij met dertig seconden stilte voor elkaar dat ze zijn handboeien afdeden. Zodra zijn handen los waren, zwaaide hij met zijn vuisten naar de twee agenten. 'Stelletje godvergeten randdebielen!'

Forbes en zijn kleinere collega – Beckel – sloegen geen acht op hem. Voordat ze zijn handboeien afdeden hadden ze het mannetje op armlengte gehouden terwijl hij wild om zich heen schopte en schreeuwde. Het was net een komische film. Nu liepen ze terug naar hun patrouillewagen om met Ron te overleggen, terwijl Petra Boehlinger naar haar auto duwde.

'Idioten!' schreeuwde Boehlinger. Hij hoestte, rochelde op de grond en begon weer te dazen. Petra verstevigde haar greep op zijn schouder. Hij sidderde als een schoothondje en het schuim stond hem nog steeds op de mond. 'Hersenloze idio...'

'Alstublieft, dokter...'

'Niks alstublieft, jongeda...'

Petra duwde hem nog sneller en zei in zijn oor: 'Dokter Boehlinger, ik weet dat u door een hel bent gegaan, maar als u niet kalmeert, kunnen wij niet verhinderen dat zij u arresteren.'

Boehlinger zei: 'Jij bent ook een idioot! Die slager loopt nog vrij rond, de lijken stapelen zich op en jij bedreigt me! Jullie kunnen gezamenlijk doodvallen, ik zal er persoonlijk voor zorgen dat jullie allemaal straks in de bijstand...'

'Lijken? Waar?' vroeg Petra.

'Daar!' Boehlinger schudde zijn vinger naar het hek. 'Achter de vijver... Er moet een God zijn! Ik ben hiernaartoe gegaan om dat huis binnen te dringen en de paperassen van die slager door te nemen, om iets van bewijs te vinden van wat hij met Lisa heeft gedaan, maar ik heb heel wat meer gezien dan waarop ik gehoopt had...'

'Wat voor bewijzen zocht u, dokter?'

'Wat dan ook,' zei Boehlinger snel.

'Waarom dacht u dat Ramsey bewijsmateriaal had laten slingeren?'

'Ik dácht het niet! Ik hóópte het! God mag weten dat jullie geen fluit gedaan hebben! Ik trek mijn portemonnee en jullie hebben nog niet eens de hersens en het fatsoen om die tips na te...'

'Dokter Boehlinger,' zei Petra ferm. 'Wat voor bewijzen hoopte u hier te vinden?'

Stilte. Boehlinger sloeg zijn waterige blauwe ogen neer. 'Ik had geen... vastomlijnd idee. Maar het kon toch geen kwaad? Hier heeft hij mijn Lisa mishandeld. Wie zegt dat hij geen memo's heeft geschreven voor zichzelf... Of iets dat Lisa heeft geschreven... Je moet niet steeds mijn gedachtegang onderbreken, jongedame. Het gaat hierom: ik ging iets zoeken om het raam mee in te slaan...'

'Die schep.'

'Nee, nee, nee! Die schep heb ik gepakt nádat ik het had gezien! Ik zocht een beitel om het slot mee open te peuteren. Ik ben handig.'

De laatste opmerking was een meelijwekkende opschepperij. Kijk eens mam, ik ben nuttig. Boehlingers adem rook naar zwavel. Zijn ogen stonden bang. Hij mocht dan niet de beste vader van de wereld zijn geweest, maar Lisa's dood had hem verpletterd. Zo'n klein mannetje.

Petra zei: 'U hebt in plaats van een beitel een schep gepakt nadat...'

'Nadat ik het graf had gezien. Achter die vijver van hem.'

'Een graf? Hoe weet u zo ze...'

'Ik steek er mijn hand voor in het vuur,' zei Boehlinger. 'Pas gegraven, ongeveer een meter tachtig lang. Achter de vijver. De planten zijn er vertrapt en er zijn planten weg. Ik ben hier namelijk al eens eerder geweest. Na de trouwerij, toen wilde die klootzak indruk op me maken. Ik heb oog voor detail, ik zag het verschil direct.'

'Is de vijver op de waterleiding aangesloten?' vroeg Petra. 'Misschien hebben ze een reparatie...'

'En misschien is Charles Manson wel de volgende paus. Doe niet zo áchterlijk, jongedame! Ik heb bij secties geassisteerd en heel wat lokatiefoto's gezien. Ik weet heus wel hoe een gráf eruitziet.'

Ron kwam terug en zei: 'Het ziet ernaar uit dat het met een sisser afloopt, dokter.' Boehlinger snoof geïrriteerd.

Forbes, die bij de patrouillewagen stond, wenkte en Petra ging naar hem toe.

'Oké, jullie mogen hem hebben. Hopelijk voeren jullie hem direct af naar L.A.'

'Dat zal uiteindelijk wel gebeuren,' zei Petra.

'Uiteindelijk?'

'We zitten met een probleempje, agent. Hij beweert dat hij een vers graf op Ramseys terrein heeft gezien, maar wij hebben hier geen jurisdictie, dus kunnen we niet gaan kijken.'

'Een graf? Neemt u dat gelul seriéus?'

'Gezien de bijzonderheden van onze zaak, kunnen we het ons niet veroorloven om er geen acht op te slaan.'

'O, kom nou toch. Hier zou iemand begraven zijn?'

Petra haalde haar schouders op.

'Godallemachtig.' Forbes draaide zich om en zei: 'Gary?' tegen Beckel die in de auto een proces-verbaal zat te schrijven. De kleinere agent had een breed, stoïcijns gezicht en een vlezige kin. Forbes vertelde hem wat Petra had gezegd. Beckel zei: 'Wat? Gaat het hier om een soort seriemoordenaar of zo?'

'Waarschijnlijk is het niets,' zei Petra. 'Aan de andere kant, als er wel iets is gebeurd, is het jullie arrondissement.'

'We kunnen niet zomaar naar binnen,' zei Forbes. 'Zonder gerechtelijk bevel.'

'Jullie zíjn al binnen geweest. Vanwege het feit dat dokter Boehlinger

in overtreding was. Een klaarblijkelijk misdrijf heeft u het recht gegeven om naar binnen te gaan. Toen u eenmaal binnen was, hebt u een
verdachte in zijn kraag gepakt en gezien dat er iets niet klopte. Een
pasgedolven gat.'

'O, kom nou toch,' zei Forbes. 'U zet ons met de klo... U brengt ons
in een moeilijke positie.'

'Oké,' zei Petra. 'Maar ik moet hier voor míjn chef een rapport van
opstellen en ik durf mijn hand ervoor in het vuur te steken dat dokter Boehlinger linea recta naar de krant stapt als hij terug is. Dat spelletje heeft hij namelijk al eerder gespeeld.'

Forbes vloekte binnensmonds.

Beckel zei: 'Laten we het bureau maar even bellen, Chick.'

'Ja,' zei Forbes. 'Ik ga de baas bellen.'

Toen Petra naar haar auto terugliep, zat dokter Boehlinger achterin
geanimeerd met Ron te praten. Zijn ogen waren droog, hij was nog
altijd gespannen, maar hij praatte met een normaal stemvolume. Ron
luisterde aandachtig en zat te knikken. Boehlinger glimlachte. Ron
glimlachte terug en zei: 'Interessant.'

'Uitermate interessant,' zei Boehlinger.

Petra kroop achter het stuur.

'En?' zei Boehlinger.

'Ik heb ze verteld dat ze u serieus moeten nemen, dokter. Ze nemen
contact op met hun meerderen.'

'In hun geval is dat het grootste deel van de wereldbevolking.'

Petra moest haars ondanks lachen.

Ron zei met iets van aanmoediging: 'Dokter?'

Boehlinger schraapte zijn keel. 'Ik bied u mijn verontschuldigingen aan
voor alles wat ik eerder heb gezegd, rechercheur.'

'Dat hoeft niet, dokter.'

'Ja dat hoeft wel. Ik ben een onbeschofte vlerk geweest... Maar u hebt
geen idee hoe het is om alles kwijt te raken.'

'Dat is waar,' zei Petra. Opeens kreeg ze een beeld van Kathy Bishop
in de operatiekamer. Het was bijna twaalf uur. De operatie was waarschijnlijk al voorbij en haar borst dichtgenaaid. Hoeveel zouden ze
hebben weggehaald? Petra besloot om zo gauw mogelijk het ziekenhuis te bellen.

'Dus vertel eens, dokter,' zei Ron. 'Die secties waar u het over had,
hoorden die bij uw taak als hoofd van de EHBO, of ging het om inci-
dentele consultaties?'

'Dat was jaren geleden, Ron,' zei Boehlinger weemoedig. Rón? 'Dat
was nog in de tijd dat ik hoofd van de arts-assistenten was. Ik heb
zelfs overwogen om de pathologische kant op te gaan en een poosje

in de leer te gaan bij de patholoog-anatoom van St. Louis. In die tijd was die stad een echte...'
Een ander mens. Dr. Banks, meester-psycholoog.
Sloffende voetstappen trokken Petra's aandacht naar het zijraampje. Forbes grote voeten sleepten over het asfalt. 'Oké,' zei hij tegen Petra zonder Boehlinger aan te kijken. 'De baas komt eraan. Dan zullen we eens een kijkje bij dat zogenaamde graf gaan nemen.'

Hoofdinspecteur Sepulveda was een gezette man met grijswit haar van een jaar of vijfenveertig. Hij had een bruine, suède-achtige huid en een smetteloos uniform. Hij arriveerde in een ongemarkeerde auto met nog een derde ondergeschikte, ging alleen Ramseys tuin in en kwam even later terug om alle drie de agenten te halen.
Petra en Ron bleven in de auto zitten, terwijl Boehlinger doorkletste over de medische faculteit, dat hij als beste van zijn jaar was geëindigd en over zijn talrijke triomfen als EHBO-arts.
Twintig minuten later verscheen Sepulveda weer. Er zaten vieze vegen op zijn overhemd en hij wreef zijn handen tegen elkaar. Met een paar atletische stappen was hij aan Petra's kant van de auto. Hij had zijn ogen zo toegeknepen dat Petra zich afvroeg hoe hij überhaupt nog iets kon zien.
'We hebben een lijk gevonden. Vrouw, ligt ruim een meter diep. Maden, lichte staat van ontbinding, maar nog voldoende vlees, dus ze heeft er maar een paar dagen en geen weken gelegen.'
'Misschien twee dagen,' zei Petra. Ze dacht: zou het verwisselen van auto alleen de dekmantel voor Balch' komst zijn geweest? 'Een al wat oudere Latijns-Amerikaanse vrouw van een jaar of tweeënvijftig? Ongeveer een meter vijfenvijftig?'
De buitenste hoeken van de spleetjes gingen omlaag. 'Een bekende van u?'
'Ik denk het wel. Misschien is het ook wel zinnig om die zwarte Lexus te onderzoeken.'
'Waar moeten we naar zoeken?'
'Bloed.'

54

Binnen slapen is geweldig. Eerst werd ik om het uur wakker, maar daarna ging het wel.

De bruine dekens die Sam me heeft gebracht zijn ruw maar wel warm. Lakens en kussens hebben een oudemannenlucht. Voordat ik het licht uitdeed, lag ik een poosje naar het plafond van de sjoel te kijken, en naar het rode peertje in die zilveren kap die voor die ark hangt. Sam zei niet dat ik niet in de sjoel mocht slapen, maar het leek me een beetje oneerbiedig, dus heb ik mijn bed maar op de grond bij de wc naast de achterdeur opgemaakt. Af en toe hoorde ik een auto in de steeg langskomen en een keer hoorde ik buiten geschuifel, waarschijnlijk iemand op vuilnisbakkenjacht. Ik hield een poosje m'n adem in, maar er gebeurde niets.

Ik denk dat ik in slaap ben gevallen terwijl ik naar die rode lamp keek. Sam had me verteld dat hij niet uitging, omdat het iets was dat een eeuwig licht heette om de joden aan God te herinneren. Daarna zei hij lachend: 'De wens is de vader van de gedachte, hè Bill? Die lamp gaat om de paar maanden stuk, en dan moet ik op een trap gaan staan om het leven in eigen hand te nemen.'

Hij gooide me nog een broodje toe, vertrok en deed de achterdeur op slot.

Het is 5.49 uur en ik ben al tien minuten op. Ik zie de gekleurde ramen aan de voorkant van de sjoel lichter worden. Ik wil naar buiten om naar de zee te kijken, maar ik heb de sleutel van de voordeur niet. Ik schud de lakens en dekens uit, vouw ze op en ga me wassen in wat Sam 'de heren' noemt. Daarna eet ik de rest van het broodje van gisteravond op. Dan zet ik de achterdeur op een kier en gluur naar buiten.

De lucht is fris – koud zelfs – en erg zout. De steeg is verlaten. Ik ga naar buiten en loop langs de zijkant van de sjoel naar de wandelpromenade voor. Er is niemand op straat, alleen meeuwen en duiven. De zee is donkergrijs met hier en daar een paar lichte vlekken, net oranjeroze sproeten. De golven komen heel stilletjes aanrollen en trekken zich dan terug alsof iemand de aarde schuin houdt, ze rollen in een ruisend ritme af en aan. Ik moet aan iets denken dat ik op tv heb gezien: het uitzeven van goud. God houdt de hele aarde schuin om te kijken of hij iets van waarde kan vinden.

Ik blijf staan kijken en luisteren. Daarna moet ik aan die vrouw in het park denken, dat zij de zee nooit meer zal zien.

Ik doe mijn ogen stijf dicht en blaas die gedachten weg.

Ik denk aan de zee, de lucht, hoe zout hij ruikt en hoe lekker ik dat vind. Dat dit het einde van de wereld is, en dat je niet verder kunt vluchten. Er ligt wat rommel op de promenade; papier en bierflesjes en frisblikjes, maar alles ziet er toch prachtig uit. Stil en leeg en prachtig. Geen enkel ander mens.

Ik zal het altijd heerlijk vinden om alleen te zijn.

Nu wordt de lucht achter me al wat lichter en de huid van mijn arm kleurt goud. Dan zie ik de zon opkomen; hij is gigantisch en zo geel als een eidooier. Ik voel nog geen warmte, maar met zo'n grote zon komt die vast wel.

Nu ben ik niet meer alleen. Vanuit het zuiden, misschien één straat verder, zie ik een jongen op rolschaatsen mijn kant op komen. Hij draagt alleen een zwembroek en houdt zijn armen opzij alsof hij probeert op te stijgen en te vliegen.

Het beeld is stuk. Ik ga weer terug naar de sjoel.

Sams Lincoln staat er al; hij staat weer net zo gek. Ik vind hem binnen, hij staat in een boek te kijken.

'Goeiemorgen,' zeg ik.

Hij draait zich met een ruk om en klapt het boek dicht. Hij kijkt niet blij. 'Waar zat je?'

'Buiten.'

'Buiten?'

'Om naar de zee te kijken.'

'De zee.' Waarom herhaalt hij alles wat ik zeg? Hij legt het boek neer en komt naar me toe. Even denk ik dat hij me gaat slaan en ik bereid me voor om me te verdedigen, maar hij loopt me voorbij om te kijken of de achterdeur wel op slot zit; dan gaat hij met zijn rug naar de deur toe staan en kijkt beslist ongelukkig.

'Moet ik weg?' vraag ik. 'Heb ik iets verkeerds gedaan?'

Hij slaakt een diepe zucht en masseert zijn nek. 'Er is een probleem, Bill.' Hij haalt iets uit zijn zak. Een stukje krant. 'Dit is de krant van gisteren,' zegt hij. 'Ik was de hele dag druk met jou, dus heb ik hem vanmorgen pas gelezen.'

Hij vouwt het open en laat het aan mij zien. Ik zie het woord 'moord'. Dan een tekening van een jongetje.

Dat ben ik.

Ik probeer het bericht te lezen, maar de woorden dansen op en neer. Mijn maag ook. Mijn hart begint in mijn borst te knellen, ik voel me koud worden en mijn mond is droog.

Ik blijf mijn best doen om te lezen, maar ik snap er niks van, het is net een andere taal. Ik knipper met mijn ogen maar de woorden blijven raar dansen. Ik gris het stuk krant uit zijn handen en houd het dicht bij mijn gezicht; eindelijk begin ik er iets van te begrijpen.

Die vrouw die in het park is vermoord, heeft een naam. Lisa. Voortaan moet ik dus aan haar denken als Lisa.

Lisa Boehlinger-Ramsey. Haar ex-man is acteur, Cart Ramsey. Van een programma dat 'The Adjustor' heet. Daar heb ik weleens van gehoord. Ik geloof dat Moron er altijd naar keek.

Iemand looft vijfentwintigduizend dollar uit om mij te vinden.

Ik ren naar de achterdeur. Sam probeert me niet tegen te houden. Als ik mijn hand naar de knop uitsteek, verstijf ik.

Waar moet ik heen?

Het wordt een warme, zonnige dag en het barst natuurlijk van de mensen die achter dat geld aan zitten; dat zonlicht zal me verraden. Iemand – misschien wel een hele bende – zal me grijpen, vastbinden en me aangeven.

Sam staat er nog steeds. 'Je kunt de hele dag hier blijven, maar vergeet niet, vanavond is de vrijdagavonddienst, dan zijn er zo'n dertig, veertig *alter kocker*. Die komen een halfuur voor zonsondergang bidden, daar kan ik niets aan doen.'

Het ademhalen gaat niet best en ik heb het benauwd. Ik doe mijn mond wijd open om lucht te krijgen, maar er komt niet veel binnen. Mijn maag doet erger pijn dan ooit en mijn hart bonst nog steeds in mijn borstkas – tsjak, tsjak – net als wat er met… Lisa is gebeurd.

'Ik heb misschien een idee voor je, Bill: vijfentwintigduizend dollar is een hoop geld. Als je hier iets van weet, waarom zou je dan je burgerplicht niet doen en jezelf tegelijkertijd helpen?'

'Ik weet niks.'

Hij haalt zijn schouders op. 'Prima. Dat wil ik best accepteren. Het is vast een jongen die op jou lijkt. Maar hoe ga je je op straat vertonen met die gelijkenis?'

Ik heb vannacht nog wel zo goed geslapen, maar nu ben ik zo moe dat ik wel weer kan gaan liggen.

Ik ga op een van de banken van de sjoel zitten en doe mijn ogen dicht.

'Natuurlijk ben je bang als je zoiets ziet, Bill. Ik weet het. Ik heb zelf verschrikkelijke dingen gezien.'

Ik hou mijn ogen stijf dicht.

'Als je zulke dingen hebt gezien, wens je dat je ze niet had gezien, omdat je weet dat ze je gaan veranderen. Dat is het grote verschil in deze wereld, Bill. Mensen die worden gedwongen om verschrikkelijke dingen te zien en mensen die een makkelijk leventje leiden. Van mij zul je niet horen dat het goed is om zulke dingen te zien. Het stinkt, je zou er niet voor kiezen. Het enige goeie is dat je er sterk van wordt. Dat hoef ik jou niet te vertellen; jij bent al sterk geworden. Je hebt op straat geleefd en goed voor jezelf gezorgd; dat heb je goed gedaan. In aanmerking genomen waar jij doorheen bent gegaan, heb je het zelfs fantastisch gedaan. Echt waar, Bill, je doet het geweldig.'

Hij zegt aardige dingen om me op te beuren. Waarom voelt het dan als een klap in mijn maag?

'Eén deel van mijn hersens,' vervolgt hij, 'zegt: bel de politie om hem te beschermen... Nee, nee, maak je geen zorgen, dat zal ik niet doen. Ik vertel je alleen maar wat er in mijn hersens omgaat. Het andere deel – dat moet het sterke stuk zijn – herinnert me eraan wat er met mij is gebeurd toen ik niet eens zoveel ouder was dan jij. Weet je nog, die nazi's waarover ik je heb verteld? Een aantal van díé lui waren politieagenten, duivels in uniform. Dus het is niet altijd zo eenvoudig, hè? Je wilt het goede doen, de wet niet overtreden, maar zo eenvoudig is het domweg niet, hè?'

Hij steekt zijn hand uit en raakt mijn schouder aan. 'Maak je geen zorgen. Bij mij ben je veilig.'

Hij meent het. Het geeft me een prettig gevoel.

Maar waarom moet ik er dan ook van dubbelvouwen, zo laag dat mijn voorhoofd bijna op de grond komt en nu doen mijn ogen ook nog pijn en ik kan het niet helpen, maar ik moet naar voren en naar achteren wiegen, mijn lichaam begint te sidderen en ik moet huilen.

Als een baby, verdomme, ik kan het gewoon niet stoppen!

Waarom moet ik nú juist huilen, na alles wat er is gebeurd?

55

Wil Fournier kwam terug uit Schoelkopfs bureau en dacht: het had erger kunnen zijn.

De hoofdinspecteur was prikkelbaar maar afwezig geweest; die middag had hij een vergadering met commissaris Lazara. 'Het gaat onder meer over jullie zaak; ik neem aan dat die stagneert.' Schoelkopf begon rood aan te lopen.

Wil was hem voor door hem over de tip van de Rus te vertellen.

'Wanneer was dat?'

'Gisteravond laat. Het is een schooier, ik dacht ik moest hem eerst maar eens doorlichten.'

'Doe dat maar later. Het is een harde tip en ik wil dat je naar Venice teruggaat om die jongen te zoeken. Waar zit Barbie?'

Dat vroeg Wil zich ook af. 'Weet ik niet.'

Schoelkopf keek hem nijdig aan. 'Ook een hecht team, dat van jullie, hè? Hoe is het met Ken z'n vrouw?'

'Ik denk dat ze momenteel wordt geopereerd, meneer.'

'Dat komt waarschijnlijk wel goed; ze is nog zo jong. Oké, terug naar het strand, Fournier. Als het joch daar is, wil ik dat hij gevonden wordt.' Schoelkopf nam de hoorn van de haak.

Hup, naar de krant. Geen mens die hem kon zien, maar hij zou z'n vriendelijkste persgezicht trekken.

Voordat hij weer naar Venice ging, trok Fournier de twee tips uit Watson na. Niets nieuws van de ene oude dame, maar de tweede – een zekere mevrouw Kraft – zei dat ze vrij zeker wist dat de jongen in een caravanpark aan de zuidkant van de stad woonde.

'Een gribusje,' zei ze. 'Ze hebben het jaren geleden opgezet voor gepensioneerden, maar er zijn randfiguren ingetrokken.'

'De familie van die jongen, zijn dat randfiguren?' vroeg Wil.

'Als hij daar woont, waarschijnlijk wel.'

'Maar u weet niet hoe hij heet?'

'Nee, meneer. Ik zeg alleen dat ik denk dat hij daar woont, want volgens mij heb ik hem daar weleens gezien. Toen ik de hond uitliet. Mijn hond is een lieverd, maar de jongen durfde niet in de buurt van Jet te komen, alsof hij bang voor dieren was. Dat is twee keer gebeurd. Ik weet niet zeker of hij het is, maar ik denk het wel.'

'Oké, dank u wel, mevrouw Kraft,' zei Fournier. 'Hoe heet dat caravanpark?'

'Sleepy Hollow,' zei ze. 'Net als dat boek, dat griezelverhaal.'

Hij belde de sheriff van Watson en kreeg in gesprek. Niet te geloven. Net toen hij het weer probeerde, wenkte Brian Olson, zijn collega aan het volgende bureau. 'Iemand voor jou op mijn lijn.'

Fournier liep naar Olsons bureau, en Olson maakte van de gelegenheid gebruik om koffie te halen.

'Fournier.'

'Rechercheur? Met sheriff Albert McCauley uit Watson, Californië. Als ik niet op een vuurwapenconferentie in Sacramento was geweest, had ik u wel eerder gebeld. Hebt u ooit zoiets meegemaakt? Heel leerzaam.' Diepe, trage stem. Zeker een zee van vrije tijd.

'Nog niet,' zei Wil.

'Leerzaam,' herhaalde McCauley. 'Goed, wat kan ik voor u doen?'

Fournier had gedetailleerde boodschappen achtergelaten. Hoe zat het, waren ze daar niet goed snik? Hij vertelde McCauley over de jongen en het caravanpark.

'Weggelopen, hè?' zei de sheriff. 'Inderdaad, de Hollow is een aftands zooitje. Maar niet veel misdaad. Dat geldt trouwens voor heel Watson. Het is hier heel rustig. De enige problemen die we hebben is van de Mexicaanse gastarbeiders als ze aan de tequila gaan.'

Het jongetje was ergens voor weggelopen, dacht Fournier. 'Als u een kijkje kunt gaan nemen, sheriff...'

'Ja hoor, geen enkel probleem. Eerst nog een paar dingetjes die zijn blijven liggen, dan ga ik wel naar de manager van Hollow om te kijken of hij die jongen kan identificeren. De krant van L.A. zei u?'

'Van eergisteren.'

'Ik lees de kranten uit L.A. doorgaans niet. Die zijn de politie niet zo gunstig gezind, hè?'

'Hangt ervan af,' zei Wil neutraal. 'Maar ik kan u de tekening wel faxen.'

'Prima, doe maar.'

Wil bedankte hem en hing op en besloot de manager van Sleepy Hollow zelf te bellen als McCauley aan het eind van de middag nog niet had teruggebeld.

De volgende paar uur ging hij weer langs opvangadressen en maatschappelijk werkers, reed naar het westen, lunchte in een Italiaans restaurant in het winkelcentrum in Third Street in Santa Monica en daarna ging hij naar Venice.

Hij verdeed een prachtige middag aan het strand door te praten met winkeliers, restauranthouders, oude mensen, bodybuilders, skeelers en toeristen die hem aankeken alsof hij gek was. Sommige mensen waren bang voor hem, ondanks zijn pak en zijn legitimatie. Zwarte huid. Misschien zou hij er ooit wel aan wennen, maar waarschijnlijk niet.

De gluiperd van een Zhukanov stond weer achter de toonbank van zijn souvenirkraampje en de eerste keer dat Wil passeerde, negeerde hij zijn vijandige gestaar. Op de terugweg bleef hij staan om Zhukanov te vragen of hij iets had gezien.

De Rus schudde van nee en veegde een sliert haar uit zijn gezicht. Vettig gezicht vol met putjes. Geel puistje in de plooi van zijn linkerneusgat. Het haar op Zhukanovs gezicht kon je amper een baard noemen. Een rafelige vlag op een modderschuit. Hij geloofde ook niet in deodorant. Wie zou er nou speelgoed bij hem kopen?

Zhukanovs wimpers zakten een stukje. 'Nog niet, maar ik blijf kijken.'

'Doe dat.' Wil maakte aanstalten om weg te lopen.

Zhukanov zei: 'Hoe kan ik u nou bellen als ik geen nummer heb?'

Wil viste een visitekaartje uit zijn zak en legde het op de toonbank zonder acht op Zhukanovs uitgestrekte hand te slaan. De ogen van de Rus vulden zich met haat. Hij pakte een trol van het rek en kneep met twee vingers in de nek van het kleine popje. Wil ging weg en vroeg zich af of hij het ding zou onthoofden..

Het was al halfzeven en om acht uur moest hij bij de Cave zijn om een seintje van Val Vronek te krijgen als de biker arriveerde. De zin daarvana leek hem minimaal; waarschijnlijk weer zo'n idioot die op die vijfentwintigduizend vlaste, maar zinloos werk hoorde er nu eenmaal bij.

Hij belde het bureau. Nog geen bericht van sheriff McCauley, dus de veldwachter van Watson was ofwel in Sleepy Hollow gaan kijken en had de bewuste jongen gelokaliseerd, of hij had de moeite nog niet genomen. Hoe dan ook, het ergerde Wil.

Het enige bericht was van Petra, kengetal 818. Hij belde terug. 'Het mobiele toestel dat u tracht te bereiken, is ofwel niet ingeschakeld...'

Hij vroeg het nummer van Sleepy Hollow RV Park and Recreational Facility aan, belde en kreeg weer een antwoordapparaat met zo'n trage stem.

Rustig plaatsje, had McCauley gezegd. Het had meer iets van een kerkhof.

Hij belde Leanna, vroeg haar antwoordapparaat of ze de tijd had om ergens laat te gaan eten, zeg maar halftien, tien uur. Hij probeerde Petra's mobiele nummer weer, met hetzelfde resultaat. Het was bijna zeven uur en hij was bereid het eerste het beste antwoordapparaat dat hij zag aan stukken te slaan. Hij liep langs het strand, vond een rustig bankje en ging een poosje van het uitzicht op zee, de meeuwen en de pelikanen zitten genieten. Hij was dol op die pelikanen, zoals ze moeiteloos door de lucht speerden, erg cool. God, wat was het hier heerlijk, als je je op het water concentreerde en de mensen even vergat.

Toen draaide hij zich onwillekeurig om voor een blik op de promenade. Voor het geval die jongen toevallig langs zou komen. Zou dat even een onbetaalbare toevalligheid zijn. Nu kon hij zich niet meer ontspannen. Hij zocht een ander bankje op en ging met zijn rug naar het water en de blik op het werk zitten.

Om kwart voor acht stond hij bij een stalletje een eindje voor de Cave op Hollywood Boulevard een Orange Whip te drinken. Het nachtvolkje was al op de been. Punks, dopers, travestieten, transseksuelen – het hele scala van onzijdigheid – nog meer stomme toeristen en groepjes mariniers met verlof. Die jongens kwamen altijd in moeilijkheden. Met hun kale hoofden leken ze precies op skinheads; misschien waren sommigen het wel. Terwijl hij de zoete, ijskoude vloeistof opzoog, zag hij iets waarom hij echt moest lachen: een mollig meisje van een jaar of negentien met een geschoren hoofd en een hanenkam die met een jongen van dezelfde leeftijd aan de lijn liep en: 'Loop eens door, loop eens door' zei. Het was een magere, bleke jongen met een romantsiche glimlach om zijn mond die zonder een woord te zeggen met haar meeliep.

Fournier nam nog een slokje Whip, gooide het bekertje weg en kuierde naar de Cave. Voor de kroeg stond een hele rij Harleys. Zelfs van zo'n afstand kon je de muziek al horen: een soort country and western met veel te veel bassen.

Door de halfopen deur ving hij een glimp van een duistere ruimte op. Wil liep door tot aan de hoek, deed alsof hij wat vodderige kleren in een etalage bestudeerde en draaide zich om. Toen hij de kroeg voor de tweede keer passeerde, kwam Val Vronek net naar buiten, helemaal in het leer en behangen met kettingen. Hij zag er bijna net zo vettig uit als die Rus.

De infiltrant bleef even links van de ingang staan om een sigaret op te steken en keek Wil een halve seconde aan. Hij trok met zijn linkerwang en schudde amper merkbaar van nee.

Geen Dikzak.

Wil ging een wandeling maken en een kwartier later kreeg hij eenzelfde tekentje van Vee. Hij verzekerde zich ervan dat er niemand keek en maakte drie keer een gebaar met tien vingers. Tot over een halfuur.

Een halfuur later was de knaap nog steeds niet komen opdagen. Val stak een sigaret op, ging naar een van de Harleys om het kettingslot te controleren en liep vervolgens met grote stappen naar de volgende straathoek. Even later liep Wil hem achterna. Hij vond de infiltrant in een donker portiek van een flatgebouw in een zijstraat. Dichtgetimmerde ramen en een bordje met ONBEWOONBAAR VERKLAARD op de deur.

'Sorry. Die gast lulde waarschijnlijk uit z'n nek,' zei Vee. 'Of misschien zit hij wel tv te kijken.'

'Wat was er dan op tv?'

'Dat jongetje van jou. Niet gekeken?'

'Ik heb de hele dag nog niet in een café gezeten.'

Vee glimlachte. 'Journaal van zes uur, Wee. De een of andere tipgever zei dat hij in Venice zat. Misschien heeft Dikzak besloten dat ik niet de moeite waard was en is hij er rechtstreeks naartoe gegaan.'

'Ik kom net uit Venice,' zei Wil. En bij die tipgever vandaan. Had een van de bikers op de promenade aan het signalement van Dikzak beantwoord? Nee, dat zou hem zijn opgevallen. Hoopte hij.

Vee zei: 'Als hij komt, zal ik je waarschuwen. Ik moet terug naar Gajesville.' Zijn gezicht glom van het zweet.

'Zware klus?'

'De hel zou een vakantieoord zijn, Wee. En de stank is heel bijzonder.

Niet dat jij ooit de kans zult krijgen om erachter te komen met die zwarte kop van je.'

Wil grinnikte. 'Het lidmaatschap van de club heeft zo zijn voordelen.' Hij gaf Vronek zijn buzzernummer voor het geval Dikzak kwam opdagen en ging naar huis. Hij vroeg zich af of Leanna had teruggebeld. Misschien had ze zijn privénummer geprobeerd in de waan dat hij al thuis was. Logisch, het was bijna halftien. Voor vandaag had hij zijn burgerplicht zonder meer gedaan.

Net toen hij de oprijlaan opreed, ging zijn buzzer.

Hij las het nummer. Sheriff McCauley. Tjeetje, bedankt, partner. Eindelijk toch es wezen kijken bij die ouwe Holler?

Hij raapte zijn post bij elkaar, ging zijn parterreappartement binnen en luisterde zijn antwoordapparaat af. Geen Leanna. Hij wipte de dop van een flesje Heineken en belde McCauley.

'Complicaties,' zei de sheriff. De traagheid was uit z'n stem. Die boerenlullenjovialiteit was weg. 'Ik heb een voorlopige identificatie van die jongen van u. De manager kende hem. Hij heet Billy Straight. William Bradley Straight. Twaalf jaar, om en nabij de een meter vijftig, vijfendertig à achtendertig kilo. Hij is al in maanden niet meer gesignaleerd. De moeder was werkloos, leefde van de bijstand en had altijd maanden huurachterstand. Van een vader weet geen mens iets. Geen beste situatie, maar de jongen is nooit in moeilijkheden geweest.'

Maanden weg en niemand in het rustige, vreedzame Zombieville had de moeite genomen om er aangifte van te doen, dacht Wil. Ook landweggetjes konden gevaarlijke straten zijn.

'Wat zei de moeder over zijn verdwijning, sheriff?'

'Dat is de complicatie. Toen ik met haar wilde gaan praten, trof ik haar dood in haar caravan. Zo te zien was ze al een paar dagen dood. Kneuzingen op het achterhoofd, wat lijkenvlekken, het begin van rigor mortis en wat vliegenmaden. Het was warm in die caravan en dat heeft het proces waarschijnlijk bespoedigd, maar de buren hebben haar twee ochtenden geleden nog gezien, dus aan de hand daarvan kunnen we het tijdstip van overlijden wat beter vaststellen.'

Vaarwel Bromsnor, hallo Baantjer.

'... er zat bloed op de rand van een kast, dus het ziet ernaar uit dat ze achterovergevallen is, met haar hoofd tegen de rand van het aanrecht. Of ze is geduwd; ze vertoont ook een stel oudere blauwe plekken. Ze had een poosje een vriendje bij haar wonen, maar die is opeens vertrokken. Type biker, een mislukkeling met een strafblad vol kleine vergrijpen. Dankzij een paar lui in de plaatselijke kroeg weten we ook hoe hij heet. Buell Erville Moran, blank, dertig jaar, een meter drieëntachtig, honderddertig kilo...'

'Bruin haar, blauwe ogen, rossige bakkebaarden,' zei Wil.
'Hebben jullie hem?'
'Nee, maar we zoeken hem wel.'

56

Estrella Flores had nog genoeg huid op het gezicht om door Petra te kunnen worden geïdentificeerd. De keel van de huishoudster was van oor tot oor doorgesneden, maar verder had ze geen wonden. Het had niets van de amokslachting van Lisa.

Waarschijnlijk was dat ook logisch: de moord op Lisa was uit hartstocht; dit was om een lastige getuige uit de weg te ruimen.

Balch of Ramsey? Of allebei? 'Geen van beiden' hoorde niet meer in het keuzepakket.

Dokter Boehlinger wilde blijven, maar Sepulveda gaf agent Forbes opdracht om hem naar L.A terug te brengen. Ondanks de afschuwelijke situatie lachte Petra in haar vuistje: een duivelskoppel.

Die arme Estrella. Over het verkeerde moment op de verkeerde plek gesproken. Ze droeg nog steeds haar roze uniform. Waarschijnlijk was ze dinsdag of woensdag uit de weg geruimd en hier woensdag naartoe gebracht.

Het moest woensdagavond laat of donderdagochtend zijn geweest, toen ze Balch bij zijn vertrek hadden gesignaleerd, want woensdagavond had ze hem nog gesproken en stond de Lexus voor het kantoor van Player's Management. Leeg en schoon. In tegenstelling tot de rotzooi in het kantoor. Was het misdrijf toen al voltrokken? Had Estrella soms al tíjdens het onderhoud in de kofferbak gelegen?

Zij en Ron bleven op een afstandje toekijken terwijl de plaatselijke technische recherche in allerijl zijn werk deed voordat de duisternis roet in het eten zou gooien. Ramseys landgoed in Montecito was gigantisch. Het was een oud en statig huis; crèmekleurig gestuct met rode dakpannen – echt Spaans – zonder klokkentoren en niets van de kitsch van het kasteel in Calabasas. De tuin vlak bij het huis werd overschaduwd door reusachtige eiken. De tuinarchitect had rekening gehouden met de geringe hoeveelheid zonlicht: varens, clivia's, camelia's en azalea's. Met vaardige hand waren er schitterende paden van gecorrodeerd graniet aangelegd.

De tuin glooide omlaag en je oog viel op de vijver, een schijf groen water van dertig meter die in de volle zon lag. Witte en roze waterlelies namen de helft van de oppervlakte in beslag, oranje libellen scheerden langs als miniatuurvliegtuigjes en een bruine reiger boog zich om te drinken. Op de achtergrond lisdodden en nog meer waterlelies: geelwit met een purperen hart. Petra zag het ontbrekende groen dat dokter Boehlinger naar het graf had gevoerd.

Oog voor detail, dat kon je wel zeggen.

De technici concentreerden zich op de zwarte Lexus. De bekleding was van onyxkleurig leer en in de kofferruimte lag zwart tapijt. Niet de makkelijkste oppervlakte om bloedsporen op te ontdekken, maar een van de rechercheurs meende een vlek ter grootte van een kwartje op de binnenkant van de klep te zien en Luminol bevestigde dat. Op de stoelen zat niets, maar het onderzoek bracht rorschachachtige vlekken op de hele bekleding van de kofferbak aan het licht.

'Ik zou zeggen ongeveer een halve liter,' zei hoofdinspecteur Sepulveda. 'Misschien nog niet eens. Dat wil zeggen dat hij haar ergens anders om zeep heeft geholpen en het lijk in iets heeft gewikkeld waaruit het bloed vervolgens is gelekt. Daarna heeft hij de kofferbak met shampoo schoongemaakt; ik kon het ruiken. Dacht zeker: als het er schoon uitziet, is het dat ook.'

Hij praatte zacht. Hij was niet blij met deze klus. Petra vroeg zich af of hij soms ooit ergens bij moordzaken had gewerkt.

Hij zei: 'We moesten maar eens een paar gerechtelijke bevelen voor het huis en de tuin gaan halen. Je weet nooit wat er nog meer is.' Hij draaide zich om naar Petra en richtte zijn oogspleetjes op haar, hoewel ze niet genoeg van de irissen zag om daar zeker van te zijn. 'Ik ga nu met de rechter praten. Wat gaat u doen?'

'Balch is met die auto hierheen gereden, dus het spreekt vanzelf dat hij verdacht is,' zei ze. 'Ik ga dit aan mijn chef rapporteren met het verzoek om een aanhoudingsbevel uit te vaardigen. Of Balch al dan niet voor Ramsey werkte staat nog te bezien, maar ik twijfel er geen moment aan dat deze moord iets met onze zaak te maken heeft. Ik wil Balch en Ramsey zo gauw mogelijk gelokaliseerd zien.'

Ze zei het, ze vroeg het niet.

'Prima,' zei Sepulveda. 'Ik ben waarschijnlijk over een uur terug. Als u vragen hebt, kunt u bij brigadier Grafton terecht.' Hij wees naar een slanke, aantrekkelijke vrouw in burger met donker haar die bij de vijver aantekeningen maakte.

Hij vertrok en Ron overhandigde Petra zijn mobiele telefoon. Ze belde eerst Wil Fournier. Die was niet op het bureau. Ze liet haar nummer achter. Schoelkopf was er ook niet – die zat de hele middag in vergadering – maar ze wist de telefoniste ervan te overtuigen om hem op te sporen. Vijf minuten later belde hij.

'Ik zit bij Lazara, als dit iets onbelangrijks is...'

'Het lijkt me vrij belangrijk, meneer.' Ze gaf hem een overzicht.

'Shit... Oké, we pakken ze allebei meteen in de kladden.'

'Ramsey verschuilt zich achter Lawrence Schick.'

'Dat weet ik, dus rukken we die lul meteen achter Schicks jurk vandaan. Alleen om te praten, geen arrestatie. Jij blijft daar; hou je ogen niet in je zak en blijf aan de knoppen zitten. En hou je telefoonlijn vrij.'

'Balch woont in Rolling Hills Estates,' zei Petra. 'Zijn kantoor is in Studio City. Ik heb de adressen.'

'Geef op.'

Ze las de adressen op en Schoelkopf legde neer.

Ron zei: 'Ik moet ook even bellen. Naar Hector en mijn moeder. Voorlopig zijn we hier nog niet weg.'

Ze gaf de telefoon terug. Fraaie kleine Ericsson. 'Is dit ding van jezelf of van je werk?'

'Van mezelf.'

'Je krijgt hem wel terug.'

Hij drukte glimlachend een nummer in. De Lexus werd met een lier naar een kraanwagen getrokken. De technische recherche was bezig de plek van het graf met paaltjes en lint af te zetten; brigadier Grafton mat het gebied in voetstappen af, gebaarde en gaf instructies.

Een stationcar van het gerechtelijk laboratorium van Santa Barbara County kwam aanrijden en twee mannen in het wit stapten met een opklapbare brancard uit. Het lijk van Estrella Flores was niet groot. Kromme benen. De gapende wond in haar keel liet een geribbeld stuk van haar luchtpijp zien.

Ron kreeg geen contact met De la Torre, maar wel met zijn moeder en Petra verwijderde zich om hem iets van privacy te gunnen, terwijl ze moest denken aan Javier Flores die ze straks moest bellen. Schoelkopf had haar opdracht gegeven om de lijn vrij te houden. Hij kon stikken. Het was Rons toestel; had ze er maar eentje van de zaak moeten krijgen.

De kraanwagen reed achterwaarts het terrein af en laveerde de Lexus om een paar eiken heen. De medewerkers van de patholoog-anatoom brachten het lichaam naar de stationcar en volgden. De tuin zag er vertrapt uit. Varens en bladeren waren gebogen en geknakt. Petra rook een vage zeelucht. De luchtstromen van de Stille Oceaan kwamen kennelijk zo ver landinwaarts. Het gele politielint danste.

Ron kwam terug en gaf het toestel weer aan haar.

'Nou,' zei hij, 'de dag was zo mooi begonnen.'

'Dat is het nog steeds,' zei Petra. Hij kwam dichter bij haar staan en zijn vingers raakten de hare even aan. Hij pakte haar wijsvinger, kneep er zachtjes in en liet hem weer los. Hij keek recht voor zich uit. Zijn drummershanden roffelden een ritme op de zijkant van zijn dij, maar zijn ogen stonden sereen.

Hij is hier dol op, dacht ze. Hij zal moordzaken blijven doen zo lang ze het hem laten doen.

De telefoon piepte.

'Connor.'

Schoelkopf zei: 'Ik heb met advocaat Schick gepraat. Hij en Ramsey zijn onderweg naar jou toe.'

'En Balch?'

'Volgens Ramsey had hij op kantoor moeten zijn. We hebben hem gebeld, maar er werd niet opgenomen.'

'Dat is mij ook overkomen toen ik hem wilde spreken,' zei Petra. 'Hij was er wel maar nam gewoon niet op.'

'Hoe dan ook. Er is een agent onderweg en de politie van Rolling Hills gaat bij zijn huis langs.'

'Waarom komt Ramsey hierheen?'

'Het is zijn huis, Barbie. Hij is erg boos.'

57

Motor sliep beroerd en nu had hij ook nog een barstende hoofdpijn. Geen deken, geen kussen, alleen zijn leren jasje op de ongelijke vloer van een kraakpand in Edgemont.

Triplex voor de ramen en een bordje op de deur met iets over aardbevingen betekenden dat dit zijn logeeradres was. Met zijn jagersmes wurmde hij het triplex van de achterdeur, hij duwde zijn motor naar binnen en ging van de ene naar de andere kamer. Ze waren allemaal hetzelfde: klein, ongemeubileerd, zonder licht of sanitair, graffiti op alle muren, linoleum bezaaid met muizenkeutels, dode kakkerlakken, olievlekken en lege flessen. De kamer die hij uiteindelijk koos was achter. Het hele gebouw rook naar schimmel en natte hond, insectenverdelger, verbrande lucifers en het ergste was een chemische stank waar zijn ogen van gingen tranen.

Maar het was donker en hij was kapot van de hele dag op de motor, rondlopen in Hollywood – voor het merendeel was er niets veranderd – en daarna naar Griffith Park om het domein van die kleine rat te verkennen. Maar het park bleek uiteindelijk veel te groot om greep op te krijgen: waarom had zo'n kleine opsodemieter zo godvergeten veel ruimte nodig?

Hij kocht drie hotdogs met zuurkool en spoelde ze weg met een beker chocolademelk. Daarna reed hij naar de Cave en zette zijn motor bij alle andere die ervoor stonden, in de hoop dat niemand hem van dichtbij zou bekijken. Binnen hoopte hij wat broederschap aan te treffen, maar hij moest zijn laatste geld aan bier uitgeven omdat niemand hem een pilsje aanbood. Hij at drie gemarineerde eieren en propte een paar Bi-Fi's in zijn zak voordat de barkeeper hem een vuile blik toewierp.

De foto van de rat kon niemand een reet schelen. Iedereen zat naar neukfilms op een groot tv-scherm te kijken. Toen een of ander mokkel op het scherm iets bijzonder akeligs deed, steeg er een diep instemmend gegrom van de bar op.

Veertig tot vijftig glazige ogen concentreerden zich op de ejaculaties en die lui hadden geen interesse om vijfentwintig mille te verdienen, behalve één gozer die ook niet veel belangstelling aan de dag legde, maar wel zei dat hij misschien iets wist. Motor sprak de volgende avond om acht uur met hem af; misschien zou hij de moeite nemen, misschien ook niet.

Dus hij kon net zo goed gaan pitten. Het was niet direct de Holiday Inn, maar dit had hij al eens eerder meegemaakt. Ook al kreeg hij koppijn van de chemische stank, hij kreeg toch een kick van het alleenzijn; net als die keer dat hij in Perdido voor dronken rijden in één cel moest zitten met een Mexicaan. Drie dagen moest hij de ranzige scheten van die klootzak inademen en net toen hij hem wilde wurgen, werd die gozer weggehaald omdat er een federaal arrestatiebevel tegen hem liep.

In je eentje zijn was net alsof iemand je een massage gaf, al was er niemand, alleen het gevoel.

Nu was het vrijdagochtend tien uur. Zijn ogen waren opgezwollen en het enige dat hij wilde doen was die klerekop afsnijden en vervangen door eentje die niet voelde alsof hij ieder moment uit elkaar kon klappen.

Hij piste op de grond in de andere kamer en spoog die ochtendsmaak uit. Hij wreef net zo lang zijn ogen uit tot hij weer scherp kon stellen en duwde zijn motor naar buiten, het zonlicht in. Godverdomme wat een licht, dat schoot ook niet op. Hij had honger en geen geld; tijd om aan het werk te gaan.

Het duurde twee uur voordat hij in een zijstraatje een Mexicaans grietje alleen zag lopen. Er waren geen bendeleden in zicht om haar eer te verdedigen. Hij reed haar voorbij, stopte, stapte af en liep haar tegemoet. Ze had meteen de zenuwen. Maar hij passeerde haar, ze ontspande zich en op dat moment draaide hij zich, en greep haar tasje en gooide haar op de grond.

'Verroer je niet, godverdomme,' zei hij.

Ze verstond de woorden niet, maar begreep zijn toon best. Voor de zekerheid gaf hij haar een trap in de ribben, liep zo snel als zijn massa het toeliet naar zijn motor en scheurde een paar kilometer verder. Er zat drieëntwintig dollar in het tasje, tezamen met een blikken kruisje en foto's van kleine Mexicaanse kinderen in een soort kostuum. Hij nam het geld en gooide de rest in een put. Daarna reed hij terug naar Hollywood, zocht het kraampje op waar hij de hotdogs had gekocht en kocht er nog twee, plus een gebakken ei op een broodje met pittige saus, een grote bak koffie die hij achter elkaar leegdronk en bij liet vullen, een stuk appelgebak en zo'n pakje melk dat hij vroeger op school en in de gevangenis ook kreeg. Nu kon hij de werkdag aan.

Hij liep weer de Boulevard op en neer om de tekening te laten zien, kreeg alleen maar vuile blikken, had om drie uur weer honger en dwong zich om nog een paar uur door te gaan tot hij het niet meer uit kon houden. Hij vond dat hij wel een echte maaltijd had verdiend, dus ging hij naar Go-Ji's, waar hij het grootste deel van het geld van die meid erdoorheen joeg met een broodje cornedbeef, patat, uienringen, een dubbele banana-split en nog meer koffie. Hij bestelde zo vaak extra koffie bij dat nikkerwijf achter de toonbank, dat ze de kan uiteindelijk maar bij hem liet staan.

Iemand had een stuk krant in zijn eethokje laten slingeren, maar het waren alleen maar woorden. De tv boven de toonbank stond aan; journaal, sport, weerbericht, geen zak aan. Toen zag hij de tekening van de rat weer. Hij stopte met het eten van bananen die verdronken in de slagroom en spitste z'n oren. Zijn hart ging tekeer als een gek – van al die koffie natuurlijk – en hij was klaarwakker. Hij was klaar om in actie te komen, wat het ook was.

Die klojo op tv zei iets over het strand. 'Hij zou gesignaleerd zijn op Ocean Front in Venice.'

Die gozer in de Cave kon dus de klere krijgen.

Tijd om westwaarts te ronken, als het donker was. Die rat kon hem maar beter niet zien.

58

Larry Schick droeg een goedkoop ogend bruin pak dat hem waarschijnlijk drieduizend dollar had gekost; het rimpelde bij de revers en lubberde om zijn iele postuur. In plaats van een pochet zat er een meerschuimen pijp in zijn borstzak. De kop hing eruit als een talisman. Een vrouwenkop. Griezelig.

De advocaat was jonger dan Petra had verwacht: veertig tot vijfenveertig, met een heel bruin, scherp gezicht, een gitzwart Prins Valiantkapsel en een bril met een roze plastic montuur. Cowboylaarzen van slangenhuid. Zoals zo'n Engelse rockster die tot op middelbare leeftijd hip probeert te blijven.

Hij en Ramsey waren even na zessen bij het huis in Montecito gearriveerd. Schick zat aan het stuur van een Rolls Royce Silver Spur. Op de voorruit zat een sticker met Malibu Colony en op de radiator zat een rijtje clubemblemen. Ook zo'n autofanaat.

Ramsey stapte het eerst uit. Hij droeg een overhemd van verschoten spijkerstof, een zwarte spijkerbroek en joggingschoenen; hij zag er nog ouder uit dan toen ze hem voor het laatst had gezien. Hij keek om zich heen en schudde zijn hoofd. Schick liep van de bestuurderskant om de auto heen en raakte zijn elleboog aan. Petra en Ron waren bij hen voordat ze nog een stap konden zetten. Ramsey bleef naar het politielint staren.

Het was inmiddels wat rustiger geworden op het landgoed; er werkten nog maar een paar technische rechercheurs. Ze hadden nog niets van Sepulveda over de aanhoudingsbevelen gehoord. Brigadier Grafton bleef bij de vijver. Ze had zich al een poosje geleden voorgesteld. Ze heette Anna. Ze was intelligent en had een graad in de kunstgeschiedenis van de universiteit van Santa Barbara. Dat gaf hun iets gemeenschappelijks om in de verloren momenten over te praten. Volgende week zou ze naar Zwitserland gaan. 'Grote inbraak, oude meesters. We hebben ze bijna allemaal teruggevonden. De kranten zullen er nooit achter komen.' Ze had geen belangstelling voor moordzaken en deed geen poging om de zaak over te nemen.

Nu keek ze naar de komst van de Rolls. Haar blik kruiste even die van Petra, ze nam Ramsey een poosje op en draaide zich vervolgens om.

Petra zei: 'Goeienavond, meneer Ramsey.'

'Larry Schick,' zei de advocaat. Hij stak zijn arm tussen haar en Ramsey.

Ramsey deed een stap achteruit. Hij keek naar Ron en richtte vervolgens zijn aandacht op Petra. 'Wat is hier in godsnaam aan de hand?'

'Estrella Flo...'

'Weet ik, weet ik, maar wat moest zij híér?'

'Dat wilden we net aan u vragen, meneer.'

Ramsey schudde zijn hoofd weer en klapte z'n kaken dicht. 'Onvoorstelbaar. De wereld is krankzinnig geworden.'

Schicks gezicht was nog geen moment uit de plooi geweest. Hij vroeg: 'Wat is er precies met haar gebeurd, rechercheur?'

'Het is nog te vroeg om met bijzonderheden te komen, meneer Schick, maar ik kan u wel vertellen dat ze op een beestachtige manier is vermoord en vervolgens daar is begraven.' Ze wees naar de vijver. De plaats van het graf was aangegeven door een paaltje.

'Mijn god,' zei Ramsey, terwijl hij zich afwendde.

Petra vroeg: 'Had mevrouw Flores hier ooit gewerkt, meneer Ramsey?'

'Natuurlijk.'

'Onlangs nog?'

'Nee. Dat was toen Lisa en ik nog bij elkaar waren.' De laatste woorden klonken verstikt. Hij wierp weer een blik op het paaltje en vertrok zijn gezicht.

Schick vroeg: 'Rechercheur, kunnen we dit niet later...'

'Het is wel goed, Larry,' zei Ramsey. 'Lisa en ik brachten hier vaak de weekends door. Soms nam Lisa Estrella mee om schoon te maken. Maar volgens mij had Estrella geen sleutel. En ik zie niet in wat ze hier te zoeken had.'

'Wie maakt het huis nu schoon?'

'Een schoonmaakbedrijf. Niet vaak, misschien één keer in de maand. Ik kom hier nooit meer.'

'Hoe heet dat bedrijf?'

'Dat weet ik niet. Greg regelt dat.'

'Komt meneer Balch zelf om ze binnen te laten?'

'Ja.' Ramsey keek haar een poosje aan.

'Waar is meneer Balch nu?'

Ramsey keek op zijn horloge. 'Waarschijnlijk op weg naar huis.'

'Heeft hij vandaag gewerkt?'

'Ik neem aan van wel.' Ramsey klonk weer gewoon.

'Hebt u hem pas nog gesproken?' vroeg Petra.

'De laatste keer dat ik hem heb gesproken, is... laat eens zien... twee dagen geleden. Hij belde om te vragen of ik iets nodig had. Ik zei nee. Hij probeerde me op te beuren. Ik ben bijna de deur niet uit geweest om de pers te ontlopen... En nu déze idiotie weer.'

Petra zei: 'We hebben getracht meneer Balch op kantoor te bereiken maar hij nam niet op.'

'Misschien was hij even weg... Waarom is dat zo belangrijk?'
'We moeten iedereen spreken die toegang had tot uw huis hier.'
'Toegang?' vroeg Ramsey. 'Ik denk dat iedereen zo over het hek kan klimmen. We hebben nooit een elektrisch hek laten neerzetten.'
'Hoefde dat niet?'
'Nooit aan toegekomen. Als Lisa en ik kwamen, gebruikten we een hangslot. Wat mij dwars zit, is hoe Estrella hier is gekomen. Ze kon niet eens rijden.'
'Goeie vraag,' zei Petra.
Schick zei: 'Hopelijk vinden jullie het antwoord.' Hij haalde zijn pijp te voorschijn, inspecteerde de kop, hield hem ondersteboven, maar er viel niets uit.
Petra vroeg: 'Dus u hebt mevrouw Flores onlangs niet gevraagd om dit huis schoon te maken?'
'Nooit. Hoor eens, jullie hebben mijn toestemming om alles overhoop te halen. Huis, tuin, alles. Je hoeft je niet druk te maken om huiszoekingsbevelen...'
'Cart,' zei Larry. 'Ook al wil je nog zo behulpzaam...'
Ramsey zei: 'Larry, ik wil de onderste steen boven. Het heeft geen zin de zaak te trainieren.' En tegen Petra: 'Doe maar gewoon alles wat u moet doen. Het kan me niets schelen, al breek je de hele godvergeten bende af.'
Hij wiste zijn ogen, draaide zich om en liep een paar stappen weg. Schick liep hem achterna en legde een hand op zijn schouder. Balch had de eerste dag iets soortgelijks gedaan en toen was Ramsey kwaad geworden. Maar van de advocaat accepteerde hij het en hij knikte toen die iets tegen hem zei. Petra zag hem in de brug van zijn neus knijpen. Hij en Schick kwamen terug.
'Het spijt me, rechercheur. Nog iets?'
'Was er recentelijk een reden voor meneer Balch om hierheen te gaan?'
'Zoals ik al zei, hij komt hier om dingen te regelen, zoals werklui binnenlaten. Als er iets te regelen was, zal hij een reden hebben gehad.'
'Maar u bent niet op de hoogte van iets specifieks.'
'Dat zou ik hoe dan ook niet weten,' zei Ramsey. 'Greg regelt die dingen.'
'Voor beide huizen?'
'Alles.'
'Hoort daar ook het verwisselen van auto's bij?'
'Pardon?'
'Zoals het naar L.A. halen van de jeep en zijn eigen auto hier laten,' zei Petra.
'Waar hebt u het over?'
'Dat heeft meneer Balch gisteren gedaan, meneer. Een agent van de

plaatselijke politie zag hem van het terrein afkomen en volgens meneer Balch had u hem verzocht om de jeep naar de stad te halen voor een onderhoudsbeurt. Hij heeft zijn Lexus hier laten staan.'

'Dat zou best kunnen kloppen,' zei Ramsey. 'De jeep diende voor de weekends hier. Lisa vond het een leuke auto. Ik gebruik hem zelden, dus misschien was hij vastgelopen.'

'Maar dat weet u niet.'

'Nee, ik doe maar een gooi.'

'Waar gaat de jeep heen voor onderhoudsbeurten?'

'Ik denk naar de een of andere jeepdealer in Santa Barbara.'

'Was er een bepaalde reden om hem naar L.A. te halen?'

Ramsey haalde zijn schouders op en streek over zijn snor. 'Misschien is Greg van dealer veranderd. Misschien had hij moeilijkheden met de zaak in Santa Barbara. Waarom stelt u al deze...'

'Ik moet gewoon een paar dingen op een rijtje krijgen,' zei Petra, terwijl ze verwarring veinsde. 'U hebt hem dus nooit specifiek gevraagd om de jeep op te halen?'

'Niet specifiek... Waar wilt u heen?'

Ze haalde haar blocnote te voorschijn en schreef wat op. 'Misschien niets, meneer.' Toen ze uitgeschreven was, maakte ze snel een spotprentje van Schick. Dat idiote kapsel maakte het eenvoudig.

Ramsey staarde haar aan. 'U denkt dat Greg...'

Petra gaf geen antwoord. Naast haar zweeg Ron als het graf.

'O, kom nou toch,' zei Ramsey. 'Geen sprake van. Nee, dat is absoluut krankzinnig...'

'Hoe was de verhouding tussen meneer Balch en Estrella?'

'Prima.' Ramsey lachte. 'Dit is totaal idioot. Als Greg zegt dat de jeep een onderhoudsbeurt nodig had, dan is dat zo. We hebben hier waarschijnlijk met de een of andere psychopatische stalker te maken. Iemand die een wrok tegen míj koestert, dus gaat hij achter mensen aan die mij... na staan.'

'Stonden mevrouw Flores en u elkaar na?'

'Nee... Ik weet het niet. Ik zeg alleen maar dat het barst van de idioten. Kijk maar naar John Lennon en al die ellende die lui in de industrie over zich heen krijgen. Hebben jullie die hoek al uitgeplozen?'

'We pluizen allerlei hoeken uit,' zei Petra.

Schick zei: 'Ik ken wel iemand die daarin kan duiken, Cart.'

Ron had nog geen woord gezegd. Petra wierp een blik op hem om te laten weten dat het oké was. Hij zei: 'Over stalkers gesproken, hebt u dan een bepaald persoon op het oog, meneer Ramsey?'

'Als ik dat had, denkt u dan dat ik dat dan voor me zou houden?' Een hardere toon tegen Ron. 'Jezus.'

Petra deed haar blocnote dicht. 'Oké, dank u wel voor uw toestemming om hier rond te kijken, meneer. Dat zal ons een hoop tijd en papierwerk besparen. Als u het niet erg vindt om dat op te schrijven...'

Schick blafte als een automaat: 'Voordat we zover gaan, moeten we eerst een protocol vastleggen.'

'Laat ze hun werk doen, Larry,' zei Ramsey. En tegen Petra: 'Wat er ook boven water komt, ik garandeer u dat Greg er niets mee te maken heeft.'

Schicks mond werd een heel dun streepje en hij streek met een vinger langs dikke zwarte lokken. Wat bezielde een volwassen man om zo'n kapsel te hebben? Iets om de aandacht van de jury mee te trekken? Misschien was die meerschuimen pijp ook maar decor.

Werkelijkheid en fantasie...

Petra zei: 'Ik ga een stuk papier halen, meneer.'

Schick zei: 'Wacht even alstublieft, rechercheur. Cart, je bent in de war en ze gaan dat uitbuiten. Ik heb van alles zien gebeuren bij huiszoekingen. Dingen gaan stuk, of worden gejat. Ik raad je ten sterkste aan...'

'Laat ze de spullen maar breken, Larry. Dat kan me geen ruk schelen. Zoals ik al zei, mogen ze de hele boel afbreken.' Hij keek Petra weer aan. 'U theoretiseert maar wat, toch? U meent toch niet serieus dat Greg hier iets mee te maken heeft?'

Schick zei: 'Ik sta er op z'n minst op om tijdens de huiszoeking aanwezig te zijn.'

'Prima,' zei Petra. En tegen Ramsey: 'Nog één ding. Het gedrag van Greg Balch op de avond van de moord op Lisa. Toen u en hij terugkeerden uit Reno...'

'Rechercheur,' zei Schick. 'Er moet hier toch een beter tijdstip voor zijn?'

Ramsey vroeg: 'Hoezo, zijn gedrag?'

'Was hij op de een of andere manier anders dan anders?'

'Nee. Dezelfde oude Greg.'

'Toen we u een bezoek brachten, was uw Mercedes weg. Waar was die?'

'Wat heeft dat met Gregs gedrag te maken?' vroeg Ramsey.

'Als u nog even geduld met me wilt hebben, meneer...'

'De Mercedes kreeg een beurt,' zei Ramsey. Hij had dat al een keer gezegd maar als de overbodige vraag hem dwars zat, liet hij dat niet merken. 'Te veel dinky toys. Er moet altijd wel iets aan gebeuren.'

'Had Greg de Mercedes weggebracht?' vroeg Petra. Ron had zich omgedraaid en bekeek het huis.

'Of de dealer had hem opgehaald,' zei Ramsey.

'Wat moest er aan de auto gebeuren?'

'Ik heb geen idee.'

'Dus hij reed nog goed.'

'Ja, prima. Misschien een gewone kleine beurt, weet ik veel.'

'Welke Mercedes-dealer hebt u?'

Ramsey legde een vinger tegen zijn mond. 'Ergens vlakbij, ik denk in Agoura.' Hij lachte vreugdeloos. 'Zoals u ziet, weet ik precies wat er allemaal in mijn leven gebeurt.'

Petra glimlachte. 'Toen ik voor de tweede keer bij u op bezoek was, stond de Mercedes er weer. Wie had hem gebracht?'

'Zelfde laken een pak; iemand van de dealer of Greg. Ik denk Greg, maar wat maakt het...'

'Hoe was de relatie tussen Greg en Lisa?' vroeg Petra met iets van stemverheffing. Ze praatte ook sneller. Als Schick er niet bij was geweest, was ze dichter bij Ramsey gaan staan om hem op de huid te zitten en hem tot oogcontact te dwingen. Maar ondanks de aanwezigheid van de advocaat, was de vraag net een zilveren kogel en Ramsey trok zijn hoofd terug.

'Greg en Lisa? Prima, ze konden uitstekend met elkaar overweg.'

'Hadden ze geen problemen met elkaar?'

'Nee. Niet te geloven dat u uw tijd verdoet met... Hij is mijn beste vriend, rechercheur Connor. We zijn samen opgegroeid. Hij en Lisa konden het goed met elkaar vinden. Jezus, hij had me zelfs aan Lisa vóórgesteld.'

'Op die missverkiezing?' vroeg Petra.

'Op die missverkiezing, maar hij kende haar al. Ze...' Ramsey slikte zijn woorden in.

'Ze wat, meneer?'

'Ze hadden iets met elkaar. Niets serieus, ze waren maar een paar keer met elkaar uit geweest, dus daar hoeft u niets achter te zoeken. Het was al achter de rug toen Lisa en ik iets met elkaar kregen. Daar had Greg geen moeite mee. Waarom zou hij haar anders aan mij hebben voorgesteld?'

Goeie vraag. Petra struikelde bijna over de veronderstellingen.

Schoonheidskoningin met het vizier op de filmindustrie. Eerst geloofde ze dat Balch een zwaargewicht uit Hollywood was; misschien dat hij haar zoiets had voorgespiegeld toen hij haar versierde. Ze gingen een paar keer met elkaar uit, hij overstelpt haar met lulkoek, maar zij kijkt erdoorheen en komt erachter wie de eigenlijke man met de invloed is.

Ze gooit een ondermaats visje terug in het water en gaat achter de joekel aan.

'We konden het allemaal goed met elkaar vinden,' zei Ramsey, maar het klonk al minder overtuigd en hij plukte aan zijn snor.

Schicks magere gezicht was een en al adrenaline, maar hij verroerde zich nog steeds niet. Hetzelfde gold voor Ron. Petra kreeg het gevoel alsof ze allebei langzaam uit beeld verdwenen; alsof ze een rol speelden en zij en Ramsey nu in de schijnwerpers stonden.

Ze zei: 'Oké, meneer. Bedankt voor uw medewerking. Hebt u een sleutel van het huis?'

'Hier,' zei Schick. Hij haalde een sleutelring met een koperen slotje te voorschijn.

Nu was er een andere woordvoerder die Ramsey de hand boven het hoofd hield.

Het sterrendom was een regressie naar de kindertijd, al betrof het maar een B-ster.

Petra nam Ron bij de arm en wandelde een meter of twintig bij het tweetal vandaan naar de grootste eik. Ze schopte wat eikels weg en vroeg: 'Heb ik nog iets overgeslagen?'

'Niet dat ik weet. Het zou interessant zijn om te weten of die Mercedes inderdáád een servicebeurt heeft gehad. Denk je dat het Lisa's moordwagen geweest kan zijn?'

Petra knikte.

'Voor elke moord een andere auto,' zei Ron. 'En wij maar gissen.'

'Balch staat er lekker groezelig op, hè?'

'Hij stinkt een uur in de wind.'

'Wil jij niet een paar Mercedes-dealers bellen?' vroeg Petra. 'Misschien zijn erbij die tot na zes uur open zijn.'

'Doe ik.' Hij haalde de telefoon uit zijn zak.

Ze staarde naar Ramsey en Schick. Die waren teruggeslenterd naar de Rolls. Schick stond tegen de voorbumper geleund, streelde de meerschuimen pijp en verschafte een of ander juridisch advies. Ramsey leek maar weinig belangstelling aan de dag te leggen.

'Auto's waren ook Lisa's voorkeursplek voor sex. Het is typisch een L.A.-zaak.'

'In het geval van Lisa zou de jeep hebben betekend dat hij hiernaartoe op en neer had moeten rijden,' zei Ron. 'Balch en Ramsey waren maar een paar uur voor de ontvoering van Lisa uit Reno terug. Dat is niet genoeg tijd, dus gok ik op de Mercedes, of de Lexus, of een van de andere auto's van Ramsey. Wat prima zou zijn voor Balch als hij een poging deed om de verdenking te verleggen. We zouden ook het vliegveld van Burbank moeten proberen; dat charterbedrijf dat Ramsey gebruikt. Balch heeft vast toegang tot de rekening die Ramsey daar heeft lopen.'

'Het hazenpad per charter?' vroeg Petra.

'Het zou kunnen.'

Er flitsten allerlei beelden langs haar geestesoog: twee jonge enthousiastelingen tijgen naar Hollywood, maar slechts eentje wordt er rijk en krijgt het meisje op de koop toe. Balch had het over twee mislukte huwelijken gehad. Nog een reden voor verbittering.

Ze moest aan zijn opmerkingen over Lisa's driftbuien denken, het feit dat ze tegen Cart 'explodeerde'. Op dat moment had Petra zich daarover verwonderd. Waarom verschafte het goede maatje Greg zijn baas een motief? Nu begreep ze dat heel wat beter.

En dan nog iets: Balch, een sloddervos van de bovenste plank, droeg gloednieuwe witte tennisschoenen.

Omdat de oude doorweekt waren van het bloed?

Ze zei: 'Ik wil nog even met meneer de Adjustor praten. Alvast bedankt vor het bellen.'

'Weet je de naam van dat charterbedrijf nog?'

'Westward Charter. De piloot die ze gebruiken heet Ed Marionfeldt.'

Ze ratelde de feiten af zonder haar aantekeningen te hoeven raadplegen. Alle puzzelstukjes vielen op hun plek. Er was sprake van een nieuw ritme. Ze liep terug naar Ramsey en Schick.

Ze stonden nog steeds bij de Rolls, maar geen van beiden zei iets. Schick stond naar Ramsey te kijken en Ramsey keek naar de grond. Toen Petra dichterbijkwam, keek hij op.

'Meneer Ramsey, toen u uit Tahoe terugkwam, was u doodmoe en bent u vroeger dan gewoonlijk naar bed gegaan; is dat juist?'

'Ik was kapot. We waren al sinds de vroege ochtend op pad.'

'Greg Balch heeft u van Burbank naar huis gebracht.'

'Ja.' Het horen van de naam Balch scheen Ramsey te vermoeien.

'Daarna hebben meneer Balch en u bij u thuis een hapje gegeten en vervolgens moest u een paar zakelijke documenten van hem tekenen. Herinnert u zich de aard van die paperassen?'

'Een of andere leaseovereenkomst. Ik heb een paar kantoorgebouwen.'

Petra schreef het op. 'Goed, hebt u nog even geduld met me. Wie had er gekookt?'

Ramsey glimlachte. 'Het ging om broodjes en bier.'

'Wie had de broodjes klaargemaakt?'

'Greg.'

'Niet Estrella Flores?'

'Haar dienst zat er al om zeven uur op; zij was op haar kamer.'

'Wat deed ze daar, meneer?'

'Wat ze daar doorgaans deed. Ik denk dat ik de tv hoorde.'

'Waar is de kamer van de huishoudster precies?'

'Naast de bijkeuken. Achter de keuken.'

'Oké,' zei Petra, terwijl ze wat details aan het spotprentje van Schick toevoegde. Concentratierimpels op het voorhoofd en pruilplooien.

'Dus Greg maakte de broodjes klaar en schonk het bier in.'

'Jawel. Het was Grolsch, als dat er iets toe doet.'

Importbier met slaapkoetsiertje? dacht Petra. Had Balch stiekem een middeltje in Ramseys glas gedaan?

Zo ja, had de ondergeschikte daar nog over nagedacht? Zich afgevraagd of hij er nog wat extra poeder bij zou doen?

Zijn afrekening voor al die jaren van Ramseys vriendschap.

Het was me de vriendschap wel. Niet één rolletje. Hij zette Balch in het openbaar voor joker en had hem met dat aftandse kantoortje opgezadeld; hij was gewoon een manusje van alles van middelbare leeftijd.

De akeligste streek: Lisa.

Want hij had Lisa het eerst ontmoet. En had haar aan Cart afgestaan. Altijd weer die Cart.

Petra kon zijn razernij bijna zelf voelen.

Wat had Balch ertoe gebracht om Lisa de bewuste avond te volgen? Had ze hun oude relatie nieuw leven ingeblazen om hem vervolgens weer de bons te geven? Of was Balch gewoon het slachtoffer van zijn eigen verbeelding geworden?

Petra stelde zich voor hoe de blonde man bij Lisa's appartement op de loer had gelegen. Hoe hij had gezien dat de Porsche uit de ondergrondse garage te voorschijn kwam. En die vervolgens was gevolgd.

Met een van Carts auto's. Hij mocht tenslotte in al zijn auto's rijden. In alle dinky toys.

Vanavond ging hij spelen.

Pakken wat hem toekwam.

Net zoals hij Ilse Eggermann had gepakt?

Ilse. Lisa. De namen waren bijna een anagram.

Patronen. Een idioot idee, maar als het tot je doordrong, zei je au.

Hoeveel dode blonde meisjes waren er nog meer? Meisjes die Balch aan Lisa deden denken?

Waar zat die Balch, verdomme?

Of misschien zat ze er helemaal naast en zou de lakei acte de présence geven met sluitend alibi en een keurige verklaring, lag de zaak aan diggelen en werd Ramsey inderdaad door een psychopaat gestalkt.

Of was Ramsey zelf de stalker?

De jongen in het park wist het misschien. Zou Wil al iets zijn opgeschoten? Ze zou hem weer bellen zodra ze met Ramsey klaar was.

'Die biertjes,' zei ze, 'dronk u uit het flesje of uit een blikje?'

'Uit een glas,' zei hij alsof het een ongepaste vraag was.

Blikjes maakte je zelf open; een flesje kon je voor iemand anders open-maken... 'En toen u uw bier ophad, voelde u zich toen nog vermoei-der?'

'Nee,' zei hij. 'Ik heb u verteld dat ik de hele dag al moe was. Ik be-doel, de alcohol kan me de nekslag hebben gegeven, maar...' De blau-wen ogen werden groot. 'O, kom nou toch... Dat kunt u niet menen.'

'Wat niet, meneer?'

'Dat er iets in dat bier... Nee, nee. Geen sprake van. Dat zou ik gewe-ten hebben, als... Nee, zo heb ik me helemaal niet gevoeld. Ik was ge-woon kapot van de lange uren en de reis. Ik viel in coma. Wij allebei.'

'Hoe lang hebt u die nacht geslapen?'

Ramsey streek over zijn snor en ging met zijn tong langs zijn lippen.

Schick zei: 'Laten we d'r maar een punt achter zetten, rechercheur.'

'Bijna klaar,' glimlachte Petra. De advocaat glimlachte niet terug.

'Ik ben om een uur of acht, halfnegen opgestaan,' zei Ramsey. 'Elf uur dus.'

'Is dat uw normale slaappatroon?'

'Nee, doorgaans heb ik aan zeven uur genoeg, maar... O, máák het nou. Dat zou ik gevoeld hebben. Wollig of zo. Dit is James Bond-ge-doe, rechercheur Connor. Ik maak films. Ik weet heus het verschil wel tussen fantasie en werkelijkheid.'

Zijn blik zei haar dat een nieuwe, onthutsende logica zijn brein was binnengeslopen.

Echte verwarring of toneel?

Het verschil tussen fantasie en werkelijkheid. Die zin had iets spot-tends voor Petra.

'U zult vast wel gelijk hebben, meneer Ramsey.' Ze zag dat Ron de te-lefoon in zijn zak stak terwijl hij weer hun kant op kwam. Schick hield haar nauwlettend in het oog.

Ze verontschuldigde zich, liep Ron tegemoet en was bij hem op een plek waar Ramsey en Schick hen niet konden horen.

'Maar één Mercedes-dealer was nog open,' zei hij. 'Sherman Oaks. Die hebben nog nooit een auto van Ramsey gehad. Maar bij West-ward Charter was het raak. Balch heeft gisteravond geprobeerd een vlucht te boeken. Hij belde om een uur of elf en wilde in zijn eentje naar Vegas vliegen. Hij zei dat het een zakenreis was. Westward vliegt niet na tien uur en ried hem aan een lijndienst te proberen. We moes-ten de maatschappijen maar eens gaan bellen.'

'Tjeetje,' zei ze.

'Stomme zet,' zei Ron, 'om een charter te proberen.'

'Op rekening van de baas,' zei Petra. Terugschoppen.

Ze zag Ramsey naar haar staren. Had ze met haar lichaamstaal iets verraden?
Ze negeerde hem. Leuk om dat te kunnen doen.

59

Ik ben net uit de wc. Daar ben ik heen gehold toen ik uitgehuild was. Toen ik er weer uit kwam, hoopte ik bijna dat Sam er niet meer was, maar hij zat de zilveren collectefles met een hoekje van zijn jasje op te wrijven. Mijn ogen waren droog. Ik had het gevoel alsof ik uit een nachtmerrie stapte.
'Je hebt nog een paar uur voordat ze komen bidden,' zei hij al poetsend.
Ik ging zitten nadenken. Er kwamen geen ideeën. De promenade, al die mensen; ik kreeg het gevoel alsof het er spookte.
Ik zag geen uitweg, dus ik ging er maar mee akkoord om naar Sams huis te gaan.
'Maar niet overdag. Ik wil niet dat iemand me ziet.'
'Dat zal niet meevallen, Bill. De mensen komen hier voor donker al binnendruppelen. En ik moet hier zijn om de zaak te regelen.'
Uiteindelijk spreken we het volgende af. Om zes uur komt hij terug met iets te eten en dan brengt hij me stiekem naar zijn auto. Terwijl de joden zitten te bidden, verstop ik me op de achterbank met een deken over me heen.
'Hoe lang bidden jullie?'
'Ongeveer een uur. Maar ik moet blijven om schoon te maken. Als de kust weer veilig is, zal ik je waarschuwen.'
'Bedankt.'
'Tot je dienst,' zegt hij. 'Zorg maar goed voor jezelf.' Dan moet hij lachen. 'Wie ben ik om dat tegen jou te zeggen? Je hebt allang bewezen dat je goed voor jezelf kunt zorgen.'

60

Ze had twee keer geklopt zonder antwoord te krijgen en nu maakte Mildred Board zich zorgen.

Ze had een halfuur geleden het bad vol horen lopen. Was mevrouw soms gevallen? Of had ze een soort beroerte gehad? Misschien hadden de artsen het mis en was ze echt ziek.

Ze draaide de deurknop om en riep: 'Mevrouw?' terwijl ze naar binnen stapte. Niemand.

En het bed was al opgemaakt!

Niet op de manier zoals Mildred het deed, met strakke hoeken, maar het was redelijk ingestopt. Vanwaar in hemelsnaam al die onafhankelijkheid?

Gisteren was ze extra vroeg uit de veren en had ze zich klaargemaakt. Toen ze om zes uur voetstappen hoorde, was ze naar beneden gegaan en had ze mevrouw in de keuken aangetroffen met een opgevouwen krant voor zich en iets te drinken dat instantthee bleek te zijn.

'Alles goed met u, mevrouw?' had ze gevraagd.

'Uitstekend, Mildred. En met jou?' Mevrouw glimlachte, maar die blik in haar ogen had iets... afstandelijks.

'Klaar voor de nieuwe dag, mevrouw.'

'Zo mag ik het horen.'

Mildred moest een frons onderdrukken, maakte een kop fatsoenlijke Engelse ontbijtthee en wierp een blik op de krant.

Mevrouw glimlachte. 'Kennelijk krijg ik op mijn leeftijfd weer belangstelling voor de actualiteit.'

'Inderdaad, mevrouw. En u bent ook vroeg op.'

'Dat lijkt de laatste tijd wel een gewoonte te worden, hè? M'n bioritme zal wel in de war zijn.'

Later op de dag trof ze mevrouw buiten op de patio met haar hand op een stenen zuil alsof ze steun zocht. En ze keek in de verte naar... Ja, waarnaar? Die wildernis van een tuin? Eerder nergens naar. Haar ogen hadden weer die lege blik en toen Mildred haar begroette, bleef ze nog een poosje zo staan.

Er gebeurden vreemde dingen.

Mildred liep door de slaapkamer naar de eerste kleedkamer. Niemand. In de badkamer was ook niemand, de kuip was leeg en de handdoeken waren opgevouwen.

Een lange gang voerde naar een garderobekast waar je in kon lopen. Mildred bleef in de deuropening staan en herhaalde: 'Mevrouw?'

'Hier ben ik, Mildred, kom maar binnen.'

Mildred haastte zich door de smalle deuropening. De achterste garderobe was eigenlijk groter dan de meeste kamers en afgezet met mahoniehouten schappen en rekken met ingebouwde laden. Met de hand bedrukte hoedendozen en een eindeloze hoeveelheid schoenen die op kleur waren gerangschikt. Het enige dat over was van de collectie couture van mevrouw was een stel wollen jassen, een regenjas, vijf pak-jes – zwart, bruin, beige en twee grijze – en een paar vrijetijdsjurken en kasjmier truien, allemaal verpakt in plastic kledingzakken. Me-vrouw stond zich voor de spiegel op te maken en had zich al helemaal aangekleed in een van haar grijze mantelpakjes, een Chanel van der-tig jaar oud. Ze droeg oorbellen met parels, de kleine, schitterend. Mildred moest denken aan de diamanten waarmee hij mevrouw had overladen. Een vervelend mannetje uit San Gabriel had ze met een roofzuchtig lachje door een loep zitten bekijken.

De Chanel viel volmaakt om het figuur van mevrouw. Maar... Haar voeten...

Witte tennisschoenen met veters en dikke witte sokken.

'Ik heb zin in een wandeling, Mildred.' Het dikke, golvende haar van mevrouw was geborsteld en met haarlak in model gespoten: kastan-jebruin met grijs borduursel. Haar make-up was met vaardige hand aangebracht, afgezien van een verloren stukje lipstick in de hoek van haar prachtige mond. Mildred moest de neiging om het weg te vegen onderdrukken, maar ze keek er veelbetekenend naar en mevrouw be-greep de hint en veegde het weg.

'Een wandeling. Heerlijk idee, mevrouw...' Mildred sloeg haar ogen weer neer. Die sokken!

Mevrouw lachte ongemakkelijk. 'Ik weet het: niet precies het toppunt van mode, maar deze zijn goed voor mijn voeten. Mijn achillespezen zijn stijf, Mildred. Ik heb geprobeerd ze wat uit te rekken, maar ze zit-ten nog steeds vast. Het is lang geleden dat ik heb gewandeld, Mil-dred.'

Ze rechtte haar schouders en haar rug en liep de gang in.

'Weest u alstublieft voorzichtig, mevrouw. Ik heb amper twintig mi-nuten geleden de boomgaard water gegeven en de afwatering lijkt me niet al te best, vooral achterin bij de perzikbomen. Glad en zompig; je zou zeggen dat de jongen van de tuinman zo verstandig was om...'

Mevrouw bleef staan en legde een hand op Mildreds schouder. 'Ik ga niet in de tuin lopen, lieve,' zei ze. 'Ik ga een blokje om.'

'O,' zei Mildred. 'Ik begrijp het.' Maar ze begreep er niets van. 'Ik ga met alle plezier met u mee...'

'Nee dank je, lieve. Ik moet nadenken.'

'Met alle resp...'

'Ik red me wel, Mildred.' De kin van mevrouw begon te trillen. Ze rechtte de schouders.

Ze zette nog een stap. En bleef staan. 'Ik red me toch altijd, Mildred?'

61

Om drie minuten voor zeven was hoofdinspecteur Sepulveda nog niet terug en waren de technische rechercheurs gestopt met werken. De zon stond laag en de eiken stonden de laatste stralen in de weg. Brigadier Grafton was naar haar auto teruggegaan. Petra was klaar met Ramsey. Lawrence Schick bracht zijn cliënt terug naar de Rolls en zijn gezicht verried niets toen Petra met hen meeliep. Ramsey stapte in aan de passagierskant en staarde uit het open raampje. Hij zag er stokoud uit.

Petra zei: 'Als ik u moet bereiken...'

'Wij gaan een hapje eten,' zei de advocaat. 'In de Biltmore in Santa Barbara.'

'En daarna?' vroeg Petra.

Schick streek zijn lokken glad. 'Het is niet bepaald een avond voor cognac en sigaren, vindt u wel, rechercheur? Dus ik denk dat we naar L.A. teruggaan. Het was me een genoegen. Blijft u de heer Ramsey alstublieft via mij benaderen.' Hij klopte de pijp twee keer uit, kroop achter het stuur en maakte een lichte polsbeweging. De auto kwam tot leven en op het geluid van wat wegspringend grind na zoefde hij geruisloos weg.

Een paar minuten later kwam Sepulveda aanrijden met een handvol gerechtelijke bevelen. 'Alle rechters waren op de golfbaan,' legde hij uit. Hij had zich verkleed in een trainingspak met de ster van de sheriff van Carpenteria op het hemd.

Ondanks Ramseys toestemming was de huiszoeking nog niet begonnen omdat brigadier Grafton met alle geweld op Sepulveda wilde wachten.

Petra had geprobeerd Schoelkopf te bellen om hem in te lichten over Balch' vluchtpoging naar Las Vegas. Er werd niet opgenomen en de telefoniste zei dat hij was gaan eten. Ze wist niet waar. Wil Fournier kreeg ze evenmin te pakken.

Ze had net Stu willen bellen toen Sepulveda arriveerde. Ron was aan de telefoon om met zijn kinderen te praten.

'Voorlopig zullen we ons op het huis concentreren,' zei Sepulveda, zwaaiend met de bevelen. 'Morgenochtend doen we de tuin. Ik heb de beschikking over de technische recherche van ons bureau en een vingerafdrukspecialist uit Ventura die vroeger voor ons heeft gewerkt en die volgens mij nog steeds de beste is. Zijn jullie van plan te blijven?'

'Nog even,' zei Petra.

'Je weet dat ik jullie niet kan laten meedoen. Ik moet volgens het boekje werken.'

'Mogen we toekijken?'

Sepulveda dacht even na. 'Waarom maken u en uw partner het zich daar niet gemakkelijk?' Hij wees naar een houten bankje om de stam van de grootste eik. Afhangende takken zorgden voor iets van privacy.

'Kan ik echt niet toekijken, inspecteur?'

'Als we iets vinden, geef ik wel een gil.'

Petra glimlachte naar hem en liep naar het bankje. Keihard en cool. Ron kwam naar haar toe en liep nog steeds te praten. 'Ik ben trots op je, Bee. Dank je wel dat je zo goed naar oma luistert. Dag.' Hij verbrak de verbinding en vroeg: 'Mogen we niet naar binnen?'

'Verbannen naar de zijlijn,' zei Petra. 'Alweer zo'n baasje.'

'Te veel arrondissementen,' zei hij. Hij ging naast haar zitten en streek met zijn duim langs haar vingertoppen. 'Maar dat hoeft niet altijd een nadeel te zijn, hè? Je weet maar nooit wie je tegenkomt.'

Ze glimlachte. Ze vond het niet erg dat hij haar aanraakte, maar kon nog aan niets anders dan haar werk denken, en aan alle dingen die ze nog moest doen.

Ze leende de telefoon en probeerde Wil weer te bereiken. Nog steeds geen gehoor, maar Schoelkopf nam wel op.

'Ramsey is hier net met Schick geweest.'

'En?'

Ze gaf hem een samenvatting van het gesprek en vertelde over het telefoontje van Balch met Westward Charter.

'Nou, daarmee zijn we wel zo'n beetje rond, hè? Balch. Shit. En jullie wisten zo zeker dat het Ramsey was. Kun je je voorstellen dat de pers uit zijn dak zou zijn gegaan? Bijna hadden ze een onschuldige vervolgd. Oké, mondje dicht tot je van me hoort, Barbie. Geen woord. Begrepen?'

Jij bent degene met een directe lijn naar Voorlichting, lul. 'Vanzelfsprekend, meneer.'

'Ik meen het. Je lippen zo stijf op elkaar als een... nou ja. Ik doe Vegas wel. Ik ken daar lui bij de politie. Die houden de hotels en motels goed in de smiezen. Als hij daar is, dan vinden we hem. Bel jij ondertussen de lijndiensten. Zet Fournier ook maar in.'

'Ik heb Fournier nog niet kunnen bereiken,' zei Petra.

'Ik heb hem vanmiddag nog gezien. Probeer zijn huis maar. Wat gebeurt er nu bij jullie?'

'Ze zijn net met de huiszoeking begonnen.'

'Hou die boerenlullen in de gaten. Flores is zonder meer de vrucht van Lisa's boom, dus is het onze zaak.'

'En Flores' zoon in El Salvador?'

'Wat is er met hem?'

'Hij maakt zich zorgen over haar. Ik heb beloofd hem op de hoogte te houden.'

'Ik heb gezegd dat je voorlopig je mond moet houden. Een dag of twee later zal niets uitmaken. Als ze iets vinden in dat huis, moet je me dat direct laten weten.'

Hij hing op.

Ron bleef stil.

Petra zei: 'Je mag nooit zeggen dat ik je niet naar interessante plekken meeneem. Alles goed met de kinderen?'

'Prima.'

'Als je naar huis wilt, ik versier wel een lift.'

'Nee, ik blijf. Is er nog iets te doen behalve wachten?'

'De lijndiensten bellen.' Ze keek naar de telefoon. 'Jouw telefoonre-kening gaat op de staatsschuld lijken.'

Hij lachte. 'Ik stuur je de rekening wel.'

Hij was de hele dag aan haar zijde en op de achtergrond gebleven. Die gast was een veteraan; het kon niet makkelijk zijn. En het enige dat zij deed was die rottelefoon van hem lenen. 'Weet je zeker dat Alicia en Bee niets tekort komen?'

'Mam gaat een pizza met ze eten en blijft slapen.'

'Lieve moeder.'

'De liefste,' zei hij. 'Ik dacht dat ze het niet zou overleven toen mijn vader doodging. Haar hele leven leek wel om hem te draaien. Aan-vankelijk was ze ook behoorlijk gedeprimeerd, maar daar is ze door-heen gekomen. Ze is gaan squashen, heeft zich bij een leesclubje aan-gesloten en gaat alleen op vakantie. Ze mist hem wel, want ze hadden een heel goed huwelijk, maar ze doet het goed.'

'Wanneer is je vader overleden?'

'Twee jaar geleden.'

'De mijne ook.'

Hij pakte haar hand, kneep er even in en liet hem weer los.

Petra zei: 'Ik heb geen moeder. Die is bij mijn geboorte overleden.'

Ron zei niets. Intelligente man. Ze keek hem niet aan. Dat niveau van contact kon ze nu niet gebruiken.

De derde poging op Fourniers privénummer had succes. Hij zei: 'Ik heb dat 818-nummer een paar uur geprobeerd. Waar zit je?'

Ze vertelde hem het hele verhaal.

'Ongelooflijk,' zei hij. 'Dus die Balch kan inmiddels wel overal zitten.'

'Hij was zo stom om Westward Charter te bellen en zijn echte naam te gebruiken, dus misschien boffen we.'

'Hoe wil je de zaak verdelen?'

'Hoe je maar wilt. S. wil ook dat er niets uitlekt.'

'Een arrestatiebevel voor Balch, maar niemand zeggen?'

'Niet voordat hij instructies van hogerhand heeft.'

'Geweldig,' zei Wil. 'Dus waar staat die jongen nu op de prioriteiten-lijst?'

'Laag.'

Hij snoof. 'Natuurlijk, want nu heb ik een naam. Die tips uit Watson bleken te kloppen: William Bradley Straight, twaalf jaar, woonde in een caravanpark met randfiguren en wordt al sinds een paar maanden vermist. Als hij inderdaad heeft gezien dat Lisa werd vermoord, is dat niet zijn enige probleem. Iemand heeft zijn mama vermoord; ze was tegen het aanrecht gesmakt. Er is een vermoedelijke dader, een of andere langharige kolos die Buell Moran heet. En je raadt het nooit: hij is in Hollywood gesignaleerd met de tekening van die jongen.'

'O, nee toch,' zei Petra. 'Die zit achter die vijfentwintig mille aan.'

'Dat geld zou mij al motiveren, en ik woon niet eens in een stacara-van.'

'Mijn god,' zei Petra. William Bradley Straight. Een jongen met een overlevingsstrategie; hij dacht zeker dat hij een kans maakte. Wat zielig. Wat hadden ze met hem uitgespookt?

'Oké,' zei Wil, 'laten we die luchtvaartmaatschappijen maar verdelen.'

Toen ze de verbinding verbrak, vroeg Ron: 'Wat is er?'

'Nog een weeskind.'

62

Ingebonden jaargangen van de *TV Guide*. Op elk exemplaar zat een sticker met NIET VOOR UITLEEN.

Toen Kathy een uur in de operatiekamer lag, merkte Stu dat hij gek werd van het wachten. Hij verliet het ziekenhuis en ging naar een bibliotheekfiliaal in het centrum van Burbank. Hij gebruikte zijn legitimatie en goede manieren en wist de bibliothecaresse eindelijk zover te krijgen dat hij tien jaargangen van de gids mocht nakijken.

Nu zat hij weer in het St. Joseph te wachten, temidden van andere angstige mensen.

Honderden korte samenvattingen van The Adjustor.

'Dack Price komt een vrouw te hulp die wordt lastig gevallen door straatschooiers.'

'Dack Price helpt mee om drugshandel op middelbare school aan het licht te brengen.'

'Een vrouw die beweert Dacks zuster te zijn en bij de geboorte in de steek is gelaten...'

'Dack Price redt reputatie van politiek hervormer als chanteurs...'

Steeds weer dezelfde rotzooi.

Er werd geen enkel park genoemd, laat staan Griffith Park. De setting werd trouwens zelden genoemd, behalve als het om iets exotisch ging: 'Dack Price onderzoekt meervoudige moord aan boord van een onderzeeër.'

Hij bleef bladeren terwijl hij aan Kathy's bed zat terwijl ze uitsliep van de narcose.

Ze snurkte. Kathy had nooit gesnurkt. Op haar borst zat een dik verband geplakt als een soort kogelvrij vest. Het infuus druppelde, de drain werkte, apparaten tekenden grafieken en bliepten het fysiologisch epos van zijn vrouw. Stu had de bloeddruk een poosje in de gaten gehouden tot hij zeker wist dat hij weer normaal was. Toen de temperatuur voor het laatst werd gemeten, had Kathy een lichte koorts. De zuster beweerde dat dit een normale reactie was.

Dankzij de invloed van pa was het een particuliere kamer met een mooi uitzicht en vrolijk behang van tien dollar de rol. De zusters maakten een intelligente en bekwame indruk.

Drizak had Kathy's linkerborst weggehaald.

Stu wist het zodra hij de chirurg in zijn groene jas naar buiten zag komen. Hij neuzelde over lymfovasculaire invasie, de conditie van lymfeklieren, excisiemarges en dat hij z'n uiterste best had gedaan voor een borstsparende operatie.

'Dus u hebt een mastectomie gedaan.'

'Het komt erop neer dat we het leven van uw vrouw willen redden.'

'En hebt u dat gedaan?'

'Pardon?'

'Hébt u haar leven gered?'

De chirurg krabde aan zijn kin. 'De prognose is uitstekend, meneer Bishop, vooropgesteld dat ze onder controle blijft en bestraald wordt. Ze heeft een en ander als een commando ondergaan.'

Stu bedankte hem, schudde hem de hand en de chirurg verwijderde zich met verende tred, dankbaar dat hij geen tekenen van angst had bespeurd.

De borst – als object – kon Stu niet schelen, maar hoe zou Kathy op het verlies reageren?

Wat moest hij tegen de kinderen zeggen?

Mammie was ziek en nu wordt ze weer beter.

Nee, dat kon niet. Als ze last kreeg van de bijverschijnselen van de bestraling, zouden ze denken dat hij had gelogen.

Kathy bewoog zich kreunend. Stu legde het boek neer, boog zich over de bedrand en drukte een kusje op haar voorhoofd. Ze reageerde niet. Hij voelde haar hand. Koud en slap. Waarom was er geen bloedsomloop in de uiteinden van haar ledematen?

Hij keek naar de apparatuur. Normaal, alles was normaal.

Haar gezwachtelde borst bewees het; die ging op en neer.

Het was acht uur 's avonds. De operatie had twee keer moeten wijken voor een noodgeval. Kathy was naar de OK en weer terug gereden en dat hele proces had zich nogeens herhaald. Ze had in de hal op een brancardwagentje liggen wachten terwijl de noodgevallen met spoed naar binnen gingen.

Een auto-ongeluk en een schietpartij.

Stu zag de politieagenten van Burbank begeleid door medisch personeel de afdeling chirurgie op komen toen het slachtoffer van de schietpartij naar binnen werd gereden. Jonge Latino van zestien à zeventien jaar. Zijn gelaatskleur was niet best, lege blik. Stu herkende een geval van overleden-bij-aankomst op slag. Weer zo'n stomme schietpartij vanuit een rijdende auto.

De politie had geen erg in hem; hij was gewoon iemand in een trui die in een hoek van de wachtkamer zat te lezen.

Beginnende agenten met een houding van wie-doet-me-wat. Alsof ze wisten wat ze deden.

Zielepoten. Niemand had een flauw idee. God was een humorist.

Kijk maar naar Ramsey.

Hij had een vrouw maar kon haar niet houden.

Er was geen sprake van dat ze de acteur iets ten laste konden leggen. Niet met wat ze tot dusverre hadden gevonden. Met de *TV Guide* schoot hij ook niets op.

Hij moest een wrang lachje onderdrukken.

'Dack Price slacht vrouw af. Maar nu eerst even de reclame.'

63

Ik zit met mam te praten en probeer haar iets belangrijks uit te leggen, maar ze snapt het niet. Ze luistert niet eens naar me.

Ik word boos en begin te schreeuwen. Ze staat daar maar met haar armen recht naar beneden. Ze heeft een rare blik in haar ogen alsof ik er niet toe doe.

Dan begint haar gezicht te smelten en het bloed spuit uit haar ogen als uit rode kranen. Ze probeert het bloed met haar handen op te vangen, gooit het in haar gezicht en dan gooit ze wat naar...

Ik word zwetend wakker. Mijn hoofd doet zeer, mijn armen doen zeer, mijn maag doet erger zeer dan ooit, ik krijg geen lucht.

Ik zit in een donkere doos met koude, harde muren. Glazen muren. Gevangen als een tor in een potje; ik krijg echt geen lucht en er zitten geen gaatjes in deze doos. Hoe hard ik ook adem probeer te halen, er komt niets in mijn longen. Dan zie ik het: er zit een spleetje boven aan een van de glazen muren. Een raampje dat op een kiertje staat.

Autoraampje.

Ik lig in Sams auto. Op de achterbank. Ik moet onder de dekens in slaap zijn gevallen.

Ik word niet goed van dit opgesloten zitten. Ik wil uitbreken, maar die steeg, in het donker, wie weet wat daar allemaal op de loer ligt? Laat me dat raampje tenminste wat wijder opendoen. Niks, het is elektrisch, geen beweging in te krijgen.

Op mijn Casio is het 20.19 uur. De joden zitten al een poosje te bidden. Als ze klaar zijn, neemt Sam me mee naar huis. Hij is een vreemde en ik weet niets van zijn huis, maar ik kan me nergens anders verstoppen. Niet met die beloning van vijfentwintigduizend dollar.

Misschien moest ik dat geld inderdaad maar te pakken zien te krijgen, zoals Sam heeft voorgesteld... Nee, de politie zou het nooit aan een kind geven. En al deden ze het wel, dan zouden mam en Moron het toch vinden en afpakken. Dan zou ik weer in de stacaravan moeten wonen en zij zouden geld hebben om dope van te kopen.

Ik kan de politie misschien bellen zonder te zeggen wie ik ben en vertellen dat ik heb gezien dat PLYR 1 Lisa heeft doodgestoken. Maar stel dat ze kunnen uitzoeken waarvandaan ik bel en PLYR erachter komt en op mij gaat jagen?

Wie heeft me gezien en mijn gezicht aan de politie gegeven voor die tekening?

Nee, ik hou gewoon mijn mond. Als ik weer van mam droom, moet ik erachter zien te komen wat ik haar eigenlijk duidelijk wil maken.

64

Land van vrijheid en malloten.

In de bomvolle opslagruimte achter het souvenirkraampje dronk Zhukanov het laatste staartje wodka en vroeg zich af of hij een ezel was geweest om uit Rusland weg te gaan.

Daar had hij tenminste een uniform gedragen en een doel in zijn leven gehad. Er was altijd wel iemand die onder de duim gehouden moest worden. En tegenwoordig meer dan ooit, nu het kapitalisme zijn klauwen had uitgeslagen. De bendes namen de zaak over en de helft van de gangsters bestond uit ex-politielui. Hij had altijd wat kunnen vinden.

In Amerika had niemand respect voor hem. Hier had hij alleen maar stompzinnige poppetjes. Die idiote nikkerbink had hem genegeerd en vervolgens zijn informatie op tv laten uitzenden; die droplul.

Anonieme tip. Dat wilde zeggen dat ze hem niet wilden betalen.

Maar het betekende wel dat hij gelijk had gehad wat die jongen betrof. Alsof er iets te betwijfelen viel. Dat kuiltje in zijn kin, net als op de tekening. Schrammen op zijn gezicht; wat je zeker zou verwachten bij iemand die zich in het bos schuil had gehouden. Zhukanovs vader had hem verhalen over wouden verteld, over de oorlog. Lui van de militie die smouzen achternazaten door winterse berkenbossen. Kale bomen, staalblauwe lucht, het huwelijk van bajonet en vlees, scharlaken vlekken in de sneeuw.

Anonieme tip. Dat bericht op tv betekende concurrentie voor die vijfentwintig mille. Tot dusverre maar één concurrent, maar dat was er een te veel. Dikke gozer in smerige leren kleren die met een tekening van dat jongetje de promenade op en neer liep.

Zhukanov sloeg het dikke zwijn van achter zijn toonbank gade. Op en neer, heen en terug; het lopen kostte hem moeite en hij hijgde van de warmte. Hij zag hem nijdig worden naarmate de dag vorderde en hij niets anders had geoogst dan schuddende hoofden en nietszeggende blikken.

De eerste keer dat die gast naar het souvenirkraampje was gewaggeld, had Zhukanov er wel voor gezorgd dat hij achter zat om de omzet van die dag te tellen en te berekenen hoeveel hij ongestraft af kon romen. Maar de tweede keer zat hij voorin zijn trollen te tellen; hij moest er natuurlijk wel voor zorgen dat niemand hém bestal.

Het dikke zwijn zei: 'Bezjoer' en schoof Zkukanov de tekening onder zijn neus. Die schudde afwijzend zijn hoofd. Hij vond het niet de moeite waard om er iets over te zeggen. Maar de man bleef gewoon staan. 'Je hebt niet eens gekeken, man.' Die bek stonk als een plee. Zhukanov verwaardigde zich niet om antwoord te geven en pakte een Malibutrol. 'Iets kopen?' Met zijn toon maakte hij duidelijk dat die gast zich niet eens een lullig stukje speelgoed kon veroorloven.

De dikzak keek hem vuil aan. Zhukanov lachte bijna hardop. Hij was wel groot, maar het was allemaal pap. In Moskou had hij zelfs in benevelde toestand nog gehakt van dat soort geteisem gemaakt.

Uiteindelijk wiebelde die gozer weg. Wat een imbeciel.

Maar het bleef concurrentie. Hij moest heel goed uit zijn doppen kijken.

Nu was het donker en waren alle winkels dicht; het enige dat nog open was, waren de café's aan de noordkant van Ocean Front. En die smouzenkerk een paar deuren naar het zuiden. Stelletje ouwe smouzen zat daarbinnen te jammeren, duistere plannen uit te broeden en wat ze verder ook mochten doen als ze de koppen bij elkaar staken.

Hij had het gegapte geld in zijn zak, de wodka had zijn zintuigen op scherp gezet, hij was hongerig en geil en werd met de minuut kwaaier op die nikkerbink en alle andere lui die samenzwoeren om hem te onthouden wat hem toekwam.

Morgen zou hij de krant bellen om ze de waarheid te vertellen over die zogenaamde anonieme tip en stomme zakken van politieagenten die geen respect voor eerzame burgers hadden.

Nee, nee, nog niet. Dat zou de aandacht alweer op de promenade vestigen en voor nog meer problemen zorgen. Hij zou die nikker nog één kans geven. Hoe heette hij ook weer? Hij had dat kaartje nog ergens... Niet in zijn zak. Misschien had hij het achter gelegd.

Hij glipte achter het gordijn en zocht vergeefs tussen de rommel. Niet erg, hij zou wel informeren. Kale zwarte rechercheur, iemand zou hem vast wel kennen. Dan een praatje van mannen onder elkaar. Misschien kon hij hem wel een deel van die vijfentwintigduizend aanbieden. Als het niet anders kon.

Als die zwartjoekel nóg niet mee zou werken, dan zou hij naar de krant stappen; nee, naar de tv. Contact leggen met een van die blonde nieuwslezeressen en haar de waarheid vertellen. Misschien zat er wel een belangrijke filmproducer te kijken, die zei: 'Hé, dat is een goed idee voor een film.' Arnold Schwarzenegger, een Russische politieagent, komt naar Amerika om die stomme Amerikanen te laten zien hoe... Hadden ze zoiets niet al een keer gedaan? Het klonk bekend. Maakt niet uit. Met de films was het altijd zo: als je iets goeds deed, kon je het wéér doen.

Publiciteit, die moest hij hebben.

Behalve dat hij geld kreeg, zou hij ook nog eens een held zijn. Probeerde dat kind te vinden, een misdaad op te lossen, maar niemand wilde luisteren en...

'Bezjoer,' klonk een stem van voren.

Dikzak.

Hoe was die binnengekomen? Toen besefte Zhukanov dat hij was vergeten de luiken omlaag te trekken en af te sluiten. Hij nam nog een slok wodka.

'Hé! Zit je soms achter?'

Stomme zak. Lozen, en dan ergens heen om iets te eten en te drinken. Zhukanov trok zijn Planet Hollywood-jack aan en voelde aan zijn voorzakken. Geld rechtsvoor, mes links. Goedkoop geval uit Taiwan; die had hij bij zich voor de wandeling van de winkel naar zijn auto, samen met een pistool waar hij geen vergunning voor had. Het arsenaal van zijn voorraadkamer omvatte onder meer Japanse vechtstokken, een afgezaagde honkbalknuppel en een koperen boksbeugel die hij van zijn vader had geërfd en die door de tand des tijds zwart geworden was. Tot nu toe had hij alleen die knuppel hoeven te gebruiken als waarschuwing voor een stel jochies met grijpgrage tengels, maar je wist maar nooit. Het pistool lag thuis. Goedkope troep. Hij was geblokkeerd en hij had het op de keukentafel gelegd om te kijken wat er mis mee was.

'Hé!'

Zhukanov deed de achterdeur op de grendel voordat hij het gordijn opentrok. De dikzak had zijn ellebogen op de toonbank gezet en krabde aan zijn blubberkin; hij zweette en zijn ogen waren bloeddoorlopen en gezwollen. Kolossaal silhouet tegen de donkere lucht boven het strand. Misschien dat hij de toeristen intimideerde, maar Zhukanov zag alleen maar een zak met reuzel.

'Hé, makker, hoorde je me niet?'

Zhukanov zei niets.

'Hoor es, man...'

'Ik kan je niet helpen.'

'Hoe kun je dat nou zeggen man? Je weet nog niet eens wat ik wil vragen.'

Zhukanov begon het luik aan de voorkant naar beneden te trekken. De dikke man stak zijn hand uit en hield hem tegen.

Zhukanov trok. De dikke man hield hem tegen. Hij mocht dan een papzak zijn, maar zijn gewicht bezorgde hem kracht.

Zhukanov zei: 'Opzij, vetklep.'

'Val maar dood, kutkever!'

Dat bracht het bloed naar Zhukanovs wangen. Hij voelde het; het was zo warm als borsjt. De aderen in zijn nek klopten. Zijn handen deden pijn van de greep op het luik.

'Ga weg,' zei hij.

'Krijg de klere, man. Ik heb je iets gevraagd; je kunt me goddomme op z'n minst fatsoenlijk antwoord geven.'

Zhukanov zweeg weer.

'Het is echt niet zoveel gevraagd, makker,' zei de dikke man. 'Misschien heb je dit kind gezien sinds ik hier voor het laatst was. Als het nee is, ook goed. Dus waarom doe je zo lullig?'

Het luik gaf geen krimp. De weerstand van de dikzak maakte Zhukanov razend. 'Ga weg,' zei hij bijna fluisterend.

De dikzak gaf een duw tegen het luik en het schoot omhoog. Hij tartte Zhukanov om het weer dicht te doen. Een bullebak die gewend was zijn zin door te drijven.

Zhukanov week niet van zijn plaats. Hij rook hem. Die lucht was niet alleen zijn adem, hij stonk helemaal. Een wandelende vuilnisbelt.

'Heb je hem gezien?'

'Opsodemieteren, kuttenkop.'

Nu was het de beurt van dikzak om rood aan te lopen. Zijn varkensoogjes puilden uit. Het schuim stond in zijn mondhoeken. Zhukanovs woede bekoelde en werd warm en zacht. Dit kon nog leuk worden. Lachend zei hij: 'Stom stuk stront met je reuzelreet.'

De dikzak stiet een laag keelgeluid uit dat iets weghad van een rommelende scheet. Zhukanov wachtte op de volgende belediging, klaar om iets terug te roepen zodat hij die lul weer in zijn gezicht uit kon lachen.

Maar de dikzak zei niets meer en kwam sneller dan hij voor mogelijk hield op hem af, terwijl één hand uitschoot om hem bij de keel te grijpen en zo hard tegen de toonbank te drukken dat hij dacht dat zijn ribben braken. Bijna verblind van pijn schopte hij hulpeloos om zich heen.

De dikzak had zijn andere hand tot een vuist gebald en die suisde op hem af voor een verpletterende dreun in zijn gezicht.

Zhukanov kon zijn hoofd nog net uit de baan van die vuist rukken, maar de hand om zijn nek bleef knijpen. Hij voelde hoe alle lucht uit zijn longen werd gezogen en hoorde de dikzak grauwen en vloeken. Ocean Front was in duisternis gehuld en verlaten; hij hoorde alleen het geluid van de branding en er was niemand in de buurt die zag hoe dit monster het leven uit hem perste, niemand behalve de smouzen die op een steenworp de antichrist bezongen en hem toch niet zouden helpen.

Hij probeerde de wurghand los te trekken, maar zijn eigen handen waren glad van het zweet en slap, en de arm van de dikzak was ook zo nat dat hij er geen greep op kreeg. Hij slipte en sloeg om zich heen terwijl zijn gezichtsveld zich tot één klein lichtstipje vernauwde en hij het van woede vertrokken gezicht van de dikzag zag en de vuist die weer op hem af flitste.

Een paniekstuip redde zijn gezicht, maar de klap schampte langs zijn hoofd en was hard genoeg voor een hersenschudding. Hij bleef vruchteloos met zijn armen maaien. Hij dacht pas aan het mes toen hij bijna buiten bewustzijn was.

Toen wist hij het weer: zijn zak, zijn zak linksvoor om snel te kunnen trekken, zoals ze hem hadden geleerd bij man-tegen-man-gevechten. De dikzak begon hem door elkaar te schudden; hij kickte op de mengeling van pijn en paniek op Zhukanovs gezicht, zodat hij niet zag dat diens hand omlaagging.

Zhukanov tastte vergeefs, vond het wapen, pakte te laag; koud metaal, een prik, voelen voelen, daar had hij eindelijk het warme houten heft.

Hij rukte zijn hand omhoog en stak toe. Geen kracht, het was zelfs geen steek, maar een slappe meidenpor en...

Hij moest mis gestoken hebben, want de dikzak was nog steeds bezig hem te wurgen, vloekend en... rochelend. En nu was hij gestopt met hem door elkaar te schudden.

En nu maakte die klootzak helemaal geen geluid meer.

Verraste blik. De slappe lippen vormden een kleine o.

Alsof hij 'O!' zei.

Waar was dat mes?

Opeens ging de hand om Zhukanovs keel open en stroomde de zuurstof zijn luchtpijp in en hij moest hoesten en kokhalzen. Uiteindelijk besefte hij dat hij weer kon ademen, maar zijn keel voelde nog steeds alsof iemand er loog in had gegoten.

De dikzak stond niet meer met zijn gezicht naar hem toe. Hij was op de toonbank geploft en zijn armen hingen er slap overheen.

Waar was dat mes?

Nergens te vinden. Hij raakte alles kwijt. Zeker door de wodka.

Toen zag hij een traag rood stroompje onder de schouders van de dikzak vandaan komen. Geen golf, geen slagaderlijke bloeding, het sijpelde maar wat. Zoals de vriendelijke golfjes van de zee in de zomer. Hij greep het haar van de dikzak om zijn kolossale kop op te tillen. Het mes stak nog midden in zijn hals vlak naast zijn adamsappel, en het heft hing naar beneden. Halsslagader, luchtpijp en slokdarm waren diagonaal doorgejaapt, maar door de zwaartekracht trok het bloed zich in de lichaamsholte terug.

De paniek sloeg toe. Stel dat iemand het had gezien?

Net als die jongen in Griffith Park die had toegekeken in de overtuiging dat de duisternis hem beschermde.

Maar er was niemand. Alleen dit vette, dode stuk bagger en Zhukanov die zijn hoofd omhooghield.

Als een jager met zijn trofee. Voor het eerst sinds een hele poos kreeg

Zhukanov een gevoel van territoriale macht, als een Siberische wolf. Het enige dat tegenzat was de omvang van die klootzak, en nu moest hij 'm wel zien te lozen.

Hij liet het hoofd weer neerploffen, deed het licht in het kraampje uit, bekeek de snee in zijn hand – het was maar een kleintje – sprong over de toonbank en keek buiten voor de zekerheid naar alle kanten.

Het gebrandschilderde raam van dat smouzenhol was een veelkleurige lichtvlek in de duisternis, maar er waren geen joden op straat, althans nog niet.

Hij trok het mes uit het lijk, veegde het met zijn zakdoek af en liet het lichaam vervolgens voorzichtig op de grond zakken. Hij wiste het bloed van de toonbank en propte de zakdoek vervolgens in de halswond. Hij moest er een stevig balletje van maken, want de snee was maar een paar centimeter lang.

Klein maar effectief. Kort lemmet, maar de aanvalshoek had het 'm gedaan: de dikzak had voorovergebogen gestaan om hem te wurgen, Zhukanov had dat truttige prikje omhoog gegeven en vervolgens had het gewicht van die gozer het traject veranderd zodat het mes in zijn hals verdween en alles onderweg doorjaapte.

Hij controleerde de zakdoekprop, haalde diep adem en bereidde zich voor op het moeilijkste gedeelte. Godallejezus, wat deed zijn hals pijn. Hij kon hem bij de rand van zijn T-shirt voelen opzwellen. Hij gaf er een ruk aan zodat het elastiek scheurde. Het voelde iets vrijer, maar hij had het gevoel alsof die dikzak nog steeds bezig was hem te wurgen.

Hij wierp nog een blik om zich heen. Het was donker en stil; hij zat niet te wachten op ouwe smouzen die naar buiten stroomden.

Oké, daar gaan we.

Hij pakte de dikzak bij zijn voeten en begon aan het lijk te sjorren. De kolos gaf maar een paar centimeter mee en Zhukanov voelde een afgrijselijke pijn in zijn onderrug.

Alsof je een olifant versleepte. Hij ging door de knieën en probeerde het nog eens. Hij kreeg weer een waarschuwing van zijn wervels, maar bleef sjorren. Wat moest hij anders?

Het kostte een eeuwigheid voordat hij die kutkolos uit het zicht had en tegen die tijd zweette Zhukanov als een otter, was hij buiten adem en stond elke spier in zijn lichaam in brand.

En nu hoorde hij stemmen. Die smouzen kwamen naar buiten.

Hij rukte, sjorde, sleepte en hijgde als een gek om het lijk zo ver mogelijk van de promenade te krijgen. Was al het bloed van de toonbank? Hij holde terug, vond nog een paar vlekken, gebruikte zijn T-shirt, draaide het licht uit en rukte het luik omlaag.

Nu waren de stemmen harder; bejaard geneuzel.

Hij kreeg het lijk halverwege de achterkant van de kraam. Hij stopte even toen hij het benauwd kreeg. Zakte weer door de knieën en hervatte zijn werk.

Rukken, sjorren, uithijgen.

Toen hij de steeg had bereikt, hoorde hij alleen nog maar het geluid van de zee. Geen stemmen meer, alle smouzen waren naar huis.

Hij sleepte het lijk naast de vuilnisbakken van het kraampje. Het was geen officiële container, want daar was de baas te krenterig voor. Twee houten verhuiskratten die een stelletje illegalen uit Mexico wekelijks voor tien dollar leegden.

Oké... Wat nu?

Laten liggen, verscholen in het donker, auto halen, de klootzak inladen en hem ergens gaan dumpen. Waar deden die gasten van Holly-wood-West dat ook weer? Angeles Crest Forest. Zhukanov had een vaag idee waar dat was; hij kwam er wel achter.

Weer een bos. Kon pa hem nou maar eens zien.

David had Goliath om zeep geholpen en weldra zou Goliath in een of andere greppel liggen rotten.

Nee, wacht even. Eerst moest hij nog even haarfijn uitzoeken of er nog ergens bloed lag. In de kraam of erbuiten, de weg waarlangs hij dat varken had versleept.

Hij zou de auto halen, die gozer inladen en daarin laten liggen zodat hij het kraampje drastisch kon onderzoeken. Mes wegpleuren, de kleren die hij aanhad ook. De vechtstokken en de honkbalknuppel ook? Nee. Geen reden tot paniek. Waarom zou iemand hem met die dikke lul in verband brengen, al zouden ze het lijk vinden?

Alleen het bloed, het mes en zijn kleren.

Het moest voor de bakker zijn voordat de zon opkwam.

Die gast zou z'n hele kofferbak onderlekken, maar die zou hij wel schoonmaken. Hij nam een en ander nog eens door en stelde vast dat het geen gek plan was.

Hij rekte zich uit en betastte het gevoelige, hete vlees van zijn hals. Rustig maar, terugschakelen, alles was voorbij: waarom had die lul het zo ver laten komen?

Maar Zhukanov was hem toch dankbaar: sinds hij uit Moskou was weggegaan had hij zich niet meer zo goed gevoeld.

Oké, tijd om de auto te gaan halen. Hij had drie stappen gezet toen hij plotseling licht zag.

De achterdeur van de synagoge ging open. Er was nog iemand!

Hij drukte zichzelf tegen een van de houten kratten, struikelde over de benen van het lijk en viel bijna op z'n reet.

Hij moest zijn uiterste best doen om niet hardop te vloeken. Voorzichtig ademde hij door zijn neus, terwijl hij een oude smous uit de synagoge zag komen. Zhukanov kon hem duidelijk zien in het licht dat vanbinnen kwam. Klein, stevig en met zo'n petje op z'n kop.

De smous stak zijn hand naar binnen en de gezegende duisternis keerde terug. Maar die duurde maar even, want nu deed die vent een autoportier open.

Niet het portier aan de chauffeurskant, maar het achterportier. Iemand die achterin zat ging rechtop zitten. Stapte uit en rekte zich uit. Net zoals Zhukanov net had gedaan. De smous zei iets tegen hem.

Hij was kleiner dan die smous. Een kind.

Dat had zich achterin verstopt. Dat moest hét kind zijn! Waarom zou het zich daar anders verstoppen?

Hij was even groot en was ondergedoken; wie kon het anders zijn?

Het kind klom weer achterin, ging liggen en verdween uit het gezicht. Dus die had daar al die tijd gezeten. Verstopt door de smouzen; dat begreep hij wel. Die kwamen natuurlijk spontaan klaar van vijfentwintig mille.

Dat zullen we nog weleens zien.

De smous startte en de koplampen gingen aan. Zhukanov bleef in de schaduw en holde erheen. Net toen Zhukanov zo dichtbij was dat hij het nummerbord kon lezen, reed de smous achteruit weg.

Heleboel letters en cijfers. Zhukanov sprak de magische formule geluidloos uit. Eerst weigerden zijn hersens mee te werken.

Maar de ouwe smous hielp hem, want het kostte hem een hele poos voordat de auto van de parkeerplaats was en recht stond. En toen wist Zhukanov het nummer uit zijn hoofd.

Geen tijd om erachteraan te gaan. Hij zou het nummer opschrijven en Kentekenregistratie bellen. Adressen vrijgeven was tegen de regels, maar hij kende een beambte in de afdeling Hollywood. Een eigenwijze schooier uit Odessa die het voor vijftig dollar deed.

Gezien de beloning lang geen slechte investering.

65

Om tien uur had de huiszoeking in Montecito nog niets opgeleverd.

'Het huis is zo goed als leeg,' zei Sepulveda tegen Petra. 'Een stuk of wat meubels in de woonkamer en een slaapkamer; in de rest staat niets.'

'Nog naar geheime gangen gekeken?' vroeg ze half schertsend.

Sepulveda keek haar aan. 'Ik geef wel een seintje als het Spook van de Opera zich roert.'

Zij en Ron keerden terug naar L.A. Ze had zijn zaktelefoonrekening flink laten oplopen door met managers van lijndiensten te praten. Sommigen waren onder de indruk van haar functie, anderen sceptisch. Maar tot dusverre waren er geen vluchten onder de naam Balch geboekt en om tien voor tien belde Wil om haar te laten weten dat hij ook bot had gevangen. Grondig onderzoek zou bureauwerk vergen; daarvoor moesten de juiste formulieren worden ingevuld. Morgen. Ze was aan het eind van haar Latijn en boos op Schoelkopf omdat het nieuws over Balch niet mocht uitlekken.

Die jongen mag in de krant, maar dit maakt hem bang.

Zij en Ron praatten erover tot ze bij Oxnard waren. Chefs waren altijd een dankbaar doelwit. Ter hoogte van Camarillo werd het stil in de auto en ze zag dat zijn ogen dicht waren.

Hij werd pas wakker toen ze voor zijn huis stopte.

'Opstaan,' zei ze.

Hij glimlachte slaperig en boog zich opzij om haar een kus te geven. Ze verschoof en kwam hem halverwege tegemoet. Hij legde een hand op haar achterhoofd en drukte zacht. De andere hand vond zijn weg naar haar borst. Hij ging zachter te werk als hij uitgeput was.

Hij kneep haar zachtjes en wilde zijn hand weghalen. Ze hield hem op z'n plek. De volgende kus duurde een hele poos. Hij trok zich het eerst terug en nu was hij weer klaarwakker.

Ze zei: 'Het was me het eerste afspraakje wel.'

'Tweede. De eerste was bij de traiteur.'

'Klopt.' Ze besefte dat zij dat meer als een kennismaking had beschouwd.

Hij zei: 'Nou, je hebt genoeg te doen. Ik zal je niet ophouden.'

Ze nam het initiatief voor een derde kus. Hij deed geen poging om haar te betasten en hield beide handen boven de halslijn. Daarna nam hij haar kin in zijn hand. Met Nick had ze dat nooit leuk gevonden; ze kon geen kant op. Hij deed het anders. Ze ging met haar tong langs zijn lippen en hij stiet een laag, tevreden bromgeluidje uit.

'Gotsamme,' zei hij. 'Ik wil je echt graag weer zien. Ik weet dat het geen beste tijd is om aan uitgaan te denken.'

'Bel maar,' zei ze. 'Als ik zeg dat ik het te druk heb, is het echt waar.'

Hij kuste het puntje van haar kin. 'Wat ben je mooi. Toen ik je voor het eerst zag, dacht ik...' Hij schudde zijn hoofd, stapte uit, tastte in zijn zak naar zijn sleutels en zwaaide.

'Wacht even,' riep ze toen hij zich omdraaide en naar de voordeur liep. Hij bleef staan.

'Je telefoon.'

Hij lachte, liep om naar de bestuurderskant en nam hem van haar aan. 'Je stuurt me de rekening, hè?' vroeg ze. 'Die zal gigantisch zijn.' 'Ja hoor,' zei hij. Daarna gaf hij haar nog een kus.

Toen ze weer op de 101 zat, kon ze haar ogen amper openhouden. Uitputting ondanks al die adrenaline betekende dat ze ernstig slaapgebrek had geleden. Ze zou naar huis gaan, een dosis cafeïne nemen, een uurtje bellen en er een punt achter zetten.

Toen ze thuiskwam, was het bijna halftwaalf. Er stond één boodschap op haar antwoordapparaat. Die liet ze daar staan. Ze trok een flanellen nachtjapon aan en zette een pot supersterke koffie. Ze besefte dat ze Stu nog niet had gebeld. Daar was het nu te laat voor. Het gaf haar een belabberd gevoel. Deze zaak zou op een goeie dag voorbij zijn, maar Kathy's ervaring zou voor altijd zijn. Zou Stu zich haar herinneren als nalatig tijdens zijn crisis?

De boodschap op het apparaat bleek van hem. Hij had om negen over elf gebeld om te zeggen dat ze hem nog tot middernacht kon terugbellen. De telefonist van St. Joseph was niet happig om haar nog zo laat door te verbinden, maar eindelijk hoorde ze Stu 'Petra?' zeggen. 'Het spijt me verschrikkelijk dat ik niet eerder heb gebeld. Hoe is het met Kathy?'

'Prima,' zei hij. 'Ze is aan het bijkomen.' Wie hem niet beter kende, zou zeggen dat er niets mis was.

'Alles goed gegaan?'

'Heel goed. Ze hebben een mastectomie uitgevoerd. Eén borst. Volgens de chirurg komt ze er weer helemaal bovenop.'

'Dat is prachtig.'

'Ik heb vier jaar *TV Guide* doorgenomen...'

'Daar hoef je je verder niet druk om te maken, Stu. Kan ik iets doen?'

'Dank je wel, maar alles is geregeld,' zei hij.

'Zeker weten? Hebben de kinderen niets nodig?'

'Alleen hun moeder,' zei hij en zijn stem veranderde. 'Ze komen er wel doorheen, Petra. Wij allemaal trouwens.'

'Dat weet ik wel.' Een borst...

'Hoe was jóuw dag trouwens?' vroeg Stu

Afgezien van die moord, mevrouw Lincoln, hoe vond u het toneelstuk? Hij hield afstand. Hij had een keer in haar armen gehuild en waarschijnlijk gezworen dat hij zich nooit meer zo zou laten gaan.

'Nou, er is een hele hoop aan het rollen gekomen, Stu.' Ze vertelde hem over Estrella Flores, de met bloed bevlekte Lexus en Balch' poging om hem per charter te smeren. Daarna over William Bradley

Straight, wel geïdentificeerd maar nog niet gevonden, en moederloos. 'Arm joch,' zei hij. 'Kijk ik één dag de andere kant op en moet je eens zien wat voor ellende jij je allemaal op de hals haalt.'

Alle puzzelstukjes vielen op hun plaats en hij stond erbuiten. Ze wilde hem vertellen dat het oké was, maar dat was niet waar.

'Balch,' zei hij. 'Past hij zo goed in het plaatje?'

'Even goed als Ramsey.'

Daar reageerde Stu niet op. Hij was een ouwe rot. Misschien moest ze zich beter concentreren.

'Dus we gaan achter Balch aan,' zei ze.

'Enig idee waar hij uithangt?'

'Ik denk in een andere staat of het land uit, maar van S. mag het nog niet in de openbaarheid. Dat we bijna een onschuldig iemand hebben opgepakt heeft hem de stuipen op het lijf gejaagd. Maar dat is toch te dol om los te lopen? Met dat joch van Straight zijn we publiciteitsgeil, maar met Balch krijgen we een slot op de lippen en geven we hem een voorsprong. O ja, nog iets. Karlheinz Lauch is een jaar geleden overleden, maar de overeenkomsten tussen Lisa en Ilse Eggermann hebben me aan het denken gezet. Eggermann is in Redondo opgepikt en in de Jachthaven gedumpt. Balch woont in Rolling Hills Estates, een stukje verder aan de kust.'

'Seriemoordenaar?'

'Zou het niet maf zijn als hij een grote griezel blijkt en dit maar het topje van de ijsberg is?'

Stilte. 'Nummer twee slaat toe om zich de heerschappij toe te eigenen... De zoveelste mislukte psychopaat.'

'Precies.'

'Wacht even,' zei hij en Petra hoorde hem met iemand praten. 'Dat was de nachtzuster. Oké, wat kan ik doen?'

'Nu? Blijf maar bij Kathy...'

'Die slaapt,' zei hij scherp. 'Ik wil iets doen vannacht, Petra. Welke lijndiensten heb je al gehad?'

'Wil en ik hebben ze verdeeld. Bij een paar zijn we niet doorgedrongen. Die willen het op schrift. Ik dacht...'

'En de internationale maatschappijen?' vroeg hij. 'Heeft Balch een paspoort?'

'Weet ik niet...'

'Ik heb al contact met de paspoortendienst gehad over Eggermann. Ik doe de internationale wel, plus de binnenlandse die je nog niet hebt bereikt. Jij klinkt alsof je wel wat slaap kunt gebruiken. Ik spreek je morgenochtend wel.'

Laat ze maar denken dat hij 'm naar Vegas was gesmeerd.

Laat ze maar denken dat hij op zijn achterhoofd gevallen was.

Op die manier kon hij het netjes afronden. Hij hield van orde.

Hij was nog niet zo erg als Lisa. Die was dwangmatig. Van haar moest alles precies zoals zij het wilde. Van onregelmatigheid ontplofte ze. Die valse bek...

Ze had een hekel aan verrassingen. Dus had hij haar een verrassing bezorgd.

Dat Duitse meisje ook. En die domme kleine Sally.

Nog één verrassing over en die stomme smerissen hadden het hem een stukje makkelijker gemaakt, door 'anonieme tips' aan de pers te laten uitlekken. Venice Beach. Oceant Front Walk. Zou dat joch er nog zijn? Kon best. Soms hadden die weglopers ergens een hol.

Hoe ver kon een straatjong gaan? Kon hij hem wel vinden als hij zich diep had ingegraven?

Moest hij hem maar vergeten? Reageerde hij overdreven? Was hij obsessief? Zo was hij soms wel, zoals hij ook weleens aan een verborgen puistje kon frunniken, net zo lang tot het ging zweren en hij er zelf het mes in moest zetten, Neosporin erop moest doen en met de pijn moest leven. Die kant van hem kende niemand.

Misschien had dat joch niet eens in het park gezeten. Als hij iets had gezien, had hij zichzelf dan niet allang gemeld om de beloning op te strijken?

Maar dat gold alleen als je ervan uitging dat hij kranten las, tv keek en wist wat er gaande was in de wereld. Die kinderen waren soms zo stoned of beschadigd van boven dat ze geen enkel benul hadden.

Geen beste getuige. Moest hij het maar laten lopen? En de onzekerheid op de koop toenemen?

Hij dacht er een hele tijd over na. Het idee zat 'm niet lekker. Absoluut niet netjes.

Hij kon op z'n minst een kijkje gaan nemen. Hij dacht een hele poos na over een manier om dat te doen zonder zijn nek uit te steken. Uiteindelijk wist hij het.

Perfect. En ironisch. Volgens die nepregisseurs was ironie het minst makkelijke om te spelen.

Wat is mijn motivatie?

Zelfbehoud.

Sams huis heeft een huiskamer, een keuken en twee slaapkamers met daartussen een badkamer. Ik heb een echt bed. De lakens voelen nieuw aan. Sam heeft in de andere kamer geslapen; ik kon hem door de muur heen horen snurken.

Het is maar een paar straten van de sjoel en staat aan wat Sam een woonerf noemt. In plaats van een straat waar je doorheen kunt rijden is er een stoep die ongeveer twee keer zo breed is als normaal.

'Ik zou eigenlijk moeten lopen,' zei Sam onderweg. 'Maar 's nachts scharrelen er hier te veel gekken rond.' Hij zet de auto in een steeg aan de achterkant.

Op de voor- en achterdeur heeft hij een alarminstallatie met van die paneeltjes. Ik keek de andere kant op toen hij het nummer intoetste, zodat hij niet zou denken dat ik iets in mijn schild voer. Hij zei: 'Ik ben wel aan slapen toe,' en liet me mijn kamer zien. Op het bed lagen een nieuwe tandenborstel, tandpasta en een glas.

'Geen pyjama, Bill, want ik wist je maat niet.' Hij stond in de deuropening, keek een beetje gegeneerd en kwam niet naar binnen.

Ik zei: 'Bedankt. Dit is geweldig. Ik meen het echt.'

Hij klapte de tanden op elkaar alsof zijn gebit niet goed paste. 'Hoor eens, ik wil dat je weet dat ik zelden logés heb; dit is nog nooit gebeurd.'

Ik weet niet wat ik moet zeggen.

'Wat ik bedoel, is dat je je nergens zorgen om hoeft te maken, Bill. Er is niets raars aan de hand. Ik hou van vrouwen. Als je lang genoeg blijft, zul je dat wel merken.'

'Ik geloof u wel,' zeg ik.

'Oké... Ga maar lekker slapen.'

De slaapkamer is lichtgroen geverfd en heeft oud, donker meubilair, een grijs tapijt en twee scheve platen aan de muur. De een is een zwartwitfoto van een vrouw met opgestoken haar en een vent met een lange, zwarte baard. De andere is een schilderij van bomen dat eruitziet alsof het uit een tijdschrift is geknipt. Er hangt een oudemannenlucht en het is een beetje warm.

Ik poets mijn tanden en kijk in de spiegel. De schrammen op mijn gezicht zijn niet zo erg, maar mijn borst doet zeer, mijn ogen zijn rood en mijn haar ziet er vreselijk uit.

Ik trek mijn kleren uit op mijn onderbroek na, kruip onder de dekens en doe mijn ogen dicht. Eerst is alles stil, maar dan klinkt er muziek uit Sams kamer. Het klinkt als een gitaar, maar dan hoger. Een mandoline. Een bluegrassband in de Sunnyside had er ook zo een.

Hij speelt hetzelfde wijsje, steeds maar weer opnieuw. Het klinkt oud en treurig.

Dan houdt het op en begint het gesnurk. Ik moet aan mam denken. Daarna is het opeens ochtend.

Nu is het zaterdag. Ik ben het eerst wakker en ga naar de huiskamer. De gordijnen zijn dicht en het huis is donker. Ik trek een gordijn in de woonkamer opzij en zie een stel metalen stoelen op de veranda voor, dan een laag muurtje en huizen aan de overkant. De lucht wordt al blauw en er vliegen een paar meeuwen. Raar, maar ik zou zweren dat ik de zoute lucht door de ramen heen ruik.

Er staan meer boeken in de huiskamer dan ik ooit ergens heb gezien, behalve in de bibliotheek. Drie muren zijn bedekt met boekenplanken en je kunt amper lopen door alle tijdschriften op de grond. In één hoek staat een divan met een gebreide deken erover, een tv en een muziek-standaard met een nummer van iemand die Smetana heet.

Ik ga op de divan zitten en het stof vliegt omhoog. Ik heb geen last van mijn ochtendmaagpijn. Zo goed heb ik nog nooit geslapen en ik besluit om dankjewel te zeggen door vast het ontbijt klaar te maken. In een doos op het aanrecht vind ik volkorenbrood en ik rooster vier sneetjes. Er staat een koffiezetapparaat, maar ik weet niet hoe het werkt, dus ik schenk gewoon melk en sinaasappelsap in glazen en zet die op tafel, plus servetjes, vorken, lepels en messen. In de koelkast staan groenten en fruit, boter, een beetje zure room, eieren en een grote pot met iets zilverachtigs, net iets uit een scheikundelaboratorium. Zure haring. Ik haal de eieren eruit in de hoop dat Sam van roerei houdt.

Ze staan al op het vuur als ik Sam hoor hoesten. Hij komt naar binnen in een lichtblauwe ochtendjas, wrijft zijn ogen uit en duwt met zijn vingers tegen zijn tanden. 'Ik dacht al dat ik iets hoorde. Wat, ben jij een fijnproever?'

'Is roerei goed?'

Hij draait zich om, slaat zijn hand voor zijn mond en hoest weer. 'Sorry. Ja, roerei is prima. Doorgaans kook ik op zaterdag niet, het is sabbat. Zo religieus ben ik ook weer niet, maar ik kook meestal niet. Misschien omdat mijn moeder het ook nooit deed.'

'Het spijt me...'

'Nee, nee, dit is prima. Het geldt toch niet voor jou?' Hij komt dichterbij en werpt een blik in de pan. 'Ruikt goed. Ik lust wel iets warms. Weet je hoe je koffie moet zetten?'

'Nee.'

Hij legt uit hoe het apparaat werkt en gaat de keuken uit. Als hij terugkomt staat de koffie al ingeschonken en heeft hij een lichtbruin pak aan met een wit overhemd zonder das; zijn haar is geborsteld en hij heeft zich geschoren. De eieren zijn inmiddels al aardig koud.

'Oké, nasjen,' zegt hij. Hij vouwt het servetje open en legt het op schoot. 'Bon appétit. Dat is eet ze op z'n Frans.' Hij neemt een hapje ei. 'Erg lekker. Keurig gedaan, Bill. Misschien is er nog hoop voor de jeugd.'

Hij eet alles op, drinkt twee koppen koffie en slaakt een diepe zucht. 'Oké, zo ziet mijn dag eruit: ik ga naar de sjoel voor de zaterdagdienst en ben om een uur of elf, halftwaalf, uiterlijk twaalf uur terug. Als je het huis uit wilt, zal ik het alarm uit laten.'

'Nee, ik blijf hier.'

'Zeker weten?'

'Ja.' Mijn stem klinkt opeens benauwd. 'Ik ga wel lezen.'

'Wat ga je lezen?'

'U hebt een heleboel boeken.'

Hij kijkt naar de woonkamer. 'Je houdt van lezen, hè?'

'Heel erg.'

'Je werkt en je leest... Ik mag ook graag lezen, Bill. Heel vroeger wil-de ik advocaat worden. Toen ik nog in Europa woonde. Niemand in mijn familie had gestudeerd. Wij waren boeren, mijnwerkers en ar-beiders. Mijn vader kende de bijbel uit zijn hoofd, maar ik mocht niet studeren. Ik was vastbesloten het toch te doen, maar de oorlog gooi-de roet in het eten. Lees maar lekker. Er staat niets bij dat een jongen van jouw leeftijd niet mag lezen.'

Hij veegt zijn handen af, brengt zijn bord naar de gootsteen en bekijkt zijn gezicht in een spiegeltje boven de kraan. 'Zeker weten dat ik het alarm aan moet laten?'

'Ja.'

'Ik wilde gewoon niet dat je het gevoel had gevangen te zitten.' Hij voelt aan de kraag van zijn overhemd, trekt hem recht en klopt op zijn haar. 'Zo, klaar voor God. Hoop dat Hij klaar is voor mij. Als je hon-ger krijgt, dan eet je maar. Ik zal ook iets mee naar huis nemen. Tot elf uur, halftwaalf.'

Hij is om elf uur zevenentwintig terug, zet de auto achter het huis en stapt haastig uit met iets in zijn hand dat in aluminiumfolie verpakt is. Hij maakt het portier aan de passagierskant open en er stapt een mager oud vrouwtje met rood haar uit. Ze blijven een poosje met el-kaar staan praten en dan verdwijnen ze.

Een kwartier later komt hij door de voordeur naar binnen. 'Ik heb even een vriendin naar huis gebracht.' Hij legt het pakje in aluminiumfolie op tafel en maakt het open. Koekjes met gekleurde korreltjes erop. 'Alsjeblieft.'

Ik knabbel aan een van de koekjes. 'Bedankt.'

'Graag gedaan. Hoor eens, ik hou wel van goeie manieren, maar je hoeft me niet voor elke kleinigheid te bedanken, anders lijken we straks net op Alphonse en Gaston. Dat zijn twee vreselijk beleefde Franse heren.' Hij legt één hand op zijn rug en de andere op zijn buik en maakt een buiging.

'U eerst; nee, na ú. Dat is een heel oud grapje. Ze zijn zo beleefd dat ze de hele dag op de stoep blijven staan en nooit oversteken.'

Ik glimlach.

Hij zegt: 'En, wat heb je allemaal gelezen?'

'Tijdschriften.'

De meeste boeken waren verzonnen; en wat niet verzonnen was, bleken voornamelijk catalogi van gootstenen en wc's te zijn. Maar de tijdschriften waren wel interessant. Echt oud, uit de jaren vijftig en zestig. *Life, Look, Saturday Evening Post, Time, Popular Mechanics.* Vroegere presidenten zoals Eisenhower, verhalen over de Koreaanse oorlog, filmsterren, dieren in de dierentuin, gezinnen die er gelukkig uitzagen en rare advertenties.

'Heb je honger?'

'Nee, dank u.'

'Wat heb je gegeten?'

'Dat koekje.'

'Jij bent zeker de leukste thuis.'

'Ik heb een beetje melk gedronken.'

'Is dat alles?' Hij gaat naar de koelkast en haalt de pot met haring eruit. Stukken vis zwemmen rond in een troebel soort sap. 'Dit zijn eiwitten, Bill.'

Ik schud van nee.

'Het is vis. Hou je niet van vis?'

'Niet zo erg.'

Hij maakt de pot open, haalt er een stukje uit, eet het op, doet de koelkast weer open en kijkt erin. 'Trek in salade?'

'Ik heb geen trek, meneer Ganzer, heus.'

Hij zet de haring weer terug en trekt zijn jasje uit. 'Ik ga straks wel een stel biefstukken halen. Je bent toch geen vegetariër, hè?'

'Ik lust best vlees.'

'Wat een inschikkelijk persoon. Speel je schaak?'

'Nee.'

'Dan moet je het leren.'

Het is een soort oorlog en ik vind het leuk. Na zes spelletjes win ik het en hij zegt: 'Heel goed', maar ik weet niet zeker of hij het wel meent.

'Nog eentje, meneer Ganzer?'

'Nee, ik ga een tukje doen.' Hij steekt zijn hand uit om mijn hoofd aan te raken, maar dan bedenkt hij zich. 'Je hebt een goed stel hersens, Bill.'

Als hij slaapt, ga ik weer lezen en maak het mezelf gemakkelijk op zijn divan met de gebreide deken over mijn knieën. Ik sta een paar keer op om naar buiten te kijken. Ik zie een blauwe hemel maar vind het niet erg om binnen te zijn.

Hij wordt om kwart over zes wakker en neemt een douche. Als hij uit de slaapkamer komt, heeft hij een ander pak aan. Donkerbruin met een blauw overhemd en lichtbruine schoenen.

'Ik ga die biefstukken halen,' zegt hij. 'Nee, wacht even...' Hij maakt het vriesgedeelte boven in de koelkast open en haalt er een pak kip uit. 'Dit ook goed?'

'Prima, meneer Ganzer, maar ik heb echt niet zo'n honger.'

'Hoe kan dat nou?'

'Zo is het gewoon.'

'Meestal eet je zeker niet zoveel, hè?'

'Het gaat wel.'

'Hoe lang ben je op jezelf geweest?'

'Een poosje.'

'Oké, oké, ik zal m'n neus nergens insteken. Ik zal het ontdooien en stoven. Dat is gezond.'

Om tien voor halfacht is de kip klaar en ik eet meer dan ik had gedacht. Dan zie ik dat Sam de drumstick die hij op zijn bord heeft amper heeft aangeraakt.

'U moet eiwitten hebben, meneer Ganzer.'

'Heel geestig,' zegt hij. Maar hij moet wel glimlachen. 'Er wordt voor me gezorgd wat eten betreft. Ik heb een eetafspraakje. Vind je het erg om hier alleen te zijn?'

'Nee hoor, ik ben eraan gewend.'

Hij fronst, legt de drumstick op mijn bord en staat op. 'Ik weet niet hoe laat ik terug ben. Waarschijn tien uur, halfelf. Doorgaans zou ik hier mensen ontvangen, maar ik had zo het idee dat jij niemand wilde ontmoeten, klopt dat?'

'Het is uw huis. Ik kan best in de slaapkamer blijven.'

'Wat? Je verstoppen als de eerste de beste... Nee, ik ga wel daarheen. Als je me nodig hebt: het is zes deuren terug, een wit huis met blauwe kozijnen. Ik ben bij Kleinman, mevrouw Kleinman.'

'Prettige avond,' zeg ik.

Hij wordt rood. 'Ja... Luister Bill, ik heb eens nagedacht. Die vijfentwintigduizend dollar. Die zijn jouw goed recht. Die moet je opeisen. Het is een hoop geld, voor wie dan ook. Ik kan ervoor zorgen dat niemand het je aftroggelt. Aan de overkant woont een vent die vroeger advocaat is geweest. Hij is een communist, maar niet op zijn achterhoofd gevallen. Hij kent het klappen van de zweep. Hij zou geen cent van je aannemen en ervoor zorgen dat je beschermd wordt...'

'Niemand kan me beschermen.'

'Waarom zegt je dat?'

'Omdat niemand dat ooit heeft gedaan.'

'Maar hoor nou...'

'Nee,' zeg ik. 'Het bestaat niet dat ze een kind zoveel geld laten houden. En ik kan ze toch niet helpen, ik heb het gezicht van die vent niet gezien, alleen een nummerbord...'

'Een nummerbord? Bill, daar schieten ze misschien heel veel mee op. Ze weten precies hoe ze een nummerbord moeten natrekken...'

'Nee!' roep ik. 'Niemand heeft ooit iets voor me gedaan en het kan me allemaal geen ruk schelen... En als u vindt dat ik geen goede burger ben en me niet om u heen wilt hebben, best, dan ga ik wel!'

Ik sta op en hol naar de deur. Hij pakt me bij m'n arm. 'Oké, oké, rustig maar, kalm aan...'

'Laat me los!'

Hij laat me los. Ik ben bij de deur, maar da ik ik het rode licht van de alarminstallatie en ik blijf staan. Daar komt de maagpijn.

'Alsjeblieft, Bill, ontspan je.'

'Ik bén ontspannen.' Maar dat is een leugen. Ik sta een potje te hijgen en ik voel me erg benauwd.

'Luister, het spijt me,' zegt hij. 'Vergeet het maar, ik dacht alleen... Het is duidelijk dat je een goeie jongen bent, en soms, als een goed mens iets doet wat niet goed is, dan voelt hij... Ach, wie ben ík om jóú iets te vertellen? Jij weet best wat je moet doen.'

'Ik weet niks,' mompel ik.

'Wat zeg je?'

'Elke keer als ik iets probeer te leren, dan komt er iets tussen, net zoals met u en de oorlog.'

'Maar kijk dan: je redt het best. Net zoals ik het heb gered.'

Het huilen staat me weer nader dan het lachen, maar ik doe het niet, ik doe het niet, verdomme! De woorden tuimelen over elkaar heen: 'Ik weet niet wat ik doe, meneer Ganzer. Misschien móét ik de politie wel bellen, misschien doe ik het wel in een telefooncel, dan geef ik ze dat nummer en hang ik gauw op.'

'Maar als je het zo doet, hoe moet je dat geld dan incasseren?'
'Laat dat geld maar zitten, dat geven ze me toch niet. En al doen ze dat wel, dan komt mijn moeder erachter en dan Moron, dat is de vent met wie ze samenwoont. Hij is de reden dat ik ben weggegaan. Hij pikt dat geld natuurlijk in, geloof me maar; ik weet zeker dat ik er geen cent van zal zien en dan ben ik weer helemaal terug bij af.'
'Moron, hè? Geen licht zeker?' Hij tikt tegen zijn hoofd.
Ik moet lachen. 'Precies.'
Hij lacht. Ik lach nog harder. Ik ben niet echt blij, maar het lucht wel op.
'Een slimme jongen als jij en een zwak peertje,' zegt hij. 'Ik snap wel waarom er problemen zijn gerezen. Oké, ik ga je de alarmcode geven. Gewoon voor het geval je een frisse neus wilt halen. Een-een-vijfen-twintig. Denk maar aan 1 januari 1925. Op die dag ben ik geboren. Ik ben een nieuwjaarskindje.'
'Ik ga niet weg.'
'Gewoon voor de zekerheid.' Hij drukt de getallen in, er gaat een groen lampje branden en hij maakt de deur open. 'Ontspan je maar, maak het je gemakkelijk en probeer een haring.'
'Geen sprake van,' zeg ik, en hij gaat glimlachend naar buiten.
Het schaakbord staat nog op de keukentafel. Ik denk dat ik maar eens met verschillende zetten ga experimenteren. Om de zaak van twee kanten te bekijken.

68

Zaterdagochtend werd Petra om veertien minuten voor zeven wakker van de telefoon. Schoelkopfs stem deed haar hersengolven kolken.
'Ik heb uitgebreide huiszoekingsbevelen voor Balch' kantoor en huis. Jij en Fournier vlooien ze helemaal uit voordat er een arrestatiebevel de deur uitgaat. Documenten en sleutels zijn per koerier onderweg naar jou, die kan er elk moment zijn. Het moet vandaag allemaal gebeurd zijn zodat we het net naar die schooier kunnen uitgooien.'
'Waarom moet dat wachten?'
'Omdat de baas dat zo wil, Barbie. Het liep hem dun door de broek omdat we ons bijna op Ramsey blind hadden gestaard. Geen vragen meer. Aan het werk.'
'Weet Fournier het al?'
'Dat vertel jij hem maar.'

De voordeurbel ging toen ze net uit de douche stapte. Ze droogde zich als een gek af, sloeg een badlaken om, holde naar de voordeur, zag een uniformagent door het kijkgaatje en stak haar hand door een kier van de deur om de gele envelop met gerechtelijke bevelen en sleutels in ontvangst te nemen. De agent, een lange vent, grijnsde, nam haar van top tot teen op en zei dat ze een formulier moest tekenen.

'Dat schuif je maar onder de deur door.' Als ik hem tegen je smoel heb dichtgeslagen.

Om kwart over zeven wekte ze Wil. Hij klonk halfdood en ze dacht een vrouwenstem op de achtergrond te horen.

'Oké,' zei hij. 'Waar gaan we het eerst heen?'

'Dat mag jij zeggen.'

'Het kantoor van Balch is dichterbij. Wat dacht je van... negen uur? Nee, doe maar halftien.'

'Moet ik je afhalen?'

Hij gaf niet direct antwoord. Er was beslist een vrouw. Ze had een diepe, ritmische, melodieuze stem. 'Nee,' zei hij. 'Ik zie je daar wel.'

Zonder verkeer in de vroege ochtend was de afstand naar Studio City in een een kwartiertje overbrugd, en ze had nog tijd over om even bij DuPars op Laurel te stoppen voor een meeneemkoffie en een appeldonut. Op het parkeerterrein voor het bruine gebouw stond een grijze Acura, maar de chauffeur was in geen velden of wegen te bekennen. Op het nummerbord stond SHERRI. Ze parkeerde ernaast en zat net haar donut te eten toen Wil met zijn burgerauto – een zwarte Toyota Supra – arriveerde. Hij droeg een crèmekleurig linnen pak, een zwart poloshirt, zwarte gaatjesschoenen en zag eruit alsof hem een weekend Palm Springs te wachten stond; zij had haar gewone broekpak aan.

Hij keek naar het gebouw. 'Wat een gribusje.'

'Ramsey leeft als een vorst maar behandelde hem als een horige. Misschien is hij eindelijk geëxplodeerd.'

'Ik wist niet dat je psychiater was,' zei hij. 'Maar het klinkt best aannemelijk.'

'Wil je nog meer horen? Hier moest ik gisteravond aan denken: de wijze waarop Lisa's lijk was achtergelaten – zo open en bloot zonder poging om het te verstoppen – zo was het ook met Ilse Eggermann. Het is net alsof hij opschept: kijk eens wat ik allemaal ongestraft kan doen! Balch is zijn hele leven de mindere van Ramsey, hij moet knippen en buigen en wordt afgezeken. Hoe kun je dat nou beter compenseren dan door Ramseys vrouw te pakken, haar te dumpen en het op die manier wereldkundig te maken?'

'Pakken,' zei Wil. 'Denk je dat Balch en Lisa het deden?'

'Volgens mij wilde Balch het wel. Hij is geen Adonis, maar ze was al eens z'n vriendinnetje geweest en we weten dat ze op oudere mannen viel. Alleen Balch kan ons vertellen of ze er al dan niet mee had ingestemd om opnieuw te beginnen. Behalve als we daarbinnen iets vinden.'

Ze hadden hun pistool paraat toen ze op de deur af liepen. Standaardprocedure: rechercheurs schoten niet dikwijls, maar als het gebeurde, was het vaak tijdens het uitreiken van gerechtelijke bevelen.

Petra deed de deur van het slot en ging het eerst naar binnen. Er zat iemand aan het bureau in het voorkantoor en ze richtte haar pistool. Een jonge vrouw in een goedkope jumpsuit zat de kruiswoordpuzzel van een ochtendblad op te lossen. Bij de aanblik van het pistool tekende de doodschrik zich op haar gezicht af. Knappe brunette, heel kort haar, donkere ogen, misschien een Latijns-Amerikaanse.

'Wie bent u?' vroeg Petra. Wil stond achter haar. Ze hoorde hem ademen.

De bibberige vrouwenstem was bijna onhoorbaar: 'Sherri Amerian... Ik ben advocaat.'

De Acura op het parkeerterrein.

'De advocaat van meneer Balch?'

'Nee,' zei Amerian. 'Ik werk voor Lawrence Schick.' Haar stem klonk inmiddels wat krachtiger, een beetje scherp van nijd en haar ogen stonden kil. 'Mag ik mijn legitimatie laten zien? Die zit in mijn tasje daar. Ik bedoel, ik wil niet neergeschoten worden als ik hem pak.'

'Gaat uw gang,' zei Petra.

Amerian haalde haar rijbewijs en haar visitekaartje van Schick and Associates te voorschijn. Volgens het rijbewijs was ze zevenentwintig. Net afgestudeerd. Haalde in het weekend Schicks kastanjes uit het vuur.

'Oké?' vroeg ze uit de hoogte. Ze was maar een soort jongste bediende, maar als je haar lichaamstaal moest geloven, hield ze een pleidooi voor het Hooggerechtshof. Het kostte kennelijk weinig tijd om de advocaat te leren uithangen. 'Wilt u alstublieft die wapens wegdoen?'

Ze wachtte het antwoord niet af en kwam achter het bureau vandaan. Geweldig figuur.

Wil stak zijn pistool weg. 'Wat doet u hier?'

'Ik vertegenwoordig de belangen van de heer H. Cart Ramsey, agent...'

'Rechercheur Fournier. Dit is rechercheur Connor.'

Amerian haalde haar schouders op alsof ze wilde zeggen dat de namen haar niet interesseerden. 'Onze firma heeft vernomen dat u van plan was hier huiszoeking te doen in verband met mogelijke bewijs-

last tegen de heer Gregory Balch. Mag ik het huiszoekingsbevel zien?'
'Waarom?' vroeg Wil.
'Omdat dit perceel eigendom is van meneer Ramsey en wij zijn...'
'Hier.' Petra deed haar pistool weer in zijn holster en overhandigde het document voor Studio City.
De jonge advocate bestudeerde het. 'Precies juist: materiaal betrekking hebbende op de heer Balch. Niet op de heer Ramsey. Dit kantoor bevat talrijke documenten van vertrouwelijke aard die betrekking hebben op de financiën van de heer Ramsey, en wij staan erop dat daar niet mee geknoeid wordt. Met het oog daarop zal ik hier blijven terwijl u uw huiszoeking doet. Voor de goede gang van zaken stellen wij voor dat we een procedure aanhouden waarbij u aangeeft welke lade en of schap u wilt onderzoeken en dan zal ik de inhoud van tevoren doornemen voordat...'
'Als ik mijn neus moet snuiten,' zei Wil, 'gaat u dan het zakdoekje onderzoeken?'
Amerian fronste. 'Ik begrijp echt het nut niet van...'
'Mooi,' zei Wil. 'Terzake dan maar. Eerst de bovenste la van dit bureau. En geen gebabbel of koffiepauze. Vouw je puzzel maar op en stop hem weg.'

Het kostte drie uur om alle hoeken en gaten van de kantoorsuite te onderzoeken. Na een uur begon Amerian haar rol als poortwachter beu te worden en zei ze 'Gaat uw gang, gaat uw gang' als Wil of Petra op een boek op de plank of een doos op de grond wees. Korte concentratiespanne, de Sesamstraatgeneratie.
De enige overblijfselen van Balch' aanwezigheid waren kartonnen dozen en menu's van afhaalmaaltijden en een bovenste la vol kantoortroep. Geen familiefoto's. Dat was wel logisch, vond Petra: Balch was als echtgenoot twee keer mislukt.
Ongebonden heerschap? Iets wat relaties in de weg stond? En wat dan nog? Datzelfde gold voor miljoenen mensen die niet aan het moorden sloegen.
Ze bleef doorgaan. Alle paperassen waren van Ramsey. Nu was Amerians aandacht weer bij de les. Huuroverzichten, belastingaangiften, mappen met lijsten van aftrekposten en zakelijke contracten. Documenten die Petra een paar dagen geleden dolgraag had willen inkijken. Balch had hier jaren gewerkt maar niets persoonlijks achtergelaten.
Zei dat iets over de wijze waarop hij zijn werk bekeek?
Ze haalde een *California Tax Code* van de plank, sloeg een paar bladzijden om en hield het ondersteboven, maar er viel niets uit. Datzelf-

de gold voor de volgende tien boeken. Het was nog een grotere troep dan tijdens haar onderhoud met Balch. Ondanks zijn chaotische persoonlijkheid was hij een sluwe moordenaar gebleken: zoveel nauwkeurig voorbereide stappen.

Waarom was hij dan zo slordig geweest om Westward Charter te bellen om de politie aldus op zijn vluchtpoging attent te maken?

Het gebruikelijke zelfvernietigende gedrag van de psychopaat?

Of was het soms een list... Waar zát hij?

Ze gingen om één uur weg en stopten voor de lunch bij een visrestaurant op Ventura. Ze praatten niet veel. Wil was de dag chagrijnig begonnen en vier uur vruchteloos snuffelen had zijn humeur er niet beter op gemaakt. Hij at zijn scharretjes langzaam op, dronk een heleboel ijsthee en staarde uit het raam. Petra's krabkoekjes smaakten naar gefrituurde hockeypucks en om drie uur zaten ze elk in hun eigen auto op de 101 in de richting van het klaverblad van de 405, en vervolgens was het nog een uur rijden naar Rolling Hills Estates en het huis van Balch in Saddlewax Road.

Op de Imperial Highway ging hij voor haar rijden en ze verloor hem uit het oog toen ze even met haar gedachten elders was. Ze gaf gas en kreeg de Supra even voorbij Hermosa Beach weer in het oog. Bij de afrit naar Redondo Beach gebaarde ze dat hij die moest nemen. Ze parkeerden in de berm. Petra jogde naar zijn auto.

'Doe me een plezier,' zei ze. 'Ik wil eerst een kijkje nemen op de pier waar Ilse Eggermann voor het laatst is gezien en daarna naar het huis van Balch gaan.'

'Prima,' zei hij. 'Goed idee. Ik blijf in de buurt.'

Een rit van een kwartier in westelijke richting langs Redondo Beach Boulevard bracht hen naar de plek waar vroeger Antoine's had gestaan en nu een schakel uit de Dudley Jones Steak House-keten met uitzicht op de haven was. Een donkerrode zaal vol met lawaaiige weekendbrunchers, en blonde surfer/kelners zeilden langs met dienbladen vol kortgebakken vlees en gepofte aardappels ter grootte van een meloen.

Petra stelde zich even voor hoe Ilse Eggermann met Lauch had zitten ruziën. Hoe ze het restaurant had verlaten en de houten trap was afgedaald, net zoals zij en Wil nu deden. Ze liepen door naar het parkeerterrein. 's Avonds laat zou het er griezelig verlaten zijn.

De rit naar Rolling Hills Estates beklonk het voor haar.

Na een kaarsrechte tien kilometer over Hawthorne Boulevard begon het stadsdeel met het gebruikelijke allegaartje van autodealers, winkelcentra en loodsen met groothandels in kantoorartikelen. Daarna versmalde de weg zich vlak voor Palos Verdes Drive, waar de weg een middenberm kreeg met eucalyptusbomen, naaldbomen en haveloze bomen met een zwarte stam die iets van wilgen weg hadden. Een wit houten bord heette haar welkom in Rolling Hills Estates en aan weerskanten van de weg verschenen lage witte kraalhekken.

Tien minuten van Redondo als je rustig reed. Hier was Balch thuis.

Ze stelde zich voor hoe hij na een lange dag slavenarbeid voor Ramsey naar huis reed, hoe hij onderweg was gestopt om iets te drinken en Ilse en Lauch had zien ruziemaken. Hij loopt hen achterna als ze naar buiten gaan, geeft Ilse een lift, belooft haar naar haar hotel bij de Jachthaven te brengen, maar ze komen er nooit aan.

Hij dumpt haar open en bloot op een parkeerterrein.

Kijk eens wat ik ongestraft kan flikken!

Dan naar huis terug. Zo eenvoudig was het.

Zo eenvoudig als een dagje aan het strand.

69

Prachtige zee, maar veel te veel mensen.

Hij had een valse baard van de hoogste kwaliteit echt haar die iets weghad van het exemplaar dat hij bij het Duitse meisje had gebruikt, een strohoed met een brede rand en een lange bruine, aftandse regenjas op een rafelig wit overhemd en een goedkope grijze lange broek. Joggingschoenen die betrekkelijk nieuw waren maar een beetje vuil gemaakt om niet uit de toon te vallen.

De tred die hij zich had aangemeten was een stijf, onhandig geschuifel. Onder het lopen deed hij alsof hij naar de grond staarde maar hij kon onopvallend opkijken, want die hoed onttrok zijn ogen goed aan het zicht. Als iemand hem aankeek, kon hij zijn oogleden ietsje laten zakken en zich op niets concentreren.

De Gestoorde Dakloze. Ocean Front Walk wemelde ervan. Ze zaten op bankjes, lieten zich meevoeren door de menigte en staarden naar het strand, de palmen of de zee alsof zich daar iets belangrijks voltrok. Wat? Ingebeelde walvissen? Zeemeerminnen met grote tieten die op het strand rondzwabberden?

Zijn moeder was krankzinnig geworden toen hij veertien was. Hij had zich nooit afgevraagd wat er in haar omging. Hij liep gewoon in een grote boog om haar heen alsof ze iets besmettelijks had.

Hij liep Oceant Front heel traag op en neer. Af en toe ging hij zitten en deed hij alsof hij indommelde terwijl hij de voorbijgangers gadesloeg.

Niemand had oog voor hem. De rondfietsende agenten waren gespitst op geweld dus als je niemand lastig viel, waren zij allang blij dat ze je konden negeren. Hetzelfde gold voor de toeristen; die deden alles om niet te worden aangeklampt.

De moeilijkheid was de hoeveelheid mensen. Het was een lekkere, warme zaterdag, iedereen ging naar het strand en de trage slentermarathon over Ocean Front was zo dicht dat je door het bos de bomen niet meer zag.

Kinderen zat, maar niet dat ene kind. Na een uur kon hij ze in twee categorieën onderverdelen: het goed gewassen gebroed van de toeristen en de groepjes donkere schooiertjes met een grote mond uit de buurt die de voetgangersstroom afschuimden, waarschijnlijk om zakken te rollen.

Waarom zou hét kind hier bij klaarlichte dag zijn?

Wat had hij hier na die 'anonieme tip' trouwens nog te zoeken?

Tijdverspilling, maar gezien alles wat hij voor elkaar had gebokst, voelde hij zich niet eens zo slecht.

Prachtige dag. Ontspan je maar. Het was lang geleden dat hij hier was geweest. De promenade was een stuk commerciëler geworden: overal winkels, eetkraampjes, restaurants en zelfs een synagoge. Curieus. Een aantal gebouwen liep door tot de steeg, en daarachter liep Speedway. Andere winkels besloegen de parterre van flatgebouwen van voor de oorlog. De jongen kon weleens in een van die gebouwen zitten en probeer hem daar maar eens te vinden.

Hij kon wel overal zijn.

Hij zou er nog een paar uur aan besteden. Hij kreeg het warm van die baard, hoed en jas. Een koel drankje zou er wel in gaan. Hij had tien dollar op zak en nog meer in de auto die zes straten verderop stond. Maar een gestoorde zwerver die geld uit zijn zak viste zou misschien de aandacht trekken, dus besloot hij maar wat water uit een fonteintje te gaan drinken.

Er was er een aan het andere eind, bij de synagoge. Hij zou naar het noordelijke uiteinde van Oceant Front schuifelen, rechtsomkeert maken, water drinken, nog een paar keer op en neer lopen, zogenaamd een tukje op het bankje doen en er dan een streep onder zetten.

Vergeet dat kind nou maar. Hij hield zichzelf voor dat het oké was, maar het bleef hem toch dwars zitten, als een grote, hete etterpuist die smeekte om te worden uitgeknepen.

Hij gaf liever toe aan zijn dwang. Om te voorkomen dat de spanning zich ophoopte.

Voordat zijn moeder volslagen maf werd, was ze onvoorstelbaar dwangmatig geweest. Ze rookte vijf pakjes per dag, plukte aan haar gezicht, zat te wippen als ze naaiwerk deed, kreeg vreetkicks en hongerde zichzelf vervolgens weer dagenlang uit. Toen ze haar in die inrichting stopten, begon ze als een autistisch kind met haar hoofd tegen de muur te slaan, zodat ze haar moesten dwingen een footballhelm te dragen. Een gebloemde jurk en een helm; welke positie speel je in het team, ma? Ze zag er bespottelijk uit en hij deed alles om haar niet te hoeven bezoeken.

Tien jaar geleden was ze overleden en hij was haar enig levende nazaat. Via een plaatselijke advocaat had hij opdracht gegeven haar te laten cremeren en de as op het terrein van de inrichting te begraven.

Hij voelde geen emotie als hij aan haar dacht. Hij had het warm, voelde zich moedeloos en ontevreden omdat hij de zaak niet kon afronden. Nu was het vooral de hitte. Die bepaalde het leeuwendeel van wat hij voelde.

Hij trok nog een uur uit om de promenade twee keer af te lopen en voelde zich steeds opgefokter worden omdat hij niet in zijn opzet was geslaagd.

Geen enkel kind dat in de verste op dat jongetje van de tekening leek. Hij was bij het fonteintje, vulde zijn maag met water en veegde zijn baard af. Een toerist die ook wilde drinken bedacht zich. Een overtuigende rol, dat kon je niet ontkennen.

Op de dichtstbijzijnde bank zat een jong stel in rubber kleren. Hij wankelde er mompelend heen, liet zich op het hoekje zakken en het stel maakte zich uit de voeten.

Prachtig!

De synagoge was zeker net opengegaan, want hij zag een groepje oude mensen op de stoep ervoor die zich vervolgens verspreidden. Hij had niets tegen welke groep dan ook, zelfs niet tegen joden. Hij wou alleen dat diegenen die niet voor zichzelf konden zorgen gewoon doodgingen om voor anderen plaats te maken.

Maar iemand anders had het kennelijk niet op joden.

Die gast van het souvenirkraampje een paar deuren verderop. Moet je zien hoe hij naar ze keek: onvervalst vijandig.

Lelijke vent van ergens in de veertig, vettig, lang blond haar, waarschijnlijk geverfd. Slechte huid, magere armen die uit de mouwen staken van een weerzinwekkend paars t-shirt met CALIFORNIA HERE I COME erop.

In het kraampje hingen net zulke shirts, petten, zonnebrillen, speelgoed, vlaggetjes en ansichtkaarten; een klein stalletje vol met troep.

Niemand kocht iets, waarschijnlijk omdat de winkelier zo gastvrij was als een piranha.

Vijandig én nerveus. Hij keek de hele tijd Ocean Front op en neer. Interessant.

Een stel politieagenten wandelde met de fiets aan de hand langs het stalletje en die gast sperde zijn ogen wijd open terwijl zijn lichaam naar voren schoot; hij wierp zich bijna over de toonbank.

Wilde hij hun iets vertellen?

Maar hij bedacht zich, pakte een soort poppetje en deed alsof hij de prijs controleerde.

Raar...

Dat vonden die agenten waarschijnlijk ook, want ze bleven staan om iets tegen de lelijkerd te zeggen. Hij toverde een akelige glimlach op zijn gezicht en schudde zijn hoofd. De agenten liepen niet meteen door. Er was iets aan die gast dat hen verbaasde. De man bleef glimlachen en met dat poppetje spelen, en uiteindelijk liepen ze toch door.

De man stond hen een hele tijd na te kijken voordat hij z'n bezigheden van daarnet hervatte: naar links kijken, naar rechts kijken, naar links, naar rechts... En niet één keer naar het strand.

Hij stond op de uitkijk naar iets specifieks. Naar iemand?

Anonieme tip. Zou het? Zou God het zo goed met hem voorhebben?

Hij bleef de souvenirverkoper nog zo'n twintig minuten bestuderen en het patroon veranderde niet: ijsberen, de promenade afkijken, poppetje pakken, erin knijpen, terugzetten, ijsberen... Opeens veranderde er iets: de man verdween achter een goedkoop gordijn achter in het kraampje. Waarschijnlijk een voorraadkamer; misschien moest hij naar de wc.

Het stalletje was vijf minuten onbeheerd en een paar buurtjochies liepen langs om kaarten van het rek te trekken. Toen de man met het lange haar weer te voorschijn kwam, veegde hij zijn lippen af.

Hij had een slok genomen. Daar ging hij weer: heen en weer, op en neer. Duidelijk op de uitkijk.

Zou het echt? Misschien wachtte hij wel op een dopedeal.

Aan de andere kant moest die tip toch ergens vandaan zijn gekomen. Voor zo'n mislukkeling die dergelijke troep verkocht vertegenwoordigde vijfentwintig mille een heleboel zaterdagen werken. Reden genoeg om nerveus te zijn.

Hij bleef de man nog een poosje gadeslaan. De routine veranderde niet en hij ging nog een keer een slok halen. Die gast was net een robot die op de automatische piloot stond. Net zoals de gekken die hij zag als hij zijn moeder ging opzoeken.

Het was zeker de moeite van een nader onderzoek waard; had hij iets te verliezen?

Hij stond op, liep honderd meter in zuidelijke richting, maakte rechtsomkeert en ging dichter langs de etalages lopen. Hij liep vlak langs het stalletje en zocht naar het bordje met openingstijden. Daar had je het:

OPENINGSTIJDEN IN DE ZOMER: M-V VAN 11-17 u; za en zo 11-20 u

Hij zou weggaan en om acht uur terugkomen. Hopelijk was de massa dan naar huis. Hopelijk ging die vent niet vroeg dicht of was zijn dienstrooster niet veranderd, en zo ja, dan kon hij altijd nog terugkomen.

Hij had namelijk geen ander aanknopingspunt en had zich voorgenomen hoopvol te blijven.

Optimisme, dat was de sleutel. Zolang je je gevoel voor ironie maar niet kwijtraakte.

70

Saddlewax Road was een kleine vijfhonderd meter van de afslag naar Palos Verdes. Onderweg zag Petra twee kleine meisjes in complete ruiteruitrusting op schitterende bruine paarden, gevolgd door een vrouw op een zwarte hengst. Ze bestudeerde hun houding, de paarden, of allebei.

Het huis van Balch was op driekwart van een lommerrijke straat. Het was een oranje gestucte, boerderijachtige bungalow boven op een heuveltje begroeid met klimop. Het perceel was omheind met hetzelfde witte kraalhek als van alle buren. Jongens speelden basketbal; een man met een felgroen poloshirt spoot een antieke Corvette schoon. De buurt had de uitstraling van gezinnen met een veelbelovende toekomst.

Curieuze plaats voor een alleenstaande man. Misschien overgebleven van een van zijn huwelijken.

Boven aan Balch' garage was ook een basketbalring. Er stonden geen auto's voor. Het handjevol sprietige rozen naast het huis was verdord en de dakspanen waren kromgetrokken. Stapels post met een touwtje erom – van vier dagen – lagen voor een hordeur. Op een heel klein briefje dat tegen het hor was geniet, stond dat de plaatselijke sheriff de jurisdictie over het perceel had overgenomen; niemand mocht erin. De agenten hadden de post niet naar binnen gebracht.

Wil belde het bureau en ze zeiden dat ze naar binnen konden gaan.

Als hij en Petra dingen meenamen, moesten ze daar maar een lijst van maken en hun er een kopie van sturen. Hij haalde zakjes voor bewijsmateriaal en registratieformulieren uit zijn kofferbak. Petra raapte de post op en ze gingen naar binnen.

De woonkamer was donker, het rook er bedompt en overal lagen opengevouwen kranten, vuile kleren, lege bier- en Pepsiblikjes, flessen sinaasappelsap en wodka. Een liefhebber van screwdrivers.

Een zwijnenstal, net als zijn kantoor. In tegenstelling tot de Lexus. Petra las de post en Wil toog aan het werk met de divans. Hij haalde de kussens eraf, ritste ze open en rukte het schuimrubber eruit.

Vier dagen post leverde niets anders op dan energierekeningen, reclamefolders en waardebonnen. Drie dagen geleden was hij in Montecito gesignaleerd toen hij de auto's had verwisseld na het lijk van Estrella Flores te hebben begraven. Waar had hij de keel van het dienstmeisje doorgesneden? Waarschijnlijk ergens in de heuvels boven RanchHaven. Petra vermoedde dat hij Flores binnen had overmeesterd, haar met de auto via de brandweg van het terrein af had gebracht en een lekker rustig plekje had gevonden om haar om zeep te helpen. Daarna had hij het lijk in plastic gewikkeld, in de kofferbak gelegd, was hij in drie kwartier naar Montecito gereden, had hij het lichaam begraven en de Lexus achtergelaten. Hij dácht namelijk dat hij schoon was en waarom zou de politie Ramseys weekendhuis controleren?

Had hij de jeep opgehaald omdat hij daarin had gereden op de avond van de moord op Lisa en zich ervan wilde verzekeren dat de wagen schoon was?

Ze moest aan zijn gedrag tijdens het onderhoud denken. Een beetje in mineur en zichzelf wegcijferend. Hij was niet nerveus, maar dat waren psychopaten nooit.

Hij had een opmerking over Lisa's driftbuien gemaakt en hoe ze die op Cart afreageerde. Kersverse joggingschoenen. Onze Gregory Balch was een sluwe vos. Waarom was hij dan zijn hele leven lakei gebleven?

Had hij geld van de baas achterovergedrukt en het juiste moment afgewacht om ervandoor te gaan? Was het aanvankelijk de bedoeling geweest om dat met Lisa te doen en was er iets tussen gekomen? Zat Balch soms met een koffer vol geld ergens in Brazilië en hief hij het glas op het feit dat hij Ramseys leven in meer dan één opzicht had geruïneerd?

Ze ging naar de keuken. De inhoud van de koelkast was het treurige menu van een vrijgezel: bier, wijn, nog meer sinaasappelsap met wodka en nog meer dozen met afhaaleten. Chinese biefstuk en spare ribs van een Chinees restaurant aan Hawthorne Boulevard. Een emmertje knapperige kipnuggets van Kentucky Fried Chicken. Er stond geen adres op, maar ze had onderweg zo'n zaak op Hawthorne gezien. De helft van een reusachtige pizza van een restaurant in Studio City dat DeMona's heette. Op Ventura Boulevard, een paar straten van het kantoor. Al het eten was al ver voorbij de uiterste consumptiedatum. De pizza zag er fossiel uit.

In de woonkamer was Wil grimmig en zwijgend aan het werk. Hij tilde divans op, sneed de jute onderkant open, trok een klok van de muur, schudde hem hard genoeg door elkaar om ernstige schade aan te richten en gluurde omhoog in de open haard.

Ze besloot een kijkje in het hele huis te nemen, vond drie slaapkamers waarvan er twee totaal leeg waren en eentje een weerzinwekkende bende was, twee badkamers, een eetkamer vlak naast de keuken en een gelambriseerde werkkamer die op de achtertuin uitkeek. Er stond niets anders in dan een verstelbare stoel van bruin leer en een tv met een beeld van anderhalve meter. Bovenop stond een illegale zwarte doos. Petra zette de tv aan en werd overvallen door een penis van anderhalve meter die een vagina betrad met muzikale omlijsting van een trage synthesizer en gesteun en gekreun.

'O, die mannen toch,' lachte Wil.

Ze zette de tv af en trok de gordijnen open. De achtertuin had een aantrekkelijk formaat met een aantal volwassen bomen en een ovaal zwembad, maar het gras was hooi van vijfentwintig centimeter. Het zwembad was een zompige algensoep. Hoge stenen muren benamen de buren het uitzicht. Boften die even.

Lichtjaren verwijderd van Ramseys vorstelijke levensstijl. Al die jaren miezeren in Ramseys schaduw...

Ze besloot om de walgelijke slaapkamer het eerst aan te pakken. Het rook er naar de onderkant van een wasmand. Kingsize bed, goedkoop hoofdeinde en zwart linnengoed met vettige grijze vlekken. Ze trok haar handschoenen aan en propte het beddengoed in een zak. Het matras was een beschimmeld vod. Ondanks haar chirurgische handschoenen vond ze het aanraken van Balch' beddengoed stuitend.

Aan het voeteneind van het bed stond nog zo'n grote tv en een tweede zwarte doos. Zelfde pornozender. Verfrommelde papieren zakdoekjes en masturbatielectuur in het nachtkastje onderstreepten Balch' solistische sexleven. Ze bladerde door de tijdschriften in de hoop een paar voorbeelden van het ruigere SM-werk te vinden die bij de psychoanalyse van de booswicht van pas konden komen, maar het was voornamelijk rechttoe-rechtaan-brandstof voor de mannelijke hetero-fantasie, en het ergste was een beetje bondage van het lichtste soort. De porno ging in een zak die ze netjes registreerde.

Stapels smerig ondergoed en vuile sokken vormden een hobbelig tapijt tussen de muur en de linkerkant van het bed. Waarschijnlijk sliep Balch rechts en gooide hij de troep naar de andere kant. De kleerkast hing vol met trainingspakken in allerlei kleuren, een vrijetijdsbroek met ceintuurtouwtjes, spijkerbroeken en hemden, alles met het label van Macy. In een plastic zak met een bon van de stomerij – op Hawthorne Boulevard – zaten twee broeken en drie overhemden, waaronder het felblauwe zijden hemd dat hij had gedragen op de dag dat ze Ramsey over de dood van Lisa hadden ingelicht.

Ze haalde de kledingstukken uit de zak. Hij laat zijn vuile was dagenlang op de grond liggen, maar dit laat hij stomen.

Waarschijnlijk de kleren die hij had gedragen toen hij Lisa vermoordde. Twee broeken, drie overhemden.

Als er bloed op had gezeten, waarom had de stomerij dat dan niet gemerkt? Ze schreef etiketten, stopte de kleren in een zak en richtte haar aandacht op de plank boven in de kast. Daar stonden dertien archiefdozen. Balch' belastingadministratie. Ze nam er alle tijd voor.

Zijn inkomsten van Ramsey waren zijn enige. Vijfentwintig jaar geleden was Ramsey begonnen hem vijfentwintigduizend dollar te betalen. Door regelmatige verhogingen zat hij nu op honderdzestigduizend. Niet slecht, maar toch een fooi vergeleken met de miljoenen van de baas.

De aangiften vermeldden weinig beleggingen. Hij had de waardevermindering van het Saddlewax-huis dat hij veertien jaar geleden had gekocht en de autolease afgetrokken. Eerst waren het Buicks, toen Cadillacs en nu de Lexus, maar verder had hij geen onroerend goed. Dertien jaar lang was er alimentatie betaald aan Helen Balch in Duluth, Minnesota. De laatste negen jaar had hij zijn geld ook moeten delen met Amber Leigh Balch.

Helens naam riep het beeld op van een vrouw van middelbare leeftijd en een plichtsgetrouwe eerste echtgenote. Was het huis veertien jaar geleden direct na de huwelijksvoltrekking gekocht? Zo ja, dan waren ze een jaar later uit elkaar gegaan.

Amber Leigh klonk als een filmnaam. Petra stelde zich een echtbreekster met een grote bos haar en lange benen voor. Waarschijnlijk blond want daar viel hij op, getuige Lisa en Ilse. Een del met grote borsten en niet echt knap. Dat huwelijk had ook niet lang geduurd. Tweeduizend per maand naar Helen; vijftienhonderd naar Amber.

Hij verdiende zo'n achtduizend per maand schoon. Zeshonderd per maand voor de lease van de Lexus. Trek die en de alimentatie af en hij hield negenendertighonderd per maand over. Over de laatste paar jaar had hij zo'n twintigduizend van de belasting teruggekregen. Niet bepaald armoe, maar wel een kleinigheid naar de maatstaven van de filmindustrie. Naar Ramseys maatstaven.

Geen tekenen van dure hobby's of exorbitante uitgaven. Gokte hij bij de paardenrennen? Snoof hij lijntjes? Had hij ergens een geheime geld-voorraad? Vermeerderd met achterovergedrukte inkomsten?

Ze keek in alle hoeken en gaten maar vond geen bankboekjes of be-leggingsdocumenten. In tegenstelling tot Lisa had hij dus geen grote plannen. Was zíj zijn witwasser geweest?

In dat geval had ze meer geëist. Of geprobeerd om Balch te chante-ren. Geld en hartstocht, het kon niet anders.

Ze hoorde een deur dichtslaan. Ze keek uit het raam en zag Wil naar de garage lopen. Hij drukte op een afstandsbediening en een deur gleed open. Voor zover ze kon zien geen auto. Ze richtte haar aandacht weer op het belastingarchief en maakte etiketten voor elke doos. Doorwer-ken.

De eerste lege slaapkamer was niet meer dan dat. Maar in de tweede trof ze weer een buit op de plank van de kleerkast: drie schoenendo-zen met losse foto's. Eerst kwamen er dertig jaar oude professionele foto's van footballteams op de middelbare school en de universiteit. De gezichten waren te klein om iemand te herkennen. Daarna kwa-men de amateurfoto's van Ramsey en Balch in complete sportuitrus-ting, gigantische schouderbeschermers en smalle tailles.

Meneer Groot, Donker en Knap met zijn vlasblonde maatje, allebei met een pedante grijns, klaar om de wereld te bestormen.

Daarna kwamen de huwelijksfoto's. Balch – nog slank en bruin – droeg een lichtblauwe smoking, een roesjeshemd en een onzekere uitdruk-king op zijn gezicht. Helen bleek een slanke, aantrekkelijke vrouw met kort donker haar en een nuffig mondje. Uit latere foto's bleek dat ze goed geconserveerd was, slank bleef en nu en dan een bril droeg. Op één foto had ze een baby in haar armen.

In een roze dekentje. Dochter. Tijdens het onderhoud had Balch niet over een kind gerept, maar waarom zou hij ook: ze hadden het niet over hem gehad. Petra herinnerde zich hoe hij persoonlijke vragen uit de weg was gegaan. Destijds had ze haar schouders opgehaald. Nu be-greep ze het wel.

Een stuk of twintig foto's van het kind. Geen enkele had een naam achterop. Een knap meisje met donker haar dat haar moeder had ver-kozen. Kiekjes tot haar achtste of daaromtrent, daarna niets meer.

De scheiding, of was het iets ergers geweest, zoals een overlijden? Nog een verlies in Balch' miserabele bestaan?

In de tweede doos zaten kleinere exemplaren van de sterrenfoto's die Petra aan de muur van Balch' kantoor had gezien. Voornamelijk Ramsey en een paar van Balch zelf. Van verschillende fotografen in Hollywood en de Valley.

De laatste doos was vrijwel leeg. Alleen een trouwfoto met het stempel van een fotograaf in Las Vegas. Een Vegas-connectie. Balch in een donker pak en een wit overhemd met een gestreepte kraag. Hij had een roze, opgeblazen gezicht en keek een beetje confuus. Hij torende hoog uit boven Amber Leigh, een nietig Aziatisch type met ongelooflijke jukbeenderen en borsten die schreeuwden om plastische vergroting. Niet wat Petra zich had voorgesteld, maar dellerig zeker.

Hij trouwde met donkerharige vrouwen maar vermoordde blondines.

Onder de foto lag een envelop met een datum van drie jaar geleden. Krullerig, kinderlijk handschrift, geadresseerd aan de heer G. Balch op het Saddlewax-adres. Op de andere kant stond Caitlin Balch zonder adres. Het poststempel vermeldde Duluth in Minnesota.

Hetzelfde handschrift op één velletje gelinieerd briefpapier.

Lieve papa,
Nou, ik ben geslaagd voor Junior High en ik heb een prijs gewonnen met de band, maar ik denk niet dat u dat iets kan schelen. U belt nooit en komt hier ook nooit meer en de alementatie is ook nooit op tijd en nu mama ziek is, is dat erg moeilijk. Ik schrijf alleen omdat het moet van mam, u moet weten wanneer uw dochter slaagt.
Dat kan u toch niks schelen, hè?

Uw dochter (denk ik)
Caitlin Lauren Balch

Aandoenlijk. Had hij ooit teruggeschreven? Waarschijnlijk niet, te oordelen naar het ontbreken van vervolgcorrespondentie.

Geen foto's van Lisa. Noch van Ilse Eggermann. Dat was misschien ook te veel gevraagd.

Als hij door een van de dode vrouwen geobsedeerd was geweest, zou hij de aanwijzingen waarschijnlijk hebben vernietigd. Of bij zich gestoken om mee te spelen.

Petra deed elastiekjes om alle schoenendozen en ging er net de kamer mee uit toen ze Wil hoorde roepen.

Hij had ze allemaal op de vloer van de garage gelegd.

Zes handwapens – twee revolvers en vier automatische pistolen – drie geweren en twee shotguns waarvan de ene een kostbare Mossler. Dozen met munitie voor alle vuurwapens. De garage rook naar wapenolie.

Gereedschapsrek aan de muur boven een lege werkbank, twee grote kisten met een heel assortiment gereedschap, twee dozen met vistuig, zes hengels, zeven molens.

'Diepzee en zoetwater,' zei Wil waarderend. 'Ook goed kunstaas. Met de hand geknoopt. En moet je dit zien.'

Messen. Petra telde er tweeëndertig.

Jachtmessen, dolken en uitbeenmessen met een lang lemmet. Wil zei dat hij die laatste uit de tuigdozen gehaald had.

'De man houdt van jagen en snijden, Petra. Op dat uitbeenmes zit bloed. Misschien van een forel, misschien ook niet.'

'Hengelen en jagen,' zei Petra. 'Misschien heeft hij wel een hutje ergens in het bos.'

'Daar zitten we nou echt op te wachten, een buitensporter en een overlever. Hier moeten we maar even rustig de tijd voor nemen. Ik ga nieuwe handschoenen aantrekken en mijn videocamera halen.'

Om veertien over acht waren ze klaar. Het huis was bijna ondraaglijk heet geworden en Petra's neus was inmiddels gewend aan de stank. Wil zei: 'We hebben ons brood wel verdiend,' zette de tv aan en schakelde over van een niemendalletje met orale sex op het plaatselijke nieuws. 'Voor het geval dat er iets aan het licht is gekomen. Zo schijnen wij overal achter te moeten komen.'

Het nieuws was een en al misdaad. Een negenjarig meisje ontvoerd in Willow Glen, een schietpartij uit een rijdende auto in Florence, nog eentje in Angeles Crest, maar niets over Lisa of William Bradley Straight.

'Werk, werk en nog eens werk,' geeuwde Wil terwijl hij zijn mouwen omlaag rolde. Hij had zijn jasje opgevouwen en op een beschermend laagje politieplastic op de schoorsteenmantel gelegd. Hij zag er net zo moe uit als Petra zich voelde.

Hij geeuwde weer en ze zei: 'Ik weet dat we nu geacht worden naar Balch te gaan hengelen, maar ík heb honger...'

Hij stak een vinger op: stil! Iets op tv had hem klaarwakker gemaakt.

'... blanke man,' zei de verslaggever. 'Er is nog geen naam vrijgegeven, maar de hulpsheriff heeft het slachtoffer omschreven als ongewoon groot, langer dan een meter tachtig en om en nabij de honderdveertig kilo. Het lichaam was aan stukken gesneden, maar de delen waren nog niet verspreid in dit afgelegen gedeelte van het bos. De padvinders die de moordenaar misschien bij zijn bezigheden hebben gestoord vertelden dat ze een auto met gedoofde lichten snel weg zagen rijden. Hier laat ik het voorlopig bij, Chuck. We houden je op de hoogte.'

Fournier drukte snel op de afstandsbediening en wipte van zender naar zender. Nog drie journaals, maar het in stukken gesneden lijk was ofwel al op het nieuws geweest, of maar een zender had het item tot dusverre uitgezonden.

'Nou?' vroeg Petra.

'Een meter tachtig, honderdveertig kilo,' zei hij. 'Het kan toeval zijn, maar dat zit verdomd dicht bij de afmeting van Buell Moran, die malloot die op zoek was naar dat jongetje van Straight. De vermoedelijke moordenaar van de moeder van het joch. Ik bedoel, ik weet best dat er veel dikke mensen in dit land zijn, maar toch... Wij dachten dat hij iets over de tip van het strand had gehoord en naar de westkant van de stad was gegaan. Zo ja, dan is hij daar misschien iemand tegengekomen van wie hij dacht dat hij hem kon helpen maar die hem alleen maar om zeep heeft geholpen. Ik zeg niet hij het ís. Er worden wel meer bikers in Angeles Crest gedumpt en een heleboel van die lui zijn groot, maar het is te schattig om te negeren.'

'Veel te schattig,' zei Petra. 'Schrijf je maar in voor een babycompetitie.'

'En ik zal je nog wat vertellen, Petra. Het afsnijden van ledematen en Angeles Crest doen me denken aan een zaak waar ik jaren geleden aan heb gewerkt toen ik met die Russische toestanden bezig was. Russen zijn dol op het stuksnijden van lijken. We klopten een keer bij iemand aan die er net mee bezig was. Ze concentreren zich op hoofd en vingertoppen omdat ze denken dat het de identificatie onmogelijk maakt. En ze gebruikten Angeles Crest, dat hadden ze pas ontdekt. De gast die me de tip over het jongetje heeft gegeven is een Rus. Ik had hem nog niet gezien of ik kreeg al een raar gevoel over hem. Zo'n boeventronie.'

'Waarom zou hij Moran vermoorden?'

'Wat dacht je van een concurrentiekwestie voor die vijfentwintig mille? Zeg maar dat beide heren ernstig last van inhaligheid hebben; ze zijn allebei gajes zonder rem op hun impulsen. Die Rus – hij heet Zhukanov – ziet dat Moran daar rondloopt om de tekening van dat jongetje aan de mensen te laten zien en krijgt het benauwd. Of misschien wordt hij wel door Moran benaderd. Die vertelt hem dat hij de vader van het jongetje is en dat hij de rechthebbende is. Zhukanov zegt: "Ik heb genoeg van dit kabaal." Die Russen zijn puur gemeen, Petra. De gast die we pakten toen hij bezig was iemand in puzzelstukjes te kerven had daar tweehonderd dollar voor gekregen. Moet je je eens voorstellen wat vijfentwintigduizend kan aanrichten.'

'Als Zhukanov zich voldoende bedreigd voelde om Moran te vermoorden,' zei Petra, 'kan dat betekenen dat hij iets nieuws over de verblijfplaats van het jongetje Straight te weten is gekomen, meer dan hij jou heeft verteld. Laat me even bellen om te horen of er nog nieuwe boodschappen over hem zijn binnengekomen.'

De telefoniste zei: 'Er zijn wel boodschappen voor u, maar ik kan niet naar boven om te kijken, want het is hier een gekkenhuis.' In de recherchekamer nam niemand op. Ze hing op en Wil pakte zijn jasje van de schoorsteenmantel. Zijn donkere voorhoofd glom als drop. Hij wiste het af en toetste een nummer in. Ze herkende het: het sheriffsbureau in het centrum. Rons hoofdkwartier.

'Die goeie ouwe bruinhemden weer,' zei hij. 'Ze lossen ongeveer twee keer zoveel zaken op als wij, maar aan de andere kant hebben zij weer niet te maken met al dat bendegedoe zonder getuige... Hallo, u spreekt met rechercheur Fournier van bureau Hollywood. Kunt u me alstublieft...'

Petra bracht de schoenendozen naar de auto. In het donker lag de straat van Balch er stil en vredig bij; hele gezinnen zaten gelukkig en tevreden voor het grote tv-scherm. Ze moesten eens weten. Ze snoof de warme dennengeur op. Hoe was het weer in Duluth, Minnesota? Wat zou Helen Balch denken als het gezicht van haar ex plotseling op alle zenders zou verschijnen?

Toen ze terugkwam, stond Wil te glimlachen.

'Ze konden het lichaam niet identificeren, maar ze hebben wel een hoofd. Dank je wel, padvindertjes. Het signalement komt tot in de bijzonderheden overeen met dat van Moran. Ik weet dat we behoorlijk in de overuren zitten en ik verheugde me ook op een tukje, Petra, maar volgens mij moeten we op z'n minst die Rus aan de tand gaan voelen. Misschien kunnen we Lisa niet een-twee-drie oplossen, maar zou het niet prettig zijn om íéts op te lossen?'

'Dat zou heerlijk zijn,' zei Petra. 'Vind je het erg om ergens onderweg te stoppen om een hapje te eten? Er is een Chinees op Hawthorne waar meneer Balch kind aan huis was. Ik betwijfel of hij een goede smaak heeft, maar je weet nooit.'

71

Kathy Bishop werd om negen uur zwetend, onderkoeld en met een verschrikkelijke pijn wakker. Stu drukte het knopje voor de zuster in en hield haar hand vast. Ze keek hem aan, maar uit haar gezichtsuitdrukking viel niet af te leiden wat ze zag. Waar bleven die zusters verdomme; hij wilde naar de balie hollen maar ook Kathy niet alleen laten.

Uiteindelijk kwamen ze en hij moest zich beheersen om niet tegen hen uit te vallen.

Nu hadden ze Kathy een kalmeringsmiddel gegeven, sliep ze weer en besefte hij dat het in wezen niet zo lang had geduurd.

Hou jezelf in de hand.

De kamer voelde als een cel. Hij was maar een uurtje weggeweest, toen mama alle kinderen om halfzes met het busje had gebracht en ze met z'n allen bij de plaatselijke McDonald's hamburgers met patat waren gaan eten. Ze waren alle zes stiller dan gewoonlijk, zelfs de baby. Hij verzekerde hen dat ze mammie gauw konden zien, speelde wat met hen, maakte grapjes en dacht dat ze zijn gewone-papa-stukje slikten, maar wist het niet zeker. Hij voelde zich allebehalve zichzelf, eerder een soort oplichter in pappies lichaam.

De kinderen begonnen vervelend te worden en moeder zei: 'Kom op, we gaan, jongens.'

Op weg naar buiten zag Stu andere eters staren en hij voelde zich razend worden.

Wat is er, eikels? Nog nooit een groot gezin gezien?

De hele weg naar St. Joseph bleef hij nijdig. Ook raar. Zo driftig kende hij zichzelf niet.

Ondertussen waren Wil en Petra op jacht naar een vermoedelijke seriemoordenaar en belde hij luchtvaartmaatschappijen, stiet hij op lompe bureaucratie en ving hij overal bot: nergens had Balch een vlucht geboekt, maar na al die ontkenning, wie weet...

Vroeger kreeg hij bureaucraten altijd wel aan de praat. Kathy noemde het Mormoonse charme. Dan kuste ze zijn voorhoofd en trakteerde ze hem op zo'n kom-tot-mij-knipoog. Hij was gek op die knipoog. Maar vanavond had hij weinig charme over. Hij hield Kathy's hand vast. Slap en levenloos. Als haar huid niet warm aanvoelde, zou hij misschien in paniek zijn geraakt.

Ze ademde regelmatig. Volgens de apparatuur was ze in orde.

Er waren geen luchtvaartmaatschappijen meer over. Hij kon verdomme niets anders meer doen dan wachten.

Waarop? Weer zo'n pijnaanval?

Hij was te opgefokt om in slaap te vallen, dus stond hij op en begon te ijsberen. Hij moest slapen, hij moest fris zijn voor Kathy... de stapel *TV Guides* lag op een tafeltje aan het voeteneind. Misschien kregen die stomme, waterige samenvattingen van Dack Price hem wel in slaap.

Hij was met jaargang twee bezig toen hij zijn lichaam voelde verslappen en zijn oogleden zakten. Bij de derde begon te kamer te vervagen. Vervolgens drong iets door zijn vermoeidheid heen.

Woorden, zinnen... Iets dat een beetje anders was.

Nu zat hij weer rechtop. Klaarwakker.

Hij herlas het stukje... Vroeg zich af... Moest hij Petra bellen?

Raar, misschien was het niets. Maar...

Hij wist niet eens waar Petra uithing. Hij was zo in een andere wereld. Was zijn oordeel wel te vertrouwen?

Hij zou proberen haar te vinden. In het ergste geval had hij alleen wat tijd verdaan.

Tijd verspillen was toch al zijn jongste liefhebberij.

72

Die blanke smeris nam hem serieus.

Het werd tijd. Dat zei Zhukanov ook toen de man vlak voor sluitingstijd voor de toonbank verscheen om zijn legitimatie en de tekening van het kind te laten zien.

'Het werd tijd.'

'Pardon, meneer?'

'Ik praat met een collega van u, maar hij belt niet terug. Een zwarte vent.'

De blanke smeris staarde hem aan. 'Dat weet ik, meneer.'

'Wat wilt u?' vroeg Zhukanov korzelig.

'De identificatie nog eens controleren, meneer.' De agent leunde met zijn ellebogen op de toonbank en legde het krantenknipsel neer. Grote, blonde kerel met een rossig gezicht, een donker pak en een donkere das. Hij deed Zhukanov denken aan een kolonel bij demonstratiebeheersing onder wie hij ooit had gewerkt; een echte sadist die dol was op armen uitdraaien: hij wist precies hoe hij met één polsbeweging maximale schade toe kon brengen... Borokovsky. Deze vent leek sprekend op Borokovsky. Zou hij van Russische komaf zijn? Op zijn kaartje stond RECHERCHEUR D.A. PRICE, maar al die Russen veranderden hun naam hier.

'Nog eens controleren? Ik heb jullie al verteld dat hij hier is geweest, niemand belt me en het is op tv geweest.'

'Het gaat om een moordonderzoek, meneer, we kunnen niet voorzichtig genoeg zijn,' zei de blonde smeris. Hij keek over Zhukanovs schouders naar de planken met speelgoed.

Hij zegt 'meneer', maar vindt me waarschijnlijk niet goed snik, een malloot. Dat dacht die dikzak ook en moet je kijken wat er van hem is geworden.

Zhukanov had er een paar uur over nagedacht en voelde zich prima omdat hij die vetlel om zeep had geholpen. Fantastisch zelfs: Siberische wolf doodt prooi, steekt zijn neus in het bloed en huilt naar de maan. Zhukanov had dat echt willen doen toen hij die vent aan stukken sneed.

De kolos in en uit de auto sjorren was een hels karwei geweest; Zhukanovs rug en schouders deden nog steeds zeer. De klootzak in stukken snijden bleek ook niet zo eenvoudig. Hij had zijn keukenmessen beter moeten slijpen; dat hakmes had linea recta door de gewrichten moeten gaan en niet moeten blijven steken.

Maar het hoofd had minder moeilijkheden opgeleverd dan hij had verwacht. Het rolde met de ogen open weg als een voetbal, erg grappig. Hij had zin om er een trap tegen te geven, maar kop en vingers moest je ergens anders zien te lozen zodat de smerissen alleen de rest van het karkas hadden. Hij was van plan geweest om het hoofd ergens heen te brengen waar niemand het zou vinden, maar die padvinders hadden roet in het eten gegooid met hun woudloop. Ze schreeuwden alsof ze dronken waren. Dus nu had de politie het hoofd; misschien zouden ze erachter komen wie die dikzak was. Kon hem wat schelen. Ze konden hem toch niet met hem in verband brengen, want hij had al het bloed opgeruimd. En hier stond een smeris over precies dezelfde toonbank geleund. Hij moest eens weten.

Zhukanov moest een glimlach onderdrukken. Hij had de messen van Valencia tot Van Nuys in vijf verschillende putten gegooid. De kleren van dikzak en zijn portefeuille lagen nu in containers in Fairfax en Melrose; laat de smouzen maar de schuld krijgen.

Er zat geen geld in de portefeuille, alleen maar een rijbewijs en een mooi plaatje van een lekker stuk met haar benen wijd dat Zhukanov in zijn zak had gestoken. Het rijbewijs gooide hij in een andere put. Dikzak heette Moran. Wat dan nog.

Thuisgekomen had hij zijn bebloede kleren in de was gedaan, een douche genomen, een hapje gegeten en een poosje aan zijn kapotte pistool gesleuteld. Hij wist nog steeds niet wat eraan scheelde. Daarna had hij nog een paar glaasjes wodka gedronken en om drie uur was hij in één klap onder zeil gegaan. Vijf uur later stond hij weer in zijn stalletje te wachten tot de smouzen en die jongen terug zouden komen. Als ze niet zouden komen, zou hij maandag naar kentekenregistratie gaan.

Maar de auto kwam wel. Hij stopte om negen uur achter de smouzenkerk. Zhukanov wist dat het gebedstijd voor de smouzen was, doorgaans duurde die tot een uur of elf. Om het kwartier liep hij even de steeg in en eindelijk zag hij de oude man die de jongen had verstopt met een oude vrouw naar buiten komen. Ze reden weg en hij in zijn auto erachteraan. Ze hadden niets in de gaten omdat ze het te druk hadden met wouwelen.

En nu had hij een adres zonder dat het hem een cent had gekost. Sunrise Court 23.

Hij schreef het niet op zoals hij met dat nummerbord had gedaan. Hij keek wel uit: niemand zou het krijgen zonder ervoor te betalen.

En moest je zien hoe kalm hij was met die blanke smeris tegenover zich. Hoewel, als die vent alleen maar zijn legitimatie had laten zien en niet ook de tekening van dat jongetje, had hij misschien gedacht dat het iets met die Moran te maken had. Wat zou hij dan in hemelsnaam hebben gedaan?

'Ik heb het tegen die zwarte vent gezegd,' zei hij. 'Hij belt maar niet terug.'

'Het spijt me, meneer. We hebben het erg druk...'

'Jullie zoeken je gek naar dat jongetje,' zei Zhukanov. 'Maar ik heb 'm gezien.'

'Dat was een paar dagen geleden, meneer.'

'Misschien,' glimlachte Zhukanov.

'Misschien?'

'Misschien heb ik hem nog een keer gezien.'

De blonde smeris haalde een blocnootje te voorschijn. 'Wanneer, meneer?'

'Ik heb je zwarte collega de eerste keer iets verteld en hij belt me nooit terug.'

De blonde smeris boog zich fronsend dichter naar hem toe. 'Als u informatie hebt, meneer...'

'Ik weet het niet,' zei Zhukanov schouderophalend. 'Misschien ben ik het wel vergeten. Zoals die zwarte vent vergeten is te bellen.'

Het blocnootje ging weer dicht. De smeris ergerde zich, maar glimlachte toch. 'Meneer, ik begrijp uw frustratie helemaal. Soms wordt het druk en zetten we niet alle puntjes op de i. Als dat u is overkomen, dan sp...'

'Alle puntjes op de i zetten is belangrijk,' zei Zhukanov, al wist hij niet precies wat het betekende. 'Maar geld ook.'

'Geld?' vroeg de smeris.

'Vijfentwintigduizend.'

'O, dat,' zei de rechercheur. 'Natuurlijk. Als wij de jongen vinden en hij kan ons helpen, dan is het geld van u. Dat hebben ze mij althans verteld.'

'Niemand heeft het míj verteld.'

'Ik heb de formulieren gezien, meneer. Mijn chef heeft ze getekend. Als u hem wilt bellen...'

'Nee, nee,' zei Zhukanov. 'Ik wil er gewoon geen misverstand over laten bestaan. Misschien weet ik wel meer dan wat ik aan die zwarte meneer heb verteld, maar stel dat het kind ervandoor gaat en jullie hem niet vinden? Wat gebeurt er dan?'

'Als uw informatie betrouwbaar is, dan krijgt u een deel,' zei de rechercheur. 'Een deel van de vijfentwintigduizend. Dat gaat altijd zo. Ik zeg niet dat u het hele bedrag kunt krijgen, maar...'

'Hoe groot is een deel?'

'Ik weet het niet, meneer, maar in dergelijke situaties is het doorgaans een derde tot de helft. Ik zou zeggen tien- tot twaalfduizend. En als de jongen er is, krijgt u het volle pond; waarom belt u niet even met mijn chef...'

'Nee, nee,' zei Zhukanov. Hij dacht: als die ouwe smous de jongen mee naar huis heeft genomen, kan hij er nog steeds vandoor gaan. Ik kan maar beter niet meer talmen. 'Ik wil dat u het opschrijft.'

'Wat opschrijft?'

'Wat u zegt. Twaalf tot vijftien voor Zhukanov vanwege de tip, het hele bedrag als jullie de jongen hebben.'

'Meneer,' zei de blonde agent, 'ik ben echt niet in de positie... Goed, oké. Daar gaan we.'

Hij scheurde een velletje uit zijn blocnote en vroeg: 'Hoe schrijf je uw naam?'

Zhukanov spelde hem.

De blonde rechercheur schreef in nette blokletters:

Bij deze garandeer ik naar beste weten dat de heer V. Zhukanov recht heeft op $12000,- vanwege informatie die hij heeft verstrekt over een vermiste jongen wiens identiteit onbekend is, in verband met de moord op L. Ramsey. Mocht de informatie van de heer V. Zhukanov rechtstreeks naar de bewuste jongen leiden en de informatie tot de aanhouding van een verdachte, dan is hem $25000,- verschuldigd.

Rech. D.A. Price, leg.nr. 19823

'Alstublieft,' zei de politieman, 'maar om u de waarheid te zeggen, kan ik u niet beloven dat dit veel...'

Zhukanov griste het papiertje uit zijn handen, las het en stopte het in zijn broekzak. Nu had hij een contract. Als die klootzakken het hem moeilijk maakten, zou hij Johnnie Cochran in de arm nemen en procederen tot ze scheel zagen.

'Ik weet waar hij is,' zei hij. 'Ik weet genoeg voor de vijfentwintig.'

De blonde rechercheur wachtte met de pen in aanslag.

'De smouzen... de joden daar hebben hem.' Zhukanov wees in zuidelijke richting. 'Daar hebben ze een kerk. De oude jood heeft hem daar verborgen en vervolgens mee naar huis genomen.'

'Hebt u dat gezien?' vroeg de rechercheur. Hij ging rechtop staan en trok zijn schouders naar achteren.

'Zeker weten. Ik heb op de auto gewacht en die ben ik vanmorgen naar het huis van die oude man gevolgd.'

'Eersteklas politiewerk, meneer Zhukanov.'

'In Rusland heb ik bij de politie gewerkt.'

'O ja? Nou, daar plukt u dan nu de vruchten van. Dank u wel. En neem maar van mij aan dat ik alles zal doen wat in mijn vermogen ligt om u die vijfentwintigduizend tot en met de laatste cent te bezorgen.'

'Zeker weten,' zei Zhukanov. De wolf zegeviert!

De blonde smeris zei: 'En het adres?'

'Sunrise Court 23.' Een adres van vijfentwintigduizend dollar.

'Is dat hier in Venice?'

'Ja, ja, dat is hier.' Die sukkel kende zijn eigen stad niet eens. Zhukanov maakte een duimbeweging. 'Vanuit de steeg gaat u naar Speedway, daarna naar Pacific, daarna vijf straten verder.'

'Geweldig,' zei de smeris en hij deed zijn blocnote dicht. 'U hebt ons een enorme dienst bewezen, meneer. Als u het over de steeg hebt, bedoelt u dan de steeg die daar achter loopt?'

'Ja, ja, ik wijs het u wel.'

Zhukanov sprong over de toonbank. Ondanks zijn pijnlijke ledematen zat hij vol adrenaline. Hij bracht de blonde politieman langs de zijkant van het stalletje en de vuilniskratten. Hij moest eens weten wat daar gisteravond had gelegen.

'Daar,' wees hij, 'is de jodenkerk waar ik de auto heb gezien, oké?'

'Wat voor auto, meneer?'

'Lincoln. Wit met bruin dak.'

'Bouwjaar?'

'Geeft niet, ik heb iets beters.' Grijnzend gaf Zhukanov hem het kenteken. De man krabbelde iets in het donker. 'Gingen andere kant op.'

'Naar het noorden,' zei de rechercheur.

'Ja, ja, rechtstreeks naar Speedway, daarna Pacific, vijf straten.'

De smeris herhaalde de instructies, wat een uilskuiken.

'Dat is het,' zei Zhukanov. Ga hem nou maar halen, stomme lul. Je krijgt hem op een presenteerblaadje!

De smeris stopte zijn blocnote weg en stak zijn hand uit. 'Hartelijk bedankt, meneer.'

Ze schudden elkaar de hand. Een stevige mannenpoot. Als die smeris eens wist dat de hand die hij vasthield een paar uur geleden onder het bloed had gezeten. Zhukanov probeerde zijn hand terug te trekken zodat die vent eens aan het werk kon, maar het lukte niet. De smeris hield hem vast en trok hem naar zich toe. Wat was dat nou godverdomme? De smeris grijnsde alsof hij hem ging zoenen. Er klopte iets niet, er was iets goed mis.

Zhukanov haalde worstelend uit.

Een hand greep hem bij de pols, draaide, er brak iets en de pijnscheut trok van zijn vingertopjes tot onder zijn oor. Een vlugge beweging, net als kolonel Borokovsky. Onwillekeurig schreeuwde hij het uit, er explodeerde iets groots en vlezigs in zijn gezicht en hij ging om.

Daarna nog meer pijn, erger, brandend, schroeiend, alsof iemand een roodgloeiende pook in zijn darmen stak.

Het begon vlak onder zijn navel en trok vervolgens omhoog als een brandend touw. Daarna voelde hij zich koud worden, een rare kou, er blies een koude wind.. vanbinnen, diep vanbinnen, en hij wist dat hij opengereten, gefileerd was, net zoals hij die dikke klootzak had opengesneden en nu gebeurde het met hem en hij kon er godverdomme niks tegen doen, alleen maar blijven liggen en het over zich heen laten komen.

Het laatste dat hij voelde was een hand in zijn zak.

Hij haalde het contract eruit. Leugenaar! Oplichter! Dat geld was van m...

73

Hier alleen zijn is anders dan in het park. Ook anders dan in Watson.

Ik heb al die kamers, al die boeken en iemand die me vertrouwt. Af en toe hoor ik buiten voetstappen, iemand die praat of lacht of ik hoor een auto voorbijrijden. Maar geen mens doet me wat. Ik zit veilig en wel binnengesloten. Ik kan slapen zonder wakker te hoeven worden en om me heen te moeten kijken. Ik kan lezen zonder zaklantaarn.

Ik heb er heel lang over nagedacht en Sam heeft gelijk: morgen bel ik de politie om ze over PLYR 1 te vertellen. Misschien bel ik mam ook wel. Om te zeggen dat het goed met me gaat, dat ze zich geen zorgen hoeft te maken, dat ik op een keer terug zal komen en dan voor haar kan zorgen.

Wat zou ze doen? Huilen? Boos worden? Smeken of ik terug wil komen?

Of nog erger: níét smeken? Ze moet me toch een klein beetje missen? Ik denk er niet meer over na, strek me op de divan uit, trek de gebreide deken over mijn knieën en begin aan de volgende *Life*. Het hoofdartikel gaat over John Kennedy en zijn gezin op het strand. Ze zien er blij en mooi uit.

Het is het strand van Californië; hetzelfde zand is maar een klein stukje hiervandaan. Ik zou erheen kunnen lopen om even te kijken, doen alsof ik John Kennedy ben en dan weer terugkomen. Maar ik heb tegen Sam gezegd dat ik hier zou blijven en hij heeft me de alarmcode gegeven.

1-1-2-5. Ik sta op om het te proberen. Groen licht.

Rood licht, groen licht, rood licht.

Groen licht. Ik doe de deur open en ruik de zoute lucht, die lucht van het strand. Buiten is geen mens, de meeste huizen zijn donker.

Ik ga buiten op de veranda staan. Ik voel me koud en bang worden.

Terug in huis. Waarom word ik bang als ik alleen maar naar buiten ga?

Ik zal het straks nog een keer proberen. Terug naar de Kennedy's.

74

De eigenaar van het Chinese restaurant kon zich Balch niet herinneren. Petra en Wil bestelden een paar loempia's om mee te nemen, aten ze in haar auto op, spraken af op eigen gelegenheid naar Venice te rijden, elkaar op de hoek van Pacific en Rose te ontmoeten en samen naar Zhukanovs stalletje te lopen.

Petra reed weer op Redondo Beach Boulevard toen ze werd gebeld door de telefoniste van bureau Hollywood.

'Een halfuur geleden heeft rechercheur Bishop voor u gebeld,' zei ze.

Zou Stu vluchtinformatie van Balch hebben?

De ziekenhuistelefonist weigerde haar door te verbinden. 'Na negen uur wordt er niet naar chirurgie doorverbonden, mevrouw.'

'Ik ben rechercheur van politie en ik bel terug voor een collega. Stuart Bishop.'

'Is meneer Bishop een patiënt?'

'Nee, zijn vrouw.'

'Dan spijt het me, mevrouw, maar ik mag u niet doorverbinden.'

'Mag ik uw chef even spreken, alstublieft?'

'Ik bén de chef. De regels zijn in het belang van de rust van de patiënten. Als u wilt kan ik een briefje naar de kamer laten sturen dat u hebt gebeld.'

'Prima, ik wacht wel.'

'Dat zal niet gaan, mevrouw. Het zal even duren. We zijn onderbemand en ik moet alle lijnen openhouden. Als het belangrijk is, zal hij vast wel terugbellen.'

'Goed,' zei Petra. 'Prettige nacht.'

Ze reed door in de hoop dat het niet al te belangrijk was. Al hadden ze een vluchtreservering gevonden, dan nog betwijfelde ze of Balch wel was verschenen. Dat telefoontje naar Westward Charter moest een dwaalspoor zijn geweest. Balch was met alle andere bijzonderheden veel te voorzichtig omgesprongen om zo'n fout te maken.

Wat kon dat betekenen?

Dat hij overal kon zijn behálve in Las Vegas. De plaats van zijn tweede trouwerij. Morgen zou ze proberen Amber Leigh te pakken te krijgen. En Helen. Om te vragen waarom ze van hem waren gescheiden. Zijn perverse of slechte gewoonten, wat hem ertoe gebracht kon hebben om blondines te vermoorden.

Overal behalve... Het hutje in het bos? Thoreau met een neiging tot doodslag? Als ze niet gauw een aanknopingspunt hadden, zou Schoelkopf waarschijnlijk linea recta naar *America's Most Wanted* stappen. Misschien was dat ook het beste. Dat zou de druk van haar en Wil afnemen. En van William Bradley Straight, die nu geen moeder meer had; arm, arm joch.

En nu was de man die hem vermoedelijk tot wees had gemaakt zelf afgeslacht als het gore varken dat hij in werkelijkheid ook was.

Eén zware jongen minder. Petra voelde een grimmig soort genoegdoening.

Niet dat het haar ervan zou weerhouden achter de slager aan te gaan.

75

Prullerig huisje. In de voorkamer brandde licht, maar niet veel. De Lincoln stond achter.

Dus de oude man was thuis met het jongetje. Zou hij getrouwd zijn?

Zhukanov had niets over een vrouw gezegd, maar dat zei niets. De oude man kon naar de synagoge zijn gegaan en haar thuisgelaten hebben. Misschien was ze wel bedlegerig.

Makkelijk.

Een en ander in aanmerking genomen, was dat woonerf waarschijnlijk een voordeel. Weliswaar geen auto's om je achter te verstoppen, maar ook geen bestuurders om roet in het eten te gooien. Ook geen voetgangers tijdens het halfuur dat hij het huis van drie verschillende punten in de gaten had gehouden.

Hij ging weer in het achterstraatje kijken. Zijn rubberzolen dempten het geluid van zijn voetstappen. Het waren nieuwe joggingschoenen. Hij had er een poosje in rondgelopen om zich ervan te vergewissen dat ze niet piepten.

Het goedkope rechercheurspak uit, en een zwart trainingspak met een zwart windjack met zakken aan. Het busje dat hij bij een vierentwintiguursbedrijf bij het vliegveld had gehuurd was een perfecte kleedkamer. Hij had contant betaald zonder zich te legitimeren en vijfhonderd dollar borg achtergelaten. Dat geld was hij kwijt, maar dat was het wel waard. Het busje stond vier straten verder in een woonbuurt ten oosten van Main Street.

Aangename wandeling naar Sunrise Court; frisse zeelucht, daar knapte hij van op. Hij had nooit aan het strand gewoond. Misschien zou hij ooit...

Achter kon hij zien dat het keukenlicht nog brandde. Acht over half-elf. Was er nog iemand op, of was het alleen maar voor de veiligheid? Waarschijnlijk het laatste, want hij had geen beweging gezien.

Waarom had die oude man het jongetje in huis genomen? Was hij familie? Op die tekening leek het hem geen joodse jongen, maar je wist maar nooit. Nee, als het een familieaangelegenheid was, zouden ze hem dan niet achter zijn broek zitten om die beloning te incasseren?

Een barmhartige Samaritaan? Godsdienstige overtuiging? Had hij het jongetje asiel geboden in de synagoge? Geloofden joden daarin? Hij had geen idee. Hij liep weer om naar de voorkant en verstopte zich achter een paar struiken om het huis weer gade slaan.

Hoe moest hij het doen?

De enige manier was een blitzoverval. Een flitsende huisinvasie. De bendes kregen daar een handje van, vooral de Aziaten. Hoeveel kamers konden er in zo'n klein huisje nou helemaal zijn?

Een mes zou het beste zijn vanwege het geluid, maar al stekend van de ene naar de andere kamer hollen was riskant; al was de prooi niet sterk, dan nog bleef er altijd een risico van ontsnapping.

Het alternatief was de Glock, maar een pistool betekende lawaai. Venice was een misdaadgevoelige wijk; hij had wel van bendes op Ocean Front gehoord en tijdens zijn surveillance van vandaag had hij ook een stel bendetypes gezien. Dus de buren waren waarschijnlijk gewend aan nachtelijke schietpartijen. Maar zo'n opeengepakt straatje, binnenvallen, doen wat hem te doen stond, het pistool dumpen en langs de geplande ontsnappingsroute terug naar het busje...

Riskant.

Maar ook leuk, geef maar toe. Het risico hóórde bij de pret. Het risico plus domweg het in staat zijn om het te doen.

Een vliegensvlugge commandoblitz dus, met in zijn ene hand het mes en in de andere het pistool. Als het alleen maar de jongen en die oude man was, zou het mes waarschijnlijk wel volstaan. Dus hij zou met het mes beginnen en bij complicaties het pistool gebruiken.

Maar één ding was zeker: van achteren naar binnen was het beste. Haha.

Nog een voordeel van zo'n woonerf: iedereen parkeerde achter, dus als hij door het steegje liep, zou dat niet opvallen. Als iemand hem zag, zou hij ontspannen doorlopen, doen alsof hij er thuishoorde, met zijn sleuteltjes rammelen en naar een van de auto's lopen. Hij hoopte dat hij er niet bedreigend uitzag: hij was tenslotte een blanke in een trainingspak.

Zijn knieën deden zeer. Hij had te veel gehurkt. De paracetamol hielp niet meer. Lisa beweerde dat coke een goeie pijnstiller was; tandartsen plachten het spul op je tandvlees te smeren. Ze wilde altijd dat hij het eens zou proberen. Over z'n lijk. Hij kocht het voor haar, hij lepelde het bij wijze van spreke haar neus in om van haar lichaam te genieten als ze high was, maar geen sprake van dat hij het... Verder dan paracetamol ging hij niet.

Hij wilde zichzelf in de hand blijven houden.

Hij wachtte. Niets. Oké, omlopen maar weer, klaar voor de blitz.

Hij wilde net weggaan toen de voordeur openging en iemand naar buiten kwam.

Hij stond op de veranda en keek om zich heen.

Het jongetje!

Fantastisch! Hij zou de stoep over rennen om hem te grijpen, zijn keel afsnijden en wegwezen... God was groot!

Maar net toen hij aanstalten maakte om op te springen, holde het kind weer naar binnen.

Bang?

Terecht, jochie.

76

'Daar is het stalletje,' zei Wil. Hij wachtte met de telefoon aan zijn oor.

Ocean Front Walk was donker en verlaten en Petra kon het souvenirkraampje amper onderscheiden. Toen ze dichterbij kwamen, zag ze dat het een klein, haveloos stalletje met een rolluik aan de voorkant was. 'Oké,' zei Wil tegen de telefoon. En tegen Petra: 'We hebben een huisadres. Hollywood-West natuurlijk.'

Ze waren nog een meter of zeven van het stalletje. Op de promenade was over een afstand van minstens honderd meter geen sterveling te bekennen. Op de hoek van Paloma en Speedway waren ze langs een dakloze gekomen en Petra zag er nog een op een bankje meer naar het noorden zitten, maar hij stond op en schuifelde weg. De branding fluisterde geheimen en het strand zag eruit als ijs.

Ze wilden zich net omdraaien toen ze iets zag. Een spleet van vijf centimeter onder het rolluik. Wel dicht, maar niet op slot?

Met getrokken pistool haastte ze zich er met Wil op de hielen naartoe. Er zaten gelaste ringen voor het slot rechts onder aan het metalen rolluik en aan de toonbank. Maar van een hangslot geen spoor.

Ze tuurde door de spleet. Het was wel donker, maar ze zag toch iets dat in plastic aan rekken hing... Ansichten. Petten. Van het soort dat William Straight droeg.

Ze ging helemaal terug naar de overkant van Ocean Front en hield het stalletje in de gaten terwijl ze met gedempte stem tegen Wil zei: 'Een duidelijk teken van onwettige binnendringing, het is onze plicht om een onderzoek in te stellen.'

'Zonder meer,' zei hij. 'Maar stel dat de een of andere gek daarbinnen op de loer ligt; laten we eerst maar achter kijken.'

Ze haalden vlug hun zaklantaarntje te voorschijn en glipten langs de noordkant van het kraampje. Het was hier verdomme te donker en te stil. Petra mocht graag haar hersens gebruiken om booswichten te peilen. Ze zat niet op dit soort tv-thrillerwerk te wachten.

Achter het gebouwtje stonden twee enorme houten verhuiskratten met dwarslatten op de planken aan de zijkant. In het licht van haar zaklantaarn zag ze dat ze afkomstig waren uit de havens in Long Beach. De achterdeur van het stalletje zat vergrendeld en er hing een mooi groot hangslot aan. Raar, heel raar. Tenzij het geen uitgekiende inbraak, maar iets impulsiefs was geweest... De kratten stonken naar afval. De belendende gebouwen hadden allemaal een officiële container. Gemeentevoorschrift. Wilde de Rus soms bezuinigen?

Maar de kratten hadden het voordeel dat de dwarslatten goede treden vormden. Ze zette haar tenen ertussen, hees zich op en keek in de eerste. Niets.

Ze vond Zhukanov in het tweede krat. Hij lag ruggelings op een berg afval met de stompzinnige wijd open mond van een dode; één arm lag zijwaarts en de andere lag onder zijn hoofd in een hoek die gruwelijk pijn gedaan zou hebben als hij nog had geleefd.

Opengereten, zijn darmen lagen eruit. In het licht van haar zaklantaarn zagen ze eruit als vetgemeste paling.

Dezelfde verwonding als bij Lisa.

Balch was de stad helemaal niet uit; dat telefoontje naar de chartermaatschappij was een afleidingsmanoeuvre geweest, zoals ze al vermoedde. Dus wat had Stu haar eigenlijk willen vertellen?

Maar nu had ze geen tijd om daarover na te denken. Ze liet de lichtbundel over het afval spelen en nu zag ze het bloed: een enorme, langwerpige vlek over papierafval.

Wil had ook bloed gevonden. Spetters en druppels op de voorzijde van het krat en nog een grote vlek op de grond. Ze had er verdomme middenin gestaan! Hoe kon ze die over het hoofd hebben gezien?

Ze meldden de moord aan bureau Pacific en kregen te horen dat ze de lokatie moesten bewaken; het zou even kunnen duren voordat er iemand kwam, want in Oakwood was net een schietpartij geweest en een aantal slachtoffers ademde nog.

In het kraampje vonden ze geen aanwijzingen van braak; alleen prullerig speelgoed en een voorraadkamertje achter met een stoel en een kaarttafeltje vol met bonnen en rekeningen zonder duidelijk systeem. Aan een spijker in de muur hing een jack met *Planet Hollywood*. Aan spijkers ernaast hingen vechtstokken, een halve honkbalknuppel met een leren lus en een verkleurde koperen boksbeugel.

De Rus had zich voorbereid op de slag. Maar iemand had hem verrast.

Een paar flessen in de hoek konden het misschien verklaren. Goedkoop ogende Russische wodka met een troebel kleurtje. Een van de flessen was bijna leeg. Had Zhukanov gedronken en was zijn weerbaarheid verminderd? Had hij zich moed ingedronken toen hij Moran had vermoord?

Althans, áls hij Moran had vermoord. Misschien waren hij en Moran wel handlangers geweest en zaten ze in een drugslijn of zoiets, misschien hadden ze de koppen bij elkaar gestoken om die vijfentwintig mille te incasseren.

Was Balch er op de een of andere manier achter gekomen en had hij ze allebei om zeep geholpen?

Maar waarom zou hij Moran dan naar Angeles Crest hebben gebracht en Zhukanov hier hebben gelaten waar ze hem zeker zouden vinden? Kijk eens wat ik kan!

Zhukanovs buikwond was dezelfde als die bij Lisa en Ilse. Maar Moran paste niet in het plaatje. Dus waarschijnlijk had de Rus Moran inderdaad naar de andere wereld geholpen. En had Balch Zhukanov een kopje kleiner gemaakt.

Daar kon maar één reden voor zijn: de Rus wist iets van doorslaggevend belang over William Bradley Straight.

Het enige dat Zhukanov aan Wil had verteld, was dat de jongen een petje bij hem had gekocht.

Dat was geen reden om iemand voor te vermoorden.

Had de Rus iets achtergehouden? Wist hij soms meer?

Ze liet haar hypothese los op Wil, die voorin bezig was de binnenwand onder de toonbank op mogelijke bloedvlekken te onderzoeken. Ze praatte met verdubbelde snelheid en begreep zelf niet waarom ze zo gespannen was. Wil luisterde en zei: 'Denk je dat Zhukanov de jongen misschien opnieuw had gezien? Dat hij wist waar hij te vinden was? Maar hoe zou Balch daar dan achter gekomen zijn?'

'Ik weet het niet, maar áls hij het was, heeft hij Zhukanov verrast. Misschien met geweld. Of Zhukanov was ladderzat. Die vent was vreselijk tuk op die beloning en misschien heeft dat hem verblind.'

'Een truc,' zei Wil. 'Iemand die een wettige reden had om naar de jongen te informeren?'

'Ja,' zei Petra. 'Een maatschappelijk werker of een rechercheur. Misschien had Balch zich wel voor rechercheur uitgegeven.'

Wil dacht even na. 'Meer dan een pak en een valse legitimatie komt er niet voor kijken. En inderdaad: Zhukanovs inhaligheid doet de rest. Maar zou Balch het risico nemen hem nu te vermoorden terwijl hij weet dat we hem zoeken?'

'We hebben hem niet. En misschien wéét hij niet dat we hem op het spoor zijn,' zei Petra. 'En als hij daardoor de hand op het jongetje kon leggen, had het weleens de moeite waard kunnen zijn. Deze moord zegt mij dat Zhukanov best eens wat meer over de jongen te weten gekomen kan zijn.'

Ze liep weer naar de voorraadkamer en ging als een bezetene zoeken. Speelgoed, stompzinnig speelgoed. Stel je voor, zo'n griezel als Zhukanov die speelgoed aan kleine kinderen probeert te slijten... Niets in de zakken van het Planet Hollywood-jack... Het kaarttafeltje, de bonnen... Ze pakte ze allemaal bij elkaar en begon ze te bekijken.

Na tien bonnen vond ze een factuur zonder transactie of datum, alleen één regeltje in bibberige blokletters.

Een kenteken? Had de Rus William Straight in een auto gezien en snel het nummer opgeschreven? Het was publiek geheim dat de ambtenaren van kentekenregistratie corrupt waren. Een paar maanden geleden hadden de kranten een groot omkoopschandaal aan het licht gebracht. Iemand als Zhukanov kende waarschijnlijk het klappen van de zweep. Met wat geld had je zo een adres.

Ze keek of er telefoon was, maar in geen van de twee ruimten stond een toestel. Wat een krot. Fournier zocht nog steeds naar bloed. Ze leende zijn telefoon. Wat was het nachtnummer van kentekenregistratie ook weer... Ja, ja, ze wist het weer. Toen ze de functionaris aan de lijn kreeg, moest ze zich inhouden om haar geen bevelen toe te blaffen. En die dame wilde nog helemaal volgens het boekje gaan ook. Lieveheer, verlos mij van de regels.

Maar met een beetje assertiviteit wist ze haar eindelijk zover te krijgen dat ze meewerkte en na wat getik op een toetsenbord had Petra een naam en een adres: Samuel Morris Ganzer, Sunrise Court 23, Venice.

Geboortedatum 1925.

Een oude man.

Had William een beschermengel gevonden?

77

De Lincoln stond met zijn neus zowat tegen de achterkant van het huis en via de voorbumper kon hij zo bij het raam.

Hier hingen ook gordijnen voor, maar die waren niet al te goed dichtgetrokken; geholpen door een lichtje boven het fornuis kon hij de keuken goed overzien. De huiskamer ook, want er stond alleen maar een eetbar tot taillehoogte voor. Een schemerlamp wierp zwarte schaduwen op een grijs tapijt. Er was voldoende licht om de voordeur te kunnen zien. Rood lichtje opzij. Een alarminstallatie. Jammer. Maar het was beter om dat tevoren te weten.

Links waren drie deuren, waarschijnlijk twee slaapkamers en een badkamer. Weinig ruimte ertussen. Kleine vertrekjes. Dat was beter, als hij zijn mes gebruikte.

En meer was er niet. Uitstekend...

Van de jongen was geen spoor te bekennen sinds hij even naar buiten was gekomen. De oude man was ook in geen velden of wegen te bekennen. De twee slaapkamerdeuren waren dicht. Waren de jongen en de oude man – met of zonder vrouw – diep in slaap? Of misschien was het wel een oude flikker en lag de jongen bij hem in bed. Dat zou natuurlijk verklaren waarom hij hem mee naar huis had genomen.

Als ze sliepen, zou dat een en ander heel wat eenvoudiger maken: naar binnen stormen, slaapkamerdeur opengooien, beng, beng, beng, en ervandoor voordat de vertragingstijd van de alarminstallatie was verstreken.

Op weg naar buiten een paar dingen omgooien en misschien iets jatten om de indruk te wekken dat het een gewoon bendeakkefietje was. Hij stapte van de bumper, keek naar links en rechts in de steeg of er pottenkijkers waren en bestudeerde de achterdeur. Twee grendels. Helaas. Maar toen hij met zijn gewicht tegen de deur drukte, voelde hij dat hij meegaf. Een paar stevige hengsten zouden hem uit de scharnieren wippen. Het zou hem waarschijnlijk ook zijn schouder kosten, maar hij was gewend obstakels met geweld uit de weg te ruimen. Die deur was niets vergeleken bij een rijtje footballbacks.

Oké dan maar. Hier komt de blitz. Het mes als het lukte, het pistool voor de zekerheid. In beide gevallen kon het in een paar seconden gepiept zijn: wegwezen door de achterdeur en verdwijnen in de nacht. Nog één keer door het keukenraam kijken.

Hij was bang, dat moest hij toegeven. Dit was andere koek; heel wat anders dan Lisa, dat Duitse meisje, Sally en die stomme Rus. Al die keren was hij de choreograaf geweest.

Maar er waren nu eenmaal momenten waarop je moest improviseren. Hij klom weer op de bumper van de Lincoln. Er was niets veranderd, maar hij aarzelde toch. Erop en eraf. Dwangmatig. Als de spanning steeg, schoot hij altijd in de herhaling. Net als zijn moeder met haar kop tegen de muur. Dat stomme wijf. Ze verdiende niet anders dan met die idiote helm op te creperen.

Oké, nog één keer kijken. Deze keer zag hij de jongen. Zie je nou wel: grondigheid heeft z'n voordelen!

Hij kwam uit de middelste deur links. Net wat hij dacht, een badkamer.

Wat een garnaal; licht genoeg om als een bal weg te trappen. Hij zag hem te voorschijn komen, de keuken in komen, de koelkast openmaken en iets te voorschijn halen. Een wortel.

Zou hij hem wassen? De gootsteen was vlak onder het raam. Duiken. Hij drukte zich tegen de buitenmuur en hoorde de kraan lopen. Hygiënisch mannetje.

De kraan ging dicht. Hij wachtte even en hief vervolgens zijn hoofd weer op om nog een keer naar binnen te kijken. De jongen stond in de huiskamer met zijn rug naar de keuken de wortel te eten. Hij had de helft op, liep naar de voordeur en drukte een nummer op het alarmpaneeltje in. Verdomme, net te ver om de code te lezen.

De jongen deed de deur open en ging weer naar buiten. Maar niet lang, want daar was hij weer. Hij deed de deur dicht en draaide zich om. Nu keek hij bijna recht naar dit raam.

Zou hij iets kunnen zien in het donker hier buiten? Waarschijnlijk niet, tenzij het pal tegen het glas zat. Maar hij kon maar beter het zekere voor het onzekere nemen, dus dook hij weer weg.

Er ging weer een halve minuut voorbij voordat hij weer durfde te kijken. De jongen stond nog steeds in de huiskamer op die wortel te kauwen, maar nu zag hij hem van opzij.

Een gewoon gezicht.

De jongen had de wortel op en bukte zich om iets op te rapen. Een tijdschrift. Hij eet gezond, wast zijn voedsel en leest. Wat een keurig burgertje.

Maar niet voorzichtig. Het lichtje op het alarmpaneel voor was namelijk groen.

Hij was goddomme vergeten het alarm in te schakelen!

God was hem genadig!

De blitz kon beginnen!

78

'Sunrise Court,' zei Petra, bladerend door haar stratengids.

Wil haalde zijn zaklantaarntje uit zijn mond. 'Ken ik, een van de woonerven.' Hij stond buiten de bijzonderheden van de moordlokatie van Zhukanov op te schrijven.

'Welke kant op?' vroeg ze.

'Vijf à zes straten in noordelijke richting.'

Het kenteken en de naam van Samuel Ganzer hadden geen indruk op hem gemaakt. 'Kan Zhukanovs baas wel zijn, of een klant. Misschien had Zhukanov het nummer opgeschreven in verband met een cheque.'

'Mogelijk,' zei Petra. Zij kon alleen maar op haar intuïtie afgaan. Ze deed de stratengids dicht. 'Dus jij blijft hier om Zhukanov gezelschap te houden?'

'Ja hoor. Misschien wil hij me wel Russisch leren.'

79

Het is bijna elf uur. Sam zal zo wel terug zijn. Ik wilde eigenlijk opblijven tot hij terug was, maar ik ben moe, dus ik ga maar naar bed. Het is waarschijnlijk gezellig bij die mevrouw Kleinman. Ik kan nog wel een wortel eten, maar eigenlijk heb ik geen trek... Misschien kan ik nog wel een douche nemen. Nee, ik heb al gedoucht. Ik kan niet zoveel water van Sam gebruiken.

Ik ga de schemerlamp in de huiskamer uit doen. Misschien kan ik wel een paar tijdschriften mee naar bed nemen. O, o, ik ben vergeten het alarm weer in te schakelen.

Ik loop naar het paneeltje, steek m'n hand uit naar de knoppen en opeens hoor ik een explosie en dan een enorme klap: dat is achter. O nee toch, heb ik soms iets op het fornuis gelaten of zoiets?

Maar ik ruik geen gas of een brandlucht en als ik me omdraai zie ik een groot zwart gat waar de keukendeur heeft gezeten en de deur ligt op de grond en er komt iemand naar binnen; nu is hij in huis, hij ziet me, hij gooit de deur van Sams slaapkamer open kijkt naar binnen, komt weer naar buiten...

Hij komt naar mij toe.

Helemaal in het zwart.

Rare oranje-roze huid en geel haar.

Groot.

Hij kijkt me recht aan. Ik ken hem niet maar hij mij wel!

PLYR I!

Hoe kán dat?

O god, nee, o nee... Hij komt recht op me af met een mes... Een grote roze vent met een mes. Ik wil schreeuwen, maar mijn mond weigert dienst. Ik wil de deurknop grijpen maar ik voel niets en hij komt steeds harder op me af, dichterbij, wat een groot mes... Ik ren naar links, maar daar is alleen maar een hoek, ik kan nergens naartoe, achter me zijn boekenplanken. Ik moet iets doen, iets gooien, dat heeft al eerder geholpen... Boeken.

Ik begin ze van de plank te trekken en zo hard mogelijk naar hem te gooien. Een paar zijn raak, maar hij blijft komen. Nu loopt hij langzamer; hij grijnst, hij neemt alle tijd; hij houdt het mes voor zich uit en zwaait ermee alsof hij me wenkt.

Ik blijf boeken pakken en naar hem gooien; ze raken hem in het gezicht, tegen zijn borst, op zijn buik. Hij lacht, slaat ze weg en blijft maar dichterbijkomen; het is donker maar hij kan me zien want hij komt recht op me af.

Ik probeer die stoffige divan naar hem toe te duwen maar hij is te zwaar.
Hij moet lachen.
Ik pak de muziekstandaard en smijt die naar hem toe.
Daar kijkt hij van op. Hij verliest zijn evenwicht en ik hol om hem
heen naar de keuken, naar de achterdeur.
Opeens ligt ik op de grond.
Iets om mijn been.
Hij trekt aan mijn enkel, ik zie hem door de knieën gaan, ik zie de on-
derkant van zijn kin, zijn arm, het mes komt omlaag...
Ik draai me om als een slang, ik blijf gewoon kronkelen en bewegen,
misschien kan hij me dan niet raken en kan ik hem door de achterdeur smeren. Hij knijpt in mijn enkel, doet me pijn, ik geef hem een
stomp, blijf kronkelen, met m'n hoofd naar die arm en bijten, hard
bijten. Billy de Slang, Billy de Adder.
Hij slaakt een kreet en laat me los en ik wil naar buiten rennen, maar
hij verspert me de weg – waar, waar, waar – ik kan alleen maar een
schijnbeweging proberen. Eerst naar links en dan naar rechts, de badkamer in. Dat is nu het beste: hup erin en de deur op slot.
Ik spring op en ren harder dan ik ooit heb gedaan door de keuken.
Hij holt ook, hij hijgt ik haal de badkamer sla de deur dicht doe hem
op slot en pers me tussen de wc en de badkuip koude grond hijg hijg
hijg mijn borst doet zo'n pijn...
Ik hoor niets.
Dan lacht hij weer. Ik hoor voetstappen. Trage voetstappen; hij is ontspannen. Ik moet mijn ademhaling onder controle krijgen, maar elke
ademtocht piept.
Ik hoor hem van de andere kant van de deur zeggen: 'Stom klein opneukertje, je hebt jezelf in een hoek gedreven.'
Hij heeft gelijk.
Er zit geen raam in de badkamer.
Nu schopt hij tegen de deur; hij schudt, het hout bolt op als een bal-
lon die in het midden scheurt ik spring op maak het medicijnkastje
open tast in het donker naar iets scherps een scheermes een schaar
maakt niet uit geen scheermes geen schaar hier heb ik iets puntigs een
nagelvijl denk ik niet scherp maar ik grijp het hij trapt en een stuk van
zijn been komt door het gat zwarte trainingsbroek zwarte sport-
schoenen ik steek in die broek de nagelvijl raakt bot maar ketst af gaat
er niet in hij schreeuwt noemt me kleine vuilak...
Weer een explosie nu veel harder.
Iets vliegt door de deur langs me heen, de spiegel van het medicijnkastje achter me aan stukken ik voel pijn in mijn achterhoofd voel met
mijn hand warm en kleverig naalden, glazen naalden.

Een pistool... Hij heeft ook een pistool.

Ik gooi mezelf in de badkuip hij schiet weer nu zit de deur vol met gaten hij versplintert en nu zie ik een stuk van hem aan de andere kant zijn benen en schenen en een stuk van zijn gulp hij schiet nog steeds ik lig met mijn gezicht omlaag in de kuip zo laag als ik kan maar een kogel raakt het bad en het porselein gaat aan diggelen en een stuk van de muur valt het is gebeurd ik zit gevangen ik heb mijn best gedaan ik haat je iedereen... Weer een explosie de kogel vliegt in iets boven mijn hoofd er valt rommel en stof op me tegels ik word bedolven.

Nu is er geen deur meer alleen hij enorm groot mes in een hand en pistool in de andere.

Hij knipt het licht aan.

Ik heb de nagelvijl nog steeds in mijn hand. Hij ziet hem en lacht.

Steekt het pistool in zijn zak.

O nee dat mes.

Ik rol me op ik wil het niet zien o God laat me niks voelen.

Hij grijpt mijn haar en trekt me omhoog zodat ik op mijn knieën zit hij trekt mijn hoofd achterover.

Ik pis en poep in mijn broek en de kak glijdt langs mijn benen mooi bedankt God dat je niet bestaat vuile leugenaar...

Weer een explosie.

En meer en meermeermeer wat een vreselijk kabaal ik snap het niet wat doet hij...

Hij laat me los en ik val hard in het bad.

Een vrouwenstem zegt: 'Mijn god!'

En dan: 'Je bent veilig, lieverd.'

Ik voel een hand in mijn nek.

Ik gil.

80

Bloed spatte uit Balch' rug, nek en achterhoofd. Later begreep Petra dat ze hem binnen een straal van zestig centimeter negen keer had geraakt en dat elk schot dodelijk was: een krap terminaal cirkeltje.

Hij viel op zijn gezicht naast de badkuip en bleef liggen met het pistool nog in zijn vingers. Ze maakte het wapen los en schopte het weg. Gaf hem ook een trap om te kijken of hij echt dood was, al was het misschien niet de enige reden. Het mes was naast hem gevallen. Groot, akelig commandomes met een hardrubber heft. Ze schopte dat ook weg en stapte over het lijk in het zwarte trainingspak. De vloertegels waren bezaaid met kleine stukjes bloederig bot. De badkamerdeur was een verbrijzeld skelet dat nog net aan één scharnier hing.

De jongen lag in de foetushouding in de kuip.

Althans wat ervan over was. Er waren dikke brokken porselein losgekomen; overal lagen glasscherven, gruis en stukjes tegel. Het bloed was over Balch' rug gestroomd en liep nu op de grond. De badkamer leek wel een slagveld; hoe had die idioot kunnen denken er ongestraft vandoor te kunnen gaan?

Het was hem wel bijna gelukt.

Het had haar moeite gekost om een plek binnen gezichtsafstand van het huis te vinden, en al zag ze geen tekens van braak, toch had ze een akelig voorgevoel en had ze de auto dubbel geparkeerd.

Ze was uitgestapt, snoof de zeelucht en verwachtte weer onverrichterzake te moeten terugkeren.

Toen werd de stilte door schoten verscheurd; ze trok haar pistool, holde achterom, vond een ingetrapte keukendeur, een half verlichte keuken, links nog een vernielde deur, een kolos in zwarte kleren die haar het zicht bijna benam, een opgeheven mes en de slappe benen van een kind.

'Stop!' schreeuwde ze, maar het was geen waarschuwing: ze schoot al.

Toen ze bij het jongetje was, weigerde hij zich te ontrollen. Hij jammerde toen ze iets tegen hem zei en gilde toen ze hem aanraakte. Wat een scharminkeltje! Zijn lange haar zat onder het bloed en er staken glasscherven uit. Twaalf jaar, maar het postuur van een tienjarige. Onder hem had zich een geel plasje verspreid. Ze rook uitwerpselen en zag de vlek achter op zijn spijkerbroek.

De neiging om hem op te tillen, vast te houden en in haar armen te wiegen was zo sterk dat ze een brok in haar keel kreeg. Ze hurkte bij het bad, praatte tegen hem en kon eindelijk zijn haar strelen zonder hem de stuipen op het lijf te jagen.

Hij stopte met sidderen, verstijfde en verslapte. Ze nam zijn hoofd in haar handen en nu liet hij haar begaan. Ze wist hoe ze iemand moest troosten. Gek genoeg moest ze aan Nick denken. Je hebt je vergist, klootzak.

Toen de jongen weer regelmatig ademde, legde ze hem voorzichtig neer in het bad en belde ze een ambulance en ondersteuning van de geüniformeerde politie. Toen ze weer terugkwam, bleef ze bij hem om de glasscherven uit zijn hoofd te plukken. Ze kreeg een splinter in haar vinger, maar dat gaf niet, het voelde goed. Ze sprak hem aan met William en praatte op sussende toon; ze wist niet precies wat ze zei om hem te kalmeren, maar hoe kon je nu een jongen troosten die zoiets had doorgemaakt?

Ze hoorde sirenes. Agenten van bureau Pacific stormden naar binnen en daarna kwamen de ambulancebroeders. Pas toen de jongen op de brancard lag, stond ze zichzelf toe om hem alleen te laten. Hij had zich weer opgekruld, wat was hij klein onder die shockdeken. Een oude man kwam met een verbijsterd gezicht binnenrennen. De ambulancebroeders leken met de jongen te doen te hebben toen ze hem naar buiten droegen.

Ze keek hen na zonder acht te slaan op de vragen van de oude man of die van de agenten in uniform. Ze ging linea recta naar het lijk van Balch en draaide hem om.

Het was Balch niet, maar een onbekende.

Het was alsof ze een stomp in haar maag kreeg en het zweet brak haar uit.

Ze kreeg weer een schok en nu nog sterker. Van herkenning.

Ramsey.

Zijn snor was weg en zijn huid was anders. Hij had een soort zalmroze grime op zijn gezicht en hals gesmeerd; het schilferde bij zijn neusgaten. Donkere schaduwen om zijn ogen: grijze make-up. De wilde blonde pruik was losgekomen en eronder zag ze een halvemaan van zwarte krullen. Zijn wenkbrauwen waren geblondeerd; hij had dus zelfs zijn wenkbrauwen gedaan.

Blauwe ogen, even levenloos als rioolwater.

Open mond, de vertrouwde geeuw van de dood. Ze keek in zijn mond en zag dat zijn tong was opgekruld en dat er een plasje bloed in zijn keel lag.

Toen ze erbij stilstond wat hij de jongen, Lisa, Ilse en mevrouw Flores had aangedaan, had ze hem met genoegen nog een keer dood willen schieten.

81

De volgende ochtend vonden ze het lijk van Gregory Balch begraven onder een berg aarde, hooi en paardenmest achter het huis in Calabasas. Zijn keel was doorgesneden, net als die van Estrella Flores.

Ter aarde besteld in de mest. Je hoefde geen psychiater te zijn om dat te duiden.

Toen ze het roze paleis helemaal overhoop hadden gehaald, hadden ze maar één stukje papier gevonden dat op iets van een motief kon wijzen. Het lag in het cilinderbureau in Ramseys slaapkamer. Zo'n papiertje met MEMO VAN: erop gedrukt. In het midden had hij geschreven:

L EN G?

Lisa en Greg. Een transpiratievlek eronder wees volgens de politiepsycholoog op stress. Heel diepzinnig. De psycholoog had meer op met gewichtigdoenerij dan met feiten en stelde voor dat hij Billy Straight zou behandelen.

Petra had daar andere ideeën over en hield voet bij stuk.

Stu's vondst voegde nog een puzzelstukje toe: een samenvatting van een 'Adjustor' uit een *TV Guide* van tien jaar geleden.

'Footballspeler probeert zijn beste vriend voor een moord te laten opdraaien, Dack Price gaat op onderzoek.'

Over een poosje zou dat Stu misschien het gevoel geven dat hij ook een bijdrage had geleverd, maar momenteel had hij zijn handen vol aan Kathy's herstel. Ze was uiteindelijk realistisch geworden en had ermee ingestemd dat hij een maand verlof wegens familieomstandigheden zou nemen.

L en G? Waren Lisa en Balch over de schreef gegaan of had het zich allemaal in Ramseys paranoïde geest afgespeeld? Of misschien was het inderdaad een geldkwestie geweest en hadden Lisa en Balch de koppen bij elkaar gestoken om inkomsten af te romen. Daar was niet achter te komen voordat Larry Schick alle financiële administratie had overgedragen. Misschien zouden ze het nooit weten. Het kon Petra echt niets schelen.

Hetzelfde gold voor de bijzonderheden van de moord op Lisa. Wat restte was louter administratie. Haar beste gok was het oorspronkelijke scenario: Ramsey had Balch zondagavond stiekem een pilletje gegeven, was weggeglipt, had Lisa gevolgd en haar meegenomen. Hij was met de Mercedes gegaan, niet met de jeep. Want Billy had het nummerbord gezien. PLYR I.

Dat bleek het enige te zijn wat hij had gezien. Onvoldoende om iemand vast te nagelen: de jongen was voor niets tot prooi gemaakt.

Of misschien had Ramsey de nummerplaten verwisseld en toch de jeep gebruikt. Of een andere auto. Hij had er zoveel. Dat mocht de technische recherche uitzoeken.

Hij had Estrella Flores in de heuvels vermoord omdat zij hem weg had zien glippen. Misschien. En hij had de Lexus van Balch geleend voor de moord op Flores. Of misschien was Balch er toch bij betrokken geweest; vriendschap tot de dood erop volgt. Wat dan ook. Ramsey had hem gebruikt en afgedankt.

'Footballspeler probeert een vriend voor een moord te laten opdraaien...' Hij had een script gepikt dat om te beginnen al rammelde. Geen verbeelding. De industrie.

Grote jongens in de industrie noemden zich players.

Ramsey had zich het aura van player aangemeten in de wetenschap dat hij er eigenlijk niet voor in aanmerking kwam. Zijn kijkcijfers waren namelijk niet hoog, zijn spel was een aanfluiting en zijn penis werd niet stijf.

Hij kon naar de hel lopen. Haar aandacht ging nu uit naar Billy.

De jongen ging zijn zesde dag in het Western Kinderziekenhuis in, waar hij aanvankelijk een lastige patiënt was gebleken. Petra verwaarloosde haar bureauwerk, negeerde Schoelkopfs telefoontjes en bracht de meeste tijd aan Billy's bed door. Als ze wegging, nam een speltherapeut van het ziekenhuis het van haar over. Eerst negeerde Billy hen allebei. De derde dag accepteerde hij de boeken en tijdschriften die Petra voor hem meebracht. Op de vierde dag kwam Ron haar halen om haar mee uit eten te nemen in de Biltmore in het centrum.

Lekker eten, geweldig diner. Haar hand zocht de zijne. Ze werd opgewonden van de manier waarop hij naar haar luisterde. Tot dan toe had ze zich afgevraagd of datgene wat er tussen hen was gebeurd misschien aan de spanning van het onderzoek was toe te schrijven.

Nu de zaak wat betijde, merkte ze tot haar grote vreugde dat ze steeds vaker bij hem wilde zijn. Misschien zou ze eerdaags zijn dochters wel ontmoeten.

Zoete dromen... Ze koesterde geen enkele illusie dat ze de trauma's van de jongen kon genezen en daarom had ze psycholoog Alex Delaware gebeld, een vriend van Sturgis. Ze had een keer met Delaware samengewerkt en vertrouwde hem; hij was bereid te infiltreren voor iets waarin hij geloofde. Maar hij was met zijn vriendin de stad uit en zou vandaag pas terugkomen.

Voorlopig zou Billy in het ziekenhuis blijven voor een antibiotica- en voedingskuur. Een paar meter naast zijn deur zat politiebewaking. Daar zag Petra geen reden toe, maar het was in opdracht van Schoelkopf. Misschien voelde hij zich schuldig, dus wat kon het schelen?

De geüniformeerde agent bij de deur van Billy's kamer was maar één keer in actie gekomen toen hij moest optreden tegen Sam Ganzer, die de jongen met alle geweld een bezoek wilde brengen. Poestig oud mannetje. Hij stond op zijn tenen tegen de agent tekeer te gaan en te gesticuleren. Het werd zo luidruchtig dat Petra tussenbeide moest komen; ze zei dat Ganzer bij Billy mocht en ging eerst in de familiezaal een kop koffie met hem drinken om hem wat tot bedaren te brengen.

Hij wilde weten wat er met Billy ging gebeuren als hij uit het ziekenhuis werd ontslagen. Hij zei tegen Petra dat ze moedig was, een 'echte heldin', maar dat er geen sprake van was dat hij haar noch iemand anders zou toestaan de jongen naar 'een of ander stompzinnig kindertehuis' te sturen. 'Ik weet het een en ander van kindertehuizen. Godallemachtig, ik zal hem persoonlijk adopteren voordat ik dat laat gebeuren.'

Petra beloofde dat ze goed voor Billy zou zorgen; ze had zelf al met adoptiegedachten gespeeld.

Billy moest minstens drie weken in het ziekenhuis blijven. Hij had de nachtmerrie met maar een paar oppervlakkige schrammen doorstaan, maar onderzoek had een lichte bacteriële longinfectie, voetschimmel, een ietwat verhoogde bloeddruk en het voorstadium van een maagzweer uitgewezen. De laatste twee aandoeningen waren volgens de artsen waarschijnlijk het gevolg van stress. O, heus? De infectie was hun voornaamste zorg en hij werd aan een infuus met antibiotoca gelegd. Niemand had hem nog iets over zijn moeder verteld. Delaware zei dat hij dat voor zijn rekening zou nemen en Petra was blij dat zij het niet hoefde te doen.

Ilse Eggermann zou nooit officieel worden opgelost, maar Petra was ervan overtuigd dat Ramsey ook haar had vermoord. Had ze zich toch bijna een oor laten aannaaien; oké, nederigheid was goed voor de ziel. Ook voor haar loopbaan. Voortaan zou ze wel uitkijken voordat ze iets aannam.

Ze vroeg zich af hoe het met Ramsey en Ilse was verlopen. Ramsey brengt een bezoek aan Rolling Hills Estates om een paar biertjes met zijn vriend te drinken, vervolgens besluit hij op weg naar huis – prettig, probleemloos ritje over Hawthorne – even bij de pier te stoppen. Heeft hij zich die avond ook vermomd? Heeft hij al iets van tevoren beraamd? Of heeft het feit dat Ilse een buitenlandse was hem voor herkenning behoed? 'The Adjustor' had Europa nooit gehaald.

De modus operandi wees erop dat hij misschien ook andere vrouwen had vermoord. Dat stuk kon ze missen als kiespijn; die lol gunde ze de FBI. Van haar mocht iemand anders met de eer gaan strijken. Schoelkopf was al met zijn persconferenties begonnen en sprak over 'zijn' onderzoek.

Nog geen nieuws over de beloning. Dokter Boehlinger en zijn vrouw waren naar Ohio teruggegaan voor het regelen van Lisa's begrafenis en hadden Petra's telefoontjes niet beantwoord. Billy mocht er misschien wettelijk geen aanspraak op kunnen maken, moreel verdiende hij het geld dubbel en dwars. Waarschijnlijk zou Boehlinger proberen eronderuit te komen. Na wat hij Billy had aangedaan had Petra zin hem onder druk te zetten, maar wat kon ze doen? Misschien iets anoniem aan de krant laten uitlekken. Of misschien kwam mevrouw Boehlinger wel over de brug.

Dat was allemaal van secundair belang. Voorlopig was Bily onder zeil, geholpen door een stevig avondmaal en een pilletje.

Wat een engelengezicht; blank en glad en zo vredig.

Zo boog zich vorover, drukte een kus op zijn voorhoofd en ging de kamer uit om de speltherapeut te halen.

Toen ze het ziekenhuis wilde verlaten, werd ze staande gehouden door een van de administrateurs, een man van middelbare leeftijd in een pak die Bancroft heette.

'Hoe is het met onze kleine held, rechercheur Connor?'

'Prima.'

Bancroft nam haar bij de arm en liet snel weer los toen ze naar zijn hand staarde. 'Als u een momentje hebt; er is iemand die u graag wil spreken, rechercheur.'

'Wie?'

'In mijn kantoor, alstublieft.'

Hij had een groot kantoor in imitatiekoloniale stijl, en meubilair bekleed met blauwe tweed. Op de fauteuils zaten twee dames van in de zestig. De ene was fors en had brede schouders en vlassig grijs haar dat onder een zwart rond dopje vandaan krulde, een stokoud en degelijk tweed mantelpakje en een blik waarvan een gletsjer zou gaan smelten. De andere was heel dun en had een cognackleurige coiffure, smaakvolle sieraden en een tikje make-up. Een marineblauw mantelpakje dat eruitzag als Chanel, met bijpassende schoenen. Ze had een vrij lang en pijnlijk hoekig gezicht. Ooit was ze waarschijnlijk een mooie vrouw geweest. Ze keek bevreesd. Petra was onthutst.

'Rechercheur,' zei Bancroft, 'dit is mevrouw Adamson. Zij en wijlen de heer Adamson behoorden tot onze gulste weldoeners.'

Een lichte nadruk op de verleden tijd. Bancroft kreeg een pijnlijke uitdrukking. De magere vrouw glimlachte. Haar blauw beaderde handen waren wit en hadden lichte levervlekken. Petra zag dat een wijsvinger cirkeltjes op haar handtasje beschreef. Prachtige schoenen, prachtig mantelpakje, maar net als de uitdossing van de forse vrouw hadden haar kleren iets antieks: ze straalde duidelijk iets van het verleden uit. De andere vrouw werd niet voorgesteld. Ze zat Petra op te nemen zoals een wiswijf een zeebarbeel beoordeelt.

'Goed, ik zal u alleen laten,' zei Bancroft. Hij ging de kamer uit.

De stevige vrouw stond ook op, maar keek allesbehalve vrolijk.

'Dank je, Mildred,' zei mevrouw Adamson. Mildred gaf een grimmig knikje alvorens de deur achter zich dicht te trekken.

Mevrouw Adamson wendde zich naar Petra. Haar lippen zochten naar woorden. Uiteindelijk zei ze: 'Wilt u mij alstublieft Cora noemen? Het spijt me dat ik beslag op uw tijd leg, maar...' In plaats van haar zin af te maken, haalde ze iets uit haar tasje en gaf het aan Petra.

Een kleurenkiekje van Billy. Iets jonger, een jaar of elf. Hij stond op een havenkade te wuiven.

'Hoe komt u hieraan, mevrouw?'

'Hij is van mij. Ik heb hem zelf gemaakt.'

'Kent u Billy Straight?'

De onderlip van de dame begon te trillen en haar ogen vulden zich met tranen. 'Dat is Billy Straight niet, rechercheur Connor. Dat is Billy Adamson. William Bradley Adamson junior. Wijlen mijn zoon.'

Petra bekeek de achterkant van de foto. Er stond met de hand geschreven: BILLY, ARROWHEAD, 1971. De kleuren waren een beetje verbleekt; dat had ze moeten zien. Mooie rechercheur was zij.

De jongen glimlachte, maar er klopte iets niet: de glimlach kostte moeite.

Cora Adamson had een zakdoek naar haar gezicht gebracht. Ze zei: 'Er zijn misschien dingen die ik anders had kunnen doen, maar ik wist niet... Hoe kon ik er zeker van zijn?'

'Waarvan, mevrouw Adamson?'

'Neemt u mij niet kwalijk, ik sla wartaal uit. Laat me even mijn gedachten ordenen... Billy – míjn Billy – was enig kind. Hij was hoogbegaafd; hij leerde zichzelf op zijn vierde al lezen. Dertien jaar geleden is hij afgestudeerd aan de juridische faculteit van de Universiteit van Californië en direct voor de landarbeidersbond gaan werken. Mijn man zaliger was ervan overtuigd dat het maar een rebelse fase was, een soort wraakoefening op het bedrijfsleven. Maar ik wist wel beter: Billy was altijd een zorgzaam en hartelijk mens geweest. Zelfs als klein jongetje kon hij nog geen vlieg kwaad doen; hij wilde bijvoorbeeld niet vissen. Bill senior was dol op vissen, maar Billy weigerde. De dag van die foto waren hij en Bill daarover gebotst. Bill wilde Billy met alle geweld voor eens en voor altijd leren vissen. Billy huilde en wilde geen voet in de boot zetten, want hij wilde geen enkel dier doodmaken. Uiteindelijk zei Bill tegen hem dat hij, als hij geen man wilde worden, maar bij zijn moeder moest blijven. En dat heeft hij gedaan, al was hij erg van zijn stuk omdat hij dol op zijn vader was. Ik heb die foto gemaakt om hem wat op te beuren.'

Petra staarde naar de foto. Dezelfde ogen, hetzelfde haar. Hetzelfde kuiltje in zijn kin. Jezus, zelfs zijn gezichtsuitdrukking was identiek.

'Op zijn twaalfde werd hij vegetariër,' zei Cora Adamson. 'Bill dacht alweer dat het een fase was, maar Billy heeft nooit meer vis of vlees aangeraakt... Maar ik dwaal af, neemt u mij niet kwalijk, waar was ik gebleven? De boerenbond. Billy had overal kunnen werken, maar verkoos om het land rond te reizen met de landarbeiders om erop toe te zien dat ze rechtvaardig werden behandeld, en hij leefde zoals zij leefden. Hij leek wel gelukkig, maar opeens kwam hij thuis met de mededeling dat hij er een punt achter had gezet en een baantje op een advocatenkantoor genomen had. Maar daar was hij ook niet gelukkig en kort daarna is hij weer opgestapt.

Daarna is hij aan de zwerf gegaan. Hij reed het land rond in een oude auto, liet zijn haar groeien, deed juridisch werk voor diverse gratis klinieken en wilde zich nooit ergens vestigen. Ik wist dat hij ergens mee zat, maar hij wilde niet zeggen wat het was. Zijn vader was zo boos op hem... Hij bleef maar zwerven en liet nooit een telefoonnummer of een adres achter waar we hem konden bereiken... Ik wist dat hij het spoor bijster was, maar niet gevonden wilde worden.'

Ze rechtte haar rug en speelde met haar zakdoek. 'Vervolgens verscheen hij tijdens een weekeinde in ons huis in Arrowhead. We hadden gasten – zakenrelaties van zijn vader – en Bill geneerde zich voor Billy's uiterlijk. Dat kon Billy niet schelen, want hij wilde met mij praten. 's Avonds laat kwam hij met een kaars naar mijn kamer en stak hem aan. Hij zei dat het tijd was om te biechten. Daarna vertelde hij dat hij een affaire met een meisje in Delano had gehad, een van de meisjes van de rondtrekkende landarbeiders; ze was nog jong, minderjarig zelfs. En ze was zwanger. Althans, dat beweerde ze. Billy heeft nooit een baby gezien want hij raakte in paniek toen hij het hoorde. Hij was tenslotte advocaat. Op haar leeftijd was dat verkrachting van een minderjarige. Hij was ook bang dat de een of andere fruitkweker erachter zou komen en het tegen de bond zou gebruiken. In plaats van zijn verantwoordelijkheid te nemen, gaf hij het meisje al zijn geld en ging ervandoor. Toen is hij voor dat advocatenkantoor gaan werken. Maar het bleef hem altijd dwars zitten en hij begon Californië rond te rijden om haar te zoeken. Hij zei dat ze Sharla heette, dat ze weinig scholing had maar een goed hart had. Hij heeft haar nooit gevonden.

"Maar laten we eerlijk zijn, mam," zei hij. "Als ik het écht wilde, zou ik haar toch vinden? Ik weet niet zeker of ik het echt wil weten. Vader heeft gelijk, ik ben een lafaard zonder ruggengraat die nergens voor deugt." Ik zei dat het feit dat hij het me opbiechtte bewees dat hij juist heel moedig was en dat hij nog een kans had om het goed te maken. Ik beloofde alles te doen wat in mijn vermogen lag om dat meisje te vinden en een financiële regeling voor het kind te treffen. Althans, als er een kind wás. Ik was sceptisch, ik dacht dat het meisje op geld uit was. Dat maakte hem razend. Hij begon op het bed te slaan, schreeuwde dat ik geen haar beter was dan de rest en dat alles om geld, geld en nog eens geld draaide. Daarna blies hij de kaars uit en stampte hij de kamer uit. Zo had ik hem nog nooit meegemaakt en ik was geschokt. Ik dacht: laat hem eerst maar even tot bedaren komen. De volgende morgen hebben ze hem in Lake Arrowhead gevonden. Ze zeiden dat het een ongeluk was. Ik heb nooit naar dat meisje gezocht. Ik heb nooit geweten of er iets van waar was. Af en toe heb ik het me wel afgevraagd... En toen zag ik die tekening in de krant. En wist ik het wél. En nu hebt u hem gevonden, rechercheur Connor.'

Petra bekeek de foto nog een keer en gaf hem terug. De overeenkomst was te sterk om het verhaal niet te geloven. En de chronologie klopte. William Bradley Anderson. William Bradley Straight.

'Wat kan ik voor u doen, mevrouw Adamson?'

'Rechercheur, ik weet dat ik geen recht heb, geen wettelijk recht althans, maar moreel... Maar dit kind moet mijn kleinzoon zijn. Een andere rationele verklaring is er niet. We zullen het vast wel kunnen bewijzen met genetisch onderzoek. Maar niet nu, na alles wat hij heeft doorgemaakt. Ik wil... Ik wil hem helpen.'

Opeens sloeg ze de ogen neer.

'Ik heb niet meer de middelen zoals vroeger. Mijn man heeft voor zijn overlijden wat... tegenslag gehad.'

Petra knikte meelevend.

'De waarheid is,' zei Cora Adamson nog steeds met afgewende blik, 'dat ik al enkele jaren van mijn spaargeld leef. Maar ik ga zuinig met geld om en ik ben alles behalve aan de bedelstaf. Toen ik van Billy hoorde – van deze Billy – zijn mijn plannen uitgekristalliseerd. Ik woon in een bespottelijk groot huis en ik denk er al een poosje over om het te verkopen. Tot nu toe heb ik geen duwtje in de rug gehad om die verandering door te zetten. Maar nu spreekt het vanzelf. Er rust geen hypotheek op. Als ik het verkoop, zal ik, zelfs na belasting, over voldoende middelen beschikken om mezelf en mijn kleinzoon op redelijke wijze te onderhouden.'

Ze had iets smekends gekregen. Daar zat ze, in haar mantelpakje van Chanel en ze verzocht Petra om ouderlijke rechten. Wat moet je daarop zeggen?

Cora Adamson hief haar hoofd op. 'Misschien keert het allemaal nog ten goede. Te veel voorrechten scheppen hun eigen moeilijkheden.'

Petra wilde zeggen: ik zou het niet weten. Maar ze liet het bij een knikje.

'Ik ben dol op kinderen, rechercheur Connor. Voor mijn huwelijk heb ik voor de klas gestaan. Ik heb altijd een heleboel kinderen willen hebben, maar Billy's geboorte viel niet mee en de artsen hebben het verboden. Afgezien van het verlies van Billy en Bill was dat het verdrietigste moment van mijn leven: toen ik hoorde dat ik geen kinderen meer kon krijgen.'

Een magere witte hand klemde zich vast aan haar mouw. 'Ik wil alleen zeggen dat ik oprecht geloof dat ik iets te bieden heb. Ik zoek geen ecxuses voor mijn gebrek aan... Rechercheur Connor, wilt u zo goed zijn om mij te helpen?'

De vrouw keek Petra recht aan. Met hunkerende, radeloze ogen.

Vanavond arriveerde Delaware op het vliegveld. Waarom was hij er nú niet?

'Alstublieft,' vroeg Cora Adamson.

Petra zei: 'Laten we het er maar eens over hebben.'

82

Gisteren heeft meneer Delaware me over mam verteld. Mijn maag vloog in brand en ik wilde het infuus uit mijn arm rukken en hem een klap in zijn gezicht geven.

Zat híj een beetje verdrietig te kijken. Met welk recht was híj nou verdrietig?

Ik heb me omgedraaid en hem genegeerd. Ik ging niet huilen waar hij bij was. Over m'n lijk nog niet. Maar zodra hij weg was, begon ik te huilen en ik ben de hele dag en nacht blijven huilen. Behalve als er iemand binnenkwam, dan deed ik maar net of ik sliep.

Als ze dachten dat ik sliep, hadden ze het soms over me, die zusters en dokters.

Arme jongen.

Hij heeft zoveel meegemaakt.

Het is een taai opdondertje.

Ik ben helemaal niet taai. Ik lig hier, want wat moet ik anders?

Toen ik over mam dacht, wilde ik ook dood zijn, maar toen dacht ik: wat heeft dat nou voor zin? Waarschijnlijk bestaat God toch niet, dus dan krijg ik haar toch niet te zien.

Vannacht heb ik mijn nagels zo hard in mijn handen gestoken dat ze gingen bloeden. Een beetje extra pijn kan geen kwaad.

Nu is het een dag later en ik kan het nog altijd niet geloven. Ik blijf denken dat ze elk moment kan binnenkomen. Dan zeg ik dat het me spijt dat ik ben weggelopen, en zij zegt dat het haar spijt en dan geven we elkaar een knuffel, maar dan dringt het tot me door. Ze is er niet meer en daarmee uit. Ze komt nooit meer terug. Nóóit! En dat doet zó verdómde zéér!

Ik huil een heleboel, dan val ik in slaap, dan word ik weer wakker en moet ik opnieuw huilen.

Ik heb nu al een uur niet gehuild. Misschien zijn alle tranen wel opgedroogd.

Hé, dokter, doe eens wat tranen in dat infuus.

Ik spuug op de grond. Ik wou dat ik mijn hoofd kon legen zoals die broeders de prullenbak legen. Weg met die troep.

Als ik alleen ben dan denk ik aan haar. Al doet het pijn, ik wíl ook dat het pijn doet.

Alleen zijn daar ben ik aan gewend. Ik kan er maar niet genoeg van krijgen. Al die dokters en arts-assistenten en zusters, soms kan ik al dat lawaai en dat medeleven niet verdragen en wil ik ze allemaal slaan. Sam niet. Hij komt elke ochtend en dan neemt hij snoep en tijdschriften mee, geeft me een klopje op mijn hand en zegt dat we net twee erwten in één peultje zijn, taaie overlevers. Dat hij niemand met me zal laten 'sollen'; ik hoef me geen zorgen te maken, hij heeft relaties. Hij zegt altijd hetzelfde en soms val ik in slaap van zijn stem. Ik doe echt mijn best om wakker te blijven want ik wil hem geen rotgevoel geven. Hij was een vriend voor me toen ik niemand anders had. Eén keer is hij met mevrouw Kleinman gekomen, maar zij ergerde me. Ze kneep maar in mijn wang en had eten meegenomen dat ik niet lustte en dat ze me wilde voeren. Ik was wel beleefd tegen haar, maar ik denk dat Sam het wel aan me merkte, want daarna heeft hij haar nooit meer meegenomen.

Petra neemt boeken voor me mee. Zij is erg knap, ongetrouwd, geen moeder en ik denk dat ze mij leuk vindt omdat ze zo kan leren moeder-zijn. Of het is een soort vakantie van haar werk als rechercheur. Zij heeft hem doodgemaakt. Ze is een ernstig persoon, vertelt geen moppen en probeert me niet op te beuren als ik dat niet wil. Ze is zelfs ernstig als ze glimlacht.

Al ben ik nog zo uitgeput, ik kan alleen maar aardig tegen haar zijn. Zij is ongeveer van mams leeftijd; waarom moest mam die idioot van een Moron in huis nemen en liet ze haar leven door hem bepalen en waarom liet ze toe dat wij uit elkaar gingen?

Waarom kon mam niet leren om alleen te zijn?

Meneer Delaware heeft gezegd dat het waarschijnlijk een ongeluk was, dat hij haar een zet had gegeven en zij is gevallen, maar dat maakt haar nog niet minder dood.

Ik blijf maar denken: als ik er was geweest had ik haar kunnen redden.

Meneer Delaware heeft het over schuldgevoel gehad; dat het gewoon is en dat het voorbijgaat. Dat het de taak is van ouders om voor kinderen te zorgen en niet andersom. Hij zei dat mam wel van me hield en het goed bedoelde, maar dat ze reuzepech had gehad. Hij zei ook dat het verschrikkelijk was wat er met haar is gebeurd; dat hij er niet over piekerde om me wijs te maken dat alles kits was, want dat was het niet.

Maar hij wist zeker dat mam trots op me zou zijn als ze wist hoe goed ik het in mijn eentje had gered.

Kan wel.

Hij vindt mij heel 'indrukwekkend'.

Eerst dacht ik dat hij gewoon een opschepper was zoals hij daar zat en bijna niks zei. Eerst dacht ik dat ik hem geen ruk kon schelen. Nu denk ik dat het waarschijnlijk andersom is. Hij komt elke dag om zes uur en blijft wel twee uur bij me en soms langer en hij vindt het niet erg als we niets doen.

Voordat hij wegging, zag hij het schaakbord dat Sam had gebracht en vroeg of ik zin in een partijtje had. Hij is ongeveer net zo goed als Sam en hem versla ik twee van de drie keer. Hij zei: 'Oké, de volgende keer' en ik zei: 'Bereid u maar voor op verlies.' Hij moest lachen en ik vroeg wie hem betaalt om spelletjes te spelen, en hij zei: de politie, dat ik niet bang hoefde te zijn, dat hij zijn geld heus wel kreeg. Dat ging altijd goed.

Soms vertelt hij grapjes die wel leuk zijn. De zusters schijnen hem wel aardig te vinden. Ik hoorde een van de zusters vragen of hij getrouwd was en de ander zei dat ze het niet zeker wist, maar ze dacht van niet.

Hij en Petra zouden een goed stel zijn.

Ik kan me ze best voorstellen in een leuk huis, een mooie auto, een paar kinderen en een hond. Of zelfs maar één kind, dan kon dat alle aandacht krijgen.

Een leuk, gelukkig gezin. Reisjes maken, in restaurants gaan eten.

Misschien gebeurt het nog eens, ik weet het niet. Ik denk dat ik nooit zal ophouden met aan mam te denken; de deur gaat open en even denk ik dat zij het is.

Het is Petra en ze draagt een rood pakje.

Dat is weer eens iets anders, want ze is altijd in het zwart. Ze heeft een zak bij zich en die geeft ze aan mij.

Er zit een boek in.

Het boek van de presidenten. Niet dat boek uit de bibliotheek, maar een gloednieuw exemplaar. Schoon omslag, mooie witte bladzijden.

Het ruikt ook nieuw. De kleuren op de plaatjes zijn erg helder. Dit is verschrikkelijk gaaf.

'Bedankt,' zeg ik. 'Heel erg bedankt.'

Ze haalt haar schouders op. 'Geniet er maar van. Wie weet Billy, misschien sta jij daar op een keer ook wel tussen.'

'Ja hoor, best hoor.' Wat een idioot idee. Maar wel interessant.

Over de schrijver

Jonathan Kellerman, de belangrijkste Amerikaanse auteur van psychologische thrillers, heeft een respectabele loopbaan als kinderpsycholoog eraan gegeven om zich geheel aan het schrijven te wijden. Hij heeft twaalf Alex Delaware-romans geschreven, waaronder *Breekpunt*, *Duivelsdans*, *De Kliniek*, *Handicap* en *Noodgreep*, en verder de thriller *Het domein van de Beul*, twee psychologische handboeken en twee kinderboeken. Hij en zijn vrouw, de schrijfster Faye Kellerman, hebben vier kinderen.